The Duke's Holiday
by Maggie Fenton

公爵のルールを破るのは

マギー・フェントン
如月 有[訳]

JN255885

ライムブックス

公爵のルールを破るのは

主要登場人物

アストリッド・ハニーウェル……ハニーウェル家の長女
モントフォード公爵……貴族
アリス……ハニーウェル家の次女
アディス……ハニーウェル家の三女
アントニア……ハニーウェル家の四女
アナベル……アストリッドのおば
セバスチャン・シャーブルック……モントフォード公爵の友人
マーロウ子爵……モントフォード公爵の友人
ブリンダリー伯爵夫人（エレイン）……マーロウ子爵の姉
アラミンタ・カーライル……モントフォード公爵の婚約者
マンウェアリング侯爵夫人（キャサリン）……アラミンタの姉。セバスチャンのおば
ウェスリー・ベンウィック……アストリッドのいとこ
エミリー……ウェスリーの母親。男爵夫人
ロデリック（ロディ）・スティーヴニッジ……モントフォード公爵の秘書
トーマス・ニューカム……モントフォード公爵の御者
ハイラム・マコーネル……ハニーウェル家が住む土地の管理人
チャーリー・ウィークス……ハニーウェル家の厩番
フローラ……ハニーウェル家のメイド
サミュエル・ライトフット……ビール醸造会社の経営者

1

公爵、不安な知らせを受ける

第一一代モントフォード公爵ことシリル・ハルバート・アルジャーノン・モンク卿は、人生でたった一度だけ泥酔したことがある。わずか一二歳のときだ。親友のセバスチャン・シャーブルックがクラウン銀貨一枚を廏番《うまやばん》に払い――それが法外な額だと気づくのはあとになってからだ――質の悪いジンを一本調達してきたのだった。ふたりは少し悪ぶってみたいという一二歳の少年ならではの好奇心から、冬休みに入っていたハロー校の寄宿舎近くのニワトコの茂みに隠れて――ふたりとも帰省すべき家庭がなかった――水でも飲むように一気にジンを飲み干した。

五分後、ふたりはまだニワトコの茂みの陰にいたが、もはや身を隠していなかった。つかのまの高揚感はすぐさまおぞましい不快感へと取って代わられた。まさしく大惨事だった。

ところが、モントフォード公爵は一生に一度のその経験のさなかに、普段の頭が冴《さ》えている状態ではどうしても理解できなかったあることがすとんと胸に落ちた。理性的でかなり洞察力があったと聞かされている自分の両親が、なぜ息子にこんなないまいましい名前をつけたのか。それもひとつやふたつでなく、三つも。こんな妙ちきりんな名前の八歳の少年がハロー校に入れられたら、同級生の格好の餌食になるに決まっている。しかも、それまでは弁護士や家庭教師や使用人たちに囲まれ、言葉を話せるようになってからは誰ひとり自分に逆らう者などいない環境で育ったのだ。

モントフォードはハロー校ではじめて、大きな挫折感というものを味わった。一年目は転ばされ、からかわれ、つねられ、殴られ、数えきれないほど笑い物にされたあげく、その様子を皮肉った五行戯詩《リメリック》を学校じゅうに広められた。

そうか、両親は自分に名前をつけたとき、泥酔していたのか。そう思い至って、ようやく合点がいった。

そのことに気づいただけで酒の恐ろしさを思い知るにはじゅうぶんだった。以来、モントフォードは二度と泥酔することはなくなった。徹底的に禁酒主義を貫いているわけではないが、無茶な飲み方をする友人と出かけても、自分の限界というものを心得ていた。三つの名前のどれかひとつでもいい名前だと思いはじめたら、すでにたっぷり飲んだというしるしだった。そうなったらグラスを置き、その晩はもう切りあげることにしていた。

両親が悲劇的な死を遂げ、四歳で爵位を受け継いだことでひとつだけ助かったと思うのは、この笑えない名前を使わずにすむようになったことだ。肉親がいなくなり、彼を本名で呼ぶ人間が誰もいなくなったのだ。使用人や初対面の相手からは〝閣下〟と呼ばれていたし、親しい友人からは単に〝モントフォード〟と呼ばれていた。

ハロー校での生活が二年目になると、わざわざ面と向かって〝シリル〟や〝ハルバート〟や〝アルジャーノン〟や〝モンク〟などと言ってくる人間はいなくなった。件《くだん》のいじめっ子のエヴェリン・レイトン――マーロウ子爵を校庭で叩きのめすという事件を引き起こしたからだった。モントフォードが血を見ても気絶しなかったのは、あとにも先にもこのときだけだ。それほど無我夢中だったのだろう。

マーロウが自分よりもひとつ年上で、体が二倍も大きいことなどまったく気にならなかった。停学処分になり、学期の残りの期間を後見人が所有する片田舎の地所の、使用人以外には誰もいない屋敷で謹慎するはめになろうといっこうにかまわなかった。マーロウが〝アルジャーノン〟という名を〝勃起《ハードオン》〟と韻を踏ませた低俗なリメリックを歌いながら、例の不潔きわまりない袖口を首にまわしてきた瞬間、自分の中で何かが爆発した。かっとなってマーロウに飛びかかり、手足を振りまわし、ありとあらゆる罵詈《ばり》雑言《ぞうごん》を浴びせた。一〇歳にしてすでに厭世《えんせい》的だったセバスチャンでさえ、驚いて息をのむほど汚い言葉の数々を。結局、教師がふたりがかりで、気を失いかけていたマーロウからモントフォードを引き離さなければならなかった。

その一件以来、モントフォードに対するいじめはぱたりとやんだ。

さらにこの暴力沙汰がなぜかマーロウの心をとらえたらしく、その日から彼はモントフォードの親友になると決めたようだった。なんとも気味の悪い男だ。

セバスチャンとマーロウとともにケンブリッジ大学に入る頃には、身長が一気に一八八センチまで伸びたおかげもあり、もういじめられることはなくなっていた。まだ一八歳だったとはいえ、なんといっても彼は国内随一の資産家でもっとも影響力のある貴族、モントフォード公爵だった。だが、セバスチャンやマーロウのような怖いもの知らずの友人たちは、彼は〝モンク病〟に侵されていると陰で笑い物にしていた。なぜなら、彼には公爵という地位を隠れみのにしても隠しきれない風変わりな癖があったからだ。

いわゆる潔癖性とでも言えばいいだろうか。

たとえば、ブーツは鏡のようにぴかぴかに磨きあげられていなければだめで、しまっておくときはかかとの部分が一直線になるように衣装部屋に並べておかなければ気がすまなかった。従者のクームズには、上着やベストは黒、灰色、青、緑というように色別に収納しておくように指示してあった。膝丈ズボン《ブリーチズ》は種類別に引き出しを分けて整理されている——乗馬用、朝用、午後用、夜用といった具合に。首巻き《クラヴァット》は糊《のり》をきかせてアイロンがかけてあるものを、きちんと結んでいた。しわひとつでも見つけたり感じたりしようものなら、すぐさま新しいものをクームズに取りに行かせた。一日が終わるまでにはたいてい五、六回はブリーチズをはき替えることになり、馬に乗って地所を見てまわったり、社交クラブでフェンシングをしたりした日には、その数が倍になった。

ひげ剃りについては、クームズを当てにするのはとっくにやめていた。午前中のうちに剃り残しを発見してひどく心を乱されたり、落ち度を指摘してクームズが涙目になったりするのを避けるためだ。そんなわけで、ひげは自分で剃っている。もちろん、日課の朝浴のときにひげを剃り終えると、ブラシやかみそりや革砥《かわと》や瓶――丸瓶ではなく角瓶でなければならない――などの道具類がテーブルに対してきっちり直角に並んでいることを必ず確認していた。

そして机だ。机はまさしく彼の聖域だった。ロンドンじゅうを探しても、これほど整頓された机は見つからないだろう。天板の上部中央には、インク壺《つぼ》とペーパーウエイトと吸い取り紙と公爵の印章が机の端からちょうど七センチ離れた場所から等間隔に並んでいた。椅子の真ん前には、まるで分厚い長方形の箱のように、便箋が四隅をそろえてきちんと積みあげられている。

郵便物については、秘書のスティーヴニッジが仕分けし、机の右下隅に重ねておくことになっていた。モントフォードが亡き父から公爵の地位を受け継いだのと同様に、彼も先代のスティーヴニッジが退職したのを機に秘書の役目を引き継いでいた。郵便物の整理を引き受けるようになってすぐに、この秘書も細部にこだわる几帳面《きちょうめん》な性格だということがわかり、モントフォードは自分と相通じるものを感じた。

実際、スティーヴニッジも雇い主と同様に強迫観念めいた考えに取りつかれていて、公爵宛に届いた手紙を仕分ける作業を嬉々《きき》として行っていた。地所に関する文書の山。銀行の明細書の山。貴族院の仕事に関するもの。個人的な手紙。出席したいと思っている招待状――ごく少量。出席したくないと思っている招待状――かなり大量。そしてそれ以外の種々雑多なものは、机の一番奥の隅に追いやられている。この書斎にある特大本と同じように。分類しようがないため、いまいましい存在でしかないのだ。

その種々雑多なものの山にスティーヴニッジはいらいらしているようだった。先ほどから秘書がこっそりと神経質な視線を走らせるのを、モントフォードは何度も目撃していた。彼はモントフォード以上に、何かにつけて物事の秩序を気にする質《たち》だった。

モントフォードが午前中の仕事に取りかかるために書斎に足を踏み入れたときから、今朝のスティーヴニッジはいつにも増して何かをひどく気にかけているようだった。服装は普段どおり一分の隙もない。いかにも弁護士や葬儀会社の人間が着ていそうな真っ黒な上質のスーツに身を包み、クラヴァットは華やかさはないものの、きちんと結ばれている。鋼のようなグレイの髪をポマードでうしろに撫でつけ、金縁の眼鏡はあいかわらず一点の汚れもない。しかし、眼鏡の奥の茶色の目がどことなく……いわば殺気立っていて、机の上の〝山〟をしきりに気にしている。

何かとんでもない不測の事態が生じると、スティーヴニッジにはクラヴァットを引っ張る癖があることにモントフォードは気づいていた。そして今、秘書のクラヴァットはほんのわずかに乱れている。

「どうかしたか？」モントフォードは問いかけた。

「なぜこのようなことが起きたんでしょう、閣下……まさかこんな事態が見逃されるとは。何が何やらさっぱり……」日頃は鋭敏な男が言いよどむのは、はじめてのことだった。

モントフォードは机につき、心の準備を整えようとしてふと気づいた。〝山〟の崖っぷちに、開封済みの手紙がしがみついている。まるで秘書が行き当たりばったりにそこへ落としたかのように。あるいは手紙が勝手に息を吹き返し、秩序が乱れようとおかまいなしに、気味の悪いフジツボよろしくべったりとへばりついているかのように。

モントフォードは深呼吸をして、平静を保てと自分に言い聞かせた。「落ちつくんだ、スティーヴニッジ、とにかく話してみろ」

「アロイシウス・ハニーウェルが死亡したようなんです、閣下」

なるほど。

やれやれ、それほど悪い知らせではない。実際、アロイシウス・ハニーウェルがくたばるのを何年も待ち望んでいたはずでは？　「それの何が問題なんだ？」

「それが、その……どうやらですね、閣下……しばらく前に亡くなっていたらしいんです」

「しばらく前とは？」

「一年前です」

モントフォードは弾《はじ》かれたように立ちあがり、すぐに座り直した。そしてまた立ちあがると、つかつかと窓辺に歩み寄り、大きな屋敷の立ち並ぶメイフェアのにぎやかな通りを見おろし、たった今聞かされた話をどうにか理解しようとした。

死んでいた。一年も前に。

すでにあの世の人となったにもかかわらず、アロイシウス・ハニーウェルにこけにされているような気がした。モントフォードが現在の地位に就いて以来ずっと、秩序ある彼の小さな王国における頭痛の種だった男に。せめてもの慰めは、アロイシウス・ハニーウェルなんて名前に比べれば、自分の名前のほうがはるかにましだと思えることだった。

もっとも、ハニーウェルとは一度も顔を合わせたことはない。ハニーウェルのほうも、自分が公爵の頭痛の種になっているとは自覚していなかったのではないか……いや、もとい。ハニーウェルは自分の存在がどれほどモントフォード公爵をいらだたせているのか、はっきりと自覚していた。そしてヨークシャーから送ってよこすでたらめな報告書の中で、どれだけモントフォードを挑発したり愚弄したりしようと、厄介払いされないと高をくくっていた。ハニーウェル家はもう二世紀ものあいだ、モントフォード公爵家の目の上のこぶなのだ。先祖のとある女性がよく考えもせずに、ハニーウェル一族の人間と結婚などしたばかりに――。はて、ハニーウェル一族は何者だった？　商人か？　詐欺師か？　それとも妖精だったか？

いずれにしろ、成りあがり者であることには変わりない。

しょせんは、にわか成金だ。

だから二〇〇年前に、当時の公爵はあの一族に丸め込まれ、弁護士も立てずに公爵領を手放すなどという厄介な契約を結ぶはめになったのだ。ヨークシャーにある公爵家の地所を、ハニーウェル家が持ちこたえているかぎりは永久的に占有できるという契約を。そしてハニーウェル家は持ちこたえた。

しぶとく持ちこたえている。

さらに追い討ちをかけるように、あの一族はエールなんぞを作っている。まったく。広大な主要農地を使って小麦と大麦を栽培し、あんな低俗な飲み物を醸造するとは。〈ハニーウェル・エール〉なんて代物を。嘆かわしいのは、ロンドン北部のパブで必ずと言っていいほどそいつを目にすることだ。ただし店に置いてあればの話だが。生産量が少ないため、めったに入手できないらしく、毎年市場に出荷されると、パブに客が殺到するのが恒例となっているのだ。

セバスチャンとマーロウも大量に買い置きしているという。裏切り者めが。

言うまでもなく、〈ハニーウェル・エール〉が大きな利益を生むわけではない。収益の一〇パーセントが公爵領に支払われることになっているものの、領収書を発行するのが億劫《おっくう》になるほどわずかな額にしかならない。主要農地がすべて無駄に使われているのだ。泣きたくなるような状況だった。しかし、モントフォードが最後に涙を流したのは四歳のときだ。公爵としては、自分の地所が繁栄し、じゅうぶんな利益が生みだされるのを見たいだけなのだ。ところが数々の成功をおさめてきたモントフォードにとって、この一点だけが苦々しく大きな汚点となっている。

だが、ハニーウェルが死んだとなれば……アロイシウス・ハニーウェルには息子はいなかった。つまり……。

どういうことだ？　なぜ今まで知らせがなかった？

「一年だと?」モントフォードが振り返って秘書をにらみつけると、スティーヴニッジがまたクラヴァットをいじりだした。モントフォードは手紙を指差した。「それは誰から来たんだ? なんと書いてあった?」

「〈ダンカーク・ブルーイング・カンパニー〉のミスター・ライトフットからです。なんでも〈ハニーウェル・エール〉を——ライルストーン・ホールとその付近一帯の地所を買い取りたいのだとか。ミスター・ハニーウェルがこの世を去ったということで……」

なんだか面白くなってきたぞ。〈ダンカーク・ブルーイング・カンパニー〉といえば、ヨークシャー最大のビール醸造会社だ。〈ハニーウェル・エール〉などよりはるかに儲《もう》かっているはずだ。

「ライルストーンなんか買い取ってどうする気だ?」モントフォードはつぶやくように言った。

「どうやらあの土地のすぐ近くにミスター・ライトフットの地所があるらしいんです。事業を拡大するつもりのようです」

手紙とそこに書かれている提案への関心が一気に薄れはじめた。ミスター・ライトフットにとっては、事業を成長させる願ってもない機会かもしれないが、こちらにうまみはなさそうだ。ライトフットも、エールの醸造主になりたいという彼の望みも、知ったことではない。そもそもライルストーン・ホールがようやく手元に戻ってきたというのに、誰かに売る気などない。

「では、今まで誰が手紙を書いていたんだ、スティーヴニッジ？　ハニーウェルが一年も前に亡くなっているなら、誰があのいまいましい報告書を送ってきたというんだ？」モントフォードはしびれを切らし、書斎の奥の壁に備えつけられた巨大な紫檀《したん》材の戸棚を身振りで示した。そこには古い書簡がきちんと整理してしまってある。

「さあ……わかりません、閣下。それがさっぱりわからないんです」スティーヴニッジが悲しげに言った。

「おい、そんなところにぼさっと突っ立っていないで、最後に送られてきた報告書を取ってこい」

スティーヴニッジがあわてて戸棚へ向かった。それから数分が経ち、モントフォードは椅子に戻り、じれったい思いで机を指先でこつこつと叩きはじめた。しばらくして戸棚のほうからきしむような音が聞こえ、スティーヴニッジが高々と封筒を掲げてみせた。ちょうど川から立派な魚を釣りあげたときのように。

「いいから、早くしろ。こっちはそんなに暇ではないんだ」それは嘘だった。今日はもう何も予定はなかった。例によって、なすべきことはきちんとすませてある。もちろん、このアロイシウス・ハニーウェルの件を除いては。

モントフォードが差しだした手に、スティーヴニッジが封筒を置く。モントフォードは手際よく封筒を開け、まわりくどい文面に目を凝らした。

〝拝啓　モントフォード公爵閣下

先般の書簡にて閣下よりお問いあわせいただきました、醸造所の利益と経費の割合並びに、前者を後者よりもいかにして増加させるのかという点につきましてお返事を差しあげます。率直に申しあげまして、当方としては目下のところ、その件についてはまったく憂慮しておりませんが、わざわざお気遣いいただき身に余る光栄です。しかしながら、〈ハニーウェル・エール〉は高品質の維持に努めておりますため、あいにく売上や経費といった商業利益をどうしても度外視せざるをえない場合が往々にしてございます。ほかでもない閣下でしたら、この「度外視」の必要性をご理解いただけるものと信じております。もっとも、閣下が財政危機に陥っておられるということでしたら、わが一族とモントフォード公爵閣下との長年のおつきあいに鑑み、危急の場合には喜んでお助けする所存でございます。折り悪《あ》しく手元に現金がございませんので、代わりに特別に取り置きしてあるエール二樽《たる》をお受け取りいただければ、閣下の「困難な時期」に潤いがもたらされるのではないでしょうか。

敬具

A・ハニーウェル〟

六カ月前にこの手紙を読んだときと同じく腹立たしい気分になる。とはいえ、これまで受取った数々の手紙と比べても、特に変わっているような感じはしない。不ぞろいで全体的に傾いた文字には見覚えがあると思っていた。例によって、手書きの文字は勢いにまかせて書きなぐったようにのたくっていて、あちこちにインクがにじんでいる。すべての行が傾いていて、見ているだけで頭がくらくらしてくる。最後の一文に至っては——こんなお粗末な単語の羅列を文章と呼べるならば——書くスペースが足りなくなり、便箋の端に沿って曲がりくねっていた。〝困難な時期〟という文字がしぼんだ風船のようにぺしゃんこに押しつぶされ、紙の端のほうにぶらさがっている。そのくせ、小ばかにしたように大文字で強調されていた。

　A・ハニーウェル。

　ミスター・ライトフットによれば、ハニーウェルはすでに死亡しているというが、アロイシウス・ハニーウェルならば、いやみったらしい手紙を書くためだけに幽霊となってこの世に舞い戻ってきても不思議はない。もっとも、セバスチャンが常に持ち歩いているゴシック小説の世界にさまよい込んだのでもないかぎり、この件が幽霊とはいっさい関係ないのは明らかだ。ということは、この一〇年間、自分に手紙を書いてよこしていたのはアロイシウス・ハニーウェルではなく、まったくの別人だったのだろうか？　あるいは、直近の何通かだけが偽造の名人によって書かれたものだったのか？

　どうも後者のような気がする。とはいえ、A・ハニーウェルの無秩序な筆跡は、あのミケランジェロでさえ、容易にまねできそうにない。そうなると振りだしに戻るわけだ。

A・ハニーウェルとはいったい何者なんだ？

「スティーヴニッジ」モントフォードはぼそりと言い、手紙をきちんと折りたたんだ。「どうやら誰かがわれわれをだまそうとしているらしい」

「閣下をだます？　誰がそんなけしからんことを！」スティーヴニッジが息巻いた。斬首刑に処せられる直前のルイ一六世でさえ気づきそうなほど、ひどく腹を立てている。

秘書の忠誠に感心しつつも、スティーヴニッジの反応はいささか大げさに思えた。彼ほど神経質ではない人間が同じ話を聞かされたら、ここまで驚きはしないだろう。

それにしても、誰がわざわざモントフォード公爵をだまそうなどと考えるだろう？

正気の人間なら、そんなばかなまねをするはずがない。

ハニーウェル家の人間を別にすれば。

そんなまねができるのは、あの一族が例のいまいましい契約を盾にできると思っているからだ。公爵に踏みつぶされないという自信があるのだろう。しかし、ハニーウェル家の血筋が途絶えたとなればそうはいかない。あの契約が履行されるのは、直系の男子の相続人がいる場合だけだ。そしてアロイシウスには息子がいない。つまり、あの地所は——。

公爵領として返還されることになる。

二〇〇年もの歳月を経て、念願だったライルストーン・ホールとその付近一帯の土地がようやく手元に戻ってくるのだ。

ブリーチズにしわができる心配がなければ、小躍りして喜びたい気分だった。だが、浮かれるのはまだ早い。ある人間が死亡したという情報が第三者からもたらされたからといって、直接的な証拠にはならない。この目で確かめたわけではないのだ。アロイシウス・ハニーウェルの永眠の地を——ヨークシャーの深さ二メートルほどの岩だらけの地中を——確認するまでは、まだ安心できない。

それに偽の手紙を書いたのが誰かも気にかかる。

「スティーヴニッジ、ライルストーン・ホールをちょっと訪ねてきてくれ」

秘書が目を大きく見開いた。自分の代わりにスティーヴニッジに出張を命じるのは異例なことだからだろう。しかもわざわざロンドンを離れて向かった先には、モントフォード家の地所管理人がちゃんといるのだ。実際、日暮れ前にスティーヴニッジを書斎の外に出すことさえめったにない。もちろん、用を足すのにおまるを使わせているわけではないが、なんなら用意してもいいと思っているぐらいだ。

モントフォードは旅嫌いを克服できそうなほど、わけのわからないこの状態がもどかしかった。できれば自らヨークシャーに出向きたいところだが、今はロンドンを離れるわけにはいかない。あと二、三週間は議会が続くうえに、自分自身の結婚式も控えている。社交界で今年一番の盛大な結婚式になるはずだった。それも当然だ。なんといっても、モントフォード公爵なのだから。綿密な計画が必要とされるこの一大行事は、昼食会やら晩餐会やら音楽会やら舞踏会やらがうんざりするほど延々と続けられる。

人前に出るのは苦手だが、ほかに選択の余地はなかった。社交界の華である、あのレディ・アラミンタ・カーライル——理想的な未来のモントフォード公爵夫人——と結婚しようというのだから、花嫁に首ったけの新郎を演じるよりほかない。社交界の人々にとっては体面がすべてだ。アラミンタにとっても。そしてもちろん、モントフォード自身にとっても。だからこそ、完璧を絵に描いたような女性を公爵夫人に選んだのだ。とはいえ、こんないまいましい仕事はさっさと終わらせ、必要不可欠な跡継ぎと、保険としてもうひとり子どもを作ったら、一日も早くこれまでどおりの生活に戻りたい。モントフォード公爵という役割の中で、公爵家の子孫を残すという使命ほど面倒なことはなかった。

スティーヴニッジが大きくうなずいた。「か……かしこまりました、閣下」

「あの男が死んだという確たる証拠が欲しい。死亡証明書とか。墓地に行ってみるとか。まあ、その手のことだ」

スティーヴニッジの怪訝《けげん》そうな表情が恐怖へと一変した。「閣下、ま、まさか……わたしにそんなまねを——」

「なんだ、はっきり言ってみろ!」

「死体を掘り起こせとおっしゃるんですか!」スティーヴニッジが息を切らして言う。

なんとしたことだ、この男はそんな汚らわしいことを命じられると思っているのか? モントフォードは愕然《がくぜん》とした。

しかし、首をかしげて一瞬考え込んだ。いや、それも悪くないかもしれないな。

モントフォードの心の動きを読み取ったらしく、スティーヴニッジは一歩さがると胸の前で両腕を組み、珍しく反抗的な態度を見せた。「閣下、わたしはいざとなれば閣下の身代わりになって銃弾を受ける覚悟はできています。ですが、それだけはご勘弁ください。墓を掘り起こすだなんて！」

モントフォードは咳払《せきばら》いをすると、秘書の言葉を打ち消すようにそっけなく片腕を振った。

「もちろん墓を掘り起こしてもらおうなどとは思っていない。それはさすがにまずいだろう。墓石をこすってみて、そこに刻まれた名前を確認すればじゅうぶんだ」

スティーヴニッジがほっとしたように肩の力を抜いた。

「それから向こうに滞在しているあいだに突き止めてくれ、誰がこんなばかげた茶番を仕掛けたのかを」

秘書はうなずいた。どうやらいつもの調子を取り戻しつつあるようだ。「はい、喜んで、閣下」

「地所のほうも調査してみたほうがいいだろう。ハニーウェル一族がわれわれの目をごまかすのは、今回がはじめてではないだろうから」

スティーヴニッジが神妙な顔でまたうなずいた。「あの一族はたしかロマの血筋を引いていますからね」それですべての説明がつくと言わんばかりの口振りだ。

「それは初耳だ」モントフォードはぐったりと椅子の背にもたれると、頭痛を覚えて鼻筋をつまんだ。

スティーヴニッジが目をしばたたいて、こちらをじっと見つめている。なぜいつまでもそこに突っ立っているのだろう？

「なんだ？」

モントフォードの声に驚き、秘書がびくりと飛びあがった。「今すぐに出発しろということでしょうか、閣下？」

「できるだけ早いほうがいい。この件をさっさと処理してしまいたい。結婚を控えているのに、未解決の問題を残しておきたくないんだ。ただでさえ、ごたごたしそうなのだから」

スティーヴニッジは机の上の散らかった手紙をまとめると、お辞儀をして部屋を出ていこうとした。

「ああ、それと、スティーヴニッジ」

「はい、閣下？」

「詳細を報告してくれ。毎日だぞ」

「もちろん」そんなことは指示されるまでもないと言いたげな口調だ。「そのつもりです」

秘書が退室してひとりきりになると、貴族院の議会に出席する時間まで何もすることがなくなった。三時間も。しばらく指先で机をこつこつと叩いていたが、ふと机の表面を汚していたことに気づき、ハンカチを取りだしてきれいに拭き取った。

ハニーウェル一族も机についた指紋のように、難なく人生から消し去れないものか、とモントフォードは願った。

その願いは当然ながら簡単にかなうはずだった。けれどもどういうわけか、スティーヴニッジは進捗を毎日きちんと報告するという約束をこれっぽっちも守る気がないようなのだ。スティーヴニッジが出発してから二週間も経つのに、手紙は一通しか届いていなかった。ヨークシャーに到着したその日に書かれたもののようだったが、それさえたった五つの文章しか記されていない。これではモントフォードのいらだちが静まるはずもなかった。

スティーヴニッジが進捗を報告してくるときは、医学書で見られるような冷静かつ客観的な文体で、その日の仕事内容を順を追って事細かに説明してあるのが通例だった。たいていは最低でも五ページはあり、五つの文章などということはありえない。それに感想や意見が含まれていることもまずない。

だが、この手紙はどこか妙だった。普段は文句のつけようのない筆跡がわずかに右に傾いている。まるで情熱に突き動かされて書きなぐったかのように。

〝閣下、アロイシウス・ハニーウェルが死亡していることは確認できました。しかし残念ながら、あの一族についてお伝えできることはそれだけです。連中は頭がどうかしているとしか思えないのですが、ミス・ハニーウェルの言い分では、わたしのほうがよほど頭がどうかしているそうです。例のA・ハニーウェルが誰かはまだ特定できていませんが――何しろ大勢いるもので――どうか早急にわたしをロンドンに呼び戻していただけないでしょうか。ハニーウェル家の人間にはもう耐えられません。スティーヴニッジより〟

モントフォードはすぐに返事を書いた。そのままとどまり、ハニーウェル一族が何をたくらんでいるのか真相を突き止めるように、と。結婚式が迫っているのに、気がかりな問題を宙ぶらりんの状態にしておきたくなかった。

ところがそれから一〇日ほど経っても、秘書からはなんの音沙汰もなかった。モントフォードはさらに立てつづけに手紙を送ったが、その文面は一通ごとに困惑を表すものになっていった。最後に送った手紙はたったの一行だけだ。

〝いったい、そっちで何が起きているんだ？〟

これで事の次第はだいたいつかめるだろうと思っていた。

だが、それでも返事は来なかった。モントフォードは急に心配になってきた。スティーヴニッジの身に何かよからぬことが起きたのだろうか？　あるいは、ハニーウェル家の人間が秘書の身に何かよからぬことをしでかしたのかもしれない。スティーヴニッジは手紙にハニーウェル家の人間にはもう耐えられないと書いていた。最初のうちは、何かにつけて神経質な秘書らしい反応だと思っていた。散らかり放題だとか、笑い声がやかましいとか、不衛生だとか、その手のことに違いないと。けれども、そのうち思うようになった――むしろ、そうとしか考えられなくなった――不衛生な状況などよりも深刻な事態が起きているのではないか、と。

完璧を絵に描いたようなあのスティーヴニッジが、職務をまっとうできないなんてことは考えられない。命を落としたのでもないかぎり。

最悪の場合、スティーヴニッジがハニーウェル家の人間に殺害された可能性もある。もしそうだとしたら、せめてあの一族の誰かが絞首刑に処されるところをこの目で見ないことには腹の虫がおさまりそうにない。

あと一、二日だけ待ってみて、それでもだめなら思いきった行動に出てみよう。たとえ馬車に乗って自らライルストーンに出向くはめになろうとも。もはや胃の弱さを気にかけている場合ではなかった。

その頃、ヨークシャーのとある場所では……

ハニーウェル一族をよく知り、敬愛している者は誰もが——ライルストーン・グリーンにいる多くの人々が——アストリッド・ハニーウェルが男に生まれなかったことを残念に思っていた。アストリッドがよちよち歩きをはじめたとたんに、彼女はアロイシウスの理想の息子になるだろう、とみなが口をそろえて言ったほどだ。

アストリッド本人だけが、そう感じていなかった。アロイシウスの跡取りに生まれたこと自体は恵まれていると自覚しているし、そのおかげでハニーウェル家は少なくとももう一世代のあいだはモントフォード家の鼻を明かすことができる。だが、それでも男性に生まれてこなくてよかったと思っていた。

アストリッドは常々疑問を感じている。女性はなぜ、男性が世界を支配するのを許しているのだろうと。たしかに男性のほうが体力があり、腕力を使って自分の思いどおりにすることには長《た》けている。けれども一般的に、女性のほうが男性よりもはるかに利口だ。男性はたくましい体をしているわりには、だまされやすいように思える。実際、アストリッドは毎日のように男性を出し抜いていた。

とはいえ、この疑問はいくら考えても答えが出ないこともわかっている。どうして女性が男性の所有物にされてしまうのかは、正しく理解しているつもりだった。

そうなってしまったのは、男性が次元の低い専制政治と家父長的な財産法によってそうなるように仕向けたからだ。

幸いにも、父親のアロイシウスの男性としての短所が、娘たちの教育問題に影響をおよぼすことはなかった。彼にはそれなりの分別があり――考えようによっては分別がなく――男女は等しく教育を受けるべきだという考えの持ち主だった。本人は進歩主義者を自認していたが、ハニーウェル家の例にもれず、周囲からは親しみをこめて変人呼ばわりされていた。

いずれにせよ、アロイシウスが変人だったおかげで、ハニーウェル家の娘たちはヨークシャーで最高の教育を受けることができたと言っても過言ではない。

あるいは最悪の教育を。これも考えようによるだろう。

アストリッドも妹たちも、高い授業料のかかる修養学校で教わるような女性のたしなみはほとんど身につけていなかった。紅茶をいれたり、当たり障りのない会話をしたり、枕やハンカチに刺繍《ししゅう》をしたり、水彩絵の具を優雅な手つきで塗ったりなどということを、なぜ必死にやらなければならないのか理解できなかった。歯に衣《きぬ》着せぬ物言いをするハニーウェル家の人間が当たり障りのない会話をすることなどなかったし、なんであれ優雅な手つきで絵の具を塗るなんてことはありえなかった。アストリッドはいつも不思議に思っていた。なぜ紅茶のいれ方なんて教わる必要があるのだろう？　学校で習わなくたって、四六時中やっていることなのに。

ハニーウェル家の娘たちはラテン語やギリシア語などのヨーロッパの言語にはじまり、歴史、哲学、経済学、さらには生物学の知識まで身につけていた。アストリッドの三歳下の妹、アリスは何より数学が得意で、地所の帳簿づけを手伝っていた。下のふたりの妹のアディスとアントニアは馬小屋の前でぺちゃくちゃしゃべりながら、ホメロスの叙事詩の場面を古代ギリシア語で再現して遊ぶのが好きだった。そして案の定、アストリッドは政治理論を熱く語るのが大好きで、女性の社会的地位についても確固たる意見を持っている。理屈っぽい女と言われそうだが、自分ではそのことを誇りに思っていた。

いや、アストリッドは男性に生まれてこなかったことをむしろ喜んでいた。とはいえ、この国の、男性に利益をもたらすために男性によって作られた男子相続法などという法律はばかげているし、時代錯誤もはなはだしい。自分が父の遺産を相続することができないなんて。

そしてそのせいで、ハニーウェル一族は二〇〇年以上にわたって暮らしてきたこの土地を追われるかもしれないのだ。

一四歳のときに父が最初の脳卒中を起こして以来、アストリッドがひとりで醸造所と農地と地所を切り盛りしてきたという事実はいっさい考慮されずに。城館の使用人も、醸造所の従業員も、借地人も、もちろん全員ではないものの、アストリッドが男性であるかのように敬意を払い、指示に従ってくれているというのに。ライルストーン・ホールも借地人たちも、アストリッドの管理下で繁栄してきたというのに。この土地の境界を越えてひとたび近隣の地域に足を踏み入れたとたん、ほとんどの小作人たちが無能な貴族の領主のせいで、貧しい生活を余儀なくされていることに気づくはずなのに。

もうひとつ言いたいのはそのことだ。貴族という人種は、浅はかという点にかけては男性に引けを取らないとアストリッドは思っていた。彼らが所有する土地の住人のほとんどがひもじい思いをしているのではないだろうか？　何しろ上流階級の連中は地所から取り立てた利益をため込み、大きな屋敷を建てたり、贅《ぜい》を尽くした舞踏会を開いたり、いそいそと帽子などを新調したりしているのだ。おまけに近隣諸国とくだらない戦争まではじめている。この国の下層階級の人々がフランスを見習わないのが不思議でならない。英国政府が――ついでにあの贅沢三昧《ざんまい》の社交クラブ〈オールマックス〉も――襲撃され、摂政皇太子と取り巻き連中が引きずりだされてギロチンで処刑されてもおかしくないような状況なのに。世界はもっとよくなるはずだというのが、アストリッドの持論だった。

その一例として、ライルストーンを見てもらいたいぐらいだった。たまたま貴族に生まれついただけの気取り屋から余計な干渉を受けることなく、ここでは真の民主主義が実現されている。少なくとも、そうなるように懸命に努めている。というのも、借地人の多くが多数決原理を理解していないため、結局、アストリッドに指示を仰ぐはめになってしまうからだ。君主主義が裏目に出て、悪習から容易に抜けだせなくなっているのだろう。それでもアストリッドは努力を重ねていた。さらに地所から得た利益を一般の銀行を使ってみんなに分配し、一族だけが多く利益を得ないようにしていた。

父の時代も祖父の時代も、このやり方でうまくやってきた。ハニーウェル家は進歩的ではないかもしれないが、徹底的に意志を貫く一族なのだ。ひとつだけ弱点があるとすれば、それはモントフォード公爵家だった。

実際に目にしたことも、声を聞いたこともないけれど、モントフォード公爵という存在は旧約聖書の神のように、絶えずハニーウェル家につきまとっていた。アストリッドの知るかぎり、ハニーウェル一族は一七世紀を最後に一度もモントフォード家の人間とは会っていない。何世紀にもおよぶモントフォード公爵家との確執は、暗雲のようにどんよりとハニーウェル家に垂れ込めていた。けれど、いくつかはっきりしていることもある。

そもそも、ノルマン系のモントフォード一族が、サクソン系のハニーウェル一族からこのライルストーンを奪い取った。ハニーウェル家はすぐさま取り返した。その応酬が何年か続いた。奪っては取り返し、取り返しては奪っての繰り返しだ。やがてトロイの木馬さながらに、女性の姿をしたモントフォード家の密偵がハニーウェル家に送り込まれた。アストリッドの先祖はその女性を妻にめとるために、悪魔のような契約を結んだのだった。

よほど魅力的な女性だったに違いない。

その結婚がハニーウェル家の運命を決定した。先祖たちは二〇〇年ものあいだ、必死にそのときを先延ばしにしてきたが、それでも契約が反故《ほご》になったわけではなかった。アストリッド自身も、父の死をモントフォード公爵に知らせるのを都合よく忘れることで、どうにか一年間は引き延ばしてきた。あのいまいましいミスター・ライトフットが余計なことさえしなければ、公爵閣下に知られることはなかったのだ。

でも、何か手があるはずだった。とにかく時間を稼がなければ。

スティーヴニッジには気の毒だけれど、うちの家族が相手では彼に勝ち目はないだろう。

あの見知らぬ小男がやってきてから二週間が経っていた。アストリッドは足音を忍ばせながら、早朝の光が差し込む城館の玄関ホールに向かい、ロンドンからスティーヴニッジ宛に届いたばかりの手紙をこっそりと抜き取った。彼宛に来た郵便物は、これまでもすべてそうしていた。あたりを見まわして誰もいないことを確認すると、封を破って手紙の内容に目を通す。

〝いったい、そっちで何が起きているんだ？　Mより〟

アストリッドは唇の端をゆがめ、含みのある笑みを浮かべた。片方の眉だけがあがっている。誰かが見ていたら、悪魔のような顔つきだと言うだろう。

「なんて横着者なのかしら」彼女はそうつぶやくと、手紙をくしゃっと握りつぶし、手近な火の前に向かった。「次回はもう少しまともな人をよこしたほうがいいわね。まあ、そんなことをしたところで無駄だけど。わたしたちは、ここを離れる気はこれっぽっちもないんだから」

だが、内心ではそれほど自信があるわけではなかった。ライルストーン・ホールに波乱が起こりそうだった。もう時間の問題だ。でも、ひとつだけ確信していることがある——どんなにくだらない契約を結んでいようと、このライルストーンはモントフォード公爵のものではない。ハニーウェル家のものだ。

2

ふたたびロンドンにて……

その晩、モントフォードはどこかへ行く予定だった。そうだ、ベルモント公爵の屋敷で行われる舞踏会だ。昼間にアラミンタのもとへの退屈な訪問をすませていたが、そのときに婚約してはじめてのワルツに連れだすと約束したのだった。ふたりとも、期待めいた思いで胸がいっぱいになるわけではなかった。モントフォードはあくまでも義務を果たしているだけで、アラミンタのほうもあいかわらず無表情だったということは、同じような気持ちだったのだろう。ところが今夜は、その義務を怠ってしまったようだ。とんでもないことだ。

これまで義務を怠ったことなどないのに。

一度たりとも。

ハニーウェル家のいまいましい例の一件で、心の平和が乱されているからだろうか？

なぜこれほど不安に襲われているのだろう？　もう夜一〇時だというのに、書斎の机の前に座り、暖炉の火をぼんやり見つめている理由が自分でもわからなかった。いや、認めたくはないが、本当はわかっている。アラミンタに正式に結婚を申し込んで以来、ただでさえ崖っぷちに立たされているような気分になっているのに、だめ押しするかのようにハニーウェル家の一件が降りかかってきたせいだ。

公爵夫人の選択を誤ったとは思いたくなかった。結婚相手にふさわしいとおぼしき国内の女性たちの中から慎重に選んだのがアラミンタなのだ。立派な家柄、立ち居ふるまい、几帳面な性格。それらの条件がそろっている女性は、彼女以外にはいなかった。そのうえアラミンタにはそれなりの知性もあるようだから、出来の悪い子が生まれる心配もない。ほかの女性のように長々とおしゃべりをすることもなければ、知るかぎりでは、癪《しゃく》に障るほどの悪い癖があるわけでもない。もっとも、たとえそんな癖があったとしても、自分は一七軒もの大きな屋敷を所有しているのだから、妻と顔を合わせずに暮らしていけるわけだが。

ああ、それからアラミンタは世間ではかなりの美人だと考えられている。古代ギリシアの大理石の彫刻にも似た美しさで、たしかに一般的に見れば、きれいな部類に入るだろう。とはいえ、彼女の美しさに魅了されたり、キスをして欲望が高まったりしたことはなかった。

じつのところ、だからこそアラミンタを選んだのかもしれない。自分の妻に欲望を覚えたところで、なんの役にも立ちはしない。彼女に恋をするなんてとんでもない。その手のことは中産階級の人間にまかせておけばいい。いちいち言うまでもないが、そんなことはとうてい無理なのだ。誰かを愛したことなど一度もないのだから。

アラミンタに求婚したことで、やるべきことはきちんとやった。それなのになぜこれほど頭が混乱しているのか、自分でもわからなかった。いや、わからないわけではない。ただ、人生の節目を迎えているときに、こんなとらえどころのないことで思い悩んでもしかたがない。

融通がきかず、冷たい人間だということは自覚していた。それを否定するつもりもない。何しろ八〇〇年も続く公爵領の化身とも言うべき、モントフォード公爵なのだから。それでもときには——頻繁ではないもののときどき、たいていはポルト酒を一、二杯あおった直後、自分の名前が悪くないと思えたときは、爵位など持っていない普通の男になりたいと思うことがあった。先祖の霊や紋章や広大な地所や義務だらけの毎日といったしがらみから解放されたい、と。

しかし、すぐさまわれに返ることになる。いっときの気分に流されて感傷的になったからといって、責任から逃げるわけにはいかない。誰かが舵《かじ》を取り、勘定を支払い、国をおさめていかなければならないのだ。ほかに誰がやるというのだ？　セバスチャンか？　マーロウか？

そのとき、笑い声がした。

物思いが悪魔を呼びだしたかのようにいきなり扉がノックされ、ふたりの客の来訪を執事が告げた。客人の正体はすぐにわかった。執事のスターリングスが彼らの名前を口にする間もなく、ふたりがいつものようにずかずかと書斎に入ってきたからだ。モントフォード家の屋敷にいたずら心なんてものが存在するとすれば、これはいわばお決まりのいたずらだった。

スターリングスはいつも彼らの名前をきちんと告げようとするのだが、セバスチャンとマーロウが必ずその邪魔をして偏屈な老執事の背中をなれなれしく叩き、そのままさがらせてしまうのだ。

そして今夜もまた、マーロウが執事の背中をぴしゃりと叩いた。スターリングスはその場で飛びあがって悲鳴をあげた。

「落ちついてくれよ」マーロウは間延びした口調で言うと、暖炉のそばの長椅子に大きな体を沈めた。その拍子に帽子が頭から転がり落ちる。「親愛の念をこめて軽く叩いただけさ。それより、またあのサンドイッチを持ってきてくれないか、スターリングス。あのフランス人のちび助のお手製ビスケットもな。中には〝例のアレ〟を入れてもらってくれ。とにかく腹ぺこなんだ」

マーロウは年がら年じゅう腹ぺこなのだ。

そして、いつも断りもせずにモントフォード家の厨房に料理を注文する。フランス人シェフのピエールが気分を害するようなものばかりを。マーロウの好物は〝例のアレ〟をたっぷりはさんだサンドイッチとミートパイで、ピエールにしてみれば、腕の振るいようがないのだった。

「かしこまりました、閣下」スターリングスは落ちつきを取り戻し、一礼して部屋を出ていった。

「いったい何をしている、モントフォード?」セバスチャンがしゃれた手袋をはずして戸棚を物色し、人数分の酒を注いだ。「〈ホワイツ〉にもベルモントの屋敷にも顔を見せなかっただろう」

モントフォードは低くうめいた。今の気分を説明する気になれなかった。

「ずいぶん仰々しいパーティーだったぞ」マーロウが言い添える。「それに退屈で気が変になりそうだった。姉にはもううんざりだよ。どうやら、われわれをまともな人間に変えようとしているらしい」彼はげっぷをしながら尻をかいた。マーロウの姉上はずいぶんと無謀な目標を立てたようだ。「ぼくにも一杯くれ、シャーブルック」

マーロウが大きな手を伸ばすと、セバスチャンがポルト酒の入ったグラスを手渡した。続いてモントフォードの目の前にもグラスが置かれる。モントフォードはしかたなくひと口すすりながら、マーロウが危なっかしい手つきで持っているグラスを片目でじっと見つめた。マーロウが長椅子の上で尻をずらして座り直した瞬間、ポルト酒がこぼれて彼の指と袖に跳ねかかった。

モントフォードは目をぐるりとまわし、今さらながらに思った。このふたりの親友は、どうしてこんなにがさつになったのだろうか？

特にマーロウはそうだ。服はしわくちゃで、腹が少しせりだしていて、黒い髪はぼさぼさでむさくるしい。おまけにいつも酔っぱらっている。セバスチャンのほうは、言葉で言い表すのが少し難しかった。いつもしゃれた服装をしているが……。

どことなく帽子職人のようにも見えるのは、流行の服に身を包んでいるからだ。今夜は銀糸で刺繍が施されたピンク色のベストに、優美な体のラインをあらわにするそろいの上着を着ていて、袖口からは花模様の入ったブリュッセル・レースがのぞいている。指には宝石のついた指輪がひとつ、ふたつ……いや、五つもはめられていた。懐中時計の金の鎖が腹のところで幾重にも交差している。レースと金と宝石が全身にちりばめられ、物憂げな気品を漂わせていた。ほかの英国紳士がどれだけ努力しても、決してこんなふうには着こなせないだろう。

さらに、クラヴァットはいつも無造作に結んであり、髪もわざとくしゃくしゃにして、今しがた起きたばかりのような印象を与えている。女性はみなセバスチャンに夢中だった。

それにひきかえマーロウのほうは酒の飲みすぎで顔が赤らみ、腹がわずかに突きでている。服装にも無頓着で、人前に出るときでさえ部屋着のローブとギリシア旅行で購入したサンダルのままでいいと思っていて――そして実際によくそうしている――サンダルから、世界をのぞき見ようとするかのようにつま先が飛びでていた。マーロウは何よりも心地よさを重んじる男だった。

おまけにこのふたりはもっとも質の悪い放蕩者《ほうとうもの》として、英国では男女問わず誰からも知られている。彼らに比べれば、放蕩生活を送った詩人のバイロンと取り巻き連中でさえ、たかが知れていた、と。

ふたりとも、ケンブリッジ大学を中退していた。そしてセバスチャンの卑劣なおじとマーロウの拳にまつわる〝ある事件〟のあと――三人のあいだでは、この件は二度と口にしないのが暗黙の了解になっている——彼らはモントフォードの力添えですぐさま将校の地位を手に入れ、スペインとポルトガルで賭博と娼婦と喧嘩《けんか》に明け暮れた。

その後、なぜかふたり同時にスペインのバダホスで負傷し、戦争の英雄となってロンドンに舞い戻った。以来、賭博場や競馬場や売春宿といった悪の巣窟に入り浸っている。たまにきちんとした場所へしぶしぶ足を運ぶとすれば、モントフォードかマーロウの辛抱強い姉であるブリンダリー伯爵夫人に誘われたときだけだった。

そんなふうに悪名をはせているにもかかわらず、マーロウとセバスチャンは上流階級の人々から愛されている。モントフォードにしてみれば驚くに当たらなかった。彼らは格好の噂話の種なのだ。マーロウは持ち前の愛想のよさに加え、酔うとさらに陽気になるところと、天性の乗馬の才能で支持を得ている。一方、セバスチャンは女性がみな足元にひれ伏すほどの人気ぶりで、〝ロンドン一の美男子〟だと見なされている。

これらはすべて『タイムズ』紙の記事によるものだ。

同紙では、モントフォード公爵についてもしばしば言及される。ふたりの放蕩者と親しい間柄なのに、なぜ道を踏みはずさずにいられるのだろう、と。〝公爵閣下は道徳と身だしなみの柱石であり、じつは生身の人間ではないのかもしれない〟——これもやはり『タイムズ』からの引用だ。たしかに彼らとの友情関係に困惑を覚えることもあるが、それは何も今にはじまったことではなく、ハロー校でともに過ごしていた頃からそうだった。それでもセバスチャンとマーロウとは切っても切れない間柄だ。モントフォードとしては、彼らの兄的な役割を担っているつもりだった。ふたりをさまざまな危機から救いだし、賭博台で注意を促し、〝いいか、事におよぶ前にその娼婦が清潔かどうか確認しろ〟と熱心に勧める。まあ、そういったことだ。

モントフォードは無事にケンブリッジ大学を卒業してロンドンに移り住むと、マーロウとセバスチャンから大歓迎を受けて〝ひとつ派手にやろう〟と誘われた。要するに社交シーズンのあいだじゅう、賭博場と売春宿と競馬場に通いつめるということだ。親友たちが〝ロンドン一の放蕩者〟と呼ばれるようになっても、なぜかモントフォードだけはその立派な呼び名をちょうだいすることはなかった。

結局、誰かが冷静を保ち、マーロウとセバスチャンが厄介な事態に陥ったときに助け舟を出さなければならない。彼らに喧嘩を売ってくる輩《やから》を追い払ったり、ふたりが酔いつぶれたときはベッドまで運んでやったりする人間が必要なのだ。

モントフォードはどこまでいってもモントフォードで、それこそが目下の問題だった。彼は机の前に座り、ポルト酒をすすりながら、友人たちがだらだらする様子を不機嫌な顔で見つめた。今にも頭が爆発しそうな気分だった。

執事のスターリングスが、サンドイッチとビスケットをのせたトレイを持って戻ってきた。マーロウは居眠りから目を覚ましたかと思うと、あっという間に平らげ、また長椅子にもたれかかり、目を閉じたままポルト酒を飲みはじめた。

「いつもに増して陰気くさい顔だな」セバスチャンが屈託のない口調で言い、机の端に腰かけた。そして机の縁に沿って一直線に並んでいる文房具の列から、羽根ペンの詰まった箱を追いだした。

「世の中には重要な仕事を抱えている人間もいるんだ」モントフォードは小さく吐きだすように言った。

「たしか議会は休会中のはずだが」

「たしか管理しなければならない公爵領があったはずだが」モントフォードは切り返した。

「そんなことはスティーヴニッジにまかせておけばいいだろう」セバスチャンが首をめぐらせて室内を見る。「おや？　きみの腰ぎんちゃくはどこだ？　まさか一日の終わりに箱詰めにして、引き出し《ドロワーズ》にしまっておくわけじゃないだろうな。たまにはこの部屋から出してやったらどうだ」セバスチャンが冗談めかして言う。

「まさにそうしているところだよ。ここにいないだろう」モントフォードは鼻であしらった。

「それは驚いた」セバスチャンはいったん口をつぐむと、羽根ペンを手に取って指でくるくるとまわした。「それで、彼はどうした？」

「所用でヨークシャーに行かせているんだが……」

「やけに自信のなさそうな口調だな」

「なんの音沙汰もないんだ。もう二週間になる」

何やら異変を感じたらしく、セバスチャンの持っていた羽根ペンが膝の上に落ちた。驚いたように目をしばたたいている。「まさか本気で心配しているわけじゃないだろうな？」

「あいつが連絡をよこさないなんて、まずありえないことだ」

「それもそうだな。誰かさんが、現地での行動を箇条書きで逐一報告してくるのを待ち構えているんだから。それにあのスティーヴニッジのことだ。彼はきみ以上に几帳面な男だよ。ところで、いったいどこへ行かせたんだ？　ヨークシャーと言ったか？」

「うちの地所だ。ある仕事を片づけるために行かせた」

「どうも要領を得ないな。きみは山ほど地所を持っているんだから、もっと具体的に言ってくれ」

　モントフォードとしては、これ以上具体的なことは言いたくなかった。ハニーウェル家の話を持ちだしたら、セバスチャンがどう反応するかわかりきっているからだ。モントフォード家とハニーウェル家のいきさつはすでに知られている。彼はなんでもお見通しなのだ。とにかく頭の回転が速い。おまけに記憶力もすこぶるいいときている。

　とりわけ快楽を得られそうな事柄に関しては。

〈ハニーウェル・エール〉のように。

「何を隠しているんだ？」セバスチャンが目を細めながら尋ねた。

　ああ、まったく。どのみち、セバスチャンにはいずればれるだろう。「アロイシウス・ハニーウェルが死んだらしい」

「ハニーウェル……ここにあるなら、ぜひもらおう」もっと酒が飲めそうだと察したらしく、マーロウが目を覚ましてもごもごと言った。

「おい、マーロウ、ハニーウェルが死んだらしいぞ！」セバスチャンが大声をあげ、机から腰を浮かせた。

マーロウの赤みがかった顔から、見る見る血の気が引いていく。次の瞬間、彼はがばっと立ちあがった――こんなにすばやく動くのを見るのは何年かぶりだ――ところがすっかり気が動転して、今度はポルト酒のことをすっかり忘れていたらしい。マーロウの腹からグラスが転げ落ち、ペルシア絨毯《じゅうたん》の上に着地した。

モントフォードの喉の奥からこぼれた音は、決して泣き声ではなかった。だが、かぎりなくそれに近いものだった。

マーロウは染みのついたベストの前を手でぬぐったが、もはや無意味なことを見て取ると、身をかがめてグラスを拾いあげた。「すまない、モントフォード」彼は小声で詫《わ》びた。

「気にしなくていい。新しいものに買い替えるから」モントフォードは歯を食いしばったまま言った。頭痛に襲われていた。

「ああ、じゃあ……」マーロウはまたしてもうとうとしかけたが、どうにか考えの脈絡を見つけだそうとしているらしく、眉間にしわを寄せた。そしてすぐさま思いだした。「ハニーウェルが死んだだと！」彼はものすごい剣幕で怒鳴った。その声がなければ、モントフォードは絨毯の件でマーロウが謝罪したことに感銘を受けていたところだ。「まさか醸造所を閉鎖するなんて言わないだろうな！　そんなのは耐えられない」

「当たり前だ。あの醸造所を閉鎖するわけがない」セバスチャンがあざ笑うように言ったが、かすかに不安を覚えたらしくモントフォードのほうを向いた。「なあ、そうだろう?」

モントフォードはただ肩をすくめた。もう一瞬も耐えられなかったからだ。絨毯にこぼれている液体につかつかと歩み寄ると、ハンカチでポルト酒の染みを拭き取りにかかった。

「ハニーウェル家には男子の相続人がいないんだ。あの地所は公爵領に返還されることになるだろう」彼は言った。

「だからって……あの醸造所をたたむつもりじゃないだろうな」マーロウがわめいた。「モントフォード! それはあんまりだぞ!」

「アロイシウス・ハニーウェルは一年も前に亡くなっていたんだ。ところが、きみたちが〝エール〟と呼んでいる安酒は、まだ何者かによって作られている。つまり、きみらは喉の渇きで死ぬ心配はないということだ」

「そうか」危機を回避したと思ったのか、マーロウが肩をすくめて長椅子に戻った。別のグラスにポルト酒を注ぎ直してから。

「そうか」セバスチャンも同調したが、すぐに眉をひそめた。「一年前と言ったな。それにしても妙だ。そんな込み入った事情を放ったらかしにしておくなんてきみらしくもないぞ、モントフォード」

「ああ。ハニーウェルが死んだという事実を知ったのは二週間前だからな」

セバスチャンが片方の眉をつりあげた。「なるほど。それが不満なわけか」

「きみに何がわかる」

「それでどうするつもりなんだ？」

「まだ決めていない」

「とりあえず、醸造所をたたむ気はないんだろう？」セバスチャンがまた尋ねた。またも眠りこけているマーロウを刺激しないように抑えた声だった。

「たいして利益が出るわけでもないんだ」

セバスチャンが首を横に振り、腹立たしげに両手をあげた。「きみにはそれしかないのか？利益だけがすべてなのか？」

「すべてとは言わない。だが、まあ、当たらずとも遠からずだ」誰かがこのふたりに、酒やミートパイを与えつづけなければならないのだから。

「正直者だということは認めてやるが」

「なあ、シャーブルック、モントフォード一族がハニーウェル家を快く思っていないことは知っているだろう」

「言わせてもらうが、ハニーウェル家の人間には会ったこともないんだろう？」

「ああ。だとしても、ライルストーンを所有しているのはこのわたしだし、これ以上ずさんな管理を続けさせておくわけにはいかない。あの土地から得られる利益から判断すると、借地人たちはひもじい思いをしているはずなんだ」

「でも、エールはどうなる！　なあ、モントフォード、あれは英国一すばらしいエールなんだぞ！」セバスチャンは巧みに言いくるめようとした。彼にしてみれば、借地人の窮状など知ったことではないのだろう。

モントフォードはため息をつき、自分の額をさすった。「正直に言えば、どうしたらいいのかわからないんだ。ステイーヴニッジが音信不通になって……頭が混乱している」

セバスチャンが熱心にうなずく。「今のきみに必要なのは、のんびりした休暇だ」

モントフォードは鼻先で笑った。ふん、何が休暇だ。「公爵は休暇を取ったりしないものだ」

いたずらっぽい目つきで、セバスチャンがこちらを見た。「まじめに言っているんだ、モントフォード。きみはときどき、とんでもなく退屈な男になることがあるな。われわれと同じように、きみだって生身の人間なんだ。ぼくに言わせれば、そのクラヴァットを少しはゆるめたほうがいい。でないと、窒息してしまうぞ」

「そうだ、そのとおり」マーロウが賛成した。どうやら、はたから見るよりも話の内容に注意を払っているらしい。

「余計なお世話だ」モントフォードは不機嫌に言った。「きみもな」マーロウにも言う。

セバスチャンが目をぐるりとまわしてみせた。

「それに、そんな……休暇なんて取っている暇はないんだ。何しろ、結婚式を一カ月後に控えているんだから」

セバスチャンの顔が曇った。モントフォードが間近に迫った結婚の話を持ちだすと、決まってこういう表情になるのだ。「その件についてもだ、モンティ。相手はレディ・アラミンタだぞ？　本当に大丈夫なのか？」

「大丈夫に決まっているだろう。彼女なら完璧な公爵夫人になるはずだ」

セバスチャンがぶるっと身震いする。「まあ、石を削って氷でかためた像を公爵夫人と呼べればの話だがな。レディ・アラミンタは薄情で、思いやりがなくて、わがままな上流階級の娘だ」

そんなふうに言われても別に腹は立たなかった。婚約者とその家族に関する彼なりの意見として受け取っておくことにした。じつはそれがモントフォード自身の意見でもあったが。

「それを言うなら、彼女の姉のほうだろう」モントフォードは真顔で言った。

セバスチャンが目を細める。「何？　レディ・キャサリンか？　ぼくの最愛のおばのことを言っているのか？」そう言って鼻先で笑った。「ああ、そのとおりだ。姉のほうが、妹よりも一〇倍はひどい。あれほどうぬぼれが強くて、冷淡そのものの――」

「彼女と話をしたことがあるとは知らなかったよ」モントフォードは口をはさんだ。

セバスチャンがはっとしたように黙った。顔に怒気がみなぎっている。

「いや、話したことなんかない。だが、顔を合わせたことならある。紹介されたんだ」それで説明がつくと言わんばかりだ。

今度はモントフォードが目をぐるりとまわしてみせる番だった。

セバスチャンは暖炉の前を行ったり来たりしはじめた。「カーライル家の姉妹はお高くとまっていて、面白みがなくて、冷血人間の見本みたいなものだ」彼がこちらを向く。「彼女を見ていると、肩をつかんで思いきり揺さぶり、活を入れたくなる。彼女に触れたら石に変えられてしまいそう――」

「われわれは今、レディ・アラミンタの話をしているのか？　それとも姉のほうか？」モントフォードはまた口をはさんだ。

セバスチャンが足を止め、目をしばたたいた。「えっ？」

「〝彼女〟と言っただろう。彼女の肩をつかんで、それから――」

「ああ、そうだ、そうだった」セバスチャンが吐きだした。それから取りつかれたような表情で室内を見まわすと、机の前まで歩いていき、ポルト酒の入ったグラスを手に取ってあおった。

セバスチャンは自分の言ったことにも、それが何を意味しているのかにも気づいていないのだろう。そして妹のほうではなく、姉のレディ・キャサリンの話をしていることにも。彼は数年前にとある舞踏会ではじめて出会った瞬間から、疎遠なおじの新しい妻となったマンウェアリング侯爵夫人を毛嫌いしている。そして相手も同じ感情を抱いていることは、モントフォードも承知していた。

「ああ、くそっ」ポルト酒を一気に飲み干し、セバスチャンが小声で悪態をついた。「女性の話はもうやめだ」

「そうだ、そのとおり」マーロウが相づちを打つ。

セバスチャンは空になったグラスを持ちあげてマーロウに敬意を表すと、モントフォードのほうに向き直った。「モントフォード、きみが旅嫌いなのは知っているが、一度ヨークシャーに行ってみる必要があるんじゃないのか」

モントフォードは旅が何より嫌いだった。体が拒絶反応を起こすほどに。

「冗談じゃない」

「ちょうどいいじゃないか」セバスチャンが唇をゆがめる。「きみは頭をすっきりさせる必要があるんだ。田園や羊に囲まれたヨークシャーは、まさにうってつけの場所だよ。聞くところによれば、この時季のヨークシャーは空気がすばらしいそうだぞ」

「糞《ふん》のにおいがぷんぷんしているはずだ」

「その積もりに積もった怒りをハニーウェル家の連中にぶちまけてやればいい。彼らを屋敷から追いだして、醸造所をぶっつぶしてしまえばいいじゃないか」

「そんなまねをしたら、二度と口をきかないからな」マーロウが長椅子に座ったまま、脅かすように言った。

「おそらく醸造所だけは残しておくことになるんじゃないかな」セバスチャンがそう言って、目配せをする。「この国の半分を占める男たちを敵にまわしたければ話は別だが」

モントフォードは鼻を鳴らした。「よくあんなお粗末なものが飲めるな」

「一杯でも飲んだことがあるのか？」

「いや、だが飲まなくたって……」

「だったらとやかく言うな。ええと、どこまで話した？　ああ、そうだ、とにかくハニーウエル家のやつらに一度がつんと言ってやればいい。醸造所は残す。新鮮な空気を吸ってくる。そうすれば月末までには正気を取り戻して、悪趣味なまねは……」

「それはわたしの結婚式のことを言っているのか」モントフォードは無愛想に言った。

セバスチャンがくすくす笑いをもらし、わざとらしく顔をしかめる。

「そんなことを言うなら、醸造所は焼き払ったほうがいいな」モントフォードは足早に扉のほうへ向かった。

「どこへ行くんだ？」マーロウがむっくりと身を起こし、声を張りあげる。

頭をがんがんぶつけに行くんだ。「もう休む」

「なんだよ、あいかわらずつきあいが悪いな、モンティ」マーロウがぶっきらぼうに言った。

「前にも言っただろう、その呼び方はやめろ」

「じゃあ、どうする？　またぼくの鼻を砕くのか？」

「挑発するな」

「おやすみ」部屋を出て扉を閉めたあと、セバスチャンの声が聞こえた。

彼らとの会話がこんなふうに終わるのは、別に珍しいことではなかった。朝になって書斎に戻ってみると、戸棚の酒が一滴残らず飲み尽くされているはずだ。自分がいないあいだに、自分のおごりで友人たちが楽しんだという証拠だ。

普段なら、彼らが楽しんでいくのを疎ましいと思うことはなかった。ふたりは年がら年じゅう、うるさい借金取りをかわしたり、どじを踏んだりしながら、友人たちの屋敷で飲み食いしている。あのふたりにいいように利用されようと、まったく気にならなかった。なぜなら、彼らは金の無心をしたり、何かをせがんだりすることはないからだ——まあ、厨房からサンドイッチをせしめたり、ポルト酒を勝手に飲んだりするのは別として。ところが今夜は、ふたりの襟首をつかんで屋敷から放りだしてやりたい気分だった。

やはり頭がどうかしている。なんだかんだいっても、彼らは親友なのだ。考えてみれば、友人と呼べるのはあのふたりしかいなかった。

そのことに気づいた瞬間、さらに気分が悪くなった。世界じゅうでたったふたりしかいない友人が、サンドイッチと戸棚の酒欲しさにまとわりついてくるヒルのような連中だとは。おまけに余計な口出しをして、例のいまいましいエールを彼らから奪う機会さえ邪魔しようとしたのだ。

モントフォードは大きな洞窟を思わせる豪華な玄関ホールから、大理石の主階段を重い足取りでのぼった。この屋敷と同じように、自分の人生もがらんとしてむなしく思えた。もしかしたら、本当に休暇が必要なのかもしれない。

3

公爵、いざ荒野へ

モントフォードの心の中に巣くう悪魔は、すでに触れたさまざまな強迫的な行為のほかにも、ふたつの異なる恐怖症となって姿を現していた——ひとつは馬車に乗ることで、もうひとつは血を見ることだった。なぜそれらに恐怖を覚えるのかは彼自身にも説明できない。夕食の皿の上で、いろいろな食材が触れあうのが我慢ならない理由を説明できないのと同じように。ただし、恐怖を隠すことにかけては長けていた。モントフォード公爵ともあろう者が、馬車に乗れば吐き気をもよおし、かすり傷程度で失神するなどという事実を人々に知られるわけにはいかないからだ。

彼は馬車に乗らなければならないような長時間の旅行は極力避けて、可能なかぎり自分の馬に乗っていた。得意なフェンシングをするときは、剣《フルーレ》の先につけた布がはずれないか念入りに確認し、相手を傷つけないようにしていた。そして自分が傷つけられた場合は——めったになかったが、あるとすればたいていセバスチャンの熟練した手にかかったときだ——絶対に傷口を見なかった。運がよかったのは、たった一度だけマーロウの決闘の介添人を務めたときだ。マーロウが肩に銃弾を受け、最後は流血沙汰になった。その場がすぐに修羅場と化したため、モントフォードがめまいを起こしていることは誰にも気づかれずにすんだというわけだ。

　そんな事情があるにもかかわらず、モントフォードはふたりの友人と話をしてから三日後、耐えがたいほど長くてさんざんな旅の末に、ロンドンから北にあるライルストーン・ホールに到着することになる。旅への嫌悪感よりも今の状況に対するいらだちのほうが勝り、ハニーウェル家にまつわるこの問題を未解決のままにしておくぐらいなら、悲惨な数日間の旅に耐えたほうがましだと判断したのだった。

　害虫だらけの宿屋に泊まるのは我慢ならなかったし、ロンドンからライルストーンまでのあいだに自分の屋敷はなかった。そのため、吐き気をもよおしたときと、従者のクームズにクラヴァットを結び直させるとき、そして馬を乗り替えるときだけは御者に命じて馬車を止めさせるものの、あとはひたすら先を急いだ。その速度で進んでいけば、二日間で到着するはずだった。ところが二日目に馬が脚を痛めてしまい、代わりの馬を見つけるのに午後じゅうかかった。

　モントフォードのいつもどおりの正確な目算によれば、三日目の午前中には目的地にたどりつくはずだった。しかし実際は、砂漠の中のオアシスのように、ライルストーンはとらえどころがなかった。ヨークシャーの谷にはたいして砂地はなかったが、田園生活が好きになれないモントフォードにとっては荒野も同然だった。馬車の窓から外をのぞくたびに身震いを抑えた。見渡すかぎり農地と森林が広がっていて、あちこちに牛や馬がいる。どう見ても田舎くさくて……不潔そうだ。

正午になる頃には、道に迷ったことが確実になっていた。モントフォードは最寄りの村に立ち寄って道を尋ねるよう御者に命じた。だが、人間よりも羊のほうが多く住んでいそうなその村では、ろくに助けを借りられないとわかった。人間の居住者は、公爵家の紋章のついた馬車には家畜を見る程度の関心しか示さず、協力を申しでようともしなかったからだ。結局、べろんべろんに酔って酒場から放りだされた男をつかまえてどうにか道順を聞きだしたものの、男は北部訛《なま》りがひどく、モントフォードの耳には中国語に聞こえるほど理解不能だった。

この旅でモントフォード以上に疲れきっていたのは、一睡もさせてもらえない御者のニューカムだった。彼は男に数シリングを渡して立ち去らせると、馬車に酔ってぐったりと窓から身を乗りだしているモントフォードのほうに向き直った。

従者のクームズが座席で縮こまり、ハンカチで敏感な鼻を覆った。ニューカムが立っている地面の泥のにおいに驚いて目を見開いている。

「あの男はなんと言っていたんだ？」モントフォードはきいた。

「さっぱり見当もつきません、閣下。ですが、男の身振りから、多少はわかったような気がします――」ニューカムが眉根を寄せる。「もしかすると悪口を言われていただけかもしれませんが」

「前者であることを祈ろう」

「たぶん東です」ニューカムがそう言って肩をすくめた。疲れすぎて、もうどっちの方向でもかまわないと言わんばかりに。それから御者席に這いあがると、鞭《むち》をひと振りして馬たちを走らせ、ヨークシャーに着いて以来、どこを通っても同じにしか見えないぬかるんだ道を進みはじめた。

数分後、モントフォードは馬車を止めるようニューカムに命じると、またしても窓から身を乗りだし、胃の中身をぶちまけた。この四八時間で、もう五一回目だった。もっとも、胃の中にはもう何も入っていなかったが。

やっとの思いで馬車の中に戻ると、クームズがかすかにとがめるような表情でじっとこちらを見た。クラヴァットがとても清潔とは言えない状態になっていたからだ。

「何も言うな」モントフォードはうめくように言った。「向こうに到着したら、疲れを癒せるはずだ」

ニューカムとクームズのふたりしか連れずに、この旅を乗りきろうとした判断そのものが疑問に思えてくる。だが、どうしても旅に出なければならないときは、いつも身軽にしておくことをモントフォードは心がけていた。この胃の弱さを知る人間は、少なければ少ないほどいいからだ。

御者のニューカムは信頼できる男だった。リヴァプール出身の元ボクサーで、雇い主にどこまでも忠実だ。もちろん従者のクームズの忠誠心も疑ったことはないけれど、ベストやコロンや靴磨きに関することでなければ、この男はすっかり途方に暮れてしまうのだ。

　モントフォードとしては、ライルストーン・ホールに堂々と乗り込み、そこにいる全員をおとなしく従わせるつもりだった。何しろ、あの摂政皇太子でさえ、進んで彼の意見に従おうとするぐらいだ。ただし今回の件については、それほど自信はない。先に進めば進むほど、文明世界から離れていくような気がする。ライルストーン・ホールは思っていた以上に辺鄙《へんぴ》な場所にあるようだった。自分が所有しているどの地所よりも人里離れたところにあるのは明らかだ。マル島にある地所だけが例外だが、あそこは絶対に訪ねるつもりはない。

　町と呼べるような場所へたどりつくまでに何日もかかりそうだった。それに、この自分でさえ屋敷を見つけるのがこれほど難しいのならば、ほかの誰にも見つけようがないし、何が降りかかってきても不思議ではなかった。

　やれやれ、被害妄想に陥っている場合ではないぞ。モントフォードはそう自分に言い聞かせた。スティーヴニッジの身に不吉なことが起こっていると本気で思っているわけではないはずだ――まあ、ほんの少しぐらい疑ってはいるが。ただ、人里離れた荒地の村人たちから受けた手厚い歓迎ぶりから判断すると、ライルストーン・ホールであたたかく迎えてもらえるとはとても思えない。

　モントフォードの沈んだ気分は、夕方近くになってようやく一瞬とはいえ明るくなった。道を曲がったとたん、遠くのほうに田園と羊以外のものが目に入ってきたからだ。それは灰色の古い城館だった。戦略的に丘の上に建てられたらしく、周囲を庭と果樹園に囲まれている。まるでミスター・コンスタブルが描く風景画から出てきた城のようだった。西日が斜めに差し込み、崩れかけた灰色の城壁をあたたかな蜂蜜色に輝かせている。果樹園の木々には果実がたわわに実り、庭には晩夏の花が咲き乱れていた。

モントフォードは胃が締めつけられるのを感じた。今回は吐き気をもよおしたわけではなく、なんとも居心地の悪い、なじみのないあたたかな感情がこみあげてきたからだった。正直に言えば、おとぎばなしからそのまま抜けだしたような城だと思った。たとえば家族が暮らしていそうな場所。完璧で絵のように美しく、いくぶん古風で趣がある。モントフォードが自ら進んで訪れたいとは決して思わない場所。彼は古風で趣のあるものなど求めていなかった。あれがライルストーン・ホールでなければいいと願いつつも、心の奥底ではそうであってほしいとも思っていた。自分では認めたくなかったが。

馬車の窓から身を乗りだし、ニューカムにそのまま先へ進むよう命じると、警戒しながら迫りくる城館を見つめた。近づくにつれ、方向感覚を失っていくような気がする。あの城館は何かがおかしいのに、それがなんなのかわからない。今では崩れかけの建物と、場当たり的に植えたとおぼしき草木の生い茂る前庭がはっきりと見て取れた。

欠陥はいくつも見つかったが、モントフォードはいらだちながら頭を振って打ち消した。この城館は、もっと根本的なところでまずい点がある。そのせいで頭がくらくらして、手のひらに汗がにじんでいるのだ。まるで足元の地面が傾いているような……。

「クームズ、あの城館は曲がっているぞ」モントフォードはきっぱりと言った。

従者は建物をじっと観察しながら、ハンカチを取りだして眉毛をぬぐった。目も当てられないほど大量の汗が噴きでている。「おっしゃるとおりですね、閣下。まさか、われわれはあそこに泊まるわけではありませんよね？」ほとんどわめき声に近かった。

「とにかく落ちつくんだ、クームズ」モントフォードはなだめたが、自分自身も決して冷静とは言えない状態だった。城館から――とりわけ北側の塔から――目をそらすことができない。その塔は危険なほど南側の塔のほうに傾いていた。まるで老婆の背中のように。ニュートンのすべての法則に逆らって。凄惨な交通事故の現場や、身の毛がよだつような顔の傷を目撃してしまったような気分だ。ただただ目が離せなかった。

今となっては、この場所が最終目的地でないことをひたすら願うばかりだった。心の底ではライルストーン・ホールに到着したのだとわかっていたとはいえ。ハニーウェル一族以外に、誰がこんな傾いた城館で暮らそうなどと思うだろう？

建物の前で馬車を止めると、習慣に従って迎えの者が来るのを数分待った。ところが、そうは事が進まなかったので、ニューカムに命じてくぼみだらけの大きなカシ材の扉をノックさせた。応じたのは、突然鳴きだしたカラスの声だけだった。どうやら頭上の胸壁に巣を作っているらしい。

ニューカムが振り向いて肩をすくめる。

「まったく……」モントフォードはぶつぶつ言いながら馬車の扉を押し開けた。踏み段をおりてぬかるみにおり立った瞬間、足首まで泥の中に沈み込んだ。ブーツに視線を落としてから、ニューカムを見あげる。賢明な御者はにやついたりはしていなかった。モントフォードは悪態をついた。

石段をのぼって御者の隣に立つと、続けざまに扉を叩いた。何度も繰り返し叩いてみたが、カシ材の戸枠が震え、カラスたちがさらなる抗議の声をあげただけだった。

「留守みたいですね」ニューカムは言ったが、そんなはずはなかった。扉の向こうから、大勢の人間がいると思われる耳障りな音が聞こえてくる。誰かいるのだ。そして居留守を使っている。

モントフォードはまた扉をノックしたが、手袋に染みがついて絶望感に襲われた。見おろすと、もうお手あげだとあきらめかけたそのとき、扉がきしみながら内側に開いた。

子どもが立っている。せいぜい七、八歳といったところだろう。茶色の髪はぼさぼさで、顔が汚れているが、古代ローマのトーガに似た衣服はさらに汚れていた。男の子なのか、女の子なのかも判別がつかない。少年――あるいは少女――は目を見開き、こちらを見あげていた。

「ここはライルストーン・ホールか？」モントフォードはぶっきらぼうに尋ねた。

子どもはぽかんと口を開けたまま、ただじっとこちらを見つめている。

「両親はどこだ？　あるいは使用人は？」

子どもが首を横に振る。

「じゃあ、大人は？　ミスター・スティーヴニッジを探しているんだが。もしくはA・ハニーウェルという人物を。どちらかでも知っているかな？」

子どもは少し身構えるようにうなずいた。

「では、ここがライルストーン・ホールというわけだな」モントフォードはさらに言った。

子どもはためらう様子を見せたが、首を縦に振った。

ようやく状況が進展したわけだ。自分が傾いた城館を所有していたという事実を知ったのでなければ、安堵《あんど》していたところだ。

ほかにも質問をしようと思って見おろすと、すでに子どもの姿は消えていた。モントフォードはまた悪態をつき、ニューカムのほうを向いた。

御者はため息をつくと、帽子を脱いで両手で髪をかきあげた。路上に立ちっぱなしだったせいで、埃まみれになっている。「どうしましょうか、閣下？」

「さっぱり見当もつかない」モントフォードは正直に答えた。

「建物の中に入っていていただけますか、閣下？　ひょっとしたらわたしとミスター・クームズとで、馬小屋を見つけられるかもしれませんから。馬が疲れきっているんです」

「いいだろう。あとからクームズをこっちによこしてくれ。扉の向こうで何が待ち受けているかわからないが、少し様子をうかがう時間が必要だ。クームズに気絶されてはたまらないからな」

「おっしゃるとおりです、閣下」

モントフォードはため息をつき、カシ材の扉を抜けて薄暗い廊下に足を踏み入れた。トーガを着ていた子どもが姿を消したのと同じ道をたどって廊下を右へ曲がると、いつの間にか応接間に来ていた。使い古された家具や本、わけのわからない身のまわり品が雑然と並んでいる。テーブルの上には磁器の像や、花でいっぱいの花瓶、エナメル細工の安っぽい品々がでたらめに散らばっていて、見ているだけで自分の頭を銃で撃ち抜きたくなってくる。散らかり放題の大きなテーブルの脇を通り過ぎたところでふと立ち止まり、また引き返した。我慢の限界だった。モントフォードは、小さなかぎ煙草入れのコレクションをテーブルの端に沿ってきちんと並べ直した。それぞれが等間隔になるように。心臓の鼓動が落ちついたところでさらに先へ進み、机の前で足を止めた。ちらりと目をやると、本がページの中ほどで開いたまま伏せて置いてある。背表紙に書かれている題名を見て、彼は眉をつりあげた。

トマス・モア卿の『ユートピア』。エナメル細工のかぎ煙草入れのコレクションが置いてあるような部屋で、こういう高尚な本を見つけようとは思ってもみなかった。本を手に取った瞬間に思わずびくりとする。ページのあいだから、ひとまわり小さな本が抜け落ちたからだ。

見覚えのあるその本に気づいたとたん、少しうしろめたい気分になった。同じものを数カ月前にセバスチャンから渡されていたからだ。それはクリストファー・エセックスの一番新しい詩集で、どぎまぎするほど破廉恥な内容だった。この詩集に比べたら、バイロン卿の詩など、童謡なのかと思うほどだ。とはいえ、モントフォード自身は出版禁止になっているエセックスの本は一冊も持っていない。内容に興味をそそられないからだ。これっぽっちも。単に、現代の詩人たちの中では機知に富んでいると思うだけだ。

ところがこの詩集の持ち主は、こっそりと隠れて読んでは官能をくすぐられているらしい。まったく、何がトマス・モアだ！

詩集をもとに戻して——というより、机に沿って平行になるように置き直して——部屋を立ち去ろうとしたそのとき、あるものが目に入ってきて心臓が口から飛びでそうになった。扉のところにマリー・アントワネットの幽霊が立っていた。いや、そうではなくて、見たとたんぎょっとするような女性だった。身につけている昔風の夜会服にはごてごてした装飾がついていて、スカートの部分に別布《パネル》が重ねてある。ヴェルサイユ宮殿でよく着られていたようなドレスだが、くたびれていて少々みすぼらしく見えた。髪粉をつけた白いかつらは女性の身長の半分近くもの長さがあり、蝶《ちょう》結びのリボンやら作り物の果物やらがちりばめられ、頭のてっぺんにはこれまた作り物の鳥まで止まっている。女性は紛れもなく生身の人間で、紛れもなく年老いていた。顔におしろいと口紅をたっぷり塗りたくっているせいで、深いしわがひび割れている。

モントフォードの姿を認め、女性が大きな悲鳴をあげた。その拍子にかつらがわずかに右側へずれる。彼女は凝ったドレスのスカートの裾をつまむと、あわてて部屋を飛びだした。

モントフォードはそのうしろ姿をじっと見送った。

それからあとを追った。

「あの、お待ちを!」呼びかけながら廊下へと引き返す。

しかし、高齢の女性はすでに姿を消していた。あの子どもと同じように。

あてもなく城館の中をうろついて人の姿を探してみたが、誰も見つからなかった。やがて温室らしき場所に出た。応接間と同じく雑然としていて、鉢植えや子どものおもちゃが所狭しと置かれている。がらくたのあいだを縫ってゆっくり進んでいくと、ガラスがはめ込まれた両開きの扉があり、そこから中庭に通じていた。草に覆われた中庭の真ん中に噴水があり、ギリシア神話の海の神であるポセイドンの像が置かれている。

噴水は使われていなかった。なんということだ。

ただし、人の気配がした。子どもがふたりいる。ひとりはさっき見かけた子だ。もうひとりのほうはいくらか年上のようだが、やはり服が汚れていて性別が不明だった。ふたりは芝居のまねごとをしているらしく、棒で打ちあいをしながら噴水のそばを走りまわっている。

モントフォードは中庭に出て、子どもたちに声をかけた。ふたりが振り返る。そして彼の姿を見たとたん、棒を放りだしてバラの茂みに逃げ込んだ。モントフォードは足早にあとを追った。茂みのまわりをまわってみたが、誰もいないことに気づいて悪態をついた。

激しいいらだちを覚えて天を仰いだが、それが大きな間違いだった。ふと気づくと、北側の塔を見あげていた。

モントフォードはよろめきながらあとずさりした。急に船酔いしたような気分になり、思わずうつむく。

そのとき、遠くのほうから物音が聞こえた。人の声のようだ。モントフォードはにわかに元気がわいてくるのを感じたが、続いて聞こえてきた声は、およそ人間のものとは思えなかった。キーキーという声、鼻を鳴らすような音。不潔きわまりない動物だけが立てる音だ。

ほかにどうしようもないので音に導かれるようにして城館の脇へまわってみると、やがて馬小屋の前庭と思われる場所に出た。その先には広めの野菜畑が広がっている。

音は畑のほうから聞こえていた。まもなく人の頭が動くのが見えたが、ぶつぶつ文句を言う声とともに、また塀の向こうへ消えた。モントフォードは捨てばちな気分でぬかるんだ地面とブーツに目をやると、意を決して歩きはじめた。これ以上ないほど慎重に慎重を重ねて。ぬかるみの中を。

どうにか塀の前までたどりつくと、向こう側をのぞいてみた。そして次の瞬間、目の前の光景に目を丸くした。泥のこびりついたズボンと袖のない上着を着て、くたっとした帽子をかぶった青年が、見たこともないほど巨大な豚につけたロープを必死に引っ張っていた。

クリスマスの祝いのテーブルをにぎわせるものは別として、これほど大きな豚を実際に見るのははじめてだったが、それにしても世界じゅうのどこを探してもこんな大きな豚は見つからないだろうとモントフォードは確信した。ひたすらロープを引っ張っている青年の四倍の大きさはある。そのうえ、大地の恵みであるキャベツを口いっぱいに頬張っているところから判断すると、この豚はまだまだ大きく育ちそうだ。

青年が悪態をついてもう一度ロープを引いたが、豚はときおり鼻を鳴らすだけでびくともしない。

モントフォードはこのどたばた喜劇を早々に終わらせ、青年をもっとましなことに活用しようと決めた。「おい、きみ」大声で呼びかける。「そんなばかなまねはすぐにやめて、この城館を管理している人間を呼んできてくれ」

青年がモントフォードの声に驚き、ぬかるみで足を滑らせて尻もちをついた。その拍子に帽子が脱げてキャベツ畑に転がり落ちる。青年は目にかかった髪を払いのけ、モントフォードのほうに向き直った。不機嫌な顔でにらみながら。

そのときはじめて、モントフォードは気づいた――青年が青年ではないということに。若い男だとばかり思っていた人物は……なんと女性だった！　その瞬間、傾いた日差しの筋が畑に差し込み、女性の髪がめらめらと燃えるかがり火のように輝いた。赤とオレンジのまじった強烈な色だった。これほど不気味な色合いの赤毛はこれまで見たことがない。どうやら背中のあたりで束ねてあるようだが、波打ちながらあちこちからこぼれ落ちている。

眉のほうも不気味と言わざるをえなかった。太くて濃い眉は驚くほどつややかで、燃えるような赤色の髪に比べれば黒っぽく見える。唇もやけに大きくて分厚い。お世辞にも美人とは言えなかった。たとえ顔がそばかすだらけでなかったとしても。泥がこびりついていなくても。

彼女の顔を眺めているうちに、北側の塔を見あげたときよりひどいめまいに襲われた。

この女性は何かがおかしい。どことははっきり言えないが、間違いなく……ちぐはぐな感じがする。ゆがんでいる。

彼女が廏番のような格好をしていようが、どぎつい赤毛をしていようが、そばかすだらけだろうが、おまけに泥にまみれていようが、そんなことはこの際どうでもよかった。どういうわけか、かぎ煙草入れのコレクションの前に立ったときと同じ衝動に駆られていた——何かをきちんと並べ直さないと、大声で叫びだしそうだ。

モントフォードは体の脇で両手を握りしめた。

どこがおかしいのだ？

たしか彼女はこちらを見て目を見張り、泥を跳ね飛ばしながらさっと立ちあがった。なぜかわからないが、モントフォードは必死に違和感の原因を突き止めようとしていた。自分より頭ひとつ分背が低くて、泥のこびりついたあの男物の服の下は……かなり……その、曲線的な体つきをしているようだ。

あんなに豊満な曲線を描いているのに、なぜうしろ姿を見て青年だと勘違いしてしまったのだろう？

次の瞬間、全身に熱いうずきが走った。まるでブリーチズの中で銅鑼《どら》を鳴らされたようだった。さっぱり意味がわからない。小柄な赤毛の女性など好みではないはずだ。曲線的な体つきで、小柄な赤毛の女性など全然好みではない。ましてや曲線的な体つきで、小柄な赤毛の女性がズボンをはいているなんて、絶対に好きになるはずがない。

何しろ、自分はブロンドの女性が好みなのだ。ほっそりした体つきで、ドレスと宝石で着飾った非の打ちどころのないブロンドの女性が。

まったく、なんてことだ。なぜいきなり体がこんなに熱くうずきだしたのだ？　まもなく一〇月になろうというのに。モントフォードは生まれてはじめてクラヴァットを力まかせに引っ張りたくなった。

「きみは……その、女性だったのか」彼は言った。「ミスター・スティーヴニッジという男を探しているんだが」

赤毛の女性が目を細めた。茫然《ぼうぜん》自失の状態から立ち直り、片方の眉をつりあげ、値踏みするような目つきになっている。体の前で両腕を組んでいるせいで胸が押しあげられていた。またしてもよからぬ衝動がモントフォードの下腹部を駆け抜けた。

完全に不意を突かれ、彼は塀につかまって姿勢を立て直さなければならなかった。自分の身分をいっさい無視するような扱いを受けるのははじめての経験だった。こちらが何者なのか知らないとはいえ、この服装を見れば、自分よりも地位も身分も高い人間だということは一目瞭然なはずなのに。まったく、これだから巨大な豚と畑にいるような女性はいやなのだ。こんなに粗野で無礼な人間がいるだろうか？「まあ、いいだろう。とにかくA・ハニーウエルという人物と話がしたい」

彼女の眉がさらに高くつりあがった。「あら、そうなんですか？　どのA・ハニーウェルでしょうか。そういう名前の者は五人もいるもので」

またしても気分が悪くなってきた。五人だと？「とにかくこの城館を管理している人間なら誰でもいい、まったく生意気な小娘だな」モントフォードは鋭く言った。

女性の顔が髪に負けないほど真っ赤になった。彼女は悪意に満ちた一瞥《いちべつ》を投げ、背を向けてまたロープを引っ張りはじめた。こちらにはまったく見向きもせずに。

「おい、きみ、このわたしを無視する気なのか？」

彼女がわざとらしくため息をつき、さらにロープを強く引っ張る。どうやら怒りのせいで力がわいたらしく、とうとう豚が二、三歩、彼女のほうに進みでた。

「スティーヴニッジに話がある。きみたちが彼に何かしたことはわかっているんだ」

女性は豚を引きながら脇を通り過ぎ、数歩離れたところにある門のほうへ向かった。すれ違いざまに、あきれたように目をぐるりとまわして。彼女が行き過ぎたあとから汗と干し草とラベンダーのにおいが漂ってきて、どきりとする。

モントフォードもあとをついていった。腹が立ってしかたないが、彼女の姿を見たせいで、まだ少しぼうっとしていた。「わたしはモントフォード公爵だ。期せずして、この傾いた石の建物とその中にあるすべてを所有している。ともかくA・ハニーウェルに会わせてもらおう」

女性がこちらに向き直った。怒りをあらわにして。「あなたがこの傾いた建物を所有している？　なんですって？　二〇〇年も前に羊皮紙に書かれた文書のことを言っているの？」

彼女はまたため息をつくと門の鍵を開けて、しぶる豚を引っ張って通り抜けさせようとした。

「この傾いた城館はハニーウェル一族が建てたものよ。西暦九九六年に自分たちの手で。それをモントフォード家の者たちが、あの侵略のあとにわれわれから盗もうとしたんでしょう。嘘つきで泥棒で鼻持ちならないノルマン人の連中が！」彼女は吐き捨てるように言い、モントフォードの前を通り過ぎた。「わたしの先祖が肉欲にあらがえずに、あなたの先祖を妻に迎えてしまったという理由だけで。おまけに純粋なサクソン人の血まで汚されて……とにかく、あなたみたいな人にこの城館を明け渡すつもりは、天地がひっくり返ってもありませんから」

いきなり怒りをぶちまけられ、モントフォードはさらに頭が混乱した。厩番のような格好をしているのに、いかにも上流階級の人間らしい完璧な言いまわしをして、水夫のようにひどい悪態をついている。

彼女がA・ハニーウェル本人に違いない。

「では、きみがA・ハニーウェルなんだな？」

「A・ハニーウェルのひとりよ」彼女はぶっきらぼうに言うと、モントフォードの目の前で立ち止まり、挑むように顔を見あげてきた。

その瞬間、いくつかのことが同時に起こった。彼女を見ているとめまいがする理由がわかり、スティーヴニッジが見つかり、豚が動こうと思い立った。そして実際に動きだした。

彼女を見ているとめまいがするのは、近くで顔を見おろしてみると――煤《すす》のような色のまつげに縁取られた大きな瞳が……。

異なる色合いをしているせいだった。片方が茶色で、もう一方が空色なのだ。

モントフォードは思わず体の脇で両手を握りしめた。そうしていないと手を伸ばして、明らかな違いを消し去りたくなってしまうからだ。彼女の肩をつかんで揺さぶったぐらいでは消し去ることなどできないと頭ではわかっていたが、どうしてもやってみたい衝動に駆られた。

ところがそうする間もなく、庭の向こうの納屋らしき建物の扉が勢いよく開き、ひと組の男女が出てきた。ふたりはぬかるみに足を取られながら笑いあっている。

モントフォードは赤毛の女性の顔から目を離せずにいたが、横目でそのふたりの様子をうかがった。女性のほうは中年らしく豊満な体つきをしていて、豊かな胸のふくらみがドレスからこぼれそうになっている。麦わら色の髪をうしろでゆるやかにピンで留め、いかにも楽しげな表情をしていた。女性が声をあげて笑い、男性の腕を引っ張った。

小作人らしい格好をした男性がくすくす笑いをもらし、女性の唇を奪おうとした。少し足元がふらついていて、一歩おきにしゃっくりをしている。モントフォードはなぜかその男性のことが気にかかった――細身で筋肉質な体格、鋼のようなグレイの髪、わずかに曲がった鼻にのった眼鏡。モントフォードは赤毛の女性の異様な瞳から視線を離した。

あれは……。

いや、そんなはずがない。

でも、まさか？

「スティーヴニッジなのか？」モントフォードは大声で呼んだ。内心の動揺が声にも表れた。

男性が動きを止め、女性の胸元から顔をあげた。そして顔が見る見る蒼白《そうはく》になった。

「かっ――ひっく――閣下――ひっく?」スティーヴニッジはお辞儀をしようとしたが、うしろへよろめいて尻もちをついた。

モントフォードは赤毛の女性のほうに向き直った。「うちの秘書に何をしたんだ?」彼は声を荒らげた。

けれども女性が答える間もないうちに、しびれを切らした豚が彼女の手からロープを引き抜き、庭を駆けだした。

そしてどういうわけか、モントフォードのそばを通り過ぎるついでに彼の脚に蹴りを入れようと思いついたようだった。モントフォードはうしろへよろけ、びちゃっという音とともに、深くて大きなぬかるみに倒れ込んだ。

衝撃のあまりその場から動けなくなり、彼はただ呆然《ぼうぜん》と庭を見つめた。最低の悪夢に引きずり込まれたのだろうか、と思いながら。

あるいはダンテの『神曲』で言うところの、暴力者の地獄に。

4

公爵、傾いた城館に住みつく

もうてんやわんやの大騒ぎだった。豚のペチュニアが全速力で走りながら、とびきり大きなぬかるみにモントフォード公爵を倒れ込ませたかと思えば、アディスとアントニアが植え込みから飛びだしてきて、ギリシア語で何やら言いながら急ごしらえの剣で打ちあいをはじめた。アリスとおばのアナベルが厨房の戸口から姿を見せ、アストリッドの知らない男性がふたり——大柄でたくましいほうは旅で汚れたお仕着せを着ていて、肺病を患っているのかと思うほど痩せぎすのほうはクジャクのように着飾っている——が大あわてで馬小屋から出てきた。そのふたりを追って、廏番のチャーリーとミックもそれぞれピッチフォークとハンマーを振りかざしながら姿を現した。

ところがモントフォード公爵がぬかるみに座り込んでいるのを目にしたとたん、全員がぴたりと動きを止めた。公爵が今にも人を殺しそうな恐ろしい形相をしていたからだ。

今にもアストリッドを殺しそうな形相を。

公爵の銀色の瞳がきらりと冷ややかに光ったとたん、アストリッドはとっさにあとずさりした。「おい、クームズ！」モントフォード公爵が叫んだ。

肺病のクジャク男がぎくりと飛びあがって甲高い声をあげた。そして前に進みでてから、つま先立ちでぬかるみの中を歩きだした。公爵がよろよろと立ちあがる。クジャク男は公爵のもとまで来ると、ポケットから小さなレースのハンカチを取りだし、泥でびしょ濡れになった公爵のブリーチズをそっと拭きはじめた。もちろん無駄な努力でしかなかったけれど。

公爵が痛そうにうめき声をもらす。「尻のほうを拭くのは遠慮してくれ、クームズ」苦りきった顔で言い、クジャク男を邪険に突き放した。

気づいたときには、アストリッドは自分から銃口に頭をつけるような行為に出ていた――こらえきれずに、とうとう吹きだしてしまったのだ。立派な身なりをした公爵がぬかるみにはまってから、ずっと我慢していたのだった。

公爵が息をのみ、怒りを煮えたぎらせてにらみつけてくる。それからアストリッドの背後に目を向け、スティーヴニッジの名を大声で呼んだ。

モントフォード公爵の視線をたどると、スティーヴニッジがメイドのフローラの陰に隠れようとしていた。気の毒なスティーヴニッジは名前を呼ばれたせいで完全に気力がくじけたらしく、くるりと向きを変えると、悪魔に追われているかのように一目散に逃げだした。しゃっくりをしながら。

公爵は自分の秘書に逃げられて愕然としていたが、やがて冷ややかな視線をこちらに戻して口を開こうとした。けれどもそのとき、ペチュニアがキーキー鳴きながら、またしてもこっちに向かって突進してきた。豚の姿を認めた瞬間、公爵の顔に恐怖にも似た感情がよぎった。ペチュニアが人間たちを素通りし、畑のほうに引き返していく。

アストリッドは不満の声を発した。キャベツが！　わたしが大切に育てたキャベツが！

「チャーリー！　ミック！　ペチュニアをお願い」彼女は指示した。厩番のふたりが畑を目指して駆けだした。「フローラ、お客さまをお部屋にご案内してちょうだい――」公爵の腰から下に視線を落とすと、泥がしたたり落ちていた。「着替えられるように」

フローラがうなずく。

アストリッドは公爵のほうを向いた。「もちろん、閣下さえよろしければ」

「ああ、それでいい」ぴしゃりと言い返すと、モントフォード公爵はブーツの音をぴちゃぴちゃと鳴らしながら城館に向かって歩きだした。すれ違いざまに威圧的な視線をアディスとアントニアに投げつける。身をふたつに折るようにして笑い転げていた彼女たちの顔から、すうっと笑みが消えた。ふたりはアストリッドのもとに駆け寄ってきて、脚の陰に隠れようとした。

公爵とクジャク男が城館の中に姿を消してしまうと、アストリッドはうめき声をもらした。そして庭に出てきたアリスのほうを向いた。彼女はすっかりうろたえ、美しい顔がゆがんでいる。「まあ、アストリッド！　わたしたち、どうしたらいいの？」

アストリッドも教えてもらいたいぐらいだった。まったく予期していなかった事態だ。

ふと視線を感じた。お仕着せ姿のたくましい男性が考え込むようにこちらを見つめていた。どうやらモントフォード公爵の御者のようだ。やがて彼は肩をすくめると、馬小屋の中に入っていった。何が起ころうと、自分には知ったことではないと言わんばかりに。

アストリッドはため息をついた。

畑の塀越しにその姿が見えた時点で、モントフォード公爵が訪ねてきたのだとすぐに察しがついた。悪役がおとぎばなしからそのまま抜けだしてきたみたいに思えた。そびえるような細身の長身にもかかわらず、貴族らしい立派な服の下はたくましい体つきをしていて、周囲の空間を占有しているかのような存在感を放っていた。呼吸する空気でさえ自分の持ち物であるがごとく――少なくとも彼に吸い込まれる空気は、その高貴な肺に到達できることを光栄に思うべきだと言わんばかりだった。濃い茶色の髪は完全に服従させるべく短く刈られ、非の打ちどころのない顔立ちは、大理石を削って作られたかのように冷ややかだ。そしてあの瞳――氷を重ねたみたいな銀色の、知性と気高さをたたえたあの目で見つめられ、比喩ではなく本当に息が止まりそうになった。

あんな男性に会うのは生まれてはじめてだった。黒いシルクの上着ひとつ取ってみても、たくましい体を強調するように仕立てられていて、アストリッド自身と妹たちの服をすべて集めたよりも値打ちがあるはずだ。糊のきいたクラヴァットは雪よりも白く、ぱりっとしたひだの上にひと粒の大きなルビーが飾られていた。塀の上に置かれた指先もきちんと手入れされ、肉体労働者にはつきものの傷や汚れなどいっさいない。長い人差し指には大きな金の印章指輪がはめられ、紋章の部分にこれまた巨大なルビーがあしらわれていた。彼が生身の人間であることを示す証拠といえば、目の下に黒っぽいくまができていて、顔が少し青ざめていたことぐらいだ。おそらく、つらい長旅のせいだろう。

モントフォード公爵はいかにも堂々としていて、尊大で、氷の彫像のように美しかった。服装には一分の隙もなく、彼のもとに駆け寄り、クラヴァットを引きはがしてやりたい衝動に駆られるほどきちんとしていた。

ひと目見て、アストリッドはすぐに彼を嫌いになった。まだ〝生意気な小娘〟と呼ばれていないうちから。

そして、手ごわい相手になりそうな予感がした。

アストリッドはアリスのほうを向いて言った。「あのノートを隠しておいて」

衣装のこと以外では、あまり頭の回転が速いとは言えないアリスが困ったような顔になった。「どのノート?」

「この地所の帳簿に決まっているでしょう」

アリスが納得したように目を見開く。「ああ、あの帳簿ね。でも、どこに隠せばいいかしら?」

アストリッドはふたたびため息をついた。「モントフォード公爵に絶対に見つからない場所に」

アリスはうなずき、アナベルの脇を通って城館の中に戻っていった。おばは困惑の表情を浮かべていて、頭にかぶったかつらが少しずれている。

「お姉さま」アントニアが不安げにつぶやき、アストリッドのズボンを引っ張った。「わたしたちはどうすればいいの？」

アストリッドはふたりの妹を見おろした。「もちろん、いつもどおりにしていればいいのよ」そのとき、ある考えが頭の中に浮かんだ。わんぱくな妹たちに笑いかける。「いいえ、お客さまがいらっしゃるあいだは、思う存分お行儀悪くしてもいいことにするわ」

妹たちは一瞬ぽかんと口を開けたが、すぐに事情を察したらしく、いたずらっぽい笑みを浮かべた。そして何やらささやきあいながら畑のほうへ走っていった。質の悪いいたずらをたくらんでいるに違いない。

アストリッドはひとりでうなずいた。「さあ」シャツのしわを伸ばす。「大騒ぎになるわよ」

公爵が今晩無事でいられたら、ものすごい強運の持ち主と言えるだろう。

そうでなければ、ハニーウェル家の人間が一丸となっても太刀打ちできない相手だということになる。何しろ、ハニーウェル一族ほどしぶとい人間はいないのだ。彼が摂政皇太子よりも影響力があるらしいとはいえ。

「アナベルおばさま」アストリッドはおばの腕を取って城館の中へと導いた。「公爵さまと一緒にお茶でもいかが？」

「まあ、それはすばらしいわね」おばが不思議そうな顔つきであたりを見まわした。「ところで、どの公爵さまと？」

モントフォードが汚れを洗い落とし、旅行かばんを馬車から運ばせて清潔な服を手に入れたときには太陽が沈みかけていた。忍耐力はすっかり消え失せている。道中は悪夢のようだった。到着したこと自体が悪夢だ。なぜこんなところにやってきたのかもほとんど思いだせないし、どうやってロンドンに戻ればいいのかもわからない。もう一度、馬車に乗る気にはとうていなれなかった。この気分と胃が回復するまで、あと何日もかかりそうだ――場合によっては何週間、あるいは何カ月も！　それまでここにとどまらなければならない。この傾いた城館に。豚とハニーウェル家の連中に囲まれて。

クームズの手があまりに激しく震えるせいで、クラヴァットをきちんと結ぶのに一〇回もやり直すはめになった。クームズが上着についている糸くずをブラシで払おうとしたので、モントフォードの我慢はついに限界に達した。「もういい」

「ですが、閣下――」

モントフォードはクームズをにらみつけた。かつては議会の面々を――あのいまいましいホイッグ党の成りあがりどもを脅しつけ、不人気だった法案を通過させることに成功した鋭い目つきで。クームズがあとずさりすると同時に、彼の手からブラシが滑り落ちた。

そのとき扉がノックされ、フローラという名のふくよかな女性が顔をのぞかせた。彼女はほかの連中に比べればいくらか分別があるらしく、不格好ながらも膝を曲げてお辞儀をした。

「あのう、閣下、ミス・ハニーウェルと……そのう、ミス・ハニーウェルがよろしければ応接間にお越しください、と。ええと……以上です、閣下」ふたたび膝を曲げて頭をさげる。

モントフォードが厳しい視線を向けると、彼女は向きを変えてそそくさと立ち去った。

クームズのほうに向き直る。従者はまだ震えていた。「少しは役に立つことをしたらどうだ。スティーヴニッジを探してきてくれ」

クームズが目を丸くした。「閣下！」哀れな声で訴える。

モントフォードは片方の眉をつりあげた。クームズが絶望したような顔でうつむいた。

「かしこまりました、閣下」

モントフォードは低いうなり声をあげると、寝室を出て足早に廊下を進んだ。しかし、壁に突き当たったところでようやく、どこへ行けばいいのかわからないことに気づいた。向きを変え、反対の方向に進みはじめる。まもなく見覚えのある吹き抜けの階段までたどりついた。一番下の階までおりてみることにした。

曲がる場所を何度か間違え、罵りの言葉を一〇回以上つぶやいた末に、ようやく開け放たれた扉が見える場所に出た。部屋の奥から明かりがもれている。

扉の隙間から室内を見ると、先ほど足を踏み入れた雑然とした応接間だった。暖炉に火がともされ、昔ながらの壁の突き出し燭台《しょくだい》で揺らめく光が、部屋のあちこちに影を落としている。

暖炉の前に女性がふたり座っていた。ひとりは髪を大きなポンパドールに結いあげた老婦人だ。もうひとりは見知らぬ人物で、もともとは緑色だったとおぼしき着古したドレスを着ている。控えめなデザインだが、どうやら体に合っていないようで、女性の丸みを帯びた肉感的な体には少し窮屈そうだ。あんなに垢《あか》抜けない服なのに、妙にそそられるのはなぜだろう？　空腹のせいとしか考えられない。朝食をとって以降、何も口にしていないし、それですら南から北へ向かう途中の道端にまき散らしてきたのだから。

そのとき、女性が立ちあがった。うなじのところで結わえて無造作にまとめてある髪が、暖炉の火に照らされて血のように赤く輝く。豚と一緒に畑にいたあの女性だった。なるほど。やはり彼女がこのさびれた土地を管理しているわけか。

女性はモントフォードに向かって完璧なお辞儀を披露した。なぜか小ばかにされたような気がして癪に障る。「閣下。ご一緒いただけてうれしいです」

老婦人は立ちあがろうともせずに、片眼鏡越しに見あげてきた。「それじゃあ、こちらが公爵さまなのね？」聞こえよがしに尋ねる。

「ええ、おばさま」こちらを見据えたまま、赤毛の女性が答えた。口元に謎めいた笑みを浮かべ、左右で色の違う瞳がいたずらっぽく光っている。この老婦人を傷つけられるものならやってみろと言わんばかりに。

老婦人が椅子に座ったまま、うれしそうにぴょこぴょこと跳ねた。「まあ、楽しいこと！」大声をあげてこちらを指差す。「さあ、お若い方、こちらに来て、もっとよく見せてちょうだい」

モントフォードの足が勝手に動いていた。老婦人が腰をおろしたまま身を乗りだし、片眼鏡越しにすばやい一瞥を投げてくる。彼女の視線がモントフォードの下半身のあたりでぴたりと止まった。やがて片眼鏡をおろし、もうひとりの女性のほうを向いた。「どうやら男性のようですよ」

「あなたは――」拳を握りしめ、モントフォードは口を開いた。

「閣下、どうぞお座りください。さぞかしお疲れでしょうね……大変な目に遭って」若いほうの女性が口をはさみ、暖炉のそばのすりきれた長椅子を指し示す。

疲れ果てていて、抵抗する気力もなかった。モントフォードは部屋を横切ると、体をこわばらせて腰をおろした。

赤毛の女性も彼の向かい側の椅子に腰かけた。「わたしはミス・ハニーウェルです。そしてこちらがおばのミス・ハニーウェルです」そう言って、老婦人のほうへ顎をしゃくる。「言うまでもないことですが、お越しいただき光栄に存じます。お茶をいかがですか？　ビスケットは？」彼女は目の前のテーブルを身振りで示した。

まったく、またしてもわたしをこけにするつもりか。なんと生意気な……。「ミス・ハニーウェル――」モントフォードは口を開いた。

「ですが」彼女はモントフォードを完全に無視して、ティーポットに手を伸ばした。「わざわざ閣下にご足労いただく必要はなかったんですよ。誤解を正すのなら、手紙で事足りますから」

彼女がテーブルで紅茶を注ぐ様子を見て、モントフォードはぎょっとした。優雅さのかけらもないやり方で、ティーカップの中よりもまわりのソーサーとトレイのほうに多くこぼれ落ちている。

修養学校に通って、レディにふさわしい紅茶のいれ方を教わったこともないのだろうか？

「お砂糖は入れますか、閣下？　いりませんか？　それじゃあ、ミルクは？　ええ、お入れしますね」彼女がミルクの入った容器を大きく傾けると、ティーカップの縁からぱちゃぱちゃと液体が跳ね散った。いいかげんにかきまわし、スプーンをぽいと脇に投げだしたあと、立ちあがってそのいまいましいティーカップを差しだしてきた。

モントフォードは受け取った。そうしなければ、膝の上にぶちまけられるのが目に見えていたからだ。深呼吸をして気持ちを落ちつかせてから、手元の物体に視線を戻す。

「ミス・ハニーウェル、きみの言いたいことがさっぱりわからないんだが、手紙はここに届いていないはずだ」

「あら、届いていますよ」彼女が断言する。

「この二週間のあいだに二〇通以上の手紙を送ったのに、なんの返事もなかった。つまり届いていないということだ」

彼女は何食わぬ顔でこちらを見て、紅茶をひと口飲んだ。「でも、わ、わ、わたしは閣下からのお手紙は一通も受け取っていません。宛先を間違えたのかもしれませんね」

「きみに送ったわけではない。スティーヴニッジ宛に送ったんだ」

「そういうことでしたか」彼女はそう言ったものの、実際にはどういうことか何もわからない。

「まあ、郵便の問題はさておき、われわれのあいだに誤解などないはずだ。わたしに言わせれば、契約の条件ははっきりしている」

「契約？」彼女が当惑した表情できき返す。それから別のティーカップに角砂糖を四個入れ、ミルクをなみなみと注いだ。今度はきちんとかきまぜてから老婦人に手渡した。「おばさま、ビスケットは？」

「ええ、ふたつお願い。お若い方、あなたもひとつ食べてみるべきですよ。とにかくおいしいの。アストリッドのお手製なんです」老婦人が赤毛の女性に笑いかける。

「いえ、わたしは結構」本当は空腹でたまらないが、今は気を散らされたくない。「ミス・ハニーウエル、どの契約の話をしているのかわかっているはずだ。きみ自身がさっき、そのことに触れていたじゃないか」

「あら、契約のことなんて口にしたかしら。それよりビスケットを召しあがらないんですか？　旅のあとで、おなかがぺこぺこでしょう。長くて無意味な旅だったんですから。味はなかなかのものなんですよ。スコットランド人の祖母から教わった昔ながらのレシピなんです」彼女がトレイにのせたビスケットを鼻先に突きつけてくる。

モントフォードは払いのけようとしたが、バターと砂糖とバニラの香りに鼻をくすぐられ、空っぽの胃袋が苦痛の叫びをあげた。しぶしぶながらひとつ手に取り、かじってみる。

たちまち天にものぼる心地になった。

ビスケットのかけらが舌の上でとろける。甘さとバターの香りが見事に調和していた。うめき声がもれそうになるのを必死にこらえ、目を閉じて椅子の背にもたれかかる。急に体じゅうの力が抜けてしまったみたいだ。

むさぼるように食べるあいだ、何もかもきれいさっぱり忘れていた。自分が何者なのかさえも。しばらくして目を開けると、赤毛の女性が不思議そうな顔でこちらを見ていた。背筋を伸ばして座り直したとたん、現実が肩にのしかかってきた。なんてことだ。すばらしい腕前だ。「ミス・ハニーウェル、話をそらすのはやめてもらいたい。わたしがここに来たのは——」

「アストリッド！」廊下のほうから耳障りな声がして、話をさえぎられた。女性がまたひとり部屋に駆け込んできた。先ほど畑で見かけた覚えがある。またしてもハニーウェル家の人間だとすぐに察しがついた。どうやら赤毛の女性の身内のようだが、こちらのほうが若くて背が高く、髪は赤というよりは鳶《とび》色だ。顔立ちもきれいで、モスリンのドレスがよく似合っている。女性はモントフォードに気づいて目を見開き、急に立ち止まった。

ミス・ハニーウェルが立ちあがった。幼い頃から礼儀作法を叩き込まれているせいで、モントフォードもとっさに立ちあがる。

「閣下、妹をご紹介します、ミス・アリス・ハニーウェルです」ミス・ハニーウェルが言った。

アリスが行儀よく膝を曲げてお辞儀をした。人を小ばかにする様子はみじんもない。モントフォードはすぐさま好印象を持った。

「何事なの、アリス？」ミス・ハニーウェルが問いかける。

「ペチュニアよ。またキャベツ畑に侵入したの」

「あらあら、チャーリーかミックに頼んで、追いだしてもらえばいいでしょう」

「そうしようと思ったのよ。でも、ふたりとも醸造所のほうに……ええと、その……」アリスが不安げな視線をモントフォードに投げかけた。「ロディと一緒に」

なんの話をしているのかさっぱりわからなかった。それにしても、彼女はなぜこんなにびくびくしているのだろう？

ミス・ハニーウェルが動揺した。「まったく、いまいましいったら……いえ、まあ、どうしましょう、大変だわ。アントとアートを探して、あの子たちにやらせたらいいわ」

アリスが顔をしかめた。「あのふたりが見つかるものなら、とっくにそうしているわ」

ミス・ハニーウェルがうろたえた様子でティーカップを置いた。「わたしはもう、あの豚と関わりあいになるのはごめんよ。だって、ほら、わたしは嫌われているでしょう。彼が畑のキャベツを食べるのも、わたしへのいやがらせのつもりなのよ」

「きみの豚はペチュニアという名前なのか？」

全員の目がモントフォードに向けられた。

「ええ」ミス・ハニーウェルが答える。

「それで、〝彼〟と言うからには男なのか？　ええと、あの豚のことだが」

「そうよ」ミス・ハニーウェルが目をぱちくりさせた。そんなことを尋ねるなんて、頭がどうかしているのかと言いたげだ。

「わたしはなんてところに来てしまったんだ」モントフォードはつぶやいた。そして手を伸ばし、ビスケットをまたひとつ手に取った。

「うーん、だったら御者はどう？」ミス・ハニーウェルがこちらを向いて言った。「あなたの御者と呼べばいいのかしら。彼なら、わたしたちに手を貸してくれると思いますか？」

モントフォードは笑いにも似たヒステリックな声をあげると、ビスケットにかぶりついた。空腹のせいでめまいを感じているうえに、丸々三日間も吐きどおしで、おまけにまわりは頭のどうかした連中ばかりという現状において、せめてもの慰めはビスケットだけだった。しかも、この自分が家畜について話しあっているとは。「ああ、もちろんだ。きみが頼めばニューカムは喜んで手を貸すはずだよ、ミス・アリス」モントフォードは茶目っ気をまじえて言った。

「じゃあ、これで解決ね」ミス・ハニーウェルが言う。「ミスター・ニューカムをつかまえて、手を貸してもらえるかきいてみてちょうだい」

アリスはうなずき、急ぎ足で扉に向かった。そこで少し考えてこちらに向き直り、モントフォードに向かってお辞儀をしてから部屋を出ていった。

「ええと、なんの話でしたっけ？」気を取り直した様子で、ミス・ハニーウェルが言った。

「たしか、きみがわたしをうまく欺こうとしていたんだ、ミス・ハニーウェル」

「あなたを欺くですって！」彼女が息をついた。侮辱を受けたと言わんばかりに顔を赤らめている。「おっしゃっていることがわかりません」

「欺くと言ったんだ。つまり、わたしをばかにしているわけだ」

「そんなことはできるはずがありません、閣下。だって、あなたはどう見てもばかではありませんから」そっけない口調だったので、皮肉で言ったのかどうかわからなかった。しかし慎重すぎるぐらい慎重になったほうがいいし、実際、彼女は皮肉のつもりで言ったのだろう。

モントフォードはビスケットを置くと――今ではがつがつ食べていたから未練たっぷりだった――これ以上ないほど冷ややかな視線を送った。

ところが、ミス・ハニーウェルは思ったほどひるまなかった。そんなことはまずありえない。彼の冷たい視線にさらされると誰もがひるまずにはいられないのに。ときにはセバスチャンでさえ。

その瞬間、あろうことか彼女のどぎつい色の髪がいちどきにほつれだし、半分は背中に垂れかかって、ピンで留められているのは半分ばかりになった。そのちぐはぐな姿を見た瞬間、モントフォードは本気で怒号をあげそうになった。

この女性はあらゆる意味において完全に間違っている。よくもこんな生き物が存在しているものだ。自然に反する根源的な罪に思えてならない。

けれども当のミス・ハニーウェルは、これっぽっちも気にするそぶりはなかった。自分の髪が大失態を演じているというのに。

「ミス・ハニーウェル」モントフォードは切りだした。

彼女が眉をつりあげる。

「ミス・ハニーウェル、きみの髪が」苦痛のうめきにも似た声になった。

彼女は頭に手をやり、ほつれていないほうの髪の束を軽く撫でつけて眉根を寄せた。

「わたしの髪が何か？」

「髪が……」

ミス・ハニーウェルが背筋をぴんと伸ばしたが、それでもモントフォードの鎖骨のあたりまでの背丈しかない。彼女はいかにも女性らしく、青筋を立てて彼をにらみつけた。

「わたしの髪のどこがおかしいんですか？」

「赤い毛が……」

「別に悪いことではないでしょう」

「ほつれているんだ」

彼女は胸の前で両腕を組むと、自分の髪のことなどおかまいなしにモントフォードに見下すような視線を向けた。「長旅でお疲れでしょうから、失礼なふるまいを許してさしあげます。ゆっくり休んで紳士的な態度を取り戻したら、たとえ髪がどんな状態であろうと、レディの容姿について批評してはいけないとお気づきになるでしょうから」

そのとき、モントフォードはこの晩で最悪の過ちを犯した。鼻先で笑い、信じられないという顔でき返したのだ。「レディだって？」

彼女がぴたりと動きを止めた。顎が突きだされ、ちぐはぐな色の瞳に暖炉の火とは異なる光が宿る。モントフォードの心の中で何かが小さくしぼんでいった。

ミス・ハニーウェルがつかつかと歩み寄ってくる。モントフォードは落ちつきなく部屋を見まわした。もっとも、理性では――そんなものが残っていればの話だが――この怒りっぽい女性の攻撃から身をかわせそうなものなど見つかりっこないとわかっていたが。

アナベルに目を走らせてみたものの、彼女はティーカップを持ったまま眠り込んでいた。かつらが額のほうまでずり落ちている。

「やんごとないモントフォード公爵閣下に言わせてもらいますけど、あなたが紳士だというなら、わたしのほうがよほどレディらしいと思うわ。いきなり押しかけてきたかと思えば、わたしたちを追いだそうとして――」

「そんなつもりは――」

「頭の働きが鈍くなった気の毒なおばさまはこの城館しか知らないし、四人の未婚の娘たちは救貧院以外に行くところがないのよ。こんなのはむごすぎるし、人の道にはずれている。さすがモントフォード家の人間だけのことはあるわ。よくもわたしの……わたしの育ちのよし悪しをとやかく言えるわね。わたしは正真正銘のレディなの。いい？　れっきとした貴族の娘なのよ。現に母は伯爵令嬢だった。それにハニーウェル一族は、この土地を何世紀ものあいだ所有しつづけているのよ。あなたの野蛮な先祖が海を渡ってきて、棍棒《こんぼう》を振りまわしてわたしたちの平和を打ち砕くまでは」

　激しい演説が終わる頃には、ミス・ハニーウェルは目の前まで来て、モントフォードの胸に指を突きつけていた。これには我慢がならなかった。最後にモントフォードに指を突きつけた人間は――マーロウだ――鼻を砕かれるはめになったのだ。

「それは失礼した。きみがズボンなどはいていたものだから、勘違いしてしまったようだ。豚の件にしても、その言葉遣いにしてもそうだ。ヨークシャーでは、レディはそんなふうにふるまうものなのか？」彼は吐き捨てるように言った。血が体じゅうを駆けめぐり、頭がずきずきする。

　ミス・ハニーウェルの手をつかんで払いのけようとしたが、それが今夜二番目の過ちとなった。彼女の肌に触れたとたん、空から放たれた稲妻が傾いた城館の壁を突き抜け、ちょうどふたりが接している部分に直撃したかのような衝撃が走った。モントフォードはぶるっと身を震わせた。

　気が遠くなりそうだった。コルセットをきつく締めすぎたロンドンの小娘がのぼせあがったときのように。

「閣下」ミス・ハニーウェルが低い声をもらした。「モントフォード」

　目を開けると、彼女も自分と同じ表情でこちらを見ていた。混乱して少しうろたえているが、熱っぽいまなざしで。ふと目を落とすと、指の関節が白くなるほど彼女の手をきつく握りしめていた。

手を放してあとずさりする。「ミス・ハニーウェル」

「はい、閣下」

「わたしは疲れきっている。おまけに腹ぺこだ。今にも誰かを絞め殺しかねないほどに。とにかくベッドと食べるものが必要だ」それと頭を打ちつけるための壁も。「もちろん、無理な注文でなければの話だが」

彼女はずいぶん無理な注文だと言いたげな顔をした。「ええ、無理だなんてことはないわ。楽しい会話の続きは、また明日の朝にしましょうか。あなたがここを出ていく前に」

モントフォードは冷ややかな笑みを浮かべた。泥だらけになったうえに目の前の女性にがみがみ言われたとはいえ、現時点ではまた馬車に飛び乗るぐらいなら、この質の悪い連中と言い争いをしているほうがましだと気づいた。

そうだ、乗用馬が手に入るか調べてみよう。ひょっとすると、この無謀な旅を終わらせるには、馬でロンドンまで戻るのが一番いいのかもしれない――泥まみれになって、雨と追いはぎに見舞われる恐れはあるにしても。そうしているうちにライルストーンでの混乱を解決し、ハニーウェル家の連中を〝種々雑多なものの山〟から永久に追いだしてしまえばいいのだ。「いや、まだ出ていくつもりはない、ミス・ハニーウェル。どちらも望んでいないとはいえ、話がつくまではここにいることになりそうだ」

彼女がいたずらっぽい目つきをした。「あら、閣下、でしたら地獄が凍りつくまでここにいることになりますよ」

アナベルが眠りから覚めはじめたらしく、鼻を鳴らすと、かつらの位置をさっともとに戻した。「あらあら、アストリッド。言葉遣いには気をつけてちょうだい。そのへんに公爵がいらっしゃるはずなのよ」

モントフォードは老婦人の目の前に立っていた。そのへんなどではなく。もっとも、彼女の適切な助言に対してとやかく言うつもりはなかった。「そのとおりだ、アストリッド。言葉遣いには気をつけたまえ」

ミス・ハニーウェルは怒りに満ちた視線を投げてよこすと、くるりと向きを変えて大股で部屋を出ていった。

モントフォードもそのあとについて歩きながら、残りの自制心を総動員した。そうしないと彼女の肩をつかまえて、ほつれた髪をもとに戻し……そして……。

なんということだ。やはりへとへとに疲れているに違いない。というのも、ほんの一瞬、ミス・ハニーウェルが理性を失うほど激しく唇を奪いたいという奇妙な欲望に駆られたからだった。

嫌悪感に身を震わせると、モントフォードは自分の体をつねってみた。もしかしたら、これはひどい悪夢なのではないかと思って。

しかし、彼が悪夢から目覚めることはなかった。

5

公爵、ライルストーン・ホールの心地よさを満喫する

ライルストーン・ホールの住人は夜明けとともに目覚めるのに慣れている。何しろ普段は雄鶏《おんどり》のチャンティクリーア四世――アロイシウス・ハニーウェルが自慢にしていた受賞歴のあるチャンティクリーア一世の子孫――の発声練習によって、楽しい夢から呼び戻されるのだ。ところが、背筋が凍りつくような恐ろしい悲鳴で目覚めることにはあまり慣れていない。もっとも、アストリッドは楽しい夢を見ていたわけではない。それどころか、ほぼひと晩じゅう悪夢にうなされていた――もうじきやってくる収穫祭で行われる、毎年恒例の〝飲めや走れや競走〟のあいだ、モントフォード公爵によく似た全長六メートルの怪物に追いかけられるというひどい悪夢に。彼女ははっとして目を覚ました直後、どすんという音を耳にした。

一瞬ののち、自分がベッドから床に転げ落ちたのだと気づいた。天井を見あげると、早朝の陽光が暗がりを追い払おうとしている。アストリッドは何が起こったのか理解しようとし

た。

モントフォード公爵が、ここからふたつ目の部屋でひと晩を過ごしたという事実はさておき。彼の寝込みを襲って殺害するという当初の計画は、実行に移さずに終わったことも別として。

そのとき、またしても悲鳴が聞こえた。甲高い声で、明らかに人間のものだ。アストリッドはすばやく起きあがると、ガウンを羽織って部屋を飛びだした。だが次の瞬間、目の前の光景にぎょっとして足を止めた。ふたつ先の部屋の前にクジャク男が――クームズが――寝間着にナイトキャップという姿で立っていて、周囲にはペチュニアのための生ごみバケツの中身が散乱している。フローラがクームズの耳のうしろから根菜か何かを取り除こうとしていて、本人は何やらわけのわからないことをわめき散らしていた。

彼らの足元にバケツがひっくり返っていて、廊下をはさんだ向かい側の寝室からくすくす笑いが聞こえてきたとき、アストリッドは何が起きたのかを悟った。

これはアントニアとアディスのレパートリーの中でも定番のいたずらで、無防備な標的の部屋の扉の上にバケツを仕掛けておくというものだった。

「どうやら標的を誤ったようだな」クームズの背後から淡々とした声がした。

モントフォード公爵が自分の寝室の出入口に立っていた。ブランデー色のベルベットのローブを体に巻きつけ、腕組みをしながら片方の眉をつりあげている。

「閣下――」クームズがつばを吐きだし、目をしばたたいてニンジンのかけらを落とした。

「こんな仕打ちには耐えられません。無礼にもほどがあります」

「いかにも」公爵がうなずき、口元をゆがめる。

決して笑ってはならない場面だった。アストリッドは拳で口を覆い、どうにか笑い声を封じ込めた。

「アントニア、アディス！」口に手を当てたまま呼びかける。「すぐに出てきなさい」

「でも、お姉さまが――」

「今すぐに」アストリッドは繰り返した。険しい口調に聞こえますようにと願いつつ。

一瞬の間を置いて、犯人のふたりがうつむきながら、重い足取りで廊下に出てきた。

アストリッドは両手を腰に当て、妹たちと向かいあった。

「ミスター・クームズのおっしゃったことが聞こえたでしょう。あなたたちのいたずらは耐えられないし、無礼にもほどがあるって」

「標的を誤ったことも忘れないように」公爵がにこりともせずに口をはさんだ。

「ええ、そうね。モントフォード公爵には残飯が……いえ……被害がおよばなかったわけだから。さあ、厨房へ行って、あと片づけの道具を取ってきなさい」

「だって、お姉さまが――」アディスが口を開いた。

アストリッドは眉をつりあげ、妹の口を封じた。「さあ、早く。お客さまへのお詫びはそのあとでいいから」

「はい、お姉さま」ふたりが声をそろえて言った。やはり怖《お》じ気《け》づいている。

妹たちが目の前を通り過ぎるときに、アストリッドは目配せをしてみせた。そうせずにはいられなかったのだ。

ふたりはにわかに元気を取り戻し、一目散に走っていった。

アストリッドはクームズに向き直ると、この気の毒な男性をどうしようかと思案した。

「庭にお連れするのがいいんじゃないですかね、お嬢さま」フローラが言う。「井戸水をバケツに汲《く》んで、何杯か浴びせたらどうでしょう」

クームズがいっそうおびえた表情になった。

「ええ、そうするしかなさそうね」アストリッドも同調した。「本当にごめんなさいね、ミスター・クームズ」

「心にもないことを」モントフォード公爵は扉のところに立ったまま、傍観者の姿勢を決め込んでいる。

「さあ、行きましょう、ミスター・クームズ。すぐにきれいになりますよ」フローラはそう言うと、彼の腕を引いて廊下を歩きだした。

あまりのことに、クームズは呆然とあとをついていく。雇い主に険しい視線を投げながら。

彼らが行ってしまうと、アストリッドは散乱したごみを避けてつま先立ちで歩き、空っぽのバケツを拾いあげた。

「これから毎朝こんな目に遭うのか？」背後から公爵の声が聞こえた。

アストリッドは身を起こして彼のほうを振り返った。「そんなことはないわ。だって、あなたは今日のうちに出ていくわけだから」軽い調子で言う。

「そのつもりはない」

「それなら、今後も同じ目に遭わないとは言いきれないわね」

「ああいう悪がきどもには、お仕置きをするべきなんだ」公爵が抑揚のない声で言った。

彼女は怒りがこみあげるのを感じた。かたく握った手を腰に当て、断固として抗議する態勢に入った。「あなたみたいに鼻持ちならない高慢ちきな――」

「それにきみもだ、ミス・ハニーウェル」公爵が口をはさむ。「お仕置きを受けるべきだ」最後のほうはうつむき、ゆっくりと低い声になっていた。「徹底的に」

次の瞬間、モントフォード公爵の無表情な顔つきがどことなく変わった。かろうじて認識できる程度に。頑固そうな顎の筋肉がぴくりと引きつったかと思うと、銀色の瞳にかすかに影が差し、嵐の前の雲のような色を帯びた。彼の視線がアストリッドの体に釘づけになった。もっと厳密に言えば胸元に。ちらりと見おろすと、ガウンの前がすっかりはだけていた。寝間着のボタンもはずれていて、胸の谷間があらわになっている。

足先から頭のてっぺんまで、燃えるようにかっと熱くなった。

ゆっくりと公爵に視線を戻すと、ゆがんだ唇がわずかに開かれ、まぶたが重たげになかば閉じられていた。髪にまだ寝癖がついているせいか、顔つきもどことなく穏やかで、やけに人間らしく見える。そしてとても男らしい。ほれぼれするほどハンサムで、背が高く、たくましくて……魅力的だった。

アストリッドの下腹部のあたりに、羞恥心とはまったく異なる奇妙なうずきが広がった。たとえるなら、夏の花が咲き乱れるように。胸が張り裂けそうなほど心臓が早鐘を打ちはじめた。一キロも走ったみたいに息遣いが荒くなっている。

彼女はガウンの前をかきあわせ、公爵をにらみつけた。

もとの冷たい表情に戻った公爵があとずさりした。

「あなたは全然紳士らしくないわ」アストリッドは息もつかずに言った。

「きみのほうこそ、全然レディらしくない」公爵も同じ口調で言い返す。そして寝室に入ると、アストリッドの鼻先でぴしゃりと扉を閉めた。

彼女はしばらくその場に立ち尽くし、じっと扉を見つめていた。

やがて自分の寝室に駆け戻ると、同じようにぴしゃりと扉を閉めた。すぐにまた開けて、もう一度叩きつけるように扉を閉めた。自分の言わんとすることを強調するために。

朝浴をすませ、客人たちをどのように扱うかをフローラや使用人たちと手短に相談した。当面は丁重に接して時間を稼ぐことに決まると、アストリッドはパンの切れ端と厚切りのチーズをすばやく手に取り、こっそりと城館を抜けだした。醸造所にいる地所の管理人に会い、思わぬ邪魔が入った今回の件について話しあうためだった。

醸造所はライル川の岸辺にほど近い、城館から四〇〇メートルほど歩いたところにある。アストリッドの祖父はハニーウェル家の人間にしてはかなり勤勉な人だったらしく、半世紀前に醸造所を母屋から離れた場所に移動させると同時に隣接する製粉所も改修し、穀物とエールの生産量を倍増させたという。

ところがアロイシウス・ハニーウェルには父親ほどの商才はなく、どちらかといえば、平凡なハニーウェル家の人間だった――すなわち理想主義的な考えの持ち主で、利益よりも美しさや真実といったものを重んじた。彼はエール醸造者になるという夢物語のほうに、より関心を持っていた。要するに〈ハニーウェル・エール〉を味見するのに多くの時間を費やしたということだ。アロイシウスは決して飲んだくれではなかった……いや、実際にはそうだったのだろう。ただし、きちんと功績もあげている。〈ハニーウェル・エール〉はアロイシウスのおかげで味がよくなり、彼の父親のおかげで売れるようになったことは広く知られている。

ありがたいことにアストリッドは祖父から仕事熱心な性質を受け継いだようで、この一〇年間は地所の状況を改善するために打ち込んできた。従って、公爵に余計な口出しをさせたり、借地人たちを不安に陥れるようなまねをさせたりするつもりはなかった。収穫期である今はなおさらだ。けれども公爵が姿を現したという最初の衝撃が薄れてくると、彼女は不安でたまらなくなった。何しろ一歩間違えば、自分の家族だけでなく、借地人や農地や醸造所までもが破滅に追い込まれてしまうかもしれないのだ。公爵がその気になれば、すべてを力ずくで追いだすことも可能だろう。絶対にそんな状況にはならないと信じ込もうとしても。

穀物倉庫に足を踏み入れると、今年最後の小麦の収穫をするために働き手の一団がちょう

ど畑へ向かうところだった。彼らが目を合わせようとしないのは、公爵が訪れていることが
すでに耳に入っているからに違いない。

　小さな事務所に行くと、地所の管理人であるハイラム・マコーネルの厳しい顔に迎えられた。彼はパイプを吹かしながら台帳を脇へどけた。大柄で筋骨たくましいこの管理人は中年に差しかかったスコットランド人で、何年も前にアロイシウスに雇われ、今はアストリッドとともに地所を切り盛りし、繁栄させていくという大きな責任を担っている。

　わざわざ言葉で伝えなくても、アストリッドには彼の考えていることが手に取るようにわかった。ハイラムのことは生まれたときからずっと知っているし、さまざまな面においてアロイシウスよりもよほど父親らしい存在だったからだ。彼は率直な物言いをする長老派教会の元信者で、揺るぎない倫理基準を持っている。真実を語る力を信じているのだ。彼自身はそのような姿勢で人生をうまく歩んできたため、ハニーウェル家の人間が事あるごとに真実から目をそむけたり、はぐらかしたり、都合よくごまかしたりするのがもどかしくてならないようだった。

　実際、アストリッドが父の死をモントフォード公爵に伝え忘れることに決めたときも、ハイラムはいい顔をしなかった。公爵に洗いざらい打ち明けて、どうにか合理的な妥協点を見いだしたほうがいいと考えたからだ。公爵がアストリッドたちをこの土地から追いだすかもしれないとは思いもしないのだろう。

　それにハイラムは、誰しもが本質的には善人だと信じるきらいがある。たとえば彼の言い

分では、ナポレオンがヨーロッパを引っかきまわしたのは、誰かのためを一番に思っていたからなのだという。

アストリッドとしては、ハイラムのような人を幻滅させるのは気が引けたが、相手があのモントフォード公爵であることを考えれば、父の死を伝えずにいるのがそれほど罪深いことだとは思えなかった。

「それで、これからどうするんだ?」なんの前置きもなく、ハイラムが尋ねた。

「何事もないかのようにふるまいましょう」自分で感じている以上の自信を装って、彼女は答えた。「収穫期だもの。作物を刈り入れる以外のことにまで頭がまわらないわ」

「まあ、作物と商売のほうはきちんとやらないとな。だが、ひとこと言わせてもらえば、そろそろおまえさんも自分の身の振り方を考えはじめるべきなんじゃないか。それに家族のこともだ。おちびちゃんたちのことを考えなければならないだろう」

「ハイラム――」

「父上はもう、この世にはいないんだ。たしかにおまえさんは父上の一〇倍はうまくこの地所を切り盛りしてきた。でもだからって、男になれるわけじゃないだろう?」

「それが不公平で、ばかげているって――」

「ああ、わかってるさ。だが、世の中はそういうものなんだよ。法律によると、モントフォード公爵はその気になれば、おまえさんたちを路頭に迷わせることもできるんだろう。そして、その法律を裁判所で変えることはできないときてる」

「でも、ライルストーン・ホールはハニーウェル家のものなのよ、ハイラム」アストリッドは言い返した。

「いや、公爵家のものだ。今までもずっとな。はっきり言わせてもらうが、おまえさんたちは黙認されてきただけだ」

アストリッドは横目でハイラムをにらんだ。彼にここまで手厳しい意見を言われるのははじめてだった。「ここに来れば少しは同情してもらえると思っていたのに。公爵がどんな人間か知らないから、そんなことが言えるのよ。頑固で傲慢で、お高くとまった気取り屋なんだから」

ハイラムが感情をまったく出さずに腕組みをして首を横に振った。説教がはじまる合図だ。

「この際だから、おまえさんのためを思ってはっきり言わせてもらおう。今までいたずらに時間稼ぎをしてきたんだ——公爵はそのことを罪に問うこともできるんだぞ」

アストリッドはむっとした。

ハイラムが片方の眉をつりあげる。「それが現実なんだよ。おまえさんがくだらない詐欺まがいの悪事に手を染めていないことを祈るばかりだ」

「詐欺ですって！　ちょっと、ハイラム！」アストリッドは鼻で笑った。怒りをぶつけようにも、もぞもぞと体が動いてしまう。あの件を——ハニーウェル家が帳簿をうまくごまかし、収益の一〇分の一を公爵家におさめるという約束をきちんと果たしていないことを——ハイラムに知られていなくてよかったとつくづく思う。自分が犯罪者のために働いていたと知ったら、彼は長老派教会の信者に戻ってしまうかもしれない。とはいえ、何十年にもわたるこの不正行為が公爵にばれたとしても、ハイラムには一点の非もないのがせめてもの救いだ。

すべてはアストリッド自身の責任なのだから。

そう思い至って、はっとした。その瞬間、ハイラムが警告するような視線を投げてきたせいもあるかもしれない。彼にそういう目つきで見られると、自分が一〇歳の少女に戻ったような気分にさせられる。「いいか、わたしのほうがおまえさんよりも長くハニーウェル一族を知っているんだ。そろそろアディスとアントニアの将来を考えてやるべきだ」

「ばかなことを言わないで、わたしは……わたしにどうしろっていうのよ、ハイラム？」アストリッドは思わず声を張りあげた。城館を出たときよりもひどい気分になっていた。

「わたしの考えでは、選択肢は三つある。ただし、おまえさんはどれもお気に召さないだろうがな」

彼女はため息をついて木製のベンチにもたれかかると、両手で顔を覆った。

「言ってみてちょうだい」小声で告げる。

「ひとつは、今すぐ城館に戻って、公爵の前にひざまずいて数々の非礼を詫び、ここにいさせてもらえるように頼んでみることだ。なんだかんだいっても、ここはおまえさんたちの家なんだし、公爵が新たに城館を欲しがっているとも思えない。どうせすでにひとつやふたつは持っているだろうから」

アストリッドは笑いだした。「ハニーウェル家の人間がモントフォードに何かを頼むなんて絶対にありえないわ！」

　ハイラムがおどけた表情で彼女を見る。「そうか。じゃあ、ふたつ目の選択肢は、ウェスリー卿と結婚することだ」

「いとこのウェスリーとですって！　ねえ、頭がどうかしちゃったの？」思わず叫んだ。

「それは無理な相談だとわかっているでしょう」

「向こうはおまえさんに夢中だぞ」ハイラムが指摘する。

「よしてよ、もう、吐きそうになるわ。わたしは誰とも結婚なんてするつもりはないの。ましてやウェスリーとだなんて。アナベルおばさまの頭にのっかっているポンパドールと結婚したほうがましよ」

「悪くない相手だと思うがね。なかなかハンサムだし」

「あんなおばかさんとは――」

「おまけに彼は男爵だ」ハイラムが茶化すように眉をつりあげる。

「破産寸前の間抜けな男爵なんていやよ。しかも母親は口汚くて――」

「おまえさんのおばじゃないか」

「向こうもわたしを嫌っているわ」アストリッドは不満の声をあげた。ハイラムの提案は、それほど驚くには当たらなかった。目下の問題を解決するには、いとこと結婚するのが手っ取り早い方法なのだ。そうすれば、たとえライルストーン・ホールから追いだされても、行き場を失うという事態は避けられる。しかもウェスリーの住むベンウィック・グランジは、このすぐ近くなのだ。

でも、やはりそんなことは考えられない。

「それにアリスがウェスリーに思いを寄せているわ」アストリッドは声を落として言った。

ハイラムがため息をつく。「ああ、そうだった。彼がそのことに気づいて、あの娘《こ》のほうを口説いてくれたら助かるんだが」

「彼がそんなに利口な人間だと思う？」

ハイラムが笑い声をあげた。ふたりのあいだに穏やかな沈黙が流れる。彼はパイプの端を叩いて灰を落とし、新たに煙草を詰め直した。

「それで、三つ目の選択肢は？」アストリッドは問いかけた。

「おまえさんのおばさまだよ」

「レディ・エミリー？」ウェスリーの鼻持ちならない母親だ。噂好きで高慢ちきな気取り屋で、昔から自分の姪たちを快く思っていない。

「彼女にはおまえさんたちの面倒を見る責任がある。本人にその気があろうとなかろうとな。彼女のもとを一度訪ねてみるべきだ。おまえさんも妹たちも、れっきとしたレディなんだ。いよいよとなれば、わたしとかみさんとで面倒を見ていくつもりはあるが、それが最善の方法だとは思わない」

「わたしはレディなんかじゃないわ」アストリッドは異を唱えた。皮肉にも、前の晩とはまるで正反対のことを訴えていた。「つまり、その……わたしの言いたいことはわかるでしょう」

ハイラムが首を横に振る。「おまえさんはきちんと教育を受けた高貴な家柄のお嬢さんだ。自分でもわかっているはずだぞ。いくらわれわれの仲間のふりをしてみたところで、本当はそうではないと」

「でも、仲間よ！」彼女は叫んだ。

ハイラムは哀しげな表情でアストリッドを見つめ、パイプを吹かした。

「おまえさんは、やっぱり理想主義者だな」

「そんなことないわ」彼女はふんとそっぽを向いた。

ハイラムがかたい表情で身を乗りだした。口から離したパイプをアストリッドに向かって突きつける。「公爵が好きにふるまうのを許しているのは、彼の家柄のせいじゃないのか？おまえさんだって、同じ扱いを受けているんだよ。商売のやり方にしても、そういう態度や服装で自分の意見をまくしたてることにしても。ここの連中が話に耳を傾け、そのふるまいを大目に見てくれるのは、おまえさんがハニーウェル家の子孫だからだ。そうでなければ、今頃はなんと呼ばれていると思う？」

「どうせ〝じゃじゃ馬娘〟でしょう」ぴしゃりと言い返した。

ハイラムが顔を曇らせる。「いや、もっとひどいだろうな」低い声で言った。「これでわかっただろう。おまえさんはどんなにがんばっても、仲間になんかなれっこないのさ。だから、レディ・エミリーのところへ行って正当な権利を主張し、ふさわしい結婚相手を見つけてもらうんだ。妹たちにもな」

アストリッドは立ちあがった。もう我慢の限界だった。

「よくわかったわ、あなたはまったく助けになってくれないって」

「いつだって助けるとも。だがそのためには、まずおまえさんが自分自身を助けようと思わなければ」

「だから、そうするつもりなのよ！」彼女はたまりかねて叫んだ。

しばらくハイラムをにらみつけてから、向きを変えて戸口へ向かう。

「頼むから、公爵を殺したりしないでくれよ」彼の声が背後から聞こえた。「おまえさんが縛り首になるところなんて見たくないからな」

「むしろパレードで行進することになるかもしれないわ」アストリッドもやり返した。

「彼に会うのが楽しみだよ。ああ、そうだ」

「何？」

「イタチみたいにこそこそしてるロディのやつを見かけたら、ここへ来るように言っておいてくれ」

「わかったわ」

アストリッドは大股で穀物倉庫を出ていくと、頭から湯気を立てながら城館への道のりを引き返しはじめた。もちろん、ハイラムはあえて現実の厳しさを味わわせようとしてくれたのだろう。でも、彼の意見なんて聞きたくなかった。絶望的な状態なのだと認めたくはない。

現実を直視しなければならないということを。

結婚ですって？　あのウェスリーと？　とんでもない。それにエミリーおばさまに何かを求めて頼るだなんて——それが食べ残しだったとしても——考えただけでも胃がきゅっと締めつけられる。

けれど、やはりハイラムの言うとおりなのだろう。彼はいつだって正しいのだ。いくら違うと信じようとしても、ハニーウェル一族は紛れもない地主階級であり、この国は階級制度によって支配されている。

とにかくアントニアとアディスのことを考えなければならない。それにアリスのことも。ウェスリーが分別を取り戻し、自分が好意を抱いているのはじつはアリスなのだと永遠に気づかない可能性もあるのだから。

わたしたちはこれからどうすればいいのかしら？

アストリッドは道端に落ちていた棒切れを拾うと、怒りにまかせて雑草をぴしゃりと叩きはじめた。

少なくとも、ハイラムはもうひとつの選択肢については口に出さなかった。ミスター・ライトフットと結婚するという、より受け入れがたい選択肢については。実際、彼に結婚を申し込まれていたが、アストリッドは二度とも断った。おそらく公爵に手紙を送ったのはミスター・ライトフットに違いない。アストリッドが彼の申し出に頑として応じようとしないからだ。ミスター・ライトフットはわかっていないのだ。

自分が嫌われていることも。

アストリッドの父をだまして自分の事業をはじめたことさえも。

彼女と結婚したいと思う理由が、いまだにハニーウェル家を恨んでいるからだということも。そうでなければ、彼は正気を失っているのだ。以前から薄々そう感じてはいるけれど。

ミスター・ライトフットは、自分は金持ちだから、アストリッドが必ず彼の考えに従うはずだと信じ込んでいる。その点においては、彼もモントフォード公爵も似たり寄ったりだ。

ただし、ミスター・ライトフットが肥満体で禿《は》げはじめているのに対し、公爵は見るからに健康そうで髪も豊かだ。朝露でしっとりと濡れた栗のような色で……。

足元がふらついて立ち止まり、彼女は地面に足を踏み鳴らした。

モントフォード公爵の髪を見て、栗の実が思い浮かぶなんて。彼の瞳が嵐の海のように思えるなんて。

彼の体のどの部分であれ、朝露に濡れているだなんて想像するつもりはなかったのに。

アストリッドは棒切れをカシの古木に思いきり打ちつけた。棒切れが粉々に砕け散るまで。

「ミス・アストリッド！」すぐそばのブナの木陰から、いかにも心配そうな声が聞こえた。

「誰なの？」アストリッドは問いかけた。

声の主が木の陰からおそるおそる顔を出す。スティーヴニッジ――今はロディと呼ばれている――が眼鏡を鼻の上に押しあげ、道の両側に目を走らせた。

「わたしです、ロディです。あの、ええと、〝あの方〟は一緒ではないですよね？」

「誰？　あのいまいましい閣下のこと？　いいえ、一緒じゃないわ」

ロディがたじろいだ。まるでその乱暴な呼び方が、当の暴君の耳に届くのではないかと恐れているかのように。

「ミスター・マコーネルがあなたを探していたわよ」

「今から行くところです。ただ〝あの方〟と鉢合わせしたくないもので……」

「でも、いつかは彼と向きあわなければならないのよ、ロディ。理屈のうえでは、あなたはまだ彼に雇われている身なんだから」

ロディが不安げに顔を赤らめる。アストリッドはあきらめのため息をついた。ロデリック・スティーヴニッジのこの二週間分の成長を、モントフォード公爵はたったの一二時間で台なしにしてしまったようだ。気の毒なロディがはじめてライルストーンを訪れたとき、今にも切れそうなヴァイオリンのE線にも負けないほど神経を張りつめていた。契約条件や財産法や目録といったばかげたことしか口にせず、一〇ページにもおよぶ一覧表を作成し、アナベルのかつらを見るたびに飛びあがっていたのだ。ところが長い時間と労力をかけて作成した報告書を送っても、公爵からはなんの返答もないとわかると取り乱し、やがてありとあらゆる無礼な言葉でそのことを非難しはじめた。そして言うまでもなく、その発言はじつに的を射ていた。

アントニアとアディスがギリシア神話の英雄アガメムノンの芝居ごっこに使う衣装を作るために、ロディの陰気くさい服のほとんどを切り刻んでしまったとき、アストリッドは彼が自然発火してしまうのではないかと思ったほどだ。ところがロディを醸造所へ連れていってエールを無理やり飲ませたところ、彼はフローラにひと目惚れして正気を取り戻し、みんなを驚かせたのだった。

ロディはエールが大好きだった。そしてフローラを愛している。実際のところ、彼はロンドンにも雇い主のもとにも、もう二度と戻るつもりはないだろう。

「ええ、わかっています」ロディがうつろな表情で応えた。「ただ、閣下が自分からここにいらしたことがまだ信じられなくて」

「あら、そうかしら」

ロディが冷ややかな視線を投げてきた。

「閣下のことはわたしが誰よりもよく知っています。あの方は旅が嫌いなんです。それにもかかわらず旅に出たということは、あなた方に強い憤りを感じているからです」ロディの顔が青ざめる。「ええ、わたしにもです。閣下はわたしにも腹を立てているに違いありません！」

「たぶん彼は、あなたがわたしたちに殺されたとでも思ったんだわ。だからここに来たのよ」

「殺され……」ロディが困惑の表情を浮かべた。

彼が気の毒に思えて、アストリッドはついに白状することにした。「ロディ、もう気づいているかもしれないけれど、あなたが公爵に送った報告書も、彼があなたに送ってよこした手紙も、全部わたしがこっそり横取りしていたのよ。あなたと連絡がつかなくなって、彼は心配でたまらなかったはずなの」

一週間前のスティーヴニッジならば、この知らせを聞いたとたんにがっくりと膝をついていただろう。だが、今のロディは一瞬驚いた表情を見せたかと思うと、参ったというように満面の笑みを浮かべた。「最初からわかっていたような気がします、ミス・アストリッド。まったく、あなたは抜け目のない人ですね」

彼女も笑みを返した。「ありがとう、ミスター・スティーヴニッジ。とはいえ昨日の一件で、彼はいよいよあなたに腹を立てていると言わざるをえないわ。でも、心配しないでちょうだい。あなたを傷つけるようなまねは絶対にさせないから」

ロディが悲しげな顔になった。「いや、傷つけるなんてことはありません。つまり、肉体的な危害を加えるという意味では。そういう方ではありませんから」

「それを聞いて安心したわ」

「でも、あの失望と不満の浮かんだ表情ときたら……ああ、そういえば、ミス・アストリッド、閣下がじっと見据えただけで、部屋じゅうの女性たちが泣きだしたっていうお話をしましたっけ？　閣下は冷ややかに人をにらみつけるのが、たいそうお上手なんですよ」

「彼があなたに干渉してこないかぎり、そんなの気にしなければいいでしょう」

ロディはつらそうにため息をつき、がっくりと肩を落とした。「そこなんですよ、ミス・アストリッド、わたしはあの方が何を考えているのか、気になってしかたがないんです」

「どうして？　いまだに？　だって、あなたはここで幸せに暮らしているじゃない、ロディ。もう戻るつもりはないんでしょう？」まさか今度はわたしたちを裏切るつもりじゃないでしょうね？

「ええ、もちろんです。フローラとわたしは……その……」ロディは顔を赤らめて咳払いをした。「ええ、正直なところ、フローラに出会えて本当によかったと思っています。そしてここに来たことも。なんていうか……生まれてはじめて、生きているってことを実感しているんです。最高の気分ですよ。ええ、ミス・アストリッド、たとえ大金を積まれても、わたしはもとの生活に戻るつもりはありません」次の瞬間、彼は顔を曇らせた。「でも、やはり気になってしかたがないんです……ミス・アストリッド、わたしは閣下がまだよちよち歩きの頃から知っているんですよ。わたしの父は閣下の秘書を務めていましたし、祖父も閣下のおじいさまの秘書を……」

「一族の忠誠心というわけね」

ロディが首を横に振る。「いいえ、それだけではありません」さらに何か言いたげな表情をしたが、考え直したようだった。「とにかく、これはわたしと閣下とのあいだの問題です。いずれは正面から立ち向かわなければなりません。あなたにご迷惑をおかけするつもりはありませんので、ご安心ください」

「ええ、わかったわ」

「あなたのほうはどうするおつもりですか？」

「さあ、どうなることやら。でも、何か手があるはずよ。だって、ほら、あなたにもうまく対処したでしょう」

ロディは含み笑いをもらしたが、すぐに笑みは消え、この一週間ではじめて目にする真剣な表情になった。「モントフォード公爵にも同じ手を使えるとは思わないほうがいいです。あなたはわたしのことを、どうしようもない堅物だと思っていらしたでしょう」彼は大きく息を吐きだした。「でも、閣下ほど打ち解けない人はほかにはいません」

その言葉がなぜかアストリッドの心の琴線に触れた——情に薄いと思っていたロディの本心が垣間《かいま》見えた気がした——いや、言葉というよりはむしろ、彼の口振りに思いやりのこもった深い絶望のようなものを感じ取った。ロディがモントフォード公爵に親愛の情を抱いていることに気づいたのだ。

「でも、それはしかたのないことなんです」アストリッドの考えを読んだらしく、ロディが話を続けた。「あの方があんな態度を取るのは……まあ、ここでお話しするわけにはいきませんが、とにかく閣下は気の毒な境遇にあるんです」

彼女は鼻で笑った。「気の毒ですって！　どこがなの？　誰にきいても、彼は英国一裕福で有力な人物だと答えるわ。気の毒なものですか」

「自ら選んで今の立場になったわけではありませんから。ある悲劇的な事件のあとに公爵の地位を引き継いだとき、閣下はまだ四歳でした」

ロディの打ち明け話に関心など持ちたくないけれど、やはり気になる。ひどく興味をそそられた。「悲劇的な事件って？」先を促さずにはいられない。

「閣下のご両親の命を奪った事件です。馬車に乗っているときに事故に遭われて」ロディが身を震わせる。「おぞましい話です。閣下以外の全員が命を落とすことになったのですから。スコットランドの避暑地へ向かう途中の出来事でした。事故から二日後にようやく発見されて。発見した一行の中にわたしの父もいたんですが、事故の残骸の中に子どもが……」彼は言いよどんだ。うつろなまなざしで、嫌悪感をあらわにして顔をゆがめている。しばらくしてわれに返ると、いやな記憶を振り払うように肩をすくめた。「そうですね、男の子は非常に危険な状態だったとだけお伝えしておきましょう。彼も両親と同じ道をたどるだろうと誰もが思ったそうです。でも結局、最悪の事態は免れたというわけです。これでおわかりいただけますね」

さっぱりわからなかったが、胸にぽっかり穴が開いたような気分だった。口にするのもおぞましい事故だったことは間違いない。事故の現場に子どもが二日間もひとりで取り残されて……そばには自分の両親の遺体が……。

季節はずれの朝の陽気にもかかわらず、アストリッドはぶるっと身震いした。

何かに気づいたらしく、ロディが急に考え込むような表情になった。「そうか、だから閣下は旅が嫌いなのか」つぶやくように言う。

「まあ、そうなっても不思議はないでしょうね」彼女も小声で同意した。

「とにかく生き延びられてよかった。最悪の敵でさえ陥ってほしくないような境遇で育つことになってしまいましたが。もっとも、閣下には子ども時代などありませんでした。何しろ、まだ文字も読めないような頃からずっと、モントフォード公爵として生きてきましたからね。ですから、ミス・アストリッド、閣下を見くびっていると痛い目に遭いますよ」

彼女は気を取り直し、むきになって言った。「もう遅いわ。でも、わたしはちっとも怖くなんかない」

「そうですか……」

「ミス・ハニーウェル！」

そのとき、城館へ続いている道のほうからよく響く声が聞こえ、ロディもアストリッドもぎょっとして身をすくめた。

「スティーヴニッジ！」

ロディの顔からさっと血の気が引いた。もうじき元雇い主になる人物が現れたとたんにまたもや気力がくじけたらしく、彼はまわれ右をして、植え込みの中に駆け込んだ。

「意気地なし！」アストリッドはなじった。

「ミス・ハニーウェル！」公爵の声がさらに近づいてくる。いつにも増して不機嫌そうな声が。

彼女は作り笑いを浮かべて振り返った。モントフォード公爵が大股でこちらに近づいてきた。グレイのモーニングコートに淡い黄褐色のブリーチズという服装で、ブリーチズの裾は長いヘシアンブーツの中にたくし込まれている。泥道を歩いてきたせいで、ぴかぴかのブーツの表面が汚れているものの、その一点以外は非の打ちどころのない着こなしだ。アストリッドは思わず目を見張った。生地にはしわひとつなく、襟には糊がきいていて、シルクハットも汚れひとつなくつややかで、ステッキの持ち手には銀細工が施されている。

彼女は思わず頭に手をやったが、髪の乱れを直しそうになるのを必死にこらえた。今朝はあわてていたせいで、そういえばボンネットをかぶってきていなかった。うなじのあたりに留めてあるピンから、湿り気を帯びた巻き毛がすでにほつれはじめている。

普段は自分の見た目など気にしないのに。これっぽっちも。

彼がいまいましいほどに……完璧でなければ。

ロディから、あんないまいましい話を聞かされなければ。どうしたら動揺せずに頭を働かせられるだろう？

「ミス・ハニーウェル、たった今、そこの植え込みに逃げ込んだのはスティーヴニッジではないか？」

「なんですって？　誰が？　まあ、誰かいたのかしら？」アストリッドは困惑した表情を装い、あたりを見まわした。

「たしかにそこに……ああ、頼むから、その……いや、気にしないでくれ」公爵がステッキの先を地面に突き刺し、彼女をにらみつけた。

アストリッドもにらみ返す。最後に一緒にいたときのことは考えないようにしながら。胸をじっと見つめられたときのことは。

けれども手遅れだった。頰が真っ赤になるのを感じて、彼女は心の中で悪態をついた。自分が赤毛なのがたまらなくいやになる。「ところで閣下、何かご用ですか？　ロンドンへ戻るのに道順を知りたいとか？」

「わたしはどこへも行かない」

「そのほうが身のためだと、アントとアートに思い知らされたはずですよね」

「アントとアート」公爵の顎がぴくりと引きつった。「ああ、きみの妹たちか」

「ええ、アントニアとアディスです」

「あの子たちに追いだされるつもりはない」

「いまいまし……あら、いいえ、それは残念」

公爵の顎がまたしてもぴくっと震える。

「それでもこのあたりにしばらく滞在する必要があるのなら、〈サースティ・ボア〉のほうが快適だと思いますけれど」彼女は陽気に言った。

まるでアストリッドの体から尻尾が生えてきたかのような目を彼が向けてくる。

「村の宿屋です」彼女は説明した。

公爵が目を見開き、ぱちぱちと二度まばたきをした。表情から判断すると、尻尾のほかにも蹄《ひづめ》と羽と突きでた鼻まで生えてきたらしい。

「なんだって？　まさか、とんでもない」彼が息を荒くした。中国にたどりつけそうなほど深い穴を掘ったらどうか、と勧められたかのように。「わたしは宿屋などに泊まったりはしない」

「ロンドンを離れるのは今回がはじめてですか？」アストリッドは食いさがった。

「もちろんそんなことはない」

「じゃあ、これまで宿屋に泊まらずにどうしていたんです？」

「いいか」いかにも公爵らしい、人を見下すような不遜な口調だった。アストリッドはその口調がだんだん嫌いになっていた。「わたしは英国だけでも三七の地所を所有しているんだ。宿屋なんぞに泊まらなくとも、自分のベッドで眠れる」

「そんなにベッドを持っていたら、さぞかし便利でしょうね」ひと呼吸置いて続けた。「三七もの地所を所有しているのなら、ここは必要ないんじゃありません？」

「だから、そんな話をしているのではない。物事の道理の話をしているんだ」

彼女は眼光鋭く公爵をにらみつけた。「ライルストーン・ホールはわたしたちの家です。この土地は、もう何世紀もハニーウェル家が管理しているんですから」

「そして、すっかり台なしにしている。きみは気づいていないかもしれないが、城館が傾いているぞ」

「たしかに塔のほうは修繕が必要だけれど……」

「借地人の農地はどんな状態になっていることやら。きみのずさんな管理のもとで働く連中の生活もな」

アストリッドはぴたりと足を止め、反論に出ようと彼に向き直った。ところがアストリッドの急な動きを予想していなかった公爵は、そのまま彼女のいるほうに歩きつづけた。アストリッドは上品な着こなしのたくましい体にぶつかり、きれいなひだ飾りのついたクラヴァットに鼻を押しつけた。彼の香りを吸い込んだ瞬間――清潔な麻と白檀《びゃくだん》の香りがした――体がかっと熱くなる。体の奥のほうがとろけそうな気分だった。なぜか手を伸ばして公爵の上着をつかみ、抱きつきたくてたまらない。あたたかくてがっしりとした体に。

よろめきながらも、彼女はさっと飛びのいた。

公爵もはっと息をのみ、同じように飛びのく。

「ミス・ハニーウェル……」

それは今朝、廊下で聞いたのと同じく、ささやくような声だった。

顔をあげると、驚いた表情の彼と視線が合った。眉がつりあがり、口元がゆるんでいる。銀色の瞳が、こちらの胸の内を探るようにじっと見つめ返してきた。

またしても、体の奥がとろけそうになる。彼女は思わず唇を湿らせた。

公爵がアストリッドの唇にさっと視線を落としたとたん、彼の瞳の色がくすみ、サテンのようにつややかな灰色に変わった。

「ミス・ハニーウェル」彼が繰り返す。「きみの瞳は……」

彼女と同じように困惑しているらしい。

「えっ？」

「きみの瞳は……ちぐはぐだ」

最後の言葉は不快げなうめき声にしか聞こえなかった。

どすんという音とともに現実に引き戻された気がして、アストリッドはとっさに身をこわばらせた。今の発言は明らかに悪口だった。嫌悪感を抱いている――そして心底おびえている――わたしの瞳に。そう感じるのも無理はない。たいていの人が不思議がったり、気味悪がったりするのだから。中には呪われていると言う者までいるぐらいだ。けれど、見た目が悪いのはどうしようもない。公爵がいまいましいほどハンサムなのがどうしようもないのと同じように。

外見のことで彼に何を言われようと、もう傷つきはしないだろうと思っていた。でも今は、つまらない意地が心の奥底でくすぶっていた。「不快な思いをさせてしまってすみません、閣下」歯嚙みしながら言うと、彼を置いて足早に歩きだした。感情を揺さぶられたことを悟られたくなかった。

背後から低いうめき声が聞こえたかと思うと、公爵が大股であとを追ってきた。

「ミス・ハニーウェル、ちょっと待ってくれ」

腕に手がかけられた。蜂に刺されたみたいに肌が敏感に反応する。彼の手袋と自分のドレスの生地越しに接しただけで、直接肌が触れあったわけでもないのに。アストリッドは公爵の手を振り払おうとしたが、彼が離そうとしないので、結局立ち止まった。とはいえ、彼の顔を見あげるつもりはなかった。どうしてもできない。

目の奥からじわりと熱いものがこみあげてきたが、彼に対する拒否反応なのだと自分に言い聞かせようとした。

「すまなかった、そういうつもりでは……」

「どういうつもりかはちゃんとわかっているわ。わざわざ説明してもらわなくても結構よ。あなたにひどいことを言われるのは、もう慣れっこだから」心の中が混乱しているわりには、自分でも驚くほど落ちついた声だった。

公爵が黙っているせいで、いやでも彼の息遣いが聞こえてくる。アストリッドと同じように呼吸が乱れていた。彼はまだ腕に手をかけたままだ。そうしていないと、するりと逃げだしてしまうと思っているのだろうか？　まあ、実際そうするつもりだけれど。

「まったく、きみは手に負えない人だな、ミス・ハニーウェル」

どういう意味なのかわからなかったが、その一方で正確にわかったような気もした。どちらにせよ、暗にほのめかすようなことは言われたくない。

「もう放してください」今度は声がかすれた。

公爵が手を離し、数歩うしろにさがる。そしてクラヴァットのしわを伸ばしはじめた。神経質に指先でつまんだり折りたたんだりしている。「ミス・ハニーウェル、こんなことはばかげている。わたしはきみを侮辱するつもりはない。実際、ここにいたいわけでもないんだ」

「それでもここにいる。しかも居座る気なのね」

「この地所の状況を把握しておきたい。きみはすでに嘘をついている。父上のことで――」

「嘘なんてついていないわ。伝え忘れていただけよ」

公爵が片方の眉をつりあげ、勝ち誇ったような顔をした。「ああ、では、きみだったのか。A・ハニーウェルというのはやはりきみなんだな。あのいまいましい手紙を書いてよこし、何年もわたしを苦しめてきた張本人は」

「ええ、当然でしょう。ほかに誰がこの地所を管理していると思っていたの？」アストリッドはきいた。

彼が降参のしるしに片手をあげた。「正直に打ち明ければ、この四日間は問題が山積みだったんだ。馬車。ぬかるみ。馬の負傷。半狂乱になった従者。例の泥まみれの一件と豚。そしてきみだよ。ミス・ハニーウェル、きみは問題だらけだ。こちらの質問に何ひとつまともに答えようとしないから、きみを絞め殺さないようにするだけでも精一杯だ」落ちつき払った口調だった。「わたしは……慣れていないんだ……こんな扱いには」

「そうでしょうね」

「ただし、こちらの言うことを聞くというならば、きみを絞め殺さないと約束しよう」公爵は話を締めくくると、上着の袖から目に見えない糸くずを指で弾き飛ばした。この和解の申し出により、ふたりのあいだの問題がすべて解決できるはずだと言わんばかりの表情で。

ところが奇妙なことに、彼に対する怒りも、目のことを指摘されて傷ついた感情も、その瞬間にすうっと引いていった。道端で向きあっている公爵の顔つきはうぬぼれが強く傲慢で、わがままを通そうとする一〇歳の少年そのものだった。

そのせいで、アストリッドの中の一〇歳の少女も意固地になってしまった。

公爵に嚙みつくようなまねはよしたほうがいいとロディには忠告された。でも、すでに深みにはまっている。さっきは公爵と衝突したおかげで、この地所に関する臆測にいちいち反論しなくてすんで助かった。もし本当のことを――この地所は困窮しているわけではなく、実際には繁栄していることを――知られたら、ハニーウェル一族が何世代にもわたって公爵家の目を欺いてきた事実まで露見してしまう。

アストリッドとしては、死ぬまでニューゲート監獄から出られないという事態はなんとしても避けたかった。そんなことになったら、妹たちと醸造所と借地人たちの面倒を誰が見るの？

とにかく動揺してはだめ。今はなおさら。

公爵自身とこのごたごたにどう対処したらいいのかわからないけれど、彼を優位に立たせるわけにはいかない。差し当たってできることといえば、うまくごまかしたり、はぐらかしたりして、真実を突き止めようという気にもならないほど彼を混乱させることだ。

ただし、公爵が混乱するかどうかは神のみぞ知る、だ。こんなに襟に糊をきかせて、背筋をぴんと伸ばし、歯を食いしばっている人物をほかに見たことがない。彼はロディ以上に神経を張りつめて生きている。

〝閣下ほど打ち解けない人はほかにはいません〟

アストリッドは視線をあげると、ロディの言葉を確かめるために公爵の顔を……いや、このときになってはじめて彼の顔を見つめた。モントフォード公爵としてではなく。憎らしい敵としてではなく。ぴかぴかのブーツを履いた堅物としてでもなく。ただ彼という人間を見つめた。じつは一〇歳の少年を思わせる一面があること。今朝はアストリッドの胸元をちらっと盗み見たこと。昨夜は手製のビスケットを口に運び、アストリッドが思わず膝の上にティーカップを落としそうになるほどうっとりとした表情を浮かべたこと。この男性は陰気で冷淡な物腰の陰から、こっそり外の世界をのぞいているのだ。

ロディの言ったことは間違っているとアストリッドは気づいた。モントフォードは打ち解けない人などではない。彼は誰よりも孤独な……いや、誰よりも悲哀に満ちた人だ。しかも彼自身は体を丸めてうずくまっているばかりで、自分の哀れさを自覚してもいない。

アストリッドの張り裂けそうな胸の中では、彼はもはや一〇歳の悪がきではなく、四歳の幼い子どもになっていた。道端にひとり取り残され、土埃と乾いた血のこびりついた顔を涙が伝っている。その光景を、アストリッドはまるで自分もその場にいたかのように、はっきりと思い浮かべることができた。手を伸ばして彼を抱きしめ、痛みをやわらげ、苦痛を取り除いてあげたい。頬の涙をキスでぬぐい去って……。

なんてこと。ロディにあんな悲痛な話を聞かされたせいだわ。彼のせいでモントフォード公爵が……ひとりの人間に思えてしまうのよ。

けれどもこんなふうに胸がいっぱいになってしまったら、もうもとの気持ちには戻れない。誰にも知られないようにしているが、じつはアストリッドは毒舌で理屈っぽい女という顔の裏側に、情にもろい一面を隠し持っていた。傷ついた動物と、涙目の幼い男の子と、途方に暮れている人のこととなると、どうしようもないお人よしになってしまうのだ。けがをした動物を見つけたら、保護して手当てをしてやらずにはいられなかった。たいていは飼い犬に手を噛まれるはめになるというのに——文字どおりにも、比喩的な意味でも。それでも性懲りもなく、また同じことを繰り返してしまう。

アストリッドから見れば、モントフォードはそれら三つの部類のすべてに当てはまってい

た。とりわけ三つ目には。途方に暮れている人がいるとすれば、それは目の前に立っている鼻持ちならない男性にほかならない。

いったい何を考えているの？　彼を救おうと思うなんて、わたしはばかよ。

モントフォード公爵が眉をひそめた。「なぜにやついているんだ、ミス・ハニーウェル？」

「えっ？　ああ、わたしが言いなりになるとあなたが思っているからよ」

「その気はないというわけか」

「もちろんよ、モントフォード。だって、そんなことをしたらつまらないでしょう？」

彼は外国語でも聞かされたような顔になった。宣戦布告とは違う、未知の言葉を。

アストリッドは彼に向かって舌を突きだしてみせた。そしてくるりと向きを変え、スカートの裾をつまんで城館へと駆け戻った。

6

公爵、田園のユートピアに直面する

モントフォードは数秒前に起きた出来事が信じられなかった。自分に向かってそんなことをする人間は、これまで誰もいなかった。言語道断だ。さっぱりわけがわからない。

あのいまいましい女性は、こちらに向かって舌を突きだした。

わたしが追いかけてくると思っているなら大間違いだ。そんなことをすれば、なけなしの品位をどん底まで落とすことになる。田舎の若者よろしく、口やかましい赤毛の女性を追いかけたりするものか。

もっとも、意思に反して両脚のほうは彼女を追いかけたくてうずうずしていた。

いったいなんなんだ、あの女性は……。

手に余る。

破廉恥だ。

いや、それだけではすまない。だいたい、あのいかにも理屈っぽいところがぞっとする。

それに男のふりをする女ほど、うんざりするものはない。わたしが見抜けないとでも思っているのだろうか？　あんな髪をして、あんなドレスを着て——ありがたいことに、今日はズボンをはくのはやめておいたらしい——おまけにあんな胸をしているくせに。

今朝は、あのふっくらした胸があらわになっているところを不覚にも垣間見てしまった。まあ、たしかに豊かなふくらみの半分程度は寝間着に隠れていた。いや、廊下が冷え込んでいたわりには、あの寝間着はきちんと役目を果たしていなかった。早朝の日の光が窓から差し込み、薄手の生地は物議をかもすような状態になっていた。まったく、あの胸は……。手に余る。

そしてふと気づくと、先ほど彼女と話をしていたあいだもずっと、今朝の記憶に苦しめられていた。彼女の体、そしてまさにその付属物にぶつかったときは、自分の胸で押しつぶしているということを極力考えまいとしたが、どうしてもだめだった。今となっては、あの胸の見た目だけでなく、やわらかで魅惑的な感触まで覚えてしまっている。もちろん髪から放たれていた香りも——干し草とラベンダーと女性の香りだった——いまだに鼻腔《びこう》に残っている。

彼女に欲望を感じていることに気づき、モントフォードははっとした。あの欠点と不備だらけの女性がたまらなく欲しい。これほど強い欲望を感じるのははじめてだった。ふたりの体が触れあったとき、ほんの一瞬、彼女を道端に連れていって地面に押し倒し、植え込みの陰で動物のように激しく奪うところを想像したぐらいだ。いや、想像しただけではない。実行しようかと考えたのだ。

どうやら正気を失ってしまったらしい。

モントフォードはよこしまな欲望をどうにか押しとどめ、ミス・ハニーウェルを追いかけるのを我慢した。その代わり頭をすっきりさせるために、ライルストーン・グリーンの方向に向かって歩きだした。道はぬかるみだらけなうえに、自然界は心を乱されるものであふれ返っていたが、自分の足で歩いて村へ向かうのは心地よかった。空はミス・ハニーウェルの右の瞳とよく似た空色で、一〇月上旬のヨークシャーにしてはあたたかい。生まじめで潔癖な性格でなかったら、上着のボタンをはずし、クラヴァットをゆるめて暑さをしのいでいただろう。だが、そうはしなかった。それに今日もあいかわらずブーツに泥がつくのが不快でならない。とはいえ、かすかに甘い香りを含んだ新鮮な空気は、ロンドンの汚れた空気とは大違いだった。田舎暮らしになじめそうな気さえする――ただし、何かしらの策を講じて、この田舎くささが払拭されれば。

牧草地の前を通りかかったとき、放牧されていた羊が二頭、ふらふらと道路に入り込んできた。あろうことか目の前に。モントフォードはあわてて飛びすさり、帽子が転げ落ちないように両手で押さえた。「なんてことだ」彼はぼやいた。

泥だらけのこんもりした白い羊の毛が衣服をかすめないように注意しながら、まわり道をして侵入者を避けようとした。そのとき一頭が、モントフォードの下半身の大事な部分に向かってメーと鳴いたので、彼はぎくりとして飛びあがった。

そうこうするうちにライルストーン・グリーンに到着した。村の景色を目にしたとたん、はじめて城館を見たときと同じような、妙に落ちつかないあたたかな感情があふれてきた。完璧すぎる眺めだった。村の名前の半分の由来となっている〝緑〟があたり一帯に広がり、その先にはノルマン様式の古いチャペルの階段が見える。牧草地はきちんと手入れされており、巨大なニレの古木の下で、五、六人の子どもたちがフラフープで遊んだり、ペットを追いかけたりして跳ねまわっている。大通りは敷石で舗装され、地元の人々でにぎわっていた。店々の看板のペンキもまだ新しく、店先もきれいに掃除されている。村自体と同じように、村人たちも豊かで古風な暮らしを送っているようだ。正真正銘ののどかな田園風景だった。

ヨークシャーを旅するあいだに通ってきた、殺風景で恐ろしいほど辺鄙なほかの町とは天と地ほどの開きがあった。この地所の利益から考えると、予想していた状態とあまりにかけ離れている。

こんなことは絶対にありえない。

ライルストーン・グリーンは荒れ果てているはずなのに。

つまり、誰かが嘘をつき、盗みを働いているということだ。

モントフォードは村には立ち寄らずに踵《きびす》を返すと、かつてないほど不機嫌になって足早に城館へ戻りはじめた。ミスター・ライトフットの手紙を受け取った瞬間から、モントフォードは書斎の本の並び順が間違っているのを見つけたときのような感情に襲われていた。あるいは、クームズがブーツを左右反対に並べているのを目撃したときのような。しかもその感情は、スティーヴニッジからなんの音沙汰もないままいたずらに時が過ぎるうちに一〇〇倍にも増幅していた。間違いない。ミス・ハニーウェルが何かしら不正を働いているのだ。モントフォードは自分の結婚式が近づきそわそわしていることも相まって、最近はストレスに悩まされていた。早い話が、彼はヒステリーを起こしかけていた。そうでなければ旅に出たことの説明がつかない。そんなことをしようだなんて、考えるはずもないのだから。

そして今、実際にここを訪れ、ライルストーンが繁栄している様子をこの目で見てみると、長年にわたってハニーウェル一族にだまされていたのだという確信が強まった。いかにして事態の収拾を図ればいいのか見当もつかなかった。これはブーツの並び順を変えたり、本を正しい場所にしまい直したりするように簡単に解決できる問題ではない。

どうすれば、あの一族を追いだせるだろう？

そうだ、ひとつだけはっきりしていることがある。ミス・ハニーウェルが正直に答えるまで、ここに居座るのだ。この混乱を解消する鍵を握っているのは彼女だ。ただ、あんなに……あんなに厄介な人間でなければいいのだが。無礼で、生意気で、顔を見ただけで怒号をあげたくなるような相手でなければ。ミス・ハニーウェルと理性的に会話をするのは、月をつかまえて地上に引きずりおろすよりも至難の業だ。ところが怒りが募り、絶望的な気分になるにつれ、なんとしてもそうしたいと思うようになっていた――彼女と理性的な会話が成立する保証など、どこにもないのに。そんなことが実現するはずがない。それでもどうにかして彼女を打ち負かしてやりたい。気高い行為とは言えないが、どうしようもなかった。

城館に戻ってくる頃には、自分をだましたミス・ハニーウェルを絶対に許さないという決意だけはかたまっていた。

どうするかという点については、また別として。

ミス・ハニーウェルはどうやら、こちらを避けることに決めているようだった。どうせ非道な陰謀をくわだてるつもりなのだろう。ということは、彼女に〝避けられるのを避ける〟必要がある。

言い換えれば、彼女の尻につきまとわなければならないということだ。

モントフォードは嫌悪感で身震いした。少なくとも嫌悪を感じようと努めた。さもなければ、身震いしたのは――おまけに下腹部が張りつめ、あの豊かな胸がまぶたの裏にちらつくのも――別の原因からだと認めざるをえなくなる。彼にとっては、女性の胸にそそられるのははじめての経験だった。胸というのは牛のように鈍重で、下品で、やけにみだらに思えるからだ。それなのに、なぜミス・ハニーウェルの胸が頭から離れないのだろう？

モントフォードは頭を振ると、必死に深呼吸をしながら城館の中に入った。

ミス・ハニーウェルにつきまとって困らせてやる。彼は自分に言い聞かせた。だが、もう二度と彼女に触れるんじゃない。頼むから、首の下のほうに視線を向けたりするなよ。

考えてみれば、最後の愛人との関係を終わらせ、アラミンタに求婚したのはもうずいぶん前のことだ。ミス・ハニーウェルにまつわる問題の原因はそれに違いない。要するに女性に飢えているのだ。

近いうちにそういう機会は訪れそうにないと気づき、モントフォードは落胆した。次にベッドをともにする女性は自分の妻になりそうだった。

アラミンタのことを考えたとたん、北極の風に吹かれたかのような寒気が背筋に走ったが、かえって好都合に思えた。というのは、玄関ホールの吹き抜けの階段からミス・ハニーウェルがおりてきたからだ。彼女が一段おりるたびに、両胸が小さく飛び跳ねるように揺れている。それにもかかわらず、少し前にその胸を見て抱いたよこしまな感情は完全に追い払えたようだった。

足早におりてくるところから判断すると、またしてもこちらを避けようとしているらしい。モントフォードはもちろん階段の下に立ちはだかり、逃げ道をふさいだ。ミス・ハニーウェルが何段か手前で立ち止まる。またしても外へ飛びだしていくつもりなのか、片手にはボンネットと手袋が握られていた。急いで階段をおりたせいで頬がピンク色に染まり、瞳はいらだたしげに光っている。

彼女も腹を立てているのだと気づき、満足感がこみあげてきた。一緒にいると感情を乱されるのは相手も同じなのだ。

「ミス・ハニーウェル。どこかへお出かけかな？」

彼女が疑いの目でこちらを見返してくる。「ええ、出かけるところなの」

「それなら、きみが仕事をしているあいだ、本を見せてもらおうか」

ミス・ハニーウェルの顔に激しい憤りの表情がよぎった。「ええ、どうぞ、閣下。うちの書斎はなかなか立派なのよ」

「本というのは帳簿のことだ」

その言葉で彼女が顔色を変えるとは、モントフォードも想像していなかった。なるほど、やはりこの生意気な小娘は何かを隠しているわけか。

「そんな必要はないと思いますけど」彼女が言った。

「いや、見せてもらおう、ミス・ハニーウェル」

「あなたが興味を持ちそうなことは特に何も――」

「そうかな」

ミス・ハニーウェルは玄関ホールを横切り、外に目を向けた。追いつめられた表情が、何かをたくらんでいるような顔つきに変わる。モントフォードは彼女の視線をたどった。馬車が一台走ってきて、城館の前に止まった。

「それに」ミス・ハニーウェルが言った。「あなたには関係のないことだわ」

「なぜそう言えるんだ？」

彼女は肩越しにちらりと振り返り、勝ち誇ったような表情を浮かべた。「なぜって、わたしの弟が帰ってきたからよ」

7

ミス・ハニーウェル、中国にたどりつけそうなほど深い墓穴を掘る

ミス・ハニーウェルと妹のアリスが新たな客を出迎える様子を、モントフォードは数歩離れた場所から眺めていた。もじゃもじゃ頭のその青年は目鼻立ちは整っているが、どこか間抜けな顔をしていた。大きな茶色の目が思いつめた表情になっている。赤毛とそばかすと団子っ鼻という特徴から、ハニーウェル一族と血縁関係にあるのは一目瞭然だった。しかし、彼女たちの弟ではないとモントフォードは確信した。アロイシウスには男子の相続人がいないと、何年も前に弁護士から聞かされていたせいだけではない。青年がハニーウェル姉妹を見つめる目つきが、のぼせあがった愚か者そのものだったからだ。

モントフォードはせせら笑いを浮かべた。

「アストリッド！」青年が大声で呼びながらミス・ハニーウェルのもとへ飛んでいき、勢いにまかせて抱擁した。「大変な目に……」そのとき、隣で所在なさげに突っ立っているアリスに気づいて、青年が顔を赤らめた。アリスのほうも盛大に頬を染めている。

「アリス！」のぼせあがった愚か者がミス・ハニーウェルからさっと身を引き、すぐさまアリスのもとへ向かった。そして抱きしめるべきだろうかと迷う様子を見せたあと、彼女の手を取っておずおずと手の甲にキスをした。

次の瞬間、アリスの顔がピンク色から真っ赤に変わった。青年のほうも同じだった。

「やあ、アリス」彼がもごもごと挨拶する。

モントフォードは目をぐるりとまわした。この若者はハニーウェル姉妹の両方にのぼせあがっているわけか。哀れなやつめ。

「こんにちは、ウェ――」アリスが口を開いた。

「こんにちは、アンソニー」ミス・ハニーウェルが口をはさみ、ふたりのあいだにすばやく割って入った。「無事に帰ってきたのね、うれしいわ」

モントフォードの予想どおり、青年が困惑したように顔をゆがめた。彼は目をぱちくりさせながらアストリッドとアリスを交互に見たあと、そばに立っているモントフォードの存在に気づいた。そしてようやく事情を察したらしく目を輝かせ、前に進みでて手を差しだした。「はじめまして、ええと、アンソニー――」青年が自己紹介をはじめようとした。どこまでも哀れなやつめ。ミス・ハニーウェルがあわてふためいて青年の腕を引っ張ったため、彼はよろめきながらうしろにさがった。「アストリッド、いったい全体――」青年が声を引きつらせた。

「アンソニーったら、もう、おばかさんね」ミス・ハニーウェルが笑い声をあげる。「自分が何者かってことくらい、百も承知でしょう」

「アンソニー」〝アンソニー〟がアリスに目を向けると、彼女は黙ったまま肩をすくめた。

「帰ってきてくれてちょうどよかったわ。モントフォード公爵閣下をご紹介するわね」ミス・ハニーウェルがやけに快活な口調で続ける。

〝アンソニー〟が口をあんぐりと開けた。いや、顎がはずれていなければの話だが。彼は背筋をぴんと伸ばすと、目を大皿のようにしてモントフォードを見つめた。

「閣下、わたしの弟をご紹介させていただきます。ミスター・アンソニー・ハニーウェルです」ミス・ハニーウェルが〝アンソニー〟の脇腹を肘で突いた。

彼は必死に何か言おうとしたが、結局、口からは何も出てこなかった。やがていくらか自制心を取り戻したらしく、深々と礼をして小声で言った。「閣下」

「ミスター・ハニーウェル」モントフォードは憎々しげに応えた。

「ええと……驚いてしまって」〝アンソニー〟が今にも泣きそうな声で言い訳する。

「わたしほどではないだろう」モントフォードはにこりともせずに言った。「きみが現れるとは思いもしなかったわけだから」

「それは、その……まっすぐにここへ来たんです。先に母のところに寄って――おい、アストリッド！」〝アンソニー〟はわめくと、ミス・ハニーウェルに肘で小突かれた場所をさすった。「いったいなんなんだ？　なぜぼくをそんな名前で……」

「長旅のあとでおなかがぺこぺこなんじゃない？　それに喉も渇いているでしょう」ミス・

ハニーウェルがすかさず話に割り込み、すっかり混乱している青年の腕を取って城館の中へ入ろうとした。

「いや、別にそれほど……」

「とにかく中に入りましょうよ。旅の話を聞かせてちょうだい」

その言葉に〝アンソニー〟が顔をぱっと輝かせた。ようやく対等の立場に戻れたと思ったようだ。「そうだ、旅の話だ」ミス・ハニーウェルに腕を引かれながら、青年が不安げな表情でモントフォードを見る。哀れなやつめ、彼女が相手では手も足も出ないだろう。

モントフォードは帽子を軽く持ちあげて青年に挨拶すると、アリスのほうに向き直った。彼女は目を丸くして姉の背中を見つめていたが、やがてこちらに顔を向け、心配そうに眉をひそめた。

ふたりで同時に咳払いをして、馬車に目を向けた。

「これが長旅に向いているとは思えないが」モントフォードはゆったりした口調で言った。

アリスがおびえたような声をもらす。

彼はため息をついた。「心配しなくていい、ミス・アリス。きみの姉上に、そのうちきちんと説明してもらうから。だが今は、あのふたりに少しばかり時間を与えてやろう」自分の言葉が効果的に聞こえるよう、しばらく間を置いてから続ける。「口裏合わせをするための時間を」

アリスがはっとしたようにこちらを見た。「それじゃあ……あの、ウェス……いえ、アンソニーのことを……」

「せっかくきみの姉上が墓穴を掘ろうとしているのに、わざわざ邪魔しようとは思わないさ。そんなことをしたらつまらないだろう？」先ほどミス・ハニーウェルに言われた言葉を、皮肉をこめて繰り返した。肘を差しだすと、アリスがためらいながら彼の腕を取った。

ふたり並んで城館の中に向かいながら、自分がアリスに語ったことは本心だとふと思った。頭がどうかなってしまったのか、モントフォードはミス・ハニーウェルの策略を楽しみはじめていた。いや、実際に心から楽しんでいる。こんなに楽しい気分になるのは何年ぶりだろう。

その直後、はたと気づいた。

なんてことだ、〝楽しい〟とは。今はそれどころではないはずだ。


「弟のふりをしろって、どういうことだ？」ウェスリーを応接間に連れていって耳打ちで指示すると、彼は声をうわずらせた。「きみには弟なんていないじゃないか」

「だからあなたに弟のふりをしてもらっているんじゃない」アストリッドは歯を食いしばりながら説明した。このいとこはもともとのみ込みが早い人ではないけれど、それにしても鈍すぎる。ひとつひとつ嚙んで含めるように言い聞かせなければならないのかしら？

「でも、アストリッド、ぼくはモントフォード公爵に嘘なんかつけないぞ」ウェスリーが声をひそめて言った。

「嘘じゃないわ。あなたはわたしの弟だとは一度も言わなかったでしょう」

ウェスリーが釈然としない顔をした。頭がこんがらがっているようだ。

「だって、それは事実じゃないからだろう？」

もう、どうかわかって。「ウェスリー、あなたの協力がどうしても必要なの」

彼が眉をひそめる。「ぼくはこんなことに巻き込まれたくない。こんな……きみが何をしようとしているにせよ……なあ、いったい何をしでかすつもりなんだ？」

「ライルストーン・ホールを救おうとしているのよ。ねえ、ウェスリー、お願いだから、がんばってこのまま続けてほしいの。公爵がここにやってきたのは、お父さまのことを知ったからなのよ。彼はライルストーン・ホールは自分のものだと言い張って……」

「実際にそうじゃないか？」

アストリッドは手を振ってはねつけた。「そんな細かいことはどうでもいいの」

ウェスリーがため息をつく。「でも前から言っているだろう。きみがうちの農園に来さえすれば、この城館に住みつづけられるかどうか心配する必要はなくなるって。母上は――」

「ふさぎの虫に取りつかれてしまうでしょうね」

「そのうち治るさ」急に思いつめた顔になり、彼はアストリッドの手を握った。どことなく驚いた子猫に似ている表情で。「ぼくの望みはわかっているだろう、アストリッド。それにきみのためにも……」

アストリッドは彼の手を振り払い、あからさまな告白を事前に食い止めた。またしても結婚を申し込まれるような事態だけはなんとしても避けたい。「あなただって、わたしの望みはわかっているでしょう、ウェスリー。わたしが望んでいるのは、このライルストーン・ホールなの。ここはわたしの家であり、アリスの家でもある。二〇〇年も前の羊皮紙に書かれた文書なんかのために、奪い取られるわけにはいかないのよ」

ウェスリーが哀れむようなまなざしを向けてきた。「なあ、いったいどうしたんだ、アストリッド？」

彼女は身をこわばらせた。「なんの話？」

「昔は今とは違う人生を夢見ていたはずだ。地所の運営なんて絶対にしたくないと言っていたじゃないか。それどころか、ここでは暮らしたくないって。一日も早くライルストーンを出ていきたいって」

アストリッドはウェスリーに背を向け、表情を隠すために窓の外を眺めた。彼の言葉にひどく動揺していた。いとこにこんな鋭い洞察力があるとは思ってもみなかった。そうよ、昔のわたしは今とまったく違う人生を夢見ていた。旅。冒険。ロマンス。愚かな小娘が見がちな愚かな夢ばかりだ。

けれどもそんなとき、母が出産で命を落とし、父は……なんというか、正気を失ってしまったため、わたしが地所を運営していくよりほかなかった。アディスはまだ二歳で、アントニアに至っては生まれたばかりだった。あるとき、幼いふたりに〝きちんとしたしつけ〟を受けさせるために、ライルストーン・ホールから連れだすとおばのエミリーが言いだした。

アストリッドはわずか一四歳だったが、おばと争った末に勝利をおさめた。そうして家族で一緒に暮らしていたら、しばらくして地所の運営が勢いに乗りだしたのだった。自分の人生がこんなにも違う方向へ展開するとは、まったく想像できなかった。

いいえ、そうではないでしょう？　もちろん想像はできていたわ。でも、ただそれだけのことよ。

アストリッドは今手にしているものを、世界各地への冒険やロマンスといったものと引き換えにするつもりはなかった。だいいち、真剣に闘いもせずにライルストーン・ホールをあきらめるつもりはない。

「大昔の話よ」アストリッドは小声で応えた。

ウェスリーが肩に触れてくる。「それほど昔でもないさ」

彼の手から遠ざかった。「他人事だと思って、勝手なことを言わないで」

「ぼくにわかっているのは、この地所を破綻させずにひとりで運営していくなんて、きみには荷が重すぎるってことだよ」

アストリッドは両手を腰に当て、ウェスリーをにらみつけた。「わたしにはその能力がないと思っているの？」

「まさか。なあ、アストリッド、そうやって人の言うことをわざとねじ曲げて解釈するのはきみの悪い癖だぞ。ぼくが言いたいのは、これはきみが選んだ人生じゃないってことだ。本当の人生ではないってことだよ」

彼女は乾いた笑い声をあげた。「それであなたは、自分ならわたしが求めているものを与えられると思っているわけね？」皮肉たっぷりに言う。

「もう、それすらわからないよ」ウェスリーが静かな声で言った。「でも、きみには何かが必要なんだ。誰かが。ある朝、目覚めたら自分が……」

彼は言いよどんだ。最後まで言い終えるのは気が進まないらしく、頬がさっと赤らんだ。少なくとも、ウェスリーのほうは言葉を選んでくれている。

とはいえ、彼が何を言おうとしたのかははっきりとわかった。

〝ある朝、目覚めたら、自分がひとりきりだと気づく前に〟

そんな考えはばかげている。何しろアストリッドのまわりには、アディスとアントニアとアリスがいる。たしかにいつまでもみんな一緒にいられるわけではないけれど、自分は妹たちに愛されている。それにハイラムと彼の家族、フローラやチャーリーやミック、そしてウェスリーもいる。自分を愛し、信頼してくれる人たちが、数えきれないほどいるのだ。

どうしてひとりきりになるなんてことがあるだろう？

そのとき頃合いを見計らったかのように、モントフォード公爵がアリスをエスコートして部屋に入ってきた。アストリッドはウェスリーのもとを離れ、落ちつき払った表情を装った。でも、心は千々に乱れている。みんなのほうへ顔を向けると、公爵が物問いたげに口元をゆるめていた。やがて彼はウェスリーに目をやった。ウェスリーは何度か咳払いをしただけで、誰とも視線を合わせようとしない。

公爵は無表情な顔つきをしているけれど、新来の客にこれっぽっちも興味を示していないのは間違いなかった。アストリッドが彼の前に目障りな障害物を投げ込んだことなど、まったく意に介していないのだ。こちらの話を信じているわけでもなさそうだが、かといって事実かどうかを問いただしてくるでもない。

どこか妙だった。

部屋じゅうに沈黙が流れ、空気がぴんと張りつめている。このままではウェスリーが口を滑らせてしまいそうだ。実際、彼はモントフォード公爵にじっと見据えられ、もぞもぞと体を動かしはじめていた。

「では、ミスター・ハニーウェル」いきなり公爵が口を開いたので、みんながぎくりとした。

「きみの旅の話を聞かせてもらおうか」

傍目《はため》にもわかるほど、ウェスリーが緊張をゆるめて肩の力を抜いた。

「あ、はい、ぼくの……ええと、旅の話でしたね」

「お茶を持ってこさせるわね」アリスが罠から逃れるように部屋を飛びだしていった。

公爵が椅子を指し示したので、アストリッドは一瞬迷ってから椅子の端のほうに浅く腰かけた。ひどく緊張していた。

ウェスリーもアストリッドの向かい側に腰をおろし、公爵はアナベルが愛用している背もたれの高い玉座のようなジャコビアン様式の椅子を選んで座った。脚を組み、頬杖をついて、片方の眉をつりあげている。国王が事のなりゆきをのんびりと見守るような態度で。

「蒸気エンジンです」気まずくなるほど長い間を置いてから、ウェスリーが口を開いた。

アストリッドは目をぐるりとまわしそうになるのを必死にこらえた。ほら、またはじまったわ。毒を含んだ満足感がこみあげてくる。モントフォード公爵は自分でも意図せずに、ウェスリーが得意分野の話をはじめるように仕向けてしまったのだ。

公爵が怪訝そうに眉をひそめる。「今なんと？」

「旅行の目的ですよ。ぼくは蒸気に関心を持っているんです」

「それはじつに……興味をそそられるな」内心では、さっぱり興味をそそられないと思っている口調だった。

内密の話をするかのように、ウェスリーが公爵のほうに身を乗りだした。

「母には内緒に――」そう口走ったとたんに顔色を変え、不安げな視線をアストリッドに向けた。「つまり、旅の行き先は誰にも知られたくないということです。慎重な扱いを要する問題なので。ぼくが蒸気に関心を持っていることについては、周囲の人たちの理解や賞賛をあまり得られていないんです」

ウェスリーがあれこれいじくりまわすことについては、ほとんどの人の理解も賞賛も得られていない。彼は次から次に妙ちきりんな装置を作っては、事あるごとに爆発させている。去年、ベンウィック・グランジの温室の屋根を張り替えなければならなくなったのも、ウェスリーの〝科学的な〟実験が失敗に終わったせいだ。

「じつは北部の沿岸のほうに行っていたんです。ある男が蒸気エンジンを開発しているという話を耳にしたものですから。想像できますか、閣下？　〝馬のいらない馬車〟ですよ？　二〇頭立ての馬車があったとしてもかなわない速さです」

公爵が顔をしかめた。「想像したくもない」低くつぶやく。

ウェスリーは公爵の皮肉に気づかなかったらしい。というのも、目を輝かせてなおも話を続けたからだ。「船に蒸気エンジンを取りつけて海に出ようという段階まで来ているんですよ。でも物理的な面で、その計画には賛成しかねますけど」

「とんでもないことだ」公爵が同意した。

「ですが覚えておいてください。いずれ蒸気エンジンの時代が来ます」ウェスリーが調子に乗って自分の意見を述べはじめた。「だからこそ、ぼくは投資をしているんです」

アストリッドは憂鬱な気分になった。「まあ、だめよ、ウェス……いえ、アンソニー。そんなことが得策だと本気で考えているの？」

諭すような言い方をしたせいでウェスリーがむっとしたが、アストリッドは気に留めなかった。誰かが道理にかなった意見をしてやらなければ。彼は暇さえあれば、このばかげた計画になけなしの財産を注ぎ込んでいる。蒸気エンジンなんて得体の知れないものに。

「もちろんさ」ウェスリーが息巻いた。

「じゃあ、そのエンジンが実際に動いているところを見たことはあるの？」アストリッドはたたみかけた。

ウェスリーが口ごもり、沈んだ表情になる。「いや、まだないが……もうあと一歩のところだ。あとは燃焼の問題だけなんだから」

そうとは思えない。

アストリッドがため息をもらして椅子の背にもたれかかると、ウェスリーが蒸気動力車の内部構造について事細かに語りだした。普段の彼はそれほど雄弁なほうではないが、今は公爵がいるせいで緊張しているうえに、自分の身元についてあれこれ詮索されたくないから息継ぎさえする気になれないようだった。

けれどもそのとき、ありがたいことに死ぬほど退屈な話から解放された。窓の外からずしんという大きな音がしたかと思うと、続いてうめき声らしきものが聞こえてきたからだ。モントフォード公爵が憮然《ぶぜん》とした表情で鼻筋を指で押さえた。「今度は何事だ?」

ほどなくフローラが扉のところに現れ、ひどく興奮した様子でお辞儀をした。そして公爵のほうを見ないようにしながら告げた。「ミス・アストリッド、わたしと一緒に庭へ来ていただいたほうがいいと思います」

アストリッドはフローラのあとについて廊下を進み、使用人用の出入口から庭に出た。ウエスリーとアリス、さらには公爵もうしろからついてくる。

ペチュニアがまたしても野放しで、キーキーと怒りの鳴き声をあげて庭を駆けまわっていた。そのあとを追ってアントニアとアディスが大声で笑いながら、ギリシア語で何やらしゃべっている。ペチュニアが追いかけているのはナナフシのようなひょろ長い人間で、泥だらけになったその人物も豚に負けじと甲高い悲鳴をあげていた。

クームズだ。

やがて追いつめられた従者はどうにか樽の上によじのぼると、両手を振って豚を追い払おうとした。

アストリッドは笑い転げながら、思いきってモントフォード公爵に視線を向けてみた。驚いたことに彼も口の端をゆがめ、かすかな微笑みらしきものを浮かべている。けれども彼女の視線に気づいたとたん、その笑みはすぐに消えた。公爵は咳払いをすると、またいつものまじめくさった表情に戻った。「クームズ、いったい何が起きているんだ？」彼が声を張りあげた。

「その……その獣が……その……その……野蛮な悪がきどもが！」クームズはしどろもどろに答え、豚と少女たちのほうを指差したが、彼らはすでに馬小屋の向こうにある畑に向かって走りだしていた。「こんなことにはもう耐えられません、閣下。こんな……こんなのは正気の沙汰じゃない」彼がさらに言う。「即刻ロンドンに帰ることを要求します」

公爵があからさまに顎を引きつらせた。「おまえが要求？」

泥で汚れたクームズの頬から血の気が失せるのと同時に勇気もしぼんだ。だがいくらか落ちつきを取り戻したらしく、深呼吸をして胸を張った。「わたしは……もうここにはいられません。こんな……こんな地獄のようなところには」

「ちょっと、ライルストーン・ホールは地獄なんかじゃないわ」アスリッドは鋭く言い返した。

「これは失礼。だったら精神病院だ」クームズはそう言って樽からおりようとしたものの、バランスを崩してぬかるみの中で足を滑らせた。両手をばたつかせ、どうにか体勢を立て直す。もはや威厳がずたずたになった彼は、怒りに満ちた顔で雇い主に向きあった。「わたしはロンドンに帰らせていただきます、閣下」

「あら、よかった。郵便馬車が今日の午後に村を出発するのよ」アストリッドはのんきに応えた。

公爵が歩み寄ると、クームズは雇い主の冷ややかな視線に気づいてあとずさりした。

「おまえがここを去るというなら、わたしはこのうえなく不愉快になるだろうな」公爵が警告した。

ちょうどそのとき、ペチュニアが庭のほうに引き返してきた。そしてけたたましく鳴きながら、クームズに突進していった。クームズも悲鳴をあげ、また樽の上に戻った。

「かまいません」クームズが肩越しに叫ぶ。「なんと言われようと、こんなめちゃくちゃなところには、もう一瞬たりともいられません」

「クームズ、わたしをここに置いていくなら、お払い箱にするからな」公爵が拳を突きあげてわめいた。冷ややかで不機嫌な声に、かすかに動揺がにじんでいる。

クームズは〝知ったことか〟とかなんとかつぶやき、ペチュニアの突きでた鼻をよけて脚を引きあげようとした。

けれども次の瞬間、樽が横倒しになってクームズは地面に放りだされた。彼はあわてて立ちあがると、厨房に向かって駆けだした。ペチュニアもすぐあとを追いかけていく。

公爵もあとを追おうとしたが、ぬかるみの手前で立ち止まり、悪態をついた。

アストリッドが手で笑いを隠していると、公爵がすばやく振り向いてこちらをにらんだ。彼女もまじめな顔になってにらみ返す。「従者のほうがよほど分別があるようね。あなたも一緒に戻ったほうがいいんじゃないかしら。彼がいなかったら、どうやってやっていくつもり？」

「さぞかし満足だろうな」公爵が低い声で言う。視線がアストリッドから離れ、ウェスリーに向けられた。いとこは驚いた鹿のように、その場でぴたりと動きを止めた。「それからミスター・ハニーウェル、きみは自分の家族をきちんと監督しておいたほうがいい。身内の女性をしたい放題にさせておくなんて、男の沽券《こけん》に関わるぞ」

「それは――」ウェスリーが口を開いた。

「わたしは豚と理屈っぽい女性に痛めつけられるためにここへ来たわけではないんだ」公爵はそう言うと、アストリッドに意味ありげな一瞥を投げた。「このいまいましい地所の帳簿を見せてもらおうか。わたしの質問に正直に答えてもらいたい。それがかなうなら、この石の建物を住人もろともぶち壊すのを考え直してやってもいい」

「それは――」ウェスリーがまた口を開こうとした。

公爵はウェスリーを怒鳴りつけると、ほかには何も言わずに大股で城館へ戻っていった。

憎たらしい。なんて憎たらしい人なのだろう。

ウェスリーは公爵の姿が見えなくなるのを見届けると、眉間にしわを寄せてアストリッドとアリスのほうに向き直った。「相当かっかしているみたいだな」

「たぶん生まれつきそういう人なのよ」アストリッドは言った。

「ライルストーンをぶち壊すって」ウェスリーが考え込むように言う。「本気だと思うか?」

「あの人はいつだって大まじめだと思うわ」

「それはまずいだろう」ウェスリーは傾いた北側の塔を見あげた。「この建物が持ちこたえられるとは思えないよ。とにかく帳簿を見せたほうがいい」

アストリッドとアリスはうろたえた表情で目を見あわせた。「とんでもない」声をそろえて言う。

「なあ」ウェスリーがむっとして言った。「何が問題なんだ? このままでどうするつもりだ? この状態を引き延ばせば、事態はますます悪化するばかりなんだぞ。帳簿はどこにあるんだ? ふたりして何を隠している?」

「何も隠してなんかいないわ。まさか、わたしたちを監督しようとしているわけじゃないでしょうね?」アストリッドは反論した。

ウェスリーが鼻を鳴らす。「誰かがやらなければならないだろう」アストリッドでは埒《らち》が明かないと思ったらしく、アリスのほうを向いた。「きみはしっかり者だ、アリス。本当に気のいいやつだもんな。きみなら、モントフォード公爵の目をごまかすのは無理だとわかるだろう。さあ、帳簿はどこにあるんだ?」

ウェスリーがアリスのことを〝気のいいやつ〟と呼んだあたりから、彼女の顔色が変わりだした。やがて真っ赤になったが、それは喜んでいるからではなかった。アリスは激怒していた。

アストリッドは無意識のうちにあとずさりした。穏やかな性格の妹をこれほど……恐ろしいと思うのははじめてだ。その様子はまるでかんしゃくを起こしているときの……自分自身だった。とはいえ、アリスが腹を立てるのも無理はない。自分が思いを寄せている男性から〝気のいいやつ〟などと呼ばれたら、顔面に一発お見舞いしたくもなるだろう。

「帳簿がどこにあるのか本当に知らないのよ、ウェスリー卿」アリスが恐ろしく落ちついた声で言った。

アストリッドは妹に声援を送りたい気分だった。

ウェスリーが怪訝そうにアリスの顔色をうかがった。「なあ、アリス」なだめるように言う。「いい子だから――」

アリスは拳を握りしめて地団駄を踏むと、ぴしゃりと言い返した。「そんな見下すような口調で〝アリス〟と呼ばないでちょうだい。それにもう二度と……き、きの……気のいいやつだなんて言わないで。このばか者。大ばか者のおたんこなす！　わたしは帳簿のありかなんて知らないけれど、たとえ知っていたとしても、あなたになんか絶対に教えない。あなたもモントフォードも、わたしたちをここから追いだそうとしているのね！」

アリスは顎を突きだしてまた地団駄を踏むと、すたすた歩いて城館に戻っていった。

ウェスリーが目を丸くして、彼女のうしろ姿を見つめている。

「ぼくが何をしたっていうんだ？」彼がぼそりと言う。「何か気に障ることでも言ったか？なあ、アストリッド、彼女はいったいどうしたんだ？」

アストリッドはため息をつき、彼の腕を軽く叩いた。「もう、ウェスリー、あなたって本当におばかさんね」

一時間後、アストリッドとアリスは馬小屋の屋根裏にある干し草置き場で、最後の干し草の山をひっくり返していた。

「やっぱりないわ」アリスが声をあげ、髪についた藁《わら》を抜き取った。ウェスリーに食ってかかったせいでまだ頬が赤く火照っていて、淡いブルーの瞳も鬱積した感情でぎらついている。先ほどから帳簿のありかについてつぶやく以外は口をきこうともしなければ、目を合わせようともしない。アストリッドとしては、アリスが帳簿の隠し場所をうっかり口走ってしまう前に回収しておくつもりだった。だが、もう手遅れだったようだ。何しろ帳簿はどこにも見当たらないのだから。ふたりで馬小屋の中を引っかきまわして探したが、出てこないのだ。

アリスの手と顎がわなわなと震えている。今にも泣きだしそうだ。妹がこれほど感情的になっているのを見るのははじめてだった。ウェスリーがいきなり現れ、とんでもないへまをしでかしたせいで、ヒステリーを起こしかけているのだろう。とはいえ、今は取り乱した妹につきあっている暇はない。それに自分のほうが泣きたいぐらいだった。いつものように怒りがこみあげてくる。公爵に対して。ウェスリーに対して。大事な帳簿をそそっかしいアリスに預けてしまった自分自身に対して。

「どうしてなくなったりするのよ？」アストリッドは思わず声を荒らげ、干し草に倒れ込んだ。「ここに隠したのはたしかなのね？」

アリスが背を向け、古い馬具をしまってある箱をかき分けて調べはじめる。

「間違いないわ」

アストリッドは目にかかるほつれ毛をひと息で吹き飛ばし、こめかみをさすった。

「ねえ、まずいことになるのよ。もう、アリスったら、本当に間違いないの？　だってあなたはいつも忘れっぽくて――」

「間違いないと言ってるでしょう！」アリスが噛みつくように言う。最後のほうは声の調子が変わっていた。彼女は使い古しのブラシを柄にもなく乱暴に投げ捨て、小刻みに肩を震わせはじめた。

アストリッドは言葉を失い、妹の背中を見つめた。もちろん何が問題なのかはわかっている。ウェスリーだ。彼は一番まずいタイミングで現れた。彼はなぜあんなにアリスの気持ちに対して鈍感なのだろう？　それにアリスのほうもそうだ。

けれども今は、妹の傷ついた感情を慰めている場合ではなかった。アストリッドはいらだって舌打ちをした。「彼はそんなに取り乱すほどの相手じゃないでしょう」そう言うと、アリスは黙ったまま、さらに激しく肩を震わせた。「自分でも言っていたじゃない、彼は大ばか者だって。どうしていつまでも彼にのぼせあがっているの？」

「別にのぼせあがってなんかいないわ」アリスがぐすぐす鼻を鳴らした。「なんの話をしているのかさっぱりわからない」

「ウェスリーの話に決まっているでしょう。ふたりがまだおむつをつけている頃から、あなたは彼にのぼせあがっていたわ。なぜかはわからないけれど。あんなおばかさんに」

「彼はおばかさんなんかじゃない」

「いいえ。彼はあなたとは釣りあわないわ」アストリッドはきっぱり言うと、アリスの整った髪から藁を抜き取りはじめた。この会話をさっさと終わらせて、目の前にある仕事に取りかかりたかった。「ねえ、あなたは近隣の三州の中でもとびきりの美人なのよ。誰もが認めるはずだわ。結婚相手にふさわしい男性なんて、よりどりみどりなんだから」

アリスが身をこわばらせ、アストリッドの腕を払いのけた。干し草置き場を大股で横切り、こちらを振り向く。普段は穏やかな顔が涙に濡れ、不信感と怒りでゆがんでいた。

「お姉さまは、わたしがよりどりみどりだなんて本気で思っているの？」敵意をあらわにした口調だった。

アストリッドは身構えるように腕組みをした。妹がいつになく感情をむきだしにしてきたので、すっかり動揺していた。「もちろんよ」

「わたしは何歳？」

「なぜそんなことを――」

「何歳だと思っているの？」アリスがいらだたしげに繰り返す。

「二〇歳そこそこでしょう」

「二三歳よ」

「それで？」

「それで？　それでですって？　まったく、お姉さまはときどき、アナベルおばさまに負けないぐらいとんちんかんなことを言いだすのね！　二三歳といえば立派な売れ残りよ」

「わたしは二六歳よ」アストリッドはふてくされた声でつぶやいた。

「まさしくそれが言いたかったのよ。わたしやお姉さまの年齢で、まだ結婚していないレディを知っている？」

「カトリーナ・エヴァンスは――」

「カトリーナ・エヴァンス以外の人でよ！」アリスは拳を握りしめ、吐き捨てるように言った。カトリーナ・エヴァンスは隣の州に暮らす準男爵令嬢で、彼女の鼻はイギリス諸島の二倍の大きさにほぼ匹敵し、鼻にあるいぼはヨークシャーと同じ大きさなのだ。「わたしは二三歳にもなるのに、一度も結婚を申し込まれたことがないのよ。誰からも」

「わたしたちがそういう華やかな生活を送っていないからよ。いわゆる紳士はもっと南のほうに――」

「このあたりにも立派な身分の男性は大勢いるわ。あのミス・バークでさえ少なくとも三人から求婚されていて、そのうちのひとりは準男爵なんだから」

「ミス・エヴァンスの兄上のことね。でも言わせてもらえば、彼もあの鼻を受け継いでいるのよ」

「そういう問題じゃないのよ」アリスが歯を食いしばったまま言う。

アストリッドのほうも、一歩も引くつもりはなかった。「ミス・バークに求婚するような誤った判断を下す男性に興味があるとは思わなかったわ。あなたのほうがあらゆる点で、彼女よりずっと勝っているのに」

「どこがどんなふうに？」

アストリッドは自分の耳を疑った。ブロンドの巻き毛をしたミス・バークは底意地の悪さでは天下一品なのに、彼女がどれほどいまいましい人物なのか、わざわざ説明しなければならないの？「だいいちに、彼女の頭脳は雌のクジャク並みで、性格はヘビそのものだからよ」

「たしかにそうかもしれないわ。だけど、そんな人でも引く手あまたなのは、彼女には財産と社会的地位があるからでしょう」

開いた口がふさがらなかった。「本気でそんなことを言っているの、アリス？ わたしたちは裕福ではないかもしれないけれど、ミス・バークのような人に比べたら、血筋も身分も一〇倍は上なのよ。何しろ、わたしたちのお母さまは伯爵令嬢だったんだから」

「ときどき、お姉さまが異星人のように思えることがあるわ」アリスがこらえかねたように言った。目から涙の粒がこぼれ落ちてくる。「お母さまがどんな人だったかなんて関係ないの。恐ろしいエミリーおばさまは別として、あの一族がわたしたちを受け入れてくれるわけでもあるまいし。わたしたちには〝結婚市場〟での足がかりがほとんどないも同然なのよ」

「〝結婚市場〟がなんだっていうの。この国の上流階級の人たちは、そうやって遊びほうけているだけなのよ。まじめに働くのは罪だと言わんばかりに」

「ねえ、お姉さまには強い信念とやらがあるでしょう。でもわたしにしてみれば、信念を持つことが悪いとは言わないけれど、役に立つとも思えないのよ。だって、お姉さまがどれだけ強い信念を持っていても、世の中は変わらないじゃない」

アストリッドは愕然として妹を見つめた。ふたりは出口の見えない泥沼にはまっていた。アリスは自分でもどうしていいかわからないほど感情的になっている。今朝のハイラムや午後のウェスリーのように、彼女もまた、アストリッド自身ができれば向きあいたくない厳しい問題を突きつけてきたのだ。

「悪かったわね」アストリッドはむっとして言った。「自分の意見を持っていて。頭を使ってごめんなさい」

「またそうやって、的はずれなことを言うんだから」アリスがあきらめたような顔でため息をついた。

「何が言いたいの？」

「つまり、お姉さまと違って、わたしはオールドミスにはなりたくないってことよ。わたしは結婚して自分の家族を持ちたいの。そして、こんなめちゃくちゃなところから出ていく。

ミスター・クームズの言っていたとおりよ。ここはめちゃくちゃだわ」

アリスの言葉がぐさりと胸に刺さった。アストリッドは傷つき、頭が真っ白になっていた。アリスがライルストーンのことをそんなふうに思っていたなんて。なぜかはわからないけれど、根本的な部分で妹を失望させてしまったのかもしれない。それこそが、心の奥底でもっとも恐れていたことだった。この一〇年間、家族を幸せにするために必死に努力してきたし、恥ずかしい思いをさせないようにもしてきたつもりだ。とにかくアリスだけには、と。でも、どうやらそれが間違いだったらしい。

「あなたがそんなふうに思っていたなんて知らなかった」アストリッドはつぶやいた。

彼女は手を伸ばして妹に触れようとしたが、またしてもすばやく避けられた。「やめて、お姉さま」アリスはそう叫ぶと、梯子《はしご》のほうに移動した。「わたしが二三歳になっても、誰からも結婚を申し込まれない理由を教えてあげましょうか？　お姉さまのせいなのよ。立派な男性は、わざわざわたしに言い寄ろうなんて思わないの。姉が……じゃじゃ馬だとわかっているから。下品で、過激で、布教活動にのめり込んでいる、じゃじゃ馬だと」

「アリス！」

「お姉さまは馬にまたがって、そこらじゅうを走りまわっているじゃない」

「横乗りは危ないからよ」

「戦場に乗り込んでいくみたいに突っ走っていくでしょう。それもしょっちゅう」

「ちゃんと見苦しくない格好をしているもの」

アリスが鼻先で笑う。「足首が見えているのに？」

「足首のどこが下品なの？　さっぱりわからないわ」

「わたしもよ。だけど世の中ではそうなっているの。上品なレディは馬にまたがったりしない。上品なレディは足首をさらけだしたりしないの。上品なレディは醸造所の経営なんてしないのよ」

「あなたはわたしにどうしてほしいの？　家族がひもじい思いをしてもいいの？」アストリッドはいきり立った。「お父さまが正気を失ったときに、誰かがこの地所を切り盛りしなければならなかったのよ。誰かがあなたと幼い妹たちの面倒を見なければならなかったの。わたしのほかに誰がやるの？　アナベルおばさま？」

アストリッドの鋭い口調にアリスが顔色を変えた。「それじゃあ、まるでわたしが恩知らずな人間みたいじゃない」

「きっとそうなんでしょうね！　だからわたしが家族のために必死に努力してきたのに、そのことを非難するのよ」

「違うわ！　わたしはただ、お姉さまのやり方が……恩着せがましいと言っているのよ。地所を守っていくのに、本当にズボンをはく必要があるの？　ねえ、お姉さま」

「わたしがズボンをはくのは、そのほうが快適で実用的だからよ。レディの行動を制限する作法やしきたりは、女性を支配するためだけに考えられたものなのよ」

アリスが目をぐるりとまわしてみせた。「それはそうかもしれないけれど、そういう作法を無視していたら友だちなどできないわ。夫だって」

「夫なんて欲しくないもの」

「でも、わたしは欲しいのよ！　それにアントニアとアディスは？　あの子たちが大人になったらどうなるの？　お姉さまの日頃の行いが家族全員に影響をおよぼすのよ。わたしたちをありのまま受け入れてくれる人たちがいること自体、不思議でならないわ」

「狭量な地主階級の意見なんて気にしなければいいでしょう」アストリッドは息巻いた。

アリスがいらだたしげにうめいた。「お姉さまにはわからないのよ。城館の外の世界を一度も想像したことがないんですものね。お姉さまが好むと好まざるとにかかわらず、他人の意見は大切なの。まあ、じきにわかるわ。ここから追いだされたときに」

「そんな言い方はやめなさい」

「何が？　だって事実でしょう。公爵の言い分は正しいわ。それに彼にあんなひどい仕打ちをしたって、なんの解決にもならない。救貧院に放り込まれなかったら運がいいと思わなければね」アリスは梯子をおりようとして止まった。「わかっているんでしょう、お姉さまがウエスリーの求婚に応じれば、すべてが丸くおさまるって」

「ばかなことを言わないで」

「どうしてだめなの？　彼はお姉さまを助けようとしてくれているのよ」アリスが悲痛な口調で言う。

「わたしは助けなんて求めていないわ。わたしがあなたたちを助けようとしているのよ」アストリッドは叫んだ。

「事実を受け入れようともしないくせに、なぜそんなことができるの？　ライルストーンはもうわたしたちのものではないのよ」

アリスが梯子をおりはじめた。地上に着くと、振り返ってこちらを見あげてきた。

「帳簿を見つけたら公爵に渡すべきね」アリスが偉そうに言う。アストリッド自身がいつも使っている声音にそっくりだった。

「なくしたのはあなたでしょう」アストリッドは言い返した。

「かえってよかったかもしれないわ。お姉さまは燃やしてしまうつもりだったんでしょうけれど」

「あなたはいつからそんな……皮肉屋になったの？」

「わたしは昔からずっとこうよ。お姉さまが忙しすぎて気づかなかっただけ」

「あなたにそこまで嫌われているとは思わなかったわ」くぐもった声で言う。

アリスはただ首を横に振り、その場を離れていった。アストリッドには自分の気持ちなどわかりっこないと言わんばかりに。

8

公爵、書斎を訪れる

アストリッドは父の書斎の梯子にのぼり、書棚に並んでいる本の書名に目を走らせながら鼻をすすった。目が潤んで鼻水が止まらないのは、書物と木工細工に厚く積もった埃のせいだと思うことにした。少し前に、干し草置き場でアリスと気まずい口喧嘩をしたからではなく。

涙がこみあげてきた。アストリッドは本を探す手を止め、無作法にも袖口で顔をぬぐった。あの子も悪気があったわけじゃない。アストリッドはそう自分に言い聞かせようとした。アリスはウェスリーのことで頭にきていたから、八つ当たりをしただけなのだ。けれども、確信がむなしく胸に突き刺さっている。心の底では、あれはすべて本心から出た言葉に違いないと気づいていた。

アリスはもう何年も前から、わたしを恥じていたのだ。それなのに、わたしはちっとも気づいていなかった。妹のことはよくわかっているつもりでいたのに、実際には何も知らなかったなんて。

では、やはりアリスの言うとおりなのだろうか？　わたしは地所の運営に夢中になるあまり、妹の本音にも気づけずにいたの？　本当のアリスがまるで見えてなかったの？　すべては自分の勝手な思い込みだったのかもしれない。アストリッドは母が亡くなってからずっと、アリスと下の妹たちの面倒を見てきた。アリスの美しさや上品さを妬んだことは一度もない。それどころか妹の美貌を喜ばしく思っていて、彼女の美しさが際立つ服を着せるために、自分のドレスを買い控えていたぐらいだ。アリスはハニーウェル家の誇りなのだ。アストリッドに言わせれば、これまですり寄ってきた青年たちは、アリスには不釣りあいだった。心の中では、アリスがすばらしい結婚をすることに大きな期待を寄せていた。

個人的には、結婚というものに興味があるわけではなかった。でも、アリスが幼い頃から結婚に憧れていたのは明らかだ。アストリッドはそのことを念頭に置いて、以前からあちこちでやりくりして、アリスの結婚の持参金のための資金を確保してあった。それほど多くはないものの、そのときが来ればいくらかの額にはなるはずだった。

だが、〝そのとき〟はいっこうに訪れる気配がなかった。妹が結婚を望んでいるただひとりの男性は、彼女に求婚する気などまるでなさそうだ。アリスがウェスリーに夢中になれば、いとこのほうも彼女の愛情を受け入れるだろうと思っていた。アリスほどの女性にはふさわしくない相手かもしれないけれど。ところが、実際にはそうならなかった。ウェスリーはアリスの思いにまったく気づかないばかりか、あろうことかアストリッドに求婚することに決めたようだった。

そんなばかな話があるだろうか？

男性の気持ちなんてものはわかりっこないけれど、ウェスリーがわたしに魅力を感じているという言葉を真に受けるわけにはいかない。アリスが言っていたように、彼はわたしを助けようとしてくれているのだろう。男性とはそういうものなのだ。ウェスリーのような大ばか者でさえ。

だが、アストリッドは助けなど求めていなかった。へまばかりしているいとこの助けなら、なおさらだ。

アストリッドは当てずっぽうに棚から本を引き抜いた。地所の帳簿ではなかった。いかにも退屈そうな説教集で、本の背に積もっている埃の厚さから判断すると、もう何年も開かれていないようだ。涙で目がかすんで字がよく読めないが、その本が棚の最上段の片隅に置かれているのがどうも気にかかった。

ハニーウェル家の人間はだいたいにおいて、宗教にまつわる書物には近寄りもしないからだ。

アストリッドは本を閉じると、棚の隅に戻した。本の背から舞い落ちた埃で鼻がむずむずする。

思わずくしゃみが出た。大きなくしゃみが。

さらにもう一度。

やはり涙が出るのは埃のせいなのだ。気持ちの問題ではなく。

「行儀が悪いな」背後から声がした。

振り向くと、モントフォード公爵が扉のところで腕組みをしながら、戸枠に足をかけて寄りかかり、こちらを見つめていた。皮肉っぽく片方の眉をつりあげ、謎めいた銀色の瞳で値踏みするかのように。

アストリッドはバランスを崩して落ちそうになり、とっさに梯子の枠をつかんだ。あわや転落というところでどうにか体勢を立て直し、公爵をにらみつける。

「何を探しているんだ？」彼がゆったりとした口調で尋ねた。

アストリッドはまたくしゃみをし、袖口で鼻をぬぐった。

公爵は軽く身をすくめ、扉から身を離した。本と書類で雑然とした室内を見まわして、眉間に深いしわを寄せる。それからアストリッドのほうに注意を戻し、かすかにとがめるような顔をした。〝こんな掃きだめみたいなところにどうやって暮らしているんだ？〟と言いたげに。

アストリッドは棚に向き直ると、彼には見向きもせずに、当てずっぽうに棚から本を引き抜く作業を再開した。少なくとも、そうしようと努めた。実際には、背後にいる公爵が室内をうろつき、書物の列に目を走らせては手に取ったり並べ直したりする一挙一動を意識していた。だから彼が梯子のほうに近づいてきたこともはっきりとわかった。公爵が棚をしげしげと見ている隙に、梯子の上から彼の頭のてっぺんを見おろしてみる。

鬼のように恐ろしい人間にしては、つややかで美しい髪だった。豊かな髪を手なずけて服従させようとしているようだが、それでもゆるやかに波打っている。室内にぎっしり並んでいる木製の書棚に似て、深みのある色をしていた。アストリッドは手を下に伸ばし、きっちり整えられた茶色の房に指を走らせたい衝動に駆られた。ポマードでべったりかためないほうが似合いそうな気がしたのだ。

視線を感じたのか、モントフォード公爵が頭をあげ、思いつめたような銀色の瞳でアストリッドを見あげた。

彼女はすぐさま棚に視線を戻し、心の中で自分を叱りつけた。

ばかね！　こんなときに大敵の髪のことを考えるなんて！

わたしはいったいどうしてしまったの？

「あら、まだいたの」アストリッドは嚙みつくように言うと、拳が白くなるほどきつく梯子の支柱を握りしめた。「何か欲しいものがありました？」

「きみだ」彼が言った。

彼女ははっと息をのみ、思わずわれを忘れてもう一度公爵を見おろした。

彼も目を見開いた。深みのある銀色の目に恐怖にも似た色が浮かんでいる。

「いや、つまり、きみにききたいことがある、ミス・ハニーウェル」公爵はすぐさま言葉を継いだ。

「ああ」アストリッドはつぶやいた。胃のあたりがずっしりと重くなったのは、決して落胆のせいなどではない。「ええと、何かしら？」そう言って、書棚に視線を戻す。

「三メートルも上にいる相手に話しかけなければならないのか？」

「今、手が離せないの。ちょっと探し物をしていて」

「帳簿か？」

アストリッドは鼻先で笑った。「まさか」

「まあ、さすがにそれは期待できないだろう。さては、きみが愛読している『愛の騎士』だな？」

彼女はぎょっとして身をすくめた。そして頬を真っ赤にし、早口でまくしたてはじめた。

三メートル上にいるおかげで、顔を見られずにすむのがありがたい。

「とんでもない。ばかなことを言わないで。詩集ですって？　いいかげんにしてちょうだい、モントフォード。わたしがあんな破廉恥な詩を好んで読むような人間に見える？」嘘がべったりと舌にまとわりつくような気がした。

「しかし、少なくとも本の題名は知っているわけだ」

「まあ、そうね。知らない人なんているかしら？　でも、あんなくだらないものを……」アストリッドはうまく言葉に言い表すことができず、あきれ果てたというようにまた鼻先で笑った。

「じゃあ、認める気はないんだな？」公爵がやけに穏やかな声で言う。「きみが淑女ぶる女性だとは思わなかったよ」

「ちょっと！」彼女は息を吐いた。挑発するような言い方をされて、怒りがこみあげてくる。

「じつは、きみの家族の誰かがミスター・エセックスを愛読しているようなんだ。トマス・モアの本のあいだに『愛の騎士』をはさんであるのを見つけたんだよ」公爵は指の爪を丹念に眺めはじめた。「淑女にあるまじき行為だと思わないか？　わたしはてっきり、きみだと思い込んでいたんだが、どうやら勘違いだったようだ。おそらくミス・アリスかな？　きみから妹さんに言って聞かせたほうがいい。破廉恥な詩を読むのと、いかにも取り澄ました顔でそれを隠すのとはまったく別物だと。よりによって、トマス・モアとは」

アストリッドは自分の堪忍袋の緒がぷつんと切れる音が聞こえた気がした。

「取り澄ました顔ですって？　まあ！　あなたみたいな人に気取り屋だと言われるなんて！　じつのところ、わたしは『ユートピア』を何度か読んでいるわ。厳密に言えば三回よ。わたしの知性について思い違いをされたくないから一応伝えておくけれど、ひとこと残らずしっかりと理解していますから」

彼女は悔しさのあまり口をつぐんだ。エセックスの詩集が自分のものだと認めたも同然だったからだ。公爵の目が勝ち誇ったようにきらりと光る。

「三回も？」

「信じないのね？」

「きみの口から出る言葉はひとことも信じられないね。それにあんなばかげた代物を三度も読んだら、まともな人間なら自分の髪の毛を引きむしりたくなるはずだ」

ああ、誰かさんの髪の毛を引きむしってやりたい。「ばかげた代物ですって？」

「死ぬほど退屈だ。学生時代に読もうとしたが、眠り込んでしまったよ」

「まあ、あなたが？　あなたのような人こそ、革命的な思想で視野を広げる必要があるのに？　よほど現状に満足しているのね」

「わたしはモントフォードだ」それですべての説明がつくと言わんばかりの口調だった。ところがその言葉とは裏腹に、口の端に自嘲の笑みが浮かんでいる。実際には見せかけほど自分の立場に満足していないのかもしれない。

公爵に対して心をかたくなにしようとしたが、アストリッドの心はどうしても完全な石にはならなかった。不憫《ふびん》な思いと、じっくり見極めたくない別の感情が心の中に居座りつづけ、どくどくと脈打っている。彼のことで、なぜこれほど相反する感情を抱いてしまうのだろう？　こんなにいやな人なのに。

自分自身にも公爵にも腹が立ってきて、アストリッドはぶつぶつと悪態をつきながら、梯子をおりはじめた。

「ミス・ハニーウェル？」危険なほど近くで彼の声がした。

アストリッドは梯子の下のほうではっと身をすくめ、横木越しに見た。梯子の向こうにモントフォード公爵が立っていた。ふたりの目の高さは同じくらいで、互いの顔は一〇センチと離れていない。彼はすべてを見透かすような目でアストリッドの顔をじっと眺め、眉間に深いしわを寄せた。「泣いていたのか」

彼女はふっと息を吐き、顔にかかる髪を払いのけた。「そんなはずないでしょう。この部屋は埃まみれだから涙が出ただけよ」

「埃まみれなのはきみ自身だろう」

アストリッドが言葉を返すより早く、公爵が彼女の顔に触れ、頬から顎の線を人差し指でなぞった。指の動きを目でたどりながら。

彼に触れられた瞬間、雷に打たれたような衝撃が走った。梯子を最後までおりて、できるだけ公爵から離れるべきだとわかっているのに、脚が言うことを聞かず、両手も梯子を握りしめたまま離れようとしない。まるで身動きをしたら、彼が指の動きを止めてしまうのではないかと恐れているように。

「きみは不潔だ、ミス・ハニーウェル」非難の言葉を発したのに、その声はなぜか穏やかだった。瞳の色が深みを増している。「それにそばかすだらけだ」

そんなことはあってほしくないけれど、彼に侮辱されていた。それなのに声も出せなかった。

公爵の指が顎の先で止まった。

彼女は呼吸の仕方を忘れた。

次の瞬間、公爵が顔を近づけてくるのと同時に、アストリッドも彼のほうに身を寄せた。〈ハニーウェル・エール〉をちびちび飲みすぎたあとのような感覚に襲われた。彼女は心のどこかで気づいていた。公爵が自分と唇を重ねようとしている。いえ、そうではなく、自分が彼と唇を重ねようとしている、と。

ああ、なんてこと。わたしたちはキスをしようとしているわ。

全身がかっと火照り、下腹部が熱く潤うのを感じて、アストリッドは愕然とした。じつは、これまで誰ともキスをしたことがなかった。今までに何度か機会はあったものの、そのたびにうまくかわしてきたのだ。キスを迫ってくる男性は、こちらがキスしたいと思える相手ではなかったから。

でも、今はモントフォードの唇を見つめていると――不愉快そうに口をすぼめていないと、ふっくらとした官能的な唇をしている――気持ちが高ぶってくる。

ああ、この唇が欲しい。

その瞬間、アストリッドは何よりも彼とのキスを求めていた。こんな気持ちになるのははじめてだ。彼と唇を合わせ、魅惑的な髪に指を絡めたい。顎に触れられているだけでは物足りない。

何をばかなことを考えているの？　相手は長年の宿敵である、あのモントフォードなのよ。でも、それにしても彼はなぜこんなにハンサムなのかしら？　唇を開き、銀色の瞳で情熱的に見つめる彼は、全然悪人らしく見えない。

体の奥のほうが期待感でうずきはじめた。

そのとき、梯子の段から左足が滑り落ち、アストリッドは横木にあばらをぶつけてはっとわれに返った。

彼からすばやく身を引いたとたん、期待感が抑えようのない不安に取って代わる。

「ちょっと、どういうつもり？」彼女は険しい声で言った。

「どういうって……。きみこそ、どういうつもりだ？」公爵が言い返し、うしろへ飛びのいた拍子に背後の書棚にぶつかった。肩に当たった本が落下し、分厚い背表紙の部分がつま先にどさっと落ちる。彼が痛そうにうめき声をあげ、足を引きずりながら梯子の下から出た。

アストリッドは梯子を最後の段までおりきると、公爵から視線をそらさずに部屋の向こう側へ移動した。心臓が早鐘を打っている。

彼が不機嫌そうに低くうめいて落ちた本を拾いあげた。背表紙に目を走らせ、棚に本を戻そうとして、いらだたしげに眉間にしわを寄せる。「この棚は順序がばらばらじゃないか」鋭い口調で言うと、目の前に並ぶ本の列を背表紙が折れそうなほど強く指で弾いた。「ジョン・ダンの隣がジョナサン・スウィフトで、その隣は……」恨めしげにため息をつく。「匿名の作者だ。なんなんだ、これは。このごちゃまぜの中から、どうやって本を見つけだすんだ？」

公爵が棚から本を次から次へと抜きだしはじめた。自分で並べ直そうとしているのだ。

アストリッドは駆け寄り、彼の手から本をむしり取った。公爵の怒りを目の前にして、少し前に梯子の上で思わずキスをしそうになった記憶はすっかり遠のいていた。

「ちゃんと順序があるのよ」彼女は言葉を返し、本を棚に戻した。

「〝D〟の次が〝S〟だなんて、まったくもって意味不明だ」

「どちらも英国人でしょう」

「時代が違う」

「どちらも詩だわ」

「『ガリヴァー旅行記』は詩ではない」公爵は食いしばった歯のあいだからそう言うと、アストリッドの顔の前で一冊の本を振ってみせた。「それにこの本に至っては、匿名の作者だぞ」本の表紙をめくり、うんざりした顔で扉のページに目を凝らす。「小説だ。『高慢と偏見』。『分別と多感』の作者か。ご婦人向けの小説だな。どうせ作者も女性だろう」

「どういう意味？」

まるで汚れ物にでも触れるように、彼が指先でその本をつまみあげた。

「匿名の小説家ほど始末が悪いことはないという意味だよ。しかも、匿名の女性の小説家となればなおさらだ」

アストリッドは彼の手から本をひったくると、その本で殴りつけたい衝動をぐっとこらえた。「あなたはおばかさんなのね」

公爵は体の脇で両手を握りしめ、彼女がまた本を棚に戻す様子を眺めていた。目には苦痛にも似た感情が浮かんでいる。

「どうしても我慢がならないんでしょう？」

「うん？」公爵がうつろな目で本棚を見つめたままつぶやく。

「不規則で乱雑な状態が。ダンの隣にスウィフトが並んでいることが。あなたの繊細な神経が参ってしまうのね」

「わたしの繊細な神経を参らせるのは、むしろきみで……いや、そうではなく、いったいわたしは何を言っているんだ?」公爵がくるりと背中を向けた。頭に手をやって髪をかきあげたが、はっとしたように動きを止め、何やら悪態をついて手をおろした。さらにその手を腰に当て、必死に気持ちを抑えるかのように、しきりに指を曲げている。「ミス・ハニーウェル」

「そうやってやたらとわたしの名前を呼ぶけれど、いっこうに用件を言おうとしないのね」

「きみがわたしの気を散らすからだ」

「あら、それならよかったわ。それが作戦のひとつだから」

彼がまたこちらに向き直った。不審げに表情を曇らせて。「そうなのか?」

アストリッドは笑い声をあげた。「わたしが作戦なんて立てていると思うの?」

「違うのか? きみの悪だくみの締めくくりは、わたしを串に刺して焼くことなんだろう?」

「わたしを買いかぶっているわ」

「自業自得だと思わないのか? 何しろ、きみは自分から利口だと宣言したんだぞ」

「わたしはそんなこと一度も——」

「〝わたしの知性について思い違いをされたくないから——〟」公爵はアストリッドの声色をまねていたが、かなりうぬぼれの強い得意げな口調だった。わたしはあんな言い方はしていないわよね? 「〝一応伝えておくけれど、ひとこと残らずしっかりと……〟」

彼女は本を手に取って胸元に押しつけることで、公爵の暗唱を終わらせた。

本は彼のクラヴァットに命中し、どさりと足元に落ちた。

公爵が言葉を切り、信じられないという表情でアストリッドをにらみつける。

「ミス・ハニーウェル、わたしが紳士でなかったら、きみを膝の上にのせて尻をひっぱたいているところだぞ」

「あなたはそうやってすぐに人を脅したがるようね。今朝も同じような言葉を口にするのを耳にしたわ。わたしの胸をじろじろ見ていたときに」

「わたしはそんなまね――」

「もういいでしょう。いやらしい目つきで見ていただけでなく、嘘までつくのなら、それこそ紳士らしい態度とは言えないわよ」

「いやらしい目つきだと？」公爵が両手でクラヴァットをきつく握りしめ、ひだをくしゃくしゃにした。顔が見る見る赤くなっていく。「なんという言い草だ」

「だってそうじゃない」

「きみの首を絞めてやりたい気分だ」

「やれるものならやってみせてちょうだい」

次の瞬間、公爵が本当にそうしそうな構えで進みでてきたので、アストリッドはあとずさりした。そしてはたと気づく。彼はかなり本気で、その気になれば脅し文句のとおりのことをやりかねない人だということに。彼を追いつめてしまったのだ。

ところがそのとき、床に散らばっていた本にブーツがぶつかり、公爵はつまずいて四つん這いに倒れ込んだ。苦痛のうめきをあげる。アストリッドは一瞬息をのんだが、彼の口から次々と罵りの言葉が飛びでてきたため、ひどいけがをしたわけではないとわかり、声をあげて笑いだした。

公爵は床に座り込んだままあっけに取られていたものの、やがてひどく怒りだした。刺すような視線をこちらに投げ、顔にかかった髪を払いのける。

アストリッドの笑い声が次第に小さくなった。思ったとおり、髪が乱れているほうがずっとよく似合う。厄介な下腹部のうずきがぶり返すほどに。

彼がこちらに向かって拳を突きあげた。「笑っていられるのも今のうちだぞ。きみを懲らしめて――」そこで言葉を切って尻の下に手をやり、今しがたつまずいた本を引き抜いた。表紙をじっと見るうちに怒鳴り声がやみ、本を目の位置まで持ちあげる。

「なんてこと」アストリッドは吐きだすようにつぶやいた。戦慄が全身を走り抜ける。帳簿だわ!

彼の手にもっとも渡ってほしくない帳簿は今まさに公爵の手元にある。彼はぱらぱらとページをめくっていたが、やがて満足げな表情になった。

彼は本を掲げ、あざけるように頭上で振ってみせた。口元に勝ち誇った笑みを浮かべ、あきれるほど白い、オオカミのような歯を見せながら。「これだな、ミス・ハニーウェル?」

アストリッドは思わずうめいた。胸をわしづかみにされたような気分だ。中身を見られるのはまずい。やはり昨日のうちに燃やしておくべきだったのだ。アリスに預けるなんて、何を考えていたのだろう？　帳簿をごまかしてきたことがばれたら、今度こそお仕置きをされるに決まっている。さもなければ、ニューゲート監獄に放り込まれるかもしれない。

ああ、もう、ばか、ばか、ばか、ばか！　どうすればいいの？

解決策はひとつしかなかった。

アストリッドはためらうことなく飛びだし、公爵の手から帳簿をもぎ取ろうとした。彼は一瞬目を丸くしたが、本をさっと引っ込めて、急いで立ちあがろうとした。

公爵がどうにか膝をついたそのとき、彼女はふたたび帳簿をつかみ取ろうとして、その弾みで両脚が彼の肩にぶつかった。公爵がアストリッドのスカートに向かって悪態をつくのと同時に、ふたりして絨毯敷きの床の上に倒れ込んだ。帳簿が彼の手から飛び、床を滑っていく。アストリッドは這って取りに行こうとしたが、その拍子に右膝が彼の体のどこかに――願わくは頭に――強くぶつかった。次の瞬間、彼が四文字の汚い言葉を――〝f〟ではじまり〝k〟で終わる言葉を無作法にわめき散らした。彼女が帳簿を取り返そうと思いきり手を伸ばしたそのとき、何やらごつごつしたものに足首をつかまれて引き戻された。帳簿に手が届く前にアストリッドは腹部を床に強く打ちつけ、息ができなくなった。

ちらりと振り返ると、公爵に片足をつかまれていた。どうやら腹這いにしたまま引きずり戻そうとしているらしい。アストリッドは這い進んで手を伸ばしたが、彼も同様に動いた。ふたりは同時に帳簿をひっつかみ、それぞれ引き寄せようとした。アストリッドは帳簿をなんとしても手放すまいと、彼の体の上に倒れ込んだ。

額が公爵の顎に激突したとたん、彼女の目の前に星が飛んだ。ふたりは同時に苦痛のうめき声をあげた。

「うっ！」

「痛っ！」

公爵の上で体重を移動させると、彼がまたうめき、帳簿をつかんでいた手を少しゆるめた。アストリッドはその隙に帳簿を奪い取り、横向きに転がって両手でしっかりと握りしめた。激しい動きで胸が波打っている。

すぐ隣で、彼が息を切らしながら体を起こした。髪はぼさぼさで、クラヴァットがシャツからだらしなくぶらさがっている。上着の前がはだけ、ボタンがいくつかちぎれていた。目つきで人を殺せるなら、アストリッドは旧約聖書に登場するロトの妻さながらに塩の柱にされてしまいそうだった。

「まったく、この小娘め！」彼が息巻いた。「本気でわたしに勝てると思っているのか？」

彼女は帳簿を胸の前でしっかりと抱え、反抗的に顎を突きだした。

「こっちはきみを打ち負かせるんだぞ」公爵がもったいぶった口調で言う。

「今のところは全然効果がないみたいだけれど」アストリッドはせせら笑った。

彼は信じられないといった面持ちで口をあんぐりと開け、攻撃に出ようとした。

アストリッドは直感に従って行動した。ふたりの格闘は品位も何もあったものではなかった。とはいえ、非常時には非常手段が必要になるもので、これほどの非常事態に見舞われるのははじめてだった。何しろ、自分がしたことをモントフォードに知られてしまったら、刑務所送りになるはずなのだから。

すばやく身を起こすと、アストリッドはスカートをたくしあげ、ドロワーズの中に帳簿を押し込んだ。

公爵がその場に凍りついた。

れんがで殴られたような顔で、こちらをぽかんと見つめている。あるいは書斎にあるすべての本で、いっせいに殴られたような顔で。

しばらくして、ようやく声が出るようになったらしい。「まさか……」最後のほうは声が震えていた。

アストリッドは帳簿をかばうように、両手を膝の上に置いた。「ええ、そのまさかよ」こらえきれず、挑発するように片方の眉をあげてみせる。

公爵が口をきっと引き結び、目を細めた。

彼女はぎょっとした。冷ややかな顔に明らかな決意が刻まれていたからだ。

彼が前に進みでてきた。

アストリッドはすかさずあとずさりしたが、たちまち本棚に行く手を阻まれた。身を守るように両手で腹部を抱え込む。心臓が早鐘を打っていた。「本気じゃないでしょう……」

公爵もアストリッドのまねをして、完璧な形をした眉の片方をつりあげた。

「さあ、それはどうかな？」彼が低くうなったように聞こえた。四つん這いになって近づいてくる。獰猛《どうもう》な獣が獲物に忍び寄るときのように。

アストリッドは片足を蹴りだしたが、足首をしっかりとつかまれた。公爵がさらに近づいてきて、気づいたときには両脚で体をはさまれ、頭の脇に両腕が置かれて、完全に動きを封じられていた。彼の顔がすぐ目の前にあった。アストリッドと同じように頰を上気させ、荒い息遣いをしている。

そのときになってはじめて、モントフォード公爵がとてつもなく大きいことを思い知らされた。周囲の空間が彼という存在で埋め尽くされ、アストリッドは全身でそれを感じ取っていた。彼の香りが――いかにも清潔な男性らしい白檀の香りが――鼻腔に流れ込んできて、体から発せられる熱が骨の髄にまで染み込んでくる。体が直接触れあっているのは彼の膝にはさまれた脚の外側だけなのに、それでも力強さを感じずにはいられない。しゃれた服の下はたくましい体をしているようだった。体形をよく見せるために、詰め物を入れているわけではないらしい。

公爵の広い肩に触れ、上着に手を滑らせて体の線を感じてみたいというばかげた衝動に駆られた。がっしりとして、引きしまっていて……。

思わずヒステリックに笑いだしていた。人質に取られたも同然なのに、彼の肩のことを考えているなんて。

でも、今から公爵に何をされるのかを考えるよりましだわ。アストリッドは胸のうちで暗然とつぶやいた。彼の手がスカートに伸びてくると考えただけで体がうずき、心臓の鼓動が速くなり、冷や汗が出てきて……。

期待感で？

さっき額を思いきりぶつけたせいで、頭がどうかしてしまったのだ。

「どうせ口だけでしょう」彼女は息をついた。「まさかそんなことを……わたしが考えているようなことをするつもりじゃ……」

公爵もアストリッドとそっくりのヒステリックな笑い声をあげた。額は汗で覆われ、瞳の色が不透明になっている。「スカートに手を入れられたくないなら、そんな場所に帳簿を隠すべきではなかったな、ミス・ハニーウェル」

「だって、あなたは紳士で、わたしはレディでしょう」

彼がまた大きな笑い声をあげた。「この二日間で、きみがレディらしくふるまったことが一度でもあったかな、ミス・ハニーウェル？　ズボンをはいて、豚を追いまわしていたときか？　物騒なセブンダイヤルズ界隈《かいわい》のすりのように悪態をついていたときか？　それともわたしと取っ組みあいの喧嘩を……まるで下品な……」長広舌が次第に小さくなる。激しい怒りが、驚きと懸念に取って代わられたように見えた。「ミス・ハニーウェル、泣くのはやめてもらえないか」

「泣いてなどいないわ」アストリッドは鼻をすすった。涙が頬の脇を伝い落ちていく。公爵から顔をそむけ、目をきつく閉じた。彼の言葉は、少し前にアリスに罵られたこととほとんど同じだった。泣きだしてしまった自分が情けないけれど、どうしようもない。わたしはレディなのよ、れっきとしたレディなんだから！

いいえ、違う。アリスの言うとおりだ。それにモントフォードの言うことも正しい。悪態をついたり、取っ組みあいの喧嘩をしたり、これではまるで下品なあばずれだ。でも、どうしようもなかったのだ。今までずっとこうやって生きてきたのだし、家族が離ればなれにならないためには、こうならざるをえなかったのだから。わたしがハニーウェル家のために闘わなかったら、誰がそうしたの？　アナベルおばさま？

「泣いているじゃないか。それはずるいぞ」公爵が不機嫌に言った。

「さあ、どうぞ、帳簿なんて勝手に持っていけばいいわ」彼に組み敷かれ、体に力が入らなくなっていた。

「いや、だめだ。きみが自分で渡すんだ」

「それはいやよ。あなたが奪い取っていくのよ。ほかのすべてのものと同じように」

公爵がため息をつき、アストリッドのほつれた髪に額を預けた。そのにおいか感触でどうやら自分を取り戻したらしく、彼がさっと顔をあげた。「きみのような女性が、自分の思いどおりにするために泣き落としを使うとは思わなかった」

「自分の思いどおりですって？　まさか、わたしがスカートの中に手を入れてもらいたいとでも――」あわてて口をつぐむ。顔がかっと熱くなり、たちまち涙が乾いた。公爵がまたしても口をぽかんと開けてこちらを見おろしている。取っ組みあいの喧嘩をはじめてから、彼はずっとそんな表情だ。けれどもアストリッドの考え違いでなければ、彼の鼻梁《びりょう》にほんのりと赤みが差したような気がした。

「もちろんそういう意味ではない。きみがわたしの同情を買おうと演技して、逃げきれると思っていることについて言ったんだ」彼がぼそりと言う。

「あなたが同情心なんてものを持ちあわせていないのは重々承知しているわ」

いらだちをあらわにして、公爵が鼻を鳴らした。「その帳簿の何がそんなに大事なんだ？　ドロワーズにしまい込むほどのものなのか？」

「さっさとすませてちょうだい」彼女は言い返した。「やりたければやればいいわ」

「本当にいいんだな？　まったく手に負えない娘だ。よし、やるぞ。とにかくやるからな」

不平たらたらな言葉とは裏腹に、弱りきった口調になっている。公爵が覆いかぶさってきた。激しく動いたせいで胸が上下し、見るからに疲れ果てている。

またしても、公爵を意識せずにはいられなくなった。間近にいる彼はあたたかく、いいにおいがする。吸い寄せられ、おぼれてしまいそうだ。

アストリッドは頭を振ると、抑えがたい思いをどうにか払いのけようとして、彼の体の下で身をよじった。だが、それが間違いだった。手首をつかまれ、両手を動かせないように頭上で押さえられてしまったのだ。あっけないほど簡単に。彼は片手でアストリッドを押さえつけたまま、もう一方の手を下におろした。

「まさか本当に……」

「こうせざるをえないのはきみのせいだからな、ミス・ハニーウェル」押し殺したような声で公爵が言う。

彼の手が足首に触れたかと思うと、スカートの裾をつかまれた。アストリッドは目をぎゅっと閉じた。こんなはずではなかったのに。

「モントフォード」公爵に釘を刺すことで、彼女は正気を取り戻そうとした。「ちょっと、モントフォード……あっ！」

指がブーツのあたりまでずり落ちていた靴下をかすめ、脚のほうにあがってくる。さらにドロワーズの裾のひだの部分に触れられたが、なぜかそこで手の動きが止まった。

アストリッドは無理やり片目を開けてみた。どうして手を止めたのかしら？　いったい何をしているの？

公爵は頭を深く垂れ、アストリッドよりもさらにきつく目を閉じていた。体のどこかが痛むのか、苦悩に満ちた表情をしている。

その何秒間かは、ふたりとも息もつけずにいた。

まもなく公爵の手がまた動きだしたかと思うと、膝を通り過ぎ、甘美な炎の道筋をたどりながら腿のほうへとあがっていった。ゆっくりと物憂げに、やさしく撫でるように。じりじりと焼けつくように。アストリッドは喉が詰まって、うまく呼吸ができなかった。あろうことか興奮していた。

彼女はいつの間にか声を発していたらしく、公爵がぱっと目を開けた。彼が指の動きと同じく熱のこもったまなざしでアストリッドを見おろす。その顔に苦悶《くもん》とそれ以外の感情が刻まれているのに気づき、彼女の胸が激しく高鳴った。不安と勝利を同時に感じた。

彼はわたしに欲望を覚えているのだ。

そして、あるまじきことだけれど、わたしも彼に欲望を感じている。

そのときどういうわけか、公爵が反対の手でもアストリッドの脚を撫ではじめた。彼の両手がじれたように両腿をなぞり、ヒップをさまよっている。さすられたり、もまれたりされているうちに、彼女は息ができなくなった。

公爵がさらに覆いかぶさってきて、たくましい体で床に押さえつけられた。彼の両手がアストリッドの脚をあちこちさまよい、喉の奥からもれたうめき声が体じゅうに響き渡る。

無意識のうちに彼の顔に手をやり、ひげがきれいに剃られた頬や、こめかみにかかるもつれた髪に触れていた。シルクみたいにやわらかだった。「モントフォード」彼女はささやいた。

公爵が自分の額をアストリッドの額に押しつけてきた。ふたりの唇は今にも触れそうなほど近づいている。彼の荒く熱い息が肌にかかっていた。「なぜ悲鳴をあげない？」モントフォードもささやき声で言う。「きみには分別というものがないのか？　わたしがやめると思っているのか？」

そんな深刻な問題については考えてもみなかった。それどころか脚に触れられたあたりから、何も考えられなくなっていた。

「なんて破廉恥な娘なんだ。スカートの中に帳簿をしまい込むとは……」モントフォードが首を絞められたような声を出す。「それでわたしが思いとどまるとでも思っていたのか？わたしが今、きみに何をしたいのかもわからないんだろう」

次の瞬間、彼が下腹部を強く押しつけてきた。かたく張りつめたものが自分のやわらかな腿の内側に突きつけられるのが、服の生地越しでもわかった。それが何を意味しているのかに気づかないほど、アストリッドはうぶな娘ではない。ただし、こんなふうにとろけそうな気分になるとは思ってもみなかった。

甘いため息をもらして、彼女は目を閉じた。

モントフォードが悪態をついた。そして彼が手の動きをぴたりと止めて身を起こしたとたん、おかしなことにアストリッドはいくつかの喪失感を味わうはめになった。ひとつには、抑えきれなくなった体が彼と離れたくないと訴えていた。もうひとつは、帳簿が今は彼の手の中にあることだった。

どちらにより腹を立てているのか、自分でもわからなかった。

公爵はアストリッドが少し前にしていたように帳簿を胸に抱え、床にどさっと座り込んだ。見ると、まるでつらい体験をしてきたような姿になっている。クラヴァットは曲がり、髪はぼさぼさで、上着とブリーチズはどちらもありえないほどしわくちゃになっている。胸は大きく波打ち、顔は赤く火照っていた。彼は有毒な希少植物を観察するような目つきでアストリッドを見つめた。そして黙ったまま、何度かつばをのみ込んだ。

それでようやく正気を取り戻したようだ。彼は手元の帳簿とアストリッドとのあいだで視線を行ったり来たりさせると、例の癪に障る得意げな笑みを浮かべた。

アストリッドはただ呆然と、その場に横たわっていた。スカートが膝までめくれあがっている。そっと愛撫され、物欲しげな言葉をかけられたせいで、耐えられないほど頭がくらくらしていた。けれども公爵の口元に浮かんだ満足げな笑みを見て、一気にわれに返った。

はっとして飛び起きたとたんに、屈辱感と羞恥心という巨大な波が押し寄せてくる。モントフォードが帳簿を取り返すために誘惑しようとしたのは明らかだった。そしてその作戦は功を奏したわけだ。何しろアストリッドは彼に触れられてあえいでいるあいだに、帳簿の存在さえ忘れてしまっていたのだから。

わたしはなんて大ばか者なの！　彼に求められていると信じ込むなんて！　彼に体を触れさせるなんて！　誰がなんと言おうと、わたしは育ちのよすぎる間抜けな男に体をまさぐられるのを簡単に許すような、ふしだらな女性ではない。なぜなら、今までキスをした経験すらないのだから。

しかもこの一五分のあいだ、彼はキスさえしてこなかった。

もっとも、それを望んでいたわけではないけれど。

いいえ、何をごまかしているの？　ええ、もちろんモントフォードにキスをしてもらいたかった。問題はそこなのだ。最初に梯子のところで接近したときから、彼にキスをしてもらいたくてたまらなかった。そして床に組み敷かれたときは、明らかにキス以上のことを望んでいた。だから彼はそのとおりにした。アストリッドの体に触れるというみだらな行為におよんだのだ。くまなく、じっくりと。

「よくもあんなことを！」アストリッドはわめきながら彼に飛びかかった。

必死に上着をつかんで引っ張ると、公爵も帳簿を抱えたまま、腕を振りまわして反撃した。

「この、じゃじゃ馬娘！」

「助平男！」

「尻軽女！」

ふたたびもみあいになっていると声が聞こえた。

「閣下！」

ふたりともぴたりと動きを止め、扉のほうに顔を向けた。

そこにはがっしりした男が立っていた。リヴァプール出身のモントフォードの御者だ。そのすぐうしろには、真っ青な顔をしたロディもいた。ふたりして目を真ん丸にしている。

アストリッドと公爵は弾かれたように同時に立ちあがると、ぱっと体を離し、相手からできるだけ距離を置いた。モントフォードは自分の上着を引っ張り、乱れた髪を直してから姿勢を正した。

そうすれば威厳を取り戻せると思っているかのように。

公爵が咳払いをする。「どうした、ニューカム？」

「あの、ええと……出直しましょうか……お取り込み中でしたら」御者はまじめくさった口調で言ったが、目の奥がいたずらっぽく輝いている。

「いや……ちょうどすんだところだ……ミス・ハニーウェルとの用件は」モントフォードが答え、上着の内ポケットに帳簿を押し込んだ。

アストリッドはため息をつき、顔にかかる髪を振り払った。

ニューカムが彼女をまじまじと見つめてから、主人のほうに視線を戻す。そして肩をすくめた。昨日と同じように、何が起ころうと知ったことではないと言わんばかりに。

アストリッドはスカートの乱れを直し、部屋を出ていこうとした。

「ミス・ハニーウェル」公爵に呼び止められた。

彼女は肩越しに振り返った。

モントフォードが自分の上着をぽんと叩いた。内ポケットから帳簿が顔をのぞかせている。

「あとで話しあいの続きをしよう」

「話しあい？　あれが話しあいと呼べるのかしら？　まあ、いいわ。では、またあとで。楽しみにしているわ」不機嫌に言う。

「本当にいいんだな、ミス・ハニーウェル？」

残されたふたりがそろってアストリッドと公爵を見比べた。テニスボールがコートを行ったり来たりするのを目で追うときのように。

「ええ、いいわ」

「本当にいいんだな」

「いいと言っているでしょう」彼女は吐き捨てるようにそう言うと、公爵にとどめのひとことを発する隙を与えずに急いで部屋を出た。

9

新たな災難がライルストーン・ホールを襲う

「おい、きみがそんな破廉恥なふるまいをするのなら、ぼくは一緒に行かないからな」ウェスリーは息巻いて、アストリッドの牝馬《ひんば》から鞍《くら》を引きはがした。鞍の重みでよろめきながら厩番の青年に手渡すと、代わりに横鞍を取りつけるように命じる。

アストリッドは拳が白くなるほど乗馬用の鞭を握りしめた。鞭でウェスリーの尻をぴしゃりと叩いてやりたい気分だ。「わたしが行かなければ、あなただって困るでしょう」彼女は噛みつくように言った。

ウェスリーがあきれたような顔をする。「なあ、アストリッド、ぼくが彼とふたりきりになりたがっているとでも思っているのか？　あんな恐ろしい目つきをしているんだぞ。だめだ、きみも一緒に来てもらわなければ。でも、馬にまたがって乗るのだけは断じて許さないからな」

「あなたが古くさい考えにとらわれると、口うるさくてかなわないわ」アストリッドはぼそりと言った。

ウェスリーが不機嫌になった。「ぼくは分別をわきまえているんだ。ただでさえ、モントフォード公爵はきみに対していい印象を持っていないようじゃないか。そのうえ、馬にまたがって田舎道を駆けまわったりしたら……」

「ブーディカ（ケルト人でイケニ族の女王。夫の死後、ローマ帝国の暴政に抗して反乱をくわだてた）みたい？」

頭をかきながら、ウェスリーがうなずく。「まあ、そうだ。あるいはレディ・ゴダイヴァ（一一世紀のマーシア伯の妻。夫が課した重税を廃止させるため、裸で馬に乗って街をまわったという伝説がある）みたいだ」

「どちらもあきれるようなひどい作法で馬にまたがったのよね。仲よくなれそうだわ」

「きみがフン族（四、五世紀に欧州を侵略した北アジアの遊牧騎馬民族）の一員ならばね」彼が言い返した。

アストリッドはこれ見よがしにため息をついてみせたが、プリンセス・バターカップにはすでに横鞍が取りつけられていた。

「わかったわ。あなたの勝ちよ。でも、わたしが落馬して首の骨でも折ったら、あなたの責任ですからね、ウェスリー・ベンウィック」彼女はぴしゃりと言い、鞭の柄でいとこの脇腹をつついた。

ウェスリーは満足げな顔でうなずくと、アストリッドの鞭から逃れ、ちょうど馬小屋に入ってきたモントフォード公爵を出迎えに行った。公爵はもどかしげに手袋を引っ張っている。乗馬靴が日の光を受けてつややかに輝き、帽子にはしわも汚れも見当たらない。暗緑色の毛織のコートは彼の肩や腕のたくましさが際立つように仕立てられていて、焦げ茶色の細身のブリーチズは長くてしなやかな脚にぴったり合っていた。従者が逃亡したことを示す唯一の証《あかし》として、クラヴァットの折り目が消えかかっている。公爵の不完全な部分を見つけて、アストリッドは大いに気をよくした。厳格に管理されているほかの衣装も、二日前のクラヴァットと同じ運命に苦しめばいいのだ。

ウェスリーのかたわらにアストリッドがいるのに気づき、モントフォードが足を止めた。顎の筋肉がぴくりと動く。彼のほうも、アストリッドと顔を合わせたくないのだろう。とはいえ、午前中のうちにウェスリーと地所を見に行こうとしているときに、招いた覚えのない彼女が姿を見せても驚いたそぶりはまったくない。ウェスリーが何かしらのへまをしでかすのがわかっていながら、ふたりきりで行かせるはずがないと踏んでいたのかもしれない。

そもそも、モントフォードがこうなるように仕向けたのは明らかだった。あるいは徹底的にこちらの神経を逆撫でするつもりなのだろうか？　地所の実態をつかむのにウェスリーが糸口になりそうもないことは、公爵もじゅうぶん承知しているはずだ。その証拠に、朝食の席でウェスリーに――〝アンソニー・ハニーウェル〟に――ライルストーンの見学に同行するよう求めたときも、彼はアストリッドに鋭い視線を送りつづけていた。ウェスリーはくどくど言い訳したり、ごまかしたりしていたが、あらがうすべもなく、結局一緒に出かけることに同意した。アストリッドは皿の上の卵料理をつつきまわし、公爵の大胆不敵な視線を断固として避けていた。前日の〝書斎での一件〟以来、彼と顔を合わせるのははじめてで、横目でこっそり見たとたんに彼の手の感触やぬくもりや香りやたくましさを思いだし、心の底から悔しさと恥ずかしさがこみあげてきた。

なんていまいましい人なのだろう――彼は公爵かもしれないけれど、どんなに立派な服を着ていても、紳士らしさのかけらもない人間だ。

モントフォードが地所を案内しろと要求してきた理由はわかっているつもりだった。こちらに勝負を挑んでいるのだ。彼はウェスリーの正体を暴く代わりに、どうやらある種のゲームをはじめることにしたらしい。アストリッドとしては、彼に勝たせてやるつもりはなかった。それがどんなゲームなのかは、もはや見当もつかないけれど。帳簿は今はもうモントフォードの手元にある。アストリッドがどうやって彼の目をごまかしてきたのかはすでに把握しているわけだから、わざわざ出かけていって物事をいたずらに引き延ばす必要などないはずだった。

自分でもばかげた考えだとわかっているけれど、地所の運営はそれほどひどくないとモントフォードを納得させられるのではないかと、心のどこかで思っていた。大胆な望みだが、彼に理解してもらい自分のやり方を高く評価してもらいたかった。ライルストーン・グリーンが栄え、人々が豊かで満ち足りた生活を送れているのは、アストリッドが改革を行ってきたからなのだと。

そのやり方に口をはさんでくるほどモントフォードは愚かではないというのが、彼女の考えだった。

「ミス・ハニーウェル。こんなところできみに会うとは驚いたよ」公爵が少しも驚いていない口調で言った。「町に用事でも？」

「とぼけないで」彼女は鼻を鳴らした。「わたしも一緒に行くことは百も承知でしょう」

彼が片方の眉をつりあげた。「本当にいいんだな？」

「ええ、いいわ」アストリッドはたじろいだ。同じような言葉を前日の午後にも言われたことを思いだしたからだ。

公爵はアストリッドの頭のてっぺんからつま先までぶしつけに眺めまわしていたが、厩番のミックが彼のもとに馬を連れてきたとたんに彼女への興味を失った。シリルは葦毛《あしげ》の去勢馬で、ハニーウェル家の馬小屋の中でもずば抜けてすばらしい馬だ。大事にしている馬を公爵に貸すのは妙な気分だが、まさか年老いたまだら模様の駄馬であるトゥインクルに乗せるわけにはいかない。内心では、ぜひともそうしたいと思っていても。

モントフォードがアストリッドを見るのとほぼ同じやり方で、馬に目を走らせる。手袋をはめた長い指が葦毛の馬の鼻面を撫でるのを、彼女は歯を食いしばって見ていた。

「なかなかいい馬だと思いませんか？」ウェスリーがおどおどした口振りで尋ねる。

公爵があいまいにうなずいた。「そうだといいが」

「名前はシリルといいます」ウェスリーがさらに言う。

公爵がさっと馬から離れた。「なんだって？」

「この馬はシリルという名前なんです」

モントフォードがしかめっ面をして、小声で何やらつぶやいた。どうやら気に食わないらしい。

この男性は何かを気に入るということはないのかしら？

「シリルのどこがいけないの？」アストリッドは強い口調できくと、つかつかと葦毛の馬に歩み寄り、傷ついた感情をなだめるようにシリルの頭を撫でた。

「なんだって？」アストリッドを見て、彼が目をしばたたいた。「きみはこの名前が好きなのか、ミス・ハニーウェル？」自分の耳を疑うという顔で尋ねる。

「ええ、もちろんよ。わたしが名づけたんですもの」彼女はシリルの頭越しに彼をにらみつけた。「あなたに教えなければよかったわ。どうせ気に入らないんでしょう」

「いや、そうではなく……」モントフォードが口ごもり、彼女の表情をじっとうかがう。

「シリルなんて名前が好きだという人間には、これまで出会ったためしがないのでね」

「あら、そう？　わたしはなぜか大好きなのよ」

「ぼくはあまり好きじゃないな」ウェスリーが口をはさんだ。「ナイジェルとかレジナルドみたいな名前もそうだけど、両親は何を考えていたのかと思うよ」

アストリッドはモントフォードの側に寝返ろうとしたウェスリーをにらみつけた。ところが意外なことに、公爵も彼をにらんでいる。

「くだらないわ」きっぱりと言った。「シリルは国王や聖人の名前なのよ。古代ギリシアでは支配者を表す言葉だったの。力強くて立派な名前だわ。まさしくここにいるシリルのように。あなたが所有している三七の廐舎《きゅうしゃ》には上等な馬があふれ返っているんでしょうけれど、シリルなら引けを取らないはずよ」

一気にまくしたてて公爵にちらりと目をやった瞬間、アストリッドは不意打ちを食らったかのようにうろたえた。普段は冷ややかで険しい公爵の顔つきが穏やかになっていたからだ。口元がゆるみ、困惑と渇望にも似た感情をたたえた瞳がきらきらと輝いている。

彼女の体が反応し、奥のほうから手足へとまたたく間に熱が広がった。頬が赤く火照るのが自分でもわかった。

空想からわれに返ったように、公爵が疑わしげに眉をひそめた。「わたしに難癖をつけているのか？」

その言葉は冷水を浴びせられるのと同じ効果を発揮した。アストリッドは身をこわばらせ、彼をにらみつけた。「難癖をつけるですって？」

「名前のことだ。シリルだ」

「どうしてわたしがそんなことを？」相手の答えを聞くつもりは毛頭なかった。彼女はくるりと向きを変えると、つかつかとプリンセス・バターカップに歩み寄った。

「出かける気はあるの？　それとも一日じゅう、言葉の語源についてここで話しあいを続けるつもり？」

アストリッドは馬の背に這いのぼり、鞍の上に勢いよく腰をおろした。プリンセス・バターカップがぴりぴりした様子で歩きだそうとしたが、横鞍の不安定な角度に慣れていないせいで、反対側から滑り落ちそうになる。

噛み殺すような笑い声が聞こえたので、ウェスリーを叱りつけようと思ってそちらを見た。ところが、いとこは自分の黒い去勢馬を引いて馬小屋の前庭に出ようとしていた。モントフォードのほうをさっと振り返ると、笑い声の主が彼だとわかった。

「あなたが横鞍に乗るところをぜひ見てみたいものだわ」アストリッドはぶつぶつと言い、プリンセス・バターカップを歩かせた。

モントフォードは軽々とシリルにまたがると、すぐにアストリッドの脇に追いついた。

「レディには、生まれながらに横鞍に乗る素質が備わっているものだぞ」身を乗りだし、秘密めかした口調で言う。

「侮辱しているつもりなんでしょうけれど、わたしは全然気にしないわ」そう言って、彼女は鞍の上でもぞもぞと体を動かした。

「そうか？　なぜだろうな？」軽い好奇心のにじんだ、ひどく傲慢な口調だった。彼の顔が視界に入っただけで、鞭で頬をひっぱたいてやりたくなる。

「競走すれば、いつでもあなたに勝てるとわかっているからよ」アストリッドは断言した。

「なぜそんなに自信満々なんだ？」公爵の声が面白がっているように聞こえ、なおさら腹が立ってきた。

「直感とでも言えばいいかしら」吐きだすように言う。

「いや、それは思いあがりというものだ。きみはわたしにかないっこない」

アストリッドは鼻先で笑った。「まあ、面白い。それじゃあ、ここから醸造所まで競走したら、わたしに勝てるというわけね？」

公爵が目の前に延びている道をじっと見つめる。「四〇〇メートルといったところだな。道路の状態はいいし、馬もまずまず悪くない。ああ、勝てるだろう」

「賭けましょうか？」

耳を疑うという表情で、彼は道路からアストリッドの顔にさっと視線を戻した。

「なんだって？　今なんと？」

アストリッドは彼の顔に鞭を突きつけた。「あなたたち男性はよくそう言うでしょう。聞こえたはずよ。賭けをする気はあるの？」

それまでだんまりを決め込み、できるだけ注意を引かないように彼女のうしろからついてきていたウェスリーが馬を急がせてふたりに並んだ。不安げな表情で、ふたりの顔をかわるがわる見つめる。「おい、アストリッド」軽蔑と恐れの入りまじった声で切りだした。「冗談もたいがいにしないと……」

「冗談などではないわよ。わたしは自分が閣下に勝つほうに賭けるわ」

ウェスリーが懇願するような目で公爵を見る。「おわかりですよね、彼女は本気じゃないって」

モントフォードがウェスリーにこのうえなく冷ややかな一瞥を投げた。「いや、彼女は本気だ、ミスター・ハニーウェル」

「そのとおりよ」アストリッドは同意すると手綱を引いて馬を止め、挑むような目で公爵を見据えた。

モントフォードがシリルを止めて彼女のほうに向き直ると、ウェスリーもそれにならった。公爵に鋭い目でねめつけられ、思わず尻込みしそうになる。

彼が挑戦を受けて立ったとたんに、アストリッドのほうは取り消したくてたまらなくなった。ついうっかり挑発に乗ってしまったのだ。しかも馬にまたがっているときなら公爵に勝てる自信があるけれど、今はいまいましい横乗りの状態だ。さらに彼がシリルを扱う様子を見て、なおさら躊躇《ちゅうちょ》した。普段は威勢のいい去勢馬がおとなしく公爵の指示に従っている。彼は間違いなく腕の立つ乗り手だ。

アストリッドが虚勢を張っていることを見抜いたらしく、モントフォードが口元をゆがめて半笑いを浮かべた。「きみは何を賭けるんだ？」

ウェスリーが笑いだした。「閣下！　アストリッド！　まさか本気じゃないよな」

「あら、わたしは本気よ」歯嚙みしながら言ったが、内心では意気消沈していた。

「こちらだって、もちろん本気だ。それで何を賭けるんだ、お嬢さん？」

「あのブナの木立からスタートして、醸造所がゴールよ。ウェス――いえ、アンソニー、が先に行って、ゴールの線を引いておくわ。彼に審判をしてもらいましょう」

「ぼくが？」

「そう。さあ、行って、弟よ。五分だけ待ってあげるわ」

いよいよ信じられないといった顔で、ウェスリーがふたりを交互に見つめた。

「なあ、アストリッド、頭を冷やせよ！」

彼女は不平のうめき声を発した。「わたしに向かって、そんな口のきき方をするのはやめて」

「彼女の言うとおりにしたほうがいい」モントフォードがゆっくりとした口調で言う。「どうやら負ける決心はついているようだ」

「アストリッド！」

彼女は手を前に伸ばし、ウェスリーに向かって鞭を振った。いとこはかろうじて鞭打ちから逃れると、アストリッドを説得するという最後のあがきをやめて、ゴール地点へ馬を走らせた。肩越しに心配そうな視線を投げながら。

アストリッドは唇を噛み、いとこがしぶしぶ準備に向かう姿を見送った。

わたしは頭に血がのぼりやすくて無鉄砲な、どうしようもないばかだ。またしてもやってしまった。公爵と顔を合わせて一〇分と経たないうちに、くだらない試みに誘いだされてしまうなんて。アリスになじられたときも、もっと慎み深くふるまおうと心に誓ったはずなのに、それから三〇分もしないうちにその誓いを破っていた。何しろ公爵が自分のスカートをたくしあげるのを許してしまったのだから。

「ハンディキャップを与えようか？」ふたりきりになると、モントフォードが間延びした声で言った。

ハンディキャップぐらいでは足りない。必要なのは奇跡だ。競走をしているあいだ、鞍の上に座っていられたらいいほうだろう。けれどもアストリッドは彼の申し出に対し、あざけるような笑みを浮かべてみせた。弱気になっているのを知られるぐらいなら、草をむしゃむしゃ食べたほうがましだ。「ハンディキャップが必要なのはあなたのほうでしょう、モントフォード」精一杯、虚勢を張って言う。

モントフォードが冷ややかに見下すような目つきでほくそ笑んだので、アストリッドは悔しさのあまり奥歯を噛みしめた。そんな扱いを受けるなら、昨日のように腹を立てられたほうがまだいい。彼を面白がらせるのではなく、いじめてやりたかった。

「まだ賭けの条件を話しあっていない」モントフォードが前方の道をじっと見つめると、シリルが飛び跳ねていくらか前進した。「決めておいたほうが……面白いだろう」

条件を決めるのは得策とは思えなかったが、たとえ絶望的な状況でも、打つ手はまだあるかもしれないという考えに飛びつくことにした。「ええ、そうね。わたしが勝ったら――」

「万が一にもきみが勝ったら？」彼が小ばかにしたようにふっと笑う。

「万が一にもわたしが勝ったら、あなたはロンドンに帰るの。そしてライルストーンの運営はわたしにまかせてもらうわ」

モントフォードが怒りのこもった視線を投げてくる。「まるで骨をくわえて放さない犬のようだな、ミス・ハニーウェル」

「褒め言葉として受け取っておきましょう」

「よくもまあ、いけしゃあしゃあと」彼が低くつぶやいた。

「それじゃあ、わたしの条件をのむのね？」

公爵はため息をつき、前方に延びている道に注意を戻した。「それが最善のことだと思っているのか？　わたしにここを出ていかせて、これまでどおりに続けていくことが？」

彼が急に真顔になったので、アストリッドはぎくりとした。「あなたが現れるまでは、うまくやっていたのよ」

「本当にそうだろうか？」疑っている口調で言う。

彼女はむっとした。「今はそんな重要な話をしている場合ではないでしょう。でもあなたが言いだしたからには、はっきりと言わせてもらうわ。答えはイエスよ。ライルストーン・グリーンは栄えているの。たしかに運営の仕方はちょっと……」

「常識はずれ？」冷ややかな口調で公爵が言う。「法に反している？」

アストリッドは喧嘩を売る気はなかった。「常識はずれかもしれないわ。でも、このやり方でうまくいっているのよ」

「きみ以外の人間にとってはそのようだな。きみと、わたし以外だ。まあ、きみのユートピア的な構想の中で、地所の所有者であるわたしはどうでもいい存在なのだろうが」

「なんの話をしているのか、さっぱりわからないわ」

モントフォードは馬にまたがったまま身をよじり、城館のほうに鞭を振ってみせた。

「あの塔のことに決まっているだろう。あんなに傾いているじゃないか！」それですべての説明がつくと言わんばかりに叫ぶ。「あれを修繕する資金を確保もせずに、利益を地所に還元して、借地人に法外な給料を支払うことにばかりこだわっている。あの帳簿を吟味してみてわかったよ。城館は朽ちかけているし、使用人さえろくに置けないような状態だと。よくも馬を飼いつづけていられるものだ。畑の労働者のほうが、よほどましな生活をしているんじゃないのか？」

「ご忠告ありがとう。でも、なんとかなるから大丈夫よ」アストリッドは澄ました顔で応えた。

「なんとかなるだって？　いまいましいジャコバン党員（フランス革命時の急進派）みたいな戯言はやめるんだな。そのせいでフランスがどうなったか、見てみるといい」

「ここはフランスではありませんから」

モントフォードが目をぐるりとまわし、またしても真剣な顔でアストリッドを見据えた。

「きみの家族はどうなんだ？　〝なんとかなるから大丈夫〟な状況に満足しているのか？」

彼が棍棒で腹を殴ってきたとしても、これほど痛手を与えることはできなかっただろう。

「大きなお世話だわ！」嚙みつくように言う。

「たしかにそうだな。だが、彼女たちはどう考えても幸せそうには見えない」

「幸せですって！　なんの権利があって、わたしの家族の幸せに口出しするの？」

言葉をぶつけるたびに、モントフォードの顔が少しずつ引きつっていく。アストリッドが最後まで言いきると、彼は顔をそむけて遠くをじっと見つめたまま、しばらく黙っていた。どこか冷めた目をして。

「たしかにきみの言うとおりかもしれないな」やがて彼がこわばった声でそう言ったとたん、アストリッドの心の中で何かがこぼれ落ち、喉につかえたような気がした。

この気持ちは罪悪感なの？　「ねえ、ちょっと……」彼女はうめいた。「わたしと競走する気はあるの？」

モントフォードがこちらに視線を戻した。顎のこわばりがいくらかやわらいでいる。

「いいいいいい、わたしのほうは心変わりはしていないぞ」

「じゃあ、わたしの条件をのむのね？」

彼がうさんくさそうに目を細める。「そんなばかげた条件に同意するなんて自分でも信じられないが、いいだろう、きみの条件をのもう。どのみちわたしが勝つんだ」

「あら、そうかしら？」

「当然だ。きみが一か八《ばち》かの勝負に出たのだから、こちらの条件もそれに見あったものでなければならない。さて、どうするかな？」

その瞬間まで、アストリッドは自分の作戦についてあまり深く考えていなかった。たちまち手のひらに汗がにじむ。ああ、どうしよう！　彼はどんなひどい条件を出してくるのかしら？　やっぱり賭けなんてするべきではなかったのよ。

もう、わたしはなんてばかな女なの！

モントフォードは、自分が勝ったらわたしにすべてをあきらめろと要求してくるはずだ。

アストリッドはその瞬間ほど絶望感に襲われたことはなかった。こうなったのは誰のせいでもない、自分の責任だ。どうしようもない立場に自らを追い込み、墓穴を掘ったのだ。今となってはその墓穴に横たわり、モントフォードがシャベルで土をかけてくるのを見守るしかなかった。

彼女は反抗的に顎をあげると、手綱を握りしめて最悪の事態に備えた。

「そうだな、わたしが勝ったら、賞品としてこのシリルをもらおうか」公爵が言った。

完全に意表を突かれ、アストリッドはぽかんと口を開けて彼を見た。

「わたしの馬が欲しいの?」

「そうだ」

それぐらいですむのなら、まだましだと思わなければ。そう自分に言い聞かせたが、胃の重みがやわらぐ気配はまるでなかった。プリンセス・バターカップに負けないほど、シリルのこともかわいがっていたからだ。アストリッドは両方の馬が生まれる瞬間に立ち会い、調教を手伝ってきた。いっそのこと、公爵がシリルではなく、地所に関わるものを要求してくれたほうがよかった。それならば、いかにも彼のやりそうなことだと自分を納得させられただろう。

それにしても、よりにもよって馬が欲しいだなんて!「どうしてその子が欲しいの?」

「自分のものにしたら面白そうだからだ。それにきみがかんかんに怒るだろうと思ったからでもある。そうなれば、かなり〝幸せ〟になれそうだ」

開いた口がふさがらなかった。「あなたって本当にひどい人なのね、モントフォード」

彼が皮肉っぽい笑みを浮かべる。「きみがわたしの中の最悪の部分を引きだしているんだ、ミス・ハニーウェル。さあ、さっさと終わらせてしまおう」

「望むところよ」

ふたりはそれぞれの馬をブナの木立の端まで移動させた。モントフォードに促され、アストリッドがカウントダウンをはじめることになった。期待と不安がどんどん大きくなってくる。わたしが勝つのよ、と自分に言い聞かせて声を張りあげた。「五！」〝四〟と叫んだところで、さすがに振り落とされるような事態にはならないだろうと思った。〝三〟まで来ると、振り落とされて倒れている自分の姿が浮かんできて、先ほどまでの考えが不安に取って代わられた。ところが〝二〟と大声で叫んだ瞬間、今度はモントフォードが振り落とされて倒れている姿が思い浮かび、にわかに元気がわいてきた。最後に〝一〟と叫ぶと、自分が勝利をおさめた場合の彼の表情まで目に浮かんできて、ようやく全力を尽くして戦う決心がついた。

あらんかぎりの闘志を総動員して、アストリッドはプリンセス・バターカップを走らせた。

およそ三秒後、モントフォードがついてきていないことに気づいた。思いきって肩越しにちらりと振り返ってみると、彼はまだのんびりと馬にまたがっていた。アストリッドの不安な気持ちを察したらしく、帽子のつばを軽くあげると、ようやくシリルに鞭を打って全速力で走らせた。彼女は目の前の道に視線を戻し、プリンセス・バターカップをさらに速く走らせた。悲鳴とも悪態ともつかない声が喉の奥からもれてくる。モントフォードはわざとスタートを遅らせ、こちらが頼んでもいないハンディキャップを与えたのだ。自分の主張を証明してみせるために。

これほど卑劣で鼻持ちならない人間には今まで出会ったことがない。

ああ、いまいましい。こうなったらハンディキャップをもらってでも、この競走に必ず勝ってやるわ。そして遠慮なく、賭けに勝ったと主張してやるんだから。

そうなればモントフォードとは永遠におさらばだ。

もっとも、彼は見事にアストリッドの出鼻をくじいていた。彼女に言わせれば、そんな形で勝利をおさめても、本当の勝利にはならない。そのことをモントフォードも承知しているのだ。彼はアストリッドを怒らせるために、わざわざスタートを遅らせたに違いなかった。

これ以上ないほど不機嫌になったとき、モントフォードが背後に近づいてくる音がした。アストリッドはプリンセス・バターカップをさらに速く走らせようとしたが、牝馬は言うことを聞こうとしない。

モントフォードとシリルが横に並ぶのを視界の隅でとらえた。馬の蹄が立てる騒々しい音と秋風のそよぎにまじって、公爵の人を小ばかにするような笑い声が聞こえてくる。四〇〇メートルの距離はあっという間で、醸造所に続く道の曲がり角がもう見えていた。道端にはウエスリーと、好奇心に駆られた数人の農夫が待ち受けている。もうじきモントフォードに追い抜かれそうだった。シリルは彼に乗りこなされ、無理に走らされているというそぶりはまったくない。ますます怒りがこみあげてくる。

もう負けそうだった。

モントフォードとシリルがさらに速度をあげ、一馬身、二馬身、三馬身とアストリッドを引き離していく。ここから距離を縮めるのはどう転んでも無理だ。モントフォードが見せるであろう得意げな勝利の笑みから逃れられるのなら、なんでもするつもりだった。

少なくとも、なんでもしようと思った。あるいは彼が一〇〇〇回は凶運に見舞われるようにとひたすら祈った。まさか、その願いが本当にかなうことになろうとは。

突然、左のほうから銃声が聞こえた。ライルストーンの北側を占めている鬱蒼《うっそう》とした森の中から。アストリッドは危険を察知し、モントフォードとの競走のことも忘れて、手綱を引いてプリンセス・バターカップの歩調をゆるめさせた。鉄砲撃ちの猟師たちに囲まれて育ったため、彼女はライフルの銃弾が空《くう》を切り裂く鋭い音に聞き覚えがあった。銃声のしたほうを目で追うと、四〇メートルほど先の森の茂みのあいだから煙が立ちのぼっている。緑色の狩猟用のコートと、銃がきらめくのがちらりと見えたかと思うと、人影が暗闇にさっと身を隠した。

銃声がまだあたりに響き渡っていた。アストリッドはそれがもたらした結果のほうに注意を引き戻した。どちらが撃たれたのかわからない。モントフォードか、それともシリルか。モントフォードが手綱を引いているのか、シリルが足を踏みはずしたのかも判別がつかなかったが、原因はどうあれ、馬と乗り手はものすごい速度で道をはずれて小さな土手に突っ込んでいく。シリルが苦しげに鼻を鳴らし、モントフォードは気味が悪いほど無言のままで一緒に斜面を転げ落ちていき、やがて見えなくなった。

残響が消えると、すべてがしんと静まり返った。

アストリッドは心臓が止まりそうになった。

次の瞬間、誰かが恐怖の悲鳴をあげた。最初、声の主はモントフォードかウェスリーか、公爵のもとに駆けつけた農夫の誰かだと思った。けれど、まもなく自分が悲鳴をあげていたことに気づいた。

ようやくわれに返り、彼女はプリンセス・バターカップを全速力で走らせた。ウェスリーと同時に土手のてっぺんまでたどりつくと馬から飛びおり、土手の下で生存者が見つかることを祈った。

シリルが横向きに倒れていた。首のあたりがどす黒いものにべっとりと覆われている。じっとしたまま、ぴくりとも動かない。その光景を目にしたとたん、涙がこみあげてきた。

「いや、いやよ！」

斜面を駆けおりてシリルのもとに向かおうとしたとき、モントフォードの姿が目に入った。馬から投げだされ、四、五メートルほど離れたニワトコの茂みの中にぐったりと仰向けに倒れている。上着は破れ、シャツとクラヴァットが血で赤く染まっていた。

アストリッドはその場にへたり込みそうになったが、シリルから離れて公爵のもとに駆け寄った。かたわらにひざまずき、顔をのぞき込んでみる。恐ろしくて触れることはできなかった。

彼の顔は青ざめ、こめかみの上のあたりに、落馬の際にできたのであろう切り傷がある。

けれどもそれより気がかりなのは、胸にべっとりと付着している血のほうだった。

ああ、どうしよう、モントフォードも撃たれたんだわ！　彼女は暗澹《あんたん》たる気分になった。

彼はすでに死んでいるようにも見える。アストリッドは勇気を奮い起こして触れてみた。手首を持ちあげてから放すと、だらりと力なく地面に落ちた。

心の中で絶望の叫びをあげる。死んではだめ。恐ろしくて腹立たしい人だけれど、本気で死んでほしいと思っていたわけじゃない。

「モントフォード！　もう、ばか、死んじゃだめよ」引きつった声でそう言うと、アストリッドは彼の顔についた血をぬぐった。顔は冷たかった。頭をさげて口元に顔を近づけると、息がかすかに頬にかかるのを感じた。

アストリッドは安堵のため息をついた。彼は生きている。

今はまだ。

「モントフォード！　ねえ、モントフォードったら、目を覚まして」頬を軽く叩いたり、肩を揺すったりしてみたが、なんの反応もない。今度はクラヴァットを取り、ベストのボタンをはずして傷口を探った。肩や胸に触れ、銃弾を受けた箇所を探してみる。彼は血まみれなのに、その血がどこから出ているのかわからなかった。

「まったく、とんでもないめかし屋だわ。わたしよりたくさん着ているじゃない」アストリッドは泣きじゃくりながらつぶやいた。

公爵の着ているものをめくり、やはり血だらけの薄手のコットンのシャツだけにすると、またボタンをはずしにかかった。指が震えるのは恐ろしさだけではなく、不適切きわまりない、ある感情を覚えたからだった。自分では認めたくないけれど、こんな危機的状況にもかかわらず、モントフォードの裸を見たいという欲求に駆られたのだ。とはいえ、これほど見事でたくましい男性の上半身に触れて賞賛の目を注がずにいられるとしたら、とても人間業とは思えない。

そのとき、いきなり手が伸びてきて、手首をぎゅっとつかまれ、アストリッドは悲鳴をあげた。

「とどめを刺す気か？」公爵がゆっくりとした口調で言った。

彼は身を起こすとアストリッドを押しのけ、しかめっ面をした。顔に血の気が戻っている。頭が混乱しているうえに、とんでもなく不機嫌そうだ。モントフォードは彼女の手首を放し、ゆっくりと立ちあがった。彼にとってはそれなりの集中力を必要とする動作のようだが、アストリッドの手を断固として借りようとしなかった。

彼女も立ちあがると、いらだちを覚えて両手を腰に当てた。「モントフォード、あなたはけがをしているのよ」

公爵はこめかみに手をやり、痛みを感じたのか首を横に振った。「わたしは大丈夫だ」

「そんなはずないでしょう！」アストリッドは声を張りあげた。「あなたは撃たれたのよ！」

彼の上半身を指差してみせる。

その言葉に仰天したらしく、モントフォードが自分の体をぽんぽんと叩きはじめた。そして視線を落としたが、明らかにそれが間違いだったようだ。服にべっとりとついた血を見たとたん、またしても顔から血の気が失せ、白目をむいた。それから気を失い、地面に倒れ込んだ。

意識を取り戻すと、ミス・ハニーウェルの頭が目の前でくるくるとまわっていた。らせん状にカールした髪が妙な具合に帽子から飛びでていて、色違いの瞳が涙で光っている。最初は彼女の頭が自分の上にあり、続いて下におり、その次は右へ、さらに左へと揺れ動いた。彼女の鼻は土で汚れていて、片方の頬には血の筋がついている。その血を見て、またしても気を失いそうになった。

彼女はけがをしているのだろうか？　モントフォードは不安に襲われた。だが、まもなくすべてを思いだした。銃声。体の下でシリルがよろめいたこと。果てしなく思えるほど長く宙を舞ったこと。そして暗闇。血。バケツ一杯分はありそうなほど大量の血を浴びたのだ。

目をぎゅっと閉じると、別の記憶がよみがえってきた。とうの昔に埋もれたと思っていたつらい記憶が――別の時と場所で血まみれになったときのことが。自分の血と両親の血がそこらじゅうに流れていた。川のように。ずいぶん長いこと、その血にまみれていた。やけに甘ったるくて、金属のようなつんと鼻を突くにおい。乾くとどす黒く変色し、服がばりばりになった。女性に――母親に――触れたことも覚えている。目から流れている血をぬぐおうとしたのだ。母の目はこちらを見あげていたのに、なぜか彼のことは見ていなかった。モントフォードは母を起こそうとしたが、なぜそんなふうに目を開けたままで眠っているのか不思議でならなかった。けれども結局、母は目を覚まさなかった。彼がどんなに泣きわめいても。モントフォードはひたすら泣きつづけたが、母はあの奇妙な目で、ただ見つめ返してくるだけだった。

あの目と、血と、死のにおいの記憶が、ずっと心につきまとっている。

彼はやっとのことで目を開け、おぞましい記憶を無理やり追い払おうとしたが、悪夢は心の奥に爪を立て、しつこくしがみついていた。凶暴な獣が檻《おり》に入れられるのを拒んでいるかのように。

気分が悪くなってきた。

ミス・ハニーウェルが頬に手を当ててきた。あたたかくてやさしく、このうえなく心地いい。吐き気がおさまってきた。

「モントフォード」彼女がささやいた。

彼はなんとか身を起こした。ミス・ハニーウェルが手を離す。モントフォードのほうは、そのまま触れていてほしいと心のどこかで思っていたが。身震いしながら息を吸い込み、けがの状態を確認してみる。傷だらけで体は震えているものの、撃たれてはいないようだ。

「けがはしていない」どうにか口にする。

ミス・ハニーウェルの顔に安堵の表情があふれた。彼女は頬を伝う涙を袖口でぬぐった。

「なんてことだ」頭上から声がした。視線をあげると、ミスター・ハニーウェルことウェスリー卿がおびえたような目でこちらを見ていた。「大丈夫ですか？」

「わたしなら大丈夫だ」

「でも、血が……血まみれですよ！」ウェスリーがわめき、モントフォードのシャツの前を指差した。不安げに眉根を寄せながら。

モントフォードは身をすくめ、頑としてシャツに視線を落とそうとしなかった。

「どうやらわたしの血ではないらしい」

ミス・ハニーウェルが新たな苦しみに顔をゆがめ、どうにか立ちあがった。「シリル！」

倒れている馬のもとに彼女が駆け寄る。そばに立ってシリルを見おろしていたふたりの農夫が、険しい表情で頭を横に振った。

モントフォードもよろよろと立ちあがり、彼女のあとを追った。どう見ても、シリルはすでに息絶えていた。首がおかしな角度に折れているし、巨大な胸には空気が送り込まれている様子はまったくない。脇腹にどす黒い血の染みができていて、死体の下の草に血だまりができている。モントフォードは血を見ても気絶しないよう、自分に言い聞かせた。

ミス・ハニーウェルが馬に飛びつき、激しく泣きじゃくる。モントフォードは顔をそむけた。どうやら足元がふらついていたらしく、ウェスリーが腕をつかんできた。

「なんてことだ。誰がこんなひどいまねを」ウェスリーがつぶやいた。「由々《ゆゆ》しき事態だ」

そのとき、土手の上に男性が姿を現した。ツイードの服を着た大柄な男で、口の端からパイプが突きでている。目の前の惨状を見て、口汚い言葉をいくつか吐き捨てると、重い足取りで斜面を下ってきた。男は不機嫌そうにゆがめた口からパイプを引き抜いた。ふさふさの眉のあいだに深いしわが刻まれている。「何があった？」彼はきついスコットランド訛りで尋ねた。

「由々しき事態です、ミスター・マコーネル」ウェスリーがわめく。モントフォードは歯ぎしりした。まったく、こいつは騒ぎ立てるしか能のない男だ。

マコーネルと呼ばれた男がモントフォードに目を向けた。正体を探るように、知性的な視線をすばやく投げてからうなずく。「公爵か」敬意のかけらも感じられない口調だ。

だが、今はそんなことはどうでもいい。「何者かがわたしを狙って撃ってきた。ご覧のとおり、馬のほうに命中してしまったが」

マコーネルが口元をきっと引き結んだ。「狙われたのが気の毒な動物のほうじゃないと、なぜ言いきれるんだ？」

モントフォードは驚くと同時に侮辱された気分になった。「わからない。しかし、それが常識だろう。まあ、どちらにせよ結果は同じだったわけだが。わたしの首の骨が折れずにすんだのは、まったく偶然の幸運にほかならない」できるかぎり穏やかな声で言った。

マコーネルは釈然としない顔をしたが、モントフォードは彼と議論しないことにした。ミス・ハニーウェルの泣き声でまたしてもわれに返り、痛ましさで胸が締めつけられそうになったからだ。慰めの言葉ひとつかけてやれない自分の弱さにいやけが差す。頭の隅では、彼女がこの一件に一枚噛んでいるに違いないと信じかけたとはいえ。ミス・ハニーウェルがこんなふうに馬の体にすがりついて取り乱さなかったら、さらには彼女が動物を危険にさらすようなまねをするはずがないという結論をなけなしの理性で導きだせなかったら、彼女が自分の暗殺をくわだてたと信じ込んでいただろう。

モントフォードは頭をめぐらせ、馬のそばにひざまずいているミス・ハニーウェルをちらりと見た。シリルの頭を膝にのせ、肩を震わせている。またしても胸が締めつけられそうになった。

いや、彼女がこんなことをくわだてるはずがない。

しかし、誰かがくわだてたに違いないのだ。

モントフォードはウェスリーとマコーネルのほうを向き、威厳に満ちた表情を取り繕った。

「どちらかがレディに手を貸したらどうだ?」

ウェスリーがはっとした顔をして駆け寄ろうとした。「ああ、はい、もちろんです」

マコーネルがウェスリーの腕をつかんで引き止める。「彼女は妹に付き添ってもらいたいはずだ。ひと足先に城館へ戻って、アリスに知らせておいたらどうだ?」

ウェスリーは困惑した表情を見せたが、結局その考えに同意したようだった。

マコーネルがミス・ハニーウェルのそばに行ってひざまずいたとたん、彼女が堰《せき》を切ったように泣きだした。「ああ、ハイラム!」そう言って、スコットランド人の胸に飛び込んだ。

「じゃあ、先に城館へ戻ります」ウェスリーがそう言って、斜面をのぼりはじめた。少しためらってから、モントフォードのほうを向く。「一緒に来ますか?」

モントフォードはその場に釘づけになっていた。ミス・ハニーウェルがマコーネルの胸に飛び込むのを目にした瞬間、なんとも言えない奇妙な感覚に襲われたからだ。肉体的苦痛。苦悩。あの男と場所を交代するためならなんでもしてやる。どんなに滑稽だと思われようとも。少し前に意識を取り戻したときに感じた、彼女の手のぬくもりが忘れられなかった。それに昨日、体の下に組み敷いた彼女はやわらかく、熱く火照っていて……。

「いや」気づけばそう口にしていた。「わたしはここに残る」

ウェスリーは驚いた顔になったが、そのまま城館へ戻っていった。

モントフォードはふたりの農夫と突っ立っていた。気づまりな沈黙が流れたものの、ミス・ハニーウェルは泣きつづけている。マコーネルは片手で彼女の背中をやさしく叩き、ときおりパイプを口元に運んでは吹かしていた。ときどき思いだしたように馬の死体に視線を落とし、眉をひそめて首を横に振ったり、堅苦しい慰めの言葉をかけたりしている。

マコーネルが彼女にのぼせあがっているわけではないとわかり、なぜかほっとした。

やがて彼はミス・ハニーウェルをうまく説得して立たせると、両肩をつかんだ。

「なあ、お嬢ちゃん、いつまでもそんなふうにしてるなんて、おまえさんらしくないぞ。しっかりするんだ」

彼女はマコーネルがポケットから取りだした安っぽいハンカチに向かって鼻を鳴らし、涙を拭いた。「だって……だって、あまりにもつらくて。ねえ、ハイラム、シリルは……ああ、わたしのかわいいシリルが……」

またしてもモントフォードは胸が締めつけられそうになった。ミス・ハニーウェルは馬が大好きなのだ――そして信じがたいことだが――本当にあの名前を気に入っていたのだ。

「ああ、むごい仕打ちだな。立派な馬だったのに。さあ、ここから離れるんだ。いつまでも悲しみに浸っていたってしょうがないだろう」

ミス・ハニーウェルが倒れた馬に目を向けると、マコーネルは彼女を脇に抱え込み、やさしいけれども毅然《きぜん》とした態度で連れ去ろうとした。「あんな恐ろしい光景を振り返って見るんじゃないぞ」

彼女は震える息を吐きだし、マコーネルに導かれるままに斜面をのぼりはじめた。モントフォードもあとに続く。マコーネルが荷馬車を取ってくるように命じると、ふたりの農夫は醸造所のあるほうへ向かった。マコーネルはミス・ハニーウェルを彼女の馬のもとに連れていった。不穏な空気を察知したのか、馬は飛び跳ねながら道をうろついていた。

マコーネルは牝馬の手綱をつかむと、ミス・ハニーウェルのときと同じように、ぶっきらぼうなやり方でなだめた。

モントフォードはミス・ハニーウェルに注意を戻した。もう泣きやんでいるが、腫れぼったい目をして、肌は涙でまだらになっている。彼女はハンカチで鼻をかんだ。肩を怒らせ、まったくレディらしくないやり方で。ミス・ハニーウェルは目を合わせようとしなかった。

モントフォードは彼女の肩をそっと叩いたり、手に触れて慰めの言葉をかけたりしようと手を伸ばしたものの、結局だらりと脇に垂らした。

わたしは何を考えているんだ？

マコーネルが牝馬を道へ誘導したが、ミス・ハニーウェルは馬を見ようとはしなかった。つらすぎて見られないのだろう。

「おまえさんはプリンセス・バターカップを馬小屋に連れて帰ってくれ。あとはわたしたちが……」マコーネルが口に手を当てて咳をした。

「死体を」ミス・ハニーウェルが驚くほど穏やかな口調で言った。

マコーネルがうなずく。

彼女は黙認とも取れる仕草をしたが、マコーネルが差しだした手綱を受け取ろうとはしなかった。代わりにモントフォードが受け取った。

「わたし……何かを見たのよ」ミス・ハニーウェルが言った。

マコーネルの目が警戒するように光る。

「森の中に」彼女はかたわらに広がる鬱蒼とした茂みを指差した。「銃を撃った犯人がいたの。四〇メートルほど先に。森の中に逃げ込むのを見たのよ」

「誰だかわかったか？」

ミス・ハニーウェルが首を横に振る。「いいえ。でも背が高くて、濃い緑色のコートを着ていたわ」

モントフォードはマコーネルと厳しい視線を交わした。「どうやら誰かがわたしに危害を加えようとしているようだ。これが事故だとは思えない」

「ああ、そのようだな」マコーネルも同意する。

「それにしても、いったい誰がわたしに死んでほしいと思っているんだ？」

マコーネルは口からパイプを取ると、苦笑まじりのまじめな表情でモントフォードを見た。

「このあたりの連中はみんなそう思ってるよ、閣下」

「だったら、そこから絞り込んでいけばいいだろう」ぼそりと言う。

ミス・ハニーウェルが主張する。「この地所の人間はそんなことはしないはずよ。あなたを殺すのは得策とは言えないもの。捜査当局はわたしが……関与していると考えるでしょうし、そうなればこの地所は差し押さえられて……」目を見開いてこちらを見る。「まさか、わたしがそんなことをするとは思っていないでしょうね？」

「たしかにそれも頭をよぎった」モントフォードは認めた。

彼女がむっとした。マコーネルの目には殺意らしき感情まで宿っている。

「むろん、きみがくわだてたとは思っていない。だが、誰かがやったんだ。こういうことをしそうな人間に心当たりはないのか？」

今度はマコーネルとミス・ハニーウェルが視線を交わす番だった。ある考えがふたりのあいだで浮かんだような気がして、モントフォードは疑念を抱いた。ところが彼らは同時に首を横に振り、うつむいて地面を見つめた。

「ふたりとも、心当たりがあるんだな」モントフォードは食いさがった。

マコーネルが厳しい目つきでモントフォードを見据える。これ以上質問に答える気はないと言わんばかりに。「今日はふたりとも襲われたんだ。それに閣下、あんたは落馬したせいで気分もすぐれないだろう。とにかく城館に戻って着替えたほうがいい。わたしは森に入って、何か手がかりが残っていないか確かめてみる」

モントフォードはきついスコットランド訛りをどうにか理解したところで反論に出ようとしたが、頭痛とめまいと血のにおいのせいで体に力が入らない。とりあえず相手の忠告を聞き入れることにした。「調査がすんだら、わたしに報告するように」彼は言った。

それとなく命令されたことに、マコーネルが目を細めた。「いいだろう、閣下」

「よし」モントフォードはミス・ハニーウェルのほうを見た。「手を貸そうか?」

「わたしは歩いて帰るわ。馬に乗る気にはなれないの」

「わたしもだ」顔をしかめて言う。

マコーネルが行ってしまうと、ふたりで歩きはじめた。モントフォードは牝馬の手綱を持ち、右腕をミス・ハニーウェルの肩に預けていた。まだ足元がおぼつかないからだ。

ふたりはずっと黙っていた。彼女はとぼとぼと隣を歩いている。うつむいているせいで表情は読み取れない。モントフォードは咳払いをすると、適当な言葉を探した。

「今回の一件は本当に申し訳なかった。だが、信じてもらいたい。シリルを方向転換させようと、できるかぎりのことはやったんだ」

ミス・ハニーウェルが隣で何か音を立てた。また泣きだしたのだろうか?

ああ、まったく。

ところが目をやると、彼女は悲しげに微笑んでいた。「あなたが責任を感じる必要はないわ。わたしもあなたを責めるつもりなどないし。それにどちらにせよ、あの子の命は助からなかったと思うの」

「由々しき事態だ」そうつぶやいた瞬間、自分がウェスリーのつまらない言い草をまねたことに気づいてうんざりした。

「わたしはあなたに死んでほしいだなんて思っていない。あなたがいなくなってしまえばいいと思ったかもしれないけど、それは顔を合わせずにすめばいいという意味よ」彼女が断言する。

「それはこちらも同じだ」

「わたしはこの件にはいっさい関係ないわ」ミス・ハニーウェルは弁解する口調で言った。

「信じてもらえるかしら」

モントフォードが足を止めると、彼女も立ち止まった。

「ミス・ハニーウェル、きみを信じよう」

彼女が足元に視線を落とす。「ありがとう」そして顔をあげ、探るような目つきでこちらを見た。「ずいぶん痛い思いをしたでしょう」

「傷だらけだよ」

ミス・ハニーウェルが手を伸ばしてきて、モントフォードのこめかみにハンカチをそっと押し当てた。彼は牝馬にもたれかかった。彼女にやさしく触れられ、頭痛がやわらいでいく。しばらくすると、彼女が手を離した。リネンのハンカチが血で赤く染まっている。

モントフォードはハンカチから目をそらし、気絶しないように注意した。

「ありがとう、ミス・ハニーウェル」そっけなく礼を言い、すたすたと歩きだす。

「どういたしまして」彼女もそっけない口調で応えた。いきなり無愛想にされて困惑しているようだ。

ふたりは張りつめた沈黙の中を歩きつづけた。

「よかれと思ってやっただけなのに」どうやらぐずぐず思い悩んだらしく、何分か経ってから、ミス・ハニーウェルがぼそりと言った。

「ありがとうと言っただろう、ミス・ハニーウェル」歯を食いしばって、もう一度言う。

隣で鼻をすする音が聞こえ、モントフォードはうめきたくなるのをどうにかこらえた。

まさか泣いているはずはない。

ところがミス・ハニーウェルのほうを見ると、顔が涙に濡れ、鼻も真っ赤になっている。

彼はいらだちを覚える代わりに、これまで感じたことのない同情心を覚えた。それに加えてもっと別な感情もこみあげてきて、思わず彼女を抱きしめたくなった。鼻に口づけしたい。ありとあらゆる破廉恥な行為をしたい。彼女が見苦しい状態にあっても。そんなふうに思うなんて、ありえないはずなのに。

頭をしたたかぶつけたせいだろうか？

「普段はこんなに涙もろくないのよ」そう言うと、ミス・ハニーウェルは頬を伝う涙を袖口でぬぐった。反対側の袖口はモントフォードの血に染まっている。「最後に泣いたのは……ええと、もう何年も前だわ。母のことがあってからは……」

モントフォードは、あの大惨事の中でもなぜか無事だった自分のハンカチを差しだした。彼女はうれしそうに受け取り、高価なレースの部分で鼻をかんだ。

ミス・ハニーウェルを慰める言葉を探してみたものの、何も見つからなかった。そのとき正気とは思えない考えが浮かんできて、自分でも止めようもなく思わず口にしていた。どう考えても、慰めの言葉になどなりっこないのに。「わたしの名前はシリルなんだ」

彼女が鼻をかむのをやめ、あぜんとした顔でこちらを見あげてきた。ハンカチを持つ手をおろす。「なんですって？」

モントフォードはため息をつき、痛む首をさすった。わたしはいったい何をやっているんだ？「わたしの名前だよ。つまり、生まれたときにつけられた名前がシリルなんだ」

ミス・ハニーウェルが、正気ではない人間を見るような目つきで見てくる。「まあ」

「だが、誰もその名前でわたしを呼ばない」

「そうなの？」

「わたしが嫌っているからだ。どの名前も大嫌いだ。だから爵位のほうで呼ばれている」

彼女がかすかに面白がるような顔つきになったので、モントフォードは不愉快な気分になった。感謝や理解の気持ちを示すのならともかく、面白がるとは。もっとも涙を見せられるよりはましだが。彼は息を吐きだすと、また歩きはじめた。「もう忘れてくれ」

「シリル」

「そんなふうに呼ぶのはやめろ。この話をしたのは、きみの葦毛の馬のことがあったからだ。なぜかはわからないが、慰めになると思ったんだ」

そのときミス・ハニーウェルが手を重ねてきたので、彼は歩みを止めた。手のひらに伝わってくる熱に浮かされ、一瞬息がつけなくなる。思いきって目をやると、彼女も顔をあげてこちらを見つめていた。目に涙をいっぱいためて、バラ色の唇にうっすらと笑みを浮かべて。

心臓が止まりそうになった。

「ありがとう、モントフォード。とても慰められたわ」

今度こそ、自分に向けられたのは感謝の念だった。とはいえ、感謝ときらめく涙の下にいたずらっぽい顔がひそんでいるように思えてならない。モントフォードは不安に襲われた。ミス・ハニーウェルは自分が受け取った武器の値打ちをきちんと理解している。わたしの弱みという武器を。すなわち、わたしの名前と、その名前を嫌っているという事実を。

彼女はその事実につけ込んでくるつもりなのだ、ずる賢い小娘め。

とりあえず、今のところは安全なようだが。

いや、安全などではない。なぜかというと、ミス・ハニーウェルの瞳におぼれそうになっているからだ。彼女という存在に少しずつおぼれている。手に触れられただけで――たかが手で！――彼女の中にわが身を沈め、しっかりと抱きあって、涙をキスでぬぐい去ってやりたくなったのだから。

「ミス・ハニーウェル」モントフォードは口を開いた。「どうやらわたしは思ったより強く頭をぶつけたらしい」

「ええ、そうみたいね。あなた、なんだか様子がおかしいもの」

そうしてまた、ふたりは城館までの道を歩きだした。

10

黒いフープスカートの呪いがライルストーン・ホールに暗い影を投げかける

先ほどのモントフォードの妙な態度が気にかかっていた。彼は落馬でひどいけがをせずにすんだものの、片目の上のほうに負った切り傷はかなりひどいようで、アストリッドがいくら止血を試みても止まる気配はなかった。そのあいだも公爵はずっとおかしな目つきで見つめてきて、彼女は体がかっと熱くなったり、寒気を覚えたりを繰り返していた。

そのあとで、彼は自分の名前についてぺらぺらとしゃべりだしたのだ。いや、いくつかの名前について。あの口振りからすると、どうやら彼には名前がたくさんあり、どれも気に入っていないらしい。爵位を除いては。

彼自身が言っていたとおり、シリルという名前はどうもしっくりこなかった。やはり彼はモントフォード公爵だ。爵位のほうが、まだしも人間らしさを感じられる。

けれど、さっきの彼はやけに人間らしく見えた。血まみれで衣服がひどく乱れ、顔は青ざめて、目にはかすかに困惑の色を浮かべていた。アストリッドは彼が気の毒になると同時に、頭がどうかしたのではないかと心配になった。打ちどころが悪かったのかもしれない、と。脳震盪《のうしんとう》を起こしてふらふらしているような人に慰められるのはごめんだった。

ところがモントフォードのほうは、そのつもりで自分の名前を打ち明けたようだった。シリルという名前を。彼なりの下手なやり方でアストリッドを元気づけようとしたのだろう。そして驚いたことに、その試みは見事に成功した。彼の本名を聞かされたあと、気分が楽になってきたのだ。それは彼が名前を打ち明けてくれたからではなく、ひどく恥ずかしそうにしていたからだった。明らかに自分の名前を滑稽だと思っていて、打ち明けたとたんにすぐさま後悔しているように見えた。アストリッドはそんな公爵に親しみを感じた。

かわいそうな人。たしかにおかしな名前だもの。

何かの折にぜひとも本名で呼んでやろうと思ったものの、さっきは彼に同情を覚えた。発砲事件のことで意外なやさしさを見せてくれたのに、悪乗りするようなまねはしたくなかった。そのうえ、彼の前で取り乱してしまったのが気まずかった。何しろこの二日間で、涙を流すところを一度や二度ではなく、三度までも見られてしまったのだ。

ただアストリッドにしてみれば、三度ともそれなりの理由があった。首の骨を折り、血まみれで横たわるかわいそうなシリルの姿を思い返しただけで、涙がこみあげてくる。

それにしても、誰があんなむごい仕打ちをしたのだろう?

犯人はこの地所の人間ではないとモントフォードに向かって断言した気持ちに嘘はなかった。とはいえ、アストリッドには敵がいないわけではない。公爵がここに滞在しているあいだに彼の身に何か起きれば、アストリッドが槍玉《やりだま》に挙げられるのは誰の目にも明らかだ。

こんな卑劣なまねをする人間にひとりだけ心当たりがあった。けれども公爵は突然やってきたのだから、ミスター・ライトフットにはそのことを知りようがなかったはずだ。それにわざわざ公爵の殺害を計画する必要がどこにあるだろう？　絞首刑になってもかまわないのだろうか？

いいえ。アストリッドは胸のうちで暗然とつぶやいた。あの男はわたしを意のままにするために脅しをかけてきたのだ。あるいはもっとひどいことをたくらんでいるのかもしれない。

ふたりは馬小屋までやってくると、プリンセス・バターカップを厩番のミックに手渡した。シリルの悲運をアストリッドが話して聞かせると、ミックは真っ青になって胸に十字を切った。彼は敬虔《けいけん》なカトリック教徒で、おまけにシリルの世話係だった。

アストリッドが公爵とともに庭を横切って畑のほうへ向かおうとしたそのとき、生け垣の隙間から張り輪《クリノリン》でふくらませた黒いフープスカートが見えた。

そのスカートが誰のものなのかをはっきりと悟り、アストリッドはとっさに反応した。モントフォードの腕を引いてバラの茂みへと向かう。

「どこへ行くつもりだ？」公爵が問いかけてきた。

「しいっ！」アストリッドは身をかがめ、彼にも同じ姿勢になるように身振りで合図した。

ところが彼は従おうとせず、その場に突っ立ったままで腰に手を当てた。

「ミス・ハニーウェル、いったいどういうことだ？」威厳のこもった声で言う。

「あなたの命を助けようとしているのよ」彼女は小声で告げた。

だが、もう手遅れだった。ふたりはすでに見つかっていた。

見るからに健康そうな長身の女性が、アストリッドたちが隠れている場所に近づいてくる。派手なフリルのついた黒いフープスカートのドレスは一〇年ほど時代遅れだ。ルビーのあしらわれた金のネックレスで首元を飾りたて、銀髪の頭にはつばのないシルクの帽子をのせている。顔立ちの美しいこの中年女性は、いつ見てもダークブルーの瞳にいらだちを宿していた。

そして今も、彼女の両目は怒りで煮えたぎっている。

彼女は動揺した様子のアリスと、めまいがするほど大量のリボンやフリルのついたピンク色のシルクのドレスでめかし込んだ若い女性を従えていた。アストリッドは悪意のこもった目で批評した。ドレスの色がいとこのダヴィーナには似合っていない。ただでさえ青みがかった彼女の顔色が、もっとひどく見える。ごてごてしたリボンやフリルは軽薄に見えるうえに、彼女の高飛車な物腰や貧相な外見をやわらげる効果はまったくない。もっとも、恐ろしさという点では、ダヴィーナのほうがレディ・エミリーよりもいくらかましだった。

ふたりがわざわざ出向いてきた理由はわかっていた。その理由となった張本人は、今まさに直立不動の姿勢で隣に突っ立っている。アストリッドはため息をついて立ちあがると、おばのエミリーといとこのダヴィーナに挨拶しようとした。ところが言葉を発する間もないうちに、おばがぺらぺらとまくしたてた。

「アストリッド！　あなた、そんなところでいったい何をしているの？　バラの茂みに隠れてこそこそと。はしたないでしょう。毎度のことながら。さあ、早くお立ちなさい」

エミリーは柄付き眼鏡越しにアストリッドとモントフォードをじっと見て、盛大に顔をしかめた。

「息子から聞いたわよ。あなたはまたしても、道端で〝競走〟なんかはじめたそうね。なんて破廉恥なのかしら。おまけにひどい事態に見舞われたというじゃないの。でもとにかく、無事だったようね」アストリッドの無事を確認しても、ちっとも安心しているようには見えない。むしろ大いにがっかりしているようだ。「そのへんのごろつきみたいに競走するなんて！　あなたのお母さまが生きていたら……そのうえ、茂みなんかにうずくまって……そんな……どこの馬の骨かも知れない男と……」宝石で飾られた手で、公爵を振り払うような仕草をする。「世間体も気にしないなんて、いかにもあなたらしいわね」

エミリーはいったん言葉を切ると、ふたたび柄付き眼鏡を持ちあげ、公爵のシャツの胸元を凝視した。

「なんてこと、それは血じゃないの？」

「これは――」アストリッドは説明しようとした。

エミリーが大仰に手をあげてさえぎった。「恥さらしにもほどがありますよ。バラの茂みで逢い引きだなんて……しかもそんな相手と。今は公爵閣下が滞在されているんでしょう？　あなたは礼儀というものをわきまえられないの？　公爵はわたしたちのことをどんなふうに思うかしら？　まったく、あなたの存在がわたしの命取りになるんだわ」彼女はさも軽蔑するように冷ややかな目でモントフォードを見た。「さあ、あなたはさっさと出ていって、その身なりをなんとかしなさい。今回は、この……気まずい瞬間を見逃してあげるわ。きっとあなたのせいではないんでしょうから。どうせこの娘《こ》にたぶらかされたんでしょう」

「マダム」モントフォードが背筋も凍るほどの冷たい口調で言った。悪い前触れだ。

「よくもこのわたしに話しかけられたものね！」彼の尊大な態度にエミリーが息をのむ。どうやら公爵を使用人か何かと勘違いしているらしい。

アストリッドには、隣にいる彼が石のように身をこわばらせているのがわかった。

アリスを見ると、握った手を口に押し当てて笑みを隠していた。おばにとっては喜ばしい事態とは言えないけれど、アストリッドはこの状況を楽しむことにした。脇へ何歩かどいて、事のなりゆきをじっくり見守ることにする。

公爵が激怒する様子はなかなか見ものだった。銀色の瞳が怒りに燃えている。「そちらこそ、よくこのわたしに話しかけられたものですね、マダム」彼は見た目以上に冷ややかな声で言った。「あなたのお名前は？」

「なんて失礼な――」おばが興奮して口ごもる。

「名前をきいているんだ」公爵がさえぎるように言い、アストリッドのほうを向いた。「ミス・ハニーウェル、彼女は何者なんだ？」

こんな面白い場面に首を突っ込みたくはなかったが、ほかに選択の余地はなさそうだった。

「わたしのおばのレディ・エミリー・ベンウィックです。そしてこちらが娘さんのミス・ダヴィーナ」アストリッドは自分のほうをにらみつけているピンク色の女性を指差した。続いておばのほうを見る。「おばさま、ご紹介させていただきますね。こちらがモントフォード公爵閣下です」

エミリーの化粧を施した顔から血の気が引いていく。お高くとまった顔が信じられないと言いたげにくちゃくちゃになり、やがて真実に突如気づいたらしく、警戒の色が浮かんだ。柄付き眼鏡が手から滑り、地面に落下した。ダヴィーナも同じような反応を示したものの、彼女は母親ほど肝が据わっていないため、足元がふらつき、今にも卒倒しそうだ。アリスが手を口に当てて咳払いをした。アストリッドのほうは満足の笑みを隠そうともしなかった。

エミリーはわれに返ったらしく、公爵に向かって宮殿の中でするように慇懃《いんぎん》にお辞儀をした。それから娘の腕を引っ張り、同じようにさせる。

「閣下、お目にかかれて光栄です。誠に……」

モントフォードがアストリッドに向かって、目をぐるりとまわしてみせた。どうやらエミリーとダヴィーナは、公爵の許しを得られるまで頭をあげるつもりはないらしい。けれどモントフォードのほうも、頭をあげろと言うつもりはまったくないようだ。

そうなると、ふたりは地面に低く身をかがめた姿勢を保つはめになり、モントフォードは頭上からふたりをにらみつづけることになった。これほど愉快な光景を見るのは、二日前に彼がぬかるみに倒れ込んだとき以来だ。アストリッドは親類のふたりを不憫だとはこれっぽっちも思わなかった。彼女たちがひれ伏す姿を見るのは、なかなか気分がよかった。

「ミス・ハニーウェル」公爵がもったいぶった口調で言う。「きみの客人のようだ。わたしは失礼する」

こちらに向かってよそよそしく一礼し、彼が歩み去っていく。残されたアストリッドとアリスは、親類のふたりが体を起こすのに手を貸した。

「わたしがあんな大失態を演じる前に、彼が何者なのか教えてくれたらよかったでしょう」エミリーがダヴィーナに気つけ薬をかがせながら言った。

アストリッドとアリスは男爵夫人とその娘に手を貸してどうにか立たせ、応接間に案内した。すると部屋に入ったとたんにダヴィーナが気を失い、長椅子の上に優雅に倒れ込んだ。今さら繊細な女性を演じてみたところで公爵はもう見ていないといいとこに教えてやりたかったが、アストリッドはぐっとこらえ、おばが娘を回復させようとしているあいだに紅茶を運ばせる手配をした。

「でも、あなたにそれを望むのは欲張りというものね」エミリーは姪をにらみつけ、さらに言い募った。「どうせわたしが恥をかくのを見て、楽しんでいたんでしょうから」

ええ、存分に楽しませてもらいましたとも。アストリッドはそう言い返したかったが、いかにもうしろめたそうな表情を装って口をつぐんでいた。

「間違えるのも無理ないわ」普段からアストリッドとおばの仲裁役を務めているアリスが、今回も割って入った。「何しろ彼は血まみれで、ぎょっとするような姿だったんですもの」

「ええ、そうなのよ」エミリーが小首をかしげる。少しは気分がおさまったようだ。

「公爵は今日、落馬したらしいんです」アリスはさらに言い、少し心配そうにアストリッドを見た。「けがはなかったの？」

「ひどいけがはしなかったわ。でも、シリルはそれほど幸運ではなかったわ。死んでしまったの」

「シリル？　シリルっていうのは誰？」おばが尋ねる。

アストリッドはため息をつき、膝の上で拳を握りしめた。「公爵が乗っていた馬です」

「それは残念だったわね、アストリッド」アリスが涙声で言う。

アストリッドはうなずくと、膝の上の両手を見つめ、あの悲劇の瞬間をどうにか意識から遠ざけようとした。今は馬のことを思いだすわけにはいかない。さもなければ、おばの前で泣いてしまいそうだった。それだけは絶対にするまいと心に誓っているのに。

「じゃあ、道端で競走した相手というのは公爵だったの？」エミリーが口をはさんできた。

「そんな愚かな行為に彼を誘い込んだというの？　わたしがうかつだったわ。あなたには彼の身分に敬意を払う気持ちがこれっぽっちもないなんて思わなかった。よりによって競走だなんて！　あなたの向こう見ずな行いの代償が馬だけですんでよかったじゃない」

アストリッドは歯を食いしばった。怒りというのは悲しみの特効薬になるらしい。

いつまで経っても目を覚まそうとしない娘にしびれを切らし、エミリーがその肩を揺すった。「しっかりしなさい、ダヴィーナ。ほら、ちゃんと体を起こして。こんなところでわざとらしいお芝居をしたって、誰も褒めてくれないわよ」

ダヴィーナが身を起こし、スカートのしわをせわしなく直した。そして目を細め、アストリッドをにらみつける。いとこのくだらない嫉妬には慣れっこなアストリッドは、ただ片方の眉をつりあげてみせた。

「うちの使用人が公爵の来訪を知らせてくれてよかったわ」フローラが紅茶を運んできても、エミリーはまだ話をやめようとしない。フローラが去り際に男爵夫人の背後で目をぐるりとまわしてみせたので、アストリッドはいくらか元気を取り戻した。「誰かがここにいて、閣下に示さなければならないでしょう。この地方にも礼儀や良識をわきまえた人間がちゃんといるってことを」

「おばさまはさっき、それを示そうとしていたわけね」アストリッドは思わずつぶやいた。

「今なんと言ったの？　はっきりおっしゃい。ばかみたいにぶつくさ言っていないで」

「おばさまは親切な方だと言ったんです。そんなことまで考えてくださるなんて」

そのとき応接間の扉が少しだけ開き、アナベルが顔をのぞかせた。けれども客人の様子をそっと観察すると、室内には入らずに扉を閉めてしまった。

アストリッドはアナベルを責める気にはなれなかった。

エミリーは手を振ってアリスを制し、自ら全員の紅茶を注ぎはじめたが、それぞれの好みの飲み方を尋ねようともしなかった。彼女の世界では、自分の決めた飲み方がみんなも気に入る飲み方だということらしい。砂糖はなし、クリームたっぷり。

「わたしとダヴィーナを今夜の夕食に招待してちょうだい」数分後、エミリーが告げた。提案ではなく、あくまで命令口調で。

アストリッドはティーカップが粉々に砕けそうなほどきつく握りしめた。

「今夜は晩餐会を催すつもりはないんです、おばさま」苦々しい思いで応える。

「何を寝ぼけたことを言っているの。もちろん催すのよ。わたしが牧師さまをお招きしてあげるわ。頭数を増やすためにも」

「まあ、ご親切にありがとうございます、エミリーおばさま」アリスが驚くほど皮肉のこもらない口調で言った。「さすがはおばさまだわ、なんでも思いつくのね」

「メイン料理にお出しする雌鶏《めんどり》をさばくよう厨房に指示しておきなさい。あとからムッシュ・ルオーをここによこすから、準備を取り仕切ってもらえばいいわ。ヨークシャーではまともな料理も出せないとモントフォード公爵に思われたら困るでしょう」エミリーがなおも言う。

「そんなことまでしてもらわなくてもいいのに」アストリッドは口の中でつぶやいた。

「それと公爵の隣にはダヴィーナが座りますからね」おばがもったいぶった口調で言い、娘の手を軽く叩いた。「この子は社交シーズンを経験しているから、どんな会話をすれば閣下を喜ばせられるかよくわかっているの」

ダヴィーナが遠慮がちに頭をさげたが、顔は得意満面だった。

おばといとこに対する怒りがこみあげてくる。ふたりが何をたくらんでいるのか、はっきりとわかった。本人たちが声高に叫んだとしても、これほど明確には伝わらなかっただろう。おばはダヴィーナを公爵に近づけるつもりなのだ。ダヴィーナなら、あの男性の関心を引けると言わんばかりに！　いいえ、彼はあのごてごてしたフリルの中からダヴィーナの顔を見つけることさえできないはずよ。それに、ダヴィーナは決して頭がいいとは言えない。

というより、彼女は陰口を叩くためにしか頭を使わないのだ。

こんなふうにあからさまに仲を取り持つようなまねをされたら、公爵は快く思わないだろう。きっとそうよね？

モントフォードがダヴィーナに夢中になるなんて想像もつかないけれど、それでも考えただけで心臓がしぼむような気がした。

彼のことなんて好きでもなんでもないでしょう。アストリッドは紅茶をすすりながら自分に言い聞かせた。むしろ嫌っているんだから、おばといとこが彼にしつこく迫ろうと気にしなければいいのよ。どうしてそんなに気にするの？

たとえ彼がダヴィーナの愛想笑いや間の抜けた会話にだまされたとしても、これっぽっちも気にならない。いっそ、彼があの愚かな娘に夢中になればいいと思うぐらいだ。

「まあ、おばさま、それはすばらしい考えね」しばらく経ってから、アストリッドは言った。

エミリーとダヴィーナがきょとんとした顔になった。アストリッドが同意するとは思っていなかったらしい。

ダヴィーナに至っては、かすかに疑いの目まで向けてくる。どうやら彼女は思っているほど頭が空っぽではないようだ。

アストリッドは愛想よく微笑むと、ティーカップを置いて立ちあがった。

「そろそろベンウィック・グランジに戻ったほうがいいですよ。今夜の準備があるでしょうから」

ふたりは紅茶を半分も飲んでいなかったが、同時に立ちあがった。「ええ、もちろん」エミリーが応じる。

「だったら、お引き止めするわけにはいかないわ」

お開きの合図だった。

エミリーは眉をひそめたが、何も言わなかった。自分が優位に立っているあいだに退散するほうが得策だと思ったのだろう。

「それじゃあ、今夜また、おばさま、ダヴィーナ」アストリッドはこわばった笑みを浮かべたまま言った。

「ええ、そうね。とにかくもう行かないと」エミリーは捨てぜりふを吐きもしなかった。

アストリッドはアリスとともに、城館の前に待たせてあった幌付きの四輪馬車《バルーシュ》に乗って彼女たちが去っていくさまを見送った。ふたりの姿が見えなくなったとたん、アストリッドの顔から笑みがすうっと消えた。

「ああ、面白かった」アリスが言う。「彼が公爵だと知ったときのおばさまの表情を見た？」

「あの瞬間を今後の人生の宝物にするわ」

「それにしても、あのふたりを厄介払いしてしまうなんて、お姉さまは本当に頭が切れるのね」アリスがさらに言った。

「わたしだって、それなりに役に立つのよ。さて、わたしも着替えることにするわ」

アリスが心配そうな顔で腕に手を置いてきた。「お姉さま、大丈夫？」

昨日アリスから浴びせられた厳しい言葉が、まだ忘れられなかった。妹にそんな顔で見られるなんて願いさげだ。「わたしなら大丈夫よ。いつだって」アストリッドは自分の腕を引っ込めた。

「お姉さま」アリスの顔には後悔がにじんでいる。

「さあ、やることがたくさんあるわよ」またしても言い争いをはじめるつもりはない。それに何度も謝られるのもごめんだった。「おばさまの話を聞いたでしょう。わたしたちは、ヨークシャーにも礼儀や良識をわきまえた人間がちゃんといるってことを示さなければならないのよ」

「本気で晩餐会を開くつもりなの？」

「ほかにどうすればいいの？　それにエミリーおばさまなら、公爵を怖がらせて追い払ってくれるかもしれないでしょう。一か八か、やってみるしかないわ」

「エミリーおばさまがだめでも、ダヴィーナならできるかも」

「そうね。スープを飲んでいるうちに、彼女がドレスのリボンで公爵を窒息させてくれることを願いましょう」

アリスがくすくすと笑う。ふたりはぎこちなく沈黙したまま、腕を組みあって城館の中に戻った。

妹との関係がすっかり元どおりになったわけではないけれど、今は修復しようという気力も願望もわいてこなかった。アリスに言われた辛辣な言葉を水に流すことなどできない。そう言われてもしかたがなかったとはいえ。この件はあとで解決しよう。アストリッドはそう自分に言い聞かせると、ひとりで階段をのぼって自室へ向かった。いつもの習慣でアリスが手伝いを申しでてきたが、手を振って断った。

とにかくひとりになりたかった。まだ正午にもなっていないのに、今日という日はすでに昨日よりも一〇倍はひどい日になりつつある。ああ、かわいそうなシリル。

自分の部屋に入ると、アストリッドは扉に鍵をかけ、ベッドに身を投げだした。

そして泣き疲れて、そのまま寝入った。

11

同盟が結ばれ、犯人が明らかになる

例のスコットランド人の男が城館の書斎に姿を見せたとき、モントフォードは本をアルファベット順に並べ替えていた。室内に散らばっていた詩集をできるかぎりたくさん集めてきて、どうにか作りだした棚の空間にきれいに配置し直していた。自分の書斎と同じように著者別に分類するつもりだった。それはかなり奇妙な光景で、モントフォードのような身分の人間が行う仕事ではないと思われそうだったが、彼自身はこの作業をしているとなぜか気持ちが休まった。すりきれた神経を落ちつかせるには、何かを正しい場所へ戻すにかぎる。

そして今この瞬間、彼の神経はぼろぼろにすりきれていた。

マコーネルは何分か前から背後に立ち、本を並べ直す様子を眺めていたらしい。彼の咳払いが聞こえ、モントフォードはようやく自分がひとりではないことに気づいた。くるりと振り返り、あわててエセックスの最新のわいせつな詩集を背後に隠そうとした。

そんなモントフォードの行動に困惑した様子で、マコーネルがパイプを口から引き抜いた。

「閣下」

「ああ、ミスター・マコーネル」

モントフォードは本を置き、相手に座るように身振りで示した。スコットランド人の男は勧めに応じて用心深く腰をおろすと、ほっとしたようにため息をもらした。どうやら疲れきっているようだ。

「森で何か見つかったのか？」

「ああ。薬莢《やっきょう》と火薬が少し。あのかわいそうな生き物はライフルで撃ち殺されたらしい」

「加害者を知る手がかりは？」

「かがいしゃ？　なんだそれは？」

「銃を撃った人間のことだ」モントフォードは歯を食いしばりながら言い直した。

「いや」

次の言葉を待ったが、それ以上は何も出てこなかった。どうやらマコーネルは言葉を飾らない人間らしい。

「やはり犯人に心当たりはないのか、ミスター・マコーネル？」

目に何かがちらりと浮かんだが、彼は首を横に振った。

モントフォードは腕組みをして、いかにも公爵らしい威厳に満ちた目でマコーネルをにらみつけた。「本当は心当たりがあるんじゃないのか？」

「いや」

「治安官を呼んでもらおうか。治安官なら、この事件に関して異なる見解を持つかもしれない。何者かがわたしを殺害しようとしたんだ、ミスター・マコーネル。これは絞首刑に値する罪だということを忘れたわけではないだろう？」

マコーネルがパイプを吹かした。こちらの脅し文句に動じる気配もない。

「わたしがこのあたりの治安官を務めているんだよ、閣下」

「それでは心もとないな」

マコーネルがモントフォードをこてんぱんに叩きのめしそうな目つきになった。公爵であろうと関係ないと言わんばかりに。実際、この男ならやってのけられそうだ。モントフォード自身も一八八センチもある長身だが、マコーネルのそばにいると自分が小柄になったような気がした。このスコットランド人は雄牛のような肩をしている。「じつのところ、わたしは治安官で、この地所の管理人だ。ミス・アストリッドのことは彼女が赤ん坊の頃から知っている。彼女が危ないことに首を突っ込むのにわたしが手を貸すと思ったら大間違いだ」彼はときおりパイプをこちらに向かって突きつけながら語気を強めた。

「ミス・ハニーウェルがこの件に関与していると思っているのか？」モントフォードは不審な面持ちで尋ねた。

マコーネルの顔に警戒の色が浮かんだ。「いや、それはないはずだ。でも、あんたはそう思っているんだろう」

「わたしだって、そんなことは思っていない。ミス・ハニーウェルにはいろいろと問題があるのはたしかだが、彼女が殺人など犯すわけがない」

マコーネルがきょとんとした顔になる。「なんだ、そうだったのか」

「ああ、そうだ。ミス・ハニーウェルが黒幕だとは思っていない。しかし、彼女に心酔している信奉者が大勢いるだろう。連中が献身的な愛情をかきたてられたとも考えられる。その中の誰かがわたしを殺そうとしたのかもしれない」

「わたしや彼女の下で働いてる者の仕業じゃない」侮辱を受けたと言いたげにマコーネルが反論する。

相手の反抗的な態度に、モントフォードはため息をついた。「とはいえ、銃弾が天から降ってくるわけはないんだ、ミスター・マコーネル。わたしは神々から天罰を下されるほどの悪事は、まだ働いていないつもりだ」

マコーネルが目を細めた。「あんたはカトリック教徒じゃないだろうな?」

まったく、いったいどこからそんな話が出てきたんだ?「わたしはカトリック教徒ではない」思わず口にしていた。マコーネルにおびえているわけではないが、慎重に事を進めたかった。

「神々から天罰だとかって戯言を言っただろう。いかにもカトリック教徒がほざきそうなことを」

「ひとこと説明しておくが、カトリック教はあくまでも一神教だ」

マコーネルはモントフォードがギリシア語でも話しはじめたような顔をした。モントフォードはふたたびため息をついた。実際、それほど突拍子もないことを口走ってしまったらしい。「わたしはカトリック教徒ではない」もう一度言った。

「それじゃあ、なんだ？　英国国教会か？」

「そんなことは関係ない……いや、まあ、そんなところだ」

「まあ、そんなところだ、だって？　あんたは自分がどこの祭壇で礼拝しているかもわからないのか？」

「礼拝には行かないから――」

マコーネルが弾かれたように立ちあがった。口からパイプが落ちそうになっている。あまりに急な動きだったので、モントフォードはとっさにのけぞった。相手の雄牛のように太い腕が顔面に飛んできた場合に備えて。「だったら、なおさら始末が悪い。無信仰者だってことだろう」

モントフォードはむっとした。殴られるような事態にはならないとしても、もううんざりだ。「ミスター・マコーネル、わたしがどこの祭壇で礼拝しようと関係ないだろう。余計なお世話だ」

「この城館にずかずかと入り込んできたのはそっちのほうじゃないか」

「誰に向かって口をきいているのかわかっているんだろうな、ミスター・マコーネル？」

マコーネルはまったく意に介していないようだ。

半径五〇キロ以内で、公爵という爵位に敬意を払ってくれる人間は自分以外に誰もいないのだろうか？　この男を治安官のもとに突きだすわけにもいかないのだ。何しろ、ミスター・マコーネル自身が治安官なのだから。

こうなったら方針を変えてみるとしよう。懐柔策に出るのだ。自分の性分には合わないが、この四八時間のあいだに何度か試してみて、ある程度の効果をあげているわけだから。

「ミスター・マコーネル、わたしは教会に通いながら育ったし、今もときどきは礼拝に出席している」結婚式――しぶしぶながら――と葬儀――故人が嫌いな人間だった場合を除けば、同じくしぶしぶながら――で。「しかし、嘘をつくつもりはない」そう、嘘はだめだ。「わたしにも信仰心はある。無信仰なわけではない。ただ無関心なだけだ」

「それじゃあ、始末が悪いかどうかわからん。その言葉を信じていいんだか。それにしても、なぜそんなに怒って――」

「ああ、わたしは怒っているさ！」こらえかねて言った。「きみがわたしに向かってわめきたてるからだ！」

「別にわめいてなんか――」マコーネルはそう言うとパイプをくわえ直し、この期におよんで反論しようとした。

「ミスター・マコーネル」声を落ちつかせて言った。「話を本題に戻さないか？」

「ああ、そうだな、閣下。それで、なんの話をしていたんだった？」

「まったく……このあたりの水には、議論が堂々めぐりになるような成分でも入ってるのか？」

マコーネルがにんまりとして、パイプを吹かした。

「この銃撃事件にどう対処すればいいと思う？」

マコーネルは首筋をかいた。「さあ。手の打ちようがないな。あんたがここを出ていけば、すべてが丸くおさまるはずだ」

「本当にそうだろうか？」

「少なくとも〝あんた〟という問題は解決されるからな」マコーネルがパイプをくわえたまま、小声で言う。

「今のは脅し文句ではないと解釈しておこう。わたしとしては、犯人を見つけだして、徹底的に懲らしめてやりたい。自分が撃たれるのを気にかけているわけではないんだ、ミスター・マコーネル」

「ああ、もちろんだ」

「しっかりと捜査を行ってくれるな」

「ああ、そういうことなら」マコーネルが険しい口調で応える。「心配いらない。シリルは足の速い馬だったんだ。こんなひどい死に方をしていいはずがない。このむごい仕打ちをした野郎をとっつかまえて、きんたまを縛って宙づりにしてやる。ミス・アストリッドをあんなに苦しめやがって」

マコーネルはようやく闘志がみなぎってきたらしい。モントフォードは咳払いをして、この男の報いを受けるのが自分でなくてよかったと思った。

「よし、捜査に取りかかってくれるのなら、あとのことはまかせるとしよう。わたしは明日、ロンドンに向けて発《た》つことにするから、犯人がわかったら報告してもらいたい」

マコーネルがうなずく。まるでそうなることを待ち受けていたかのように。

「彼女に恐れをなして逃げだすんだろう？」

「なんだって？」

「ミス・アストリッドだよ。彼女に恐れをなしたんだろう。だから自分はそそくさとロンドンへ逃げ帰って、彼女に引導を渡す役目は、気取り屋の手下にでも押しつける気だな」

「なんの話かさっぱりわからないが」

たくましい腕を胸の前で組み、マコーネルがこちらをじっと見つめた。一瞬、緊張が走る。

「なあ、本心を打ち明けたいんだが、聞いてくれるかい、閣下？」

モントフォードは目をしばたたいた。今まではまだ本心を打ち明けていなかったのだろうか？「ぜひ聞こう、ミスター・マコーネル。話してくれ」

「紙切れになんと書いてあろうと、この土地はハニーウェル家のものだし、あの子たちを前日の汚れ水みたいにそのへんに放りだすのは人の道にはずれている」

「別にそのへんに放りだすつもりはない」食いしばった歯のあいだから答えた。

「そうなのか？」マコーネルが驚いた表情になる。

「ああ、そうだ。きみたちはわたしを鬼か何かと勘違いしているようだな。ハニーウェル家の連中をここから立ちのかせるわけにはいかないことぐらい、わたしだってわかっている」

次の瞬間、マコーネルの顔から険しさが跡形もなく消え去った。今や昔なじみのように笑いかけている。「いやはや、おまえさんにそんな良識があったとは。いや、つまり閣下に」

モントフォードは目を白黒させた。「今さら媚《こ》びへつらわなくてもいい、ミスター・マコーネル。できれば腰をおろして、そのパイプをなんとかしてくれないか。わたしがそいつを口から引き抜いて、きみの喉に押し込んでしまう前に」

マコーネルは笑い声をあげると、モントフォードの指示に従った。「あんたのことが好きになってきたよ」

「それはうれしいかぎりだ」にこりともせずに言う。「信仰に無関心なのはいただけないがな」

モントフォードは歯ぎしりをして、どうにか話を本筋に引き戻した。「彼女たちを放りだすつもりは毛頭ないが、わたしの考えでは、対処しなければならない問題がいくつかある。忘れているかもしれないが、この地所の所有者はあくまでもわたしで、良心に従って考えてみても、これ以上ミス・ハニーウェルに運営をまかせておくわけにはいかない」

意外なことに、マコーネルは異を唱えなかった。

「ハニーウェル家の人々には、このままライルストーン・ホールに住みつづけてもらってかまわない。だが、運営の仕方は変えなければならない」

マコーネルが何か言おうと口を開いたが、モントフォードは片手をあげて制した。

「きみを辞めさせようとは思っていないよ、ミスター・マコーネル。きみが実際に管理人と治安官を兼務しているのだとすれば、ミス・ハニーウェルが余計な口出しをするわりには、この地所をうまく取り仕切っていると感心しないわけにはいかない」

「彼女は余計な口出しなどしないさ。たしかにあちこちで突拍子もないことを言いだすことはあるが、実質的な害は何もない」

「わたしをだましていたこと以外には？」

マコーネルが悔しそうな表情を浮かべた。「それほど愚かなまねでもないだろう？　彼女はロビン・フッドにでもなったつもりで、財産をあちこちに……つまり、自分よりももらう資格があると思う連中に配っているだけなんだ」

「誰よりももらう資格があるのはわたしのはずだが？」

「まあ、それはそうだが」マコーネルがそっけなく視線をそらす。「だが、少しばかり帳簿をごまかしたぐらいで、彼女を刑務所にぶち込んだりしないよな？」

「〝少しばかりごまかす〟などという程度ははるかに超えている。とはいえ、彼女を刑務所送りにするつもりはない。そんなことをしたら、ほかの囚人の身はどうなる？」

「看守もな」マコーネルが冗談めかした口調で言い添える。「ひと筋縄ではいかない娘だから」

「彼女は厄介なじゃじゃ馬娘だ。自分自身も他人も傷つける恐れがある」

マコーネルの笑顔がかすんだ。「さすがにそれは言いすぎだ、閣下。彼女は心根のやさしい娘なんだ。文句ひとつ言わずに現状を受け入れ、懸命に努力している」

「たとえそうだとしても、誰かが彼女の手綱を締めておかなければならない」

マコーネルは椅子にふんぞり返り、モントフォードをじろじろと眺めた。「だったら、あんたが彼女の手綱を締めたらどうだ？」

ミス・ハニーウェルの育ちについて話がおよんだあたりから、会話の流れが妙な方向に進んでいた。マコーネルの質問の意図がよくわからないが、どうやら何かをほのめかしているらしい。まるで父親が娘の求婚者を怖じ気づかせようとするときの質問だ。

もしかして、マコーネルはわたしがミス・ハニーウェルに好意を抱いていると思い込んでいるのだろうか？

そんなことは絶対にありえないのに――昨日、まさにこの部屋であの一件があったとはいえ。モントフォードは彼女ともう少しでキスをしそうになった梯子のほうに目をさまよわせた。それから床のほうへと視線を移す。あそこで彼女の脚に指を滑らせ、それから……。

あれほどの行為に至らなくとも結婚する男女はたしかにいる。ミス・ハニーウェルがロンドンの上流階級の娘だったら、責任を取って結婚せざるをえないだろう。そうではなくてよかった。それに幸いにも、ふたりで体を寄せあっているところを誰かに見られたわけではない。というのも、いくら彼女が上品でしとやかな娘でないとはいえ、どうにかうまく婚約を免れて、紳士としての体面を保つ方法など見つかりそうにもないからだ。

それにしても、ミス・ハニーウェルと結婚だって？　彼女と？

モントフォードはクラヴァットを思いきり引っ張った。急に室内が暑くなった気がする。

息が詰まりそうだ。「わたしは……いや、つまり……われわれはそういう関係では……」

マコーネルが片方の眉をつりあげた。モントフォードがしどろもどろになっているのを見て満足げな表情を浮かべている。図星をついたと言わんばかりに。

「ミスター・マコーネル」どうにか気持ちを落ちつけ、モントフォードは続けた。「わたしはミス・ハニーウェルになんの関心も持っていない」

その言葉にマコーネルは驚いた顔をした。「そんなつもりで言ったんじゃない」

「本当に？」

「ああ、本当だ」マコーネルが口をつぐみ、タカのような目つきでじろじろ見るので居心地が悪くなる。「でもあんたにしてみれば、あの四人の女性をこのままこの城館に住まわせておくのは納得がいかないだろう。しかもミス・アストリッドはあんたにとって、何かと目障りな存在じゃないのか」

「ああ。それで、わたしにどうしてほしいんだ？」

マコーネルがにんまりした。その質問を待ち望んでいたと言わんばかりに。彼は身を乗りだし、パイプをくわえ直した。「今から言うとおりにすれば、あんたはハニーウェル家の女たちから解放されて、彼女たちと永遠におさらばできる」

こちらはそういう話が出てくるのをずっと待ち望んでいたのだ。モントフォードも身を乗りだした。目の前のスコットランド人の忠告を、ひとことも聞きもらさないように。

「よし、聞かせてくれ、ミスター・マコーネル」

モントフォード公爵の予想に反し、ミス・ハニーウェルはゴシック小説を好まない。どちらかといえば学術書や、そう、破廉恥な詩のほうが好みに合っていた。軽妙な風俗小説ときには読むけれど、ゴシック小説だけはとんでもなくくだらないものに思えてならなかった。一方、ミス・アリス・ハニーウェルはゴシック小説をむさぼり読んでいた。まさしく箱詰めのチョコレートを一気に食べ尽くすように。姉は〝つまらない〟とか〝活字の無駄使い〟などと断じていたが、妹のほうは奇をてらった表現や浮世離れしたおぞましい筋立てを大いに楽しんでいた。

登場人物が冒頭で陳腐なせりふを発しただけで、誰がヒーローなのかアリスにはすぐ察しがついたし、著者が張った伏線だけで――たいていは動く影だとか遠雷のとどろきといった月並みなものだったが――まだ登場してもいない悪役を見破ることができた。さらにアリスが愛読している小説の中の悪役は、ほとんどの場合が次のいずれかの病に苦しんでいた。a）ヒロインへの報われぬ愛、b）精神障害、c）その両方の組みあわせ。アリスはヒーローよりも、魂を失くした陰気な悪役のほうに共感を覚えることが多く、彼らが卑劣な計画を成功させればいいと思うことも珍しくなかった。

けれどもこれから登場する悪役は、残念ながらアリスが今読んでいる『狂気のトルコ高官《パシャ》』の中の架空の人物とは違う。彼は目下、ライルストーン・グリーンから約八〇キロ北に位置する、だだっ広い執務室に置かれた特大のマホガニー材の机の前に座っている。そして当然、動く影や遠雷のとどろきといった伏線は張られていないため、周囲の者たちが彼の悪意を察知することはできない。さすがのアリスもこの悪役に好感は持てないだろう。というのも、彼にはアリスが読む小説の中の悪役が備えているロマンティックな魅力が――陰気な目や漆黒の髪や広い肩幅といったものが――これっぽっちもないからだ。ただし彼は次のような要素は備えていた。ひとつは、ある女性への報われぬ愛に苦しんでいること。そしてもうひとつは、精神に少々問題があること。

もっとも彼の仲間たちは単に前者のほうだと考えていたので、彼が地元でも有名なおてんば娘に何年も言い寄りつづけるのをただ黙って見守っていた。ときおり妄執じみた行動に出ることもあるが、それは並々ならぬ決意のせいと見なしていたのだ。だからこそサミュエル・ライトフットは大成功をおさめているのであり、彼の仕事に対する熱意と歯に衣着せぬ物言いを高く評価する者さえいた。

ライトフットに雇われている者たちも、ときには汚れ仕事を命じられる忠実な部下でさえ、彼が一日二〇時間は働き、誰彼かまわず罵り言葉を浴びせるのは、頭がどうかしているせいだとは思っていなかった。ただ間抜けな男なのだと考えていた。

だから彼らは常に自分たちの態度に気をつけながら――雇い主の態度が悪かろうとも――ひたすら仕事をこなしていた。

そして今、ライトフットの忠実な部下のひとりが、マホガニー材の机の前に立っていた。長身の大柄な男で、身につけているのは緑色の狩猟用のコートだ。最近雇われたばかりの彼は、早くも〈ダンカーク・ブルーイング・カンパニー〉での自分の将来を憂慮していた。その証拠に、両手に握られた帽子がしわくちゃになっている。

ライトフットは机の前に座ったままだった——それ自体はよい兆候に違いない。そして新人が報告を終えてから、ずっとだんまりを決め込んでいた——そっちは不吉の前触れだ。ライトフットの沈黙が永遠に続くことなど絶対にありえないのだから。室内に響いているのは、暖炉の上に置かれた派手な時計が立てる音と、ライトフットの息遣いだけだった。

新人は下手な考えを思いつき、気まずい沈黙をどうにか破ろうとして謝罪の言葉を並べはじめた。「申し訳ありません。彼に命中させるつもりはなかったんですが、さっきも申しあげたように、いまいましい照準器がずれてたみたいで。言われたとおりに頭の上を狙ったんですが——」

「うるさい、黙れ。この虫けらめ」ライトフットが不機嫌な声で言い、立ちあがった。

ライトフットのほうがかなり背が低く、少し腹がせりだしている。ビールを一、二杯味わったあとだとすれば、まずい状況だ。もっともライトフットが相手なら、まともに戦える自信はある。まあ、ライトフットのような人間が正々堂々と戦うとは思えないけれど。あの黒く光る目はどうも信用できない。だから部下の男は何歩かあとずさりした。ナイフか何かが飛んできた場合に備えて。

「モントフォード公爵のやつを、もう少しで始末できそうだったというわけだな」ライトフットがにこやかに言った。

「落馬はしましたが死んではいません。馬のほうはくたばったようですが」部下は説明した。彼はしばらく城館のまわりをうろつき、うぬぼれ屋のウェスリーを見つけて公爵が落馬したことを聞きだしてから、その件を報告するために新たな雇い主のもとへ駆けつけたのだった。「公爵はぴんぴんしているようですから、今頃、城館の中は大騒ぎになっているはずです」

「だったら、なぜ謝る必要があるんだ？」ライトフットが感情のない声で言う。「任務は成功したんだ。わたしが腹を立てているのは、きちんと仕事を果たしたのに謝ったりするからだ、ミスター・ウィークス」

ウィークスは帽子のつばをふたつ折りにして、驚きの目でビール醸造者である雇い主を見つめた。こんな展開になるとは予想もしていなかった。モントフォード公爵が土手を転げ落ちていくのを目にした瞬間、自分が絞首刑になることしか考えられなくなった。縄が首に巻きつくところを想像しただけで失禁しそうだった。だが死体になれば、もう二度と公爵を狙撃せずにすむ。

ライトフットが物思いにふけりながら、机の前を行ったり来たりしはじめた。

「いや、かえってよかったのかもしれないぞ。弾は頭上を飛んでいったのなら、彼女はそれほど深刻に受け止めなかったかもしれない。まあ、見過ごしはしないだろうが。いや、やはりこのほうがいい。でかしたぞ、ミスター・ウィークス」

ウィークスは褒められて混乱と多少の不安を覚えたが、とにかく窮地を脱したことで安堵のため息をもらした。「ありがとうございます」

「さて、わたしは明日のライルストーン・グリーンの収穫祭に顔を出して、ミス・ハニーウエルがわたしとの結婚を考え直したか確かめてこよう」ライトフットがさらに言う。

「今回の銃撃にあなたが関わっていることに、彼女は気づいているでしょうか？」

「薄々は感づいているだろうな。もしそうでないなら、明日はそのことをにおわせて、いつまでも手を焼かせるようなら、今度は命中させると忠告してくるつもりだ」

「そうですか」ウィークスは眉をひそめた。「あの、まさか本気で公爵閣下を殺すつもりじゃないですよね？」

ライトフットが不快の色を浮かべる。「当たり前だ、このばかめ。ただのはったりに決まっているだろう」

「はあ」ウィークスはうなじをかいてから尻をかき、ライトフットの綿密な計画をどうにか理解しようとした。まったく意味不明だったが、そうでなくても、パズルを解くのは大の苦手なのだ。

ライトフットが足を止め、せりだした腹の上で腕組みをした。「それでも考えを変えないようなら、われわれは次の作戦に移る。今度こそ、彼女はわたしと結婚せざるをえなくなるはずだ」

「そうですか」ウィークスは咳払いをした。

「なあ、忘れるんじゃないぞ」ウィークスが疑問を感じていることに気づいたのか、ライトフットがなだめるような口調で言った。「われわれがこんなことをするのも、彼女のためを思えばこそなんだ。わたしと結婚すれば彼女は金持ちになれるし、大事に扱われる」

「そうですか」ウィークスは応えたが、ちっとも安心できなかった。「彼女のために」

「それに自分の家族のことも思いだすんだ、ミスター・ウィークス。小さな子どもが四人もいるうえに、もうじきまたひとり生まれるんだろう。公爵に放りだされでもしたら、うちよりまともな働き口なんて見つかりっこないぞ」

「そうですか」今度はいくぶんしっかりした口調で言った。そうした事情を踏まえれば、やはり自分は正しいことをしているのだ。

「よし、それでいい。話は終わりだ」

チャーリー・ウィークスはうなずくと、しわくちゃの帽子をかぶり直し、新たな雇い主のもとを去っていった。好むと好まざるとにかかわらず、この仕事をやり遂げようと決心して。

ライトフットは机の前に座り直すと、たった今仕入れた情報を吟味してみた。ミス・ハニーウェルはさすがにもう自分を拒絶しようとは思わないだろう。彼はほくそ笑んだ。机の引き出しを開け、とっておきのシングルモルトの瓶を取りだすと、タンブラーになみなみと注ぐ。椅子に深く腰かけて琥珀《こはく》色の液体をすすり、ひとり悦に入った。

どちらにせよ、数日のうちにミス・ハニーウェルは自分の妻になる。いっそのこと、明日は拒絶されたいと思うぐらいだ。そうすれば明後日にグレトナ・グリーン（スコットランドにある、駆け落ち結婚が認められる町）へ向かうあいだ、手足を縛り、猿ぐつわを噛ませたときの彼女の表情を見て存分に楽しめる。ライトフットは負けん気の強い女性が好みだった。さて、彼女はどんなふうに刃向かってくるだろうか！

ライトフットはウイスキーをすすりながら含み笑いをもらした。あのおてんば娘が自分の体の下で身もだえする様子を思い浮かべただけで欲望が高まってくる。ああ、新婚初夜まで待ちきれない。

また含み笑いをもらし、彼はひとりで乾杯した。「待つ必要がどこにある？」とつぶやく。スコットランドに到着するよりもっと早く、彼女を奪えばいいのだ。誰が夫なのかを示すために。お高くとまったあの女には、ずいぶん長いあいだこけにされてきた。今度は彼女がその報いを受けるときだ。

ライトフットはグラスを空け、もう一杯注いだ。日が傾きかけて、室内に奇妙な影が差し込んでいる。もしや天が高らかに宣言しているのだろうか？　澄み渡った空が暗さを増し、遠くのほうで雷鳴がとどろいていた。

これがなんの前触れなのか、ミス・ハニーウェルも知っておくべきだろう。先ほど出ていったウィークス――ハニーウェル家の廏番であるあの男も、この予兆を感じているに違いない。妻と四人の子ども、もうじき生まれる赤ん坊のいる身にとっては、大きな不安の種になっているはずだ。

12

ミス・ハニーウェル、晩餐会を催す

アストリッドが今夜の晩餐会に一番いいドレスを着ることにしたのは、おばを喜ばせようという誤った考えを起こしたからではなく、こういう場にふさわしいドレスも持っていないのかと、例によって口うるさくわめきたてられるのがいやだったからだ。

〝こういう場〟とはつまり、エミリーとダヴィーナが公爵に媚《こび》を売る機会という意味だ。

それに、上品な女主人役を務めることもできないのかと思われるのも癪だった。今夜は完璧なレディらしくふるまうつもりだ。エミリーおばさまが考えているのとは違って、わたしは納屋育ちの下品な娘ではない。

アストリッドが精一杯着飾ろうと思った理由のひとつには、ダヴィーナもめかし込んでくるのがわかっていたせいもある。この際だから、自分も女性としての特権を利用してみようと思ったのだ。とはいえ、自分がいとこと比べて見劣りすることを心配したわけではない。あのいけ好かないダヴィーナは、エミリーが見立てたリボンまみれの野暮ったいドレス姿で現れるはずだからだ。

さらに言うなら、ある特定の男性の目を気にしたわけでもない。一張羅のドレスを着たのは、決してそのためではない。

アストリッドの一張羅は、緑色の縞《しま》模様の入ったタフタ地の簡素なドレスだった。アリスのおさがりに手直しを加えて、裾をあげ、胸囲を広げたものだ。流行の最先端を行っているとは言えないが、時代遅れでもないはずだった。袖は肩先を覆う程度の短いキャップスリーブで、胸元からは三角形のスカーフに似せた胸飾りがのぞいている。色もデザインもわれながらよく似合っていて、母の形見の真珠のネックレスとアリスから借りた手袋をつけてみたら、なかなか上品に見えた。フローラが頑固な髪をどうにか手なずけて頭のてっぺんでまとめてくれたおかげで、今は幾筋かのおくれ毛がゆるやかに首筋にかかる程度ですんでいる。

残念ながら、こんな瞳の色ではどんなに着飾ってもアリスにはかなわない。髪の色も、そばかすも、背の低さにしてもそうだ。もっとも、美しくなりたいと望んだことなど、今まで一度もなかったけれど。

アリスを連れて階下におり、玄関でおばといとこたちを出迎えていると、まもなく教会区牧師が姿を見せた。彼は転びそうなほど大あわてで駆け込んできてアストリッドの手にキスをしたあと、口ごもりながら挨拶をはじめた。「こ、今夜は、ゆ、夕食にお招きいただき、こ、光栄です、ミス・ハ、ハニーウェル。た、大変ありがたく思います。そ、それにしても、お、お美しい。ああ、ええと、こんなことを言ったら、し、失礼ですか?」

牧師は吃音《きつおん》がひどかった。日曜日の朝の礼拝では毎回、キリスト教徒としての真の忍耐力が試されるのだ。

「いいえ、とんでもありませんわ、ミスター・フォークス。だって、美しく見せようとがんばったんですから」アストリッドはそう言って、一同を応接間に案内した。

暖炉の前で居眠りをしていたアナベルが人の気配に気づいたらしく、寝ぼけまなこで杖を手に取った。ところがエミリーの姿を認めたとたん、おびえたように目を見開き、すぐにまた不自然なほど深い眠りに落ちた。

エミリーが一番大きな椅子に身を落ちつける。そしてダヴィーナを自分のかたわらにある長椅子に座らせると、末のばか息子であるロバート・ベンウィックに、姉の隣には座らないように命じた。放蕩者であるウェスリーの弟が低い声で悪態をつき、部屋を横切ってデカンターのある場所へ向かう。彼は今夜の一杯目のポルト酒を一気にあおった。

アストリッドがダヴィーナの隣に腰をおろしたとたん、エミリーが恐ろしい形相でにらみつけてきた。おばの魂胆はわかっている。モントフォードが姿を現したとき、ダヴィーナの隣の席に座らざるをえないように画策しているのだ。公爵の肩を持つ気はないけれど、おばが思いどおりに事を進めるのは気に入らない。

アストリッドはエミリーに向かって不敵な笑みを浮かべてみせ、いとこのほうに向き直った。だが次の瞬間、ダヴィーナのドレスのまぶしさに思わず目を覆いそうになった。予想はしていたものの、ぞっとするほど悪趣味だ。緑とも紫とも言えない不気味な色のドレスには、これでもかとばかりにリボンがちりばめられている。肩にもリボン、胸元にもリボン。ウエストも裾もリボンだらけ。

「まあ、今夜はとても美しいわね、ダヴィーナ」アストリッドは言った。「そのドレスは新調したの？」

いとこがリボンのひとつに指を滑らせる。「ええ、そうよ。ロンドンで仕立ててもらったの。あっちではこういうのがすごく流行っているのよ」

アストリッドは一度もロンドンへ行ったことがないのを改めて感謝した。「それにしても、ずいぶん……独特な色ね」

「今年の社交界では暗褐色がすごく人気なのよ。あなたにはわからないでしょうけど」

「ええ、たしかに。そんなにおしゃれな格好ができるなんて、あなたは恵まれているわね。あなたにしか着こなせないわ。そんな……斬新なドレスは」

ダヴィーナが目を細めた。どうもばかにされていると感じたようだが――まあ、実際そのとおりなのだが――それでも半信半疑らしい。

「それで、彼はどこにいるの？」エミリーが尋ねてきた。

「誰のことですか、おばさま？」

「わかりきったことをきくんじゃありません」紳士諸君がいっせいに食器棚に逃げ込みそうなほど鋭い口調だった。

「公爵閣下のことですか？　わたしにだって、彼の居場所は把握できません。なんなら寝室を見てきましょうか?」アストリッドは涼しい顔で言い返した。

エミリーがさらに恐ろしい形相でにらみつけてくる。

アストリッドは笑みを返した。「格好よく颯爽《さつそう》と登場しようとしているんじゃないかしら。だって、公爵ってそういうものでしょう?」

ダヴィーナが夢見心地でため息をもらした。

それから数分経っても、モントフォード公爵が現れる気配はなかった。エミリーがそわそわしはじめる。「道に迷っていらっしゃるんだわ。だからきちんと執事を置きなさいといつも言っているでしょう、アストリッド。閣下は執事の取り次ぎもなく部屋に入ってくるのに慣れていらっしゃらないのよ。わたしと同じように」おばがわざわざ言い添えた。

そのとき扉が開き、一分の隙もなく着飾ったモントフォードがつかつかと部屋に入ってきた。上下そろいの夜会服もベストも真っ黒だ。首元を華やかに見せている雪のように白いクラヴァットには、大きなひと粒のブラックオパールが飾られている。右目の上の小さな傷跡を除けば、はじめて会ったときよりも堂々としていて立派に見えた。

全員がいっせいに立ちあがり、深々とお辞儀をした。アストリッドでさえも、おばにつられて気づけば同じようにしていた。

体を起こすと、モントフォードの冷ややかな視線が自分に向けられていることに彼女は気づいた。

そして次の瞬間、彼は近づいてきたかと思うと、驚くべき行動に出た。アストリッドの手を取り、指先に口づけしたのだ。「ミス・ハニーウェル、とてもよく似合っている」アストリッドは頬を赤らめたりはしなかった。あっけに取られて赤面すらできなかったのだ。「ありがとう、閣下。あなたもよ」

彼は参ったと言いたげに眉をつりあげてから、ほかの女性たちに顔を向けた。

公爵にじっと見つめられ、エミリーが愛想笑いを浮かべた――というよりは、にやついていた！「閣下、ささやかな家族の集まりにご出席いただいて大変光栄です。まだきちんと自己紹介を――」

「あなたはレディ・エミリーですね。庭での一件は忘れていませんよ」モントフォードはそう言うと、おざなりに一礼した。

エミリーが悔しそうな表情になる。

彼はダヴィーナのほうを向き、ドレスを見て、驚いた表情でもう一度見直した。

「きみはミス・ダヴィーナ・ベンウィックだったな」気のない口振りだった。公爵はふたたび軽く礼をしてからアリスのもとへ行き、彼女の手を取ってアストリッドのときと同じように口づけをした。「とてもきれいだよ、ミス・アリス。目を見張るほどの美しさだ」

「あ、ありがとうございます、閣下」アリスがたどたどしく応え、喜びをにじませた視線をアストリッドに投げてきた。

あからさまに冷遇され、エミリーの顔が真っ赤になった。ダヴィーナのほうはドレスのリボンの陰に隠れてしまいたそうな顔つきになっている。アストリッドは、今度ばかりはモントフォードの態度に大いに満足した。

「モントフォード公爵」ウェスリーが戸棚の前から呼びかけた。「何かお飲みになりますか？」

「いや、結構だ、ミスター・ハニーウェル。わたしはめったに酒は飲まない」モントフォードはそう言うと、アナベルのほうへ近づいていった。

〝ミスター・ハニーウェル〟という呼び方に、客人たちが怪訝な表情を浮かべる。ウェスリーは顔を赤らめ、そそくさとポルト酒を注ぎはじめた。

公爵は自らが引き起こした波紋に気づくそぶりも見せずに――あるいは重々承知のうえなのかもしれないが――アナベルの真ん前に立った。老婦人は眠りから目を覚まし、攻撃者の存在に気づくと、彼に向かって杖を振った。「そこのお若いの、わたしの手にもいやらしいことをする気なら、この杖でぶっ叩いてやりますからね。少しは役に立つことをしたらどうなの？　わたしにシェリー酒を取ってきてちょうだい」

エミリーが低くうなった。

「喜んで」モントフォードがさらりと言い、向きを変えてデカンターの置いてあるところに向かう。そして見るからにびくついているウェスリーの手からシェリー酒の入ったグラスを受け取り、アナベルのもとへ戻った。グラスを手渡すと、彼は老婦人の隣に腰をおろした。

公爵の不快な仕打ちからようやく立ち直り、エミリーがつんと澄ました顔でふたたび席に着いた。彼女がアストリッドに非難の視線を投げる。まるで公爵がダヴィーナの隣に座らずアナベルのもとへ行ったのは、アストリッドのせいだと言わんばかりに。

一同がこれ以上ないほど居心地の悪さを感じたとき――得意満面な公爵と、悪魔が隣に座ろうとおかまいなしのアナベルを除いて――フローラがやってきて、夕食の準備が整ったと告げた。

モントフォードが女性陣の中で一番身分の高いエミリーに腕を差しだすと、彼女はそっけない態度で彼の腕を取った。今夜の晩餐会を取り仕切ろうとしていたさっきまでの意気込みは、すっかり鳴りをひそめている。公爵の手ごわさに圧倒され、どうやら作戦を変えたようだ。ほかの者たちも黙ってあとに続いた。アストリッドはロバートの腕を取った。彼は反対の手にポルト酒の入ったグラスを持ったまま、何か別の予定があったことを思いだしたらしく、小声で悪態をついた。「ふん、くだらない。とんだ茶番だな」

全員が席に着いたとたん、エミリーがちらりと目を転じ、自分の娘が公爵の隣の席に座っているのに気づいて満足そうな表情を浮かべた。ところが彼の左側にアリスが座っているのを見て取り、目を細める。そしてテーブルの端にふたり分の席が空いているのを見つけ、彼女はさらに目を細めた。

「席を多く用意しすぎているわよ、アストリッド」

アストリッドは笑みを浮かべた。「いいえ。アントニアとアディスにも同席していいと言ってあるんです。おばさまがライルストーン・ホールで一緒に食事をしてくださるなんてめったにないことだから、どうしても出席したいんですって」

エミリーがテーブルの端をつかみ、きつく目を閉じた。心の中で祈りを捧げているのかもしれない。

それが合図になったかのように、問題のふたりが扉のところに姿を現した。今夜はドレスに身を包んでいるせいで、見かけはいかにも純真な少女たちという風情だ。

ふたりはおばと公爵に向かってぎこちなくお辞儀をしてから、自分たちの席に着いた。彼女たちが何事もなく着席したことに、全員が安堵の表情を浮かべた。

最初の料理が出されると、おばは〝ポトフ〟と呼んだ。アストリッドに言わせればスープだったが、普段口にしているスープとはひと味違っていた。緑色で、こくがあって、いかにもフランス料理らしい味だ。

「うちのお抱えのフレンチシェフのムッシュ・ルオーをわざわざ呼び寄せたんですよ、閣下」皿が並ぶと、エミリーが口を開いた。どうやらダヴィーナは、彼との会話の糸口を見つけられなかったらしい。

「それはご親切に」公爵が小声で言う。

エミリーがテーブルの下で娘を小突くのがアストリッドの目に入った。ダヴィーナが飛びあがって咳払いをする。「ええと、閣下のお屋敷にもお抱えのフレンチシェフがいらっしゃるんですか？」

ちょうど最初のひと口を飲もうとしていたモントフォードが手を止め、スプーンを置いた。ダヴィーナのほうを向いて言う。「ああ」

「さぞかし腕のいいシェフなんでしょうね。得意料理があるのかしら？」

「ハムのサンドイッチとミートパイだ」公爵が無愛想に答える。

アストリッドは思わずスープを吹きだしそうになった。

「まあ！」ダヴィーナがあぜんとした。「なんて……その、風変わりなシェフなのかしら。わたしもこの何カ月間かはロンドンにいたので、優雅な食卓をずいぶん堪能しました」

「娘は前回の社交シーズンでデビューしたんですの」エミリーがつけ加える。

モントフォードがスープに視線を戻した。

「先月のデヴォンシャー公の舞踏会でお目にかからなかったのが不思議なくらいですわね」

エミリーがめげずに有力者の名前を次々とあげた。

「出席していないのでね。社交界のことはほとんど何も知らない」彼がそっけなく応える。

ダヴィーナが意気消沈した。

「閣下は貴族院の仕事でお忙しいんだ。舞踏会に出ている暇などないのさ」ウェスリーが助け舟を出すように言った。

「いや、ただ舞踏会が苦手なだけだ。それに人込みも。いわゆるパーティーも」公爵が言った。「社交界はひどく退屈でね」

ダヴィーナはひどく衝撃を受けている。

アストリッドは〝ポトフ〟を見つめながらにんまりした。

エミリーが唇をぎゅっと引き結び、モントフォードをにらんだ。

そのとき、公爵の向かいに座っていた牧師が意を決したように張りつめた沈黙を破った。彼はスープ皿に身を乗りだして言った。「そ、それにしてもお会いできて光栄です、か、閣下。な、なんという奇遇でしょう。じ、じつはちょうど、わ、われわれの村に、か、閣下のような高貴なお方をお招きしたいとレディ・エミリーと相談していたところなんです。どうでしょう、明日の礼拝にお、お越し願えないでしょうか？」

モントフォードがスプーンをかたわらに置き、牧師に向かって穏やかに微笑んだ。

「せっかくですが辞退させていただきます。礼拝には出席しないことにしているので」

アストリッドはしたり顔でアリスと視線を交わした。事態はどんどん面白くなっている。

ミスター・フォークスが眼鏡の奥の目をぱちくりさせた。「あの、ええと、それは……」

「わたしは信仰には無関心でして」公爵がテーブルに着いている全員に向かって告げた。反論できるものならしてみろと言わんばかりに。

「む、無関心？　な、なんて……」公爵の顔つきが不機嫌になるのを見て、ミスター・フォークスが青ざめた。「なんて興味深いんだ」

「そうですわ、閣下。そんなこと――」一瞬ののち、テーブルの上手で、エミリーが信じられないといった顔で小さな笑い声を立てた。

ふたたびスプーンを手にしていたモントフォードは、またしてもテーブルに置き直してエミリーに目を向けた。「そんなこと？」冷静に尋ねる。

「あら、無関心とおっしゃったことですよ。今のはご冗談でしょう」

「わたしはめったに冗談は言わない」彼がアストリッドのほうを見た。「ミス・ハニーウェル、わたしは冗談を言うような人間だろうか？」

彼女はモントフォードに向かって微笑んだ。「あなたはわたしの知りあいの中でも、もっとも面白みに欠ける人ですわ」

まるで賞賛の言葉をかけられたかのように彼はうなずき、またスプーンを手に取った。

エミリーは公爵をじっと見つめていた。その表情には公爵という身分への畏敬の念と、彼の信仰心が欠如していることへの嫌悪感が入りまじっている。エミリーはアストリッドの知りあいの中でも、もっとも無慈悲な人間だ。だが意外にも信心深く、熱心に教会に通っているのだ。

エミリーが声をあげて笑った。「でも、あなたのような身分の方がどうして無関心でいられるんです？　どうやって世間に模範を示すんですか？　そんなに恵まれた境遇にいらっしゃるんですから……」

その瞬間、モントフォードの目つきがさらに鋭くなった。アストリッドには、彼がいらだっているのがわかった。「このわたしが恵まれている？」彼は冷ややかな笑い声をあげた。「あなたはまさか、物質的な豊かさを神の思《おぼ》し召しだと考えているわけではないでしょうね、マダム？　たしかキリストは貧しき者として書かれていたはずでしょう、牧師さま？」

「わ、わたしは……ええと、それは……」ミスター・フォークスが口ごもる。

「彼はぼろを身にまとって、サンダル履きで砂漠を歩きまわっていたと伝えられている。ということは、路上で物乞いをしていたに違いない。そもそも、彼が実在していたとすればの話だが」

エミリーがはっと息をのみ、ナプキンで口を覆った。

「た、たしかに、か、彼はとてもま、貧しかったですが……」ミスター・フォークスは今にも泣きだしそうだ。

「そういうことなんです」公爵が抑揚をつけて言う。「よきキリスト教徒は下品な富の誇示を慎むべきとされている。わたしはよきキリスト教徒でなくてよかったですよ。そうでなければ、今頃は深刻な困難に陥っているはずだ。何しろわたしには莫大《ばくだい》な財産がありますからね」冷ややかに笑った。「もっとも、わたしは下品ではないつもりだが」

「あなたが夕食の席で自分の広大な地所の話をしなければね」アストリッドは口をはさんだ。

「それと非国教徒的な話も」

モントフォードの笑みが大きくなる。「きみは恐ろしく頭が切れるな、ミス・ハニーウェル」さらにエミリーへ目を向けた。「あなたもそう思いませんか？」

エミリーがアストリッドをにらみつける。公爵が手に負えないのはアストリッドのせいだと言わんばかりに。

「ずいぶん真剣な議論ですね」続いてウェスリーが口を開いた。「正直に言えば、この手の議論は大学を卒業して以来、久しく聞いていなかったですよ。ケンブリッジ大学の連中はみな、無神論者なんです。昨今の流行りなんでしょうね」

「おれは無神論者じゃないぞ」ロバートが吐きだすように言った。彼はスープには見向きもせずに、三杯目のポルト酒を飲んでいる。

「そうだったら一大事ですよ」エミリーが息巻いた。

アストリッドは、おばを黙らせてくれたモントフォードに大いに感謝した。彼はスプーンを手に取り、ようやく食事に取りかかろうとした――目の前に置かれたスープをまだ数口しか飲んでいなかった――ところが口をつけたとたん、またスプーンを置いてしまった。

「冷めている」そう言い放ち、スープ皿を押しやる。

食事が進んでも、会話はとぎれがちだった。牧師とウェスリーが当たり障りのない話題を持ちだして必死に場を盛りあげようとしたが、たいていはモントフォードがまったく関係のないことを言いはじめて話の腰を折ってしまった。五品目の料理が出される頃には、エミリーもダヴィーナも公爵の関心を引くことを完全にあきらめていた。ダヴィーナのドレスの色について短い会話が交わされ、ロンドンのモントフォードの屋敷の化粧室にかかっているカーテンとそっくりな色合いだと彼が述べたからだ。

その感想を聞いたとたん、ダヴィーナの顔色がドレスと同じ暗褐色になった。

アストリッドは公爵の態度を大いに楽しんでいた。彼とはいわゆる敵対関係にあるはずだが、今夜にかぎっては味方同士になった気がする。モントフォードがエミリーに対して抱いている嫌悪感は、アストリッド自身の感情と共鳴していた。それどころか彼がエミリーを相手にあまりにうまく立ちまわるものだから、嫉妬心を抱いたほどだ。アストリッドの場合は、おばが相手だと、彼のように自分の感情に正直でいることができなくなる。

礼儀正しい会話を次から次へと巧みに切り捨てていくモントフォードに、いつしか心の中で拍手喝采を送っていた。彼は遠まわしに相手を侮辱してしまいがちだ。

それに対して、自分はあからさまに人を侮辱する達人だった。

モントフォードが親類と会話している様子を見て、いざとなれば彼はとてつもなく手ごわい相手になることを思い知らされた。アストリッドの知るかぎりでは、近隣の三つの地域を探しても、エミリーをわざわざ怒らせようとする大胆不敵な人間はひとりもいない。今は男爵夫人にすぎないが、エミリーの父親は大きな権力を持つ伯爵で、おばは今でも事あるごとにその件を持ちだすからだ。だがそんなおばでも、モントフォードには太刀打ちできなかった。彼はエミリーにどう思われるのかをまったく意に介していない。彼自身にもエミリーにもわかっていたのだ。モントフォードはこの場にいる誰よりもはるかに優位な立場にあり、雲の上からみんなを見おろしているのも同然なのだと。何しろ彼は摂政皇太子よりもはるかに強い影響力を持っていると、世間ではもっぱらの噂だった。

モントフォード公爵という立場は何かと便利なのだろう。ほとんどの人が――エミリーのような人でさえ――彼の歓心を買おうと躍起になるのだから。言い換えれば、彼にとっては自分の身分をまったく気にかけてくれないアストリッドのような人間と対峙《たいじ》するのはいらだたしいことなのだろう。

それにしても、なんて風変わりな人。これほど身だしなみにこだわる人に会ったのははじめてだ。アナベルのかぎ煙草入れのコレクションを並べ直したのも、きっと彼に違いない。現に今も料理が出されるたびに、皿の上で食材同士が触れあわないようにいちいち並べ直している――見事な手つきだ。本来なら鶏肉の上からかけるソースも、皿の端のほうに注ぐようにわざわざ給仕係に命じている。

アストリッドの好奇の目に気づいたらしく、モントフォードがこちらを見て、身構えるような表情をした。どうやら自分の皿が妙な具合になっていることは自覚しているらしい。

「どうかしたかな、ミス・ハニーウェル？」

アストリッドは彼の皿から視線を引き離すと、ソースにまみれた自分の鶏肉を切り分けた。口いっぱいに頬張り、モントフォードに微笑みかける。彼はとがめるように眉をひそめたが、アストリッドが鶏肉を平らげる様子を、すっかり魅了されたように見つめていた。

彼がエミリーの怒りをかわしたことには悪い面もあった。おばが怒りの矛先をアストリッドに向けてきたのだ。エミリーは妹たちのことやアストリッド自身のふるまい、城館や地所のことにいちいち難癖をつけ、非難しはじめた。

アストリッドはうなずきながら、ときおり皿の上の料理をつつきまわしていた。おばの小言がはじまったとたんに食欲はなくなった。エミリーに説教されるのは慣れっこだし、弁解しないほうがいいのもわかっている。おばの辞書には、終わりよければなんとやら、という言葉はないのだ。デザートを食べながら罵りあいを見物したい人などいるはずがないし、アリスのために行儀よくしていようと心に決めていた。

ふと目をやると、モントフォードがこちらをじっと見ていた。おどけた表情の裏に隠された本心が手に取るようにわかる――〝おい、なぜやり返さないんだ？〟

デザートのプディングが出てきた頃、エミリーがアストリッドの馬の乗り方に話題を移した。アストリッドにとっては、まだ胸がきゅんと痛くなる話題だった。

「ミセス・レジーナ・サーグッドがミセス・バークから聞いたという話を耳にしたわ。うちの親族のひとりが馬にまたがって、ライルストーンを走りまわっていたって」エミリーが非難がましく切りだした。

おばがそう言った直後、アストリッドへの忠誠心が強い給仕係が、エミリーの皿に真っ赤なシラバブ（泡立てた牛乳にワインなどの香りと甘みを加えたデザート）を取り分けようとして、いささか乱暴に落っことした。ゼリー状の物体が皿の上を滑ってエミリーの胸に触れそうになったが、ぷるんと揺れながら、また反対側に戻った。シラバブ自体が彼女との接触を拒んだかのように。

「あら、本当ですか？」アストリッドはさらりと言った。「それでミセス・バークがおばさまの親族とやらを見かけたとき、彼女は眼鏡をかけていたんですか？　それともかけていなかったのかしら？」どちらでも関係ない。ミセス・バークはたとえ眼鏡をかけていたとしても、コウモリぐらいの視力しかないのだから。

エミリーが目を細める。「あなたのそういう無責任な行動が、一族全体に悪い影響をおよぼすのよ。どうしてそんなふるまいをしていたのかときかれたら、友人や世間の人たちになんと説明すればいいの？　母親を早くに亡くしたせいで、頭がどうかなってしまったとでも言うしかないじゃない。でも、あなたがいつまでもそんなばかげた行いを続けるのなら、わたしだってかばいきれないでしょう？　こんな片田舎には礼儀や良識をわきまえた人間がろくにいないからまだいいようなものの、そうでなければ、今頃あなたの評判はがた落ちよ」

「でも、おばさまは今日の午後、この地方にも礼儀や良識をわきまえた人間がちゃんといるとおっしゃっていたわ」アストリッドは愛想よく言い返した。

「揚げ足を取るのはおやめなさい。わたしはそういう意味で言ったんじゃないでしょう」

「それじゃあ、この地方には礼儀や良識をわきまえた人間はいないということですか？」

「聞き分けのないことを言うのはおよしなさい、アストリッド」

アストリッドはデザートにスプーンを突き刺し、まっぷたつに割れたシラバブが切り口からずるずると溶けていくさまを眺めた。

「あなたのお母さまが生きていたら、あなたがあんな馬の乗り方で田舎道を駆け抜けるのを絶対に許さないはずですよ」

「でも、お母さまはもうこの世にはいないもの」

「あ、あの男のせいで若死にしたのよ」

アストリッドははっと身をこわばらせた。

「今は亡きわたしの父に勘当されたの。言いつけにそむいて、自分よりずっと身分の低い男なんかと結婚したものだから」エミリーがぶつぶつと言う。

もう我慢の限界だ。アストリッドは顔をゆがめ、スプーンを荒々しく皿の上に放った。自分のことを非難されるのはしかたないけれど、両親のことを悪く言われるのは断じて許せない。しかも夕食の席で内輪の恥をさらすだなんて、度を超えている。しおらしい態度で口をつぐんでいることはもうできない。

「わたしの父はれっきとした紳士でした。カーライル伯爵家よりも、ずっと由緒ある家柄に生まれたんです」アストリッドは息巻いた。

伯爵の名前を口にした直後、テーブルの向かい側で誰かがむせ返る音が聞こえた。視線をあげると、モントフォードがナプキンを口に当てて咳《せ》き込んでいる。顔に驚愕の表情を浮かべて。

アストリッドは彼のことは見て見ぬふりをして――いったいなんなの？――おばのほうに向き直った。

「伯爵の地位を与えられたのは王政復古のすぐあとだったはずですもの。たしか初代の伯爵は、国王のお抱えの帽子職人でしたよね」

エミリーの顔が見る見る赤くなる。

アストリッドはモントフォードのほうを向いて笑みを浮かべた。「チャールズ二世は帽子が大好きだったでしょう」

彼が眉をつりあげた。「ああ、そのとおりだ」

「自分の先祖を侮辱するのはおやめなさい」

「おばさまの一族がわたしたちを受け入れようとしないんでしょう。それなのに自分の先祖だなんて思えないわ。それに歴史を語るだけで侮辱したことになるんですか？」

「なんて傲慢な態度なの。まったく生意気な。そんなふうだから、いつまで経っても夫にならってくれる男性が見つからないのよ」

「あら、わたしは夫なんて欲しくありませんから」

「ばかなことを言わないの。誰だって夫が欲しいものなのよ」

「おれは欲しくないぞ」エミリーの隣にいたロバートが小さくつぶやいた。

アストリッドは思わず吹きだした。

エミリーが末息子とアストリッドを順ににらみつける。「じゃあ、あなたの妹たちはどうなの？　あの子たちはどうするつもり？」

アリスが椅子にがっくりと沈み込んだ。

「それはいい質問ですね、マダム」モントフォードが茶化すように言った。「ミス・ハニーウェル姉妹はこの先どうなるんでしょう？」

エミリーがしたり顔になって顎を突きだした。

「まったくひどい話です」公爵が続ける。「この気の毒な孤児たちには、〝クリスチャンの務め〟を果たし、手を差し伸べてくれる親類もいないわけですからね。あの名高いカーライル伯爵の孫娘なのであれば、きちんと社交界に出してやるべきだと思いませんか？」

公爵の当てこすりに気づいたエミリーが目を細める。

アストリッドも目を細めた。モントフォードはどういうつもりなのかしら？

公爵はシラバブには手をつけようともせずに、椅子に深々と座り直して冷ややかな目でエミリーを見据えた。「教えてください、レディ・エミリー。ミス・ハニーウェルと彼女の妹が成年に達したとき、きちんと社交界にデビューさせておくべきではなかったんですか？　立派な家柄に生まれた女性はそういうものなんでしょう？　じつを言えば、わたしはこの手の問題には疎いんですよ」「何しろ天涯孤独の身の上なもので」

「ええ、まあ、それが通例ではありますけど」エミリーが用心深く答える。

「あなたが彼女たちに手を差し伸べる立場にあるんじゃないんですか？」

エミリーが唇をすぼめた。

そのとき、デザートの皿に突っ伏すようにして眠り込んでいたアナベルが頭を持ちあげた。「わたしはちゃんと忠告したのよ。あの子たちを競売台にのっけて、買い手がつくかどうか確かめてみなさいって。アリスなら、生きのいい若者が放っておかなかったはずだわ。わたしは若い時分にヴェルサイユ宮殿に出入りしていてね、女王をこの目で見たことがあるの。でも、アリスのほうが格段にきれいだわ。ちゃんと忠告したのよ」アナベルはかつらを振り乱しながら、エミリーに向かって頭を振ってみせた。「それぞれの娘を一シーズンずつ、ロンドンへ行かせたらって。この人だって、それぐらいの現金は持ってるんですよ」

アリスが顔を赤らめ、さらに深く椅子に沈み込んだ。エミリーも同じことをしたそうな顔つきになっている。

「ありがとうございます、ミス・ハニーウェル」モントフォードが言った。「毎度のことながら、誰よりも有意義なご意見でした」

アナベルがうなずくと、かつらも同じようにうなずいた。そして彼女はまた、うとうとしはじめた。

「ライルストーン・ホールはどのみちわたしの手に渡るんだから、ミス・ハニーウェル姉妹の面倒もわたしが見ることになりそうだ」公爵が続けた。

「えっ？」アストリッドは思わず声をあげた。

「えっ？」エミリーも叫ぶ。

「どうやら、きみとわたしは親戚同士になるらしい、ミス・ハニーウェル。また歴史を語ることになるのか？」彼がうんざりした口調で言った。「たしか、わたしの四代目のおばときみの高祖父が結婚したとか。それでもわたしにとっては一番近い身内になるわけだ。もちろん、鼻持ちならないまたいとこのルパートは別として。彼は自分がわたしの後継者だと思っている。まあ、それはまた別の話だ。今はきみときみの将来について話しているんだから」

「そうなの？」アストリッドは歯を食いしばりながら言った。

モントフォードが穏やかな笑みを浮かべる。「きみときみの妹たちが放ったらかしにされているのは明らかな事実だ。きみたちへの務めを果たそうとしてくれる親類がいない以上、きみたちを社交界に出す役目はこのわたしが担うことになる。そのことは先ほど、ミスター・マコーネルがしきりに説明してくれたよ」

「ハイラムが！」アストリッドは思わず椅子から立ちあがりかけた。

「きみが社交界にデビューするときには、家族全員で行くべきだと彼は考えているようだ」

「社交界ですって？」アストリッドは耳を疑った。

「社交界ですって！」エミリーとダヴィーナも驚愕の表情で同時に叫ぶ。

アリスはあっけに取られ、ウェスリーとミスター・フォークスは今にも泣きだしそうな顔になっている。ロバートとアナベルとアントニアとアディスはまったく動じるそぶりがない。

モントフォードが笑みを浮かべた。瞳が満足げに輝いている。「わたしにはきみたちの付添人《シャペロン》を頼める姉妹や女性のいとこがいない。そこで親しい友人であるブリンダリー伯爵夫人に手紙を書いて、きみたちがロンドンにいるあいだ面倒を見てもらえるように頼んでおいた。彼女は社交界でずいぶん顔が広いから、きみたちに夫を見つけてくれるはずだ」

「夫ですって！」アストリッドは叫んだ。

「ブリンダリー伯爵夫人ですって！」エミリーとダヴィーナも同時に叫ぶ。

モントフォードが母娘《おやこ》のほうを向く。「伯爵夫人とはお知りあいで？」

「お名前だけは……」エミリーがくぐもった声で答えた。

「それなら、ロンドンで最高の庇護者《ひご》を見つけたと認めてもらえますね」

「ええ」エミリーは妬ましさで窒息しそうな顔になっている。

公爵は続いてウェスリーに注意を向けた。ウェスリーは困惑した表情で、アストリッドと公爵とアリスを順番に見つめている。「ミスター・ハニーウェル、きみの姉妹をわたしにゆだねることに異論はないかな？　彼女たちを手放すのは、きみもさぞかし心配だろうが」

ウェスリーがしどろもどろに返事らしき言葉を発した。

「ミスター・ハニーウェル？　姉妹？」エミリーがわめく。「ウェスリー、どうしてあなたはミスター・ハニーウェルなんて呼ばれているの？　いったいどういうこと？」

「いや……ぼくの口からは言えないんだ。母――レディ・エミリー――ああ、もう、母上。これにはいろいろと事情があって……ぼくに言えるのは、何がどうなっているんだかさっぱりわからないってことだけだよ」ウェスリーがあきらめの口調で言った。

「そうだろうな」モントフォードはにこやかにそう言ったあと、エミリーに目を向けた。「あなたには感謝していますよ、マダム。あなたが姪のやんちゃなふるまいについて詳しく説明してくださったおかげです。じつはテーブルに着くまでは、実際に行動に移すべきかどうか決めかねていたんです。ですがあなたのおかげで、どれだけ悲惨な状況なのかがはっきりしました。わたしの背中を押してくださって感謝します」

「ええ、それは……」エミリーが言いよどんだ。彼女の完敗だった。

公爵がナプキンを置いて席を立つ。

テーブルにいたほかの者たちも従うしかなかった。アナベルだけが、プディングに顔をうずめそうな体勢でまだ眠りこけている。

「シェフにどうぞよろしくお伝えください、マダム。さて、話がまとまったところで、ポルト酒を一杯いただけるかな、ミスター・ハニーウェル」

「もちろんです」ウェスリーがやけくそ気味に答えた。

エミリーは自分が追い払われたことに気づいたようだった。ふんと鼻を鳴らすと、肩を怒らせて部屋をあとにした。すぐにダヴィーナが続く。アリスはためらいがちにふたりのあとを追いながら、アストリッドに絶望したような視線を投げてよこした。

アストリッドはその場にとどまり、モントフォードと顔を見あわせた。公爵のほうも彼女と同様に、意地でも視線を離すつもりはないらしい。

やがてモントフォードが唇の端をゆっくりと持ちあげた。今夜は二頭のドラゴンを同時に退治できたと、ひとりで悦に入っているらしい。彼はエミリーに圧勝し、その過程でアストリッドまでも踏みつけにしていったのだ。

結局、アントニアとアディスの出番はなかったのだ。アストリッドは妹たちに目をやった。ふたりはプディングをこねくりまわして作った、丸々とした人型を残していかなければならないことに戸惑っているようだ。アストリッドはふたりを引き連れて応接間に向かった。

アナベルを運命の手にゆだねて。

一時間後、幸いにもアストリッドは応接間でひとりきりになっていた。自分でシェリー酒を注ぎ、椅子に深々と座る。お酒を楽しみたい気分ではなかったが、筋肉のこわばりを少しでもほぐしたかった。何しろ、さんざんな一日だったのだ。

夕食後、エミリーはかんかんに怒って帰っていった。ダヴィーナも隣でふくれっ面をしていた。牧師のミスター・フォークスは口ごもりながら、全員に謝罪の言葉を述べた。なぜか彼は自分がすべてを台なしにしたと勘違いしているようだった。アストリッドはなけなしの忍耐力をどうにか発揮して、彼らと一緒にしばらく応接間に座っていたものの、おばはいつか今夜の仕返しをしてくるだろうと確信していた。

とはいえ今のところは、おばの件はそれほど深刻には考えていない。問題は、夕食の席でモントフォードが言ったことのほうだ。彼は本気だとわかっているけれど、それでもまだ自分の耳が信じられなかった。社交界だなんて！

刑務所に入れられたほうが、まだましだ。

わたしたち姉妹を社交界に出すための援助を申しでるなんて、彼はいったいどういうつもりなの？

まあ、アリスにとっては喜ばしい知らせだっただろう。アリスは昔からずっと、社交界で〝洗練された男性〟を見つけたいと思っていたのだから。きっとモントフォードがほのめかしていたとおりなのだ。エミリーが社交界デビューの話を決して持ちださなかったのは、意地悪で強欲だから。アストリッドとしてはそれでもかまわなかったが、アリスが成人したときに、おばにないがしろにされたことはずっと気にかかっていた。その理由の一端がアリスの美貌にあることは察しがついている。おばといとこは嫉妬しているのだ。アリスの隣に並ぶと、ダヴィーナが見劣りしてしまうから。

アリスがロンドンへ行くことを望んでいるのなら、反対するつもりはない。でも、自分のこととなれば論外だ。わたしはもう二六歳。ライルストーンから離れさせようという魂胆なら、大間違いだ。やれるものなら力ずくでやってみればいい。モントフォードにつかまえられ、手足を縛られてロンドンに運ばれたとしても、舞踏会場へ足を踏み入れる前に自分の頭に銃を突きつけてやる。

もちろん本気でそう考えているわけではない。事はそれほど簡単にはいかないだろう。シェリー酒をすったとたん、背筋がぞくっとした。どれだけお酒の力を借りても、この不快な感覚は消えそうにない。結局のところ、すべての切り札を持っているのは公爵のほうで、彼もそのことを自覚している。ロープを使わなくても、人の手足を縛って自由を奪う方法はいくらでもあるということだ。意志を貫くための狡猾な手段が。彼が指をぱちんと鳴らすだけで、ヨークシャーじゅうの治安官が——もちろんハイラムを除いて——ライルストーンにやってきて、わたしを逮捕することだってありうる。

アストリッドはため息をつき、椅子の背にぐったりと頭をもたせかけた。

どうやっても勝ち目はなさそうだ。せめて少しでも時間を稼ぎたい。

「アストリッド！　そこにいたのか！　あちこち探したぞ。話があるんだ！」

彼女はやっとの思いで頭をあげ、侵入者の正体を確認した。ウェスリーだった。服はしわくちゃで顔を真っ赤にして、何やら勢い込んでいる。

「閣下はきみとアリスを本気でロンドンに連れていくつもりなのか？」

「どうやらそのようね」

ウェスリーの表情に驚きといらだちが浮かんだ。「どうして話してくれなかったんだ？」

「わたしだって、今夜はじめて知ったんだもの」

アストリッドは立ちあがり、シェリー酒のお代わりを注ぎに行った。すでに二杯も飲んでいたが、今夜は飲まずにはいられない。

ウェスリーが自分の髪をいらだたしげに引っ張りながら、目の前にやってきた。

「でも、こんなことはばかげてる！　完全にどうかしているぞ！」

「そうかしら」シェリー酒をあおりながら応えた。

「きみは社交界に出る必要なんかないだろう。アリスにしたってそうだ」

彼女は同意のしるしに低くうなり、最後にもう一杯だけ注いでから椅子に戻った。

「公爵がそんなにきみを結婚させたがっているのなら、ぼくたちの結婚式を早めよう」

アストリッドは鼻からシェリー酒が出てきそうなほどむせ返った。驚いてウェスリーを見あげる。「今なんて言ったの？」

「ぼくたちの結婚式さ」当然という口調だった。「遅かれ早かれ、するんだから」

「ちょっと、ウェスリー、わたしはあなたと結婚するなんてひとことも言っていないわ」

彼は手をひと振りして、その事実を払いのけた。「ぼくらは結婚するに決まっているだろう、アストリッド。ふたりともまだ揺りかごにいた頃に婚約したも同然なんだから」

「そんなの知らないわよ」

ウェスリーが懇願するような目を向けてくる。いきなり手をつかまれた。

「ぼくたちはいつかは結婚するって、ふたりともわかっていたはずだ。今まで強引に事を進めなかったのは、きみの心の準備がまだできていないと思ったからだよ。それに母上のこともあるし……」

「ウェスリー……」

「だが公爵がひょっこり現れて、こんなばかげた……きみをロンドンに行かせるなんて言いだした以上、ぼくらが結婚する以外に解決法はないじゃないか。このほうが理にかなっているし、賢明だと思うんだ」

アストリッドは、理にかなっているとも賢明だとも思えなかった。彼のことは嫌いではないけれど、結婚するつもりはない。こんな結婚をして得をする人は誰もいない。

だいたい、エミリーが義母になるなんて絶対にありえない。それならいっそ……。

ロンドンの社交界に出たほうがずっといい。

「ウェスリー、わたしはあなたと結婚するつもりはないわ」

「そんなばかな」彼はアストリッドの手からグラスをもぎ取るとテーブルに置いた。不意を突かれて動けずにいると、ウエストに手をまわされて抱き寄せられた。

「ちょっと、どういうつもり？」

「きみにキスをするんだよ」子どもに言い聞かせるように、ウェスリーが言う。「そうすれば、きみは自分の気持ちに気づくかもしれないだろう」

「結婚を申し込まれていたことにも気づかなかったのに？」

彼が顔をしかめた。「なあ、アストリッド。今、大事なところなんだぞ」

「わたしはそんな気は……あっ！」逃げる間際に唇をふさがれた。

ウェスリーの唇はあたたかく、やわらかくて、じっとりと湿っていた。ポルト酒とプディングの甘い味がする。唇を重ねた感覚はそれほど悪くはないけれど、特にすばらしいというほどでもない。アストリッドは詩をたくさん読んできた。情熱的なキスは、それだけで体じゅうに快感が駆けめぐるということは知識として知っている。でも、今は何も感じない。ホメロスがもっともらしく創作しただけなのか、あるいはウェスリーが相手ではそういう反応が引き起こされないのだろうか？

しばらくすると、唇を重ねていること自体が少し苦痛になってきた。まるで実の弟か、アナベルとキスをしているような気分だ。もしくは魚と。

アストリッドはウェスリーの胸を押し返し、キスを終わらせた。

彼も抵抗することなく体を離して、こちらを見おろした。困惑の表情を浮かべている。ウエスリーもキスを楽しめたわけではないらしく、理由がわからず途方に暮れているのだ。

彼女にはその理由が簡単にわかった。

相性がよくないのだ。

「だめだったな」ウェスリーが呆然として言う。

アストリッドは彼に理由を説明しようとした。そのとき、部屋の向こうから声がした。

「きょうだい同士でキスをするのは違法だ」

彼女の心臓が一瞬止まった。ウェスリーは耳の付け根まで真っ赤になっている。ふたりはぱっと飛びのくと、侵入者のほうを向いた。

アストリッドは咳払いをして、怒りに満ちた銀色の瞳を見つめた。

彼は怒っているの？

まあ、面白い。

気を取り直し、アストリッドは彼に向かってひねくれた笑みを浮かべてみせた。

「あら、モントフォード」

13

公爵の休日、盛りあがりを見せる

その晩、モントフォードは数々の成功をおさめた。ひとりよがりで意地の悪い男爵夫人に身のほどを思い知らせてやったし、見た瞬間、凝固した血液かと思ったくらい、デザートにとんでもなく赤いシラバブが出てきたときも、気絶しなかった。それに一度ならず二度までも宗教に興味なんてないと神を冒瀆《ぼうとく》し——一度など、みんなそろった夕食の席で——ミス・ハニーウェルを口もきけないくらい呆然とさせてやった。

そのときの彼女の顔を思いだして、モントフォードは悦に入った。

けれどもたったひとつの事実が、これらの成功に影を落としている。ミス・ハニーウェルへの不可解な欲望を、どうしても消し去ることができないのだ。実際、これまでとはまるで違う彼女の姿を応接間で目にしたときには、すっかり動転してしまった。

美しく装い、髪をゆるく結いあげ、優雅な首を上品な一連のパールで飾った姿を見たとたん、彼女の手を取って唇をつけていた。そんなつもりはまるでなかったのに、どうしても触れたいという思いで爆発しそうになってしまったのだ。

失態をごまかすため、彼はアリスにも同じようにせざるをえなかった。さすがにレディ・エミリーとその娘までは無理だったが。

ミス・ハニーウエルは美人ではない。アリスと並ぶと、明らかに容貌は劣っている。髪は見苦しいし、それなのに人並はずれて美しい妹が隣にいてさえ、彼女に目が行ってしまう。だがそんな全身の色違いの目は奇妙だ。顔はそばかすだらけで、体は肉づきがよすぎる。だがそんな全身の隅々から何物にも屈しない気高さを放出していて、まわりの空気までが生き生きと脈打っているのだ。彼女がどれほど恐ろしい力を周囲におよぼしているか、わたし以外誰も気づいていないとは信じられない。

もしかしたら、レディ・エミリーだけはわかっているのかもしれない。だから口を開けば、ミス・ハニーウエルの気概をくじくようなことばかり言うのだろう。夕食の席で身内をあからさまに批判するという許されざる罪を犯したレディ・エミリーを、モントフォードは責められなかった。ミス・ハニーウエルといると、人は思わず心のうちにしまっておくべき思いを引きだされてしまうのだ。

モントフォードはといえば、夕食のあいだじゅう、テーブルの向こうにいるミス・ハニーウエルがいやでも目に入り、うずうずしていた。きちんとまとまっているべき髪からこぼれている赤い巻き毛を、手に持ったナイフで切り取ってしまいたい。胸元のスカーフが曲がっているのを見ると手が汗ばむので、引きちぎってしまいたい。言語道断な色違いの目は、同じ色にそろえたい。しかし困ったことに、実りの秋を迎えた麦を思わせる茶と抜けるような空の青のどちらにそろえればいいか、彼にはわからなかった。

　こんな状態にはとても耐えられない。

　夕食後にいつもは飲まない酒を二杯飲んでみたが、高ぶりはちっとも静まらなかった。

　明日にはここを発てると思うとうれしい。

　けれども安全な部屋に引き取って夜明けまで過ごす前に、もう一度だけミス・ハニーウェルと向きあわなくてはならない。この最後の対決では、絶対に自分が勝ちをおさめるつもりだ。彼女たち一族をこの先どうするつもりか伝えれば、ミス・ハニーウェルも従う以外に道はないと悟るだろう。わたしのほうが上の立場なのだから。

　少なくとも応接間に入るまで、モントフォードはそう思っていた。だがミス・ハニーウェルが弟だと言い張っているいとこと熱烈なキスをしているのが目に入った瞬間、視界がかすみ、割れ鐘のような音が頭に響いて、心臓が跳ねた。

　動揺を静めようとしても、この三日間のストレスと二杯のポルト酒のせいでままならない。モントフォードは目もくらむような怒りにとらわれた。

　許せない……。

　しかし、どれほど難しかろうとこらえなければならなかった。「きょうだい同士でキスをするのは違法だ」

　ふたりはびくっとしてあわてて離れ、彼のほうを向いた。

ウェスリーは泣きそうになっている。

ミス・ハニーウェルは顔は赤いが、目は挑戦的だ。

「閣下！　誤解なさらないでください……」ウェスリーがもごもごと言い訳をはじめる。

「いやいや、すてきな家族の触れあいを続けてくれたまえ」

「邪魔をしたのはあなたよ」ミス・ハニーウェルが言い返す。ピンで留めた髪から巻き毛がまたひと房はずれ、モントフォードの脈が飛んだ。

「違うんです、閣下。ぼくは――」

モントフォードは片手をあげて制した。「きみは彼女の弟ではない。それくらいわかっているよ、ウェスリー卿。わたしをどんな間抜けだと思っているんだ？」

「わたしが答えてもいいかしら」ミス・ハニーウェルが言った。

モントフォードは凍りつくような笑みを向けた。

ミス・ハニーウェルが彼をにらみ、両手を握りしめた。「ウェスリー、あなたは出ていって。閣下とわたしはいろいろと話しあわなければならないから」

ウェスリーはモントフォードと彼女を居心地悪そうに見比べ、素直に従うのがよさそうだと判断した。

ウェスリーが出ていくと、モントフォードは黙って彼女が口火を切るのを待った。やがてミス・ハニーウェルがくるりと向きを変えてテーブルに歩み寄り、シェリー酒の入ったグラスを取ってひと息に飲み干したあと、苦々しい声で言った。

「それで？」彼女がさらに酒を注ぎ足す。

「できれば説明してもらいたい」

ミス・ハニーウェルはグラスを口に運び、きつい視線を彼に向けた。「いったい何を説明するというの？」

「では、はっきり言おう。きみは男と見れば誰とでもキスをするのか？」

彼女の顔の赤みが増す。「ばかなことを言わないで」

「警告しておくが、そういう見境のない行動はロンドンでは歓迎されない」

ミス・ハニーウェルが笑った。「それならわたしはこの土地を出ないほうがよさそうね」

「そうはいかない。わたしは決めたのだ。きみたち姉妹はロンドンに行く」

彼女はグラスを置いて目を閉じ、黙っている。モントフォードは落ちつかなかった。電気を帯びたような緊張感に、ミス・ハニーウェルが口を開いた瞬間、ふたりとも黒焦げになりそうな気さえする。

だから彼女があきらめたようにため息をつくと、少し落胆した。

「どう決めたのか教えて」

敗北感のにじむ声を聞いて、モントフォードは勝利の喜びを感じていいはずだった。それなのに肩透かしを食らったようにしか思えない。

こんなふうにさまざまな感情を引き起こすミス・ハニーウェルに、むらむらと腹が立った。

「きみはわたしをだましていた」

「まあ、そういう見方もできるかしらね」

「きみの行為は詐欺だ。だがそれで私腹を肥やしたわけではなく、利益を地所全体に還元して、見当違いとはいえ社会的な不平等を是正しようとした」

彼女が鼻で笑う。

「きみを監獄に送ることもできる」

「じゃあ、そうすれば？　さっさとやればいいわ」

その言葉を黙殺し、彼女の首を絞めたくなるのを抑えるために両手をうしろにまわした。

「たしかに、ここへ来ると決めたとき、きみたち一族の不正を暴き、正当な報いを受けさせようと思っていた。しかもきみの態度はそんな決心を覆すどころか、拍車をかけてばかりだ。今まで生きてきて、これほどひどい扱いを受けた経験はない。だが、わたしは理屈の通じない石頭ではないつもりだ。きみがなぜこんなまねをしてきたのか理解できるし、穏便にすませようという気持ちもある。それに、きみにライルストーン・ホールをおとなしくあきらめさせるのは無理そうだ――」

ミス・ハニーウエルが驚いた顔で彼を見あげた。目に衝撃とかすかな希望が浮かんでいる。

モントフォードは視線をそらした。「契約書がどうであれ、ライルストーン・ホールには何世紀にもわたって、きみの一族が住んできた」

「閣下！」彼女がほっとしているのが、ありありと伝わってくる。

彼はあわてて先を続けた。「だが、法的な所有者はわたしだ。だから、ここに住む者たちはわたしの保護下にある」

ミス・ハニーウェルの安堵はまたたく間に消え、怒りが取って代わった。

「あなたに面倒を見てもらう必要はないわ！」

「きみたち四人は未婚で、極めて不安定な立場にある。どう考えても、このままの状態でいいはずがない。そもそも、地所の運営をこの先もきみに続けさせるのは不可能だ。これからはマコーネルが責任をすべて引き継ぎ、わたしの指示に全面的に従う」

「わたしの運営はそんなにひどかったの？ はっきり言ってちょうだい！」

「いや、そんなことはない」正直に答えた。「しかし法に反するし、社会的常識からも許されない。未婚女性のきみには、わたしの地所を管理するいかなる法的資格もないんだ」

「かもしれない。でも男たちが一〇人がかりでやるより、わたしのほうがうまくできるのに」

「そういう観点から議論するつもりはない。わたしを言いくるめようとしても無駄だ」

ミス・ハニーウェルがもどかしさに声をあげ、頭を思いきり振ったので、ピンで留めてあった髪が半分ほどはずれて落ちた。「男に生まれなかったというだけで何もかも奪われるなんて、不公平よ！」

みじめな様子で見つめる彼女を前にして、モントフォードは罪悪感に襲われた。

「何もかもではない。ちゃんとした結婚をすれば、ライルストーン・ホールとそれなりの広さの土地がきみのものになるようにしよう。もちろん、そこからあがる収入もだ。妹たちについては、わたしがひとりひとりにじゅうぶんな持参金を用意する」

「つまり、わたしたち姉妹の夫はあなたから責任を引き継ぐ代わりに、見返りを手にできるわけね。どちらにしても、ライルストーン・ホールはわたしのものにはならないんだわ。夫のものになるだけ」

「わたしには、この国の法律は変えられない」

「変えられるでしょう？　モントフォード公爵なんだから！　摂政皇太子よりも強大な力を持っていると言われているじゃない」ミス・ハニーウェルが彼に背を向けた。見てわかるほど肩が震えている。「どうやら受け入れる以外に選択肢はないようね。あなたはわたしが犯した罪の証拠を握っていて、喜んでそれを武器に使うんでしょうから」

彼女の言うとおりだった。モントフォードは彼女を脅して言うことを聞かせている。またしても彼女に勝利の喜びを台なしにされた。「わたしはとても寛大な申し出をしていると思うがね。ほとんどの女性は、社交界にデビューできるとなったら大喜びするだろう」

「わたしはほとんどの女性とは違うもの。繁殖用の牝馬みたいに品定めされるなんてまっぴらよ」

「それよりはもう少し洗練されている」モントフォードは顔をしかめて言い繕った。本当はミス・ハニーウェルの言うとおりだった。ロンドンの社交界は競りとなんら変わらない。娘や姉妹を一番高く買ってくれる相手に売りつけようと、誰もが必死で立ちまわっている。彼自身、その中からひとり選びだしたばかりだ。公爵夫人となる女性を。

ミス・ハニーウェルが怒りをあらわにして彼に向き直った。隣の暖炉で燃えている火のように、触れればやけどしそうだ。「うまい計画を思いついたと思っているんでしょうね。たいそうな財産をほんの少し使ってわたしたちを結婚市場に送りだせば、完璧なあなたの生活を乱されなくてすむんですもの。だけど、その計画がうまくいかない可能性は考えなかった？　わたしをよく見て」

彼女が両腕を広げたので、ドレスが胸にぴたりと張りついた。モントフォードはもぞもぞしてしまわないよう、彼女の顔に必死で目を据えた。欲望で体が燃えるように熱く、息ができない。

「わたしは二六歳よ。それに、どうひいき目に見ても美人じゃない。思ったことはそのまま口に出してしまうし、あなたがあぜんとするほどはしたないふるまいをする。それなのに、どうして夫を見つけられると思うの？」

「きみなら男を脅してでも目的を達成できるだろう」思わず我慢できずに言う。「それに城館付きだ」

ミス・ハニーウェルがヒステリックに笑いだした。「そうね、城館が手に入るのなら、そのおまけにわたしがついてきても我慢しようという男もいるでしょう」

ふたりは激しくにらみあった。

「はっきり言ってくれて感謝すべきなんでしょうね」

モントフォードは肩をすくめた。「わたしはうわべを取り繕うのが嫌いなんだ」

かすかな笑みが彼女の唇に浮かぶ。「なんて寛大なのかしら。でもわたしについては、夫を買いにロンドンまで行く必要はないわ。もうここで三人に求婚されているから。その中のひとりと結婚すれば問題は解決よ」

モントフォードの高揚していた気持ちが一気にしぼんだ。漠然とした未来の話としてここから遠く離れた街で社交界の紳士たちを手玉に取っている彼女を想像するのと、すでに三人もの花婿候補に囲まれていると知らされるのとでは全然違う。

「三人に求婚されているのか?」

「そうよ。意外でしょう?」彼女が落ちついて答え、小皿をテーブルの端に動かす。

モントフォードの耳の奥で血流の音が大きく響いた。ありえない話ではない。あれほど美しいアリスという妹がいるのに、村の半分の人間が美しさの劣る姉に恋している。

「ミスター・ライトフットは二回も申し込んできたし――」

「ミスター・ライトフット!」

「ウェスリーは……たしか三回よ。だから牧師さまからの求婚を入れると、間抜けな男に一生をゆだねないかという申し出が計六回あったというわけ」彼女はため息をついた。「ロンドンに行ったからって、ましな男が見つかるとも思えないから、この中から選ぶわ。でも、ミスター・ライトフットは問題外ね。間抜けなだけじゃなくて、まるでごろつきだもの」

ミス・ハニーウエルが指先で下唇を叩きながら考え込む。

モントフォードは理性が止めるのを無視して彼女に詰め寄った。「牧師かウェスリー卿だって？　正気の沙汰とは思えない」胃が突然引きつる。「さっきのはそういうわけだったのか。あの間抜けに求婚されたところだったんだな？」

「当たり前じゃない。それ以外にどうして彼がわたしにキスしていたと思うの？」

近づくたびにミス・ハニーウェルの香りがして、彼は思わず呼吸が乱れた。華やかなラベンダーの香りに、女らしくて気取らない彼女特有のにおいがほのかにまじっている。ミス・ハニーウェルは挑戦的に顎をあげ、色違いの目に怒りと軽蔑をちらつかせながら、からかうように見つめていた。自分がモントフォードにどんな影響を与えているか、彼女はわかっているのだろうか？　どうしても頭から追い払えずにいるのが丸わかりなのかもしれない。髪も目もそばかすも、すべてが神経を逆撫でするのに、彼女が欲しくてたまらないのが。

「求婚を受けたのか？」声がかすれる。

ミス・ハニーウェルはばかにするように笑った。「あなたに邪魔されたとき、彼は説得の最中だったわ」

「それで結果は？　やつの母親に対する嫌悪感を忘れるくらい、キスはよかったのか？」

彼女が笑みを消し、わずかに視線をそらした。

「それほどではなかったというわけだ」表情の変化を読んで、つぶやくように言う。あのうぬぼれ屋が彼女の心をとらえたわけではないと知って、勝ち誇った気分になった。

「説得の最中だったと言ったでしょう？」ミス・ハニーウェルがじろりと彼を見た。「まだはじまったばかりだったのよ。それにわたしにとってははじめてのキスだったから、よかったかときかれても、比較の対象がないの。でも、なかなかだったんじゃないかしら」

モントフォードは何キロも走ったあとのように息苦しくなった。呆然として声が裏返る。

「はじめてのキスだって?」

彼女が目を合わせた。「信じていないんでしょう。当然よね。あなたがわたしをどう思っているか、よくわかっているわ」

ミス・ハニーウェルはモントフォードの表情を見て何か感じ取ったらしく離れていこうとしたが、彼のほうはこのまま行かせたくなかった。急いで肩に両手を置いて止め、すぐに腕まで滑りおろして引き寄せる。胸に手を当てて抵抗する彼女を、モントフォードは抱きしめた。ミス・ハニーウェルのあたたかな体は、つくべきところに肉がついていてやわらかい。

その感触にくらくらして、一気に血が頭にのぼった。彼女の背中と腰のあいだのくぼみに沿って手を広げ、かたい背骨とその下に広がるなだらかな盛りあがりをサテンのドレス越しに指先でたどる。手をさらにおろして丸みをすっぽり包みたかったが、それは思いとどまった。ミス・ハニーウェルの体は震え、視線が定まっていない。そういえば書斎で触れたときにも、追いつめられた野生動物を思わせるこんな表情を浮かべていたと思いだした。

彼女は処女なのだ。

「信じるよ」モントフォードは小声で言った。間違いない。最初はふしだらな女だろうと思ったが、そうではなかったのだ。

彼女が欲しいという思いは強くなる一方で、モントフォードは恥じ入ると同時に混乱した。

自分は処女を食い物にするような男ではない。経験のない女性を欲望の対象にはしないはずだ。

それなのに、頭がどうかなりそうなほどミス・ハニーウェルが欲しい。

そしてウェスリーに先を越されたことに、ひたすら怒りがこみあげた。たった一度のキスとはいえ、彼女のはじめてのキスだ。それはもう二度と手に入らない。

わたしのものだ！　モントフォードは心の中で怒鳴っていた。彼女はわたしのものだ！

「どういうつもり？」ミス・ハニーウェルが震える声で言って、彼の胸を押す。

モントフォードは大きく息を吸い、ゆっくりと吐きだした。「比較の対象を提供しようと思ってね」

彼女が眉根を寄せた。髪がまた少し崩れ、額にぱらりと落ちる。なけなしの自制心がさらにゆるむのを感じながら、モントフォードは手を持ちあげて彼女の奔放な髪を撫でつけた。巻き毛に指が引っかかり、残りのピンが寄せ木細工の床に落ちる。無数の細かい巻き毛が無秩序に広がって肩から背中へと流れ落ちるのを、彼は呆然と見つめた。ありえないほど豊かな髪は内側から光を放っているようで、暖炉で燃えている火が色あせて見える。これほど生き生きとしたものを小さくまとめようというのが、そもそも無理なのだ。いくら押さえようとしても、指が通り過ぎるそばから、巻き毛は次々に息を吹き返していく。彼に勝ち目はなかった。

モントフォードは両手を引き離し、ミス・ハニーウェルの肩に戻した。膝に力が入らなくて彼女に体重がかかり、やわらかな肌に指が食い込む。

「キスをしたとき、彼はこんなふうにきみを引き寄せたのか？」そうささやいた。

ミス・ハニーウェルが首を横に振った。不安そうだが、いやがってはいない。モントフォードの血がわき立った。

「違うんだな？　こんな感じだったと思うが。では、こうか？」手をおろし、彼女のウエストにまわす。シルクとサテンがこすれあって、かすかな音を立てた。

「そうかも」ミス・ハニーウェルがつぶやくように言う。

いけないと思いながら、モントフォードは顔をさげて唇を軽く合わせた。シェリー酒の味のするふっくらとしたやわらかい唇に、阿片《あへん》でも吸ったように陶然となって、あわてて顔を離す。

「こんなふうか？」声がしゃがれた。

「もっと……長くて、ちゃんとしたキスだったわ」彼女がささやき、舌先で唇を湿らせた。

ああ、もう無理だ！　我慢などできない。

自制心を捨てて、モントフォードはミス・ハニーウェルをきつく抱き寄せた。罰でも与えるように激しく唇を重ね、彼女が抗議の声をもらして逃げようとしても許さなかった。彼女の動きに合わせて体をずらし、首のうしろに手を当ててしっかりと押さえ込む。何度もキスを繰り返すうちに彼女の抵抗は少しずつおさまり、やがてふたりは必死で互いにしがみついていた。彼が舌でつつくと、ミス・ハニーウェルも口を開く。熱く濡れたその口は甘かった。

これまでモントフォードが否定しながらもひそかに求めていた罪深い快楽へと誘っている。彼は夢中で舌を差し入れ、いずれ別の部分でしたい行為をまねて、何度も出し入れした。その部分はもうだいぶ前からこれ以上ないほどかたくなり、熱く脈打っている。

のみ込みの早いミス・ハニーウェルは、すぐにキスを返しはじめた。下唇をなぞったり舌を絡めたりとからかうように誘惑され、わずかに残っていた彼の理性は消し飛んだ。

ミス・ハニーウェルと一緒によろけた末に、モントフォードの腰がかたいものにぶつかった。何かが床に落ち、大きな音が響く。彼は落ちたものを気にかけるどころではなく、唇を合わせたまま体を入れ替え、ぶつかったばかりの机の上にミス・ハニーウェルをのせた。腿のあいだに入り、ドレスの下にぎこちなく手を差し入れる。まるで思春期の若者のようなふるまいだとわかっていたが、どうしてもやめられない。彼女がどんな手触りなのか、どうしても知りたかった。

モントフォードは思わずうめいた。彼女のたわわな胸はずっしりと重く、シルクのようになめらかだ。そして頂だけが、欲望を示してとがっている。ミス・ハニーウェルが喉の奥からこもった声をあげて体をそらすと、胸が完全に彼の手におさまった。

なんという心地よさだろう。手からあふれそうな胸の感触だけで、モントフォードは果ててしまいそうだった。腿の合わせ目にひたすら体を押しつけてやわらかな肉の熱さを感じ、彼の胸や肩へと羽根のような軽さで動きまわるミス・ハニーウェルの手の感触を堪能する。

けれども、それだけでは足りなかった。彼女の姿を目でも楽しみたい。モントフォードはドレスの下から手を引き抜き、背中のボタンをはずそうと悪戦苦闘しはじめた。キスをやめ、震える指先をなんとか制御しようとする。

だが指はうまく動かず、ボタンがちぎれ飛んだ。悪態をついて次のボタンに移るが、それも飛び、さらには生地まで破けた。

焦って、さらに悪態をつく。

モントフォードはそこでミス・ハニーウェルの顔を見るという間違いを犯した。唇は腫れ、目は濡れたように光り、ぼうっとした表情をしている。彼女はモントフォードをはじめて見たかのような顔をしている。ふたりのあいだに生まれた情熱の激しさを恐れ、警戒しつつも、彼と同じくらい興奮している。だからうまくドレスを脱がせられさえすれば、このまま身をまかせてくれるに違いない。ミス・ハニーウェルは自らを突き動かす本能にあらがえず、彼を止めたりしないだろう。

そのとき、モントフォードは自己嫌悪に胃が痛くなった。

これではそこらを駆けまわる獣と変わらない。ミス・ハニーウェルが彼をこんなふうにしてしまうのだ。原始的な本能を極限まで高め、頭を使い物にならなくする。感情が暴走した状態がいやでたまらない。モントフォードは子ども時代の悲惨な出来事を乗り越えるため、理性に基づく整然とした世界を自分のまわりに築きあげてきた。だが、ミス・ハニーウェルはそんな世界とまるで相いれない。品行が悪いうえに秩序というものがなく、彼にとってはかり知れないほど危険な存在だ。しかもその影響は肉体だけでなく、精神にもおよぶ。誘惑に乗って彼女に近づきすぎたら、自分は破滅する。盛りがついた動物さながらに机の上でむさぼりあえば、差し迫った欲望はおさまるだろう。けれども彼女に対する飢えは決して満たされない。それどころか激しくなるに決まっている。

そんな悪循環に足を踏み入れるわけにはいかない。

これほどはっきりと悲観的な状況が見通せるのに、モントフォードは彼女から手を離せなかった。動物的な欲望を満たしたいという本能を押しとどめられない。もう意志でどうにかできる段階を超えていた。

もう一度ドレスのボタンに挑戦したが、やはり指がうまく動かない。

「モントフォード」

耳元でささやかれて、麻痺していた自制心が突然よみがえった。

両手をぱたりと落とし、スカートに包まれたミス・ハニーウェルの両脚のあいだからあとずさりする。あたたかい体から離れると、一気に魔法が解けた。とはいえ下腹部はかたくなったままで、部屋が薄暗いおかげでそれが目立たないのがありがたかった。

ミス・ハニーウェルもわれに返り、目の焦点が合って体に力が入った。しどけなく乱れたドレスを見おろし、それから彼に目を向ける。片手を口に当て、片手でドレスの破れた胸の部分を押さえた。恥ずかしさで顔が真っ赤になっている。

モントフォードは横を向いて、なんとか息を吸おうとした。「朝一番にここを出ていくつもりだ」

「ええ」

彼はためらった。「伯爵夫人は一週間ほどで到着するだろう。もしきみがここの……求婚者たちには応じないと決めたら、彼女と一緒にロンドンまで来るといい。わたしたちのあいだの取り決めは事務弁護士に書面を作らせて、届けさせよう。きみのロンドン滞在中にかかる費用はすべて出すつもりだ。連絡を取りたいときは彼を通してくれればいいから、わたしたちは二度と顔を合わせる必要はない」

彼女は何も言わなかった。

モントフォードはゆっくりと歩いて、部屋をあとにした。両脚のあいだにこわばったものがある状態では、速く進もうとしても無理だった。できればロンドンまで走り通し、ミス・アストリッド・ハニーウェルが存在することすら忘れてしまいたい、といくら願っていても。

トーマス・ニューカムはモントフォード公爵を心から好いている数少ない使用人のひとりであり、しかも自分の主人を恐れていなかった。元ボクサーの彼は、たとえ公爵の不興を買ったとしても、食べていくのには困らない。だが、首になる可能性は非常に低いと彼は思っている。公爵のほうもニューカムを好いてくれているようだし、公爵は冷たく人を寄せつけないように見えて、じつはやさしい心を持っているのだ。ニューカムが今の職を得ているのがその証拠だった。

ボクサー人生に突然終止符を打たなければならなくなったとき、ニューカムはそれをなかなか受け入れられず、よくない仲間とつきあうようになった。そしてタッターソールの馬市場で若者たち相手に詐欺行為を働いていたところをモントフォード公爵につかまったのだが、公爵は治安官に引き渡す代わりに仕事をくれた。ニューカムの馬を見る目を見込んだのだと公爵は言ったけれど、わざわざ雇う必要などなかったはずだ。ほかの貴族につかまっていたら、四つ裂きの刑か植民地への流刑になっていただろう。自分自身ですら見限っていたニューカムの中に、公爵は何かを見いだしてくれた。

モントフォード公爵は恩人だ。

その恩を、今こそ返さなくてはならない。

ニューカムは、公爵には少し……おかしい部分があると前から思っていた。ほかの使用人たちは〝超然としている〟とか〝変わり者〟だと言うが、彼に言わせれば〝不幸せ〟で〝ゆがんで〟いる。金と権力を欲しいままにしている公爵を、ニューカムはちっともうらやましく思わなかった。公爵は深い谷の上に渡された細い綱を渡るように生きている。あれほど厳しく身を律している哀れな男は見たことがない。自らを罰しているも同然だ。

モントフォード公爵に必要なのはすばらしい性行為だというマーロウ子爵の意見に、ニューカムは賛成だった。ただし愛するノラと結婚したばかりのニューカムは、さらに踏み込んだ意見を持っている。公爵に必要なのは妻だ。

けれどもその相手は、公爵が最近婚約した、一緒にいると凍りつきそうな冷たい女ではない。公爵に恋の駆け引きを存分に楽しませ、生命の息吹をもたらしてくれる、本物の女でなければ。いくら身分が高く裕福でも、公爵だって血の通った普通の男だ。そういう女にスカートをちらりとめくられたら、自分が石でできているのではないと悟るだろう。

ニューカムは何年も前からそう思っていた。いつか公爵がふさわしい相手に出会うのを、ひたすら待ちながら見守ってきたのだ。それがようやく報われた。ミス・ハニーウェルと出会った瞬間の公爵の目つきで、ニューカムはぴんと来た。公爵がぬかるみに尻もちをついたときにわかったのだ。書斎で妙に服の乱れたふたりが互いの髪を引っ張りあっているのに出くわしたときは、いよいよ確信が深まった。

ミス・ハニーウェルは、ほかの女たちが誰も成功しなかったことを成し遂げた。モントフォード公爵の分厚い鎧《よろい》にひびを入れたのだ。彼女の前に出ると公爵はすっかり落ちつきを失い、面白いように翻弄されてしまう。それなのに、公爵自身はまったく気づいていない。

ミス・ハニーウェルとの出会いは公爵の人生で最良の出来事だと思い、ニューカムは興奮した。

だがその日の夜ふけに、公爵が使用人用の区画にある彼の部屋を訪ねてきたとき、ニューカムは悟った。真実の愛はそれほど簡単に成就するものではない。公爵が御者であるニューカムの部屋まで足を運ぶのもはじめてなら、これほど取り乱しているのもはじめてだ。上等な衣装はしわくちゃで、クラヴァットにはうっすら染みまでついている。目を見ると、公爵がすっかり動揺しているのがわかった。感情が入り乱れ、おびえているとさえ言えるほどだ。

原因はミス・ハニーウェルだとニューカムは察した。

「夜が明けたらすぐに出発したい」モントフォード公爵が言った。

ニューカムは同意したあと、雇い人と主人という関係を無視して、公爵にウイスキーを勧めた。だがどう見ても酒の助けが必要だったのに、公爵は申し出を断り、いきなり背を向けて歩きだした。そして間違った方向に行ってしまったために壁に突き当たり、悪態をつきながら引き返してきた。ニューカムはにやりとしたのがばれないよう、公爵が部屋の前まで来るのを待たずに扉を閉めた。

三〇分待ち、ニューカムはある決心を秘めて馬小屋に向かった。彼自身にはこれ以上ヨークシャーにとどまりたいという気持ちはなく、決心するのは簡単ではなかった。妻であるノラの毒舌とやわらかい抱擁が恋しくてしかたなかったのだ。ロンドンに早く戻れば、それだけ早く子作りを再開できる。彼は娘が、ノラは息子が欲しい。いずれは娘も息子も何人かずつ持てればいいとニューカムは考えている。しかし妻とこれだけ遠く離れていては、壮大な野望の達成に取りかかれない。

決心が難しかった理由はもうひとつある。ニューカムはモントフォード家の厩舎を束ねている自分に誇りを持っていたのだ。主人が身分にふさわしくロンドンで最高の馬と最新型の馬車を所有しているよう、常に気を配っている。公爵が乗り物への嫌悪感から馬車でほとんど遠出をしなくても関係ない。それにニューカムは一カ月前に自分で選んで購入した大型四輪馬車をとても気に入っていた。非常に洗練された形状で、自ら磨きあげた真鍮《しんちゅう》製の金具はぴかぴかに輝き、扉には堂々たる公爵家の紋章が描かれている。船長が自分の船に対して持つような揺るぎない愛情を、彼は馬車に対して持っていた。こっそりと妻にちなんだ名前で呼んでいたほどだ。だから、これから行うことに彼はなんの喜びも感じないどころか、つらくてたまらなかった。

馬小屋に着いてランタンを置くと、ニューカムは道具置き場に向かった。大型のハンマーを取って戻り、むっつりした顔で彼の誇りである馬車に近づく。しかしどんなに気が進まなくても、彼の心は決まっていた。

公爵のためだと思いながら、ハンマーを頭上に振りあげる。

いつか感謝してもらえるだろうと自分に言い聞かせ、ニューカムは馬車の前輪の車軸にハンマーを振りおろした。

そして完全に折れるまで、手を止めなかった。

14

公爵の休日、延長になる

その晩、モントフォードはまったく寝られなかった。ひとつはさんだ隣の部屋にミス・ハニーウェルがいると思うと、心安らかに眠るどころではなかったのだ。何度寝返りを打っても、応接間で彼女とのあいだに起こったことが頭から離れない。痛くなるまで口の中をこすったのに、まだ彼女の味が残っている。入浴して着替えても、彼女のにおいがとれない。手のひらには胸の重みを感じるし、あたたかい体の感触も覚えている。そしてキスの最中に彼女が喉の奥で立てた音を思いだすたび、冷たい汗が噴きだした。

下腹部のこわばりはおさまる気配すらない。からかうようにシーツを突きあげ、モントフォードを苦しめている。自分で処理しようかとも考えたが、恥ずかしさと怒りでとても実行に移せなかった。自分で自分を満足させるなんて、彼女に負けるようなものだ。思春期以降、そんなまねはしていないのに。生意気な女にちょっと刺激されたくらいで、性欲に支配されている青二才同然にふるまうつもりはない。

ロンドンに戻ったらすぐに愛人を作ろうとモントフォードは決めた。アラミンタ・カーライルなどどうでもいい。未来の公爵夫人には、このよこしまな欲望は静められない。さっさと豊満な未亡人か高級娼婦でも見つけて、ささいな問題を処理するのが一番だ。

赤毛がいい。胸の大きな赤毛の女。そういう女性はこれまで一度もつきあったことがない。だから目新しくてミス・ハニーウェルに引かれてしまったのだと、彼は確信した。そうに決まっている。

けれども本当は、たとえ赤毛の愛人を作っても、張りつめた体にはなんの慰めにもならないとわかっていた。女なら誰でもいいわけではない。モントフォードの体はあるひとりの女性だけを求めている。彼にはおよそ似つかわしくない、外見からして秩序とは縁遠い女性を。そこにいるというだけで腹が立ってくる女性を。

彼女など大嫌いだというのに。

だいたい、この場所からして不快だ。ロンドンの屋敷をあとにしてはるばる出かけてきた自分を、モントフォードは呪った。

夜明けとともに出発しようと決めていたのに、ようやくその頃になって、疲れ果てた彼は泥のように眠った。ベッドを出たのは、すでに昼近く。気分は郵便馬車にでもひかれたみたいだった。

のろのろと階下に向かいながら、モントフォードはふたつの事実にささやかな慰めを見いだした。こわばったままだった下腹部が疲労のためかようやく静まっているし、城館の中に人が見当たらない。ハニーウェル家の人間――つまり彼女とは、とても顔を合わせられなかった。合わせたら絶対に平静ではいられない。

ニューカムは馬小屋のそばでモントフォードを待っていた。御者は陰鬱な顔で、主人の目を避けている。いつもはぶっきらぼうだが気取りのない彼にしては珍しい。モントフォードはいやな予感がした。

「困ったことになりました」主人を馬小屋の中へと導きながら、ニューカムが言う。

馬車のそばに寄った彼がどう見ても折れている車軸を指差したので、モントフォードはブーツに包まれた足をぴたりと止めた。

ニューカムはポケットに両手を入れ、前後に揺れている。「なんとかここまでは持ちましたが、旅の途中でひびが入っていたんでしょう。今朝まで気づきませんでした」

モントフォードはあぜんとして御者を見た。「まったく気づかなかったのか？　ニューカム、おまえが？　とても信じられない」

ニューカムがきりきりと眉根を寄せる。御者としての技量に疑問を呈されてむっとしているようだが、どこか……うしろめたそうな様子も見える。

いや、まさか、考えすぎだ。

この三日間、緊張の連続だったせいで、ありもしない想像をしてしまったのだろう。ニューカムは自分の仕事に誇りを持っている。大切にしている馬車を故意に壊すなどありえない。

だが、誰かがやったのだ。旅の途中でたまたま壊れるなんて可能性はとてつもなく低い。

モントフォードをヨークシャーから去らせたくないと思っている者がいる。ばかげた考えだった。彼だけが帰りたいと思っているわけではなく、誰もがモントフォード公爵をロンドンへ追い返したがっているというのに。昨日殺されかけたことからも、それは明らかだ。

犯人には、何かさらによこしまな理由があるのだろうか？ わけがわからない。

悪い夢を見ているのなら覚めてほしいと自分をつねった。「誰かがわざとやったように見えるが」

ニューカムが驚いて眉を跳ねあげ、あぜんとした声を出す。「わざと？」

「タイミングがよすぎると思わないか？ それにおまえだって、今朝まで気づかなかったと言ったじゃないか」

御者はきっぱりと首を横に振った。「髪の毛一本くらいの細いひびなら、そういうこともあります。ヘブデンを出てからかなりひどい道が続いたので、そこで折れたんでしょう」

ニューカムは意見を曲げようとしない。あまりにも自信ありげに言うので、モントフォードはだんだん彼が怪しく思えてきた。目を細めて尋ねる。「直すのにはしばらくかかるんだろうな」

ニューカムはうなずき、馬車に目を向けた。「少なくとも一週間というところでしょう」

モントフォードは一気に暗い気分になった。「一週間だって！ まったく、あと一週間もいられるものか！　絶対に今日出発する。葦毛に鞍をつけろ」

ニューカムが反対だという表情になる。「あれは乗馬用じゃなくて馬車用の馬ですよ、閣下。ロンドンまで乗っていくのは無理です」

「ならば村で馬を買う」

御者は大きく首を横に振った。「今日は日曜です。市《いち》はやってないでしょう」

「わたしが言えば開くに決まっている」

「そうは思いませんね。収穫祭ですから」

モントフォードはうなり声をもらし、両手を握った。どうりで城館に人影がないはずだ。

「まったく、悪い夢でも見ているみたいだ！」壊れた馬車を指して、思わず怒りの声をあげた。「こんな辺鄙な場所では、もう一日だって過ごせやしない」

「まあ、なんとかなるもんですよ」

モントフォードがにらみつけると、ニューカムは肩をすくめて天井を見あげた。

「ええい、いまいましい！」モントフォードは我慢しきれずに怒鳴った。くるりと向きを変えて外に出る。「村に行くぞ。死んでも馬を見つけて、このろくでもない場所とは今日じゅうにおさらばする」

ニューカムが追いついて隣に並んだ。「本当に死ぬはめにならないといいですがね」その口調はモントフォードがむっとするくらい明るかった。

空は晴れ渡り、大気はさわやかで凜《りん》としているものの、一一月にしては寒すぎるというほどではない。鮮やかに紅葉している木々の葉がちょうど見頃で、喜びの一日に花を添えていた。普段日曜は敬虔に過ごすべき日だが、一年に一度の収穫祭ともなれば違う。無礼講に眉をひそめる狭量な宗教心に凝りかたまった人々――幸い、ライルストーンにはごくわずかしかいない――を除き、誰もが祝祭に繰りだしていた。

牧師自身は柔軟な信仰的立場を取っていた。収穫祭での彼の説教は一年を通してもっとも生き生きしており、ほとんど口ごもることもない。率先してすべての催しに参加し、最後には必ず信徒の誰かに支えられ、よろよろと牧師館へと戻ることになるのだった。

近隣の農民や商人が朝早く村に来て屋台を設置し、さまざまな食べ物や品々を売っていた。〈ハニーウェル・エール〉は無料でふるまわれたので、ライルストーンの人々は男も女も景気よくジョッキを傾けている。

祝祭の陽気な雰囲気に人々はいつもより開放的になっていて、木や建物のちょっとした陰を見つけて抱擁やキスを交わしていた。例年、収穫祭あとの数週間は結婚する男女が増え、祭りの日から数えてちょうど九カ月後に何人もの赤ん坊が生まれる。こうした赤ん坊を持つのは、いわば名誉のしるしなのだ。

人々は陽気に楽しんでいて、そんな雰囲気を台なしにする騒ぎを起こす者は、せいぜいひとりかふたりしかいない。ライルストーン・グリーンには、和を乱す異分子と言える人間がほとんどいなかった。

そして突然現れた究極の異分子は、すでにロンドンへ向けて旅立った。

アストリッドは城館に戻るとモントフォードがいなくなっていたのでほっとした。けれども、なぜか祝祭を楽しむ気分にはなれなかった。それどころか元気が出ない。

何をしていても、いつの間にか彼と抱きあったひとときへと思いが漂ってしまう。そしてそのたびに落ちつかなくなり、体の内側が震え、頬が真っ赤になる。あれはキスだったのだろうか？　公爵が彼女の口にしたことをなんと呼ぶべきなのかさえわからない。とてもみだらで、体じゅうがとろけるくらいすばらしかった。自分にあんな部分があるなんて知らなかった。彼がアストリッドを目覚めさせたのだ。肉体的にも、精神的にも。

彼を絶対に許すつもりはない。

自分というものを……めちゃくちゃに壊された気分だった。

ドレスの胸元から手を差し入れるモントフォードを、彼女は止めようともしなかった。彼に触れてほしくてたまらず、理性はノーと叫んでいるのに、こみあげる欲求に抵抗できなかった。もしモントフォードの指がちゃんと動いてやすやすとボタンをはずしていたら、もし彼がわれに返ってキスをやめていなかったら、自分から彼を止められたかわからない。彼といると頭が麻痺したようになり、体が熱く燃えあがってしまう。

モントフォードはなぜあんなことを？　わたしの面目を失わせるためだろうか？　男のほうが上なのだと原始的な方法で示し、生意気なわたしを罰したとか？

その答えは永遠にわからないけれど、別にかまわない。彼にはもう二度と会わないのだから。もしそんな機会があるとしても、絶対にふたりきりでは会わない。

それに今度会うときには、わたしはもう結婚しているはずだ。アストリッドは苦々しくそう考えた。

未来の花婿候補は三人とも収穫祭に来ている。ミスター・ライトフットが人込みに紛れ込んでいるのを見つけ、アストリッドはあわてて屋台のうしろに隠れた。彼とは絶対に結婚するつもりはない。じゃあ、いとこと？　それも問題外だ。

残りは牧師だけ。

アストリッドは緑地の反対側にいるミスター・フォークスを見つめた。彼は屋台でミートパイを買おうとしている。けれども言葉が出てこず、なかなか注文できないでいるうちに、屋台の主人がさっさとパイを紙に包んで牧師に渡し、代金を受け取っておつりを返した。

アストリッドは牧師に好意は持っていた。それに彼なら意のままになるという点でも都合がいい。でも、哀れな牧師と結婚はできない。彼を傷つけるだけだ。

彼女はため息をついた。残る選択肢はロンドンへ行くこと。

アリスはそれでもかまわないようだけれど、別に不思議ではない。ずっと社交界に憧れていたのだから、モントフォード公爵ほど気前のいい人間はいないと思っているだろう。持参金やライルストーン・ホール、ロンドンで夫を見つける機会といった妹たちが求めてきたすべてを、彼は与えてくれる。

けれどもアストリッドは、モントフォードにすべてを奪われたとしか思えなかった。公爵のせいで、自分が急に無力になった気がした。ナポレオンがエルバ島に流されたときにどう感じたのか、今のアストリッドにはよくわかった。怒りに毛が逆立ち、体の芯までむかむかしていたに違いない。

アストリッドはナポレオンのように、どうにかして逃れる方法を見つけるつもりだった。ロンドンでもどこでも行って、よぼよぼの年寄りを見つけて結婚する。年を取っていればいるほどいい。うまくすれば披露宴の最中に夫は死に、建物と土地は未亡人である彼女のものになる。数カ月しか余命がないような八〇過ぎの男性と結婚しても、モントフォードには何もできない。

アストリッドはここを離れなければならなくなる日まで、地所の運営から手を引く気はなかった。明日は一年のうちでも特に好きな日だ。醸造所の従業員たちが、国じゅうのあらゆる町に向けて完成したエールを運んでいく。彼女はいつもホーズに向かう荷馬車に同乗するが、今回も絶対に行くつもりだった。

それを伝えようと、アストリッドは人込みを縫ってチャーリー・ウィークスのもとへと向かった。彼は樽の前でエールがなみなみと入ったジョッキを手にハイラムと話し込んでいたが、彼女に気づくと急に血の気が失せた。アストリッドが今の地位を追われるという噂を、すでに聞いているのだろう。

ハイラムが帽子を持ちあげて挨拶してきたが、彼女はつんとした顔を向け、こわばった声で言った。「あなたみたいな裏切り者と話をするつもりはないわ」

「まあ、そう言われるとは思っていたさ」ハイラムが苦い顔をする。

アストリッドはチャーリーのほうを向いて、彼の胸に指を突きつけた。

「わたしが明日、あなたと一緒にホーズに行くのをやめるなんて思わないでね、チャーリー・ウィークス」次に指をハイラムに向ける。「あなたはわたしを止めようなんて考えないで。行くと決めたんだから。言いたいことがあるなら、さっさと言いなさいよ」

ハイラムが降参のしるしに両手をあげた。「頼むから興奮しないでくれ。止めたりしないから」

「それならよかったわ。どちらにしても行くもの」アストリッドは高飛車に言い、ふたたびチャーリーに向き直った。「夜が明けたらすぐに出発する？」

チャーリーはまだ少し青白い顔でうなずいた。「いつもどおりですよ、ミス・アストリッド。もう荷は全部積んであります」

「わかったわ」腕組みをして、ハイラムにきつい視線を向ける。

不穏な空気を察して、チャーリーが言い訳をしながらふたりから離れていった。

ハイラムが眉をあげ、ポケットからパイプを取りだした。「そんなふうにわたしを見ないでくれ。おまえさんたちのためを思って言ったんだ」

「どうしてわたしたちのためになるのよ？」

「閣下はずいぶん寛大な申し出をしたみたいじゃないか。じゅうぶんなことをしてもらえるし、おまえさんを憎んでいるレディ・エミリーの慈悲にすがらずにすむ。それに城館もくれるんだろう？　最高の申し出だ」

「わたしが結婚すればの話よ、ハイラム」

「それのどこが悪いんだ？　そろそろおまえさんも落ちついていい頃だ」

「もっとわたしのことをわかってくれていると思ってたのに」

ハイラムが眉根を寄せる。「赤ん坊が欲しくないのか？　自分の家族は？　寝床をあっためてくれる男は？」

彼のきつい口調にアストリッドは傷つき、すぐに答えられなかった。自分は家族を持ちたいと思っているのだろうか？　わからない。すでにいる家族を守ろうと、これまで必死だったから。「考えたことがなかったわ。忙しすぎて」

「だが、もうそうじゃなくなった。時間ができたんだ。自分が何を望んでいるのか、ゆっくり考えてみるといい。妹たちが何を望んでいるかじゃない。ここで働いている者たちやおばさんの望みでもない。自分自身が何を望んでいるかを考えるんだ」

アストリッドの肩から力が抜けた。「そんなふうに考えたことは一度もなかったわ。わたし……」慎重に思いをめぐらせながら言う。

「考えてみるときが来たんだよ。ロンドンでなら、それができる。ここと はまったく違う、新しい世界でなら」

不満をこめた咳払いをして、アストリッドは彼から離れた。すぐに足を止めて振り返る。

「あなたは裏切り者よ、ハイラム・マコーネル。絶対に許しませんからね」

「そうかもしれんし、そうじゃないかもしれん」ハイラムはにやりとすると、別れの挨拶代わりにジョッキとパイプを持った両手を掲げた。

もう一度咳払いをして、ハイラムに思い知らせるために顎をあげて歩きだしたが、すぐに誰かにぶつかりそうになった。謝ろうと――あるいは文句を言おうと――顔をあげたアストリッドは、悪態をつきかけてのみ込んだ。

ウェスリーが心配そうに彼女を見おろしている。「アストリッド、やっと見つけたよ。ぼくたちは話しあわなければ」

彼女は目をぐるりとまわすと、ウェスリーが伸ばしてきた手を振り払った。向きを変え、別の方向に歩きだす。けれども彼はすぐに追いかけてきて横に並んだ。

「昨晩のことを謝りたいんだ。どうしてあんなまねをしてしまったのかわからないよ」

「わたしも同じよ」そう応えながらも頭に浮かんでいたのはウェスリーではなく、彼女の人生をぶち壊しただけでは飽き足らず、唇までも蹂躙《じゅうりん》した銀色の瞳の男だった。まだひりひりして敏感な唇をふいに意識して、恥ずかしさに真っ赤になる。

「きみにキスすべきだと思ったんだ。ああするのが正しいと……でも違ったんだね？」ウェスリーがブーツの先で小石を蹴った。

いとこの沈んだ声に同情を覚え、アストリッドは足を止めて向き直った。そろそろ彼にはっきり言ってやらなくてはならない。

ウェスリーも立ち止まり、きまり悪そうにブーツを見つめている。

「ぼくはただ、役に立ちたかっただけなんだ。いつもそう思っているよ。きみのことが好きだって、わかっているだろう？　きみたち姉妹が好きなんだ……自分の家族よりも」彼は罪悪感のかけらも見せずに言った。

「あなたがそう思ってくれているのはわかっているわ。でも、結婚はできない」

彼が暗い顔になる。

「だって合わないわよ。わたしがあなたを尻に敷くのは目に見えているでしょう？　それにあなたの……趣味に我慢できないの。蒸気エンジンを船に取りつけるですって？　絶対に無理。ウェスリー、あなたを愛しているのよ。でも、それは大切な友だちとして」

ウェスリーは頭をかいた。

「もうひとつ、あなたのお母さまが嫌いなの」

彼に驚いている様子はない。

「ぞっとするのよ。大嫌い。そう言っても、全然罪悪感を覚えないくらいに」

「母上もきみがあまり好きじゃないようだ」

「それにね」アストリッドは大きく息を吸い、自分が正しいことをしているように祈りながら続けた。「アリスが絶対に許してくれないわ」

ウェスリーがさっと顔をあげた。まったくわかっておらず、眉根を寄せている。

「なんだって？」

「アリスは絶対にわたしを許してくれないと言ったのよ。あなたと結婚なんてしたら、寝ているあいだに刺されちゃうかもしれない」

彼が傷ついた表情になった。「アリスはそんなにぼくがいやなのか？　きみの夫としてどうしても認められないほど、ひどくはないつもりだけど」

アストリッドはため息をついた。「ウェスリー、あなたって救いようがない人ね。アリスがわたしを刺すかもしれないと思うのは、あの子があなたを愛しているからよ」

ウェスリーが驚きに目を見開いた。顎ががくんと落ちている。「なんだって？」

「アリスはあなたを愛しているの。四歳の頃からずっとよ。あなただって幼いとき、アリスの頭にプディングを投げつけたじゃない」

いとこの顔が真っ赤になった。「まさか……アリスが？　ぼくを愛しているだって？」

「そしてあなたも彼女を愛しているのよ。だから子どもの頃、彼女の頭にプディングを投げつけたんでしょう？」

「あのアリスが？　いや、ありえないよ。だってぼくは……」

アストリッドは彼の肩をつかみ、まともに考えられるようになるまで思いきり揺さぶってやりたかった。

しばらくしてウェスリーは少し落ちつき、アストリッドの目を見て話せるようになった。

「アリスがそんな気持ちを持ってくれているなんて想像したこともなかったよ、アストリッド。自分が彼女みたいな人に振り向いてもらえる男だとは、とても思えなかったから」この発言が意味するところにあとから気づき、彼はますます赤くなった。「別にきみがきれいじやないという意味では――」

アストリッドは鼻から鋭く息を吐き、彼の苦しい言い訳を封じた。「あなたが何を言いたいのかはちゃんとわかっているわ。アリスは……本当にきれいですもの」

「アリスは……まるで天使だ。ぼくを愛しているなんて、やっぱりありえないよ！」ウェスリーが言い張る。

ふたりはそろって振り返り、自分たちが話題にしている当人をまじまじと見つめた。アリスは熱心な表情の若い男性数人に囲まれている。スカイブルーの昼間用のドレスに錆色《さびいろ》の薄いコート《ペリース》を重ねたアリスは冷たい外気に頬がバラ色に染まり、すばらしく美しかった。彼女の笑い声が、鳥のさえずりのようにあたりにこだまする。

アストリッドの隣でウェスリーがため息をついた。

「ばかばかしい。わたしが言っているんだから間違いないのよ。今まで気づかなかったなんて、本当に間が抜けてるわ」

ウェスリーはもう彼女の言葉など聞いていなかった。アリスにすべての注意を向けている。

「どうすればいいんだ、アストリッド？　この先どうやって彼女に話しかければいいのかわからないよ！」うめくように言う。

「アリスはもうすぐ遠くへ行ってしまうことをお忘れなく。ライルストーンとロンドンはかなり離れているわ」

ウェスリーが青くなった。「ロンドン！　でも、まさか彼女は行きやしないだろう……」

「本人にそう言ってみれば?」アストリッドは提案し、彼を妹のほうに押しやった。

彼が歩き方を忘れてしまったようによろめく。

ばかばかしいと思いながらも、アストリッドはいとこの腕をつかんで、アリスのほうに引っ張っていった。けれども恋に浮かされている本人は、なかなか足が前に進まない。

「ああ、いたいた」妹を取り囲んでいる若者たちを押しのけながら、アストリッドは言った。「ウェスリーがあなたをあちこち探しまわっていたんですって。話があるそうなの」

ウェスリーは口を開いたが、声が出てこない。

自分の務めはここまでだとアストリッドは考えた。妹を鋭い目でにらんで言う。「あとでわたしに感謝することになると思うわよ」

アリスはきょとんとしていたが、アストリッドは説明する気もなく、さっさとその場を離れた。こんなふうに誰かを尻目に立ち去るのは、今日何度目だろう? そのときチャペルの塔の時計が昼の一二時の鐘を打ちはじめ、アストリッドはそろそろ自分も無料のエールを楽しんでもいい頃だと考えた。収穫祭なのだから、女だって少しはお酒を飲んでもいい。うるさい人の目を避け、離れた場所にある樽までこっそり行って、エールをジョッキになみなみと注ぐ。ようやくひとりになれてほっとした。ところが近づいてくる足音が聞こえ、彼女は振り返って毒づいた。

ミスター・ライトフットだった。脂ぎってヒキガエルそっくりの彼が暗い色の目に奇妙な光を宿し、あからさまにいやらしい表情を浮かべている。アストリッドは思わず左右を見まわして、もう一度毒づいた。ミスター・ライトフットとふたりきりになるのは避けたいのに、まわりに誰もいない。なんだか……いやな感じだ。彼のことは好きになれないし、こちらを見る目つきも気味が悪い。あの目で見られると体が震える……よくない意味で。

「ミス・ハニーウェル、お目にかかれてうれしいですよ」

アストリッドは会釈だけして、ミスター・ライトフットの横をすり抜けようとした。彼は完全に立ちふさがりはしなかったものの、体が触れあわずには通れない程度に行く手を狭めた。少しでも彼に触れるのが耐えられないアストリッドは、しかたなく立ち止まった。

「お客さまがいらしているそうですね」ミスター・ライトフットがさりげなく尋ねる。「公爵がいらしてたんですよ。今朝帰られたので、もういらっしゃいませんわ。紹介してほしいということでいらしたのなら」

彼は一瞬不快そうな表情を目に浮かべたが、すぐに笑顔を作り、ペチュニアそっくりの小さくて不ぞろいな歯をむきだしにした。「じつはあなたと彼がこの地所に関して、ある……合意に達したと聞きましてね」

「あなたには関係ありません」

「いいえ、ありますとも。あなたに関わることはなんでも気になるのですよ。たとえば公爵が昨日ちょっとした……事故に遭ったこととか。はっきり言いますとね、もし彼がけがでもしていたらあなたが疑われたのではないかと、ひやひやした次第です」

アストリッドは体をかたくして、持っていたジョッキを握りしめた。昨日感じた疑いは的はずれではなかったのだと確信がわきあがる。

「モントフォード公爵の身に何かあったら、あなたは少しばかり困った立場に置かれるでしょうな」

「公爵はなんともありませんでしたし、この先もそうでしょう。ロンドンへ出発されましたから」

「この時季は道中安全とは言えませんからね。冬に備えるため、追いはぎたちがあちこちで活動している」

アストリッドは毅然として立っていた。動揺しているところを見せて、このヒキガエルみたいな男に満足感を味わわせるつもりはない。けれども本当は、体が震えるほど目の前の男が怖かった。いつもは誰かを恐れることなどないのに。モントフォードだって怖くはない。キスをしてくるとき以外は。

でも今は、公爵とのキスを思いだしている場合ではない。どうすれば目の前にいる男から逃げられるかに集中しなければ。以前は単にいらいらさせられるだけの男だと思っていたけれど、今は違う。これまでも目に奇妙な光を宿した彼を一度も信用したことはないが、これからは全力で警戒しなければならない。「あなたがやったのね」

ライトフットが微笑んだ。「やったって何を?」さっぱりわからないという顔をしてみせる。罪悪感のかけらも見当たらない。その瞬間、アストリッドは完全に確信した。彼が公爵を撃たせたのだ。間違いない。体の奥から怒りがわきあがる。「あなたはわたしの馬を殺した」

「あれは完全に事故ですよ。撃った人間の狙いは別にあったんじゃないかな」

「じゃあ、本当の狙いはなんだったというの？」

「さあ、わかりませんね」無頓着に肩をすくめる。「どこかの紳士たちに、いろいろ考えさせるためかな。あるいはある女性に、一度ならず二度までも与えられた申し出を受けるよう促すためかもしれない」

アストリッドは笑ったが、本当は泣きたかった。「あなたの脅しはもう二度目よ。ばかばかしすぎて笑ってしまうわ」

彼女は体が触れるのもかまわずライトフットを押しのけ、さっさと立ち去ろうとしたが、腕をつかまれた。ジョッキからエールが飛び散り、袖がびしょ濡れになる。

「考え直すんだな、ミス・ハニーウェル」彼が耳元でうなるように言った。古いブーツと同じにおいのする息に吐き気がこみあげる。

アストリッドは腕を引き抜いて言い返した。「考え直すものですか。汚い男ね。公爵を殺せばいいわ。彼は友だちでもなんでもないもの」

また腕をつかまれそうになったが、アストリッドはさっとよけて、彼の手の届かない場所まで逃げた。恐怖と怒りで心臓が激しく打っている。

「きみはわたしのものになるんだ、結局は」急いで立ち去る彼女を、ライトフットの声が追いかける。

アストリッドは歯を食いしばって足を速め、人込みに戻るまで止まらなかった。ハイラムを見つけなくてはならない。とにかく彼にライトフットのことを話すのだ。とはいっても、今の時点では何もできない。厳密に言えばライトフットは犯行を認めたわけではないし、彼が関与したという証拠もない。

モントフォードに危険が迫っているのだろうか？　彼女は急に心配になった。ライトフットの手の者が帰り道で待ち伏せしているとか？

モントフォードに警告しなくてはいけない。ハイラムを見つけるのだ。何かしなければ。

アストリッドは人込みをかき分けて進みはじめた。人々はすっかり盛りあがり、エール競走の開始を待ちわびている。参加者の多くはすでに集まっており、おのおの脚を伸ばす準備運動に余念がない。アストリッドの愚かな祖先が一〇〇年前にはじめたこのレースは、村や近隣地区の若者たちから通過儀礼と見なされている。村周辺をぐるりとまわる約三・二キロのコースには何箇所かチェックポイントが設置され、各地点に五〇〇ミリリットル入りのエールのジョッキが用意されている。若者たちは必ずそこに立ち寄ってエールを飲み干しながら、裸足でコースをまわっていく。

参加者は多いものの、ゴールする者は少ない。立ったままゴールできるのはひとりかふたりだ。最初にゴールした者が勝者となり、その日一日、祭りの王として扱われる。そして女王を指名し、人々の前でキスすることができる。けれどもジョッキ八杯分のエールを飲みながら三・二キロを走り通すのは、かなりの難行だった。

こんなに間抜けなレース、ほかでは見たことがない。

しばらくして、アストリッドはレースの開始場所に向かっていない集団がいることに気づいた。彼女のいるところからではよく見えないが、緑地の端に結構な人数が集まり、興味深げに何かを見つめながらささやきあっている。

その集団の隅でアナベルがかつらを直しているのを見つけ、アストリッドはあわてて向かった。落ちて行方不明になる前におばのかつらを直し、ほっとしていると、なぜか首のうしろがちりちりする。誰かに見られているのかと振り返り、すぐに後悔した。みながなぜここに集まっているのか、わかってしまったのだ。

モントフォードがいる。これはいったいどういうことなのだろう!

素朴な毛織の服を着た村人たちに囲まれると、高価で大仰な衣装をまとった公爵は別の人種に見える。ひと目で何者かわかるし、人々におよぼす影響も明らかだ。たとえ彼の隣に全身ピンクに塗られた象がいたとしても、人々の興味は彼に集まるだろう。

だが当人は周囲の視線を気にもせず、猛禽類《もうきん》が獲物の野ネズミに向けるような目をアストリッドに向けている。

彼女の心臓は口から飛びでそうになったあと、重い塊となって沈んだ。なぜか胸が苦しい。いったいモントフォードはここで何をしているの？　今頃はロンドンに向かう途中で、追いはぎに襲われているはずでは？

アリスが心配そうな顔で隣に来た。アストリッドの腕を引っ張って自分のほうを向かせ、せわしなく質問する。「ウェスリーに何をしたの？」

アストリッドは公爵から視線をはずした。「なあに？」

「ウェスリーよ。なんだか変なの。体の調子でも悪いんじゃないかしら。話すことすらできないの」

それはあなたにとって悪い展開ではないのだと、アストリッドは妹に言ってやりたかった。ウェスリーはアリスに話しかける勇気を、まだ奮い起こせていないらしい。

アリスが顔をしかめる。「それにレースに参加するんですって。エールを飲みすぎたのかもしれないわ」

どうしてウェスリーがレースに参加するのか、アストリッドにはわかった。アリスを女王にするためだ。でもそのためには勝たなければならないし、その可能性はかぎりなく低い。身分の高い人間はこのレースに出ないが、それはくだらないからというだけではない。プライドの問題でもあった。肉体労働に従事しているたくましい若者たちに、衆人環視の前で負けるのがいやなのだ。上流階級の男たちは普通、体力では彼らにかなわない。

息子が人前で笑い物になっていると気づいたときのエミリーの顔を、アストリッドはじっくり見物したかった。けれど今はそんな暇はない。やらなければならないことがある……。

何をやるんだったかしら？　どこかへ向かう途中だったのは覚えている。でも肝心の内容は、モントフォードの姿を見てすっかり飛んでしまった。

そのときアリスがアストリッドの背後にあるものに気づいた。彼女の大きく見開いた目とぽかんと開いた口を見るまでもなく、何を見つけたのかは明らかだ。アストリッドの腕に鳥肌が立つ。振り返らなくても、モントフォードが近づきつつあるのを感じた。

「彼はここで何をしているの？」アリスがささやく。

アストリッドは肩をすくめてジョッキを口に運び、対決に備えて中身を一気に飲み干した。最後にむせてしまい、誰かが背中を叩いてくれる。見るとロディだった。にやりとした彼は、すでに足元がふらついている。「大丈夫ですか？」

アストリッドは首を横に振った。ロディが公爵に気づき、彼女に同情の視線を向ける。

「ああ、なんてことだ。ひどく機嫌が悪そうだ」ロディはあわてて逃げだそうとした。

「わたしから逃げようなどと考えるんじゃないぞ、スティーヴニッジ！」モントフォードが怒鳴った。

ロディは青い顔ですごすごと戻り、動揺しているにしては驚くほどちゃんとお辞儀をした。アストリッドが見まわすと、周囲の人々も次々にお辞儀らしきものを試みている。公爵は見境なく領民の首をはねに来たわけではないという噂があっという間に広がり、彼はすでに〝好ましくない人物〟ではなくなっていたのだ。それどころか、今ではライルストーンじゅうの人々が彼の機嫌を取ろうとしている。

アストリッドはかっとなった。

だが公爵はほかの人々は無視して、元秘書にだけ話しかけた。「馬が必要だ」

「馬……ですか？　もしかして乗馬用の？」ロディは公爵の御用を承る心の準備がまったく

できていない。

「当たり前だ、ばかめ」

「なぜ馬がご入用なんですか、閣下？」ウェスリーがそばに来て尋ねた。アリスのほうは見ないようにしている。

「乗って出ていく」モントフォードがいらいらしながら答える。

ウェスリーは困惑の表情を浮かべた。「馬車はどうされたんです？」

「壊れた」

「なんと、それはお困りでしょう」ウェスリーが眉を一本に見えるくらいきつく寄せる。

「ぼくもここまで馬で来たので、それをお譲りするわけにはいきません。自宅のベンウィック・グランジに戻れば、いい馬がたくさんいますが」

「それでいい。では行こう」公爵が嚙みつくように言う。

ウェスリーがあっけにとられた。「今すぐですか？　それは無理です。ベンウィック・グランジまでたっぷり一時間はかかりますが、レースがまもなくはじまるので」

モントフォードは気を悪くした。「レースだと？」

「エール競走です」

「エール……なんだって？」

「エール競走ですよ」ウェスリーはどんなレースか説明した。公爵が信じられないという顔をする。

「なんとばかげたレースだ」彼は軽蔑したように吐き捨てた。

「そんなことはありません」ウェスリーが反論して胸を張る。「今年はぼくも走るんです。勝って、女王のキスを獲得するつもりですよ」そう宣言して真っ赤に顔を染め、アストリッドとアリスのいるほうを見た。

モントフォードが見る見るうちに顔を険しくして、歯ぎしりするような口調で言った。

「きみが裸足で走りまわり、村のあちこちで酒を飲んでいるあいだ、わたしに待っていろというのか?」

ウェスリーは助けを求めてアストリッドを見た。

「まさか、意中の女性の愛を獲得する機会をウェスリー卿から奪ったりなさらないでしょうね」アストリッドは無理やり笑みを作った。「エール競走に勝つのは大変な名誉なんですよ」

「わたしには関係ない」公爵がとげとげしく言う。

気弱なウェスリーの表情を見るかぎり、放っておけば公爵が自分の意を通すだろう。アストリッドはそれだけは許せなかった。ウェスリーが間抜けなレースに参加している一時間くらい、モントフォードは待てるはずだ。アストリッドだって、彼にはもう一分もここにいてほしくない。一時間なんてもちろんいやだ。でもモントフォードを困らせてやれるのなら、アストリッドは喜んで彼の邪魔をするつもりだった。

「エール競走に参加する勇気のある紳士はめったにいません。それなのに、ウェスリー卿は勇敢にも出ると言っているんです。すでに参加表明をしているのに今になってやめたら、面目が丸つぶれですわ。彼をそんな不名誉な目に遭わせたりなさらないわよね？」わざとらしくやさしい口調で尋ねる。

モントフォードがアストリッドに目を向けた。正確には彼女ではなく、ややずれた隣の空間に。目を合わせるのを避けているのだ。「同じ身分の者同士で競走するわけではないから、面目など存在しない」かたくなな声だ。

なんていやな男だろう。

アストリッドは大げさに息をのんでみせたが、本当の感情もかなりまじっていた。「まあ、ひどく差別的な発言だこと。そういう封建的な考え方のせいで、フランス国王は民衆に首を切り落とされたというのに」

「ああ、なんてことを」ロディがきなくさい気配をかぎ取って、あとずさりした。

アストリッドは周囲を見渡して、みながふたりからじりじりと離れつつあることに気づいた。アリスもそうだ。火花の散りそうなふたりのあいだの緊張を感じ取り、誰もが安全な距離までさがって固唾をのんでいる。アナベルがアストリッドのそばに残り、立ったまま居眠りをしているのか、こくこくと頭を動かしていた。

モントフォードが腰に拳を当てて、彼女の前に立った。顔は石を切りだしたように険しく、銀色の目は怒りに煙っている。

アストリッドは甘い笑みを浮かべた。「じつはいつも思っていたの。紳士の方々が下々の者たちと正面から戦おうとしないのは、尊大さだけが理由ではないのかもしれないって」思わせぶりに言葉を切る。

　公爵の顔がさらに険しさを増した。「ほう？」

「だって、紳士の方々……貴族と言ったほうがいいかしら、彼らが単なる農民に競走で勝てないところを見せてしまったら、困った事態に陥りますものね。臣下よりも弱いところをさらして、人の上に立つことなどできないでしょう？」

「弱いだと？」

「ええ。やわというか、意気地がないというか。退化しているとも言い換えられるわね」

「退化？」モントフォードの声は穏やかだが、ナイフの刃のような鋭さがひそんでいた。

「ええ。たとえば体で言うと、もう不要になってしまった部分というのがあるでしょう？　盲腸みたいに。つまり国民の中で不要になった部分が貴族で――」

「ミス・ハニーウェル、きみの発言は民衆を扇動するものだと考える者もいるだろう」

「もちろん、みなそう思うでしょうね。でもわたしが言いたいのは、身体能力の違いについてだけ。あなた方は何もしなくても生きていけるけれど、下々の人間はどうしたって体を動かさなくてはならない。そう思いませんか、閣下？」

　沈黙していた彼が、しばらくして抑えた声で答えた。「きみが何をしようとしているのかわからないとでも思っているのか？　わたしをこのくだらない競走に参加させようとしているのだろう」

　アストリッドは侮辱されたふりをした。「まさか、違います。わたしはただ、ウェスリー卿があえて農民に負ける危険を冒す勇気のある、すばらしい紳士だと言っているだけですもの。そんな勇気を持っている紳士はほとんどいませんから。彼が競走に参加するのをお許しになるべきですわ」

「きみはわたしがレースに勝てないと思っているんだな」

「そんなことはひとことも言っていません」彼女は微笑んでみせた。

「ゴールにたどりつくことすらできないと思っているんだ」

「まさか」そのとおりだというように、目を挑戦的に光らせる。

モントフォードは穴が開くほどアストリッドを見据えているうちに我慢の限界が来たようで、突然向きを変えた。緑地を横切ってウェスリーの腕をつかみ、そのまま引っ張っていく。

「ど……どうするつもりなんです？」ウェスリーが声をあげた。

「エール競走に出るんだ」公爵はほとんど怒鳴っていた。

アストリッドはあぜんとして、遠ざかっていくモントフォードの背中を見送った。彼の宣言を聞いていた村の人々も、ぽかんとして見つめている。やがて人々のささやき声が大きくなり、とうとうふたりのあとを追って次々にレースのスタート地点に向かって歩きだした。

本当に、アストリッドは公爵をここまで追いつめるつもりはなかった。けれども例によって舌が勝手に暴走し、手に負えないほど事が大きくなってしまったのだ。

ふたりは互いの一〇〇キロ以内に近づいてはならないという法律を誰かが作ってくれればいいのに、とアストリッドは心から思った。

公爵がエール競走に出る？　ライルストーンではもっと奇妙なことだってあったのかもしれないが、少なくともアストリッドが生まれてからはない。

最初の衝撃が薄れると、彼女はだんだんとモントフォードの負ける姿が楽しみになってきた。そう、負けるに決まっている。そもそも彼は、これまで一度でも走ったことがあるのだろうか？　それに彼が普段酒を飲まないのはわかっている。レースに勝つために必要な技能をふたつともやりつけていないのだから、ライルストーンの働き手である若者たちの敵になりようもない。

少なくともアストリッドはそう望んでいた。

彼女はみなのあとを追った。

スタート地点に着いてはじめて、頭に三つの疑問がわいた。ひとつ目は、そんな可能性はないだろうけれど、もしモントフォードが勝ってしまったらという疑問。ふたつ目は、最初の懸念が現実になったとして、彼は女王を選ぶだろうかという疑問。そして三つ目。もし彼が女王を選ぶとしたら、アストリッドを選ぶだろうかという疑問。

またモントフォードにキスをされるはめになるの？　それもみんなの前で？　まさか……。

だがそこで、さらにいやな疑問を思いついた。もし彼が別の女性にキスをしたら？

そして、もっといやな疑問。モントフォードが別の女性にキスするかどうか、わたしはなぜ気になるのだろう？

次々とわいてくる疑問で頭がいっぱいになり、アストリッドはライトフットと彼の脅しについて、ずっとあとになるまで思いださなかった。
そして思いだしたときには、もう遅すぎた。

15

公爵、その週二度目のレースに参加する

ライルストーンの領主であるモントフォード公爵がエール競走に出るという情報が広がると、あっという間に賭けがはじまった。村人たちはミス・ハニーウェルが公爵に叩きつけた挑戦で盛りあがり、大声で金額のやり取りをしている。一方、緑地の端にいる競走の参加者たちは、恐ろしい殺気を漂わせながらスタート地点を凝視している領主から離れてかたまっていた。

公爵の殺気の矛先が特定のひとりに向いているとすれば、それが誰かは明らかだった。ミス・ハニーウェルが公爵を退化して無用になった器官呼ばわりしたせいだと、肉屋は帽子屋に教えた。帽子屋は肝心なときに離れた場所にいて、早くも伝説となっている会話を聞けなかったのだ。退化したものにたとえるという恐ろしい侮辱を受け、公爵閣下は自らの名誉を守るために立ちあがらざるをえなかったのだと、肉屋が彼の理解のおよぶかぎり詳しく説明した。これに対して帽子屋は、ミス・ハニーウェルも今度ばかりはやりすぎたと、ジョ

ッキを傾けながら評した。普通は誰かの器官が退化したなどと人前で触れまわったりはしない。とりわけ、その器官が公爵のものならば。

肉屋はこの意見に賛成し、上着を脱いでクラヴァットをゆるめているモントフォード公爵に目を向けて値踏みした。ちゃらちゃらした服を脱ぐとなかなかいい体をしているし、特に長い脚が威力を発揮しそうだ。それに肉屋の見たところ、ミス・ハニーウェルは公爵の血を熱くたぎらせた。彼女はほとんどの男にそういう効果をおよぼすのだが、公爵はそのたぎった血の力だけでも競走を走りきれるに違いない。肉屋は迷わず公爵に一ポンド賭けた。ハニーウェル家の女たちにかなりの金を落としてもらっている帽子屋は、誰に忠誠を誓うべきか――それに美しいアリスの目――を思い出し、突然現れた貴族の負けに同じ金額を賭けた。

同じような光景があちこちで繰り広げられ、勝った場合は慈善箱に入れるという名目のもと、牧師まで公爵に何シリングか賭けている。そして男たちが勝負の結果について盛りあがっている一方、女たちは〝公爵が勝ったあと〟へと思いをめぐらせていた。ハニーウェル家の姉妹を除く一〇〇歳以下の未婚女性全員が、あわてて身づくろいをはじめていた。

だが、そんな人々に紛れて不気味な静けさを保っている人間がひとりいた。ミス・ハニーウェルに関心を持っているその人物は、彼女が一度ならず二度三度と髪を耳のうしろに撫でつけていることに気づいていた。いつもは外見を気にするような行動などいっさい見せないのに。しかも彼女はモントフォード公爵が上着を脱いでベスト姿になる様子から、目を離せずにいる。やはり公爵もまたがっていた馬と同じ運命をたどればよかったのだと、その人物は悔しがっていた。

モントフォードは自分が引き起こしている騒ぎといつの間にか作ってしまった敵に気づかないまま、居心地悪そうにまわりでたむろしている若者たちをにらみつけた。著しく頬を紅潮させたウェスリーは、かがんで靴下を脱ごうとしている。脚を伸ばしたり体をねじったりしている者もちらほらいるが、そんなことをしても痛いのに変わりはないと、モントフォードは思った。

それにしても、なぜ競走に参加するなどと言ってしまったのだろう？

振り返ってミス・ハニーウェルを探すわけにはいかなかった。彼女をちらりとでも見たら、もっと恐ろしい状況に足を突っ込んでしまうかもしれない。だが、これ以上ひどい状況などあるのだろうか？

ロンドンの知りあいにこんな酔っぱらい競走に参加したと知られたら、笑い物にされたあげく、貴族院を追いだされてしまう。あるいは正気を失ったと思われて、病院に送られるかもしれない。

セバスチャンとマーロウは、もちろん大笑いするだろう。彼らがこの話を信じればだが。ふたりはモントフォードをとんでもない堅物だと思っているのだ。

昨夜のようなことがあったとはいえ、ミス・ハニーウェルも彼らと同意見なのは明らかだ。

前の晩の出来事を思いだして、モントフォードの体はふつふつと熱くなった。手を下に伸ばし、ブーツの先を持って引っ張る。丈高のヘシアンブーツは簡単には脱げない。自分で脱ぐには座るのが一番なのだが、湿っている地面に腰をおろすのはいやだった。

コースを見渡して、モントフォードは心が沈んだ。草の生えたぬかるんだ道を裸足で三・二キロも走ったら、ゴールする頃には臀部《でんぶ》が少し湿るくらいではすまない。

公爵がブーツを脱ぐのに苦労しているのを見て、ウェスリーが従者の代わりを申しでた。しかし、この男爵はいかんせん不器用だった。彼はモントフォードが伸ばした脚にうしろ向きにまたがると、モントフォードの顔に向かって尻を突きだしながらブーツを引っ張った。すると驚くほど簡単に脱げたのはいいが、ウェスリーは前に、モントフォードはうしろに、勢い余ってよろけるはめになった。

周囲からくすくす笑いが聞こえてくるのを、モントフォードは懸命に無視した。もう片方に取りかかろうと戻ってきたウェスリーを追い返し、怒りに力を得て、いまいましいブーツを自分で抜き取る。靴下に包まれた足が地面につくと、びちゃっと音がしてぞっとした。

小声で悪態をつきながら靴下を脚からはぎ取り、横に投げ捨てる。膝から下がむきだしになった足を見おろして、モントフォードはさらに毒づいた。顔をあげるとまわりにいる競争相手たちが、彼が尻尾でも生やしたかのように見つめている。

「きみたちは手加減なしでやってくれ」モントフォードは若者たちにとげとげしく言った。「わたしはわたしで、単なる茶番に終わらないよう全力を尽くす」

これを聞いて、手を抜くと思われているのかとむっとしている者もいれば、逆に震えあがっている者もいるし、見直したというようにうなずく者もいた。脚がつらないように伸ばしておいたほうがいいと大胆にも助言してくる者までいて、モントフォードは体をひねって奇妙な動きをしてみせる彼らを呆然と見つめた。

そんな助言には絶対に従うものか。

ほかの者たちと一緒に、モントフォードはぎくしゃくとスタート地点に進んだ。ふと気づくと、すぐ横にやはり裸足になったスティーヴニッジがいた。こわばった顔でモントフォードに挨拶し、緊張を解くためかその場でぴょんぴょん跳ねはじめる。だがモントフォードに言わせれば、パブでひと晩飲み明かした船乗りのようにゆるみきっているスティーヴニッジには、そんな必要はまったくない。

ミス・ハニーウェルが群集の中から進みでて、スタート地点に近づいてきた。垂直に立てた樽の上にのり、村人から赤い旗を巻きつけた棒を受け取る。彼女はそれを頭上に掲げた。

「いったい何を……？」モントフォードはつぶやいた。

「ハニーウェル家の人間がスタートの合図をするんですよ。それが伝統なんです」ウェスリーが教える。

モントフォードは返事の代わりにうなり、彼女が旗を振りおろすのを見守った。群衆がわき、レースの参加者たちがいっせいに走りだす。スティーヴニッジが飛びだしたかと思ったらすぐに転び、あわてて立ちあがって、尻に泥をつけたままレースに戻っている。懸命に肘を振って走るウェスリーは、まるで飛べない巨大な鳥だ。

しばらくのあいだ、モントフォードは目の前で繰り広げられている光景をただ見つめていた。胃がきりきりして、本当にあの間抜けどものあとを追うべきなのかという疑問がわいてくる。

しかしそこで、彼は赤い旗を持って樽の上に立っているミス・ハニーウェルを見るという間違いを犯した。彼女はあざけるような薄笑いを浮かべ、モントフォードを見おろしている。彼には勝つ見込みがまったくないと考えているのは、火を見るより明らかだ。

だが、そんなことはない。

ふたたびコースに目を戻したモントフォードは、先頭を行くウェスリーを見てかっとなった。あの間抜けな男が勝つのだけは許せない。彼はウェスリーが先ほどミス・ハニーウェルをどんな目で見つめたか、目撃していた。一番先にゴールしたらやつが何をするつもりかはわかっている。

もう一度ウェスリーがミス・ハニーウェルにキスするところを黙って見ていなければならないはめに陥ったりするものか。あの集団の中の誰が彼女にキスしてもいやだ。ミス・ハニーウェルにキスをする間抜けがいるとしたら、自分でなければならないのだ。

とはいえ、また彼女にキスするつもりなわけではない。彼女にキスしたいはずなど……。

「くそっ!」モントフォードは小声で毒づくと、いつの間にか全力で駆けだしていた。

一〇〇メートルで集団に追いついた。もう一〇〇メートル走る頃には、人々の声援は遠くなり、石や木の枝などさまざまなものを踏みながら進む足の裏が痛くなってきた。集団から脱落しかけている何人かを追い越し、さらにまた何人か抜く。しかし彼らは腹が出ていたり、ひどく背が低かったり、あるいはスティーヴニッジのようにすでに飲みすぎていたりする者ばかりで、あまり喜べない。

四〇〇メートル地点の標識まで行きつくと最初のチェックポイントがあり、エールがなみなみと入ったジョッキを渡された。まわりの男たちが荒い息の合間に酒を流し込んでいるのを見て、モントフォードは悪態をついた。けれども声にはならない。すっかり息が切れていて、とても言葉を発せられる状態ではなかった。

一瞬ためらったが、ジョッキを見つめたあと、人生初の〈ハニーウェル・エール〉をあおった。炭酸の刺激と苦い味に、なぜみんなはこんなものを飲みたがるのかと、いつものように考える。だが、そんなことをゆっくり考えている暇はない。今は速さがすべてなのだ。そこで彼はふた口でエールを飲み干し、ほかの若者たちと同じようにジョッキを投げ捨てて、ふたたび走りはじめた。

胃の中でエールがたぷたぷ音を立て、脇腹が少し痛くなってきた。けれどもそれ以外に体に変調はなく、不快なのを我慢して、モントフォードは走りつづけた。怒りにまかせて二箇所目のチェックポイントまで行き、二杯目のジョッキを空けて投げ捨てる。レースを再開してライル川を横切る橋を渡ると、羊が草を食《は》んでいる野原を縫う、ぬかるんだでこぼこ道に出た。羊をよけながら進むうちに大きなぬかるみに足を取られ、危うく足首をねんざしそうになった。

六〇〇メートル地点に到達する頃には足はしびれ、下半身は泥だらけになっていた。膝は痛み、肺は焼けるようで、エールのせいで頭はぼうっとしている。三杯目を流し込みながらまわりに目をやると、近くの木のそばで体を折って吐いている男や、道端で大の字になってぼんやりと空を見あげている男が見えた。レースを続けていいものか心にふたたび疑いがわいてきたが、そこで空けたジョッキを投げ捨てて元気に走りだすウェスリーが目に入った。

モントフォードはジョッキを逆さにしてひと息に中身を飲み干すと、手の甲で口をぬぐって走りだした。

それから三〇歩ほど進んだものの、ジョッキを持ったままなのに気づいて茂みに放る。彼は速度をあげた。すでに集団の中ほどまで来ている。横には昨日手を貸してくれた男がふたり走っており、モントフォードを見てうなずいた。彼はうなずき返しつつも、目は先頭近くにいるひょろりとしたウェスリーから離さなかった。歯を食いしばり、さらに速度をあげる。先ほどのふたりは追い越したが、ウェスリーからは遅れて八〇〇メートル地点に着いた。泥と汗の染みがついたローン地のシャツにさらにエールの染みをつけながら、モントフォードはジョッキを空けた。そしてまた走りだすと、足と膝の痛みは消えていて、脇腹の差し込みも奇跡のように治っていた。しかも先頭にだいぶ近づいていて、あとはウェスリーを含む小さな集団だけだ。がぜん力がわいてきた。

一同は小さい坂をのぼったあと反対に下り、ぐるりとまわってライルストーンの方向へと戻りはじめた。モントフォードのまわりの者たちはみな、よろめいたりつまずいたりしてまっすぐに進めない。なんて無様なんだと笑おうとして、彼は自分も同じだと気づいた。自覚していなかっただけなのだ。

五つ目のチェックポイントは、ライル川を渡って村に戻る道へとつながっている別の橋の手前にあった。けれどもそこに着いたときには、もう川も川向こうにある村も目に入っていなかった。視線の先にあるのは両手に持ったジョッキだけ。なぜこんなに苦しいんだと思いながら懸命に息を吸い、エールを見おろしてもどうすればいいのかわからず、モントフォードは頭をひねった。

そうだ、飲まなければならないのだと思いだす。

彼はごくごくと飲み干した。突然ひどく喉が渇き、とてつもなくおいしく感じた。飲んでみると〈ハニーウェル・エール〉も悪くない。実際なかなかいける。どうりでマーロウとセバスチャンがあんなに勧めるわけだ。

モントフォードは走りながら空を見あげ、その鮮やかさに感嘆した。ミス・ハニーウェルの片方の目とまったく同じ色だと気づいて、くすくす笑う。いや、笑おうとした。すっかり息があがっていて、かすかにぷっと音を立てるくらいしかできない。その音がおかしくて、さらに笑った。そのまま空を見ながら走っていると、突然、足がかたいものに引っかかった。木の根だろうかと思いつつ空を飛び、丈の高い草むらに地響きとともにうつぶせに着地する。衝撃で胃の中身がせりあがり、両手で地面をがしっとつかんだ。彼は仰向けになってふたたびぷっと吹きだすと、すぐに立ちあがってまた走りだした。ところがさっき抜いたばかりの若者が、こちらに向かってものすごい勢いで突進してくる。

なぜわたしめがけて走ってくるのだろう？

若者が前方を指差し、すれ違いざまにしゃがれた声で言った。「あっちですよ、領主さま」

よくわからないまま向きを変え、若者のあとを追ったモントフォードは、六つ目のチェックポイントに着いてようやく理解した。

自分は反対の方向へ行こうとしていたのだ。

「いつの間にか逆に走っていたよ」自らの行動にすっかり驚いて、若者に声をかける。

もう声の出なくなっていた若者はただうなずき、ふらふらしながらジョッキを取りあげた。

モントフォードも同じようなものだった。エールを喉に流し込んだはいいが、最後に咳き込み、ぐらりと前のめりに倒れそうになる。

うずくまってうめいていたり、えずいていたり、完全に伸びていたりしている数人の男たちをよけ、モントフォードは先へ進んだ。誰かを追いかけていた気がするが、誰だったか思いだせない。そのうち記憶が戻ることを期待して、懸命に脚を動かす。

すぐに広い道に出た。視線の先で、れんがの建物がゆらゆら揺れている。やはり建物の状態をよく調べなくてはいけないと考えて、彼は速度をあげた。何度か転んだものの、楽しい気分で進んでいく。

実際、とても愉快だった。

今までこんなにすばらしい気分になったことはない。自由な感じとでもいうのだろうか。

下半身の感覚はまるでなく、頭は三メートル上空をふわふわと漂っているみたいだ。なぜ走りはじめたのかは忘れたが、今は走っているのがうれしくてたまらない。最高の運動だと、モントフォードは考えた。これからはもっと頻繁に走らなくては。屋敷に戻ったら、この運動を取り入れよう。どの屋敷に戻るにしても。そして、みなにこのよさを広めるのだ。

彼は地面を蹴って走った。水たまりや木の根や転がっている人間の体を軽快に飛び越えて。いや、待てよ。たしかに今、人の体を飛び越えた。まさか死んでいるのでは？　そうでないことを祈りつつ、ちらりと振り返ろうとした。バランスが崩れ、泥の上に転がる。

モントフォードは立ちあがり、またよろよろと進みはじめた。

カーブを曲がったところで、誰かにぶつかりそうになった。

「ああ、すまない――」

「申し訳ない――」

体勢を立て直し、前に進みながら横を見た。ぶつかりそうになった男はモントフォードの視界を出たり入ったりしている。同じくらいの身長にひょろっとした体、目立つ赤毛。

ウェスリーだった。開いた口から舌を垂らし、真っ赤な顔でふらふらと走っている。彼も自分の横にいるのが誰だか気づき、目を丸くしてへらへらと笑った。帽子をかぶってもいないのに、手を持ちあげて取ろうとする。「やあ、モント――フォードじゃないか！　おかしな――もんだな――ぼくたちが――最後まで――残るなんて――」彼は大きく左にかしいで言葉を切った。よろよろと右に戻り、モントフォードにぶつかりそうになる。

相手が何を言っているのかモントフォードはさっぱり聞き取れなかったが、この間抜けな男から遅れてはならないことだけはわかっていた。いや、追い越せればなおいい。

脚の感覚がなかったが、歯を食いしばり、力を振りしぼって動かした。楽しい気分はウェスリーがぜいぜい息をする音を聞くたびに消えていった。

まったく、この男はどうしてこんなに息を切らしているんだ？

そもそも、なぜ自分たちが走っているのか思いだせない。それに前に見える男は、どうして両手にひとつずつカップを持っているのだろう？

男の横に着くと、男はその大きなカップを差しだした。ひとつをモントフォードの手に、もうひとつをウェスリーに押しつける。ウェスリーがすぐに中身を飲みはじめたので、モントフォードも同じようにした。何が入っているのかわからなかったが、喉を下っていく感じは好きになれない。飲み干してまた走りだそうとしたモントフォードを男が止め、カップをもうひとつ差しだす。

「これはいったいなん——」舌がもつれて言葉が不明瞭になる。

「ここでは二杯飲まなくちゃだめなんですよ、閣下。最後なんで」男が満面の笑みで説明した。

モントフォードは男をにらみつけ、渡されたものを飲んだ。水ではないようだ。喉を滑り落ちていく感じが水とは全然違い、体の中がかっと熱くなる。

ウェスリーが最後の一杯を飲んでいる途中でむせた。顔は真っ赤なのに、そうでない部分には血の気がまったくない。

飲み終えたモントフォードはカップを投げ捨て、その拍子によろめいた。自分は止まっているのに、まわりの世界がぐるぐるまわっている。

カップを渡してきた男が右へ行くように合図した。「さあ、どうぞ。行ってください、領主さま。急いで！」

ウェスリーが前に出てはよろめき、体勢を立て直してはまた前に出る。モントフォードも同じだった。そうやって一緒にカーブをまわると、大勢の人々が待ち構えていた。その騒がしさといったら、彼が見たことも聞いたこともないほどだ。

何歩か前にいたウェスリーが、ついてこいと合図する。「さあ――閣下――ぼくは――ひっく――絶対に――ひっく――負けませんよ」

「負けないって何に？」モントフォードはげっぷをした。

「競走ですよ――ぼくは――キスする――ひっく――つもりですよ――ミス・ア――」ウェスリーはしゃべるのをあきらめ、ぷはっと息を吐いた。大声で声援を送っている人々に向かって、おぼつかない足を踏みだす。

モントフォードは自分もそっちに行きたいのか、よくわからなかった。あの人々は何に大騒ぎしているのだろう？　けれどもウェスリーだけを行かせてはならないとしきりに本能が訴えるので、進みつづけた。前へ、そしてまた前へ。一歩ずつ、少しでもいいから足を出す。地面の上に見える足が自分のものなのかさえ、もうわからない。

人々が叫ぶ声に四方から包まれた。彼らは旗だけでなく、なんでもかんでも振っている。波打ち際に打ち寄せる流木のような人々を、モントフォードは見るまいとした。彼らを見ていると奇妙な気分になって、胃が落ちつかない。その中身を、みなに向かって吐きだしたくなる。

なんだか気分が悪い。

左のほうから変な音が聞こえた。顔を向けると、ウェスリーが四つん這いになって、頭を地面に叩きつけるような仕草を繰り返している。

モントフォードは視線をそらし、今見たものを忘れようとした。よろよろと進みはじめたところを、何かにぴしゃりと背中を叩かれ――上半身の感覚はかろうじて残っている――足が大きく前に出る。そのせいかどうかわからないが、彼は大きくよろけて数人の人々に倒れかかった。彼らに受け止められ、前へと押しだされる。

すると、ほんの一メートルほど先に何かが見えた。地面の何十センチか上に青い線が浮かんでいる。いったいあれはなんだ？　どうやって宙に浮いているのだろう？　目の前まで行って、モントフォードは立ち止まった。手を伸ばして触ろうとする。何度か失敗して、ようやく指が届いた。つついてみると、押した方向にたわむ。

リボンだ。青いリボン。なぜこんなところに青いリボンが？

誰かに肩を押され、彼はよろよろとリボンに倒れかかった。体の重みでリボンがふたつに切れる。

残念だ、きれいなリボンだったのに。

すっかり存在を忘れていた人々がいっせいに歓声をあげた。甲高い声、笑い、拍手、口笛が一体となって、ものすごい騒ぎだ。モントフォードは切れてしまったリボンを拾おうとしたが、人々が彼に向かって押し寄せ、背中を叩いたり、感覚のなくなった両手を握ってきたり、何に対してかはわからないけれど祝福の言葉を投げかけたりしてくる。

モントフォードは祝福してくれたひとりに目を留めた。頭のてっぺんが禿げた、小さな黒い目の男だ。男はにこやかな顔で彼の手を握って振っているが、その表情は今まさにネズミに飛びかかろうとしている猫を思わせた。「なぜわたしの手を振っているのだ？」モントフォードは大きな声を出した。実際に出てきた声は、大きいとはとても言えなかったが。

「閣下がお勝ちになられたので」男が説明する。

「勝った？　何に？」

「競走ですよ」

モントフォードはぼんやりと思いだした。

「ああ、そうだ。競走だ」

そう言うと、彼は地面に倒れ込んだ。

恐怖とおかしさを同時に感じながら、アストリッドはモントフォードがゴール地点に渡されたリボンを指でつつくのを見つめた。泥だらけの彼は顔が真っ赤で、リボンの意味をまったくわかっていない。新種の動物とでも思っているようだ。足元はおぼつかず、体が大きく揺れている。そんな彼を見かねて、誰かが肩を押した。公爵の勝利は誰の目にも明らかだったからだ。ウェスリーは二〇歩ほどうしろで伸びているし、見渡すかぎり、ほかには誰もいない。ゴールしたモントフォードはきょろきょろして、地面に落ちたリボンを拾おうとしている。

人々は大興奮だった。公爵が負けるほうに賭けていた者たちでさえ、この結果に喜んでいる。喜ばないはずがない。英国貴族が裸足で汗とエールと泥にまみれ、主人からジンをくすねた厩番の少年みたいに得意げな顔をして、酔っぱらって立っているのだから。ところがそのとき、群衆に紛れてライトフットがモントフォードに近づくのが見えた。ライトフットが無警戒に垂れた公爵の手を握ると、アストリッドの全神経が警告を発した。あのいやらしい男がモントフォードと自分に対して恐ろしい脅しをかけてきたことを、ようやく思いだしたのだ。

アストリッドは急いで彼らのほうに向かった。モントフォードに警告しなければ。けれども人込みが邪魔で、なかなか進めない。

モントフォードはライトフットをまったく警戒していない。それにあれほど酔っぱらっていては、たとえ警告されても理解できないだろう。今も彼はライトフットに何か言おうとして笑い、ぐらりとよろめいて、相手もろとも地面に倒れ込みそうになっている。

まわりの人々がぎりぎりのところで受け止めて、立たせたけれど。

やがて群衆のあいだから声がわきあがった。

「キス！　キス！　キス！」

最初はお調子者の若者が何人かで声をあげているだけだったが、やがてもっと年上の男たちにも広がり、さらには女たちも加わった。

牧師まで声を合わせている。人々の声はどんどん大きくなり、無視できないほどになった。

それにつれてアストリッドはどんどん気持ちが重くなり、足が止まった。体がかたまって、その場から動けない。

だがそこからでも、モントフォードがろれつのまわらない口で尋ねているのが聞こえた。

「キスしろって、どういうことなんだ？」

人々が口々に説明しだしたので、アストリッドはあとずさりした。それから思い直して前に進む。彼女はもう、自分がどうしたいのかわからなかった。

けれどもほかの女たちは、どうしたいのかはっきりわかっているようだ。われ先に前へ出て、公爵の注意を引こうとしている。

でもアストリッドの見るかぎり、それは簡単ではなかった。モントフォードは目の焦点を合わせるのにひどく苦労している。彼は片目を閉じた。すぐにその目を開け、今度は逆の目を閉じる。どうするとちゃんと見えるのか、片方ずつ試しているのだろう。やがて彼は両目を閉じた。

アストリッドは顔をしかめた。こんな状態の彼とキスしたいと思う女性がいるなんて、正気とは思えない。顔は赤いし、汗まみれだし、息が荒い。それにひとりではまともに立っていられないというのに。

もちろん、わたしはモントフォードとキスしたくなどない。だって彼は……。

酔っぱらっているし、ひどいありさまだ。

彼はまわりじゅうに間抜けな笑みを向けている。

一瞬、アストリッドは息が止まった。彼があんなふうに心からうれしそうに笑っているのを見るのははじめてだ。五歳の少年のような笑みから目が離せない。

彼女の心臓がとくんと打った。

ああ、どうしよう。

モントフォードがぐらりと揺れ、何かを探すように体をぐるりと半周させて群衆を見渡した。アストリッドを見つけると彼は体を止め、笑いを消した。頭を上下に動かす。目を細めて彼女であることを確かめると、腕を持ちあげて指差した。

いや、彼女とはかぎらない。彼女がいるあたりを指したのだ。

「きみだ」モントフォードが言う。

女性たちがいっせいに失望のうめきをもらした。全員の目がアストリッドに向けられる。

彼女はモントフォードが自分を指差したのではないことを祈った。それなのに自分ではないかもしれないと思うと、それもいやだった。相反する気持ちを抱えてまわりを見まわしたが、半径一〇歩以内にいる女性はアナベルしかいない。そしておばは事のなりゆきを面白がっている。

モントフォードがアストリッドに向かって歩きだした。その背中をライトフットが目を細めて見つめている。人々は道を空け、公爵が目的の女性にたどりつくのをじっと待っていた。彼はアストリッドを指差したまま右に左に揺れ、ときおりしゃっくりをしながら近づいてくる。

彼女は観念した。レースの勝者は選んだ女性にキスできる。だから、もしモントフォードが彼女を選ぶのなら、伝統に従って運命を受け入れるのが義務だ。彼とキスする以外に選択肢はない。もちろんそんなことをしたいわけではないし、それどころか考えただけでもぞっとするけれど。

キスを楽しんだりはしない。

絶対に。

アストリッドは息が吸えなくなった。頬が燃えるように熱くなり、期待がふつふつとわきあがる。

モントフォードが彼女の前で立ち止まった。けれどもそれは一瞬で、すぐさま左に大きくよろけたかと思うと、アナベルに向かって倒れ込んだ。年老いた女性のかつらをはたき落としながら彼女の上に重なり、唇の横にキスをする。

アナベルが金切り声をあげ、持っていた杖をモントフォードの背中に振りおろした。痛みに声をあげて横に転がった彼の手が、アナベルのかつらに絡まった。彼はびくっとして、かつらを振り払おうと何度も手を振っている。そのあいだにアナベルは立ちあがり、彼を何度も何度も杖で打ち据えた。

アストリッドがなんとかおばを公爵から引き離すと、誰かが彼を助け起こした。群衆は大喜びで、体をふたつに折って笑い転げている。おかしさに涙を流している者もいた。今年の収穫祭が子々孫々まで語り継がれるのは明らかだった。

それにはアストリッドも同意せざるをえなかった。酔っぱらった公爵が彼女と間違えておばにキスしてしまったからといって、もちろん失望などしていない。一瞬、彼は本当に間違えたのだろうかという疑いが心に浮かんだ。まさか、最初からアナベルおばさまにキスするつもりだったのかしら？

絶対に失望なんてしていないと自分に言い聞かせながら、アストリッドはたくましい男たちが数人がかりでモントフォードを肩にかつぎあげ、群衆の中へ踊るように入っていくのを見送った。公爵は困惑した表情を浮かべながらも、驚くほど上機嫌な顔をしている。自分が一番近い酒樽へと向かっているとはまったくわかっておらず、行き先を気にしてもいないようだ。

失望なんてしていない。

顔をそむけたアストリッドはライトフットと目が合った。寒気が背中を駆けあがる。彼の顔に浮かんでいる笑みは、これまで見たこともないほど恐ろしいものだった。

彼女はライトフットに背を向けた。彼とのことはあとで片をつけよう。

ウェスリーのほうに目をやり、アリスが面倒を見ているのを確かめると、アストリッドはアナベルのかつらを拾った。かつらの形を整え、おばの白髪まじりの赤毛の頭にのせる。

アナベルは顔を赤くして、すっかり混乱していた。「いやらしい男に急に襲われたのよ。誰なの、あのろくでなしは？」

「モントフォード公爵よ」

「なんですって？　公爵がいるの？　いったいどこに？」アナベルは急いであたりを見まわした。

けれども公爵を見つけることはできなかった。

16

公爵、意中の女性に詩を捧げる

モントフォードはウェスリーと互いの体に腕をまわしあい、よろよろと道を進んでいた。咳払いをして、その晩すでに一一回目になる詩の披露をはじめる。

「ケントから来た若者の……」聞く者に背景を説明する出だし。穏やかに入るのが普通だが、彼はしょっぱなから声が大きい。

「大事な部分はしおれていた――」

ふたりのうしろでロディがぷっと吹きだし、フローラも続く。モントフォードも一緒になってくすくす笑い、なかなか次に進めない。

「中に入ろうと腰を突きだしたが／彼女のすねに引っかかって進めない／とうとう妻のもとへと送り返された」

ウェスリーはしばらくかかって意味を理解すると、顔を真っ赤に染め、ぼろぼろになった袖を口に押し当てて笑った。

「いやだわ、もう！　今日一番のひどい詩ね！」アリスがアストリッドの隣でつぶやく。彼女もかなり足元が怪しい。恥ずかしげにウェスリーのほうばかり見ているので、彼はすっかりまごついて、アリスに目を向けられずにいる。公爵のわいせつな詩のあとでは、見られないのも当然だ。

アストリッドはうなずくことしかできなかった。耳が燃えるように熱い。村を出て城館に向かっているこの三〇分間は、言葉にできないひどさだ。彼らは最後まで祭りに残っていたのだが、ウェスリーとモントフォードは伸びてしまっていたので、ニューカムに助け起こしてもらわなければならなかった。ニューカムはロディとフローラのうしろを歩いているものの、この三人もウェスリーとモントフォードに負けず劣らず酔っぱらっている。

実際アストリッドの見るかぎり、一行の中で彼女だけがかろうじて正気を保っていた。アリスでさえいつもよりかなり飲んでいて、アストリッドは妹を支えて歩かなければならなかった。ハイラムが裏切り者であることに変わりはないけれど、今晩彼が自分の娘たちとまとめて面倒を見るからと言って、アントニアとアディスを預かってくれたのはありがたかった。このうえ騒々しく喧嘩ばかりしている妹ふたりも加わっていたら、とても耐えられなかった。

誰かが紳士ふたりに脱いだ服を着せ直してくれたようだが、元どおりの姿とは言いがたい。少なくともブーツだけはちゃんと履いているものの、クラヴァットはぼろぼろで、ウェスリーの上質な毛織の上着は背中が裂けてしまっている。ふたりとも帽子はなくなっているし、モントフォードのクラヴァット用のピンが刺さっているのは上着の襟の穴だ。まるで巨大なルビーではなく、カーネーションか何かに見える。

モントフォードがその貴重な品を回収できたことにアストリッドは驚いていた。彼はレースに勝ったあとルビーのピンを落とし、その上を少なくとも六回は踏んでいた。

それにモントフォードが詩を詠むのも意外だった。城館への帰り道、彼はひどく下品ではかげた詩を一〇回以上がなり立てている。アストリッドは帰り道をこんなに長く感じたのははじめてだった。

笑いをこらえるのに本当に苦労した。

彼女以外の者たちもそうだ。モントフォードにまわされた腕の中で、ウェスリーは笑いが止まらなくなっている。モントフォードも同じ状態だ。ふたりは歩きながら頭を寄せあい、少年のようにくすくす笑っていた。まるで親友にでもなったみたいに。モントフォードがほかの者には聞こえない小声で、ウェスリーの耳にまた詩をささやいた。ウェスリーが足を止め、一瞬口をあんぐりと開けて公爵を見る。

それから腹を抱えて笑いだした。「とんでもないな、あなたは。ひどすぎる」

モントフォードは悦に入っている。

アストリッドはつんとしてふたりを追い越したが、内心ではモントフォードがなんと言ったのか知りたくてたまらなかった。

こんなひどい詩の作り方を彼はどこで学んだのだろう？　彼にこのような一面があるなんて夢にも思わなかった。

「もっと作ってくれないか」裏庭へと向かいながら、ウェスリーが頼んだ。

モントフォードは定まらない視線を城館に向け、何かの謎を解こうとでもしているように首を伸ばして左右を見た。「もっと？」

「ええ、もうひとつお願い！」アリスも熱心に言う。彼女はいつの間にかアストリッドから離れ、ウェスリーの空いているほうの腕をつかんで寄り添っていた。ウェスリーは最初驚いて彼女を見おろしていたが、やがて笑みを浮かべた。

そんなふたりの姿にモントフォードは頭の横に手を当てて考え込み、アストリッドに目を向けた。

彼女は一瞬息が止まったが、すぐに顔をしかめてみせた。「わたしはもうじゅうぶんだと思うわ」

「きみの繊細な神経を傷つけてしまったかな？」公爵はそう言おうとしたのだと、アストリッドは解釈した。舌がまわっておらず、変なところで間延びして妙な抑揚になっている。

彼女は咳払いをして、胸の前で腕を組んだ。「ひどく間抜けなまねをしているのがわからないの？　あなたたち全員よ」

アリスとウェスリーは彼女の言葉を無視して、なおも公爵をせっついている。

モントフォードはアストリッドから目を離さずに、次の詩を披露した。

「あるところに若い女がいた／その目は色も大きさも変わっていて／彼女が大きく目を見開くと／人々は驚いて顔をそむけ／そそくさと離れていった」

ウェスリーが忍び笑いをはじめた。アリスはあやふやな笑みを浮かべている。アストリッドは胸がずきんと痛んだが、こんなことで傷つくものかと歯を食いしばった。けれども息が荒くなり、目の前の庭がぼやけていく。悲しくて涙が出てきたのではなく、すぐそばで咲いているバラの花粉のせいで目が痛いのだと自分に言い聞かせた。

ほかに誰も笑っていないので、ここは笑うべきではないとウェスリーがようやく気づいた。

「なんだ、その詩はいやらしくもなんともないぞ」

「そうね。ただばかみたいなだけ」アストリッドは鋭く返した。

「その詩はあまりいいと思わないわ、モントフォード」アリスが静かに言う。

「どこがあまりよくないんだ？」ウェスリーがきょとんとして尋ねる。

アリスが説明しはじめたが、アストリッドはもうじゅうぶんだった。

あとはみな勝手にやればいい。彼女はさっさとひとりで生け垣に向かった。もう今晩は誰にも会いたくないと思いながら、そこを通り抜けて建物の裏に出る。

菜園の端まで来たとき、アストリッドは腕をつかまれた。においで誰かわかった。エールと汗と泥、それにこれらのにおいにもかかわらず彼女を陶然とさせる、モントフォード特有の香り。腕を引き抜こうとしたが、彼はしっかりとつかんで放さない。アストリッドはバランスを崩して庭の塀にぶつかった。彼もつられてよろめき、熱い体が彼女の背中に覆いかぶさる。

アストリッドは彼を押しやって横に逃れようとしたものの、肩をつかまれて体を反転させられた。冷たい塀と熱い体にはさまれて動けない。視線の先にクラヴァット用のピンが見えた。「放して」

「ちょっとだけ待ってくれ。謝りたいんだ」公爵はまだろれつがまわっていない。

「謝ってほしくなどないわ。そこをどいてちょうだい」

「さっきの詩だ。傷つけるつもりじゃなかった」

傷ついたことをごまかすため、アストリッドは怒りに身をまかせた。「もちろん傷つけるつもりだったんだわ」

「違う……なぜあんな詩を作ったのか自分でもわからない。ただ口から出てしまった。きみといると自分が抑えられなくなってしまうんだ、アストリッド」

名前を呼ばれて、彼女はかたまった。モントフォードがそんなふうに呼んだことは一度もないのに。

けれども別に意味はない。詩と同じ。昨日の夜のキスと同じだ。

アストリッドは塀に背中を押しつけた。「今朝、出ていくはずだったでしょう？　どうしてまだいるの？」

彼は眉根を寄せ、顎をこわばらせてこちらを見つめている。

「自分でもどうにもならないんだ、アストリッド」彼が繰り返した。

モントフォードが頬に手を当てようとしたので、彼女は大胆にもはたき落とした。

「そんなふうに呼ばないで。わたしにかまわないでちょうだい」

そしてどんと突き飛ばしたが、彼の体は少しうしろに揺らいだだけですぐに戻り、アストリッドの背中は塀の細長い出っ張りに押しつけられた。

「アストリッド」彼がふたたび呼びかける。

「あなたは酔っぱらっているのよ」

モントフォードはうなずいた。「ひどく酔っぱらっている。酔っぱらったことなど一度もなかったのに。だが、わかるかい？　いい気持ちなんだ。わたしの名前を呼んでくれ」

「なんですって？」アストリッドは叫び、彼の胸を押した。

彼がにやりとして見おろす。「名前だよ。知っているだろう？」

「ばかみたい」

「いいじゃないか、アストリッド。呼んでくれ」

彼女はあきれて目をぐるりとまわした。「シリル」

モントフォードの笑みが大きくなり、見事なアリアを聴いたかのように目が閉じる。

「世界一間抜けで、とんまで、ばかげた名前だわ」アストリッドは続けた。

「知っているさ」モントフォードはうなるように言うと目を開け、彼女を見おろした。「でも、きみにそう呼ばれるのは好きだ。それときみの目も好きなんだ。右と左で色が違う」

「ええ、知っているわ」

「きみの髪も好きだ。赤毛なんだ」

彼はその事実を、国家の存亡に関わると言わんばかりの重々しい口調で告げた。

「ええ、わかってる」いらいらして言う。ひどく無防備になった気分で、押しつけられている彼の体の熱さと力強さを激しく意識した。

方程式を解こうとしているように考え込みながら、モントフォードが彼女を見つめた。

「きみは間違っているんだ、アストリッド」

不機嫌にきき返す。「何が?」

「そうじゃない」彼はむっとした。「きみだよ。きみという人間が間違っている」

アストリッドは苦笑した。この人の言っていることは支離滅裂だ。それなのに彼女の脈は速くなり、手のひらには汗がにじんで、脚はゼリーになったみたいに力が入らない。

「アストリッド」

もうたくさんよ。彼女はモントフォードの胸を突いた。「お願いだからどいて」

「いやだ」彼の頭がぐらりと前に傾いてアストリッドに迫る。

「どいてくれないと――」公爵の唇に口をふさがれ、彼女はしゃべれなくなった。体から一気に力が抜ける。やさしく重ねられた唇はなめらかであたたかく、〈ハニーウェル・エール〉のにおいがした。じつを言えばモントフォードの全身からエールのにおいが漂っていたが、彼女は気にならなかった。彼は肩をつかんで体を押しつけながら、そっと口を動かしてアストリッドの唇を開かせ、舌を差し入れて中を探りはじめた。

「アストリッド」唇を合わせたままモントフォードがつぶやき、手の甲を彼女の頬に当ててそっと撫でた。「アストリッド」ひたすら繰り返さずにはいられないとでもいうように、キスをしながら何度も呼びかける。昨日の夜とはまったく違った。体の内側に熱いものが広がっているのは同じだが、昨夜は制御できない激しさで一気にアストリッドをのみ込んだ熱が、プリズムを通ったあとの光みたいに変化して、より甘く純粋になっている。今ゆったりと彼女を味わっているモントフォードは、うやうやしいと言っていいほどやさしい。

公爵は繰り返しキスをした。顔を引いては彼女の名前をつぶやき、また唇を合わせる。やがてキスは下へと向かった。喉を過ぎ、両方の鎖骨をたどる。彼の唇が触れたところが燃えるように熱くなった。体の中を無数のチョウがひらひら舞っているような感覚に、アストリッドは夢中でモントフォードの首に腕をまわして引き寄せた。彼が欲しくてたまらない。

モントフォードが胸に顔をうずめてくると、アストリッドは期待に震えた。だが、そこでいきなり彼の動きが止まった。彼女に体重を預けて壁に押しつけたまま、じっと動かない。アストリッドの肩にかけていた腕を落とし、胸の上で大きく息を吐く。庭はしんと静かで、動くものひとつなかった。彼女の耳に聞こえるのは公爵が息をする音と、耳の奥に大きく響いている自分の脈の音だけだ。

そのまま一分ほど過ぎると、アストリッドは居心地が悪くなった。それに体の内側に生まれた熱が引き、少し寒くなってきた。

彼はいったい胸の上で何をしているのだろう？

突然、いびきの音が響いた。

なんて男！　どうしようもない間抜けだわ！　あんなに体を熱くするキスをしておいて、

わたしの胸に顔をうずめたと思ったら寝てしまうなんて！

「もう……どいてよ！」アストリッドは叫び、重い体を押しのけた。

モントフォードは目を覚まさなかった。アコーディオンの蛇腹が縮むようにくたくたと地面に崩れ落ち、庭の塀に頰をつけていびきをかきつづけている。

信じられない思いで、彼女はモントフォードを見おろした。彼の体をまたいで、城館へ走りだした。


自分のおかげですばらしい展開になったと、ニューカムは悦に入っていた。彼とスティーヴニッジとフローラは低木の茂みのうしろから雇い主の行動をのぞいていた。フローラはモントフォード公爵がミス・ハニーウェルにキスをするのを見て、生まれてはじめてこんなロマンティックな光景を見たとでもいうように、切なげなため息をついている。

ロマンティックかどうかニューカムにはわからないが、ライルストーンに残る決断をしたのは正しかったと安堵していた。

主人がほんの二、三杯のエールでこんなに親しみやすい人間に変わるなんて、誰が想像しただろう？　実際は、二、三杯よりもかなり多かったが。ニューカムの計算では、モントフォード公爵は一〇人の兵士を酔っぱらわせられる量のエールを飲んでいる。とにかく彼は自分の主人がヨークシャーの田舎者に引けを取るかもしれないなど、一瞬たりとも思わなかった。だから賭けで五ポンドも儲けられたのだ。じつはさらに五ポンド手に入れられるはずだったのだが、酔っぱらいすぎた公爵がキスの的をはずしておじゃんになった。

しかし今回は簡単に、ミス・ハニーウェルの唇を見つけられたようだ。数時間前にこれができていれば、ニューカムとしてはうれしかったのだが。

「公爵がこれ以上事を進めようとしたら、放ってはおけない」スティーヴニッジが言う。

もちろん公爵はこれ以上事を進めようとするだろうとニューカムは考えた。たとえ成功しなくても、試してみるに決まっている。ところがそのとき、キスの様子が変わった。モントフォードはかがみ込み、ミス・ハニーウェルの胸に顔をうずめている。

「なんて卑劣なまねを！」スティーヴニッジが鼻息を荒くして体を起こし、茂みから出ようとした。

それをニューカムが引き戻す。

フローラが両手を口に当てて、くすくす笑った。

「何をやっているんだろう？」公爵がその姿勢のままいつまでも動かないので、スティーヴニッジがささやいた。

公爵はミス・ハニーウェルを塀に押しつけたまま、両脇に腕をだらんと垂らし、傾いた船のように静止している。

そして誰の耳にも明らかな、いびきの音が響いた。

ミス・ハニーウェルが公爵を押しのけ、地面に転がした。ニューカムは彼女を責められなかった。彼女が悔しそうに走り去っていく。

ニューカムは額をぴしゃりと叩き、小声で悪態をついた。間抜けな主人は誘惑の最中に眠り込んでしまったのだ。

上首尾だったとは、とても言えない。

一同は茂みから出て、寝ている公爵に歩み寄った。ニューカムがブーツの先で肩をつついても、まったく起きる気配はない。

「すっかり酔いつぶれちまってる」ニューカム自身はボクシングの試合で一〇ラウンド戦ったあとも、もっとしゃきっとしていた。

「どうしようか？」スティーヴニッジがひそひそと問いかけた。「せっかくミス・アストリッドとうまくいきそうだったのに、閣下が台なしにしてしまった」

「そうね。でもそれまでは、ミス・アストリッドもいやがっていなかったわ」フローラが面白がるように応える。

ニューカムは頭をかいた。ひとつだけ、はっきりしていることがある。ミス・ハニーウェルと完全に恋に落ちるまでは、公爵をロンドンに帰らせるわけにはいかない。

「明日はきっとひどい機嫌だぞ。何がなんでもここを出ていくと言い張るに決まっている」ニューカムは言った。

「そうさせるわけにはいかないな」スティーヴニッジが宣言する。

収穫祭で公爵とミス・ハニーウェルの口論が思いがけない結果につながったのを目撃して、ニューカムとスティーヴニッジは共通の認識に達していた。

明らかに公爵は大敗を喫したのだ。そして、そろそろこういうことが起こる頃合いだった。彼らは公爵に、とっくに戦《いくさ》に負けているのだとわからせなければならない。そのためにはミス・ハニーウェルともっと過ごさせるのだ。

「とにかく、このまま置いていくわけにはいかないだろう。脚を持ってくれ、ロディ」ニューカムは指示した。

スティーヴニッジが身をかがめ、モントフォードの足首を持つ。「どこへ運ぶ？」

ニューカムは公爵の上半身を持ちあげ、胸の前に抱えた。「ミス・ハニーウェルは明日、ホーズに行くと言っていたな。ひとりで行かせるのは気の毒じゃないか？」

スティーヴニッジは笑いすぎて、危うく公爵の脚を落とすところだった。

フローラがあきれたように頭を振り、公爵の片脚を持った。モントフォード公爵を避けがたい運命に向きあわせる手助けをする彼女の目はきらきらと輝き、見事な胸は魅力的に揺れている。スティーヴニッジがなぜライルストーンに残る決断をしたのか、ニューカムには理解できた。「ちょっとやりすぎなんじゃないかしら」そうささやく彼女の声に、罪悪感はまったくない。

「われわれはふたりのためにやっているんだ」ニューカムは厳かに宣言した。

一行はモントフォード公爵をその晩の寝床へと運んでいった。寝床の場所は城館の中ではない。しかも何時間もしないうちに、ライルストーンの中でもなくなるはずだった。

17

その頃、ロンドンでは……

モントフォードがアナベルに倒れかかり、かつらをはたき落としたのとちょうど同じ頃、マンウェアリング侯爵夫人レディ・キャサリンはライルストーンから何百キロも離れたロンドンで、小さな三組の足に踏まれないよう、スカートの裾を慎重に引き寄せていた。ロンドンのブリンダリー伯爵の屋敷の客間は鬼ごっこの場と化しており、五歳のレディ・ヴィクトリアを六歳のレディ・ベアトリスとレディ・ローラが追いかけまわしていたのだ。

がちゃんという大きな音とともに鬼ごっこが中断し、キャサリンはひそかにうめいた。ブリンダリー伯爵が大切にしている壺がひとつ、粉々になっている。

それとともに、長女と姪に対するブリンダリー伯爵夫人レディ・エレインの忍耐も尽きた。養育係が至急呼ばれ、幼い少女たちは子ども部屋へと送り返された。キャサリンだったら、一五分前に部屋の反対側に置いてあった対の壺が壊されたときに、そうしていただろう。

けれどもエレインは甘い母親でしつけに一貫性がなく、子どもたちが暴れまわっていてもたいてい何も言わない。特に姪たちが来ているときは、その傾向が強かった。彼女の姪たちは手がつけられないいたずらっ子として有名で、エレインは自分にはしつけられないと大っぴらに認めていた。そんな疲れる大仕事に手を染めるくらいなら、暴れさせておいたほうがずっと楽だというのだ。

だが、その主張は議論の分かれるところだった。なぜなら今寝椅子に体を預けているエレインはしつけに走りまわったわけでもないのにぐったりして、紅潮した顔を扇であおいでいる。キャサリンは目をぐるりとまわしてみせたくなるのをこらえた。エレインは一緒に学校へ通っていた少女の頃から、何かにつけて大げさで芝居がかっていた。

もしキャサリンに子どもがいたら、こんな行き当たりばったりな育て方はしないだろう。でも彼女に子どもはいないし、この先持つこともない。

エレインの屋敷を訪ねるたびに、この厳然たる事実のつらさがすっと薄れる。子育ての大変さをひしひしと思い知らされるからだ。

エレインがため息をついてビスケットをかじった。「マーロウには本当に腹が立つ。双子をわたしに押しつけて、例の男と遊びまわるためにコーンウォールへ行ってしまうなんて」

マーロウ子爵がコーンウォールで何をしているかは、キャサリンにも想像がついた。酒を飲んで大騒ぎし、ふしだらな女たちと戯れる——田舎に行ったときの子爵のいつもの行動だが、じつはロンドンにいるときと変わらない。〝例の男〟というのはさらに簡単にわかる。子爵の親友、セバスチャン・シャーブルックだ。キャサリンの前では、みな彼のことを遠まわしにしか口にしない。彼女の夫が甥であるシャーブルックと仲たがいをしているので、その名前は禁句だと思われているのだ。キャサリンの神経は、彼の名前を聞くだけでも耐えられないほど繊細だとでもいうのだろうか？　そんなことはないのに。彼女が嫌いなのはシャーブルックの名前ではなく、彼という人間自体だ。

子どもたちが目の前から消えるとエレインはすぐに元気を取り戻し、身のこなしも軽く起きあがって紅茶を注ぎ直した。「それで、聖ジョージ大聖堂の結婚式はどんなふうになるの？　何もかも話してちょうだい」

エレインがキャサリンの妹の結婚式についてききたくてうずうずしているのはわかっていた。「妹と母はすべてを大々的にやると言っていたわ」

妹の結婚式は、一〇年に一度とは言わないまでも、社交界における今年一番の大イベントになる。ふたりの結婚が決まってみんなが喜んでいると母親は言った。

母親の言う〝みんな〟にはアラミンタは含まれない。けれどもキャサリンは両親を知り尽くしているので、壮大な計画におけるこのささやかな障害を彼らに正面から突きつけるつもりはなかった。キャサリン自身の結婚は、逆らえば父親がどんな行動に出るかというといい見本だ。もし妹がこの結婚からうまく逃れて愛するミスター・モートンと結婚したいのなら、姉よりもうまく立ちまわらなければならない。

アラミンタとミスター・モートンのあいだにある真実の愛とやらを、キャサリンはちっともロマンティックだと思っていなかった。彼は長男ではないから継ぐべき爵位がないし、詩人を自称している。そんなミスター・モートンのほうがいいとはとても思えない。はっきり言って、キャサリンは両親の選択に負けず劣らず妹の選択にも賛成できなかった。妹を応援しているのは、父親の困る顔が見たいからという、たったひとつの理由からだ。褒められた動機ではないけれど、要するに彼女は父親を憎んでいた。

そして父親のほうは、すべての人間を憎んでいる。

今回ばかりは父親のカーライル卿も、自分の意志に逆らったからといってキャサリンを罰することはできない。彼女はもう結婚しているのだから。

ティーカップの中を見つめながら、キャサリンは微笑んだ。わたしが何をしたか、父が知る日が待ち遠しい。「すばらしい結婚式になるわよ。あなたにもぜひ出席してほしいわ」

エレインが目を細める。「何かたくらんでいるのね」

キャサリンはさらに笑みを大きくした。「あら、わたしはいつだって何かたくらんでいるわ、エレイン。ほとんどの場合、誰も気づかないというだけで」

エレインはキャサリンにいたずらっぽい笑みを返し、閉じた扇を向けた。

「ふうん。でも、わたしは子どもの頃からのつきあいよ。あなたの目を見ればわかるわ。悪だくみをしているときは、きらきら光っているもの」

「悪だくみなんてしていないわよ」キャサリンは抗議した。

「まあ、いいわ。無理に聞きだそうとは思わないから。ここは静観して、その目のきらきらがなんのせいなのか、じっくり見届けさせてもらいましょう」

「あなたならそうするでしょうね」キャサリンはティーカップに向かって小声で言った。

そのとき、銀のトレイに手紙をのせて使用人が入ってきた。エレインの座っている椅子に近づき、お辞儀をする。「配達人が手紙を運んでまいりました、奥さま」

エレインはすぐにそちらへ気を取られた。「手紙をよこすなんていったい誰かしら。マーロウならありうるわね。今日、帰れなくなったなんて言ってきたんだったら、許さない……」封印を見た彼女の目が丸くなる。「まあ、びっくり。モントフォードからだわ」

キャサリンはまったく興味がないふりをして紅茶のお代わりを注ぎ、ビスケットを口に運んだ。そのあいだにエレインは手紙を開け、信じられないというようにときおり舌打ちをしながら中身を読んでいる。

しばらくして彼女はようやく手紙をおろし、考え込みながらキャサリンに困惑の目を向けた。「公爵がヨークシャーに行っているって、知ってた？」

「行ったのは知っていたわよ。でも結婚式まであと二週間しかないんだから、もう戻っているんじゃないかしら」

「いいえ、まだヨークシャーにいるの。ライルストーン・グリーンというところに」エレインは手紙に目を落として言った。「聞いたことがない場所ね。いったいどうしたのかしら」

「本当に珍しいわよね」

「彼はあちらに、親戚が四人いることがわかったそうなの」

キャサリンは眉をあげた。「まあ」

「四人とも女性よ。そのうちふたりが結婚適齢期なので、彼はわたしに社交界のうしろ盾になってほしいと言ってきたわ」

なんて興味深い展開だろう。

エレインは憤慨してため息をついた。「彼は何を考えているのかしらね。社交シーズンは終わっているんだから、来年まで待たなければならないわ。それとも、小《リトル》シーズンに参加させるつもりなのかしら？　たとえそうだとしても、これからふさわしい衣装をあつらえなくてはならないのなら無理よ。田舎の女性なんだから、絶対にそうよね。それからボンネットや帽子や靴も必要だし、礼儀作法のレッスンも受けさせなくてはならないわ。もう、考えられる？　男たちときたら、こういうことをちっとも考えていないのよ。それにわたしは今こういう体だから、そんな大事業には関われないし……」エレインはおなかを意味ありげに叩きながら、自分だけがわかっている喜びに顔をほころばせた。

「まあ、またなの、エレイン？　この前産んでから、そんなに経っていないじゃない」伯爵夫人がしょっちゅう妊娠しているので、内向的な伯爵を知っている者たちはいつも驚きを隠せなかった。ブリンダリー伯爵は、妻よりもコインの蒐集《しゅうしゅう》に興味があるような男なのだ。でも、どうやら寝室ではそうではないらしい。

「ブリンダリーは跡継ぎを欲しがっているの。わたしはその望みに協力する義務があるのよ」義務を果たすのをいやだと思っている様子はみじんもない。

「まあ、とにかくいい知らせではあるけれど」

エレインが手紙に目を落としたとたん、顔から笑みが消え去った。「誰も知らないような田舎に、公爵が存在すら知らなかった女性の親戚が四人もいたなんて！　ああ、本当に困ったことになったわ！」

キャサリンも内心驚いていたが、表には出さなかった。モントフォードをよく知っているわけではないが、伯爵夫人に手紙をよこすとか、哀れな親戚の女性たちを人に押しつけるとか、普段の彼からは考えられない。

「何か恐ろしいことが彼に起こったんじゃないかしら」キャサリンが考えていたのと同じ推測を、エレインが口にした。「あまりにも彼らしくないもの。それにしても最悪なのは、このライルストーンとかいう場所まで、わたしに問題の女性たちを迎えに行ってほしいと言ってきていることよ」エレインはありえないというように鼻を鳴らすと、手紙を脇に放った。「モントフォードはいつだってまわりが自分に従うと思ってる。でもケイティー、わたしは行かないわ。だって無理だもの。見てよ、わたしを」

エレインは自分を指し示した。ふっくらした体を最新流行の完璧な装いに包んだ彼女は、いかにも健康そうだ。しわや染みなどひとつもない。

キャサリンはひそかにあたためている計画を進める絶好の機会と見て、いい友人を演じることにした。「よければ、わたしが代わりに行きましょうか？　もうすぐモントフォードの義理の姉になるわけだし」

この申し出をエレインは大喜びで受け入れた。「まあ、そうしてくれる？　だいたい、どうして最初からあなたに頼まなかったのかしらね」そう言ったあと、モントフォードがキャサリンに手紙を送らなかったわけに思い当たって顔をしかめる。

〝例の男〟のせいだ。

だが、ふたりともこの明白な事実は口にせず、キャサリンはただてきぱきと告げた。

「彼は急いでいるようだから、明日の朝、夜明けとともに出発するわ」

「ええ、朝一番にね。それがいいわよ。モントフォードはなんだかちょっとおかしいの、ケイティー。彼も連れて帰ってきたほうがいいと思うわ」

「アラミンタも連れていくつもりよ」

エレインが目を見開く。「それはどうかしら。ううん、やっぱりそのほうがいいわよね。結婚式のこともあるから。だけど、もし……」

「もし？」

エレインが手を振る。「いいえ、なんでもないわ。手紙の調子が妙だと思っただけ。ねえ、ケイティー、彼って形容詞を使う人だったかしら？」彼女は声をひそめてきいた。

なぜ友人がこんなに騒ぎ立てているのかキャサリンにはわからなかったが、どうやら重大なことらしいというのはわかった。

「彼は普段、ほとんど形容詞を使わないの。それなのに見て」エレインはキャサリンに手紙を押しつけながら、ある箇所を指差した。「一番年上の姉をどんなふうに描写しているか、読んでみてちょうだい」

キャサリンは言われたとおりにした。「〝急進的で、議論好き、インテリ〟ですって。ふうん。ねえ、わたし、彼女を好きになれそう」

「きっと公爵はまったく逆よ。彼がこんなふうに詳しく誰かについて描写するなんて、はじめてだもの。いい、覚えておいて。絶対におかしなことが起こっているわ」

「それにしても、この人たち何者なのかしら？」

「名字はハニーウェルですって」

キャサリンは驚きを顔に出さないように気をつけて手紙をたたみ、エレインに返した。一族のひそかな歴史を知っていた彼女は、ハニーウェルの女性たちが何者かすぐにわかった。父親はその存在を、キャサリンには決して知らせないようにしてきた。

なんて興味深い展開なのだろう。今日、エレインの屋敷に寄ってよかった。

やっぱりヨークシャーへ行くのが一番いい。もしかしたら、この旅でわたしの抱えている問題を一挙に解決できるかもしれない。

キャサリンはティーカップを置いて立ちあがった。「じゃあ、帰って旅の準備をするわ」

エレインは友人がこれほど簡単に面倒を肩代わりしてくれたことに驚きながら、見送りに立ちあがった。「代わりに引き受けてくれて、ありがとう。公爵も反対しないと思うわ。反対する理由がないもの。彼の遠縁である女性たちの面倒を見るのは、彼の婚約者と義理の姉が一番ふさわしいわ」彼女は唇をとがらせた。「それにあなたのご主人のマンウェアリング侯爵は、この国にいないものね。障害は何もないってことよ」

キャサリンは頭を傾けた。「まあ、行ってみればわかるわ」

エレインは眉根を寄せ、キャサリンの手を取った。「気をつけて行ってきてね。この時季は道中危険だから。それにしてもヨークシャーだなんて！」

「ヨークシャー？　ヨークシャーと言ったのか？　いったいなんの話だい？」部屋の入口から、突然大きな声が響いた。

振り向いたキャサリンは体をこわばらせた。

マーロウ子爵だった。顎に数日分の無精ひげをたくわえた、だらしない姿だ。一週間眠らず、服も着替えていないように見える。クラヴァットはなく、ベストの前が開いていて突きでたおなかがあらわになっている。履いているのは寝室用のスリッパだろうか？

彼はキャサリンを目にして驚くとともにしまったという表情を浮かべ、あわててシャツの裾をズボンの中にたくし込もうとした。

エレインは弟に笑顔を向けると急いでそばに行き、フランス式に頬にキスをした。性格はまったく違うものの、マーロウは彼女のお気に入りの弟だった。エレイン以外の家族は、彼を持て余しているけれど。

姉の愛情表現をいやがっているふりをして、マーロウは頬からキスをぬぐい、やめるようつっけんどんに言った。「ヨークシャーってなんの話だ？」質問を繰り返す。

「明日、レディ・キャサリンがわたしの代わりにヨークシャーまで行ってくれるのよ」

「へえ」懸命に頭を働かせようとして、マーロウの額にしわが寄る。彼は赤い顔を疑わしげにしかめてキャサリンを見た。

説明する気のないキャサリンは、そのまま扉のほうへ向かった。「では、失礼するわね。見送りは不要よ、エレイン。弟さんとゆっくり話をしてちょうだい」

部屋を出て扉を閉め、頭を横に振る。今は子爵の相手をする気にはなれなかった。がさつで下品な鼻持ちならない男。あれほど無作法なお調子者には会ったことがない。マーロウはほんのひと呼吸するあいだでさえ、まじめにものを考えられないのだ。けれども今この瞬間は、キャサリンがヨークシャーへ行く理由を本気で知りたがっている。モントフォード公爵がそこにいると知っているマーロウは、婚約者の家族であるキャサリンに公爵の居場所を知られたくないと思っているのだ。マーロウはこれまで数回にわたって、親友とキャサリンの妹との結婚には賛成しないと表明していた。

キャサリンも同じ意見だと子爵に言えればいいのだが、そんなまねをして計画を台なしにするわけにはいかない。

手袋とボンネットを渡してくれた執事をねぎらい、キャサリンは長い廊下を進んで玄関に向かった。頭の中で、旅に必要なものを数えあげていく。

廊下のひとつから奇妙な音がして、彼女は立ち止まった。子どもがくすくす笑う声と、男性の低く快活な笑い声。

目を向けたキャサリンは一瞬息が止まった。セバスチャン・シャーブルックを見ると、いつもそうなってしまう。彼がマーロウとしじゅう一緒なのは有名なのだから、ここにいると予想すべきだった。彼はいつもどおり、とんでもない格好だ。コマドリの卵みたいな青のシルクの上着に黄色いベスト、手が隠れるくらいたっぷりレースのついた袖口、両手の指に輝く色とりどりの宝石の指輪。胸には懐中時計の飾りひもや鎖が一〇本以上も交差していて、彼はそのうちの一本を垂らして揺すり、双子をからかっている。

まるで道化師のような派手さだが、セバスチャンはわざとそうしているのではないかとキャサリンは疑っていた。彼は自堕落な生活をしている自分を皮肉るために、あんなふうに装っているのではないだろうか？　クラヴァットはくしゃくしゃで、長すぎる漆黒の髪は顔にかからないよう適当にうしろにとかしつけてある。無精ひげと目の下のくまが影のように黒々としていて、まるで痣《あざ》みたいだ。マーロウが一週間寝ていないように見えるとしたら、セバスチャンはこれまで一度も眠ったことがないように見える。

それにもかかわらず、廊下の奥にいる彼が疲れたようなサファイア色の目に驚きを浮かべ、笑みを消して無表情でキャサリンを見たとき、彼女は息が止まって動けなくなった。

セバスチャンとはつきあっている人間が違うので、今までに社交の場で彼を見かけたのは片手で数えられるくらいだ。でも、その一回一回は鮮明に記憶に焼きついていて、そのときの彼の姿を細部まで思いだせる。けれどもキャサリンは、こんなに彼が気になる理由を突きつめて考える勇気はなかった。

キャサリンはセバスチャンと犬猿の仲である彼のおじと結婚している。セバスチャンがマンウェアリングと結婚したキャサリンに敵意を抱いているのは明らかだった。今も彼の口角はさがり、表情は石のようにかたい。

キャサリンだって、セバスチャンのことは好きではない。マーロウ子爵よりも嫌いなくらいだ。無責任な子爵がトラブルに陥ってばかりなのは、どう考えてもセバスチャンのせいなのだから。彼は頭の鈍い太った友人を、次々にばかげた行いに引きずり込んでいる。セバスチャンはこの国一番の放蕩者で、マンウェアリングとてたいした人格者とは言えないものの、この甥と関わりたがらないのは不思議でもなんでもない。

とはいえ、セバスチャンがハンサムであることは誰も否定できないだろう。ハンサムというより、女性と見まがうほど美しい。染みひとつないオリーブ色の肌、深みのある大きな青色の目、すらりとしているが力強い長身、まるで罪そのもののような唇。キャサリンの友人たちは、彼の唇をみなそう描写する。彼女にわかるのは、セバスチャンの唇がふっくらと大きく、濃い赤色をしているということだけだ。そしてその口を見ていると、体の奥になんだか奇妙な感覚が生まれてくる。

こんなに美しい人間が存在していいはずがない。しかも、これほど堕落した男なのに。別に彼のことは好きでもなんでもない。

ふたりは身じろぎもせず、黙ったまま見つめあった。空気がぴんと張りつめる。どちらも挨拶の言葉さえ口にしなかった。キャサリンは片方の眉をあげ、冷たい表情を作った。

セバスチャンの手から懐中時計がするりと落ちる。すると双子のひとりがすかさずつかんで、鎖を持って引っ張りはじめた。われに返った彼は子どもたちとのじゃれあいに戻り、双子たちに引かれて遠ざかっていった。セバスチャンが少女の耳に何かささやき、いたずらっぽい笑い声が廊下に響き渡った。

その機を逃さず、キャサリンはそそくさと屋敷をあとにした。四輪馬車に乗り込み、待つ者のいないタウンハウスへ向かう。彼女はすっかり動揺していた。それが突然セバスチャンに出会ったせいなのか、あるいは彼が普通の人間みたいに小さな子どもと遊んでいたからなのか、自分でもわからなかった。

たぶん両方なのだろう。

キャサリンは今日の出会いを、ほかの出会いと一緒に心の中にしまい込んだ。漆黒の髪が垂れていた様子、靴のバックル、少女に笑いかけたときに見えた右頬のえくぼ、鮮やかな青い目に浮かんでいた生気のない表情。これらすべての詳細を克明に記憶して。


「どういうことだ？」マーロウが姉に怒鳴った。「公爵を助けだすために彼女がヨークシャーへ行くというのは？　公爵のことは彼女に関係ないだろう」

「そのとおりだ、友よ」セバスチャンが同調した。客間に静かに入ってきた彼は、レディ・マンウェアリングが明日の早朝ヨークシャーへ出発する理由をエレインが説明しているのを小耳にはさんだのだ。セバスチャンはモントフォードがハニーウェル家の女たちとどんな関係を結んでいようとかまわなかったが、〝氷の淑女《レディ・アイス》〟がなぜモントフォードのことにわざわざ首を突っ込みに行くのか、その理由は知りたかった。彼女はモントフォードの首根っこをつかんで週末までには連れ戻し、あのひどい妹との結婚から逃れられないようにするに違いない。それはどうにも気に入らなかった。

廊下でレディ・アイスと遭遇したセバスチャンはブリンダリー伯爵のサイドボードに直行し、ポルト酒をたっぷりひと口あおらずにはいられなかった。彼女はセバスチャンが世界じゅうで二番目に会いたくない人間だった。会うと体に奇妙な痛みが広がり、口が苦くなる。

客間で一番座り心地のいい椅子にだらりともたれ、レディ・マンウェアリングの顔をなんとか頭から消そうとしながら、セバスチャンはマーロウとエレインの口論に耳を傾けた。

「モントフォードはハニーウェル姉妹を引き取りに今すぐあそこへ来てほしいと、わ、た、しに頼んできたの。でも、今のわたしの状態ではとても無理だから……」エレインが意味ありげに腹部に触れる。

さっきまで大声を張りあげていたマーロウが、信じられないという目で姉を見た。

「まさか、またなのか？」

「そうよ」エレインが答える。

「この前産んでから、まだ一週間だぞ」

「二カ月よ。もう、ちゃんと覚えておいて」

「あまりにもめまぐるしくて、ついていけないんだ。ブリンダリーはどうやってこんなにすぐ、子種を仕込んだんだろう？」

「彼はその方面ではとても……有能なの。ものすごくね」エレインがきっぱりと言ったあと、自分の言葉の意味に気づいて赤面する。

マーロウも赤くなり、ちょっと気分が悪そうな顔になった。明らかに、義理の兄が妻相手に有能さを発揮している姿を思い浮かべてしまったのだ。それはセバスチャンも同じだった。セバスチャンはグラスを置いた。前にもこんなふうに吐き気を覚えたことがある。

「くそっ！ 何を話していたか忘れたじゃないか！」マーロウが毒づいた。

「モントフォード。ヨークシャー。ハニーウェル姉妹」セバスチャンは思いださせてやった。

「ああ、そうだ。あっちで何が起こっているのか知らないが、彼女に代わりに行ってくれと頼むのはちょっと……」

「だって、彼女はモントフォードの義理の姉になるのよ。それに一緒に行くアラミンタは彼の妻になるんだから」

「アラミンタだって！ なんてこった！ ぼくたちはこの結婚をなんとかやめさせようとしているんだぞ。あの婚約者を行かせるくらいなら、銃殺隊を送り込んでやつの息の根を止めてやったほうが、親切ってもんだ」

「今のは聞かなかったことにしてあげる。わたしの大切な友だちを侮辱したこともね。わたしがケイティーを大好きなのは、よく知っているでしょう？ そりゃあ、ほんのちょっと……冷たい感じがするのは認めるわ。それに気難しくて堅苦しい印象を与えるかもしれないけれど――」これではちっとも友人の擁護になっていないと気づき、エレインは言葉を切った。ふたりがふんと鼻を鳴らすのを聞いてつけ加える。「でも、悪い人じゃないのよ。あなた方の不倶戴天《ふぐたいてん》の敵と結婚はしているけれど。それにしても、年を取っていて退屈な人だっていう以外に、マンウェアリング侯爵のどこがそんなにいやなの？」

マーロウとセバスチャンはそれぞれの靴の先をじっと見つめるだけで、何も答えようとしなかった。

「とにかく、あなた方のお友だちのモントフォードは女性のシャペロンを必要としている。そしてキャサリンは、喜んでその役を務めると言ってくれているの。それのどこがいけないのよ？」

マーロウは助けを求めてセバスチャンを見たが、彼が肩をすくめただけだったので自分もそれにならった。「さあな。ただ、いやな感じがするだけだ。きみはどう思う、シャーブルック？」

セバスチャンは爪を調べはじめた。「おばがわざわざヨークシャーに行ってモントフォードのことに首を突っ込みたいというのなら、勝手にすればいいさ」

友人の熱意のなさに、マーロウの勢いも一気にしぼんだ。

「ただし」セバスチャンは言葉を継ぎ、指先から目をあげてマーロウと目を合わせた。静かな笑みをたたえる。「われわれがそうするのも勝手だ」

マーロウは友の言葉の意味が一瞬理解できなかったが、すぐに大声で笑いだすと、膝をぴしゃりと叩いた。「一瞬おまえを疑ったよ、シャーブルック。ほんの一瞬だがな」

18

公爵の休日、予想外に長引く

モントフォードは最初、船の上にいるのかと思った。スコールの中を進む船のように部屋が傾き、揺れ動いている。以前ウィーン会議に出席するために、やむをえず海峡を渡ったことがある。そのときのいやな記憶がよみがえりかけて、あわてて押し戻した。彼と船との相性は最悪で、ぼろぼろになって港から戻ったあと、もう二度と船には乗らないと誓ったのだ。それなのになぜ今、船に乗っているのだろう？

とりあえず頭だけ起こそうとしたが、すぐに大きな間違いだったと悟った。壁の細い隙間から差し込んでいる太陽の光が、まともに顔に当たったのだ。頭が怪力の鍛冶屋に何日もハンマーで叩かれつづけた金床のように痛む。

寝台が急に傾いたので、モントフォードは体を支えようとした。すると両手にざらざらした木の厚板と、怪しげなすえたにおいのする粗いキャンバス地が触れた。突然、船らしきものが大岩かクジラにぶつかって、体が一〇センチほど宙に浮く。そして、どさっと落ちた。

女の笑い声が聞こえた気がしたが、カモメがうるさく鳴いているだけなのだろうか？ 船が別のクジラにぶつかって、モントフォードの体はふたたび宙に浮いた。寝台に叩きつけられて全身が痛み、胃がうねる。口の中は綿が詰まっているみたいだし、頭はまともに働かない。何かが厚板の上にどさっと落ちる音がして、その振動で頭がさらに痛んだ。しかもずっしりと重いものは彼の横まで転がってきて、腕で押しのけようとしても動かない。彼は今にも押しつぶされそうだった。

自分がどこにいるのか調べようと、モントフォードは片目だけ細く開けた。降り注ぐまぶしい光に目を慣れさせるため、ゆっくりと開けていく。すると天井が見えると思っていたのに、目に入ったのは一メートルほど上に張られた薄汚い黄褐色のキャンバス地だった。キャンバス地には留まっていない部分があり、そこから灰色がかった水色の空がちらりと見える。めまいをこらえながら頭を横に向けると、彼を押しつぶそうとしたものの正体がわかった。大きな木の樽だ。しまわれていた場所から嵐で出てしまったのだろうが、それがなぜ寝台に入ってきたのかわからない。それに空が青く晴れている様子なのも、よくわからなかった。嵐はどこへ行ってしまったのだ？

それ以上考えようとすると、頭がひどく痛んだ。

モントフォードは目をつぶり、ゆっくりと息をして、吐き気がおさまるのを待った。だが、胃の中のものが出てしまうのは時間の問題だ。だとすれば、寝台の上に吐くのはまずい。室内用の便器かバケツを見つけなければならない。体を起こすと頭がキャンバス地に当たり、胃が喉までせりあがった。自分の身に何が起こったのだろうと考えながら、キャンバス地がはずれている部分まで四つん這いで向かう。見ると、両手も服の袖も汚れていた。袖口のレースも破れて汚くなっているし、上着の手首のところについているはずのボタンはなくなっている。もしかしたら海賊につかまったのだろうか？　それとも自分自身が海賊とか？　いや、違う。わたしはモントフォード公爵だ。乾いた泥に覆われた指輪の印章を見て、彼は思いだした。

ようやくキャンバス地がはずれている部分に着き、隙間を広げた。すると船の甲板にいるのだとばかり思っていたのに、彼は木でできた柵のようなものに体をずりあげて、背後へと流れていく埃っぽい田舎道を見つめていた。乗りだして下をのぞくと、大きな木製の車輪がきしみながらまわり、道に刻まれたわだちの跡をたどっているのが見えた。モントフォードは片手で頭をつかみ、もう一方の手を胃の上に当てた。

これは荷馬車だ。

思っていたよりも事態は悪かった。胃が大きく収縮し、逆流してきたものを車輪に向かってぶちまける。

しばらくしてようやく少し落ちつくと、モントフォードは木の柵に寄りかかって、ぼろぼろになった袖口で口をぬぐった。きつく目を閉じ、なぜこんなひどい状況に陥ってしまったのか必死で思いだそうとする。

最後の記憶は、ミス・ハニーウェルが赤い旗を振りおろし、薄笑いを浮かべて彼を見おろしていた姿だ。それからあとのことはあいまいだった。あのばかばかしい競走に参加したのは覚えていて、勝った気がするものの、詳細はわからない。あとは白いプードルに襲われたような記憶もあるが、これもはっきりしない。彼は考えられないほどぐでんぐでんに酔っぱらっていた。はっきり言って、今も酔っぱらっている。

なんにせよ、わたしは拉致されたのだ。どんなに酔っぱらっていたとしても、自分から荷馬車に乗るなんてありえない。乗り物はすべてだめだが、どうしても乗らなくてはならないのなら、スプリングのきいた馬車を選ぶ。たとえどんなに酔っていたとしても。

なぜかこみあげた笑いは、ふたたびはじまった胃のけいれんによってすばやく消え去った。荷馬車の横から乗りだし、胃の中身を一気に吐きだす。

そのとき荷馬車の前のほうから、風に乗って話し声が聞こえてきた。片方は聞き覚えのある女性の声で、鍛冶屋が鉄に叩きつけるハンマーの一撃のように、彼の痛む頭に響き渡った。

モントフォードはむっつりと笑った。

もちろん彼女だ。それ以外に誰がいる？

たどりついたときにアストリッド・ハニーウェルの首を絞める力が残っていることを祈りながら、モントフォードは前に這い進んだ。ようやく荷台の端に着き、キャンバス地越しにミス・ハニーウェルと御者の姿を確認する。彼女が何か言い、それを聞いて御者が笑っているのが見えた。彼女の話の内容を理解すると、モントフォードは猛烈に不安になった。

「……ケントから来た若者の／大事な部分はしおれていた／中に入ろうと腰を突きだしたが

／彼女のすねに引っかかって進めない／とうとう妻のもとへと送り返された」

「ああ、ミス・アストリッド！」御者が笑いながら叫んでいる。「なんて下品な詩だ！　そんな詩を口にするものじゃありません！」

「わたしはただ、一言一句まねしただけよ。この詩を作ったのはわたしじゃなくて公爵だもの。それに認めなさいよ。すごく面白かったでしょう？」

「それはまあ、そうですけど」

モントフォードはキャンバス地を引っ張って、なんとか隙間を空けた。御者席を見ると、ミス・ハニーウェルが馬小屋で働いている男と座っていた。彼女は明るい表情でボンネットを手でくるくるまわし、細かい巻き毛を風になびかせている。彼の好みからすると潑剌《はつらつ》としすぎているし、白地にオレンジ色の花の小枝模様が入ったモスリンのドレスとオレンジ色のペリースが、赤い髪とまるで合っていない。そんな姿を見ているだけで吐き気がこみあげた。

それにミス・ハニーウェルが御者に教えた詩にも気分が悪くなった。あの詩には妙に覚えがある。マーロウが酔っぱらって、よくがなり立てているような詩だ。彼女はモントフォードがこの詩を作ったと言っていたが、それはもしかしたら嘘ではないのかもしれないというやな予感がした。人に詩を聞かせた覚えはないけれど、それを言うなら昨日の晩の出来事はほとんど覚えていない。

「ああ、なんてことだ」痛む頭を抱えてうめいた声は思ったよりも大きかったらしく、ミス・ハニーウェルが悲鳴をあげた。荷馬車ががくんと止まり、これを予想していなかったモントフォードの体が荷台から飛びだす。彼はミス・ハニーウェルのブーツに親しげに鼻を寄せる格好で、御者席に着地した。

「いったいここで何をしているの？」彼女の金切り声が頭上から降ってきて、頭にキーンと響いた。モントフォードはうめきながら体を起こそうとしたが、見おろしているミス・ハニーウェルの顔がちらりと視界に入る程度にしか頭を動かせない。彼女の顔は逆さまだった。

「わたしがここで何をしているかだって？　決まっているだろう、拉致されたんだ」しゃがれた声で答える。

ミス・ハニーウェルが口をあんぐりと開けている。頬は紅潮し、ピンからはずれた髪が飛びだしていた。

彼女の足元でなかなか起きあがれずにもがいているモントフォードを、ようやく御者が肩をつかんで起こしてくれた。公爵としての威厳を気にする余裕もなく、しばらくミス・ハニーウェルの顔に向かって尻を突きだす格好になったが、モントフォードはなんとか御者席に腰を落ちつけた。しかし、ほっとしたのもつかのま、胃がさっそく不穏な動きをはじめた。

「拉致されたですって？　言うに事欠いて、よくもわたしを誘拐犯呼ばわりしてくれたわね！」彼女が隣で甲高い声を出す。

モントフォードは身をすくめ、両手で耳を覆ってささやいた。「ああ、くそっ、叫ぶのはやめてくれ！」

「叫んでなんかいないわ！」ミス・ハニーウェルが怒鳴る。

彼はこめかみをきつく押さえてうめいた。

「誘拐なんてしていません」彼女が少しだけ声を落とす。「そんなばかげた話、聞いたことがないわ。できれば二度とあなたには会いたくないと思っていたのに。もうロンドンへ向かっていると思っていたのよ。そうじゃなくても、城館で二日酔いに苦しんでいるとばかり」

「わたしはここで二日酔いに苦しんでいるんだ」

「よかったこと。昨日、みんなの前であれだけ……やりたい放題に楽しんだのだから、自業自得というものよ」

モントフォードはただうなった。自分が何をしたのか知りたくない。それなのに、いろんな光景が断片的によみがえってきた。詩を聞いて、記憶が刺激されたらしい。昨晩はずいぶんたくさんの詩を人に聞かせた気がする。

こめかみに当てた両手のあいだから、ミス・ハニーウェルをちらりと見た。彼女は胸の下で腕組みをして、前方の道をまっすぐ見つめている。鼻にしわを寄せており、腹を立てているようだ。「それからモントフォード、あなた、ものすごいにおいよ。醸造所みたい。汚れた靴下のにおいもする」

「貴重な意見に礼を言うよ。さて、そろそろこの荷馬車の向きを変えて、城館に戻ってもらえないだろうか」

「それは無理ね。城館から、もう三〇キロ以上は来ているのよ」ミス・ハニーウェルがうしろを指し示した。

「三〇キロ？　三〇キロだと？」彼は叫んで顔をしかめた。自分の声で頭が割れそうに痛い。

「戻ったほうがいいんじゃないですか、ミス・アストリッド？」御者が不安げに口をはさむ。

「公爵閣下がそうおっしゃっているんですから」

モントフォードは今の状態で可能なかぎりの威厳をこめ、御者に向かってうなずいた。

「感謝する――」

「何を言っているの？」ミス・ハニーウェルが軽蔑するように言う。「ホーズまで、もう三分の二は来ているのに。公爵がわたしたちの荷馬車で寝込んでしまったからといって、納品を遅らせるつもりはないわ」

「わたしは何も好きこのんでこんな……乗り物で寝てしまったわけではない。何者かに置き去りにされたんだ！」

「あら、そう。でも、やったのはわたしじゃないわ！」彼女が叫んだ。「昨夜あんな扱いを受けたあとで、そんな――」赤い顔をさらに赤くして言葉を切る。

モントフォードは何か非常に大切なことを思いださなければならない気がした。だが、頭には何も浮かんでこない。ミス・ハニーウェルにきくのはいやだが、やむをえなかった。

「わたしは何をしたんだ？」

「全然覚えていないの？」信じられないという顔で、彼女が目を見開く。

「ああ、何も。白い犬に襲われたのはかろうじて覚えているんだが。わたしは白い犬に襲われたのか？」

ミス・ハニーウェルが頭がどうかした人間を見るような目を向けてきたが、そうされてもしかたがなかった。「それはきっとアナベルおばさまのかつらね。あなたはおばにキスしたとき、かつらをはたき落としちゃったのよ」

本当に気分が悪くなってきた。「わたしが……何をしたって？」

モントフォードが居心地の悪い思いをしているのを見て取り、彼女はうれしそうに笑った。「あなたはアナベルおばさまにキスをしたの。唇に。村じゅうの人たちの前で」

御者が笑ったのをごまかすために、手で口を押さえて咳をする。モントフォードはうめいた。「そんなことはしていない」

「いいえ、したのよ！」ミス・ハニーウェルが勝ち誇ったように断言する。

彼はみじめな気分で頭を振り、必死で集中しようとした。当面の目標は、ブーツの上に胃の中身をぶちまけないようにすることだ。荷馬車が止まっているのもあり、とりあえずそれはなんとかなった。次に重要なのは城館に戻る方法を見つけ、ミス・ハニーウェルの視界に永遠に入らずにすむ場所へさっさと逃れることだ。たしかにモントフォードを荷馬車に連れてきたのは彼女ではないかもしれない。だが、すべてはミス・ハニーウェルが原因だ。このまま近くにいるわけにはいかない。彼女のそばにいると、いつもの自分からは考えられないふるまいをしてしまう。酔っぱらって走るレースに参加するとか、年老いたレディにキスをするとか。

それにもしミス・ハニーウェルがロンドンに来たら、毎晩眠れなくなるだろう。直接会うことはなくても、ブリンダリー伯爵夫人の家にいると思うだけで、あの色違いの目や毒舌が頭に浮かび悶々とするのは目に見えている。今、隣に座っている彼女に心をかき乱されているのとまったく同じように。腹が立ってしょうがないという表情で鼻をつまんでいる彼女に。

城館まで三〇キロ以上も戻るのは耐えられない。けいれんの止まらない胃のせいではない。そのあいだずっとミス・ハニーウェルと一緒なのだと想像すると、叫びだしたくなる。

けれども同様に、この先がどんな道か知らないが、ホーズまでの道のりにも耐えられそうにない。それでも戻るのと比べれば半分の距離だ。それにホーズで馬を買えるかもしれない。わたしには馬が必要だ。そもそも収穫祭へはそのために行ったのだから。

「半分の距離だ。半分なら耐えられる」座席をきつく握りしめて、モントフォードはつぶやいた。

ミス・ハニーウェルが鼻を鳴らす。「聞いた、チャーリー？　閣下はわたしたちみたいな下々の者と一緒にいるのを、一五キロくらいなら我慢してくださるそうよ。そのあとライルストーンへの五〇キロほどをどうなさるおつもりかは知らないけど」

「ホーズで馬を買うつもりだ。もうこれには乗らない。絶対に」彼は手をひらひらと動かして荷馬車を示した。

「あら、それならよかったわ。あなたはこれ以上わたしたちと過ごしたくないと思っているようだけど、わたしたちも同じですからね」ミス・ハニーウェルはつんとして言うと、出発するようチャーリーを促した。けれども御者はためらった。

「やっぱり戻ったほうが……」チャーリーが怖じ気づいたように提案する。顔色が悪い。

「だめよ！」「だめだ！」ふたりが同時に叫んだ。

チャーリーはしぶい顔をしていたが、ようやく馬に合図して荷馬車を出発させた。

モントフォードは胃が静まるようひたすら念じていた。しかしそれくらいでは吐き気はどうにもならず、しばらくすると自分の顔色が灰色を通り越して死人同然になっているのを感じた。荷馬車の中に吐かないよう、顔を外に出そうとあわてて体を投げだす。ところが必死だったせいでミス・ハニーウェルを突き飛ばしてしまい、席から転げ落ちた彼女は罵りながらモントフォードの体を叩いた。しかし彼はそれを気にするどころではなく、なんとか横の手すりまでたどりつくと、道に向かって乗りだした。肩を大きく上下させ、何度も息を詰まらせながら、こみあげたものを吐きだす。

チャーリーが手綱を引き、荷馬車が停止した。ミス・ハニーウェルが狭い御者席でモントフォードから距離を取り、チャーリーに体を寄せて座り直す。ようやく胃のけいれんがおさまると、彼は荷馬車の中に体を戻し、手すりにぐったりともたれた。全身が震えている。目をあげると、ミス・ハニーウェルが怒りと懸念の入りまじった表情で彼を見ていた。

「うつる病気にかかっているわけじゃないわよね？」

モントフォードの中で何かがぷつんと切れた。もう我慢できない。歯を食いしばって体を起こし、あらゆる筋肉が悲鳴をあげるのもかまわず、ゆっくりと荷馬車から這いおりた。

ミス・ハニーウェルが心配そうに見おろす。「どうしたの？」

足が滑って、彼は転んだ。どすんという音とともに尻もちをつき、あたりに埃が舞いあがる。彼は立ちあがった。「歩いて戻る」

「ばかなことを言わないで。三〇キロ以上あるのよ！」

「かまわないさ。これ以上一秒だってきみといるくらいなら、一五〇キロだって歩く」それは本心だった。だが、これ以上荷馬車に乗っていたら何度も吐いてしまうだろうという見通しには触れなかった。

ミス・ハニーウェルが拳を腰に当てて彼をにらみつける。しばらくして、鋭い口調で言葉を投げつけた。「昨夜はそんなこと言わなかったじゃない」

モントフォードの背中を震えが駆けおりた。いったい自分は何をしたのだろう？

モントフォードの表情の変化を満足そうに見守ったミス・ハニーウェルは、背後に置いてあるバスケットから何かを取りだして彼に投げつけた。それは胸にぶつかって地面へ滑り落ちた。彼は毒づきながら胸をさすり、身をかがめて落ちたものを拾った。水の入った皮袋だ。

「戻る途中、干からびて死んでほしくないから」そう説明して、彼女は座席に座り直した。

「それはどうもご親切に」歯ぎしりをして、皮肉っぽく言う。

「そんな死に方では簡単すぎるからよ。ライルストーンまで三〇キロ以上も歩いて帰るつらさを、しっかり味わってちょうだい」

「なんて女だ！」ミス・ハニーウェルとチャーリーを乗せて去っていく荷馬車に向かって、モントフォードは吠えた。拳を振りあげる。「きみには二度と会いたくない！」

彼はうしろを向いてとぼとぼと歩きだしたが、風に乗って背後から「わたしもよ！」というあざけるような声が聞こえてきた気がした。

五分後、きしみながら進む荷馬車が完全に見えなくなる頃には、ブーツに包まれたモントフォードの脚はすでに痛くなっていた。道端に腰をおろし、呆《ほう》けたように空を見あげる。埃っぽい道の上には、見渡すかぎり自分しかいない。文明から遠く離れたこの場所で、彼はエールと吐《と》瀉物《しゃぶつ》のにおいを漂わせ、ぼろぼろの姿で座っている。こんな境遇に陥ることがあるなんて、最悪の悪夢を思い浮かべたときにも想像できなかった。体にもう少し水分が残っていたら、きっと泣いていただろう。

けれども涙が出ない。体じゅうが、からからに干からびていた。

皮袋を見おろしたモントフォードは水を飲むことにした。だが、どうやって開ければいいのかわからない。なんとかこじ開けようとしばらくやってみたが、突然我慢できなくなった。皮袋を投げ捨て、ブーツのかかとで踏みつける。

狂ったように踏んでいるうちに穴が開いて水がもれ、地面がぬかるんだ。これがアストリッド・ハニーウェルの頭だったらいいのにと考えながら、なおも踏みつづける。

ようやくまた歩きはじめたときには、わずかなエネルギーも使い果たしていた。近くに転がっていた丸太に腰をおろす。城館まで歩いて帰るのは、最初に思ったほどいい考えではなかったと認めざるをえない。荷馬車をおりても気分が悪いのは同じだ。こんなになるまで酔っぱらうなんて、昨夜の自分は頭がどうかなっていた。しかもそれが楽しくてしかたがなかったという気がしてならない。これはもう屈辱的な出来事では片づけられず、心配しなければならない段階だ。

　ところで、ミス・ハニーウェルは何をほのめかしていたのだろう？　昨日の夜、彼女に何を言ったのか、何をしたのか、まるで覚えていない。

　混沌《こんとん》としている記憶を懸命に探ったが、彼女の目についての詩を作ったような気がするだけで、あとは何も思いだせなかった。

　そのとき、モントフォードの横を大型の黒い馬車が轟音を立てて通り過ぎた。黒いケープを着た大男が恐ろしげな鞭を振るい、四頭のたくましい黒い牡馬《ぼば》を御している。馬車の中は見えなかったが、カーテンのうしろにきらりと光る真っ黒い目が見えた気がして、モントフォードはぞっとした。

　地獄から来たような馬車がものすごい速度で北へと走り去るのを、モントフォードは立ちあがって見送った。あんなに急ぐのは、向こうに何か面白いものでもあるからなのだろうか？　羊か？　どんな場所だか知らないが、ホーズか？　スコットランドか？

　ロンドンはそっちじゃない、と彼は馬車に向かって叫んでやろうかと思った。

　あの魅惑的な街――実際は魅惑的どころか、雨でも降ればひどい悪臭が漂うのだが――を思い浮かべただけで、歩きだす元気がわいた。歩けば歩くだけロンドンに近づくのだと自分に言い聞かせる。早く屋敷に戻って、浴室で旅の汚れを落としたい。片手に『ロンドン・タイムズ』の経済面を、もう一方の手に石けんを持ってくつろぐのだ。

ロンドンに戻ったら、もう二度と街から出ないぞ。絶対に。

しかし、そこでアラミンタのことを思いだした。そうだ、アラミンタ。二週間後には彼女と結婚するのをすっかり忘れていた。そして新婚旅行としてデヴォンシャーの屋敷に行く。旅行になど行きたくないが、義務を果たさなくてはならない。

モントフォードは立ち止まった。急に怒りがわいてくる。

デヴォンシャーになど行くものか。アラミンタとは結婚しない！

それとも、やっぱりするのだろうか？

彼女との結婚は、あらゆる面から見ていい考えだったはずだ。それなのに今は、何がいいのかひとつも浮かんでこない。彼女の名前を思いだせただけでも上出来だ。

モントフォードはずきずきするこめかみを押さえた。あまり頭を使わないほうがいい。

「まずはライルストーンに戻ろう。とにかく足を一歩ずつ前に出すんだ」

そうやって数メートル進んだが、頭痛が耐えがたいほどひどくなった。まるで頭の中でひっきりなしに悲鳴が響いているようだ。

しばらくして、悲鳴は頭の中で鳴っているのではないと気づいた。背後から聞こえてくる。しかもそれはミス・ハニーウェルの声だった。振り返ったが、見えるのは道と木だけだ。まさか彼女のはずがない。今頃はもう、何キロも離れたところにいるはずだ。

モントフォードは前を向いて、とぼとぼと歩きだした。

するとまた悲鳴がはじまった。今度は銃声とともにとぎれた。何もない田舎道に雷鳴のごとくとどろいた銃の発射音は間違えようがない。痛む頭を抱えてしばらく待ったが、風に揺れる木々の葉音しかしなかった。鳥たちも恐怖に沈黙している。

モントフォードは息ができなかった。心臓さえ動きを止めていた。恐ろしい不安が体の中に広がっていく。

来たばかりの道を、モントフォードは全力で駆け戻った。昨日のレースよりも速く。だが、そんなことは意識していなかった。ただアストリッド・ハニーウェルの無事を確かめたいと、ひたすら祈っていた。自分が首を絞めてやれるまで、生きていてくれなければ困る。こんなに怖い思いするのははじめてだった。それもこれも彼女のせいだ。

毎年ホーズへの道中はとても楽しいのに、今のアストリッドはとてもそんな気分になれなかった。さっさと完成したエールを届け、城館に戻ってロンドンへ行く前の最後の日々を慈しみたいという思いでいっぱいだった。いつも荷馬車を御してくれているチャーリー・ウィークスもなぜか元気がなく、早朝の靄《もや》が晴れ、北街道《ノースロード》を順調に進みながらも、ふたりはほとんど言葉を交わさなかった。暗い顔をしてこわばった姿勢で手綱を握っていたチャーリーは、行程の三分の二まで来てようやく少しくつろぎ、アストリッドの披露した公爵作の下品な詩に声を立てて笑った。いつもと様子の違うチャーリーを、彼女は責められなかった。彼の妻は五人目の子どもを妊娠中で、今六カ月になる。彼が心配なのは当然だ。

モントフォードが荷馬車のうしろからいきなり飛びだしたのを見て、哀れなチャーリーは完全に度を失っていた。しかも公爵はすえたアルコールと想像したくもないさらに気持ちの悪い何かがまざりあったにおいを体じゅうから漂わせていて、アストリッドは思わず鼻を覆って体を引いてしまった。彼は前夜に着ていた汚れた服のままで、かつては非の打ちどころがなかったシルクの上着は肩から背中の真ん中にかけて裂けていた。髪は頭の片側はぺちゃんこ、もう片方の側は垂直に立っていて、体じゅうに泥や草や何かよくわからないものがついていた。

まさか彼がいるとは思わなかった。それはチャーリーも同じだったのだろう。まるで恐ろしい伝染病患者を見るような目を公爵に向けていたから。モントフォードがよりにもよってアストリッドの乗る荷馬車に放り込まれていたのは偶然とは思えない気もしたが、ふたりともそれを追究する気力はなかった。彼は胃の中身をぶちまけたあと荷馬車をおりて、ライルストーンまで歩いて帰ると言い張った。

アストリッドにしても、彼を止める気はさらさらなかった。彼女とこれ以上一緒に過ごすより三〇キロ以上の道のりを歩いて帰りたいというなら、それはモントフォードの勝手だ。そこまで断固として拒否されたからといって傷つきはしない。昨夜の出来事を、彼がまったく覚えていなかったことも別に平気だ。彼の記憶をよみがえらせる手助けをする気はない。

でも、アナベルにキスをしたことは思いだしてほしい。おばに杖で殴られて痛い思いをしたことも。モントフォードは体じゅう痣だらけにされても当然だったのだ。

それから水の入った皮袋を彼に投げてやったのは、かわいそうになったからではない。

絶対に違う。

チャーリーと並んで座る荷馬車の上で、アストリッドはまっすぐ前を向き、大きく咳払いをした。チャーリーはさっきの出来事からまだ立ち直っておらず、額の汗をハンカチでぬぐう手が震えている。

「大丈夫よ。うまく彼を追い払えたじゃない。三〇キロちょっと歩いたからって、なんともならないわ。彼なら火あぶりにでもしないかぎり、絶対に死なないわよ」彼女はチャーリーの肩を叩いて慰めた。

「あんなふうに置き去りにしてはいけなかったんじゃないですか?」チャーリーがためらいがちに続ける。「戻ったほうがいいかもしれませんよ、ミス・アストリッド」

「とんでもない。ホーズはすぐそこよ。公爵なんかのために、目的を果たせないまま帰るのはまっぴらだわ」

納得していない様子で、チャーリーが口をきゅっと引き結ぶ。

「それより、そもそも彼はどうしてこの荷馬車で寝ていたのかしら?」話題を変えようとして言った。

「さあ。今朝は荷台を確認しなかったもので」彼がみじめな顔になった。「自分でよじのぼって、意識を失ったんじゃないですか?」

「そんな偶然、あると思う?」

チャーリーは肩をすくめた。「たしかに変ですけどね。日よけの下からいきなり出てきたときは、飛びあがりそうになりましたよ」

アストリッドは、モントフォードがどうにかして彼らより先にライルストーンへ帰りつくよう祈った。そして馬を手に入れ、さっさとロンドンに出発してくれれば、二度と姿を見なくてすむ。でも今の彼の状態では、その祈りが聞き届けられる可能性は低い。現実的に考えれば、ホーズからの帰り道でモントフォードに追いつくだろう。無視して通り過ぎてしまいたいけれど、そんなことをして彼の滞在が長引いたら誰の得にもならない。

モントフォードがロンドンに帰れば、ほっとできる。

だが自分もすぐにロンドンへ行くのだと思いだして、アストリッドは思わずうめいた。

「どうしたんです？　気分でも悪いんですか？　城館へ戻りましょうか？」なぜかチャーリーは帰りたがっているように聞こえた。

「いいえ、大丈夫よ。もうすぐわたしも旅をするんだって、考えていただけ」

チャーリーの顔から血の気が失せた。目に奇妙な光を浮かべ、不安そうに尋ねる。

「旅？　なんのことですか？」

アストリッドは心配になって彼を見た。「どうしたのよ、チャーリー？　落ちついて。ロンドンへの旅のことを言っただけよ」

チャーリーはまだ動揺がおさまらないようだ。「ロンドン？　ロンドンへいつ行くんですか？」声が裏返っている。

「できれば行きたくないんだけど、たぶん今週の終わりには。聞いてないの？」

「何をです?」チャーリーが用心深くきき返す。

「公爵の鼻持ちならない計画よ。彼はわたしたちを結婚させる気なの。少なくともアリスとわたしを。ロンドンで。わたしたちを縛りつけるクジャクみたいな伊達男を、友だちに頼んで見繕うつもりらしいわ」

チャーリーはまったく理解できていない様子だった。アストリッドは大きくため息をつき、今度はもっとわかりやすく丁寧に説明した。長い話が終わると、チャーリーは彼女と目を合わせず、黙って前を見つめた。

しばらくして、ようやく奇妙なかすれた声を出す。「話を整理させてください」彼は神経質に唇を湿らせた。「公爵はみなさんがロンドンで贅沢なドレスを着て、舞踏会とかに出かけて、好みの紳士を見つけるための金を全部出すというんですか?」

「ええ。まあ、そういうことになるわね」のろのろと認める。

「しかも結婚の祝いとして、城館とじゅうぶん暮らしていけるだけの金をあなたにくれる。それからミス・アリスにも。いずれは下の妹さんたちにも」

「そうよ。そんなふうに言うと、なんだか公爵が……」

「気前がいい?」

アストリッドはふんと鼻を鳴らした。モントフォードは気前がいいからこんな計画を立てたのではない。彼女を一番いらだたせる計画をうまく練りあげたのだ。けれども、チャーリーにはわかってもらえそうになかった。

「たしかにそれほどひどい計画じゃないわ」しぶしぶ認めた。「わたしはライルストーンを出てロンドンへなんて行きたくないし、都会の華やかな催しには興味がないけれど。でも適当な夫を見つけて持参金を確保するためには、おとなしくロンドンに行かなくてはならないんでしょうね。だって、ウェスリー卿ともミスター・フォークスとも、絶対に結婚するつもりはないもの！」

チャーリーが口をあんぐりと開けた。「ウェスリー卿が結婚の申し込みを？　それにミスター・フォークス……牧師さままで？」

彼女はうなずいた。「もちろん断ったわ。それでもミスター・ライトフットと比べれば、ふたりのほうがずっとましよ」思わず身震いする。「ミスター・ライトフットと結婚するくらいなら、ミスター・フォークスのまだるっこしいしゃべり方に毎日耐えるほうがいいわ。正直に言って、あの男は頭がどうかしているもの」

チャーリーはひどくみじめな様子だった。実際、今にも泣きだしそうに見える。アストリッドは心配になった。「いったいどうしたの、チャーリー？」

彼は喉に何かつかえているように、懸命につばをのみ込んでいる。「全部話してもらっていたら……ロンドンのことを」

「そうね。だけど昨日は収穫祭だったし、いろんなことがいっぺんに起こったものだから」

「話してもらっていたら、違ったのに」チャーリーが何度も頭を振りながら繰り返す。「仕事がなくなると思ったんです。救貧院に行かなくてはならなくなると。ちびが四人もいるし、ミリーがまた腹ぼてで、どうしようもなかった。みんなのためになると思ったんですよ」

アストリッドはますます心配になり、落ちつかせようとチャーリーの腕に手を置いた。彼は吐く直前のモントフォードそっくりの顔色になっている。「なんの話をしているの、チャーリー？　心配させないで」

彼は手綱をぱたりと落とし、アストリッドのほうを向いた。それなのに目は合わせない。

「ああ、ミス・アストリッド、ひどいことをしてしまった。目ん玉をくりぬかれてもしかたないようなことを」

アストリッドは彼の腕を握った。「チャーリー……」

「シリルを殺したのはおれです！」彼が呟き込むように言う。

彼女の心臓がとくんと打って、止まった。チャーリーの腕にかけていた手が落ちる。

「まさか！　どうしてなの、チャーリー！」

彼はうなだれて頭を横に振った。「そうしなくてはだめだと、やつに言われて。あなたを揺さぶって、正気に返らせなくてはいけないと。馬に当てるつもりはなかったんです。でも、弾がそれてしまった。どうしてあんなやつの言うとおりにしてしまったのかわかりません。だけどやつの言葉を聞いてたら、どんどん怖くなって。ああするのがあなた方のためだし、われわれ全員が救貧院へ行かずにすむたったひとつの方法だと、やつは言ったんです」

「やつって誰なの、チャーリー？」答えはわかっていたが尋ねた。

「ミスター・ライトフットですよ。やつはあなたと結婚するつもりだと言いました。そうするのがみんなにとって一番いいって。どうしてかわかりませんけど、やつにそう言われたら、そのとおりだって気がしたんです！」

「ああ、チャーリー！　あなたはだまされたのよ。なぜあんな男の言うことを信じたの？　モントフォードを撃つなんて！」

「やつは仕事をくれると言ったんです。給料をはずむって。救貧院に入らなくてはいけないかもしれないのに、ほかにどうすればよかったんです？」

「だけど、ミスター・ライトフットと結婚なんてできないわ！　彼は頭がどうかしているのよ！」

チャーリーが顔をしかめる。「そうなんですか？」

「あなただって本当は気がついていたんでしょう？」

彼は頭をかいた。「たしかにちょっと変だとは思いました。ああ、ミス・アストリッド、もっと前に知っていたら！　遅すぎた！」

チャーリーは手綱を取ると、馬の背をぴしりと叩いて全速力で走らせはじめた。

アストリッドは御者席の上で必死に踏ん張った。背筋を冷たいものが駆けあがる。

「どうしたのよ、チャーリー？　なぜこんなに急ぐの？」

「やつに追いつかれる前にホーズまで行かないと。あそこまで行けば、やつもあなたに手出しはできません」チャーリーの目の色が変わっている。

彼女は胃がすとんと落ちた気がした。「なんの話？」

「ミスター・ライトフットですよ。やつはあなたをつかまえて、グレトナ・グリーンに連れていくつもりなんです」

アストリッドの体が恐怖にこわばる。

「なんて間抜けだ。なんて間抜けなんだ、おれは」チャーリーは何度もつぶやき、馬たちを駆り立てた。

「まさか、嘘でしょう？」背後に聞こえてきた馬の蹄の音が次第に大きくなり、アストリッドはチャーリーにというより自分にささやいた。振り向くと、ライトフットのまがまがしい黒い馬車が突進してくるのが見えた。黒いケープを着た大男の手下が馬を操っている。アリスの大好きな通俗小説にでも出てきそうな光景だ。

思わず神に祈った。ほかにどうすればいいのかわからない。このままでは、メロドラマの不幸なヒロインを地で行くことになってしまう。

「こんなつもりじゃなかった。シリルを殺すつもりは本当になかったんだ」チャーリーがひたすら繰り返している。

意外な展開に言葉も出ず、アストリッドはチャーリーを見つめながら、ただ必死で座席にしがみついていた。無謀とも言える速度で進んでいるのに、荷馬車の御者席には衝撃を吸収するものは何もなく、座席の鋲《びょう》や地面の凹凸、石、木の枝に至るまで、すべての衝撃がそのまま体に伝わる。その痛みとチャーリーに裏切られた心の痛みに、今起きている信じがたい出来事は紛れもない現実なのだと思い知らされた。

どうしてチャーリーはシリルを殺せたのだろう？　何年にもわたるわたしとの信頼関係を、なぜ裏切れたの？　それとも、もともとそんな関係ではなかったのかしら？　うまくいっているとわたしが勝手に思い込んでいただけかもしれない。妹であるアリスの心が、ちっとも見えていなかったように。

でも、わたしをライトフットに引き渡そうとするなんて――そこまでするのは理解を超えている。チャーリーは頭の回転がいいとは言えないけれど、こんな計画はどう考えても愚かだと気づいてもよさそうなものだ。

「どうしてなの、チャーリー？　どうして？」

「あなた方のためにも、おれの家族のためにも、こうするのが一番いいと思ったんです。だけど全部台なしにしてしまった！」うしろを振り返り、彼の表情が崩れる。「だめだ、逃げきれない！」

「がんばって！　お願いだからあきらめないで！」

だが、無駄だった。二頭の年老いた馬が引く荷馬車は、たくましい四頭の牡馬が引く馬車の敵ではない。ライトフットの黒い馬車が、あっという間に横に並んだ。窓の向こうに光るライトフットの小さな目を見て、アストリッドの胃がねじれる。

グレトナ・グリーンだなんて！

黒いケープの御者が馬たちを急激に右へ寄せ、荷馬たちを道から落としにかかった。そのままわり込むように前をふさがれると、チャーリーは手綱を引いて荷馬車を止めるしかなかった。

彼が恐怖におののく目をアストリッドに向けてささやく。「逃げてください、森の中へ」震える脚で立ちあがり、彼女は急いで荷馬車をおりはじめた。今のはこの一五分間でチャーリーの口から出た、唯一のまともな言葉だ。

「おっと、それ以上動かないでもらおうか」馬車から声が飛んできて、アストリッドは顔をあげた。ライトフットが馬車の扉を開けて拳銃でこちらの頭を狙っているのが見え、彼女はぴたりと動きを止めた。体じゅうの血が一気に冷えて、心臓が喉までせりあがる。こんなことが現実に起こっているなんて信じられない。一瞬めまいがして、水の中にいるように周囲が揺らいだ。

ライトフットがチャーリーを見た。黒い目に奇妙な光をたたえ、口をゆがめて恐ろしい笑みを浮かべる。「逃げようとしていたようだな、ミスター・ウィークス。合意のうえでの行動だと思っていたのに、どういうことかな、これは」

チャーリーが血の気の引いた顔で銃を見つめた。汗がたらりと流れ落ちる。

「気が変わったんだ。ミス・アストリッドはあなたとは行きたくないそうだ」

ライトフットが笑った。「もちろんそうだろうよ、ばかめ。だからこそ、こんな場所で会うことにしたんだろうが。覚えていないのか？」彼はアストリッドに目を戻した。笑みを消し、表情を険しくする。「では、こっちに来てもらおう。おとなしく馬車に乗ってくれれば、すぐに出発できる」

「絶対にいやよ」恐怖をこらえて、アストリッドは虚勢を張った。

ライトフットが黒いケープの男に合図すると、男が御者席からおりて近づいてきた。彼女はごくりとつばをのみ込んだ。男はアストリッドより六〇センチは背が高く、横幅もピアノくらいある。片頬に縦に傷跡が走っているせいで顔をしかめているように口の端が引きつれているが、今はその顔をさらに陰鬱にゆがめていた。ライトフットはどこでこんな男を見つけたのだろう？　黄泉《よみ》の国かもしれない。

しかも男がまだ鞭を持っているのを見て、アストリッドはぞっとした。

だが、すぐに気づいた。彼が持っているのは鞭ではなくロープだ。彼女はあわてて荷馬車の中に戻ろうとしたが、うしろからものすごい力でつかまれた。なりふりかまわず必死で抵抗したものの、山でも蹴っているみたいで効果がない。男はアストリッドの両手を背中にまわして片手で押さえつけた。そしてもう一方の手で彼女を羽根のように軽々と持ちあげると、ロープで両手を縛った。

どうしようもなくなり、アストリッドはチャーリーに目をやった。彼はただ涙を流しながら、恐怖に目を見開いてこちらを見つめている。

「行きたくないと言ってるでしょう」彼女は落ちついた声で言った。大男につかまれたまま身をよじり、ライトフットのほうを向く。「あなたとは結婚したくない。あなたを夫になんてしたくないし、その気持ちは絶対に変わらないわ。いやがっているわたしを連れていって、いったいなんになるというの？　いつまでだって抵抗するわよ」

にやりとしたライトフットの顔にはいやらしさがにじみでていて、アストリッドは身震いした。「だからいいんじゃないか。そういうのがいいんだよ。おまえの気持ちをくじくのは最高に楽しいだろうな。必ず屈服させてみせる」

アストリッドはヒステリックな笑いをもらしそうになったが、大男が彼女を抱えて馬車へと歩きだした。もう望みはない。逃げるのは不可能だと悟り、目の前が真っ暗になった。こんなにも自分が哀れに思えたことはない。

何か大切な事実を忘れている気がした。すぐそこまで浮かびあがっているのに、どうしても思いだせない。

そうだわ、モントフォードよ！　彼と別れてから、まだそんなに経っていない。大声で叫べばきっと声が届く。けれどもよく考えれば、彼に助けてもらえるはずがない。悲鳴が聞こえて、それをモントフォードが無視しなかったとしても——彼はわたしを憎んでいるのだから、無視する可能性は高い——彼がここまで来る頃にはとっくに連れ去られているだろう。もしくは彼に羽でも生えて一瞬でここまで来られたとしても、どうやってわたしの拉致を阻止するの？

悪党どもに胃の中身を浴びせかけ、気持ち悪さで動けなくするとか？

アストリッドはぷっと吹きだした。

ライトフットとチャーリーが、頭がどうかなったのかと怪しむような目を向けてくる。彼女を運んでいる大男でさえ足を止め、気味悪そうに見おろしてきた。

ヒステリーの発作を起こしたのだと思われている。

そこでアストリッドは、モントフォードには助けてもらえないという論理的結論に達していたにもかかわらず、声を張りあげて息の続くかぎり叫びはじめた。喉が痛くなり、目の前で光がちかちかしはじめる。

「くそっ、黙れ」ライトフットが耳をふさいだ。「誰にも聞こえやしないのに。この間抜け女め！」

アストリッドは彼の顔を見つめながら叫んだ。

「急げ、早く乗せろ！」ライトフットがうなるように大男に命じる。

男はアストリッドを馬車に押し込もうとしたが、彼女はもがいて入口に足を引っかけるのに成功した。ひたすら叫びつづけ、めちゃくちゃに足を蹴り、なんとか男の手から逃れようとする。男の胸に何発か蹴りが命中したものの、効いているのか効いていないのか、相手の顔色はまったく変わらない。男は彼女の脚をつかんで残りのロープで縛り、今度こそ完全に馬車の中に入れた。アストリッドは叫びすぎてとうとう酸素が足りなくなり、気絶しそうになった。

そのとき、銃声が彼女の意識を貫いた。チャーリーが肩を押さえて荷馬車から転げ落ちるのを見て、アストリッドの心臓が跳ねた。チャーリーは追いはぎ対策で座席の下に隠してあったライフルを、彼女を救うために取りだそうとしたのだ。なんてばかなことを。彼は使う暇のなかったライフルを抱えたまま、地面の上で血を流している。アストリッドは吐きそうだった。

ライトフットがチャーリーのそばに行って見おろした。手に持った拳銃からは、まだ硝煙があがっている。彼はチャーリーに背を向けると、拳銃をズボンのウエストに差し込んで馬車へと引き返した。目が濁った光を放っている。

アストリッドは悲鳴が喉でつかえ、全身の血が凍りついていた。ライトフットが彼女を奥に押しやり、自分も乗り込んでくる。彼は腰をおろすと、ハンカチを取りだしてアストリッドに猿ぐつわを嚙ませた。彼女はライトフットからなるべく離れて隅に縮こまり、自分を誘拐した男を刺すような目でにらみつけながら、縛られた部分を懸命に動かして少しでもゆるめようとした。

そんな彼女を見てライトフットが楽しげに笑い、馬車の扉をばたんと閉める。

アストリッドが救出される望みは、完全についえた。

19

公爵、その週三度目のレースに参加する

モントフォードは左脚がけいれんしていて使えないので半分飛び跳ねるように走り、三〇分経つ頃にはあきらめそうになった。悲鳴や銃声はすべて想像の産物だと、もう少しで自分に納得させるところだった。けれども立ち止まって引き返そうとするたびに、吐き気や脚のけいれんをはるかに超える恐怖が体じゅうに広がる。その恐怖がどこから生まれてくるのかはわからなかったが、とにかく進みつづけるしかなかった。

「あの女を殺してやる。今度こそ本当に殺してやるぞ」苦しい息の合間につぶやく。

けれども彼女を殺したいと思う理由は、よくわからなかった。

いっそ道端で血を流して死んでいる彼女が見つかればいいのに。

しかしそう思うそばから、彼の胃はぎゅっと縮んだ。違う、死んでいる彼女など見つけたくない。そんな場面は想像するだけでも……。

耐えられない。

そんなものを見つけるくらいなら、頭がどうかなったと思われるほうがましだ。このままホーズまで走りつづけ、何事もなくぴんぴんしている彼女を見つけるほうがいい。きっとそうなると思いかけたとき、カーブの先に広がった光景を見て、モントフォードは叫び声をあげた。荷馬車が道の端に奇妙な角度で止まっていて、つながれたままの二頭の荷馬が落ちつきなく足踏みをしている。そして荷馬車のかたわらには、誰かがぴくりともせずに倒れていた。体の大きさと服の色からするとアストリッドではない。チャーリーだ。

安堵とふくれあがる懸念を同時に感じながら、モントフォードはチャーリーに向かって走った。さっきまで可能性にしかすぎなかった恐怖が、恐ろしい現実となって目の前に存在している。やはり単なる想像ではなかったのだ。

ところがチャーリーに近づくにつれて膝から力が抜け、視界が暗くなっていった。チャーリーの肩の傷から流れているおびただしい血に目が釘づけになる。

だめだ！　モントフォードは心で叫んだ。よりによって今、気絶するわけにはいかない。

しかし、どうしようもなかった。

彼は前のめりに倒れ、意識が暗闇に閉ざされた。

数秒後なのか数時間後なのかわからないまま、モントフォードは意識を回復した。こんなことがあるたびに浮かびあがってくるつらい記憶を、ふたたび心の底に押し戻す。目を開けると、彼は空を見あげていた。

うめき声が聞こえてごろりと転がると、チャーリーが彼に向かって這い寄ろうとしていた。肩からの出血のせいで、顔が空に浮かぶ雲のように白い。

モントフォードは出血部分から懸命に目をそらした。

チャーリーは一〇センチほど進んだものの、そこで力尽きて土の上に突っ伏した。モントフォードは自分を励ましながらそばに行き、上着を脱いでチャーリーの肩に押し当て、血を止めようとした。

「何があった？ アストリッドはどこだ？」

チャーリーが首を横に振り、痛みに歯を食いしばる。「こんなことになるなんて思わなかったんだ。神に誓って、彼女のためだと思った」

「なんだって？ いったい何をやったんだ？」モントフォードは声を荒らげた。

「ライトフットだ。やつが彼女を連れていった」

「連れていった？ それはどういう意味だ！」彼は怒鳴った。恐怖が冷たい触手を伸ばして背筋を這いあがり、血管に入って全身へと広がっていく。

「さらっていった――グレトナ・グリーンに――彼女と結婚するためだ――」チャーリーが言葉を絞りだす。

「ライトフットだな」モントフォードは状況をのみ込もうとしながら、名前を繰り返した。そもそも彼がヨークシャーに来たのは、アストリッドの父親の死をライトフットが知らせてきたからだ。ライトフットには一度も会ったことがないが、これまで知った事実からすると最悪の男らしい。そして彼女は、その男と結婚するつもりはまるでなさそうだ。

要するに、アストリッドは意思に反して連れ去られたのだ。

モントフォードはチャーリーのけがをしていないほうの肩を持ちあげながら、彼を荷馬車に乗せた。自分も乗り込み、チャーリーを御者席の床に横たわらせる。傷に押し当てていた上着をはずし、ひどい出血を止めるために、荷馬車の後部にあった細長いキャンバス地を使って彼の肩をきつく縛った。チャーリーは痛みにうめき、どうやら失神したようだった。

こんな劇的な出来事に対処する心の準備など、モントフォードはまったくできていなかった。目の前で人に死なれたことは、両親の事故のときを除けば一度もない。そしてトラウマとなっている両親の死は決して思いださないようにしている。彼はチャーリーを心配しながら手綱を持った。「死ぬなよ！　それにしても、荷馬車というのはどう操ればいいんだ」

チャーリーがやっていたのを思いだしながら、手綱を振って馬の背に合図を送ってみた。だが馬は反応せずに、タンポポをむしゃむしゃと食べつづけている。「くそっ、動け！」モントフォードはいらいらして怒鳴った。手綱をきつく握り直し、馬の尻に強く打ちおろす。馬たちは一瞬前に飛びだしたが、すぐに止まった。しかし何度も振りおろしていると、哀れな馬たちは低くいななないて、勢いよく駆けだした。

荷馬車が左右に揺れながら進む。このあとどう馬たちを操ればいいのか見当もつかず、モントフォードは御者席でひたすら足を踏ん張って、手のひらに爪が食い込むくらいきつく手綱を握っていた。だが馬たちにはちゃんとわかっているらしく、荷馬車は勝手に進んでいく。

車輪が深いわだちにはまって馬車ががくんと揺れ、チャーリーが弱々しくうめいた。モントフォードは毒づいた。尻は死ぬほど痛み、胃は怪しくうねっている。こうして手綱を握っていても、ただ乗っていたときと気分の悪さは変わらなかった。彼は歯を食いしばり、なんとか吐き気を抑えようとした。悠長に乗り物酔いなどしている場合ではない。アストリッドを死よりもひどい運命から救わなければならないのだ。

自分が心の中で彼女をファーストネームで呼んでいることに気づいて愕然とした。その彼女が悪辣な男に乱暴に扱われているのだと思うと血が凍り、これまで感じたことのない恐怖に心がしびれる。

永遠にも思える時間が過ぎ、ようやく村が見えてきて、モントフォードは馬たちの背を叩いて速度をあげさせた。しかし荷馬車が村の大通りをものすごい速さで走りはじめると、今度はどうやって止めたらいいのかわからない。通りを行き交う何台もの荷馬車から、人々がぽかんと見つめている。運悪く道を歩いていた者たちは、悪態をつきながらあわてて脇に飛びのいた。

村は思っていたよりも大きく、どこへ向かうべきかモントフォードにはさっぱりわからなかった。〈麦わら亭《バーリー・モウ》〉という宿屋の看板が目に入り、とりあえずそこで止まることにする。馬が従うかどうか心配しながら、モントフォードは手綱を引いた。

だが、それは杞憂だった。荷馬たちはぴたりと止まり、危うく彼は馬の背に向かって座席から飛びだすところだった。

悪態をついて座席に座り直す。心臓をどきどきさせたまま、あたりを見まわした。荷馬車が止まっているのは、にぎわっている宿屋の庭のすぐ手前だ。庭にいた者たちが手を止め、警戒するようにモントフォードを見つめている。

彼はその中からひとり選んで指差した。「おい、医者を頼む」

村人は驚いた顔で、ただこちらを見つめている。

「けが人がいるんだ」チャーリーを示して説明した。「くそっ、急いでくれ！」

男は運んでいた袋を地面に落とし、あわてて走っていった。

モントフォードが御者席からおりると、庭からさっと人が引いた。彼は一瞬ふらついて自分の弱さを呪いながら、荷馬車の横をつかんだ。

宿屋の中から汚れたエプロンをつけた男が出てきた。モントフォードを怪しむように見ながら近づいてくる。

「荷馬車の中にけが人がいる。医者が必要だ。それからわたしには馬を。一番速い馬だ。頼むから急いでくれ！」

宿の主人はモントフォードを見ているだけで動かない。「それで、お代は払ってもらえるんですかね？」

モントフォードはぽかんとして男を見つめた。金のことはまったく考えていなかった。

「わたしはモントフォード公爵だ。支払いは必ずする」

主人の視線がモントフォードの汚れたブーツから頭のてっぺんまでたどった。彼は大声で笑いだした。「公爵？　ずいぶん大きく出たな。それならおれは摂政皇太子さまだ！」

モントフォードは男の首を絞めてやろうかと思ったが、自分の姿を見おろしてぞっとした。泥だらけのシャツに血のついたブリーチズという今の彼は、たしかに宿の主人と大差ない。

「何もするつもりはないよ、金を払ってもらえるまでは」

モントフォードはつかつかと歩いて荷馬車に戻り、見る影もない上着を手に取った。襟の穴に刺してあったクラヴァット用のピンをはずし、宿の主人に突きつける。

「これをどうしろっていうんだい？　とても本物には見えないね」主人は相手にしなかった。

「愚か者め！　これはルビーだ！　おまえの宿屋の一〇倍以上の価値があるんだぞ」

「だまそうったって、そうはいかないよ。どう見ても鉛ガラスだ」

モントフォードはうなり、無力感に打ちのめされた。

「だんな、エールを」床板の上から、チャーリーがかすれた声で言った。

モントフォードはうめいた。「そんな場合か、チャーリー」この男は死にかけているのにエールが欲しいというのだろうか？　どいつもこいつも頭がどうかしている。

チャーリーがふたたび気を失った。

宿の主人はチャーリーに目を向けたあと、視線を荷馬車の後部に移した。

「エールって言ったか？」ゆっくりと荷台に歩み寄る。日よけのキャンバス地を持ちあげ、信じられないとばかりに口笛を吹く。「なんでエールを持っていると最初から言わなかったんだ」

モントフォードは降参するように両手をあげた。「さあね。血を流して死にかけている男に気を取られていたからかな」

主人が顔をしかめた。「エールで支払うというのなら、いいだろう」

これほどいらだっていなければ、モントフォードはほっとしてため息をつくところだった。「では、エールを持っていけ。だが、一番速い馬も用意するんだぞ。忘れるな」

主人がうなずき、急ぎ足で建物の横に向かう。

「それに拳銃もだ」モントフォードはつけ加えた。主人が足を止め、恐ろしげに息をのんで振り向く。「二丁だ。拳銃は二丁にしてくれ。弾をこめたものを」

主人は何も言わず、頭を振りながら去っていった。

モントフォードは荷馬車をのぞき込み、チャーリーの頰を叩いた。チャーリーが目を開け、ぼんやりと見あげる。「急いで――北に行くんだ――スコットランドへ――黒い馬車――」

道端に座っているときに通り過ぎていった大きな馬車を思いだし、モントフォードは気分が沈んだ。どうしたらあの馬車に追いつけるだろう？

そのとき、宿の主人が角をまわって戻ってきた。茶色い去勢馬を連れている。馬に目を走らせるなり、モントフォードは大きくため息をついた。「これしかいないのか？」苦々しい口調になる。

主人がむっとした。「こいつは速い。保証付きだ」

「だといいがな。もし違ったら、あとで戻ってきて思い知らせてやる」その脅しに主人が青くなった。「まあいい。拳銃はどこだ?」

「本気なのか?」

「もちろん本気だ」いったん言葉を切って、つけ加える。「頼む。緊急事態なんだ」

「そうみたいだな」主人は腰に差してあった古ぼけた拳銃を二丁引き抜き、モントフォードに渡した。

彼はそれを調べ、状態のひどさにあきれて頭を振ったが、突き返さずにブリーチズのウエストに差した。去勢馬にまたがり、疲れきった脚が抗議するように激しく痛むのを無視して主人を見おろす。「黒い馬車がここを通ったか?」

主人がうなずいた。「一時間前に。ものすごい速さで北へ向かった」

モントフォードは馬の腹を蹴って通りに出た。数メートル進んだが、誰かがうしろから呼びかけているのが耳に入る。馬を止めて振り返ると、宿の主人が通りに出て、必死に手を振っていた。

「なんだ?」いらいらして怒鳴った。

主人はモントフォードが向かっているのと逆の方向を指差した。「北はあっちだ!」

20

卑怯者《ひきょうもの》、最高に卑劣にふるまう

これまでの人生で最悪の出来事であるにもかかわらず、誘拐されるというのはとても退屈だった。もちろんアストリッドは怖かった。けれどもチャーリーが血を流しながら荷馬車から落ちて以来、彼女の意識は体から出て、ふわふわと馬車の天井付近を漂っているみたいだった。今自分が危険な状態にあることはわかっている。実感はないものの、助けが来る望みはほとんどないことも。それなのに何も感じない。

もちろん、すべての感覚がないわけではない。少なくとも肉体的な感覚はあった。きつく縛られている両手はしびれてちくちくしている。馬車の床に居心地の悪い体勢で横向きに放りだされているので、下になっている体の右側はでこぼこ道の衝撃をまともに受けて、痣ができたように痛い。それに用を足したくて、かなり限界に近づいていた。

それに退屈きわまりない。銃を突きつけられ、誘拐されたのだ。そのあとには普通、危険に満ちた恐ろしい出来事が続くはず。誘拐犯はなぜそんなことをしたのか表明し、なんらかの脅迫を行う。それなのにライトフットはただ悦に入ったようにくすくす笑い、彼女をブーツで何度か蹴りつけたあとは居眠りなんぞしている。こんなのは拍子抜けだった。

もう何時間も馬車で走っているのに、ライトフットはほとんどずっといびきをかいている。その音を聞いていると、アストリッドは本当にむかむかした。モントフォードが吐いていたときとそっくりの音を、馬車の車輪がきしむ音とともに何時間も聞かせられているのだ。

とにかくいらいらして、退屈で、不快だった。そう感じているから、今起こっている出来事が夢ではないと理解できた。もっと怖がるべきなのだろうけれど、怖がっても事態が好転するわけではない。現実的なアストリッドには、疲れ果ててぼうっとするまで泣くなんてまねはできなかった。ライトフットにあらがう力を温存しておかなければならないのだ。そのときが来たら、なりふりかまわず抵抗する。おとなしく彼と結婚するつもりはない。拉致すればあとは簡単に結婚させられると思っているのなら、彼はひどく驚くことになるだろう。

こんなばかげた計画を実行しようとしているライトフットはやはり頭がどうかしていると、アストリッドはますます確信した。彼はわたしの頭に銃を当てたまま、結婚の誓いを述べさせるつもりなの？　どんなカップルでも〝溶接〟するというグレトナ・グリーンの〝金床の司祭〟だって、さすがにそんな結婚は認めないだろう。

それにもし本当にライトフットと結婚させられるくらいなら、わたしは死を選ぶ。

残してきた人たちを思うと心が痛むが、しかたがない。妹たちは悲しく寂しい思いをするだろうけれど、わたしがいないと生きていけないわけではない。この一週間で、アストリッドはそれを学んだ。

正気を失った男に拉致され、手足を縛られて、なすすべもなく馬車の床に転がっていると、これまでの人生がはっきりと見えた。なんて愚かだったのだろう。みんなにはわたしが必要なのだとずっと思っていたけれど、本当は逆だった。わたしがみんなを必要としていたのだ。城館や醸造所や妹たちにしがみついてきたのは、彼女たちのためではなく、わたしがそうしたかったからだ。地所の支配権を手放してすべてが変化するのが怖いあまり、何が家族のためになるのかという本当の目的が見えなくなっていた。

その過程で自分を見失い、まわりの人々の本心を知ろうともしなくなっていた。自分は誰よりも物事をよくわかっているとうぬぼれて、ほかの人の行動を――モントフォードの行動でさえ――制御できると思っていた。今の苦境は、これまでのわたしが間違っていたという明らかな証拠だ。ライトフットはごろつきのような男で少しおかしいところがあるとわかっていたが、これほど下品なことができるとは思いもよらなかった。

人生がこんなふうに変わってしまうなんて、思ってもいなかった。

拉致されてからの時間が何日にも感じられる。空の太陽が東から西に移り、馬車の中の影が長くなった。アストリッドは体勢を変えようとした。体の右側は完全に感覚がなくなっているし、両手は背中で縛られてほとんど動かせないうえに、指先すらしびれていて使えない。それでもなんとか上半身を起こして、座席に寄りかかった。右半身に感覚が戻ってきて、針でちくちく刺されているように痛い。

用を足したいという欲求は最高潮に達していた。もう一刻の猶予もならない。アストリッドは必死で両脚を伸ばし、ライトフットのブーツを蹴った。

彼がしゅーっと息を吐いて目を覚ます。アストリッドを見て一瞬驚いた顔をしたものの、すぐに口をいやらしくゆがめた。前に乗りだして顔を近づけ、猿ぐつわを引きおろす。彼女は弾かれたように顔を引いて息を止めた。ライトフットの息はタマネギのにおいがした。

「ああ、ミス・ハニーウェル」

「用を足したいの」アストリッドは単刀直入に言った。「もう我慢できないわ。馬車の中にされるのがいやだったら、すぐにおろしてちょうだい」

彼は不快そうな表情になった。明らかに、こういう避けがたい状況については考えていなかったらしい。一瞬ためらったあと、馬車の天井を叩いて御者に怒鳴った。

馬車が止まってライトフットがおりると、アストリッドは扉のところまで移動した。外は日が暮れかけ、小雨が降っていた。ライトフットと御者はじっと立っている彼女を見つめ、どうすればいいかわからずに突っ立っている。

「脚のロープをほどいてもらえないかしら」静かに要求した。

ライトフットがうなり、言われたとおりにした。アストリッドは馬車から転げ落ちた。長いあいだ縛られていたので、脚がちゃんと動かなかったのだ。ライトフットと大男の御者が両側から彼女の腕をつかんで支え、道の脇の茂みに連れていく。

「手のロープもほどいて。あと、そこでずっと見ているつもり？」

男たちが困ったように視線を交わす。しばらくして、大男がしぶしぶ手首のロープをほどいた。

手に血が通って一気に痛みに襲われると、思わず叫びそうになった。

男たちが何歩かさがる。

「見ている前でさせようっていうの？」

ライトフットが表情を険しくする。「逃げようなんて考えるなよ」

男たちは道まで後退した。アストリッドは満足し、スカートを持ちあげてしゃがんだ。

用を足し終えると、苦しみのひとつから解放されて、ぐっと気分がよくなった。そしてあたりを見まわしたが、薄暗い道と背後に広がっている暗い森しか目に入らず、見覚えがあるものはない。カンブリアのすぐ手前まで来ているか、あるいはすでに入っているのだろう。一瞬このまま隙をついて逃げだそうかとも思ったけれど、ここはあまりにも人里から遠い。それに茂みの向こうで大男が見張っているから、遠くまでは行けないだろう。

ライトフットがアストリッドの横に来てさっさと馬車まで連れ戻し、逃亡の芽を摘んだ。彼女はふたたび手足を縛られ、馬車に押し込まれた。今度は床ではなくライトフットの向かいの座席に座ると、馬車はふたたび猛然と走りだした。

ライトフットが黙って見つめてきても、アストリッドは絶対に目を合わせず、かたくなに顔を前に向けていた。

「このまま夜も走りつづけるつもりなの？」

「もうすぐ止まる。心配しなくていい。今夜は仲よくベッドで過ごせるさ」

アストリッドは鳥肌が立った。予想していたとはいえ、こうして言葉にされると、迫りくる運命がより生々しく感じられる。ライトフットは彼女を縛って抵抗できないようにするだろう。あらがって身を守れるかもしれないと考えていたけれど、甘かったのかもしれない。

進んで身をまかせるにしろ、無理やり奪われるにしろ、自分が貞操を失う可能性など考えたことがなかった。そもそも結婚するつもりすらなかったのだ。この一週間で事態が急変し、城館と醸造所を維持するためには誰かと結婚するしかないと悟らされるまでは。男性とベッドをともにするなんて想像もしなかった。モントフォード公爵が現れて、今まで知らなかったさまざまな感覚を呼び覚ますまでは。

彼に応接間で危うく誘惑されそうになった夜のことを、アストリッドはまるで他人事のように冷静な心持ちで思いだした。わたしはいそいそと彼に応えた——少なくとも、わたしの体は。そして心のほうも、いけないと思いながらどうしても抵抗できなかった。

冷静さが崩れた。突然悔しさとやるせなさがこみあげ、胸を刺す悲しみとともに体じゅうに広がった。あのとき、モントフォードがやめないでくれたらよかったのに。そうしたら、少なくともその思い出を持っていられた。情熱を伴った行為がどんなものか、知ることができたのだ。後悔と自己嫌悪にさいなまれたかもしれないけれど、そのほうがよかった。

でも、もう決して知ることはない。公爵には二度と会えないのだから。

はじめて涙がこみあげた。心が死んでいくようだ。モントフォードの最後の言葉をはっきり覚えている。〝きみには二度と会いたくない〟彼はわたしの背中に向かって、そう叫んだ。どうやらその願いはかなえられそうだ。

今頃モントフォードはすでにライルストーンに帰りついて、ロンドンに出発しているかもしれない。悲鳴を聞いて助けに来てくれるかもしれないなどという期待を、もはやアストリッドはまったく抱いていなかった。

あとでわたしがどうなったかを知ったら、彼はきっと自業自得だと思うに違いない。

「あなたは下劣な臆病者よ」ライトフットに対する忍耐がついに尽き、アストリッドは吐き捨てた。「縛っておかないと、わたしに何をされるか怖くてたまらないんだわ」

ライトフットは楽しげに笑った。そのうえこちらに触れようと手を伸ばしてきたので、アストリッドの中で何かがぷつりと音を立てて切れた。両脚を激しく蹴りだし、ブーツのかかとを彼の腹部にめり込ませる。

ライトフットは痛みに体をふたつに折った。石炭のようにぴかりと光る目で彼女をにらみつける。「この売女《ばいた》め」歯を食いしばって言葉を押しだし、つかみかかろうとしたので、アストリッドはふたたび蹴った。今度はすねに当たる。彼は痛みに大声を出し、彼女を殴ろうと手を振りあげた。

それをよけようと、アストリッドは窓のほうに体を投げだした。馬車がちょうど何かを踏んで揺れ、ライトフットの狙いがそれる。手は顔ではなく肩に当たったが、それでも痛い。

「何するのよ！　あなたみたいな男と結婚するくらいなら、死んだほうがましだわ」

ライトフットも我慢の限界を超えたようだった。アストリッドの脚をつかみ、座席の上に引き戻す。そして服に手をかけたので、彼女は暴れた。視界がかすみ、怒りと恐怖で頭が燃えるように熱くなる。キスされそうになったので、顔をそむけて窓ガラスに押しつけたが、すぐに息が苦しくなった。そのとき窓の向こうの道のかなたに、何かが見えたような気がした。目を凝らすと、馬にまたがった人間だった。

馬が近づくにつれ、愚かだと思いながらも希望がわきあがった。シャツ姿の男が、ものすごい勢いで馬を駆っている。顔はよく見えないけれど、体つきや広い肩に見覚えがあった。うれしさのあまり、アストリッドは叫びだしそうになった。同時に恐怖もこみあげる。馬に乗っているのはモントフォードだ。彼なら、どんなに離れたところからでもわかる。助けに来てくれたのだ。けれども救出が成功する難しさを思うと、喜んでばかりはいられない。死ぬかもしれないのに来るなんて。

アストリッドは窓から顔をそむけた。なるべくモントフォードの助けになるように行動しなければならない。向かいの座席の下に拳銃が押し込まれているのを見つけたので、足先で蹴りだして遠い隅にやる。しかしそのあいだにライトフットに両腕をつかまれ、組み敷かれてしまった。彼が目的を果たそうと、スカートをまくりあげる。

彼女が腕に思いきり噛みつくと、ライトフットが信じられないという顔でうなった。

その瞬間、馬車の外で銃声がして、アストリッドの心に一気に希望が広がった。モントフォードが銃を持ってきているのなら、望みがあるかもしれない。

ライトフットが体を起こし、窓の外に目をやる。小声で悪態をついて拳銃に手を伸ばす。アストリッドは彼に向かって体を投げだし、座席に押し倒した。勢いあまって頭が背もたれにぶつかり、鋭い痛みが脳天を走る。彼女は膝をついた。目を開けても、視界がちかちかしている。馬車の外の怒鳴り声の応酬と、かたわらにいるライトフットの怒りに満ちた罵り声しか聞こえない。馬車が左右に揺れ、アストリッドの体は激しく揺さぶられた。向かいの座席に足を突っ張って体を支え、頭に受けた衝撃から立ち直ろうとする。

ようやく普通に見えるようになったとき、彼女は目の前の光景に心底ぞっとした。ライトフットが左側の窓を開け、絶え間なく罵りながら外に身を乗りだして、拳銃の狙いをモントフォードに合わせようとしている。モントフォードは数メートル離れたところで、必死に馬を制御しようとしていた。

アストリッドは恐怖に叫んだ。馬車が激しく揺れているので、ライトフットはなかなか狙いを定められない。けれど狙いが一瞬でも定まったら、モントフォードは一巻の終わりだ。彼女は必死に心を落ちつけ、遅すぎないことを祈りながら、もう一度体を投げだした。だが、その前にライトフットは発砲していた。

モントフォードの馬が銃声に驚いて彼を振り落とす。でも、公爵は完全には落ちなかった。片足があぶみに引っかかっている。馬はその状態で弾かれたように走りだした。アストリッドはうろたえて悲鳴をあげ、ライトフットが彼女の頬に拳を叩き込んだ。ふたたび彼女は無意識の灰色の世界へと落ちていった。

21

公爵、街道上で大胆不敵な救出劇に挑戦する

モントフォードは言うことを聞かない馬をなんとか馬車の横につけ、御者に拳銃を向けた。御者は並はずれて体の大きい野獣のような男で、顔に傷跡があり、暗い色の目に恐れはみじんもない。御者は何か怒鳴ると、馬たちに鞭を当てて速度をあげた。

こんな男を説得しようとしても無駄だ。それに応じて馬車を止めるなんてありえない。そこでモントフォードは唯一の成功の見込みに賭けた。引き金を引いたのだ。

しかし、完全な成功とは言えなかった。弾は肩に当たり、男はひっくり返って手綱を一本落とした。馬車を引いている馬たちが銃声に驚いて飛びだし、道からそれる。だが御者は鉄ででもできているのか、すぐに立ち直って落とした手綱を拾い、馬たちを進路に戻らせた。

一方、モントフォードはそれほど運がよくなかった。彼の馬は銃声にちょっと驚いたくらいではすまず、恐怖にいななき、やみくもに飛び跳ねた。そしていきなり右に駆けだし、馬車に突っ込みそうになった。彼は悪態をつき、必死で馬を落ちつかせようとしたが、落馬し

ないようにするのが精一杯だった。

突然馬車の窓が開いて、髪の薄い黒い目の男が体を乗りだした。男は怒りで顔を紫色に染め、口汚くモントフォードを罵りながら、頭に銃を向けてきた。モントフォードはサドルバッグに入れてある二丁目の拳銃を取りだそうとしたが、馬が暴れていてうまく取れない。悪態をつき、しかたなく拳銃に狙われない位置まで馬を後退させようとしたものの、彼の馬はほかの馬に歩調を合わせたいという本能に駆られているらしく、馬車から離れようとしなかった。このままでは、いまいましい馬のせいで撃たれてしまう。

窓から乗りだしていた男が引き金を引いた。近い距離からの発砲のため、火薬が一気に燃えたにおいが鼻を刺す。モントフォードは体をかたくして弾が肉を引き裂く衝撃に備えたが、弾は髪をかすめて頭上を通過した。もう何センチか低ければ頭に命中していたと思うと、自分の幸運が信じられなかった。

だが、ほっとしたのもつかのまだった。今の一発で馬は完全に度を失ってひどく飛び跳ねたので、モントフォードは投げだされた。こんなふうに落馬するのは、これまで生きてきて二度目だ。宙を飛び、背中から地面に叩きつけられる。衝撃で肺から空気がすべて抜け、体じゅうの骨がきしんだ。息ができず、目の焦点がぼやける。もうもうと舞いあがる土埃と、ばらばらになったような骨と、地面の上を引きずられて皮膚がすりむけていく熱い痛みしか感じない。なぜ体が動いているのか理解するまで、しばらくかかった。あぶみに左足が引っかかって、馬に引っ張られているのだ。

ぼろぼろの体にアドレナリンが駆けめぐった。生命が危険にさらされていると脳が認識したのだ。このまま死にたくないなら、あぶみから足をはずさなければならない。モントフォードは上半身をひねり、道に指を立てた。石やわだちが容赦なく体に食い込む痛みは無視する。この危機を脱してアストリッドを助けだすためなら、痛みなどなんでもない。

何度も蹴っているうちに偶然か神のご加護か、ついに引っかかっていた足がはずれた。勢いがついていた彼の体は一メートルほど進み、完全に止まった。顔を土の上に伏せ、しばらくただじっとする。体じゅうの骨や筋肉が悲鳴をあげ、手や腕はすっかりすりむけていた。

やがて黒い点が目の前にちらつき、意識が遠のきかけて、モントフォードは馬に振り落とされてから息をしていなかったことに気づいた。仰向けになって肺を動かす。そして懸命に痛みを意識の隅に押しやり、起きあがる気力を奮い起こした。

まず上半身を持ちあげると、全身の筋肉が抗議した。焼けるような痛みからして両手が血だらけなのは確実なので、あえて目を向けないようにする。めまいをこらえて道の先を見ると、五〇メートルほど向こうを彼の馬がせわしなくいなきながら、飛び跳ねるように歩いていた。

なんて役に立たない馬だと叫びたかったが、声が出なかった。ようやく息をしている状態では無理だ。

馬車に注意を向けると、不安定に左右に揺れながら危険なほどの速度で遠ざかっている。御者のけがの具合がどうであれ、止まるつもりはないらしい。

モントフォードは気持ちが折れそうになった。このまま馬車が行ってしまえば、もうアストリッドを助けだせる望みはない。

立ちあがって歩きだそうとしたが、自分のものとは思えないほど脚に力が入らないうえ、左の足首が恐ろしく痛んだ。彼はがくりと膝をつき、絶望的な思いで馬車を見つめた。もう少しでアストリッドのところに行きつけたのだ。馬車の中にいる彼女の悲鳴だって聞こえた。まだ耳の奥にも心の中にも悲鳴がこだましていて、怒りと無力感がこみあげてくる。

胸の中で心臓が引き絞られるように痛み、なぜか目が濡れた。

アストリッドを助けてやれなかった。二度と彼女に会えない――少なくとも前のような彼女には。出会ってからまだ少ししか経っていないのに、ずっと昔から彼女を知っていた気がする。モントフォードはもう、彼女と会う前の自分を想像できなかった。アストリッドは彼を内側から変えてしまった。彼を揺さぶり、眠っていたものを呼び覚ました。感じるということを思いださせてくれたのだ。怒り、混乱、疑念といった、たくさんの醜い感情を含めて。

彼女には山ほど欠点がある。だが、こんな目に遭ういわれはない。

もどかしさと敗北感と悲しみで、モントフォードは思わず声をもらした。

なぜ失敗してしまったのだろう?

前を見つめる彼の目が、ふと異変をとらえた。馬車がひときわ大きく揺れて片側に寄ったかと思うと、扉が勢いよく開いた。そしてアストリッドが姿を現し、次の瞬間、外に向かって飛んでいた。距離があるので、ふわりと広がった真っ赤な髪、ペリースの鮮やかなオレンジ色、血の気の失せた白い顔くらいしかモントフォードからはわからない。けれども彼の心は、アストリッドが感じているに違いない恐怖や切迫感や痛みをまざまざと感じた。彼女は溝の中に着地してごろごろと転がり、脚とスカートと髪でできた塊のようになって止まった。

そのあいだも馬車はどんどん遠ざかり、男が怒ってわめいている声が響いてくる。

モントフォードはすべてを吐きだしてからからに乾ききった体を持ちあげた。あちこちからあがった抗議の悲鳴は無視する。アストリッドが馬車という牢獄から脱出しても、彼はちっともほっとできなかった。動いている馬車から飛びおりるなんて。下手すれば死んでいたかもしれないと思うと息ができないくらい腹が立ち、彼女の首を絞めてやりたかった。

思うように動かない体で、モントフォードは走りだした。肺が焼けるように痛み、不安がどんどんふくれあがる。いやでも昔の悪夢を思いださずにはいられなかった。両親が命を落とした馬車の事故を。母親は今アストリッドが転がっているのと同じような溝に血だらけで横たわり、ねじれた体はぴくりとも動かなかった。彼はその溝で何日も過ごしたのだ。母親の血にまみれて遺体にしがみつき、なぜ母は目を覚まさないのだろう、どうして自分を抱きしめて慰めてくれないのだろうといぶかりながら。

あのときの恐ろしさがまざまざとよみがえる。泥と血と死体の腐敗するにおいが、記憶のかなたから漂ってきた。三〇年という年月をさかのぼり、彼は混乱と恐怖にまみれた四歳の少年に戻っていた。目が熱くなって涙でかすみ、喉から獣じみた嗚咽《おえつ》がもれる。彼はオレンジ色の塊の横に膝をついた。

アストリッドは動かなかった。母親の顔だったらと思うと、怖くて顔を見られない。だが、髪が違う。母親の髪はモントフォードと同じように濃い茶色だったが、今かすんだ目を通して見える髪の色は燃えるような赤だ。しかも、くるくると好き勝手に渦巻きながら流れ落ちている。それに母親なら、あんなひどいオレンジ色のペリースは着ない。

「アストリッド！」名前が喉から飛びだす。まだ過去と現在を完全には区別できないまま、モントフォードは彼女のうつぶせの肩を持ちあげて抱き寄せた。彼女はラベンダーと汗と土のにおいがした。

アストリッドをきつく抱きしめたまま、モントフォードは動くことも息をすることもできなかった。あたたかい体はぐったりしているし、頭は彼の肩に力なく落ちている。彼女は死んでしまったのだろうか？　そんなはずがない。今もこれからも、彼女は絶対に死んではならないのだ。そんなことになったら、わたしはとても耐えられない。

けれどもそのとき、アストリッドの胸が上下するのが抱きしめた両手に伝わってきた。弱々しいがあたたかい息が首筋にかかる。

モントフォードはほっとして体が震えた。こうして生きている彼女を胸に抱いているのが信じられなかった。抱き寄せていた体を離し、ようやく彼女の顔を見る。

アストリッドの片目は腫れあがり、黒く変色しはじめている。四方に広がった髪をうしろに撫でつけると、こめかみには痛々しい赤いみみず腫れがあった。

激しい怒りにモントフォードはわれを忘れた。必ずライトフットを殺し、ペチュニアの餌にしてやる。

さらにきつくアストリッドを抱き寄せながら、顔をあげて道に目をやった。黒い馬車はどんどん遠ざかっている。ライトフットが開いた扉から乗りだし、引き返すよう御者に怒鳴っていた。

モントフォードは少しでも早く復讐《ふくしゅう》を果たしたくて、御者がライトフットの言うことを聞けばいいと一瞬考えた。けれども理性的になると、今の状態で復讐するのは至難の業だ。ライトフットは武器を持っているが、こちらには馬さえない。

彼はアストリッドに注意を戻した。彼女が意識を取り戻し、腫れあがっていないほうの目が開いた。青いほうの目だ。アストリッドはぼんやりと彼を見あげていたが、しばらくしてようやく自分が誰を見ているか理解したようだった。目に涙がわきあがり、唇が震えた。

「モントフォード……」彼女がしゃがれた声を出す。

「きみはばかだ!」アストリッドの肩を揺さぶりながら叫んだ。「走っている馬車から飛びおりるなんて! 何を考えていたんだ!」そう言ったとたんに後悔したが、それでも彼女に投げつけたくて心の中に渦巻いているほかの言葉よりはましだった。

アストリッドは一瞬、信じられないというように彼を見つめたが、そのあとに笑った。

「ほかに選択肢がなかったの」

「死んでいたかもしれないんだぞ」

「それでも、あそこにいるよりましだったわ」

モントフォードは首を横に振ったが、反論はできなかった。手を持ちあげて彼女の顎を包む。それだけで痛みを覚えたのか、彼女がうめいて顔を引いた。彼は怒りの叫びをあげたかった。

「来てくれたのね」アストリッドが弱々しく笑う。

「当たり前だ！」いらだちながら応える。

視界の端に気になる動きがあり、モントフォードは顔をあげた。すると、馬車が引き返すために向きを変えていた。彼は毒づき、どうすればいいか懸命に頭をめぐらせた。

彼の視線を追ったアストリッドが鋭く息を吸う。そして体をかたくしたのが彼の腕に伝わってきた。「うまく逃げられる計画があると言ってちょうだい、モントフォード」

彼は傷だらけのアストリッドの顔と、泥だらけの破れたドレスを見た。自分に目を移しても同じで、ぼろぼろになった服とすりむけた手足しか見えない。モントフォードは視線をあげ、懇願するような彼女の目を見て悟った。ふたりとも、どうしようもないとわかっているのだ。彼女が力なく笑みを浮かべたのも当然だ。

モントフォードも同じことしかできなかった。笑うことしか。

まだ頭がぼんやりしているものの、アストリッドはモントフォードがヒステリーを起こしているのだとわかった。地面の上に膝をついている彼はあちこちすりむいて血だらけで、全身土埃にまみれている。その彼が大声で笑いだした。

目の焦点が合わず、彼女は頭がずきずきしていた。馬車から脱出して感じた安堵は、体じゅうの痛みと戻ってくる馬車の姿にあっという間に消え失せた。反対にモントフォードへのいらだちはふくれあがる一方だ。

それでも奇妙なことに、アストリッドも笑いがこみあげてきた。自分たちの状況は絶望的だと、モントフォードは彼女と同じくらいよくわかっている。その事実がなぜかおかしい。

思わず持ちあがった唇の両端をそのままにして、彼女はすぐに後悔した。顔の左側の筋肉が激しく痛み、一瞬視界が暗くなる。

アストリッドがうめいたのに気づいたらしく、モントフォードが笑うのをやめて険しい表情になった。そして道やその周辺をせわしなく見まわしている。逃げる場所を探して、懸命に頭をめぐらせているのだ。「走れるか？」彼がきいた。

走れるかどうか自信がないと思っているのがわかったのだろう、モントフォードが苦笑した。「わたしもだめみたいだ」そうささやき、彼女の肘を支えて立ちあがらせる。

引っ張られた腕がけいれんして痛みが走り、アストリッドはまだ背中で手首を縛られたままだと気がついた。

モントフォードが顔をこわばらせて彼女の向きを変え、手首のロープをほどきにかかる。いきなり両手が自由になって一気に血が流れ、無数の針で刺されているような痛みが走った。アストリッドは思わずあえいで痛みをこらえながら、手を体の前に持ってきてこすりあわせた。手首はすりむけ、ぐるりと醜くて黒い痣ができている。

目をあげると、モントフォードが怒りに顔をゆがませて彼女の傷を調べていた。

「あいつらを絶対に八つ裂きにする」抑えきれない感情に声をとぎれさせて言う。

その言葉を聞いてアストリッドはうれしかったが、同時に心がひやりともした。彼が本気で言っているのがわかったからだ。「そうしてもらえたらうれしいけれど、今は時も場所も悪いわ」なるべく感情を出さないようにさらりと言った。

モントフォードはアストリッドから視線をそらし、道沿いに広がる鬱蒼とした森に目をやった。「さあ、行こう」ぶっきらぼうに言って、彼女の腕を引っ張る。

ふたりはよろよろと下生えの中へと入っていった。馬車が追いかけてくる音やライトフットの怒り狂った声が背後から聞こえ、アストリッドはふたたびつかまる恐怖に、痛む脚を必死で前に進めた。頭がぐるぐるまわり、いつ転んでもおかしくなかったが、モントフォードがしっかり腕を握ってくれているので、かろうじて頭から地面に倒れ込まずにすんでいる。彼に支えられて茂みや倒木を乗り越え、木々の密集した森の奥へと分け入った。必死で進みながらも、ふたりとも体はぼろぼろで、歩みは遅々としている。

小枝の折れる音がうしろで聞こえたような気がしたが、振り向かずにひたすら歩きつづけた。意識がもうろうとして、まわりの森は緑色と茶色と陰の混沌にしか見えない。あとはイバラや低木のとがった葉がちくちくと腕や脚に刺さる感覚だけだ。

またライトフットの怒鳴り声が聞こえ、アストリッドは心臓が口から飛びだしそうになった。モントフォードが彼女の腕を握る手に力をこめて引きずるように急な傾斜を下り、川床を横切って、よろめきながら反対の斜面をのぼる。膝は石や転がっている木の枝にぶつかって傷だらけになり、体を支えるために木の幹や堆積層から突きだした鋭い岩をつかんでいる両手はすりむけた。やがてアストリッドは時間と場所の感覚を失った。

しばらくしてマツの森に出た。細い針のような茶色い枯れ葉が、毛布のように地面を覆っている。そこを踏むと葉がこすれて折れる音が静かな森に響き、鳥たちがけたたましく鳴きながら木々の上のほうへと移動していった。これでは、ふたりがここにいると大声で叫んでいるようなものだ。

アストリッドが振り返っても、追っ手の気配はなかった。一瞬ほっとして、すぐに安心はできないと思い直す。危険を脱したとは、とても言える状況ではない。それに振り返ったのは間違いだった。めまいがひどくなり、木の根につまずいて体が宙に浮いた。

モントフォードが彼女の片腕を握ったまま反転し、体を受け止めて抱き寄せた。汗で湿った彼の体は熱く、アストリッドは彼の心臓がどくどくと打っているのを頬に感じた。

彼がアストリッドの体を放して、顔をじっと見た。モントフォードの表情からは、何を考えているのかまるでわからない。「まだがんばれるか?」

アストリッドは慎重にうなずいた。

彼が額にしわを寄せ、唇をぐっと引き結ぶ。前を向き、彼女のウエストにしっかり腕をまわして、持ちあげるように進みはじめた。彼に頼らなければならないほど弱っている自分がいやでたまらなかったが、どうしようもない。あまりにも疲れていて、抗議もできなかった。

モントフォードはアストリッドを抱えあげて倒木を越え、先を急いだ。

「どこに向かっているのか、わかっているわけじゃないんでしょう？」彼女は尋ねた。

モントフォードがふんと鼻を鳴らす。「もちろんわかってなどいないさ。東を目指しているつもりだが、正しいかどうかはそのうちわかる」

どこへ向かっているのか、彼のほうこそききたいくらいなのだとアストリッドにはわかった。声に不安がにじんでいる。それも当然だ。正気ではない男に追われているうえ、深い森の中ですっかり迷ってしまったのだ。自分たちの才覚以外に武器はない。だがいつまで経ってもライトフットたちに追いつかれる気配がないので、不安はだんだん薄れてきた。あの男の手から逃れられた。重要なのはそれだけだ。

モントフォードが助けに来てくれた。そして彼が言ったように、この先の運命はそのうちわかるだろう。もうないと思っていたこの先の人生を、アストリッドは希望とともに想像しはじめた。

次第に現実から遠ざかり、彼女は夢うつつの状態に入っていった。

モントフォードは自分たちがもう何年も森をさまよっているような気がしていた。影が長くなり、着実に暗さが増しているところを見ると、何時間も経っているのはたしかだ。追われている気配はなく、あの連中をうまくまけたことを彼は祈った。少なくとも御者は腕を撃たれているから、こちらを長く追跡するのは難しいはずだ。

彼のほうは足首がずきずきと痛んでいた。実際、体じゅうが痛い。ここまで歩きつづけられたのが信じられないくらいだ。しかもアストリッドを抱えている。とても歩ける状態ではないので、華奢とは言えない彼女の体重をほとんどモントフォードが支えなければならなかった。

実際はすべての体重が彼にかかっている。見るとアストリッドの脚は力なく引きずられているだけで、頭はがくりと垂れていた。足を止めて彼女の頭を持ちあげてみると、目が閉じていて、顔には血の気がない。彼女は途中で意識を失っていたのに、モントフォードは気づいてもいなかったのだ。

自分の体の痛みは無視して、彼はアストリッドを節くれ立ったカシの大木の根元へと運んだ。そっとおろし、目を覚まさせるために、けがをしていないほうの頬を叩く。

しばらくしてようやく彼女が反応し、腫れていないほうのまぶただけをゆっくりと開いた。起きあがろうとするのを、そのまま横になっているように言って押し戻す。頭のこぶが心配だった。モントフォードは以前、酒場で喧嘩をしたマーロウが同じような傷を負ったのを見たことがある。マーロウは一週間、起きられなかった。

モントフォードはアストリッドの隣に座り、体温を保つために彼女を引き寄せた。立ち止まると、急に気温の低さが身にしみた。

暗くなっていく空を見あげて不安になる。夜は冷え込むに違いないとはじめて気がついた。外で寝るのは、少年の頃セバスチャンと一緒にバルバドスへの逃避行を決行したとき以来だ。

ハロー校を徒歩で抜けだし、ケントとの境にある小さな村の郊外で夜を明かした。けれども朝になるとセバスチャンは計画への興味を失っており、モントフォードも戸外で夜を過ごしてできた服のしわに気を失いかけて、逃避行は中止になった。楽しかったとはとても言えない思い出だ。

あのときの一〇歳の自分が今のひどいありさまを見たら、本当に気絶するだろう。しかし、身だしなみなど気にしている場合ではない。死にそうになるという経験――しかも一度ではなく何度も――がクラヴァットへのこだわりを消し去る効果は、驚くほどだった。今の望みはあたたかいベッドと食事、それにライトフットの首だけだ。

「逃げなくちゃ」アストリッドがつぶやく。また起きあがろうとした彼女を、モントフォードは震える肩に腕をまわして胸に抱き寄せた。彼女が一瞬体をかたくして、そのあとゆっくりと力を抜く。

「少し休むんだ」やさしく揺すりながら言い聞かせた。彼女の髪を撫でたのは、もつれた髪を撫でつけるためではない。冷えきった彼女を少しでも慰め、ぬくもりを分け与えるためだ。だが、眠らせるわけにはいかなかった。脳震盪を起こしている場合は眠らせてはいけない。

「眠ってはだめだ、アストリッド。起きていなくては」

「すごく疲れたの」

「きみは頭を強く打っている。寝てしまったら、目が覚めなくなるかもしれない」

アストリッドは返事をしなかった。意識を失ったのかと心配になりはじめた頃、彼女がようやく口を開いた。「彼らをまいたと思う?」

「わからない」

彼女は抱き寄せられたまま弱々しく身じろぎし、モントフォードを見あげた。彼は腫れあがった目と頰の痣に目をやらないようにした。見ると動揺せずにはいられない。

「助けに来てくれてありがとう」アストリッドが言った。

宙を見つめ、歯を食いしばる。

モントフォードの表情の変化を見て取り、彼女が顔をしかめて体をこわばらせた。

「あなたが何を考えているのかわかっているわ。そうね、あなたが正しいのかもしれない。これは全部、自業自得なのよ——」

彼はかっとなった。「きみのせいではない! なぜそんなふうに思うんだ? それにわたしまでそんなふうに思うと考えるなんて……。くそっ、きみのせいなんかであるものか!」

アストリッドは驚いているが、彼の言葉に納得した様子はなかった。見る見るうちにわきあがった涙を、彼女は顔をそむけて隠そうとした。「それが信じられたら……。ライトフットが何かしてくると予想するべきだったのよ。あの男はどこか……普通じゃないと、わかっていたんだから」

「ずいぶん控えめな表現だな、ミス・ハニーウェル」

アストリッドは笑おうとしたが、がたがたと体が震えた。モントフォードが肩にまわした腕に力をこめると、彼女は触れられるのを怖がるように、また身をかたくした。ライトフットに何かされたせいで男が怖くなったのかもしれないと思うと、モントフォードは気分が悪くなった。アストリッド・ハニーウェルが誰かを怖がるなんて、あってはならない。

「きみを傷つけたりしない」いらだっているような声が出た。本当はつらくて悔しいだけなのに。

「わかっているわ」

「体が冷たくなっている。少しでもあたためたいだけだ」

「ええ、わかってる」彼女の声もいらだっている。

「やつはきみを殴ったんだな」ライトフットが何をしたか知りたくはないが、それでも知らずにすませることはできない。

「少しだけよ……あの男には、あなたが来る前にそれ以上のことをする時間も根性もなかったわ」

ほっとして、モントフォードはため息をついた。

アストリッドが手を持ちあげて自分の顔の傷に触れ、痛みに声をもらす。

「だけど、あんなに不快な思いをしたのははじめてよ」

「ああ。片方の目は腫れあがっているし、頭にはリンゴぐらいのこぶができている」

「ありがとう」彼女が辛辣に言い返した。「恐ろしい外見になっていると教えてくれて。とっても気分がよくなったわ」

モントフォードは痛む体に鞭打って、彼女を支えながら立ちあがった。これから完全に日が落ちると、厳しい寒さになる。「寒さをしのげる場所を見つけなくてはならないんだ、アストリッド。もう少しだけ歩いてくれ」

彼女はうつろな顔でうなずき、ふたりは歩きだした。モントフォードは常に太陽を背にするようにして東へ向かった。ところが、どこまで行っても森から出られない。それでも彼は、ぐるぐると同じ場所をまわる結果になるより、ひとつの方向に歩きつづけるほうがいいと判断した。だが日没前になんとか人家にたどりつきたい一心でいくら進んでも、人っ子ひとりいない。もしかしたら、誰にも会わないまま海まで行ってしまうかもしれないという気すらしてきた。

しばらくするとアストリッドが自力で立っていられなくなったので、モントフォードは彼女を抱きあげた。負荷が増えて腫れた足首がさらに痛み、両腕の筋肉が悲鳴をあげる。それでも彼は進みつづけ、やがて少し開けた場所に出た。夕暮れの灰色がかった緑色の光の中に、朽ちかけた小さな掘っ立て小屋がぼんやりと浮かびあがったときには、涙が出そうになった。疲労と空腹と体じゅうの痛みに、限界に達する寸前だったのだ。こんなところでもようやく夜を過ごせる場所が見つかったと思うと、ほっとして実際に何滴か涙がこぼれた。

以前はおそらく狩猟小屋か、管理人の使う小屋だったのだろうが、今は廃屋に近い。窓ガラスはなくなり、屋根は半分落ちて、壁には草が這いあがっている。

それでも外よりはましだった。すでに気温は急激にさがっており、彼の歯はかちかち鳴っている。生まれてはじめてというくらい寒い。

モントフォードはまっすぐベッドへ向かった。毛布をめくって、アストリッドの脚を中に入れる。彼女が眠ったままぶつぶつと何かつぶやいて横向きになると、火のように赤い髪がマットレスの上に広がった。彼女が両手を引き寄せて顎の下に敷いたので、手首の黒い痣が見えて、モントフォードの心臓はきりきりと痛んだ。けれどもアストリッドの眠っている姿を見つめているうちにいらだちは次第に消え、二度と誰にも彼女を傷つけさせないと心に誓った。

モントフォードは自分もベッドに入って背中からアストリッドを包み、毛布を引きあげた。それが適切な行為かどうかは、まったく頭に浮かばなかった。あまりにも寒くて疲れきっていたので、腰に当たる官能的なヒップの丸みも、腕に当たる胸の感触も、意識すらしなかった。こうして彼女を抱いているとどんなに心地いいか、彼女が無事に腕の中にいることに自分がどれほど感謝しているか、まったく考えなかった。彼女にキスしようなんて、思いつきもしなかった。

それでもモントフォードはアストリッドの頭のうしろに、無意識のうちに唇をつけていた。渦巻くラベンダーの香りのする巻き毛に唇を滑らせながら、彼は夢すら見ない深い眠りへと入っていった。

22

公爵とミス・ハニーウェル、果敢に誘惑に抵抗する

太陽はあっという間に空に戻ってきた。それに少し遅れて、モントフォードの意識も回復した。さっき目を閉じたと思ったのに、気がつけば太陽の光が屋根の隙間から差し込み、アストリッドの髪を金色に輝かせている。空気中を漂う塵《ちり》はきらきら光り、頭上を飛びまわっているハエの羽は金属のような光沢を放っていた。

モントフォードは一瞬、自分がどこにいるのかわからなかった。わかっているのは、今自分が彼女の髪を頭の下に敷き、左腕を彼女の胸の上にまわして、アストリッド・ハニーウェルを抱き寄せているということだけだ。かびくさい毛布の下であたたかい体と寄り添っていると、ぽかぽかするどころか汗ばむほど暑い。筋肉痛や空腹感はかすかにあるが、そんなものはどうでもいい。今はこのすばらしいひとときを満喫したい。腕の中にいる女性の熱さと香りとふくよかな感触に、彼の意識はすべて集中していた。

こんなにもひとりの女性を欲しいと思ったのははじめてだ。

そして明らかにモントフォードは、その欲しかったものを手に入れたようだった。その瞬間を覚えていないのが残念でならない。しかしよく考えると、どうもおかしい。アストリッド・ハニーウェルとベッドをともにしてすっかり忘れてしまうなんて、ありえない。酔っぱらっていたのでなければ。

ごく最近にとてつもない量の酒を飲んだのは、なんとなく覚えている。彼女にその責任の一端があることも。

まあいい、とモントフォードはぼんやり考えた。今は完全に素面に戻っているのだから、もう一度彼女を抱けばいいだけだ。

彼はアストリッドの体に手を滑らせた。ヒップから体の脇を通って、胸の縁まで。だが、どうも変だった。なぜ彼女は服を着たままなのだろう？　それでも手のひらから彼女の熱が伝わり、一気に腕を駆けのぼったあと下腹部に集中した。突然アストリッドがもぞもぞと動いたので、ただでさえ熱くなっていたモントフォードの下腹部は、あっという間にこわばった。たまらずにうめきながら腰をすりつけ、鼻を彼女の髪にうずめる。その香りに興奮がさらに高まり、かたい部分がさらに硬度を増した。彼女が欲しくてたまらない。あたたかくて甘美な体に身を沈めたくて、どうしようもなく気がはやった。

またアストリッドが体を動かし、眠ったまま何かつぶやいた。

しかし彼女の声を聞いて、モントフォードの幻想は破れた。記憶がどっとよみがえり、高まった下腹部の痛みが頭から消し飛ぶ。

彼は転がるようにベッドを出て立ちあがった。くらくらとめまいがし、自己嫌悪に胃がねじれる。荒く息をつきながら拳を握り、ふくらんだズボンの前をにらみつけた。目をあげて、廃墟《はいきょ》のような小屋を見まわす。眠っているアストリッドに視線を移すと、目の腫れは引いて黒と青の内出血だけになり、頬の痣は黒い影のようになっていた。ほどけた髪には木の葉や小枝が絡まっている。彼女が仰向けになり、さっきまでモントフォードのいた場所に腕を投げだした。手首にも腕輪のような黒い痣が残り、ロープがこすれてできた傷に乾いた血がこびりついている。

モントフォードの喉に苦いものがこみあげた。自分はアストリッドにひどいことをした獣のような男と同じだ。心も体もこんな状態の彼女に反応している。しかも、そうわかっていてもなお彼女が欲しい。欲望は高まる一方で、いっこうに消えようとしない。モントフォードは長いあいだそこに立って、アストリッドを見つめていた。理性はだめだと叫んでいるのに、彼女に触れたくてたまらない。

だが、そんなことはしてはならないのだ。わたしは何を考えていたのだろう？　彼女を破滅から救ったのは、自分自身の手で破滅させるためだったのか？

制御できない自分の体にいやけが差し、モントフォードは彼女に背を向けて、よろめきながら小屋を出た。手を目の上にかざして朝の光をさえぎり、空き地を横切る。まともに頭を働かせるために、アストリッドからいったん離れなければならない。向かう先の選択肢はあまりなかった。前は森。右も左もやはり森だ。

彼はぐるりと見まわしたあと、最初の選択肢を選んだ。迷いなく前方に向かい、下生えの中に入っていく。

土手を滑りおりると、広い川の岸に出た。水が陽光にきらめき、大きな岩々の上をゆったりと流れている。モントフォードはしゃがんで流れに指を浸した。氷のように冷たい。

そして彼の体は燃えているように熱い。

彼は土手に腰をおろして、ブーツを引っ張った。

どちらにしても、体をきれいに洗う必要がある。


目が覚めると、アストリッドは天井に開いた穴から青い空を見あげていた。体は毛布に包まれ、顔には太陽の光が当たっている。どんな夢を見ていたか思いだせないが、いい夢だったような気はした。力強い腕に抱かれ、やさしく撫でられて心地よかった感覚が、今も体に残っている。安心して眠れた。

こんな状況だというのに、その安心感はまだ続いている——本当はまだ安心してはいけないのかもしれないけれど。ただし、ぐっすり眠っても疲れは取れていないし、傷は痛む。拉致されるという恐ろしい経験によって味わった恐怖は簡単に忘れられるものではないが、それでもいろいろ考えあわせると、彼女は驚くほど気分がよかった。

なぜなら、今は安全だからだ。それにモントフォードがそばにいる。

とにかく、さっきまではいた。アストリッドはゆったりと伸びをすると、ベッドから出て、自分の体を見おろした。当然ながら、すっかり汚れている。このペリースは気に入っていたけれど、もう捨てるしかないだろう。体じゅうがずきずきして、特にロープですりむけた手首はひどい。顔は恐ろしく痛むものの、めまいはなくなっていた。

でも、とにかくこうして生きている。

生きていて、そしておなかがすいていた。最後に食事をしたのがいつか思いだせない。食べ物がないかと小屋の中にある戸棚などを片っ端から探してみたが、見つからなかった。代わりに虫食い穴の開いた毛織の上着を見つけた。モントフォードがいつも着ているものとは雲泥の差だが、エール競走のときから着たきりの汚れたシャツより厚手の服があったら、彼は喜ぶかもしれない。

外はきれいに晴れていて太陽の光はあたたかいが、もう一〇月もなかばだ。毛布から出たアストリッドは、すでに体が冷えはじめていた。

腕に上着をかけ、小屋の戸口に立って外をのぞく。見渡すかぎり木ばかりだ。

急に不安がこみあげてきた。モントフォードはどこだろう？　彼が出ていってから、そんなに経っているとは思えない。ぐっすり眠っていても、彼が両腕で包んでくれているのは、ひと晩じゅう感じていた。昨日の夜に見た夢は、その安心感がもたらしてくれたものだった。彼女の想像ではないはずだ。

アストリッドは外に出て彼を呼んだ。しばらく待ったが返事はない。不安がふくれあがる。モントフォードが彼女を置き去りにするはずがない。あんなに苦労して助けに来てくれたのだから。

でもそういえば、昨日の彼はかなりいらだっていた。アストリッドをやさしく支えてくれているときも、彼の中に怒りが渦巻いているのが伝わってきた。貴族としての威厳がすっかり損なわれて、不本意だったのだろう。

もしかしたら、アストリッドへの義務はじゅうぶん果たしたと考えたのかもしれない。モントフォードは彼女を嫌っているから、ぐずぐずと一緒に過ごしたくはないだろう。ライトフットを振りきって彼女の安全を確保した今、ひとりでライルストーン・ホールに戻らせるつもりなのかもしれない。

いいえ、そんな仕打ちはしないはずよ。彼は高潔な男性だもの。

きっと用を足しに行ったのだろう。

そして迷ってしまったのだ。このあたりには、道しるべとなるものがほとんどない。アストリッドは本格的に恐慌をきたしそうになった。モントフォードは森の中で迷って、動物に襲われたのかもしれない。あるいは湿地にはまったとか。あるいは密集した下生えの中を、ぐるぐるあてもなく歩きまわっているのだろうか？　その可能性のほうが高い。彼が自然の中を歩きまわるのに慣れているとは思えない。

モントフォードはライルストーン・グリーンで羊を見て、気絶しそうになっていた。

彼の名前を繰り返し呼びながら、アストリッドは森に入っていった。短い傾斜をおりはじめると、水の流れる音が聞こえてきた。川だ。喉が渇いているのを思いだし、彼女は唇を湿らせた。鹿がつけた狭い道をたどって川岸に行き、身をかがめて勢いよく流れる水をすくう。

そのとき、水が跳ねる音がした。アストリッドは何気なく顔をあげて凍りついた。

モントフォードだった。彼はふたつの大きな岩が作っている天然の深いプールに、仰向けに浮かんでいた。

それも裸で……。

アストリッドはつばをのみ込んだ。さらにもう一度。脚がふらついて尻もちをつく。彼女はこの場を去ることも、目をそらすこともできなかった。モントフォードは頭のまわりに短い茶色の髪を広げて静かな水面に浮かび、叩き伸ばしたブロンズの薄板のように陽光を反射して、きらきらと輝いていた。筋肉質の長い腕を体の横に伸ばし、ゆったりと脚を動かしている。肌は淡い色ながらこくのある春採りの蜂蜜のようで、染みひとつない。彼の体に浮きでている骨や腹部の筋肉の筋を、アストリッドは目でたどった。胸の表面に渦巻く茶色の毛についた細かい水滴が、ダイヤモンドのように光を反射している。胸の毛は平らな腹部でいったんなくなり、腰骨のあいだでふたたび現れたあと……さらに下へと続いていた。

アストリッドは息をのみ、何度もまばたきをして目をそらそうとした。

何か気配を感じたのか、モントフォードが頭を持ちあげた。彼女と目が合い、愕然とした表情になる。一瞬で血の気が失せ、そのあとすぐに髪の付け根まで真っ赤になった。そして彼があたふたと下半身を水の中に隠したので、アストリッドはほっとすると同時に失望せずにはいられなかった。川底に足をつけて流れの中に立った彼の顔と上半身を水が流れ落ちる。

モントフォードは両手を腰に当て、彼女をにらんだ。

「ここで何をやっているんだ！」吠えるように言う。

アストリッドは言葉が出なかった。心臓が早鐘を打ち、彼の腹部から目をそらせない。裸の男性を見た経験はほとんどなかったが、彼女の見るかぎり、モントフォードの肉体は完璧だった。彫刻のように引きしまった体は、男らしいというよりほかない。

沸騰した血が全身を駆けめぐり、脚のあいだがかっと熱くなった。息が苦しくなって、経験したことのない奇妙な感覚に怖くなる。当惑からではなく、欲望で顔が真っ赤になった。一瞬、自分も川に飛び込んでモントフォードの腕の中に身を投げだそうかと本気で考えた。彼の体を見つめるだけでなく、直接触れて感じたかった。

アストリッドの表情を見て、彼が目を丸くした。体をさらに低く水に沈めて怒鳴る。

「頼むから向こうに行ってくれ！」

彼女は常軌を逸した思いを振り払おうと頭を振ってみたが、まるで効果がない。それでもなんとかモントフォードの体から視線を引き離し、左にある茂みへと移した。

「わたし……喉が渇いていたから」かすれた声で、弱々しく言い訳する。

彼が水の中を歩いていく音が聞こえた。「だったら飲めばいい。好きなだけ！」

そのとげとげしい声に、アストリッドははっとわれに返った。震える手で水をすくって飲む。顔をあげてモントフォードを見ることは、とてもできなかった。よくこの中に入れたものだと思うくらい水は冷たかったが、燃えるように熱くなった体はちっとも冷えない。

混乱した感情から、次第に羞恥心が浮かびあがった。そして怒りも。わたしは別にのぞき見をしようと思ってここに来たわけではない。だから、こんなふうにとがめるような態度を取られるいわれはない。喉が渇いていたし、彼が迷子になったのではないかと心配になっただけだ。悔しいことに涙がこみあげた。「あなたが道に迷ったと思ったの」

また水が跳ねる音。「見てのとおり、迷ってはいない」

「それから、置いていかれたのかもしれないって」

今度は返事はなかった。ちらりと目をあげると、モントフォードが彼女を見ていた。両手を水面の上できつく握っている。顔は岩のように険しいが、銀色に輝く目にはさまざまな感情が渦巻いていて、アストリッドにはどれひとつとしてはっきり読み取れなかった。

そのときモントフォードの肩からふっと力が抜けて、表情がやわらかくなった。彼がため息をつく。片手を持ちあげて濡れた髪をかきあげたので、その部分だけ髪が逆立った。

間が抜けているのに、すごく魅力的だ。

ふたたび体の奥がじんわりと熱くなり、アストリッドはまたバランスを崩した。立ちあがってうしろを向くと、モントフォードが岸にあがり、土手をのぼっていく音が聞こえた。

「振り向くんじゃないぞ」彼が警告する。

「わかっているわ」いらいらと応えたが、心は乱れ、本当は振り向きたくてたまらなかった。

彼が服を着ている音と、小さく悪態をついている声が聞こえる。地面に何かがどさっと落ちる音がした。

「もうちゃんとした格好になった？」待ちきれなくなって尋ねる。

モントフォードがふんと鼻を鳴らした。「服なら着た。きみの質問がそういう意味ならな」

アストリッドは振り向いた。ズボンをはき、破れたローン地のシャツを着た彼が土手に座って靴下を膝に叩きつけている。靴下が乾いた泥と血でかたまってしまっているのだ。何気なくモントフォードの足を見おろした彼女は息をのんだ。足の裏に生々しい赤い切り傷や水ぶくれが、びっしりと広がっている。

思わず駆け寄ってしゃがみ、腿の上に彼の足をのせていた。

モントフォードはやけどでもしたようにあわてて足を引き、彼女をにらみつけた。

「まるで割れたガラスの上を歩いたみたいよ、モントフォード」責めるような口調になる。

モントフォードは靴下に足を入れて引っ張りあげ、痛みにうめいた。「ガラスじゃない。石や小枝だ。ほかに何が転がっていたかは神のみぞ知る、さ」

「まあ、レースのときにこうなったのね」

もう一方の靴下もはいて、彼はブーツに手を伸ばした。「気にするな。自分でやったことだ。治るまで我慢するしかない。きみはどうだ？」

「痛いわ。それにおなかがすいた」

モントフォードは視線を合わせようとせず、低くうなりながらブーツを引っ張った。

「まあ、少なくとも目はもう腫れていないな。紫色の痣があるだけだ」

アストリッドはちょっぴりプライドが傷ついた。明らかにモントフォードは、彼女の顔が正視に堪えないと思っているのだ。彼女は唇を引き結び、ぴしゃりと言い返す言葉を探した。けれども、彼が先に言葉を継いだ。「それから腹を満たすものについては、どうやって見つければいいか見当もつかない。きみが素手で獲物をとらえる方法を知っているというなら別だが。正直に言って、わたしにはそんな技はない」

「あなたのブーツをゆでて食べてもいいわ。ある地域では、ヘシアンブーツは珍味とされているそうよ」

モントフォードは気でも違ったのかとばかりに彼女を見つめたあと、いきなり吹きだした。そのまま全身を震わせて笑いはじめ、おなかを抱えて仰向けに倒れた。涙まで流している。そんな彼の姿がおかしくて、アストリッドもくすくす笑いだした。だが彼がいつまで経っても笑いやまないので、心配になった。「そんなに面白い冗談じゃなかったわ」

「いや、面白い。わたしも食べるぞ。腹がぺこぺこなんだ。だが、ゆでようにも鍋がない。火だってないんだ。ブーツさえ食べられないというわけさ」

彼女の唇がぴくりと動く。

「それに森の中ですっかり迷ってしまった。もう互いを食べる以外にないかもしれない」

「そこまでする必要がないことを祈りましょう」アストリッドは小屋で見つけた上着を差しだした。体を起こした彼が、顔をしかめてそれを見る。

「寒いんじゃないかと思って」

モントフォードはさっと受け取ると袖に腕を通した。それからボタンを留めようとしたが、胸幅がありすぎて無理だった。袖は短すぎるし、あちこちに穴が開いている。彼はまるで、中身を詰めすぎた案山子《かかし》みたいだった。

アストリッドはさっきの彼と同じくらい大笑いした。モントフォードがにらんだが、本気で怒っている様子はない。「なんて間抜けな姿なの！」

彼はもう片方のブーツも履いた。「間抜けでも、あたたかいからいい」

「氷水みたいな川に飛び込まなければ、もっとあたたかかったはずなのに。いったい何を考えていたの？」

モントフォードがいきなり立ちあがった。眉根を寄せ、苦しそうな表情をちらりと浮かべる。アストリッドは興味をそそられた。「きみが知りたがらないようなことだ」彼がそう言って差しだした手を、彼女は反射的に取って立ちあがった。

モントフォードは彼女の手をなかなか放さず、一瞬何か言いたげに見えた。けれどもそのまま放すと、土手に沿って歩きだした。

「さあ、行こう。このジャングルから抜けださなくては」

アストリッドは笑い、あとについて歩きだした。

すきっ腹を抱えて二時間ほど歩くと、ようやくふたりは森を抜けた。そこにはなだらかな牧草地が、波のようにうねって谷間に広がっていた。羊や牛が点々と散らばってのんびり草を食んでおり、見慣れぬ人間がとぼとぼ歩いていっても振り向きもしない。家畜がいるというのはいい徴候だった。崩れかけた石塀沿いの道に、さらに希望が高まる。道に着くと、ふたりは立ち止まった。モントフォードが目の横のハエの群れを手で払いながら、道の両方向を見渡す。アストリッドもそうだが、彼は疲れていらだっているようだ。まだ安心していないらしい。

あんな足で、よく歩けるものだ。アストリッドは感心した。ものすごく痛いはずなのに、モントフォードは一度も弱音を吐いていない。彼女を助けに来てくれたモントフォードを弱虫だとか勇敢ではないなんて絶対に言えない。馬車から飛びおりたあとは、モントフォードが運んでくれたからライトフットの追跡を振りきれたのだ。彼は命の恩人だ。彼の行為を評価しないのは、あまりにも感謝の念がない。

感謝とは別に、わたしは彼をどう思っているのだろう？　彼が好きなのだろうか？　たぶんそうだ。ただしライトフットから救いだしてくれたら、たとえ悪魔でもすばらしく思えるに違いない。

とはいえ、モントフォードが悪魔だというわけではない。それどころか、ちょっと堅苦しすぎるくらいなのだ。川で裸のところを見られたときは真っ赤になっていた。慎み深い人間なのだ。

でも、わたしにキスしたときは……。

アストリッドは急いで考えるのをやめた。あのキスは忘れるつもりだった。ずいぶん前の出来事に思えたし、こんなことがあったのだから、彼は二度とキスしてこないだろう。紳士は、誘拐されて評判を落とすような愚かな女にはキスなどしないものだ。

あるいは、キスはしても結婚はしない。

モントフォードに結婚してほしいと思っているわけではないけれど。

それにキスをしてほしいとも思っていない。

目の前の状況に集中しようと、アストリッドは南と思われる方向を指差した。「こっちに行くべきよ」

モントフォードが顔をしかめる。「どっちに行けばいいかくらい、わかっている」

こんなに不機嫌で噛みつくような言い方をする公爵とは絶対に結婚したくない、とアストリッドは心の中で考えた。

彼女の表情を見て、モントフォードがしかめていた顔をゆるめた。「心配なだけだ。この道があの街道とつながっているとしたら、いつきみの友人と出会うかわからないからな」

その可能性をまったく思いつかなかった自分にアストリッドは腹が立った。なぜかライトフットのことはきれいに忘れていたのだ。

「あんな人は友人じゃないわ。彼は頭がどうかしているって、あなたにもわかったでしょう？」

「たしかにそのようだ」

「あの男はチャーリーを撃ったのよ」

「知っている。チャーリーを見つけたからな。何があったのか話してくれた」

アストリッドの心に希望がわきあがった。「彼は生きているのね？」

「ああ。いい状態とは言えないが、ホーズの医者のところに置いてきたときは生きていた」

彼女はほっとしてため息をついた。心の重しが軽くなる。今まで、チャーリーは死んだとばかり思っていたのだ。どうやらチャーリーは今回の件で自分がどんな役割を果たしたのか、モントフォードに話していないようだ。彼女はさらにほっとした。チャーリーはたしかに罪を犯したけれど、監獄に送りたくはない。チャーリーの家族は彼がいないと生きていけないのだから。


アストリッドは道に入った。「誰かが来るのが聞こえたら隠れればいいわ」

「そうだな」モントフォードも彼女と並んで歩きだした。しばらくは、道を横切るガチョウの群れと日の光を浴びてまどろんでいる牛二頭以外には、何も見かけなかった。

ところが昼を過ぎた頃、モントフォードがふいに奇妙な音を立てた。信じられないという驚きと笑いが入りまじっている。彼が道をはずれて木立の中に入り、ねじれた大きな枝のうしろに消えるのを、アストリッドは見守った。けれどもそのあとは葉ずれの音と荒い鼻息がときおり聞こえてくるだけで、いっこうに出てこない。

「モントフォード！　どうしたの？　気分でも悪いの？」

「いや、違う！」

彼女はおそるおそるきいた。「じゃあ……ひとりで行ってしまうつもりなの？」

「まさか！」少しして、モントフォードが臆病そうな馬の手綱を引いて木立から出てきた。

「馬を調達した。こんな馬だが」みすぼらしい馬に、彼はあきらめの視線を向けた。

昨日、自分を危うく殺しかけた間抜けな馬がこんなところでのんびり草を食んでいるのを見て、モントフォードはわが目が信じられなかった。だが、この馬がどうやってここまで来たのかとか、この扱いにくい馬をどう操ればいいのかといった疑問は、この際どうでもいい。とにかく乗り物が手に入ったのだ。これですべてうまくいくと、彼の気分は上々だった。

ところがそのとき、アストリッドが彼に笑みを向けて馬によじのぼった。

そして、あろうことか背にまたがった。

目の前の長くて形のいい脚を、モントフォードはまじまじと見つめた。破れた靴下の上に、クリームのようになめらかな素肌がちらりとのぞく。けれども膝が見えたのは一瞬で、すぐにスカートがその上を覆った。しかし、その一瞬でさえ彼には刺激が強すぎて、胃がすとんと落ちたような気がするとともに口の中がからからになった。

視線をあげてもだめだった。燃え盛る火と見まがうばかりの豊かな髪が、渦巻きながら肩へと流れ落ち、腕を包んでウエストの下まで届いている。モントフォードは思わず見とれた。アストリッドの顔には痣ができているし、そばかすだってある。目の色は左右で違うし、鼻は傲慢そうだ。どこをとっても好みではないのに、彼女ほど目を引かれる女性ははじめてだった。

もう自分で自分がわからない。

なぜこんなことになってしまったのだろう？

どうしたら彼女に触れずにいられるんだ？

いや、触れないわけにはいかない。今からこのいまいましい馬に、彼女と密着してまたがらなければならないのだから。

「わたしは歩こう」足の状態を考えれば絶対に避けたかったが、そう言う以外になかった。

「ばかばかしい。あなたってばかばかしいことばかり言うけれど、今のはとりわけばかばかしいわ、シリル」

幸い、その言葉でモントフォードの欲望が少し静まった。「そんな名前で呼ばないでくれ！」うなるように言い、あぶみに足をかけて鞍の上にまたがる。体が滑り、彼女のうしろに密着して止まった。あっという間に彼女の髪の香りに包まれて、くらくらする。

「じゃあ、なんて呼べばいいの？」

「モントフォードだ」そう言って、彼女にも自分にも身分を思いださせた。

だがアストリッドは、ばかにしたようにふんと言っただけだった。

モントフォードは手綱を取り、馬をぴしりと叩いて出発させた。アストリッド・ハニーウエルのヒップが下腹部に押し当てられている感触や、彼女の背中が胸にこすれる感触、ふんわり広がった赤い髪が鼻をくすぐる感触を、必死で無視しようとしながら。

23

公爵、行動で過ちを犯す

ふたりがライルストーン・ホールの手前の直線の道に差しかかったときには、もう午後になっていた。ふたりとも手持ちの金がなくてホーズを素通りしたので、空腹感はもう限界に達しており、今の状況に対する忍耐力も、互いに対する忍耐力も、急速に底をつきかけていた。アストリッドは背後のモントフォードがずっと体をかたくしているのに気づいていた。彼女が落ちないよう常に両腕で囲って支えていなければならないのが、いやでたまらないのだろう。けれども彼女はあまりの疲労と空腹に、モントフォードの繊細な感情を思いやったり、体を密着させていることの是非をおもんぱかったりする余裕はなかった。

人が見たら、アストリッドが伝染病にでもかかっていると思うのではないかといういやがりようだが、モントフォードが手を離せないのは彼女のせいではない。アストリッドが彼を欲しいと思ってしまったのは気の迷いみたいなものだ。川では彼の体に見とれてしまったし、ライトフットにとらえられていたときには、モントフォードと一線を越えていればよかったと後悔した。でもそれは普通ではない状況における狂おしい想像にすぎず、現実にはありえない。ようやく貞操を失わずにライトフットから逃れたのに、それをモントフォード相手に失ってはならない。彼とふたり、こんなに苦労して守り通したのだから。

もちろんアストリッドの貞操が無事だったなんて、世間の人々は信じないだろう。これから先は地に落ちた評判とともに、苦労して生きていくことになる。行方不明になったあと公爵とふたりで戻れば、最悪の事態が起こったと誰もが考える。モントフォードは彼女をライトフットから救ってくれたが、口さがない人々の好き勝手な噂からは救えないのだ。

とはいえ、モントフォードがそこまで気にかけてくれるはずはない。城館に戻ったら、自らの運命に立ち向かうしかないアストリッドを残して、さっさと出ていくだろう。彼女を妻にしようなどとは考えもせずに。アストリッドを嫌っているだけでなく、公爵夫人にふさわしくないと思っているのだから。モントフォード公爵夫人になる女性はきっと従順で、血筋がよく、見栄っ張りで、ものすごく退屈な女だ。夫の言葉には決して逆らわない。妻は夫である公爵が誇る装飾品なのだ。

そんな生き方を想像しただけで気分が悪くなり、アストリッドは鞍の上でもぞもぞと体を動かした。お尻がしびれている。

突然の動きに驚いたのか、モントフォードが息を鋭く吸って体をかたくした。

「まったく、そんなふうに動かないでくれ」彼女を支えていた腕をおろして文句を言う。

「だって、ちょっと居心地が悪かったんだもの」

「わたしもだ。だが、きみと違って……サーカスの芸人みたいに馬の上で姿勢を変えたりはしない」風に吹き寄せられて口に入ったアストリッドの髪を吐きだしながら、彼が応えた。

「脚がすっかりしびれちゃったのよ」いやがらせのために、さらに体をもぞもぞさせる。

「わたしのあそこもそうなってくれるといいんだが」彼がつぶやく。

アストリッドは彼をにらみつけようとして振り返り、バランスを崩しそうになった。モントフォードがふたたび彼女の両側に腕をまわして支える。「それはどういう意味？」

彼はぎりぎりと歯を噛みしめ、アストリッドの視線を避けていた。「きみが知りたがらないようなことだ。頼むから、じっとしてくれないか？」

わざとらしく咳払いして、彼女は前を向いた。でも少し動いたくらいでしびれは取れず、それどころか右脚がつってしまった。ため息をついて鞍の前部にある突起《ポメル》をつかみ、右脚を馬の左側に移動させて両脚をそろえる。これでしびれが取れるといいのだけれど。

モントフォードがうめき声をもらし、顔から彼女の髪を払いのけた。横座りになったアストリッドが横目でうかがうと、彼はみじめな顔をして歯を食いしばっている。

「やめてくれと言っただろう」彼がささやいた。

「脚がつったのよ」

ヒップがモントフォードの腿に少し乗りあげていたので、彼の両腿のあいだに平らにおさまるよう、アストリッドは位置を調整した。ふたりの体が九〇度の角度で合わさると、彼は窒息したような音を立てた。

「これでよくなったかしら？」

彼は今やすっかり平静を失っている。「いや、むしろひどくなった。はるかに」

「そう、ごめんなさい。でも、慣れてもらうしかないわ。あとほんの二、三キロですもの」

前を見つめたまま、ぴしゃりと言う。

モントフォードは黙ったが、アストリッドは左耳に彼の荒くなった息遣いを感じた。

また強い風が吹きつけ、彼女の髪がモントフォードの顔に張りつく。アストリッドは髪を手でまとめて右肩の前におろし、簡単な三つ編みにしようとした。けれども左の首筋に何か熱く湿ったものが押し当てられるのを感じて、かたまった。続いて耳のうしろにも。背中がぞくぞくして鳥肌が立ち、両手から力が抜ける。

「アストリッド……」それはモントフォードだった。あらわになった彼女の首筋や喉や耳に、彼が唇をつけていたのだ。

「いったい何を……ああ！」舌で耳の輪郭をたどられて、言葉が出なくなった。耳の中に舌を入れられると、背筋を震えが駆けおり、体の芯が熱くなる。無意識にのけぞって、彼の舌が肌の上を探りやすいようにした。

「もう……我慢できない……」モントフォードが舌を這わせながら、とぎれとぎれに言う。

彼が片手を手綱から離してアストリッドの胸をつかむと、彼女の体に火がついた。彼の体と接している部分が、どこもかしこも燃えるように熱くなる。モントフォードは手を胸から離して髪に触れながら上に動かし、彼女の顎の横をつかんで自分のほうに向けた。

驚きに目を見開いて、アストリッドは彼を見あげた。予想外の展開だけれど、どうしてもモントフォードを止める気になれない。彼はアストリッドと同じくらい混乱していて、苦しそうだ。息は浅く、目はらんらんと輝き、体はこわばっている。

「馬の上なのよ、モントフォード」そんなことしか言えなかった。

彼は応えようともしない。アストリッドにまわした腕に力をこめ、唇を重ねてくる。キスを繰り返され、彼女の体は熱く溶けていった。何か言わなくてはと口を開けたとたん、下唇に歯を立てられて引っ張られる。モントフォードは舌を滑り込ませて彼女を味わうと、うめき声をもらして手をふたたび胸のふくらみに戻し、ぎゅっとつかんだ。

アストリッドは彼の顔にそっと触れ、顎から首筋、胸のかたい筋肉の上へと指先を滑らせた。彼の誘惑に応えるのは想像の中でだけ、という先ほどの自分への言い訳は、もう頭から消えていた。われ関せずとばかりに歩きつづける馬の上で、自分たちが今どこにいるのか完全に忘れていた。自分の名前だけかろうじて覚えているのは、彼がキスの合間に繰り返し呼んでいるからだ。

モントフォードが腰を撫でおろし、ヒップの丸みをたどったあと手を前にまわした。脚のあいだをぎゅっとつかまれると体がかっと熱くなり、アストリッドはあえいだ。頭を彼の肩にのせてそり返ったので、ヒップが鞍から浮きそうになる。

彼は馬上にいるということを完全に忘れ、両手とも手綱から離してしまった。そして胸の上を這いまわっていたアストリッドの手をつかみ、下へと導いた。引きしまった腹部を越え、ブリーチズの前のふくらみで止める。するとその下にあるものは、熱く屹立《きつりつ》して震えていた。アストリッドが思わずはっとして手を離すと、彼はまた同じ場所に戻し、かたくなっているものを上下にさすらせた。

モントフォードが喉の奥から苦しそうな音を出し、熱い唇を彼女の耳に押し当てる。

「こんなふうに触ってくれ……ああ、そうだ！」アストリッドが震える手でそこを撫でると、彼はあえいだ。彼女はブリーチズの下に秘められたものの力強さに恐れを感じるとともに、すっかり魅了された。彼がもっと触れてほしいというように腰を突きだす。

モントフォードはスカートの下に手を差し入れ、ズロースに包まれた脚を撫であげた。あたたかい場所を求めて指が内腿に侵入し、さらに上へと向かう。そしてアストリッドが想像したこともない動きをはじめると、火花が散るような快感が走って、彼女は声をあげた。不適切な行為だと心のどこかでわかっていても、気にするどころではない。

彼は魔法のように快感を生みだす小さな突起を探り当て、アストリッドがぶるぶる震えだすまで親指でこすった。快感に足をすくわれそうになり、必死で息を吸う。体じゅうが熱くうずき、経験したことのない感覚が解放を求めて脚のあいだでふくれあがっていく。モントフォードが彼女の体の位置をずらして脚を広げさせると、アストリッドは彼のぼろぼろの上着の襟を両手でつかみ、ふわふわと漂っていきそうな体を必死でつなぎ止めた。彼がドレスの胸元にのぞく繊細な肌に唇をつけ、舌を這わせて自在に愛撫する。

「ああ、なんてすばらしいんだ。きみが欲しくてたまらない」

脚のあいだを強くこすられると、アストリッドは体が浮きあがるような気がした。快感が耐えられないほど高まっていく。甘美な拷問から解放されたくて、どうすればいいのかわからないまま、のけぞって彼の手に体を押しつける。

「わたしを感じてくれ。触ってほしい。どんなにきみを求めているか、じかに感じてほしいんだ」彼がかすれた声でささやく。

アストリッドは震えの止まらない手をおろし、石のようにかたくなっている彼のものに触れた。やり方がわからず、手をぎゅっと押し当てることしかできない。それでもじゅうぶんだったらしく、モントフォードが彼女の喉に唇をつけたままあえぎ、腿に向かって腰を突きだした。

アストリッドの下腹部で、熱く溶けたような快感が一気に爆発した。視界がかすみ、体の中心から指先、足先へと広がっていく絶頂の波に体が震える。思わず叫んだ。

モントフォードがアストリッドをしっかりとつかみ、彼女の腿に腰を押しつける。手の下の彼のものがさらに大きくなり、次の瞬間、ズボンの下にあたたかい湿り気が広がった。モントフォードの喉からしゃがれたうめき声がもれる。彼はがくりと力を抜いて頭をアストリッドの肩にもたせかけ、ぜいぜいと息をついた。

半分溶けたバターのように、アストリッドは体に力が入らなかった。モントフォードもまったく同じで、彼女から離した両手をだらりとさげている。

彼女はゆっくりと現実に戻った。まだ動揺しているものの、ふたたび目の焦点が合いはじめる。

いったい何が起こったのだろう？

よくわからなかったが、こんなにすばらしい経験ははじめてだった。空腹も、昨日から続く体の痛みも、完全に消し飛んだ。快感の余韻に体がまだ熱く、震えている。

モントフォードが何をしたのか、この行為はどういう意味を持つのか、ききたいことは山ほどあるけれど、言葉が出てこない。今起こったことのせいでアストリッドの気持ちは変化し、不安定になっていた。もうモントフォードのことを、彼女の意思を打ち砕こうとする血も涙もない公爵とは思えない。彼はさまざまな面を持っている。皿に盛られた何種類かの食べ物が少しでもまざることを忌み嫌う。アストリッドに挑発されただけでエール競走に参加する。豊富な語彙を駆使してみだらな詩を作る。彼女を救おうとして死にかけることもいとわない。自らを抑えられず、無分別にも彼女にキスする。いつもは最高級のシルクの服をまとっているのに、目の前の彼はつんつるてんで虫食いだらけの毛織の上着を着て、まるで案山子のよう。

けれど、案山子は案山子でも、わたしの案山子だ。

それに彼は世界じゅうの誰よりも、わたしを傷つける力を持っている。

どうしてだろう？　なぜそう言いきれるの？　彼と会って、まだ一週間だ。確信できるほどの期間ではない。でも一週間とはいえ、長い長い一週間だった。

見た目のいい男たちはほかにもいたが、モントフォードが触れたように自分に触れさせせようとはまったく思わなかった。彼といると理性が消えてしまう。彼を止めるどころか、触れてほしくてたまらなくなる。心の声が彼に応えろと要求する。今だって、まだ彼が欲しくてたまらない。モントフォードは彼女の中の何かを目覚めさせた。その何かは簡単には満足しない。何度も何度も満たされるまでは。そして、それができるのは彼だけだ。

モントフォードを愛してしまった。

まるで肺から空気が全部抜けたような気分だ。

愛というのは、なんて不条理なものなのだろう。今のわたしには心の平安も、浮き立つような喜びもない。詩人たちは嘘つきだ。愛は拷問であり、悪夢でしかない。よりによってモントフォードを愛してしまうなんて、どうしてそんなばかなまねができたの？

待っているのは身の破滅だ。

そのときモントフォードがうしろから首筋を頭で軽く押してきて、アストリッドはどきりとした。いつかは彼とちゃんと向きあわなくてはならないけれど、まだその準備はできていない。今はだめ。それにしても、まさか彼はもう一度……。

ところが突然、モントフォードがうしろからついてこなくなった。それどころか、彼の気配自体がない。急に煙になって消えてしまったようだ。

どすんという音がした。

馬は手綱を道に引きずりながら、軽快に進んでいく。アストリッドは振り返り、モントフォードの姿を探した。すると数メートルうしろで、道の上に横たわっているのが見えた。彼はまったく動かない。いったい何が起こったのだろう？

彼女は馬を止めて飛びおりた。「モントフォード！」そう叫びながら彼のかたわらに膝をつき、肩をつかむ。

彼が痛みに声をあげて体を引き、つかまれた肩を握った。

「どうしたの？　大丈夫？」

「なんともない」モントフォードは肘をついて身を起こしたものの、ぼうっとしている。ようやく彼女の顔に目の焦点を合わせると、情けなさそうに言った。「眠ってしまった」

アストリッドは土埃で白く汚れた彼の顔を見つめた。「誓うよ、もう一度馬から落ちたら……」モントフォードは口についた砂を払おうとしながら言った。「くそっ、どうするか何も思いつかない！」かんしゃくを起こした子どものように、拳を道に叩きつける。「ここ何日か、いろいろと大変だったんだ」

「本当に眠ってしまったの？　だって、あんな……あんなことをしたあとで……」ふたりが分かちあったばかりのことをなんと呼べばいいかわからずに口ごもる。

モントフォードも明らかに同じことを思い浮かべ、土埃の下で顔を真っ赤に染めた。

「アストリッド……」

彼の口が震え、まさか泣きだすのかとアストリッドは一瞬ぞっとした。ところが、それよりもひどかった。彼が笑いだしたのだ。なんて不愉快な男なのだろうと、彼女は腹が立った。モントフォードは肩を揺らしながら仰向けに転がり、少女みたいにくすくす笑っている。

「おかしくないわ」アストリッドの口の端が引きつった。

「いや、おかしい」彼が涙をぬぐいながら言う。

やがて彼女も我慢できなくなり、一緒に笑いだした。笑いすぎて涙が出る。きっと衝撃のあまり正気を失っているのだ。ほかに説明のしようがない。

ふたりがようやく落ちついたのは、ずいぶん経ってからだった。アストリッドはさんざん笑ったせいで腹筋が痛くなり、喉ががらがらになった。最後に涙をぬぐってモントフォードを見おろす。彼も笑いやんで、何か考え込みながらアストリッドを見つめていた。

彼女は身構えた。気まずい雰囲気になりかけている。まじめな話をするのはいやだった。馬の上で起こったことについて、モントフォードと話しあうつもりはない。

目をあげて馬を探すと、下生えに入って草を食んでいた。背中に乗せている人間たちがばかなまねをはじめたら、すぐにそうするのがこの馬の習慣になりつつある。しかもその合間に、責めるような視線をちらちら向けてくるのだ。

「この二日間で何年分笑ったと思う？」モントフォードが突然きいた。

アストリッドは狼狽《ろうばい》して、彼に目を戻した。「神経が過敏になっているせいね」

「きっとそうだ」モントフォードはつぶやいたが、まだまじめな顔で彼女を見ている。「アストリッド、わたしは――」

さっと立ちあがって彼の言葉をさえぎり、手を差しだした。「城館までもう少しよ。行きましょう」モントフォードが何を言うか、聞きたくなかった。彼が上半身を起こし、アストリッドの手のひらをじっと見て顔をあげる。すると銀色の目がくすんだ色になっていた。いけない兆候だ。

彼は目の前の手をすばやくつかんで引っ張りおろした。倒れ込んできたアストリッドを抱き止め、激しくキスをする。

例によって、アストリッドの決意はあっという間にどこかへ行ってしまった。モントフォードの首に両手をまわし、体を押しつける。彼は起こしたばかりの体をまた倒して、両手でアストリッドの顔を包んだ。そして額、頰、鼻、まぶたにまで唇をつけていく。情熱がこもっているのはさっきと変わらないけれど、今回はレースのあと菜園でキスをしたときみたいにやさしい。ただ口をつけるだけのキスを、彼は何度も繰り返した。

それは、これまでのどんなキスよりもアストリッドの心を揺さぶった。

いまいましいけれど、モントフォードを愛している。

「きみとなら、ずっとキスしていられるよ、アストリッド・ハニーウェル」彼が唇を合わせたままつぶやく。

「あなたになら、ずっとキスしていてもらいたい」彼女はとうとう認めてしまった。

モントフォードが微笑みを浮かべるのを唇に感じる。アストリッドの頭を支える手に、ぎゅっと力がこもった。「よかった」

「よくないわ。もうやめるべきよ」そう応える声は弱々しい。

彼は従わなかった。しっかりと唇を合わせ、そのあたたかさでアストリッドを説得する。

「きみは魔女だ」

「あなたはばかな男だわ」

モントフォードが喉の奥で笑い、彼女の頭の向きを変えて耳に舌を差し入れる。アストリッドは歓びのため息をついた。彼にそうされるのが好きだ。

自分たちの世界にすっかり入り込んでいたふたりは、すぐそばで咳払いが聞こえるまで、もはやふたりきりではないと気づかなかった。

アストリッドがいやいや顔をあげると、馬に乗った男がふたり、彼らを見つめていた。血の気が引き、あわてて立ちあがる。

モントフォードもすぐに立ちあがり、彼女を守るために腕をつかんで自分の背後に押しやった。

アストリッドがようやく少し落ちついてのぞき見ると、見知らぬ男たちはひどく特異な外見をしていた。特に左側の男は、まるで別の世界から来た人間のようだ。肌は浅黒く体は引きしまっていて、どことなく異国風の顔立ちに鮮やかな青い目をしている。自らの美しさを茶化すように派手なピンクのベストを身につけているだけでなく、襟と袖口にはひらひらした長いレースが広がっているし、手の指には色とりどりの指輪が輝いていた。大きく開いた目から驚いているのがわかるが、口の端をいたずらっぽく持ちあげている以外、端整な顔は謎めいている。

もうひとりの男も同じくらい異様な風体で、アストリッドには部屋着にしか見えないものを着ていた。連れの男ほどハンサムではないけれど、不摂生な暮らしでたるんでいる顎やおなかを除けば、まずまず魅力的だ。この男は黒い目を目玉が転がり落ちそうなくらい見開き、驚きのあまり薄く開いた口の端に細い葉巻《シガリロ》をぶらさげている。

シガリロがそのまま道の上にぽとりと落ちた。「モンティ？」恰幅《かっぷく》のいいほうの男が、いぶかしげに呼びかける。

モントフォードは小さくうめくと、空がぱっくり割れて自分をのみ込んでくれないかと祈るように天を仰いだ。

「ここで何をしている？」目の前で馬にまたがっている悪友ふたりに向かって、モントフォードは詰問した。

マーロウは驚きのあまり、それ以上言葉が出ないようだった。セバスチャンは面白がるような表情を浮かべて、モントフォードとアストリッドを交互に見ている。「きみこそ何をしているんだ？」

「きみたちには関係ない。それにわたしのほうが先に質問したんだ」モントフォードはうなるように言い返した。

セバスチャンが舌打ちして、抜け目のない表情で目を細めた。「紹介してくれないのか？」なめらかな声で言い、アストリッドに微笑みかける。

モントフォードの血が一気に沸騰した。彼女に微笑みかけるなんて、この放蕩者はどういうつもりだ！　彼はアストリッドをさらに背後へ押しやろうとしたが、彼女はその手を振りきって横に出た。「そうよ、モンティ、紹介してくれないつもり？」

「ああ、しない」

　セバスチャンが眉をつりあげ、モントフォードがにらむのを無視してアストリッドに向き直る。「セバスチャン・シャーブルックといいます、お見知りおきを。そしてこちらは誉れ高きマーロウ子爵。あなたは……？」

「アストリッド・ハニーウェルです」

「なるほど、ハニーウェルか」セバスチャンがモントフォードをじっと見たあと、マーロウと意味ありげな視線を交わす。「お目にかかれてうれしいですよ、ミス・ハニーウェル。われわれはモントフォードの友人で、ロンドンから来ました」

「そうですか」

　マーロウが我慢できなくなって、友人に呼びかける。「おいおい、モントフォード。いったいどうなっているんだ？　あちこち探したんだぞ。すごく心配したんだ！」

「そうだろうとも」モントフォードは歯を食いしばった。

「それで？」マーロウが促す。

「それで、とは？」

「何がどうなっているんだ？」

「きみたちには関係ない――」

アストリッドが目をぐるりとまわし、モントフォードの前に出た。「じつはわたし、頭のどうかした男に拉致されてしまったんです。御者を撃ったその男に、グレトナ・グリーンまで連れていかれそうになって。それをモントフォードが助けてくれて、今はライルストーン・ホールに戻る途中なんです」

「なんだって？」マーロウが悲鳴のような声をあげる。

「それはわくわくする話だ」セバスチャンが楽しげに返す。

「わたしなら、〝わくわくする〟なんて言葉は使わない。それにもっといろいろあったんだ」モントフォードは苦々しい口調で言った。

「たしかにそのようだな！」マーロウがアストリッドに意味ありげな視線を向ける。

彼女が赤くなり、モントフォードも赤くなった。悪友のセバスチャンとマーロウは一番間の悪いときに現れた。

「それで、きみたちはここで何をしている？」モントフォードはぶっきらぼうに尋ねた。

セバスチャンが笑みを浮かべる。「きみを救うために駆けつけたのさ。だが、状況は複雑なようだな。どうすればいいのか、よくわからなくなった」彼は咳払いをした。「じつは警告しに来たんだ。エレインがまた、できちまったんでね」

「おい、頼むよ！　言葉に気をつけてくれ！」マーロウが顔をしかめる。

「わざわざこんなところまで、伯爵夫人がおめでただと伝えに来たのか？」モントフォードは吠えた。

「誰がおめでたなんですか？」アストリッドが口をはさむ。

「ぼくの姉です」マーロウが説明した。

「まあ」彼女は応えたが、見るからに納得していない。

「つまり、エレインはきみのちょっとした頼み事を、ぼくの親愛なるおばに押しつけたというわけなんだ」セバスチャンは嫌悪感をありありと浮かべながら続けた。「そしておばは、ここまで自らお出ましになろうと思い立ったのさ。妹と一緒に。ふたりはもうライルストーン・ホールで、きみの帰りを待っている」

友人がなんの話をしているのか、モントフォードは一瞬わからなかった。しかし理解すると、頭の上に大きな石を落とされたような衝撃を受けた。彼はそんな女性たちがこの世にいることすら忘れていた。特にアラミンタの存在を。

「なんだって？」モントフォードは割れた声で呆然ときいた。

セバスチャンがいらだち、唇を引き結ぶ。「レディ・キャサリンとレディ・アラミンタだよ。ふたりがライルストーン・ホールにいる」

「レディ・キャサリンというのは誰？　レディ・アラミンタって？」アストリッドがまた尋ねる。

セバスチャンは答えようと口を開きかけて思いとどまった。モントフォードに目を向けて眉をあげる。

アストリッドがモントフォードに向き直った。「そのふたりはいったい誰なの？」

彼はアストリッドと目を合わせられなかった。しかたなく、彼女の頭上に視線を向ける。

「レディ・アラミンタはわたしの婚約者だ」これほど口に出すのが難しい言葉はない。

アストリッドは長いあいだ黙っていた。モントフォードはようやく彼女の顔を見る勇気を奮い起こしたが、見た瞬間に後悔した。彼女の顔は真っ白で、色違いの目のどちらからも完全に光が失せている。「まあ」彼女がささやく。

「結婚式は一週間後だ。われわれはそう聞いている」マーロウが役にも立たない情報をつけ加えた。

「ありがとう、マーロウ」モントフォードはアストリッドの顔から目をそらさずに、歯を食いしばって応えた。青白い頬とこわばった顎以外、彼女の表情を読むすべはない。彼女は何を考え、何を感じているのだろう？

そして、わたし自身は？

何も感じていない。完全に麻痺している。

アストリッドがモントフォードに背を向け、馬に向かって歩きだした。

「じゃあ、早く戻ったほうがいいわね。お客さまを迎えられるように、ちゃんと支度しなくては」胸を張り、毅然としてそう言うと、彼女は馬にまたがって進みはじめた。

モントフォードはその背中を見つめた。アストリッドが遠ざかっていくにつれて、心がしおれていく。

「公道で彼女に襲いかかる前に、婚約していると伝えておいたほうがよかったな」マーロウが淡々と述べた。

　モントフォードはこれから縁を切ろうと思っている友人たちを見つめた。セバスチャンは面白がっているが、同時に心配そうでもある。マーロウは腹を立てているようだ。明らかに彼は、アストリッドの代わりに怒るのを自分の務めと考えているらしい。

「どうやらきみは歩いて戻らなくちゃならないようだ」セバスチャンがのんびりと言う。

　マーロウがふんと鼻を鳴らした。「当然の報いだよ。まったく、モンティ、いったい何を考えていたんだ？　さすがにぼくだって、公道の上で田舎娘と事におよぼうとは思わないぞ。ちょっとやりすぎだ」

「事におよんでなどいない！」

　ふたりとも、モントフォードを信じなかった。

「それに今度、彼女をそんなふうに呼んだら、おまえを叩きのめしてやるからな」

　マーロウが目を丸くしてセバスチャンを見る。ふたりがこっそりにやにやしているのを見て、モントフォードはますます頭に血がのぼった。彼なしで行かせるため、ふたりの馬をライルストーンのほうへと向ける。

「では、あっちで会おう」セバスチャンが振り返って叫んだ。「それと、ぼくだったら仕立屋を首にするよ。その上着はひどい代物だ」

　友人たちが視界から消えるまで、モントフォードは見送った。それからその場に腰をおろし、このまま馬車にひかれてしまいたいと一心に願った。

24

ライルストーン・ホール、崩壊する

アストリッドはモントフォードから奪ってきた馬の手綱を、放り投げるようにミックに渡した。厩番が突然戻ってきた彼女を見て驚いているのを無視して、裏口へと向かう。説明している暇はないし、このまま誰にも会わずに自分の部屋へたどりつきたいという思いでいっぱいだった。

今にも涙がこぼれそうだ。

あまりにも疲れているのと、ようやく城館に戻れてほっとしているからだと、アストリッドは自分に言い聞かせた。モントフォードとは関係ない。それに異様な風体の彼の友人たちや、ここに来ているという高貴な女性たちともまったく関係ない。

厨房の扉が開いてアントニアとアディスが庭に飛びだしてきたときには、本当に涙があふれそうになった。ふたりはアストリッドの名前を呼び、小さな目を涙で濡らしている。抱き寄せた妹たちが交互にしゃくりあげたり、今までどこにいたのかときいてきたりするので、アストリッドの胸は締めつけられた。けれども小さな妹たちに事実をそのまま説明することはできないし、姉である自分が打ちのめされている姿を見せるわけにもいかない。そこで彼女は涙をこらえ、少女たちの頭をぽんぽん叩いた。「心配いらないわ。ちゃんと戻ってきたでしょう？　もうあなたたちを置いて、どこにも行かないから」

「いろいろあったのよ、お姉さま」アントニアが言う。

アディスが重々しくうなずく。「老いぼれガラスが来たの」

「エミリーおばさまが？」アストリッドは背筋を伸ばした。それはまずい。

厨房から今度はフローラが出てきた。アストリッドを見てほっとしているものの、ひどく取り乱している。

「いったいどこへいらしてたんです？　ご無事でほっとしました。みんな、とても心配していたんですよ。それにチャーリーはどこですか？」

「あとで全部説明するわ。それより、お客さまがいらしているんですって？」

「それだけじゃないんです。今、ロディが応接間で、なんとかうまくやろうとしてくれているんですけど」

ロディが？「アリスはどうしたの？」

フローラの表情が暗くなったので、アストリッドはいよいよ心配になった。

「あとでお話しします」フローラはアストリッドをしげしげと見つめ、頭を横に振った。

「階上《うえ》に行って、ちゃんと支度していただいたほうがよさそうですね」

アストリッドはうなずき、彼女の部屋まで入浴用の水を運ぶメイドの手伝いにアントニアとアディスを行かせた。これだけの汚れを落とすには大量の水が必要だ。自分はフローラと一緒に城館に入り、使用人用の階段をあがって部屋へ向かう。

服を脱ぐのを手伝いながらこの二日間のことを質問するフローラに、アストリッドは余計な部分を省いて説明していった。フローラがどんどん引きつった顔になっていく。

最後まで聞き終わると、フローラは大きく目を見開いてアストリッドの破れたペリースを握りしめ、「まあ！」とだけ声をあげた。

「本当にひどいでしょう？」

「ああ、ミス・アストリッド！　あのろくでなしに何もされなかったと言ってください！」

フローラは叫び、アストリッドの手をぎゅっとつかんで顔を見つめた。

「大丈夫だったわ。ちょっと殴られたけど、それ以上は何もなかったの。モントフォードがぎりぎりで来てくれたから」

「よかった！」フローラはほっとして、肩から力を抜いた。「公爵閣下なら助けてくださったでしょうとも。それで閣下は？」

「もうすぐ戻ると思うわ」モントフォードがどこで何をしているかなど二度と考えたくないので、こわばった口調で答える。彼に婚約者がいたなんて！

思いだすとブーツを部屋の向こうに思いきり投げつけたくなったが、我慢してベッドの下に放り込むだけにしておいた。「それにしても、わたしに何かあったと誰も思わなかったの？」アストリッドは少し失望していた。もちろん大騒ぎになっていたほうがよかったわけではないし、彼女が行方不明になっていたことはなるべく人に知られないほうがいい。それでも、もう少し誰かに心配してもらいたかった。

頭を振りながらアストリッドのドレスを脱がせたフローラは、ひどく汚れているのを見て顔をしかめた。「じつは、あなた方が帰ってこないと気づいたときには、別の件で城館じゅうがちょっとした騒ぎになっていたんです」

「どういうこと？」

「ミス・アリスです。ウェスリー卿と収穫祭の翌日に駆け落ちされたんですよ。スコットランドに。途中でおふたりと鉢あわせされなかったのが不思議なくらいです」

アストリッドは力が抜けて腰をおろした。頭がずきずき痛む。「もう一度言って」

フローラは深呼吸をすると、詳しく話しはじめた。「ミス・アリスとウェスリー卿は、結婚するためにスコットランドへ向かったんです。ミス・アリスは手紙を残していかれました。男爵夫人は頭から湯気を立ててここにいらして、男たちを引き連れてふたりのあとを追うよう、気の毒なミスター・マコーネルに命令しました。ですから、チャーリーと一緒にホーズに行かれたお嬢さまや公爵閣下が戻らなかったときも、何があったのか調べに行ける者は誰もいなかったんです。ですが、チャーリーも公爵閣下も一緒だとわかっていましたから、ライトフットみたいなろくでなし野郎につかまっているなんて思いもしなくて……。すみません、ミス・アストリッド、汚い言葉を使って」

アストリッドはあぜんとして言葉が出なかった。妹は駆け落ちし、ヒステリーを起こしたエミリーが乗り込んできていたとは。アストリッドが忘れられていたのも無理はない。だいたい、もっとうれしくてもいいはずだった。アリスとウェスリーがようやく互いへの気持ちに気づいたのだから。エミリーにつかまる前にふたりがグレトナ・グリーンに行きつけるよう、祈るばかりだ。それに、このタイミングで駆け落ちしてくれて助かった。みながそちらに気を取られてくれたおかげで、アストリッドの不在をおかしいと思われずにすんだのだ。アリスの駆け落ちだけで、じゅうぶん醜聞になる。そのうえアストリッドに何があったか誰かに知られたら、彼女も妹たちも終わりだ。評判は地に落ちるだろう。

そのとき、いやな疑問が頭をよぎった。「どうしてモントフォードがわたしと一緒だとわかっていたの？」

「何を言っているんです！　お嬢さまが今、そうおっしゃったんじゃありませんか」フローラが顔を赤らめて叫んだ。そしてつまむようにして持っていたアストリッドのドレスを見おろし、こんな汚れきったものにはもう耐えられないとばかりに暖炉の火にくべる。

「言っていないわ。チャーリーと公爵が一緒だとわかっていたから心配しなかったって、あなたが言ったのよ」

フローラはアストリッドの目を避けながら、座浴用の陶器の浴槽を引っ張りだしたり、戸棚からタオルを出したりと、忙しく働きはじめた。「わかっていたというわけでは……ただ、そうじゃないかと思っただけで」

「あら、そう？」

フローラが唇を噛んで振り向いた。「ああ、ミス・アストリッド！　白状します。じつはわたしとロディと公爵閣下の御者の三人で、閣下を荷馬車に乗せました。ちょっとしたいたずらだったんです。ですから戻られないとわかっても、なんていうか――」咳払いをする。

「おふたりは通じあったんだなと思っただけで……」

おせっかいなまねをしたメイドに腹が立って、アストリッドは思わず怒鳴りつけたくなった。けれどもちょうど扉が開き、アントニアとアディスが厨房のメイドたちと入ってきて、浴槽に水を満たしはじめた。彼女たちが出ていく頃にはアストリッドの怒りはおさまり、笑いがこみあげていた。笑わなければ泣いてしまいそうだったが、今はめそめそしていられる状況ではない。

気が触れてしまったのかと疑うような目でフローラが見ているが、実際そうなのかもしれなかった。「まあ、どういうつもりだったにせよ、あなたたちが公爵を荷馬車に乗せてくれて助かったわ。そうでなければライトフットから逃げられなかったもの」

フローラはほっとした顔で笑みを浮かべ、浴槽に入るアストリッドを手伝った。

湯を沸かす時間がなかったので、冷たい水だった。それでも三日分の土埃や汚れを落とし、ラベンダーの香りの石けんを肌にも髪にもたっぷり泡立ててきれいに磨き立てられるのは心地よかった。

アストリッドは数分でもいいから、まわりの混乱を忘れてひと息つきたかった。別にモントフォードと逢瀬《おうせ》を楽しんでいたわけではないのだから、びくびくする必要はない。けれども今の状況を考えると、ひと息つくなどという贅沢は許されない。早く支度を終えて、ロンドンから来た高貴なご婦人方のところに行かなければならないのだ。アラミンタというその女性と顔を合わせて、平静でいられるかはわからないけれど。

モントフォードはずっと別の女性と婚約していたのに、教えてくれようともしなかった。なんてひどい男なのだろう。

もちろん彼がわたしに何か約束したわけではないし、わたしも約束してほしいわけじゃない。それなのにこんなにも動揺している自分がいやでたまらない。

ため息をついて、アストリッドは浴槽の縁に頭をもたせかけた。

「急がれたほうがいいですよ、ミス・アストリッド。ロディが階下《した》にいますけど、ミス・アナベルの面倒を見るので精一杯なので。ミス・アナベルが、ご婦人方とお茶を飲むと言い張られたんです。さっき様子を見に行ったときには、フランス人の船乗りの話を熱心に語っておられました」

アストリッドはうめいた。「フランス人の船乗りの話だけはやめてほしいのに！」牧師が思わず叫んだくらいの話なのだ。みだらな『愛の騎士』を書いた著者でさえ衝撃を受けるだろうと、彼女はひそかに考えている。「あと二、三分待って、フローラ。くたくたなの」

「わかりました。大変な思いをされましたからね」フローラがアストリッドの濡れた髪をとかしながら言う。「ところで詮索するつもりじゃないんですけど、公爵閣下とは結局通じあえなかったんですか？」

　アストリッドは浴槽の中でさっと体を起こし、真っ赤な顔でメイドを見た。

「フローラ！」

　メイドが肩をすくめて微笑む。「ちょっときいてみようと思っただけです。つまり、お嬢さまは……わざわざ助けに来てくださった公爵閣下に感謝の念を示されなかったんですね？」

「感謝の念って……まったく、あなたときたら……」アストリッドはごまかした。

「庭で、公爵閣下のことがとてもお好きなように見えましたし」

「フローラ！　のぞき見してたのね！」

　フローラは一瞬恥ずかしそうにしてみせるくらいのたしなみはあった。

「もう、なんてことを！　わたしはモントフォードと通じあったりなんてしていないわ。お互いに嫌っているという以外は共通の気持ちなどないもの！」

　フローラは口を引き結び、まったく信じている様子はない。

「それに彼は結婚するのよ」勢いよく立ちあがってタオルをつかむ。

「まさか！」フローラが声をあげる。

「しかも一週間後に。階下にいるロンドンから来た高貴なご婦人のひとりとね」

「まあ、ミス・アストリッド！」フローラが同情もあらわに叫んだ。

「わたしには関係ないわ。全然気にならない。なるべく早く目の前から消えてほしいだけ」

　そう言い放つと、アストリッドはメイドに一番いいドレスを持ってくるよう言いつけた。

だがすぐに考え直し、ズボンの入った引き出しを開けた。みんなを困らせてやろう。

応接間に入ったアストリッドは一瞬決意が揺らいだ。ふたりのレディがティーカップを手に長椅子に座り、アナベルとそのかつらをあぜんとして見つめている。彼女たちのような女性を見るのははじめてだった。ふたりはアストリッドに気づくと立ちあがり、今度は彼女を見て目を丸くした。

アストリッドは背の高いほうの女性に目を引かれた。貴族的な鼻は少し長すぎるし、口は大きすぎて、もうひとりの女性のような一般的な美人とは言えない。けれども独特の顔立ちが印象的で、特に並はずれて大きなエメラルド色の目は息をのむほどだった。シニヨンにした細くて繊細な髪は、雪花石膏《せっこう》のような肌よりも淡い色で、白に近い。そっけないほど飾り気のない紫がかった灰色のドレスは、家庭教師が着ていてもおかしくない簡素さだが、その生地はアストリッドが見たこともない最高級の波紋柄のシルクだ。この女性は人の注目を集めるのにいかなる装飾も必要としていない。抜きんでた長身だというのもあるけれど――アストリッドはこんなに背の高い女性に会うのははじめてだった――何よりも超然とした雰囲気が特徴的で、鎧のようにまとっている冷たい計算高さがこの女性を際立たせている。

連れの女性はもう少し背が低くて肉づきがよく、蜂蜜色の巻き毛が顔を縁取っていた。彼女はアリスと同じくらい美しい。キャップスリーブの明るい緑色のサテンのドレスはハイウエストに仕立てられていて、きっとロンドンの最新流行なのだろうとアストリッドは推測し

らの女性の目のほうが、鋭さも鮮やかさも劣る。ほかに外見で似ている部分はないけれど、彼女にも堅苦しい威厳とも言うべきものが備わっていた。

アストリッドの気分は沈んだ。こんなに冷たい雰囲気の女性たちには会ったことがない。アナベルがくるりと振り向き、その拍子にかつらがずれた。それに気づいているのかいないのか、おばはアストリッドに満面の笑みで話しかけた。「お茶をいかが？　ほら、お客さまがいらしてるのよ！　こちらの方は公爵夫人か何かですって」

椅子の上で小さくなっていたロディが、ほっとした表情で立ちあがった。

「ミス・アストリッド！　ありがたい！　ようやくお戻りに……いや、そうではなく……」咳払いをしてごまかす。「紹介させていただいてよろしいですか？」

「ありがとう。でも必要ないわ、スティーヴニッジ」長身のほうの女性が冷淡に告げた。「わたしはマンウェアリング侯爵夫人」次に隣の女性を示す。「そしてこちらは妹のレディ・アラミンタ・カーライルよ」

アストリッドはズボンをはいてきたことを後悔しながら、脚を引いてぎこちなくお辞儀をした。では、背が低いほうの女性がモントフォードの婚約者なのだ。なぜかはわからないけれど、驚くと同時にほっとした。アラミンタは想像していたとおり美しい。だがアストリッドは彼女たちを見た瞬間、モントフォードならもうひとりの女性を選ぶだろうと思った。その直感が当たっていたら、もっといやな気分になっていただろう。どうしてかしら？　侯爵夫人のほうが知性がありそうに見えるから?

「あなたはアストリッド・ハニーウェルね」侯爵夫人が続ける。

「そうです」

一瞬、居心地の悪い沈黙がおりた。

「あなたはわたしたちの遠い親戚なの」しばらくして侯爵夫人が言った。

アストリッドはあぜんとした。「なんですって?」優雅さとはほど遠い声が出る。

「あなたのお母さまがカーライル家の出身なのよ。わたしたちの亡くなった祖父の一番下の妹。だから、わたしたちは血がつながっているの」

「血がつながっている?　いったいどういうことだ?」部屋の入口から大きな声がした。

侯爵夫人がすでにまっすぐな背中を、さらにこわばらせる。扉のところに立っていたのは、アストリッドが道で出会ったふたりの男たちだった。アラビア風のローブを着た恰幅のいいほうの男が、腰に拳を当てて目に疑いの色を浮かべ、侯爵夫人を見つめている。もうひとりの美しいクジャクのような男もすぐうしろから侯爵夫人を見ているが、何を考えているのか表情からはうかがえない。

アストリッドは視線を戻した。侯爵夫人は無意識に片手でスカートを握り、質問を発した恰幅のいい男ではなくクジャク男を見つめているが、やはり表情からは何も読み取れなかった。見る見るうちに、部屋の雰囲気が張りつめた。理由はわからないものの、このふた組の訪問者たちが互いに敵意を抱いているのは明らかだ。

ロディに目をやると、彼は力なく肩をすくめ、身の置きどころがないという様子だ。

「あなたたち！」アナベルが男性ふたりに呼びかけ、膠着《こうちゃく》状態を破った。「もっと飲みたいんでしょう？　そこのお若い方」クジャク男に合図し、杖でデカンターを指す。「自分のを注ぐついでに、わたしにもちょっぴりシェリーを注いでもらえないかしら」

クジャク男――シャーブルックが面白がるような顔をして優雅に頭をさげ、ゆっくりとサイドボードに向かう。

そのあいだにアストリッドは侯爵夫人との会話を進めることにした。

「たしかに母はカーライル家の出身でした。でも父と結婚したときに勘当されて、それ以来まったく交流はなかったんです」

侯爵夫人がアストリッドの存在を思いだして向き直り、冷たい表情のまま眉をひそめた。

「それでも血がつながっていることに変わりはないわ。わたしたちが関係を復活させればいいのよ」

「そうかもしれません。でも、なんのために？」同じく冷淡に応える。

「そう、なんのためにです、おば上？」クジャク男がのんびりした口調で口をはさんだ。自分用のグラスとアナベル用のシェリー酒の入ったグラスを両手に持ち、ぶらぶらと部屋を横切る彼は猫のように優雅だ。口の端には、危険な香りのするかすかな笑みが浮かんでいる。

侯爵夫人がたじろいでいる様子はないが、本当はそうしたいのではないだろうか。

アストリッドは頭が混乱した。侯爵夫人はクジャク男のおばなのだろうか？　どうもしっくりこない。侯爵夫人は彼とそれほど変わらない年齢に見える。

「あなたもカーライル家の人なの？」シャーブルックに尋ねた。

彼がおかしそうな顔になり、ポルト酒を吹きだしかけた。「まさか」

「わたしはミスター・シャーブルックのおじに当たる男性と結婚しているの」侯爵夫人が軽蔑もあらわにクジャク男を見つめる。「彼と血はつながっていないわ。それにここへ来た理由は、彼にもマーロウ子爵にもまったく関係ないのよ」

「そんなことはくそくらえだ！」子爵が叫ぶ。どうやら彼は、女性の前で汚い言葉を吐くのはなんとも思っていないらしい。それに女性が立っているのに自分が先に座るのも平気なようで、いらだった様子で勢いよく腰をおろした。「ぼくにも酒を注いでくれないか、シャーブルック？」

「自分で注ぐんだな」シャーブルックが言い返す。

子爵は彼をにらみつけたが、サイドボードに向かおうとはしなかった。

アストリッドはどうしたらいいのかわからなかった。侯爵夫人は背中をぴんと伸ばし、黙って立っている。隣にいる彼女の妹はひどく居心地が悪そうだ。子爵は何やらぶつぶつ言いながらポケットを探っているし、シャーブルックは突き放した目で侯爵夫人を見据えている。

そしてアナベルはシェリー酒のグラスを持ったまま、こくこくと居眠りをしていた。

とてもつきあっていられないと思い、アストリッドは両手をあげた。

「あなた方がどうしていがみあっているのかは知りませんし、知りたくもありません。でもみなさん、モントフォード公爵に会いにいらしたのでしょうから、ここでお待ちになっていてくださいな。わたしはあなた方の目的を知るために時間を無駄にするつもりはありませんので、失礼します。とても疲れていて、おつきあいをする気分ではないんです」

侯爵夫人が驚いたような表情を浮かべた。アラミンタがむっとして、アストリッドは少し溜飲《りゅういん》がさがった。子爵はあんぐりと口を開けた。

シャーブルックはくすくす笑っている。

アストリッドは彼をにらんだ。そのまま荒々しい足取りでサイドボードに向かい、ポルト酒をグラスに注ぐ。子爵のところに行ってそれを押しつけると、彼は気おされたように礼を言い、驚いた表情で彼女を見つめた。

「では、失礼します。いろいろとやらなければならないことがありますので――」

そのとき外で馬車が止まる音がして、アストリッドは一気に頭が冷えた。窓に走っていって外を見ると、エミリーが馬車からおりてくるところだった。

「いまいましい！」アストリッドは小声で毒づいた。

アラミンタが息を詰まらせる。

アナベルがはっと目を覚まして顔をあげた。「どうしたの？　フランス軍が攻めてきたのね？」

「いいえ、もっと悪いことよ。エミリーおばさまが来たの」

「おやまあ」アナベルはつぶやくと、口紅を塗りたくった唇にグラスを当て、シェリー酒をひと息に飲み干した。

「エミリーおばさまというのは何者なんだ？」子爵がきく。

「わたしのおばよ！」アストリッドは髪をかきむしりたかった。心臓が狂ったように打ちはじめ、呼吸がどんどん速くなる。本当にまずいことになった。今の精神状態では、おばに太刀打ちできるとは思えない。なじみのない人々が集まった応接間を見まわすと、ロディがこっそりと部屋を出て、ひとりだけ逃げようとしているのが目に入った。自分を見捨てる彼を裏切り者と思いながらも、アストリッドは止めなかった。

　腕に誰かの手が置かれるのを感じ、びくっとして振り返る。シャーブルックだった。彼は美しいサファイア色の目に心配そうな表情を浮かべているものの、口の端がおかしさに震えている。「気分がよくないようだな、ミス・ハニーウェル」彼はグラスを差しだした。「元気をつけるために飲んだほうがいい」

「そうね、ありがとう」アストリッドは弱々しく応えてグラスの酒に口をつけ、息が止まりそうになった。ストレートのウイスキーだった。

「彼女を酔わせようというのね」侯爵夫人が感心できないという口調で言い、ふたりに歩み寄ってアストリッドからグラスを取りあげる。「あなたはお酒で何もかも解決できると思っているの？」

「ほとんどのことは」シャーブルックはなめらかに答え、侯爵夫人からグラスをすばやく取り戻して、アストリッドにもう一度渡した。「彼女には景気づけが必要だ」

侯爵夫人は鼻であしらった。「あなたには必要かもしれないけれど、彼女には必要ないわ」つんとした表情で、ふたたびグラスを取りあげる。

「ぼくはミス・ハニーウェルが置かれている状況について、きみの知らないことを知っているんだ。彼女にはこの酒が必要なのさ」シャーブルックが冷たい声で言ってグラスを取り返そうとしたが、侯爵夫人は放さなかった。ひとつのグラスにふたりの指が絡みつき、どちらも譲ろうとしない。

「彼女はわたしの親戚よ。あなたが彼女を堕落させるのを見過ごすわけにはいかないわ」

「堕落させようとなんかしていない。助けようとしているんだ！」

「誘惑するためにね」

「何をわけのわからないことを！」

「もう、お願いだからやめて！」アストリッドはふたりの手からグラスをもぎ取り、一気にあおった。ウイスキーが喉を焼きながら胃までおりていく。

応接間の扉が音を立てて開き、エミリーがスカートを揺らしながら勢いよく入ってきた。怒りに満ちた目が即座に獲物をとらえる。ほかの人々は、ほとんど目に入っていないらしい。

「アストリッド・ハニーウェル、どういうことなのか説明してもらいますからね。今までいったいどこにいたの？　妹の恥知らずなたくらみをこっそり助けていたことはわかっているのよ！　さっさと答えなさい。息子には、あなたたちみたいに品位のない一家と関わりを持たせるつもりはありません。息子をこんな醜聞に巻き込むなんて、アリスはどういうつもりなの？　あなたもあなたよ！　妹にこんな……こんな不名誉なまねを許すなんて！　そもそも、あなたがけしかけたんでしょう。ふたりはどこにいるの？　早く連れてきなさい！」

シャーブルックがアストリッドとエミリーのあいだに立った。激しい軽蔑に顔をゆがめている。マーロウ子爵も喧嘩をしたくてうずうずしている様子で、友人の横に立つ。どういうわけか、ふたりはアストリッドを助けてくれるつもりのようだ。

エミリーがふたりの男をきょろきょろと見比べ、次に侯爵夫人とその妹を見た。驚きのあまり声が出ないようだ。

「マダム、ミス・ハニーウェルにはもう少し礼儀正しく接していただきたい」シャーブルックの声はシルクのようになめらかだが、その下には鋼のような強さがひそんでいる。「あなたの不愉快きわまりない態度は、われわれとしても捨てておけません」

エミリーがうさんくさそうに目を細める。「あなたは誰？」

シャーブルックはにやりと笑い、脚を引いて深くお辞儀をした。不吉な笑みを浮かべた彼は、堕天使ルシファーのように美しくまがまがしい。「セバスチャン・シャーブルックです。以後、お見知りおきを」

エミリーが唇を引き結んで青ざめた。シャーブルックが何者か、よく知っているらしい。おばがこんな顔になった理由を知るためにも、アストリッドは彼の正体を知りたかった。

エミリーがアストリッドをにらみつける。「こんな男とつきあいがあるなんて、あきれましたよ！　悪魔も同然の男を家に引き込むなんて！　あなたには慎みというものがないの？」

「聞き捨てならないな、ぼくの友人を侮辱するなんて」子爵が怒りに顔を真っ赤にして口をはさむ。

「ありがとう、友よ」シャーブルックが穏やかに感謝の言葉を述べた。

エミリーは片眼鏡を振りかざし、侯爵夫人に怒りを向けた。「それに、この女は誰なの？　どうせろくでもない男についてきた、ふしだらな女でしょうけどね。あなたはイングランド一の放蕩者を家に迎え入れたのよ。セバスチャン・シャーブルックと――」いったん言葉を切り、子爵にさげすむような目を向ける。「不道徳なマーロウ子爵を！　本当にアストリッド、あなたには驚かされるわ」

エミリーはとうとう言いすぎた。シャーブルックの笑みとくつろいだ態度は跡形もなく消え、美しい顔が激しい怒りにゆがんだ。殴りかかりたいのをぎりぎりで踏みとどまっているかのように、全身をこわばらせている。

「謝れ！」詰め寄りながら、シャーブルックが怒鳴った。鼻の穴が広がっている。

「なんですって？」エミリーが小声で返す。憤然としているが、シャーブルックの剣幕に恐れをなしてもいるようだ。

「謝れと言ったんですよ、マダム」彼は大きな声で、ひとことずつはっきりと発音した。侯爵夫人を指し示す。「あなたはマンウェアリング侯爵夫人を侮辱した。彼女に謝らないなら、痛い思いをしていただく」

侯爵夫人を見たエミリーの目が飛びだしそうになった。

「マンウェアリング侯爵夫人ですって！」消え入りそうな声で言う。「お詫びします。ちょっとした思い違いをしてしまって……」

「売春婦と間違えたんですよ」シャーブルックが辛辣な声で指摘する。

「ええ、そうでした。本当に申し訳ありません」これ以上は無理というくらい体を低くして、エミリーがお辞儀をする。

侯爵夫人は凍《い》てつきそうな冷たい威厳を漂わせてエミリーを見おろしたまま、うなずきもしない。かすかに赤くなった頰に感情がうかがえるだけで、あとは完全に無表情だ。

体を起こすと、エミリーの態度は完全に変わっていた。アストリッドを無視して、侯爵夫人に弱々しい笑みを向ける。「あなたはカーライルの娘ね。わたしはあなたの大おばのレディ・エミリー・ベンウィックですよ」

侯爵夫人がうろたえて唇を引き結んだ。妹に目を向けると、アラミンタはティーセットのすぐそばに立って浮かない顔をしている。

「大おばだって？」マーロウ子爵が驚きの声をあげる。「これは驚いた。家族の再会じゃないか、シャーブルック。ぼく以外はみんな家族というわけだ。もう一杯飲まないとやってられないな。今度は注いでくれるか？」

シャーブルックはエミリーに怒りの視線を注いだまま、むっつりとうなずいた。

「みなさんがちょうど間の悪いときにいらしたので」エミリーが続ける。「失礼なことをしてしまったのも、心持ちが普通じゃないからですわ。家族が大変な状況なんですの」

「そのようですわね」侯爵夫人が淡々と応える。

「失礼して、姪とふたりだけで話をしなくては」エミリーがすばやくアストリッドの腕をつかんだ。

「必要ないでしょう。さっきのでじゅうぶんだと思いますよ」シャーブルックが割って入り、アストリッドの腕を取り返した。

エミリーが彼に怒りの目を向ける。「アストリッド、今すぐわたしと来なさい」

「いいえ、行きません」シャーブルックは動じない。

「わたしも彼女は行かないと思いますわ」侯爵夫人が加勢する。

エミリーは腹を立ててアストリッドの腕をつかみ、無理やり引っ張っていこうとした。侯爵夫人がすばやく反応して引き戻す。アストリッドは真ん中から体が裂けてしまいそうな気がした。

「いったい何事だ?」

部屋の入口から声がして、アストリッドの奪いあいをしていたふたりの女性が凍りついた。腕を両側から引っ張られたままアストリッドが振り返ると、モントフォードが大股で部屋に入ってくるところだった。彼は体を洗い、いつものきちんとした服に着替えている。けれどもクラヴァットは曲がっているし、顎の無精ひげは剃っていない。様子を確かめるようにアストリッドへ向けた目には、混乱といらだちと切望が浮かんでいた。

ただし切望については、彼女の見間違いかもしれない。

アラミンタがはじめて口を開いた。「まあ、モントフォード、あなたなの？」信じられないというように、ゆっくりと言う。

モントフォードがアストリッドから婚約者に視線を移した。額にしわを寄せて咳払いをする。アラミンタも同じ反応をした。

侯爵夫人とエミリーがアストリッドの腕を放した。そこからばかばかしい光景が展開した。部屋の中の人々が突然礼儀作法を思いだし、あちこちでお辞儀を交わしはじめたのだ。モントフォードも婚約者に歩み寄り、手袋をはめた美しい手を持ちあげて唇をつけている。アストリッドはさっと目をそむけ、ふたりの顔に浮かぶ表情を見ないようにした。

それからアナベルの椅子のうしろに移動し、椅子の背をつかんで体を支えた。みじめな気分だった。頭がふらふらして、今にもくずおれてしまいそうだ。

「何か邪魔をしてしまったかな？」モントフォードがエミリーからアストリッドへとすばやく視線を動かす。

侯爵夫人が説明した。「この方の息子さんがいなくなってしまい、彼女はミス・アストリッドが居場所を隠していると思っているようなんですよ」その声音からは、面白がっているのかいらだっているのか見当もつかない。こんなふうに超然としていられる彼女が、アストリッドはうらやましかった。

モントフォードが驚いた様子で、とがめるように尋ねる。「いったいどういうことなんだ、アストリッド？」

彼女はむっとした。わたしを責めるなんて、彼は何さまのつもりだろう？　それにみんなの前で、当然のように名前を呼ぶなんて。彼にはそんな権利はない。

「どうやらウェスリー卿がわたしの妹と一緒に姿をくらましたらしいの。駆け落ちみたい」

エミリーがハンカチを取りだし、口に当てて嗚咽を抑えた。「ちょっとあなた、そんなにあからさまに言わなくても」

シャーブルックと子爵が同時に鼻を鳴らす。

「よかったじゃないか！」モントフォードが言った。

エミリーがあんぐりと口を開ける。

「アリスにとっても、あなたの間抜けな息子にとっても。彼はこの先、絶対に後悔しないだろう。アリス・ハニーウェルはすばらしい女性だ」モントフォードがエミリーをじろりと軽蔑するように見た。それから友人であるシャーブルックとマーロウのほうを向き、重大な事実を打ち明けるように重々しくつけ加える。「彼女は驚くほど美しいんだよ」

シャーブルックがいつもの軽妙な態度を取り戻し、秘密の冗談を分かちあうようにアストリッドに向かってにやりとする。

けれどもアストリッドは、とうてい同じ気分にはなれなかった。今の状況には面白さなどひとかけらもない。

「息子は後悔するに決まっています」エミリーが言い返した。「わたしの意思に逆らって結婚するのですから、そんな嫁をわが家に迎え入れるわけにはいきません。アリスはわたしを裏切って、これまでの親切をあだで返したんですよ」

乱れた服装に無精ひげという格好にもかかわらず、モントフォードは悪名高き公爵のひとにらみの威力をかろうじて発揮した。「マダム、あなたの親切がどんなものかはすでにわかっている。それから〝わが家〟というのがベンウィック・グランジのことならば、あなたの認識は間違っている。あそこはウェスリー卿の家だ。今度彼に会ったらその事実を思いださせ、妻を母親と同居させるなどという愚を犯さないよう、釘を刺しておこう。アリスはそんなひどい扱いを受けていい女性ではない。では、失礼する」

公爵の言葉に驚き憤慨して、エミリーは息を荒くした。部屋を見まわしたが、まわりの人間には笑みひとつない。彼女は目を見開き、助けを求めるようにアストリッドを見た。

「こんな侮辱を、あなたは許さないでしょうね！」

アストリッドは椅子の背をつかむ手に力をこめ、おばに苦々しい笑みを向けた。

「彼の言葉には誰も逆らえないのよ、おばさま。だってモントフォード公爵ですもの。わたしに何ができるというの？」

エミリーが目を細める。「わたしが聞いた話と違うわね。あなたは彼と消えていたというじゃないの！」公爵のほうにハンカチを向ける。「あなたと家族の評判を台なしにする行為ですよ」

「そうしたのはアリスだったんじゃないんですか？」アストリッドは言い返しながらも、自分の手を見つめたまま目をあげられなかった。心臓が激しく打っている。おばはどんな話を聞いたのだろう？　どこまでがはったりなの？「わたしは不適切なことは何もしていません」

「彼女の言うとおりです」侯爵夫人が加勢する。「わたしと一緒にいたのが不適切というなら、別ですけれどね。ミス・ハニーウェルにはヨークシャーを案内してもらっていたんですの」

なぜ侯爵夫人が味方してくれるのかわからなかったが、アストリッドはありがたかった。

エミリーが困惑した表情になる。

アナベルも同じだった。「そんなはずないわ」頭のどうかした人間を見るような目を侯爵夫人に向ける。「アストリッドはそこの若い男性と一緒に旅行していたんだから。たしかコンスタンティノープルじゃなかったかしら」

シャーブルックとマーロウ子爵が忍び笑いをしている。

アストリッドはアナベルに腹を立てればいいのか、感謝のキスをすればいいのかわからず、歯を食いしばった。「ありがとう、アナベルおばさま。そうよ、わたしたちはサラセン人と戦うために、コンスタンティノープルに行っていたの。空を飛んでね」

「そうなの？」アナベルが興味を引かれたようにきき返す。

アストリッドは思わず笑ってしまった。「ええ。熱気球に乗ったのよ。知っているでしょう？　今、人気の乗り物ですもの」

「ばかばかしい！」エミリーが叫び、ハンカチを今度はアナベルに突きつけた。「この人は頭がどうかしているのよ！　病院に入れるべきだわ」

「何を言っているの」アナベルがつんとして頭をあげたので、かつらが揺れる。「わたしはあなたよりずっとまともよ、エミリー。アストリッドはコンスタンティノープルに行っていたってわたしが言うんだから、間違いないわ。それにアストリッドが熱気球に乗ったというなら、それも間違いない。押しかけてきて、根も葉もない噂話でわたしの姪たちをおとしめるのは許さないわよ。あなたみたいなおせっかいのおしゃべり女には関係ないんだから」

「いいぞ」シャーブルックがつぶやき、アナベルに向かってポルト酒のグラスを掲げた。子爵もそれにならう。

アナベルが振りおろした杖がエミリーの腹部をかすめる。アストリッドはあまりの衝撃に、ただ見つめることしかできなかった。

エミリーが息をのんでうしろに飛びのいた。「まあ、なんてことを……！　まさかこんな恥知らずなまねを……」言葉が続かない。

「恥知らずというのがどういうものか、思い知らせてやるわ！」アナベルがよろよろと立ちあがり、エミリーに向かって杖を突きだした。

アストリッドはアナベルの横に駆けつけ、転ばないように腕をつかんだ。

「ありがとう、おばさま。もうじゅうぶんよ」

「まだよ。あの女は息をしているじゃない」

そのとき、城館のどこかで大きな音がした。続いて女性の叫び声が空気を震わせる。フローラの声だと気づいて、アストリッドは息が止まった。全員が押し黙る。

「今のはなんなの？　何が起きているの？」しばらくして、エミリーが口を開いた。

「わかりません」アストリッドはささやいた。

どすんどすんと何かがぶつかるような音が、またはじまった。誰かが家具でも動かしているようだ。音はだんだん近づいてくる。それと一緒にぱたぱたという足音と、子どもふたりのきゃあきゃあという声が聞こえる。

アントニアとアディスだ。

ああ、大変。

「何かしら？」侯爵夫人が妹の隣に戻り、支えあうように手を握った。

「サイクロンか何かみたいだな」シャーブルックは好奇心をそそられている。

子どもたちが騒ぐ声とフローラの叫び声が、今度は応接間のすぐ外で聞こえた。

アストリッドは思わずモントフォードのほうを見た。彼と目が合う。「ペチュニアだわ」

モントフォードは驚きに眉をつりあげたが、すぐに理解した。そして賢明にも扉のそばから離れる。

「ペチュニアというのは誰？　もうひとりの妹？」アラミンタがきく。

「いや、女じゃなく男だ。それに豚だよ」モントフォードが説明した。

「まあ、そんなに太っているの？」

「いや、そうじゃない。豚なんだ。本物の豚だ」彼が懸命にわからせようとする。

その言葉をアラミンタが理解する前に──あまり頭の回転が速いほうではないらしい──ばたんと扉が開いた。体にトーガ風に布を巻きつけたアントニアとアディスが、喜びと恐怖の入りまじった叫び声をあげながら走り込んできた。そのあとをペチュニアがぶうぶう怒りの声をあげて追っているが、床の上で蹄が滑り、巨大な体躯《たいく》で壁や机や椅子を次々になぎ倒している。しかもペチュニアは湿った泥にまみれていて、通り過ぎるそばからソファの生地もトルコ絨毯も古い壁かけの裾も茶色く汚れていく。

破壊行為は続いた。ソファを飛び越えてピアノに向かったアントニアとアディスのあとをペチュニアが追い、その途中で超然とした侯爵夫人をシャーブルックの腕の中に突き飛ばした。ペチュニアはそこでピアノの下にはまり込んで動けなくなった。恐慌に陥って鳴き叫び、背中を跳ねあげようとするので、揺さぶられたピアノがめちゃくちゃな音を立てる。豚がピアノの脚に蹄をかけてようやく抜けだすと、圧力に耐えきれずに華奢な木が折れた。ピアノの本体が床に激突して鍵盤からキーがいくつか弾け飛び、破壊された楽器からは陰鬱な不協和音が響いた。

シャーブルックは侯爵夫人をソファに座らせると、今度は恐怖に悲鳴をあげつづけているアラミンタのほうに向かった。

だが、遅かった。アントニアとアディスがマーロウ子爵の持っているポルト酒のグラスの下を走り抜けたので、追いかけてきた豚がグラスを鼻先で跳ね飛ばし、宙を舞ったグラスがアラミンタを直撃した。黄褐色のポルト酒が、顔や胸にまともにかかる。さらに彼女は口に入ったポルト酒を吐きだす暇もないうちに、横を走り抜けようとしたペチュニアに突き飛ばされて尻もちをついた。

アラミンタが弱々しい泣き声をもらす。

次にペチュニアはエミリーが立っているほうに向かった。追いつめられた彼女は部屋の外に逃げだし、あろうことか自分だけ廊下に出るとさっさと扉を閉め、ほかの者たちを豚とともに部屋に閉じ込めた。

「なんて自分勝手なばばあだ！」子爵が吠える。

モントフォードがアントニアとアディスをよけてアラミンタのそばに行き、助け起こした。

「誰かなんとかしろ！」すすり泣いているアラミンタを姉の横に座らせ、銀色の目を怒りに燃えあがらせてアストリッドをにらむ。「アストリッド、どうにかするんだ！」

「わたしにどうしろっていうの？」

「きみの豚だろう！　きみの妹たちだ」

全身を駆けめぐる怒りに、アストリッドは両脇で拳を握った。われを忘れたペチュニアはまだ暴れまわっている。壺がふたつのったテーブルを倒し、アナベルのかぎ煙草入れのコレクションを踏みつけ、暖炉の灰が入った真鍮製のバケツをひっくり返し、果ては灰の中を転げまわりはじめた。

その隙をとらえ、マーロウ子爵がまずアントニアの、続いてアディスの首根っこをつかんで持ちあげる。

「つかまえたぞ、いたずらっ子どもめ！」

泡を食って子爵を見あげた少女たちの目からいたずらっぽい輝きが消え、警戒するような表情が取って代わった。今の彼は大人の目から見てもじゅうぶん恐ろしい。子爵はそのまま部屋の入口まで歩いていって扉を開け、ふたりを廊下に出した。

少女たちが部屋からいなくなったことに気づいたペチュニアが、灰の中からすばやく立ちあがって扉のほうに走る。アントニアとアディスは元気を取り戻し、ふたたびにぎやかに騒ぎながら廊下を走っていった。

隣の部屋からガラスの割れる音が響いてきて、アストリッドは身を縮めた。

「あの動物はこの建物全部を破壊し尽くしてしまうわね」泣いている妹の背中を気のない様子で叩いて慰めながら、侯爵夫人が驚くほど冷静な声で言った。アストリッドの見間違いでなければ、彼女の唇の端は少しあがっている。

もしユーモアを感じる元気が少しでも残っていたら、アストリッドも同じように笑みを浮かべていただろう。

けれどもそんな元気はなかったし、この先も出るとは思えなかった。

彼女は顔をあげてモントフォードを見た。何もかもアストリッドのせいだというように、彼が怒った目で見つめ返す。

アストリッドの中で何かが切れた。疲れと怒りでくらくらしながら振り向き、部屋の中の人々をにらみつける。こらえきれずに涙がこぼれた。先ほどまでの怒りに代わってやさしく無防備な表情を浮かべたモントフォードが目に入ると、もう耐えられなくなった。

「いい気味だと思っているんでしょう?」

モントフォードが彼女に向かって一歩踏みだす。「アストリッド……」

「ロンドンへは行かないわ。あなたの言うとおりになどしない。帳簿を誰に見せてくれてもいいわ。監獄へでもどこへでも送りなさいよ。かまわないから。さっさと出ていって。あなたたちみんなよ」

「きみは興奮している——」モントフォードがなだめようとする。

「もちろん興奮していますとも」アストリッドは落ちていたかぎ煙草入れを拾って、彼に投げつけた。

「ロンドンに帰りなさいよ。そしてそこにいる……大事な人と結婚すればいいわ。とてもお似合いだもの」アラミンタの座っているソファを指差す。

「いや、似合ってない」シャーブルックとマーロウ子爵が同時に声をあげる。

アストリッドが黙りなさいというようにふたりをにらみつけると、彼らは居心地悪そうにもじもじした。

「では、ごきげんよう」彼女は背筋を伸ばして扉に向かった。

アストリッドは部屋を出ると、城館の外へと走った。

25

愛の追跡と捕獲、そしてその頃ポンパドールは……

応接間の入口の両開きの扉の向こうに、赤い髪が消えていく。モントフォードは自分を訪ねてきた友人たちも婚約者も無視して、アストリッドを追いかけた。外に出て庭を通り抜け、馬小屋の前に出た。ピンがはずれて肩の上に広がった髪は、風にはためく旗のように目立つ。アストリッドの顔は見えなかったが、少年用のズボンをはいた彼女が水たまりでしぶきを飛ばしながら勢いよく歩いていく様子や、両手をぐっと握っている様子、それに使用人たちが目を丸くして彼女をよける様子から、激怒しているのはわかっていた。

怒りにとらわれているのはモントフォードも同じだった。とにかく腹が立っていた――豚に。それに、あのいやらしい男爵夫人にも。自分たちの愚かな行為の尻ぬぐいをアストリッドに押しつけたアリス・ハニーウェルとウェスリー卿にも。さらにはアストリッドがこんなにも気になる自分自身にも。

そして、とりわけアストリッドに腹が立っていた。モントフォードに怒りを燃やし、傷ついている彼女に。カーライル姉妹の前であんなふうにふるまった彼女に。彼はアストリッドに対して何も約束をした覚えはない。それなのに……。

あの子どもじみた態度はなんだ。アラミンタと同じ、頭が空っぽの女みたいだった。アストリッドはいったいどうしてしまったのだろう？「アストリッド！」呼びかけたとたんバケツにつまずき、着替えたばかりのブリーチズに泥が跳ねる。いまいましい。

彼女は振り向きもしなかった。それどころか足を速め、馬小屋の中に入っていく。何秒もしないうちに、ミックとニューカムを含む数人の男たちが、まるで悪魔に追いかけられているようにうしろを振り返りながら外に出てきた。

ニューカムがモントフォードにぶつかりそうになる。彼はあわてて帽子を取って深く腰を折り、仲間たちにもそうさせた。「閣下！　ミス・ハニーウェルは馬に鞍をつけています」

モントフォードは足を止め、男たちをにらみつけた。「あのいまいましい豚が城館の中で暴れまわっている」

ニューカムが顔をしかめる。「そういえば男爵夫人の馬車が乗りつけたのを見ました」

「いや、レディ・エミリーのことじゃない。ペチュニアだ。あの豚がすべてを破壊し尽くす前につかまえるのを、おまえたちも行って手伝うんだ」苦々しい声で命令した。

ニューカムをはじめ男たちは、気が進まない様子で城館に向かった。

モントフォードは足早に馬小屋へ入った。壊れた馬車や空の馬房を通り過ぎ、扉が開いている馬房の前で止まる。中をのぞくと、アストリッドが牝馬に鞍をつけていた。真っ赤に渦巻く火の川のような髪が背中を流れ落ち、その下でズボンの生地がぴんと張って丸いヒップの形があらわになっている。

雷に打たれたように激しい欲望に体を貫かれ、モントフォードは床にがくりと膝をつきそうになった。馬房の端につかまって動揺がおさまるのを待ち、怒りをかきたてて、荒々しく詰問する。「いったいどこへ行くつもりだ?」

アストリッドはバックルに通したひもを引っ張ったあと、振り返って彼と目を合わせた。「ここ以外の場所よ」馬に向き直って準備を続ける。「わたしが戻るまでに、あなたもあなたのお友だちも、ここから出ていってね」

「そんなに簡単に追い払えると思っているのか? 城館はわたしのものだ」

彼女が怒りに身を震わせながら、モントフォードのほうを向いた。「だったら残りなさいよ。ペチュニアと楽しく過ごせばいいわ」

アストリッドが馬を馬房から出そうとしたが、彼は入口に立ちふさがった。

「そんなふうに、あっさり出ていけると思うのか? 妹たちはどうする?」

「いいからそこをどいて」彼女は壁に立てかけてあった乗馬用の鞭を取り、モントフォードに向かって威嚇するように振った。

「本当に打てるものか」実際よりも自信ありげに高笑いしてみせる。

「そう思う? どくつもりがないなら、どかせなくちゃならないけど」

「ばかなまねはやめろ。ちょっと自尊心が傷ついたからって――」

「きみは焼きもちを焼いているんだ！」ようやく彼女の気持ちを理解して、モントフォードは叫んだ。

アストリッドが口を開けて目を丸くする。「まさか、違うわ！」しばらく経って否定した。

彼は思わず悦に入って、小さく笑わずにはいられなかった。「いや、そうだ。きみはレデイ・アラミンタに嫉妬している」

「嫉妬ですって！　頭が空っぽで凍りつきそうに冷たい、あの人に？　ありえないわ」

「いや、嫉妬しているんだ！」

アストリッドは鞭をさらに高く振りかざした。青いほうの目は氷のように冷たく、茶色の目はらんらんと燃えている。「嫉妬なんてするはずがないじゃない。わたしに触れたあなたにも、あなたを拒否しなかった自分にも、腹が立ってしょうがないんだから。せめて、一週間後には結婚すると前もって教えてくれるくらいの誠実さはなかったの？」

「教えていたら何か違ったのか？」

頰をはたかれたように、彼女が体を引いた。違わないと認めたくても、認められないのだろう。顔を赤らめて目をそらす。「そんな質問をするなんて、どういうつもり？」

アストリッドは質問に答えずに逃げたのだと、ふたりともわかっていた。モントフォードの胸に勝利感にも似た、いや、それよりもっと甘くて恐ろしい感情がわきあがる。体じゅうが熱くなった。間違いない、アストリッドもいやおうなく彼に惹かれているのだ。彼がアストリッドに惹かれているのと同じように。

彼女はモントフォードが結婚すると知っていても、キスしたり触れたりするのを許していたに違いない。それは今でも変わらないだろうか？

ただちにアストリッドに背を向けて逃げだすべきだと、モントフォードはわかっていた。そんな疑問に対する答えを知っても、何もいいことはない。

それなのに、いつの間にか足を前に進めていた。アストリッドが身を守るように鞭を体の前に構えてあとずさりする。彼は鞍をはずすために、馬の反対側に行った。けれども手が激しく震え、革をしっかりつかめない。

「やめて」彼女が叫び、払うように手を動かした拍子に鞭が当たった。繊細なシルクの上着越しに、鋭い痛みがモントフォードの背中を走る。

彼は鋭く息を吸って振り返った。

アストリッドが鞭を落とした。両手で口を覆い、大きく見開いた両目に涙をためて、よろよろとうしろへさがる。

「本当に打つつもりなんてなかったのよ……」彼女はつかえながら言って、馬房の外に出た。

「いや、きみはそのつもりだったさ」戸惑っている馬を残し、彼女を追った。鞭で打たれた驚きはおさまっていないし、背中はずきずき痛む。それなのに、欲望はかえってかきたてられていた。これはもうアルコール依存やカード賭博中毒と同じだ。わたしは病気なのだ。どうやってもアストリッドに対する思いを振り払えない。

もう自分は終わりだとモントフォードは悟った。これは単なる欲望ではない。心はアストリッド・ハニーウェルにつかまってしまった。永遠に。歓喜と恐怖が彼の中に広がる。

「たぶん、あなたはこうされて当然だったのよ」アストリッドがいつもの鼻っ柱を少しだけ取り戻した。

モントフォードがにやりとすると、彼女はさらにうろたえた。眉根を寄せて唇を嚙み、逃げ道がないか、身を守れるものはないかと探している。だが、馬小屋の唯一の出口は彼のうしろだ。

「そんなにひどく打ったわけじゃないでしょう？　それにあなたがいけなかったのよ。ひとりになりたいのがわからないの？　気づいていないのかもしれないけれど、今わたしの人生は最悪な状態になっているの。あなたのせいで」

「わたしは頭のどうかした男からきみを救いだした」

アストリッドが鋭い目を向けてくる。「ライトフットと比べて、あなたのほうが正気だという確信が持てないのよ！」

「もちろん正気ではない！」両腕を広げて叫んだ。「自分が何をしたのかわかっているのか？わたしの正気を奪ったんだ！」

大股で距離を詰めると、彼女は馬具が置かれたベンチのうしろにまわり込んだ。

「あなたには自分の意思があるはずでしょう？　わたしは何も無理強いしてないわ。たぶんあなたは、誰かに揺さぶってもらいたいと心のどこかで思っていたのよ。だって、どう見てもちょっとおかしかったもの。あまりにも潔癖すぎて。服のちょっとした汚れやしわが許せなかったり、なんでもきちんと並べ直したり」

「なんでもというわけじゃない」

「でも、アナベルおばさまのかぎ煙草入れのコレクションをいじったでしょう？　書斎の本も。なんでもきちんと整理されていないと、あなたは頭がどうかなるんだわ。それに自尊心があまりにもふくれあがっていて、今にも破裂しそう。だからガス抜きが必要なのよ。思いきり――」アストリッドは真っ赤になって言葉を切った。ベンチのうしろを横に移動して彼から離れる。

「思いきり、何をすればいいんだ？」彼女が何を言おうとしたか見当がついていたにもかかわらず、モントフォードは促した。「そもそも、きみにそういう類のことがわかるとも思えないが」

アストリッドが驚いて顔をあげる。「わたしが何を言おうとしたか、わかるはずないわ」

「いや、わかっていると思う」

彼女は背筋を伸ばし、つんとして言った。「とにかくフローラはそう言っていたわ。ほかの使用人たちもみんな。それにわたし自身の……経験から言っても、みんなが正しいと思う。男の人たちはそういうことをすると……なんていうか……すっきりするみたいだもの」

「きみの言うとおりだと思う」モントフォードは彼女が逃げる前に行く手をふさいだ。脚を広げて立ち、腕組みをして見おろす。「それなら、あと一週間で結婚するのはいいことだな」

アストリッドが恐ろしい目でにらみつけ、ベンチの上からブラシを取って投げつけた。ブラシが肩に当たり、彼はよろよろとうしろにさがった。

「痛いじゃないか！」声をあげて肩をさする。「こんな態度を取りつづける必要があるのか？」モントフォードは彼女に向かって手を伸ばした。首を絞めてやりたいのかキスをしたいのか、自分でもわからない。

「わたしに触らないで！」干し草の山のうしろに隠れようと、アストリッドがベンチを飛び越えた。

「無理だよ、アストリッド。アラミンタのことは好きでもなんでもない。政略結婚だ」

彼女があざ笑う。「もちろんそうでしょうよ！　あなたが愛のために結婚するはずがないもの。わたしや妹たちにも同じような結婚をさせようとしているわけだし。政略結婚だなんて、どこまで冷たい人なの！」

「そういう結婚をするのは、わたしがはじめてというわけではない」

「上流階級なんてそんなものだとわかっているわ。アラミンタも同じ階級の人間ですもの。さっさとふたりで出ていけばいいじゃない！」彼女がまたブラシを投げつけ、モントフォードはよけた。「ロンドンに帰りなさいよ！　上品なレディと結婚でもなんでもして。あなたがせいぜいみじめな思いをするよう、わたしは祈っているから」

アストリッドは棒を拾いあげ、振りかざしながら迫ってきた。

モントフォードは憤慨のあまり思わず笑ってしまったが、彼女が本気な場合に備えてじりじりとさがった。傷ついた背中が壁板にぶつかった痛みに、大きな声が出る。

「わたしをかわして逃げるつもりだな」彼はにやりとした。あまりにもばかげた状況だ。

「頼むよ、アストリッド！　あれだけのことを一緒にくぐり抜けたんじゃないか」

彼女が目を細めて口を引き結ぶ。「やめてよ！　それにそんなふうに笑わないで！　あなた、いったいどうしちゃったの？」

「きみのせいだよ。だいたい、帳簿を取られないようにスカートの中に突っ込むとは！　口は減らないし！」

モントフォードが一歩前に出ると、彼女は笑みを消し、警戒するようにさがった。

「神の理《ことわり》にそむく、その目！　ひどいそばかす！　きみのそばかすのことを考えはじめると、体じゅうにあるのだろうかと想像して、夜も寝られなくなる」

「やめて、もう黙って！」前に伸ばしたアストリッドの手が震えている。

彼はさらに前へ出た。「それからきみの髪。なんて髪だ！　とても我慢できない。そんな髪は全部引き抜いてしまいたい。見ていると頭がどうかなってしまう」

「やめてったら！　それ以上、近くに来ないでよ」

さらに近づくと、アストリッドの手から棒が落ちた。目を極限まで見開いている彼女の少し手前で、モントフォードは足を止めた。彼女に触れたくてたまらず、自由奔放な巻き毛の先に指先で触れる。

アストリッドが目を閉じた。体がぐらりと揺れる。

何かに背中を押されるように、モントフォードは彼女との距離を縮めた。ところがぎりぎりのところで彼女にクラヴァットの結び目をつかんで押しのけられ、窒息しそうになった。ほっとした顔で、アストリッドはふたたびベンチをあいだにはさんだ。

「あなたの……おもちゃになるつもりはないの」

「おもちゃなど欲しくない」

アストリッドはくるりとうしろを向いてベンチを飛び越え、梯子に向かった。よじのぼって、上の干し草置き場に逃げ込む。

彼は梯子の下に走った。「おりてこい」

彼はぎりぎりと歯を嚙みしめ、梯子に飛びついてのぼりはじめる。ところが、のぼりきる寸前に彼女が振り返ってこちらに気づき、梯子の横棒をつかんだ。

「やめろ!」モントフォードは叫んで下を見た。少なくとも四メートル以上の高さがある。

「アストリッド、まさか――」

けれどもすでに遅く、彼女は立てかけてあった梯子を押していた。直立した梯子にモントフォードが必死でしがみつくと、アストリッドがはっとわれに返った。自分のしたことに気づいて恐ろしさに目が丸くなり、顔から血の気が失せる。そしてあわてて彼に手を伸ばしたが、届かなかった。

梯子はその状態で一瞬バランスを保ったあと、反対側に傾きはじめた。

「モントフォード!」アストリッドが叫び、彼をつかまえようとして大きく身を乗りだす。

それを見たモントフォードは恐怖に駆られ、戻るように必死で合図した。

「戻れ！　落ちるぞ！」

「落ちそうなのはあなたよ！　シリル！」

「わたしをそんなふうに呼ぶな！」そう言い返しながらすばやく体を梯子の裏側に移し、干し草置き場の端をまず片手でつかんだ。続いてもう一方の手でもつかむ。いよいよ傾いていく梯子を蹴った勢いで右腕を床の上にのせ、板と板の隙間に指を立てた。梯子が大きな音を立てて倒れ、モントフォードの体は干し草置き場の端からぶらさがった。

アストリッドが横に伏せて彼の腕をつかむ。目は涙でいっぱいだ。

モントフォードは怒り狂って叫んだ。「わたしから離れろ！　きみも落ちてしまう！」

「いやよ、絶対に放さない！」

「きみの力では足りない。わたしはこのまま落ちる。うまくすれば……」

彼女はますますきつく腕をつかんだ。「だめ！　高すぎるわ。なんとか脚を振りあげて。わたしが体を引っ張るから」

「何を言う、アストリッド！　放せ！」

アストリッドが頑固な表情で首を横に振る。その表情に見覚えがあった。出会ってまだ一週間だが、彼女がそんな顔をしたときには何を言っても無駄だとすでに学んでいた。

「まったく！」モントフォードは腹わたが煮えくり返る思いだった。アストリッドが彼の腕をつかんだまま腰を床に落とし、かかとを踏ん張って引っ張る。彼は脚を振りあげ、全力で体を前に投げだした。

一瞬、だめだと思った。体が床の上にのりきらず、不安定に傾いていく。しかしそのとき、アストリッドが彼のゆるんだクラヴァットをつかんで引き寄せた。窒息しそうになったが、効果は絶大だった。体が一気に干し草置き場に入り、彼女の上に着地する。衝撃でふたりの肺はぺちゃんこになった。

アストリッドはどこもかしこもやわらかかった。くるくる渦巻く髪に顔をくすぐられ、ラベンダーと馬と干し草のにおいに包まれる。もう少しで死ぬところだったと思うと、モントフォードは体が震えた。頭を持ちあげ、床の端から下を見る。

とうてい無事ではすまない高さだった。

彼女も顔をしかめながら一緒に見おろした。

「きみはわたしをもう少しで殺すところだった」モントフォードはささやいた。「そんなにわたしを憎んでいるのか？」

アストリッドの表情から敵意が抜け落ち、やわらかく変化した。「いいえ、憎んでいないわ。本当は憎みたいのに」彼女は静かに言うと向きを変えてまっすぐにモントフォードの顔を見あげ、頬に手を当てた。ぎゅっと目をつぶり、顔をそむける。首筋が激しく脈打っているのがわかった。「そうできたら楽なのに」

モントフォードの脈も激しく打っていたが、死の危機に瀕《ひん》した名残からではなかった。彼女の手を取り、自分の胸に押し当てる。心臓が胸を突き破って飛びだしそうなくらい激しく打っていた。「きみのせいだ」声がしゃがれた。

大きく見開いたアストリッドの目には、恐れ以外に別の感情も見え隠れしている。欲望だろうか？

彼はもう自分を抑えられなかった。顔をさげ、軽く唇を触れあわせる。

アストリッドがため息をついて、一瞬ぐったりと力を抜いた。けれどもすぐに彼の下からすり抜けて、背後の干し草の山に隠れた。彼女の体は震え、息遣いは荒い。垂れた髪に絡まっている干し草や、ふたりのあいだで宙を漂っている干し草が、壁板を通して差し込んでいる日の光を受けて輝いていた。

今この瞬間が人生で一番幸せだと思うなんて、本当に頭がどうかしたのだろう。だがモントフォードはどんなに記憶を探っても、ヨークシャーの真ん中にある馬小屋の屋根裏で、干し草まみれで痛む体を横たえている今ほどすばらしい気分だったときを思いだせなかった。

彼は膝立ちになってクラヴァットを取った。上着を脱ぎ、ベストのボタンをはずす。ベストを脱ぎ終わると、ローン地のシャツのひもに取りかかった。

アストリッドはまなじりが裂けそうなほど目を見開いていた。「何をしているの？」

「きみを誘惑しているんだ。ほかにどう見える？」

彼女は干し草をぐっと握り、歯を食いしばった。「ちゃんと服を着て」

「着せてくれ」ボタンをはずした袖口をひらひら振ってみせながら、穏やかに言う。

「警告しているのよ。ばかげたまねをやめないのなら、そこから突き落とすわ」

「いや、そんなことはしないね」

干し草の山にもぐり込んで姿を消そうとするように、彼女がさらにあとずさりした。目をつぶったが、すぐに片目だけ開ける。モントフォードを見ずにはいられないらしい。

彼はシャツの裾をズボンから出し、頭から引き抜いた。そのシャツを思わせぶりに床へ落とし、息をのんでいるアストリッドに上半身裸で近づいていく。彼女がこちらの体に目を走らせ、頬を真っ赤に染める。唇を湿らせて何か言おうとするが、言葉にならない。

一瞬、モントフォードは彼女に拒否されるのではないかという恐怖に駆られた。そうなったら屈辱に襲われるだけではない。生きていけるとは思えなかった。

そうなることをずっと恐れていたのに、気がついたら彼女はもう、モントフォードの一部を手に入れていた。そして奪われた一部は二度と取り戻せない。アストリッドと一緒でなければ、彼は永遠に欠落した部分を抱えて生きなければならないのだ。

いや、そうではない。事実はもっと悪い。モントフォードには、もともとぽっかりと欠けている部分があったのだ。そして、その部分を埋められるのはアストリッド・ハニーウェルだけ。気づかないまま抱えてきた飢えを満たせるのは彼女だけだ。そう認識するのは恐ろしいが、わくわくもする。

彼女が向けてきた不思議な色の目には、あきらめが浮かんでいた。それにモントフォードの血をわき立たせるものも。

「なんて不公平なの」アストリッドがつぶやき、干し草の山から飛びだしてモントフォードに抱きついた。彼は不意を突かれた。手足を絡めてキスをしてくる彼女は不器用で荒々しく、なんのてらいもない。アストリッドが背中にまわした両腕を滑りおろすと、モントフォードは痛みに思わず声が出て、彼女を押しやった。

「もう少しやさしくしてくれ」

彼は思わず笑った。この展開は想像していたよりずっといい——あるいは、ずっと悪いと言うべきだろうか。

アストリッドがいたずらっぽく笑う。「がんばって交渉してようやく自分のものになったと思ったら、手に余ってしまった？」

「わたしは交渉などしない。いつも欲しいものは手に入れるんだ」

「わたしもよ」アストリッドはそう言うと彼の頭を引き寄せ、ふたたび激しくキスをした。そのあと彼女が離れようとしても、モントフォードは首のうしろをがっちりとつかんで放さなかった。彼女がキスを返したくなるように、ゆっくりと時間をかけて口の中を探索する。アストリッドがじれて体をくねらせたが、彼は急いで進めるつもりはなかった。すべての瞬間をじっくり味わいたいし、それ以上に彼女にもそうしてほしい。アストリッドがあの目でどんなに訴えようと、彼はかたく心を決めていた。

「モントフォード」アストリッドが口をさらに開いて、彼を深く受け入れながらつぶやく。モントフォードの肩をつかんでいた手を離し、彼の顔を包んだ。やさしく頬を撫でられると、彼はどうしたらいいのかわからなくなった。

アストリッドを干し草の上に横たえる。両脚のあいだに体を置き、胸のふくらみからウエスト、腿へと両手を滑らせる。彼女の体はやわらかく、燃えるように熱い。髪に鼻をうずめて息を吸い、彼女の香りで肺を満たした。

もつれる指でアストリッドのシャツのボタンをはずし、左右に開いて脱がせると、素肌があらわになった。それまでモントフォードは、豊満で輝くばかりに美しいルネッサンス時代の聖母像の絵画を何枚も見たことがあった。実際、すばらしい作品を何枚も蒐集し、屋敷の壁に飾っている。アストリッドの体を見た瞬間、彼はそれらの絵を思いだした。ただし目を見張るほど官能的な彼女は、過去に見た聖母像を凌駕《りょうが》していた。肌はクリームのように白く、そばかすは肩のところまでで消えていたが、ちらほらと意外な場所にも散っている。それらについては、あとでゆっくり調べてみよう。腹部はせわしない息とともに上下している。先端がバラ色のふくよかな胸は震えていた。モントフォードが触れると先端はかたくなり、彼の下腹部もさらにかたくなった。彼女が欲しくて、もう一秒たりとも待てなかった。

すべての思考が停止し、アストリッドとひとつになりたいという欲望でいっぱいになった。肌を触れあわせているだけで、ふたりの息遣いはどんどん速くなり、あえぐように大きくなる。せわしない呼吸に揺れ動く豊かなふくらみから、彼は目をそらせなかった。毎晩この胸を思い浮かべ、焦がれてきたのだ。永遠にも感じられるくらい長かった。

その輝かしい頂を口に含むと、アストリッドが体をそらしてうめいた。

「何をしているの?」

モントフォードは答えなかった。そのまま吸いつづけながら、もう片方のふくらみを包み込む。手のひらにおさまりきらない感触に、胸の奥からうめき声がもれた。ラベンダーの香りの漂う肌はかすかに塩辛く、シルクよりもやわらかい。このまま彼女の体に沈み込んでいって、二度と離れたくなかった。口を反対の胸に移し、舌で先端を弾く。アストリッドが彼の髪に両手を差し入れて、口をさらに胸へ押しつけた。

モントフォードは胸から手を離し、滑りおろして彼女のズボンの前立てを探り当てた。ボタンをはずして内側に手をもぐり込ませ、やわらかな茂みの感触と、その下に続く湿り気を帯びたぬくもりを味わう。アストリッドはすでに潤っていた。けれども彼女があわてて手を押しのけたので、モントフォードは落胆した。だが、彼女が望まないならしかたがない。彼は全力で自分を抑えようとしたが、すでに強い欲望に絡めとられていて、おぼれる寸前だった。こんなふうに理性が飛んでしまったことは一度もないというのに。

「ああ、アストリッド。アストリッド、踏みとどまれそうにない」

彼女がモントフォードの髪を引っ張っても、高まった欲望は静まる気配もなかった。やめられずに差し入れた手を動かしつづけていると、やがてアストリッドが身をすり寄せてきた。「ああ、モントフォード、お願いよ！　お願いだからどうにかして！我慢できないの」切迫した声をあげて手を下に滑らせ、彼のズボンの前のふくらみを包む。「どうすればいいのか教えて」

彼ははっと気づいた。

すべてがあまりにも早く進みすぎている。あのいまいましい馬の上では、彼女に駆り立てられるままズボンの中で達してしまった。だが、もう同じ轍《てつ》を踏むつもりはない。自分にはまだ自尊心というものがある。今度はちゃんとアストリッドの中に身をうずめ、彼の名前を呼ぶ声を聞きながら達するのだ。

ペースを落とさなければ。モントフォードは恥ずべき事態になる前にアストリッドの手をどけ、彼女のズボンをおろした。続いて脚をまず片方引き抜いたが、そこで彼女の体を見るという間違いを犯してしまった。

ああ、なんということだ。神を信じていないはずの彼が、思わず神に感謝を捧げていた。アストリッドの毛は赤い。いつもは隠れている部分まで。

動きを止めたモントフォードが苦悶の表情を浮かべているのを、彼女は見て取った。「どうしたの？」少し心配そうな声だ。

しゃべるどころではなかった。ただうめき、彼女の脚を押し広げて顔を寄せる。そして口をつけた。

アストリッドが身をこわばらせたのがわかった。舌が動きはじめると、彼女はようやくモントフォードの意図を理解した。「ああ、これは何？」彼女の体から、見る見るうちに力が抜けていく。

彼女はかすかにしょっぱく甘い味がして、花びらのような部分はすっかり潤ってなめらかになっていた。彼の髪をつかんでいる手に力がこもり、アストリッドの体が震えはじめる。

絶頂が近いと悟ったモントフォードは、しぶしぶ身を離した。彼女をじらして楽しみたいという残酷な気持ちも少しある。それに顔が見たかった。どうしても。彼はアストリッドに覆いかぶさった。

頬を紅潮させた彼女が動揺を浮かべた目で見あげたので、モントフォードの心臓が大きく跳ねた。

「今、何をしたの？」彼女がささやく。

「キスじゃないかな」唇を重ね、自分が味わったものを彼女にも味わわせた。ふたりともくらくらして何がなんだかわからなくなるまで、何度もキスを繰り返す。「きみのどこにだってキスできる」

「たしかにそうみたい」アストリッドが息を切らしながら応えた。

「きみは赤い」彼女の脚のあいだに手を戻し、驚嘆したように見おろす。

「ばかげたことばかり言うのはやめて！」アストリッドが彼の首の付け根に顔をうずめ、きつくしがみつきながら叫んだ。恥ずかしがっている彼女を好ましく思う。彼女がモントフォードの肩に歯を立て、自分から彼のズボンのボタンをはずしたときは、もっとうれしかった。今度はアストリッドが目を丸くする番だった。ズボンの前から飛びだしたものを見て、おそるおそる先端に触れる。

モントフォードは笑ったが、彼女の手がその部分を包むとそれがうめき声に変わった。

「だめだ」くぐもった声で警告する。

「どうして？」アストリッドが無邪気な表情できいた。「こうされるのは好きじゃないの？」

「わたしを殺すつもりか？」

「あら、やさしくするつもりなんてないわ」

モントフォードは彼女の両手を頭の上で押さえつけ、ぴったりと体を重ねた。

「もうしゃべるな」そう命じて、ふたたび激しくキスをする。曲線を感じながら両手で体の横を撫でおろし、丸いヒップを包んでぐっと引き寄せた。ふたりのあいだに、もう隙間はなかった。

そうしろと教えられたわけでもないのに、アストリッドがやわらかな手足を彼に巻きつけ、花が太陽に向かって開くように体を開く。熱く潤っている彼女に、モントフォードの心臓がこれ以上ないほど激しく打ちはじめた。体が震え、冷たい汗が出る。彼は手を添えながら、アストリッドの中に身を沈めていった。ゆっくり進もうとしたが、彼女が許してくれない。恐ろしいほどの情熱で腰を持ちあげられて、彼は思わず一気に奥まで入ってしまった。

「なんてことを、アストリッド」歯を食いしばって言葉を押しだす。

モントフォードは喉元で彼女が痛みにあえぐのを感じた。彼の中で、きつい部分を一気にすませてほっとする気持ちと恥じる気持ちが交錯した。だがそれも一瞬で、あっという間に欲望にのみ込まれて、はじめた行為を終わらせることしか考えられなくなった。アストリッドはきつく締めつけてくる。じっとしていると気が変になりそうだ。

「これで終わりなの？」自分の思いだけに没頭していたので、そう問いかけられてモントフォードは驚いた。

肘をついて上半身を起こし、アストリッドの表情を探る。いつもは逆らってばかりいる彼女が穏やかに笑みを浮かべているのを見て、心臓が締めつけられた。だが、言葉は出てこない。黙って首を横に振り、彼女の反応を試すためにほんの少しだけ腰を動かした。アストリッドの笑みが揺らぎ、驚嘆した表情になる。彼は我慢できずに、また動かした。

「ああ、シリル！」

彼女はなんて容赦がないのだろう。こんなときにも、モントフォードが嫌いな名前で呼ぶなんて。けれども、そう呼ばれるのはいい感じだった。ひどい名前だが悪くない。彼はもっとアストリッドが欲しくなった——そんなことが可能だとすれば。彼女がふたたびモントフォードの動きに応えて腰をあげると、彼はわずかに残っていた自制心が砕け散ってうめいた。視覚も、聴覚も、触覚も、五感のすべてが彼女に満たされている。もうどこまでが自分で、どこからが彼女か区別がつかない。そんな区別はつけたくもない。いつまでもアストリッドの中にいたい。はじめての感覚だ。こんなふうに他人と身も心も一体になるのは。彼女のヒップをつかんで強く引き寄せながら、何度も何度も突き入れる。自分の感情の激しさが怖かった。なすすべもなく欲望のとりこになってしまった自分が、恐ろしくてたまらない。

アストリッドが限界を超えたのがわかった。彼女が声をあげ、体を震わせる。モントフォードは動きを速め、さらに深く激しく突き入った。絶頂を前にして、ふいにおののきを感じる。山の頂上に到達する直前の登山家と同じだ。薄い空気の中で、まともに考えられない。

彼女は二度と取り戻せない何かを捨て、その代わりにモントフォードを奥へ奥へと引き込んでいるようだ。とうとう彼は頂点に達し、白熱の奔流と荒れ狂う感情にのみ込まれた。彼女のヒップを痣ができるくらい強くつかみ、収縮を繰り返す体を押しつける。すでに頂は越えたというのにアストリッドの中から出る気になれず、ときおり腰を突きあげて絶頂の余韻を味わった。腕も脚も震え、血はとどろくように全身を駆けめぐっている。これほどにも歓びに満たされ、生きていると実感したことはなかった。これほど恐怖を感じたことも。

すべてがあまりにも激しすぎる。

それなのに、まだ足りない。こんなふうに何もかも出し尽くして、ぐったりと体を預けているることしかできないのに、まだアストリッドが欲しい。汗まみれで疲れきっているというのに、どんどん欲しくなる。これからもずっとそうなのだ。永遠に彼女を求めつづける。彼女だけを。

ごろりと横に転がって、すぐにアストリッドを抱き寄せた。ほんの少しでも離れていたくなかった。彼女は言葉が出ないようで、はじめてモントフォードの望みどおり、黙って身をまかせている。彼はアストリッドの頭のてっぺんにキスをして息を整えながら、この先ずっと彼女を自分のものにするための計画を練った。

アストリッド・ハニーウェルはわたしのものだ。

必ず彼女と結婚する。

その考えは不安を呼び起こすものでありながら、同時にとてつもなくすばらしかった。まるで彼女の目のように。

ミス・アナベル・ハニーウェルの突拍子もない話のほとんどは空想の産物だが、絶対に本当ではないだろうというものの中に真実の話がまじっていた。ヴェルサイユ宮殿に出入りしていたというのも、本物の海賊とともに海を渡ったというのも本当だ。いずれもフランス革命が起こる前の話で、無鉄砲なおてんば娘だったアナベルは、冒険と引き換えに多くの魅力的な男性たちとベッドをともにして愛の遍歴を重ねた。

生まれ故郷であるヨークシャーの田舎は、アナベルのような嗜好と知性を持った人間にはあまりにも退屈で、妻よりも狩猟犬を愛する類の紳士との身分にふさわしい結婚から逃れるために、彼女は一六歳でハンサムな肉屋の息子と駆け落ちした。だが、それはまずい選択だった。妻よりもカード賭博が好きだとすぐに判明した彼は、ロンドンの賭博場でさいころ勝負に負けたあげく、借金のかたにアナベルを下品な海賊に引き渡した。じつは彼女はそのことには心から感謝している。その下品な海賊が気に入ったのだ。ただしそれは彼がアナベルよりも海が好きだと発見するまでで、そのあと彼女はマルセイユの海岸に打ちあげられたところをフランスの放蕩貴族に拾われた。そして彼を通して退廃的なブルボン朝の宮廷に出入りするようになり、数々の小さな陰謀と堕落に満ちた社交生活を大いに楽しんだのである。アナベルの宮廷生活は農民たちが貴族の首をちょん切りはじめると終わりを告げたのだが、彼女を拾ってくれたフランス人貴族の首が早々と切り落とされたのは言うまでもない。

ライルストーン・グリーンでの生活は当時と比べれば静かなものだが、たまに興味深い展開を見ることがある。特に若い公爵が来てから、アナベルは退屈する暇がなかった。彼は少々堅苦しいうえにかなり間が抜けていると言わざるをえないが、それはどの男も同じだ。彼は自らの命令でまわりが動いていると思っているけれど、じつは自分のほうこそ好きに動かされているという事実をまだ受け入れられていない。アナベルは、彼女の一番年かさの姪が彼を意のままに操る力を持っていると見ていた。でも姪は姪で、ちょっと間抜けなところがある。彼女は男について何も知らず、男の愚かさ加減もわかっていない。気をつけないと、姪が正気に戻る前に全員が路頭に迷うはめになる。

だからアナベルは、少しばかり手を貸そうと思い立った。彼女はそういう手管に詳しい。戦いを有利に進めるには、目に見える動かしようのない証拠をまず隠滅するのが鉄則だ。アナベルは公爵の持ち物を探りまわって、ようやくクラヴァットがいっぱいに詰め込まれた引き出しの底に帳簿を発見した。クラヴァットは一〇〇枚ほどもあり、ヨークシャーにちょっと滞在するためにこんなに持参するなんていくら公爵でもやりすぎだ、といつもはおしゃれな男が好きなアナベルもあきれ果てた。

彼女は公爵の部屋を出て、北の塔の近くにある自分の部屋へ向かったが、城館の中は妙にしんとしていた。公爵の友人である若者ふたりは、豚をなんとかしたようだ。どうやら彼らは他人のポルト酒を飲む以外にも役に立つらしい。とはいえ、別に文句を言っているわけではない。悪魔のような微笑みを持つ大陸人風の若者のほうは、いくらでもポルト酒を飲み、好きなだけくつろいでくれてかまわない。ああいう見目麗しい若者がまわりにいてくれるのはいいものだ。あと四〇歳若ければ、彼の目を自分に向けさせて、酒を飲む以外のことに精力を費やさせるのだが。

年を取るというのは本当につまらない。

部屋に入ると、アナベルは杖で扉を閉めた。よたよたと暖炉に行き、朝の熾火《おきび》がまだ残っていたので、火かき棒でかきたてる。そこに石炭を少し足してしっかりとした火を作ってから、ドレスのひだの内側に隠してきた地所の帳簿を取りだして、暖炉の中に投げ込んだ。ところが帳簿は石炭の山にぶつかって跳ね返り、火の横に落ちてしまった。

「あらあら」アナベルはつぶやき、杖で帳簿を火に寄せようとした。けれども今度は火のうしろに行ってしまったので、ため息をついて骨をきしませながら身をかがめた。

ちょっと帳簿を燃やすくらいのことに、いつからこれほど苦労するようになってしまったのだろう？

彼女は暖炉に手を差し入れて、なかなか思いどおりにならない帳簿をつかもうとしたが、遠すぎた。そこでさらに手を伸ばし、ページの端をつかんで引き寄せようとしたものの、紙が破れてしまって毒づいた。

何かがくすぶりはじめた。髪の焦げるにおいが鼻を刺す。お気に入りのかつらに火がついたのだと悟るまで、しばらくかかった。アナベルはすばやく――実際はぎくしゃくと――立ちあがり、頭からかつらをはたき落とした。すると足元の絨毯の上に転がったそれは、くすぶっているどころか火の玉だった。

「おやまあ」アナベルはつぶやき、杖で叩いて火を消そうとした。

でも、それがいけなかった。燃えている髪が飛び散って絨毯のあちこちに落ち、新たに火がついた。しかも杖がたまたまかつらの下の部分に引っかかり、跳ね飛ばしてしまった。部屋を横切って飛んだかつらは窓を覆うカーテンに着地し、カーテンはあっという間に火に包まれた。

一分も経たないうちに部屋のあちこちから火があがり、煙が充満した。

「ああ、まったく！」アナベルは扉に向かってあとずさりした。あのかつらは気に入っていたのに。

それに若い頃に一度は逃げだしたものの、彼女はこの城館が好きだった。

ここが燃えてしまったら、アストリッドは喜ばないだろう。

「ああ、まったく」アストリッドはモントフォードから身を離し、シャツの端をかきあわせた。少し寒いし、干し草が肌にちくちく刺さる。干し草は、普段は慎み深く隠している場所も容赦なく刺激した。男女が好んで納屋や馬小屋でむつみあう理由が、彼女にはわからなかった。メイドやその恋人たちは、すぐにこういう場所にもぐり込む。乗馬用の道具が置かれた、家畜のいる枯れた草でいっぱいの部屋がロマンティックだとでもいうのだろうか？　それとはほど遠いというのに。

でも、もしかしたら少しはそうかもしれない。横に寝そべっているモントフォードにしぶしぶ目を向けて、アストリッドは思い直した。彼はぼんやりと目を見開き、呆然とした表情で、起きたばかりの出来事の余韻にまだ体を震わせている。

けれど、やっぱりここはあまりにも不快だ。

この点についてはモントフォードも同意見らしく、居心地悪そうにもぞもぞして背中の下に手をやったかと思うと、干し草の中から木の根を引っ張りだした。それを脇に放り、シャツのボタンを留めているアストリッドを見つめる。彼の目はまるで溶けた銀のようだ。まっすぐに切り込んでくるまなざしは、彼女の心の底まで見通そうとしている。体だけでは満足していないのだ。それだって、じゅうぶんすぎるというのに。

モントフォードとのあいだに起きたことを、どうしても後悔できない。こうなることは避けられなかった。でも、彼と出会わなければよかったとは思う。彼が恥知らずにも服を脱いだりしなければよかったとも思うし、二度ともとの自分には戻れないほど圧倒的に完璧なものではなく、期待はずれだったらよかったとも思う。期待はずれだったら、そんな関係になってしまったことをただ後悔して、自分も彼も愚かだったと笑って終わらせられたのに。今、彼女はとても笑えなかった。

彼が手を伸ばしてきて、合わせたばかりのアストリッドのシャツの端を開いて胸に触れると、体はすぐに反応した。よくない兆候だ。自分がどんなにモントフォードを欲しいと思っているかに気づいて、アストリッドは動揺した。

アストリッドが転がって背を向けると、モントフォードはすぐに引き戻して、彼女の上に覆いかぶさった。唇を重ねられると無精ひげが頬にこすれ、干し草に押しつけられた背中がちくちくしてむずがゆい。けれどもそんな不快さは、すぐに頭から消し飛んだ。彼が体に触れ、してはならないことをふたたびはじめたからだ。

さっきみたいにわれを忘れてはならないと、アストリッドは気を引きしめた。顔をそむけたので、彼の唇が耳に当たる。「もうやめないと」

何も聞こえていないかのように、彼が耳を愛撫しはじめる。

「シリル！」アストリッドは抗議し、気持ちを抑えて彼を押しやった。

「その名前で呼ぶなと言ったはずだ」片方の胸を軽くつねりながら、彼がささやく。

アストリッドはあえぎ、一気に欲求が高まるのを感じた。彼は女性の体をなんて知り尽くしているのだろう。「早くわたしから離れて！」彼の肩に拳を打ちつけて叫ぶ。

モントフォードが体を起こして、彼女をにらんだ。

彼の目に映っている自分の姿を想像して、アストリッドは赤面した。干し草だらけの服を絡みつかせたまま、素肌もあらわに手足を広げて横たわっている彼女は、ぷるぷる震えているゼリーみたいなのではないだろうか？　口に入っている干し草を取り、今さら遅いと思いつつも、もぞもぞと腰を動かして少しでも体を隠そうとする。

だが、モントフォードが彼女の脚を押さえた。強い視線をやわらげ、溶けた銀のような目で全身をたどって、脚の付け根で止める。そこから目を離せない様子の彼に、アストリッドは興奮すると同時に少し腹が立った。いったい何にそんなに魅了されているのかしら？　わたしの髪は赤い。彼はそのことに何度も文句をつけていたから、色については先刻承知のはずだ。赤いのは頭の毛だけだとでも思っていたの？

いけないと思いつつ、アストリッドは彼の腿に視線を落とした。モントフォードのズボンはずりさげられ、彼女と同じように大事な部分があらわになっている。アストリッドの想像よりも大きくふくれあがっているその部分は、もう一度彼女の中に入りたくてたまらないようだ。下腹部にふつふつと熱いものがわきあがり、アストリッドは思わず体が震えた。こんなに大きなものが、どうやってわたしの中に入れたのだろう？　今度は絶対無理に違いない。

アストリッドの腹部に手を当てていたモントフォードの表情が変化した。彼女が何を考えているかわかったらしい。顔を赤くして膝立ちになり、ズボンを引きあげて前を閉める。ひどくきまりが悪そうだ。

そのあとモントフォードがアストリッドのズボンも引きあげようとしたので、彼女は狼狽した。彼の手をぴしゃりと叩いてしりぞけ、自分でボタンを留める。そして足で彼を押しのけると、上半身を起こしてシャツの前を閉めた。体が震えていたが、差し伸べられた手をよけて、ふらふらと立ちあがる。彼女がシャツの裾をズボンに押し込み、髪を耳にかけて懸命に撫でつけるのを、モントフォードがじっと見守っているのが見えた。

「そんなふうにぽかんと見ているのはやめて」ぴしゃりと言う。モントフォードにやさしくしてほしくなどなかった。しゃがんで彼のシャツとベストを拾い、頭めがけて投げつける。

モントフォードは酔っぱらいのようにふらつきながら立ちあがり、黙って服を身につけはじめた。アストリッドはそばに行って、くしゃくしゃになった髪から干し草を取ってあげたくてしかたがなかった。それをこらえ、干し草の上にふたたび座って両手で顔を覆う。彼が近づいてきて、ひざまずくのが聞こえた。彼女の髪をひと房手に取り、そっと握っている。

アストリッドは胸が痛くてたまらなかった。「あなたの愛人にはならないわ」

「わかっている」

「二度とこんなことをしてはだめ。狂気の沙汰よ」

「それは違う」きっぱりとしたモントフォードの声に、彼女は下腹部がかっと熱くなり、怒りと絶望に満たされた。彼がどういうつもりなのかわからないけれど、こういう声には聞き覚えがあった。できるなら、今すぐここから飛びおりるべきだ。そうでなければ、もう一度彼に身をまかせることになってしまう。

モントフォードがあの行為を繰り返そうとしているのは明らかだ。服を着直すという手間をかけたにもかかわらず。彼はアストリッドを抱きしめ、頭がくらくらするまでキスをした。彼女は何がなんだかわからないうちにまた干し草の上に寝かされ、ふたりで転げまわり、彼の服を脱がそうとしていた。わたしは完全に頭がどうかしてしまったのだ。こんなふうに欲求に屈するなんて。

彼がアストリッドの胸を両手でつかみ、首筋に鼻をうずめた。うめきながら、脚で彼女の両脚を開かせる。腰を回転させるように下腹部をこすりつけられ、アストリッドはあえいでモントフォードを引き寄せた。彼はこんなにもあたたかく、かたくて大きい。とても抵抗できない。彼のためならなんでもできる。そう悟って、アストリッドは怖くなった。こんなふうにモントフォードを愛してしまうなんて不公平だ。彼のほうは本能的な欲望しか感じていないのに。

それでもアストリッドは彼を愛していた。大きな子どもみたいな彼を。

モントフォードの服をはぎ取りかけた彼女は、下から足音が聞こえて動きを止めた。深刻そうな話し声もする。彼も名前を呼ばれてアストリッドの胸から顔をあげた。突然でぼうっとしている。

そして気が進まない様子で横に転がり、服を整えた。

「公爵閣下！　そこにおられるんですか？」

御者のニューカムだった。

モントフォードがうめき、床の端まで這っていって下をのぞいた。「いったいなんの用だ！」

「ミス・ハニーウェルはご一緒ですか？」せっぱつまった声で御者がきく。

「いや、一緒じゃない」モントフォードがむっとした声で答えた。

アストリッドはいたたまれない思いで、干し草の中にもぐり込みたかった。

「たしかですか？　ご一緒だといいと思っていたんですが。誰にも言いませんから教えてください！」

「いったい何を言っているんだ」モントフォードが言い返す。

「ご一緒でないなら、ミス・ハニーウェルは城館の中だということになります」

「ああ、きっとそうだろう」

「そうだとすれば大変です！　城館は火事なんですから！」

アストリッドは飛び起きた。「なんですって？」慎みを忘れ、床の端から顔を出す。

ニューカムは目をそらすだけの礼儀は持ちあわせていた。「城館が燃えているんですよ。まさか気づいていなかったんですか？」

彼女は一番近い窓に走り、外をのぞいた。心臓が早鐘を打ち、胃がすとんと落ちる。城館のまわりで人々が右往左往して、あらゆる開口部から吹きあがる炎と煙をなすすべもなく見あげているのが見えた。

モントフォードがアストリッドのうしろに立った。「なんてことだ。今度はいったい何が起きたんだ？」

26

ふたたび、大混乱

セバスチャン・シャーブルックは空中を漂っている煤のせいで目が痛み、煙で胸が苦しかった。城館の角をまわると、マーロウの姿が目に入った。両切りの葉巻煙草《チエルート》を吹かしながら、馬小屋の井戸から水を汲んで城館の窓にかけるよう使用人たちに大声で指示している。しかし、ほとんど効果はない。もしこの石の塊のような建物が救えるものならマーロウがその方法を見つけだすだろうが、どうやらその可能性は低そうだった。城館はすでに完全に火に包まれている。

応接間に豚が走り込んでくる前、セバスチャンは酔いがまわりはじめていた。けれども今、酔いは完全に冷め、肌が恐怖に粟立《あわだ》っている。心配なのは、モントフォードが見当たらないことだ。この古い友人を失えば、自分はどうなってしまうかわからない。モントフォードはマーロウと同じくらい大切な存在だ。彼がいなくなったら、途方に暮れてしまうだろう。

ひどく感傷的になっている。よくない兆候だ。

豚を解き放ったいたずらっ子たちが角をまわって駆けてきて、セバスチャンを押し倒しそうになった。ふたりの奇妙な服と顔は煤で黒くなり、恐怖に見開いた目だけが目立つ。マーロウがふたりの前にさっと立ちはだかり、服をつかんで厳しい目でにらんだ。マーロウにはわんぱくな姪っ子がふたりいるので、扱いには慣れているのだ。「おまえたちはおとなしくしていろ」

「お姉さまが見つからないの！」ひとりがすすり泣いた。煤で汚れた顔に涙が筋をつける。マーロウは少女たちの頭をぽんぽんと叩いた。「心配するな。見つかるさ」しかし、そのあとセバスチャンに向けた目は険しい。

セバスチャンは首を横に振った。ミス・ハニーウェルは見ていない。それを言うなら、レディ・キャサリンも見ていなかった。彼女が心配でいたたまれないというわけではないが。

セバスチャンはあたりを見まわした。アラミンタが崩れかけた古い壁のそばに立ち、時代遅れのドレスを着た老婦人をぎこちなく慰めている。老婦人は前につけていたかつらを今はつけていない。彼はふたりに歩み寄った。「姉君はどこだ？」アラミンタにきく。

アラミンタは震える手で城館を指し示した。

指先をたどって、セバスチャンの気持ちは沈んだ。レディ・キャサリンは、まだ城館の中なのだろうか？　冷たい汗が噴きだし、手のひらに爪が食い込む。だが、これは自然な反応だ。火事になった建物から逃げ遅れた人間がいれば、それが誰であれ、こんなふうに感じる。

そのときセバスチャンの目が、農民たちの群れにまじって立つ彼女の優雅な長身をとらえた。袖をまくりあげてすらりとした腕をあらわにし、ドレスにはあちこちに黒い汚れがついている。彼女はバケツを放って庭の向こうにいる男のひとりに渡すと、ほつれた繊細な髪をうしろに払いのけ、城館の扉のひとつに向かった。

ほっとしたのもつかのま、たちまち新たな心配がわきあがる。頭にかっと血がのぼった。いったい彼女は何を考えているのだろう？

セバスチャンは急いで庭を横切り、何も考えずにレディ・キャサリンの腕をつかんだ。いつもは人に触れるのが大嫌いなのに、すっかり忘れていた。彼女が振り向くと、繊細なエメラルド色の目は大きく見開かれ、尊大でいかにも貴族らしい鼻には煤の跡がついていた。

「何を考えている？　死にたいのか？」怒りで声がきしむ。

レディ・キャサリンはかすかな驚きを浮かべただけで穏やかな表情は崩さなかったが、一瞬目に激しい感情がよぎるのが見えた。たとえわずかでも彼女の感情をかき乱せて、セバスチャンは満足した。「いいえ。でも、豚がまだ中にいるの。あなた方が厨房に閉じ込めたでしょう？　だから、行って……」レディ・キャサリンは言葉を切り、彼から目をそらした。口元を引きしめる。「行って、出してあげようと思って」

「豚のために死ぬ危険を冒すのか？　こんな状況でなければ、ばかばかしくて笑ってしまうところだ！」

彼女が背中をこわばらせた。そうやって背筋を伸ばすとセバスチャンと数センチしか身長が変わらず、相手が女性だけに居心地が悪い。レディ・キャサリンは彼を軽蔑するように見た。「動物を思いやることは、ばかばかしくなどないわ。たとえ相手が……豚だとしても」

これほどくだらない言い争いははじめてだ。セバスチャンはあぜんとして彼女を見つめた。

レディ・キャサリンはそのまま彼を無視してスカートをひるがえし、ふたたび厨房へ向かおうとした。

セバスチャンは彼女の前に立った。「ぼくにいやがらせをしたくてやっているんだろう！」

レディ・キャサリンが彼と目を合わさずに遠くを見る。「安心してちょうだい。いやがらせをしようと思うほど、あなたに関心はないから」

セバスチャンも同じだ。彼女に関心はない。そうでなければ、この発言で傷ついていただろう。レディ・キャサリンは彼にとってなんの意味も持たない。同じ人間というだけだ。それも愚かしいまねをしようとしている人間。

「それに、あなたに指図される筋あいはないのよ。そこをどいて」彼女がつんと顎をあげる。あくまでも意志を通すという決意を浮かべ、セバスチャンとほぼ水平に目を合わせて一歩も引かない。しかし横をすり抜けようとしたレディ・キャサリンを、彼は通さなかった。彼女が別の方向にまわり込もうとしても、すばやく動いて行く手を阻む。

「絶対に行かせない」

レディ・キャサリンが両手を握りしめた。「これは人としてなすべきことなのよ」

「何かするべきとか、そういうのは大嫌いでね。退屈でたまらない」間延びした口調で返した。

彼女の肩がさらにこわばる。小さな煤が飛んできて、首筋にほつれて落ちていた髪にくっついた。その白と黒のコントラストに、セバスチャンは見入った。彼女の髪に手を伸ばして、煤を払い落としてやりたい。だが、そうしなかった。するわけにはいかない。

「豚だって、わたしたちと同じ生き物よ。苦しませていいはずないわ」レディ・キャサリンが静かな声で主張する。

「生き物はみな、苦しい思いをするものだ。そしてほとんどの死には苦しみが伴う。痛みや飢えや怒りによる苦しみが」

レディ・キャサリンがセバスチャンを見つめた。もどかしさと哀れみに似たものを目に浮かべている。そんなまなざしで自分を見る彼女を、セバスチャンはいっそう憎んだ。

「本当にそんなふうに信じているの？」

彼は目をぐるりとまわしてみせた。「もちろんさ。違うと思っているのなら、きみは世間知らずだ。死は楽しいものじゃないし、生きているあいだだって、楽しいことはそうそうない。でも、おそらくあの豚は、どちらにせよもうすぐ殺される運命だったのさ。火事がおさまれば、ちょうどよくいぶされて最高においしいごちそうになっているだろう」

「あなたって本当にいやな人ね。わたしはあの豚を食べたいわけじゃない。ペットにしたいのよ」

「ああいう生き物をペットにはできない」

「できるし、するわ」レディ・キャサリンはそう言い張って目をそらした。

「まったく、きみという人は」降参のしるしに両手をあげる。彼女は絶対にあきらめないだろう。「ぼくが行く」口にしたとたんに後悔したが、セバスチャンは手をおろすとさっさと向きを変えた。「なんて頑固な女なんだ」ぶつくさ言いながら、厨房のほうへ歩きだす。その扉は上下から煙がもれていた。

豚なんかのために、目の前でレディ・キャサリンに死なれては困る。たしかに彼女のことは好きではない。おじみたいな人間と結婚するような女を、どうして好きになれるだろう。でも、だからといってレディ・キャサリンを見捨てることはできない。紳士として、見過ごすわけにはいかないのだ。もう何年も、紳士らしくふるまったことなどないが。そして上の階の窓から噴きだしている炎を見るかぎり、この先も当分そんな気になれそうもない。

けれども本当は、セバスチャンは死を恐れていなかった。もちろん、できれば苦しい死は避けたい。生きたまま焼かれるなんていう死に方は、自分では決して選ばないだろう。でもそんなふうに死ななければならないというのなら、別にそれでもかまわない。マーロウとモントフォードにつらい思いをさせるのは残念だけれど。セバスチャンの従者以外では、あのふたりだけが彼の死を悲しんでくれるに違いない。だが、彼らはわかってくれる。自分はこんなに長く生きるとは思っていなかったし、あのふたりもそう思っているはずだ。

それにペチュニアなんて名前の雄豚を救おうとして死ぬのも、なかなか面白いじゃないか。墓石にはこの話を刻んでもらいたいものだ、とセバスチャンは皮肉っぽく考えた。

キャサリンは本気で豚を救いに行くつもりではなかった。一瞬そうしようと思ったのはたしかだが、ばかげた考えだとあきらめたところにセバスチャン・シャーブルックが現れたのだ。立ちはだかって無理やり言うことを聞かせようとするから、思わず腹が立ってしまった。あのままでは、大勢の兵士にいっせいにマスケット銃でも向けられないかぎり、あとには引けなかっただろう。彼と言いあっている最中、自分の頑固さを呪いながら炎に包まれた城館の中に入っていくことになるのだと確信した。あの男には、そんなまねをしてみせるほどの価値はないのに。

ところがキャサリンが言い返せずにいるうちに、セバスチャンが先に城館へ向かってしまった。そして長い脚で扉を蹴り開け、ためらいもなく中に入ったのだ。彼には生き延びたいという本能がないのだろうか？

キャサリンは唇を噛み、彼が姿を消した戸口を見つめた。何分経っても出てこないので、不安と動揺が広がっていく。セバスチャンは絶対に死んではならないのだ。死んでしまったら、彼女は一生自分を責めなければならない。そんな目に遭わせるなんてあんまりだ。

「セバスチャンはどこだ？」マーロウ子爵が駆け寄ってきた。奇妙な服はすっかり濡れそぼり、口の端にくわえたチェルートまで湿っている。よりにもよって、この子爵が使用人たちを組織して消火の指揮をとるなんて、キャサリンは意外でならなかった。けれども城館にはすでに、手のつけようがないほど火がまわっている。

「中に入っていったわ」彼女は厨房の入口を指差した。扉の蝶番《ちょうつがい》がはずれている。マーロウは真っ青になって、チェルートを地面に投げ捨てた。「なんだって？」

「豚を連れだしに行ったの」

「まさか！」

キャサリンはひるんだ。いったん歩きだしたマーロウが足を止める。振り返った彼の顔は苦悩にゆがんでいた。「いったい何をしたんだ？　きみが彼を行かせたんだろう？」

彼女は肩をそびやかし、顎をあげた。「そんなことはしていないわ。止める前に行ってしまったのよ」はしょっている部分はあるけれど、大まかに言えば事実だ。

「きみは自分が何をしたかわかっていない。彼には自分を大切にしようという気持ちがまるでないんだ。放っておけば、火の中へでもどこへでも入っていってしまう」

「まさか！」相手の強い口調に驚いて、キャサリンは笑い飛ばした。

「ここのどこかが壊れてしまっているんだ」マーロウが自分の頭を指差す。

「どういう意味なの？」

マーロウは彼女を揺さぶってやりたいとでもいうような表情を浮かべたが、振りきるように城館へ向き直ると、クマみたいにうなりながら厨房の入口に向かった。キャサリンは今や完全に動揺して、そのあとを追った。英国一無責任で怠惰に見えるマーロウが、セバスチャンには判断力が欠如していると懸念を表明しているのだ。心配せずにはいられない。

けれども目の前で入口が崩れ落ち、ふたりは立ち止まった。煙と塵が立ち込めている内部から炎が噴きだす。マーロウが大声で呼びかけ、キャサリンも続いた。ロンドン一美しい男性を殺してしまった！　心が耐えがたいほど重くなり、涙で目がひりひりする。

ところがそのとき、聞き覚えのある音が背後から聞こえてきた。かんしゃくを起こしている豚の甲高い鳴き声だ。キャサリンとマーロウが同時に振り向くと、セバスチャンが庭を駆けてくるところだった。腹を立ててものすごい勢いで追いかけてくる豚の追跡を、塀を飛び越えてかわす。ハンカチで口を押さえて咳き込んでいる彼は、頭のてっぺんからつま先まで煤に覆われ、鋭く青い目だけが美しい色を放っていた。

セバスチャンがにやりとして、ふたりに手を振った。白い歯がまぶしい。

「見てのとおり、豚は解放してやった。喜んでもらえたかな？」

マーロウが安堵のため息をつく。「本当にばかなやつだ」そうつぶやきながらローブの内側に手を入れ、チェルートの缶を探っている。彼は缶から一本取りだすと、ぶつぶつ文句を言いながら崩壊した入口に行き、くすぶっている木に先端を当てて火をつけた。

ほっとして力が抜け、キャサリンは妹の隣に行って座り込んだ。

ところが、劇的な展開はまだ終わっていなかった。すぐにアストリッド・ハニーウェルが、淑女にあるまじきズボン姿で走ってきたのだ。シャツの胸元は大きく開き、肩に流れ落ちた赤い髪のあちこちから干し草が飛びだしている。つい今しがたまで干し草の上で転げまわっていたように見えた。

キャサリンは〝干し草の上で転げまわっていたように〟という言葉を単なる比喩として思

い浮かべた――まさか本当に転げまわったはずがない。それなのにすぐあとから走ってきたモントフォード公爵を見ると、どこに脱ぎ捨ててきたのか上着を着ていない。シャツの裾はズボンから出ているし、ベストのボタンはかけ違え、髪はおかしな感じに突っ立っている。そして彼も干し草だらけだ。

ふたりが干し草の上を一緒に転げまわっていたのだということは、誰の目にも明らかだった。なんて破廉恥なのだろう。そして、なんと興味深いこと。

けれども仲よく転げまわったあと、どうやら事態は急変したようだ。ミス・ハニーウェルはモントフォードがやさしくまわした腕を振り払い、彼のすねを蹴った。そして城館に目を戻し、衝撃に打ちのめされた様子で泥の上にがくりと膝をついた。

公爵も同じく打ちのめされているものの、彼が見つめているのは城館ではなくミス・ハニーウェルだ。

よくわからない衝動に突き動かされて、キャサリンはセバスチャンを目で追った。彼はキャサリンの横にたどりついて、レースのハンカチで顔の煤をぬぐっている。あまり効果がないうちに繊細な布が煤だらけになったので、彼女は自分のハンカチを差しだした。

セバスチャンは一瞬ためらったあと、受け取った。

笑うような局面ではないけれど、キャサリンは彼に皮肉っぽい笑みを向けずにはいられなかった。「あなたの人生って、こんなことの連続なのかしら」

セバスチャンの目が見開かれた。煤に覆われた美しい唇の端に、かすかな笑みが浮かぶ。

彼はキャサリンのほうを見ずに応えた。「恐ろしい事件の連続という意味なら、そうだ」

「だと思ったわ」

「火がようやくおさまってきたみたいです」三〇分後、フローラがアストリッドの肩に触れ、暗い表情で心配そうに言った。アストリッドは地面の上に座り込んだまま、呆けたように城館を見つめている。それ以外のものはまったく目に入っていない。彼のことも。

モントフォードはうしろに立って、無力感を噛みしめながらアストリッドを見ていた。彼女を慰めることも、火事を消すこともできない。あとでアストリッドは、すべて彼の責任だと言いだすのではないだろうか？

「どうせもう関係ないわ。何も残っていないんだもの」彼女がつぶやく。

「まだ壁は残っている……部分もある。再建できるさ」確信がないまま、モントフォードは慰めた。

アストリッドは目をあげもしなかった。土を手に取り、膝にこすりつける。

彼女は家を失って悲しんでいるのだと、モントフォードは自分に言い聞かせた。腹を立ててはならない。

馬車がやってくる音に振り向いた彼は思わずうめいた。男爵夫人が戻ってきたのだ。しゃべるとすぐに口ごもる牧師を連れて。泣きっ面に蜂とはこのことだ。

馬車をおりた牧師が城館を見て呆然としている。廃墟と化した建物を片眼鏡越しに見つめているレディ・エミリーはほら見たことかと言わんばかりの様子で、モントフォードは女であろうとかまわず顔を殴りつけてやりたくなった。

レディ・エミリーが片眼鏡を彼に向ける。モントフォードが怒った顔で見返すと、彼女の悦に入った笑みが消えた。

「な、な、なんてことだ！」牧師が叫んでアストリッドに走り寄り、フローラと一緒に彼女を助け起こした。

血の気の失せたアストリッドの弱々しく絶望しきった様子に、モントフォードは胸が張り裂けそうになった。彼女のそばに行って抱きしめ、絶望を取り払ってやりたい。しかし、彼女は決して受け入れないだろうとわかっていた。

「いったい何があったの？　彼女、今度は何をしでかしたのかしら」レディ・エミリーが馬車からおりながら言う。

モントフォードの激しい怒りを察知して、セバスチャンとマーロウが彼と男爵夫人とのあいだに立った。

「これはこれはマダム、わざわざお戻りになってくださるとは」セバスチャンが魅力的な物腰で声をかける。煤にまみれた顔で作る笑みは、いつもよりさらに破壊的だ。「バケツで水をかけるのに、人手がいくらでも欲しいんですよ。マダムはなかなか頑丈そうなので、お手伝いいただけるでしょうね」

レディ・エミリーはセバスチャンのいやみを軽蔑したように鼻であしらい、アストリッドに注意を向けた。「いつかこんなことになるんじゃないかと思っていましたよ。あなたは本当にそそっかしいですからね。わたしからの助けは期待しないでちょうだい。これは息子を破滅させる手助けをした報いです」

「お、奥さま、そ、そんなきつい言い方はおやめください！」牧師がいさめる。

「そう、そういうまねはやめたほうがいい。ここにいるぼくの友人が怒りを爆発させる前に」セバスチャンが穏やかな口調で同調した。

レディ・エミリーが憤然とする。「何がいけないというの？」

セバスチャンがモントフォードのほうを向いた。「決闘の介添え役を務めようか？」

「ありがたいが、今はいい。必要になったら知らせる」そう言って、モントフォードはレディ・エミリーを恐ろしい目でにらみつけた。彼女にも、モントフォードの手の届かないところまでさがるくらいの良識はあるようだ。「これ以上ひとことでもミス・ハニーウェルに暴言を吐いたら、家畜の囲いの中に入っていただく。おわかりいただけたかな？」

「わたしの姪をずいぶん気にかけてくださっていますのね」レディ・エミリーが片眼鏡越しに、彼の体のあちこちについている干し草を見ながら言う。

「あなたのほうはまったく気にかけていないようだ。こんなことになっても、彼女を自分の家に迎え入れる気持ちがまったくないとは」

「もちろんありませんとも。あなたと彼女がどんな行為にふけっていたのか、一目瞭然ですからね。きちんとした人間は、もう誰も彼女を受け入れませんよ」

「あなたがそういうつもりならよかった。われわれも今後あなたをわが家に迎え入れるつもりはない。妻に対してそれほど失礼な発言をする人間には、家の敷居を絶対にまたがせない！」公爵の面目躍如たる冷たく高圧的な声で、モントフォードは言い放った。

レディ・エミリーが彼の言葉を理解するまで、少し時間がかかった。彼女の目から片眼鏡が落ち、口がぽかんと開く。

アストリッドが両脇から支えてくれていたふたりを振り払い、前に飛びだした。怒りに体を震わせながら叫ぶ。「あなたと……結婚なんてしないわ！」

「いや、するんだ」

「いいえ、しません！」姉と一緒に動揺した様子で立っているアラミンタを、アストリッドは指し示した。「彼女があなたと結婚するのよ。一週間後に」

侯爵夫人が妹の腕をなだめるように叩き、みなに穏やかな笑みを向けた。「モントフォード、あなたから言いだしてくれてちょうどよかった。じつはわたしたちがここへ来たのは、そのことを話しあうためでもあったの。さあ、アラミンタ、自分の口から話して」

アラミンタは口を開いたが、何も言わない。ここに着いてから次々と起こった衝撃的な出来事のせいで、言葉が出なくなってしまったようだ。モントフォードは彼女を横目で見ながら、こんなに……退屈な女性と婚約するなんて、自分は何を考えていたのだろうと頭をひねった。

侯爵夫人はあきれたように目をぐるりとまわし、妹の代わりにしゃべりはじめた。

「モントフォード、妹は最初からあなたとの結婚を望んでいなかったの。ミスター・モートンと駆け落ちするらしいわ。あなたはたぶん、彼とは面識がないんじゃないかしら、自称詩人の、とてもロマンティックな男性なのよ。自作の詩で妹を陥落させたというわけ。レディの愛情を獲得するのに、詩は大いに威力を発揮するようね。命令して言うことを聞かせようとするより、ずっと効果があるみたい」意味ありげにアストリッドへ目を向ける。鋭い女性だ、とモントフォードは舌を巻いた。「妹はミスター・モートンと一緒になったら幸せになれるでしょう。彼はあなたほど裕福ではないけれど、それはほとんどの男性も同じですもの。さて、あなたに異議はあるかしら？」

モントフォードは黙って首を横に振った。

マーロウが声をあげて笑い、くわえたばかりのチェルートがあっという間に地面に落ちる。

「これは驚いた。最初からそう言ってくれればよかったんですよ、レディ・キャサリン。そうすればここへ来ると言いだしたあなたに、あれほどひどい態度は取らなかったものを。なあ、シャーブルック？」

セバスチャンは何も答えず、義理のおばを黙ったまま謎めいた目で見つめている。

「アラミンタ、今の話は本当なのか？」モントフォードは確認した。

彼の婚約者がようやく声を出した。「ええ……じつはそうなの。あなたとの結婚はお父さまの考えで、わたしが望んだわけじゃないのよ。公爵夫人にはなりたいけれど、自分を愛してくれる夫を持つほうがずっといいと思って。少なくともケイティーはそう言うの。そして姉はいつも正しいから」

侯爵夫人がうなずいて、妹の腕をやさしく叩いた。「もちろんわたしは正しいわ」

アストリッドがつんとして言った。「だからといって、何も変わらないわ。あなたとは結婚しない。だいたい、なんてことをしてくれたのよ！」そう言って、城館を指差す。

モントフォードが予想したとおりだった。「わたしのせいか？　わたしが燃やしたわけではない！」

「わたしを城館から遠ざけたじゃないの。ここにいたら、何かできたはずなのに」

「こんなにばかげた非難ははじめてだ！」彼はぴしゃりとはねつけた。

「とにかく、全部あなたが悪いのよ！」

まわりが困惑しているのを無視して、ふたりはにらみあった。

牧師が大きく音を立てて息を吸い、緊迫した沈黙を破った。懸命に城館を指差して何か言おうとしているが、出てくるのは最初の音ばかりで先が続かない。

一同は振り返って城館を見た。マーロウとセバスチャン、そして少し遅れてモントフォードがレディたちの存在を無視して悪態をつく。前から傾いていた北の塔が、とうとう重力に負けて崩壊しはじめたのだ。城館の中心部分に向かって次々に石が落ち、そのたびに大砲を発射するような音が響いて、煙と瓦礫《がれき》が飛び散る。

やがて石の落下が止まり、あたりが静まり返った。見守っていた者たちが、ほっと安堵の息をつく。ところがすぐに、ドラゴンが目覚めたようなごろごろという音が響きはじめた。

ふたたび塔が揺れはじめ、そのまま力なく城館の中心へと倒れていく。

轟音《ごうおん》に備えて、モントフォードは耳をふさいだ。足元の地面が揺れ、城館が火と煙と裂けたカシ材と瓦礫でできた無秩序な塊と化す。

アラミンタが失神した。侯爵夫人があきれたように目をぐるりとまわし、身をかがめて妹の顔をあおぐ。

マーロウの口から、くわえ直したばかりの火のついていないチェルートがぽろりと落ちた。

アストリッドがモントフォードに視線を向けた。色違いの目には衝撃と寂しさがありありと浮かんでいる。ただ石を積みあげただけのものだというのに、彼女はモントフォードのことよりも城館を気にかけているのだ。

胸がずきりと痛んだ。心臓をひとかけら切り取られてしまったみたいだ。こんな状態では生きていけない。アストリッドがいなくてはだめなのだ。切り取った心臓のかけらは彼女が持っているのだから。

詰めていた息を吐きだすと、今度はアストリッドが次にどう出るのか、不安で息が荒くなる。

しかしいつものように、彼女の行動はモントフォードの予想を裏切った。アストリッドは笑いだしたのだ。頬をピンク色に染め、目に涙を浮かべて体を震わせている。とうとう立っていられなくなり、彼女はモントフォードの胸にもたれかかった。アストリッドをもう一度抱きしめられたことがひたすらうれしく、彼女がヒステリーを起こさなかったことにほっとした。普段はごくまともな人間でさえ、家を失うといった悲劇に見舞われると感情の制御がきかなくなるものだ。だが、アストリッドはそもそもまともではない。そしてモントフォードは、そんな彼女を見ているのが楽しかった。

すぐにレディ・エミリー以外の全員が笑いだした。だいたい、笑う以外に何ができるというのだろう?

「あの北の塔は傾いていると言っただろう?」モントフォードはくすくす笑いながら言った。アストリッドが顔をあげ、鋭い目を向けてくる。「黙って、シリル。これは全部あなたのせい――」

彼女がそれ以上ばかなことを言えないように、モントフォードはキスで口をふさいだ。うしろでレディ・エミリーがあえぎ、牧師が口をぱくぱくさせて、マーロウとセバスチャンが口笛を吹くのが聞こえた。それでもモントフォードは気にならなかった。今、腕に抱きしめている口の悪い女性とずっと一緒にいると決めたからには、簡単に手放すつもりはない。

彼女が隣にいてくれなくては、二度と心の平安は訪れない。それを言うならアストリッドといても心の平安は得られないのだが、彼女との激しいぶつかりあいを、モントフォードは心から求めていた。彼女との言い争いは興奮に満ちていて、最高に体が熱くなる。ものを投げつけられるのさえ楽しい。そんなアストリッドの姿を見ると血がわき立ち、欲望が燃えあがる。くるくると渦巻く髪と色違いの目を持ち、狡猾な策略をめぐらせる彼女は、理想的な淑女からはほど遠い。だが、彼にとっては完璧なのだ。

モントフォードは息を吸うために顔をあげ、ぼんやりとまわりを見まわした。みなは崩壊した城館に向けていた注意を、情熱的で大胆なふるまいをした彼へと移している。彼はレディ・エミリーの馬車を見て、すばらしい考えを思いついた。

アストリッドを一生自分のものにしておく方法がひらめいたのだ。彼女が正気を取り戻す前に、早くこの考えを実行に移さなければならない。

モントフォードはまだキスでぼうっとしているアストリッドを肩にかつぎあげ、馬車に向かって歩きだした。

27

公爵とミス・ハニーウェル、休戦の交渉をする

わけがわからないうちにキスをされ、肩にかつぎあげられたアストリッドは、何が起こったのか一瞬理解できなかった。これまで築きあげてきた人生が文字どおり瓦礫と化した今、彼女の中にはさまざまな感情が入り乱れていたが、もっとも大きいのは怒りだった。モントフォードの有無を言わせぬやり方にはうんざりした。

「おろしなさいったら、この野獣!」アストリッドは叫んだ。拳を握り、彼の背中をやみくもに叩く。そして必死に身をよじったが、モントフォードは彼女の体を押さえる腕に力を入れ、もう一方の手でヒップをぴしゃりと叩いただけだった。

叩かれて、アストリッドは混乱した。頭に来たのは当然としても、なぜか体じゅうが熱くなったのだ。なんてこと。彼に子どものように叩かれて、わたしは興奮している。

「よくも……こんなまねを……」口ごもりながら責めたが、勢いがない。「おろして!」

「絶対におろさない」モントフォードが彼女のヒップの横で言い放った。

「野獣！　野蛮人！」アストリッドは罵った。

彼の向かっている先がエミリーの馬車だと気づいて、アストリッドはいやな予感がした。いったいモントフォードはどうするつもりなのだろう？　頭を持ちあげ、止めようともせずにぽかんと見ているだけのみなをにらみつける。エミリーでさえ、あまりの衝撃に騒ぎ立てるどころではないようだ。

拉致されようとしているのに、なんとかしてくれる者は誰もいないと思うと、アストリッドは落ち込んだ。

「助けて！　誰か助けて！」

「彼女が何を言っても無視してくれ」モントフォードが一同に告げる。「ミス・ハニーウェルとわたしには、いろいろと片づけなければならないことがある。わたしたちは、そうだな……二週間ほどで戻るつもりだから」

二週間ですって？

彼は馬車に乗り込むと、アストリッドがその言葉の意味を理解する前に、すばやく前の座席に座らせた。そして煤で汚れたクラヴァットで手首を縛りはじめたので、彼女はあまりにも腹が立ちすぎて、笑わずにはいられなかった。こんな横暴なまねをするなんて信じられない！　家畜か何かみたいに縛るなんて！　わたしが逃げるとでも思っているのかしら？　たとえ逃げてもまわりで見ている薄情な誰かにつかまって、モントフォードに引き渡されるのが落ちなのに。

彼はアストリッドをにらむと、縛りあわせた手を取って、クラヴァットの端を御者席に結びつけた。行動範囲を大幅に制限されたが、彼女はなんとかモントフォードのすねを蹴りつけた。そうしてもみあいになったものの、とうとう彼はアストリッドの足をつかまえて、その上に座ってしまった。そして手綱を取ると馬を出発させた。

ここまで来ても、まだ誰も彼を止めようとしない。

「がんばってください、公爵閣下！」フローラが片腕をロディに、もう一方の腕をアントニアとアディスにまわして、うれしそうにうしろから呼びかけてくる。

セバスチャン・シャーブルックとマーロウ子爵が顔を見あわせてにやりと笑い、よくやったというようにモントフォードに敬礼した。

混乱状態の城館を離れてノースロードを進みはじめると、アストリッドは自分を拉致した男に視線を戻してにらんだ。馬車を操る手つきは素人同然だし、モントフォードも彼女と同じく、事のなりゆきに動揺しているのは明らかだ。彼が誇っていた鉄壁の鎧は消え、その下に隠れていた生身の男性があらわになっている。そして飢えたような目つきからすると、その男にはひげをあたらせて、じゅうぶんに食事を与える必要があるようだ。

あるいは、彼女にしか与えられない別のものに飢えているのだろうか？

銀色の目を光らせて顎をこわばらせているモントフォードは、まるで悪魔さながらだ。

「こんなの許せないわ」アストリッドはつぶやき、上半身をもぞもぞと動かしてシャツを整えようとした。かつぎあげられたときによじれてしまったのだが、両手を縛られた状態ではなかなかうまく直せない。

モントフォードは道に目を据えながらも、彼女のほうをちらちら見て様子をうかがっている。思わずこみあげた満足感は、獲物を追いつめるような彼の視線に気づくと、あっという間に燃えあがる欲求に変わった。必死で理性にしがみつき、歓びを約束する彼の目に抵抗する。「これからわたしをどうするつもりなの？」

「わからないのか？　連れていくんだ。グレトナ・グリーンに」

アストリッドの心は喜びに浮き立った。それでも、彼のすべてが手に入らないならいやだった。だからまず、彼の気持ちを確かめなくては。

わたしがモントフォードを愛しているのと同じくらい、彼にもわたしのことを愛してほしい。

「まさか本気じゃないでしょう？」ぴしゃりと言った。

「いや、本気だ。求めているものが手に入るまで、きみをこの馬車からおろさない」

アストリッドは笑った。「じゃあ、一生この馬車に乗っているわ。そしてあなたに心から後悔させてやる」

モントフォードが彼女に顔を向けてにやりとする。勝ち誇っている様子はまったくない。アストリッドは不安になると同時に、欲望を刺激された。彼は前にも一度、こんな笑顔を見せた。彼女を干し草置き場へ逃げ込まざるをえない状況に追い込んだときに。

「それはどうかな、ミス・ハニーウェル。わたしは絶対に後悔しない」

「どういう意味？」

彼が顔を寄せてきたので、アストリッドは息をのんだ。彼のまつげに干し草のかけらがついているのが見える。彼女は吸い寄せられるように身を乗りだした。今ここで舌をちらりとのぞかせたら……。

数センチしか離れていないところで、モントフォードの唇が動いた。「きみが一生ここにいてくれてもかまわない。馬車の中に手を縛られているきみがいるなんて最高だ」

アストリッドは衝撃を受けたふりをして鋭く息を吸ってみせたが、本当は彼の言葉を聞いて、うれしさにぞくぞくした。「こんなまねをして、逃げきれると思わないでね」

彼の笑みが大きくなる。「そうかな。みな、かまわないようだったが」

「あなたは頭がどうかしているわ、モントフォード」彼のまつげを見つめてしまわないよう、ぎゅっと目を閉じる。唇も見てはだめ。彼といると頭がちゃんと働かない。「こんなときにわたしを拉致するなんて、何を考えているのよ？　城館をどうするかとか、いろいろ考えなければならないのに。ライトフットもなんとかしなくてはいけないし。それにエミリーおばさまは、今回の件をこの先ずっと吹聴《ふいちょう》してまわるに決まっているわ。あなたはわたしの評判を台なしにしたのよ」

「わかっているさ」モントフォードがにやりとした。「自分の評判もようやく台なしにできた」

「ばかばかしい。モントフォード公爵であるあなたには、そんなこと関係ないわ」

彼が舌なめずりする獣のような笑みをふたたび浮かべたので、アストリッドはかっとなった。「思いださせてくれてありがとう。忘れていたよ」彼がしゃあしゃあと応える。

「忘れたことなんてないくせに」アストリッドは歯噛みした。

「いや、忘れるよ。きみを思い浮かべるたびに。きみに触れるたびに」モントフォードが手を伸ばして彼女をかたい胸に抱き寄せ、首筋に鼻をこすりつけた。

アストリッドはうめき、手首を縛るクラヴァットを引っ張った。彼に触りたい。服の中に手を差し入れて、肩に滑らせたい。「ほどいて」

「だめだ。このほうがいい。きみを好きなようにできる」

不道徳にも歓びがこみあげて体が震え、彼女はもどかしさに身をよじった。モントフォードのせいで、こんなにも簡単に理性を失ってしまうなんて。

彼がアストリッドと額を合わせた。息が乱れている。最後の自制心が吹き飛び、彼女は必死でモントフォードに体をすり寄せた。あれほどだめだと思っていたのに、彼が欲しくてたまらない。彼を愛してしまったのだ。こんなふうに馬車の中で手を縛られているというのに。

アストリッドは顔を傾けて唇を合わせ、ゆっくり味わいながらキスをした。彼は一瞬静かになったあと、さらに身を乗りだして深く舌を差し入れ、むさぼるようにキスを返しはじめた。いくらキスしても足りないというように。しばらくして、モントフォードは息を切らしながらようやく離れた。彼女のこめかみに唇をつけてささやく。「もうやめよう。でないと、馬車を止めて今すぐきみを奪ってしまう」

「お預けにするつもりなの?」

彼はかすれた声で笑った。「やめてくれ。きみといると常識が吹き飛んでしまうよ」

「今日の午後、馬小屋に足を踏み入れたとき、わたしたちは常識なんてものを捨てたんだわ」

モントフォードが彼女の顔を両手で包み、まじめな顔で見おろす。「今度はちゃんとベッドの上でしたいんだ。わたしのベッドで。わたしたちのベッドで」

アストリッドは鼻を鳴らした。「その前提となることに、まだ同意していないわよ」

彼は目を見開いて、さっと体を引いた。「頼むよ、アストリッド、スコットランドに着いてもきみが結婚してくれなかったら、わたしはどうかなってしまう」

心臓が喜びに大きく弾み、胸から飛びだしそうになった。この言葉を待っていたのだ。

「でも、あなたとは結婚できないわ」彼女はささやいた。

傷心と怒りを隠そうともしない彼を、アストリッドは抱きしめたくてたまらなかった。モントフォードが馬車を道の端に寄せて止め、彼女のほうを向いて詰問する。

「なぜできないんだ?」

「あなたはとても裕福な有力貴族よ。そんな公爵の夫人なんて、わたしには務まらない」

「公爵夫人が欲しいわけじゃない! 欲しいのは妻だ。きみが欲しいんだ」

「今はそう思っているんでしょうね……なぜかわたしの体が欲しくてたまらないみたいだから……」

モントフォードが吹きだした。「きみを愛しているんだよ、アストリッド！」

心臓が希望にふくれあがり、激しく打ちはじめた。「本当に？」

「ああ、本当だ。真剣に、心から愛している。きみと出会うまで、本当には生きていなかった。きみのおかげで、幸せな気分もみじめな気分も味わった。いらいらもしたし、正気も失った。きみといると、いつもの自分ではいられなくなる。そしてそれはとてもすばらしい。きみを愛している。愛しているよ。もう一度、言ってほしいかい？」

「ええ」

彼はふたたび激しくキスをすると、険しくさえ見える顔で繰り返した。「愛している」アストリッドの頰に、まぶたに、顎に唇をつける。「愛している」

「ようやく納得できたみたい」彼女は夢うつつでため息をついた。何度も愛していると言われて、うれしさが体じゅうに広がり、ぽかぽかとあたたかくなる。

キスの合間に、モントフォードが照れくさそうに尋ねた。「きみも愛してくれているかい、アストリッド？」

彼が求めている言葉をすぐに返して、簡単に喜ばせるつもりはなかった。結婚生活は最初が肝心だ。「きいてどうするの？　わたしの気持ちに関係なく、思いどおりにするつもりでしょう？」

「わたしを愛しているのか？　じらさないで教えてくれ」モントフォードが彼女を抱きしめる腕に力をこめ、うなるようにきいた。

「かもね」アストリッドははぐらかした。

「どうなんだ？」

「もちろん、わたしも愛しているわ。あなたがモントフォードでもね」

彼はからかわれていたのだと悟ってアストリッドをにらんだが、そこに怒りはなかった。

「わたしは公爵という身分とともに生きていかなければならないんだ、アストリッド。これのおかげで、今まで多くのものを得てきた。たとえきみが望んでも財産を捨てるつもりはないし、毎年二、三カ月はロンドンに滞在しなければならない。貴族院議員として国に尽くす義務がある。残念だが、アストリッド、わたしたちは貧しくも平民にもなれない。きみには公爵夫人になってもらわなくてはならないんだ」

こんなふうに言われると、駄々をこねてみせることもできない……。

「妹たちも一緒に暮らしてかまわない？」

モントフォードが憤慨して彼女を見た。「当たり前だ。わたしがだめだと言うとでも？」

「アナベルおばさまも？」

「わたしの見えるところで、あのかつらをつけないでもらえるのなら」

「ライルストーン・ホールを建て直して、あそこで暮らしたいわ」

彼がにやりとする。「いいだろう」

アストリッドはモントフォードがこれほど簡単に譲歩するとは思っていなかった。驚きをさりげなく隠し、彼が寛大な気分になっているうちに、さらに譲歩を引きだすことにする。

「醸造所の経営も続けたいの。わたしのやり方で」

モントフォードの笑みが少し薄れた。「まあ、いいさ」気の進まない様子で同意する。

「女性に参政権を与える法案を議会に提出してほしいの」

彼が口を引き結ぶ。「検討してみよう」

うれしくて、アストリッドは思わず笑顔になった。一週間前の彼だったら、女性の参政権などという革新的な考えは検討するまでもなく却下していただろう。

彼女の笑みを見て、モントフォードが顔をしかめた。「きみはぼくを挑発しているんだな」

「うまくいった？」

彼が首を横に振る。「くそっ、アストリッド、結婚してくれるのか？　してくれないのか？」

「まつげに干し草がついてるわ」

「そうか？」

「服にもあちこち」

モントフォードの目がくすんだ銀色に変わる。彼の表情を見て、アストリッドは体が熱くなった。「それをどうしてくれるつもりなのかな？」キスができるぎりぎりのところまで、彼が顔を近づける。ところがそこで急に頭をうしろに引き、厳しい目を向けてきたので、彼女はもどかしさのあまり声をあげた。「結婚すると言うまではだめだ」

アストリッドは口をとがらせた。「ひどいわ。これからもいつもそんな残酷にふるまうつもり？」

「いつもじゃない。たいてはそうだが」

「そう。じゃあ、しかたないわ。あなたと結婚しなくちゃならないみたいね。あなたが意地悪な気分になったとき、世間のみんなを守る人間が必要ですもの」

「それは結婚するということだな？」モントフォードが怖い顔で確認する。

「ええ」

彼はためらった。「あとで気が変わったりしないだろうな」

アストリッドはにらんだ。「絶対に変わらないわ」

「よかった」モントフォードの表情がゆるむ。そして顔をさげて何度もキスしはじめると、ふたりは熱く性急な抱擁にすべてを忘れた。ただしアストリッドは儀式のいけにえのように手を縛られているので、抱擁といっても腕をまわしているのは彼だけだ。

けれどもそんなささいなことは、今の彼女には気にならない。

「ああ、きみが欲しくてたまらない」モントフォードがささやき、良識などどうでもいいというところを実演してみせた。アストリッドの首から喉へと唇を這わせ、両手でくまなく体を探る。満たされない欲求に、彼女はもう死んでしまいそうだった。

そこで両手が使えない分、ほかの部分を活用することにした。のしかかってきたモントフォードに背中をそらして体を押しつけ、貪欲《どんよく》に脚を巻きつける。彼は書斎でアストリッドを誘惑して帳簿を奪ったときと同じように、太腿に両手を這わせた。そして今回は帳簿ではなく、はるかに甘いものを見つけた。

ふたりとも、抑えきれない欲望の渦にのみ込まれた。ところがよりによってこんなときに、アストリッドはあることに気づいた。組み敷かれたまま動きを止め、彼を見あげる。

「今度はなんだ？」モントフォードも動くのをやめて、うなるようにきいた。必死で欲求をこらえているのがわかる。目は焦点が合わずにぼんやりしているし、息は浅くて速い。髪は突っ立っていて、開いたシャツから彫刻のような胸と腹部があらわになっている。

モントフォード公爵みたいな男性はどこにもいない。最高の気分だ。

「聞いて。気がついたんだけど、こうして馬車に乗っているのに、あなた、まだ一度も吐いていないじゃない！」

彼がうれしそうに笑い、アストリッドを抱きしめた。「どうして吐くはずがある？ きみが治してくれたんだよ、アストリッド。身も心も。きみと会う前はひどい状態だったのに」

「今は……？」

モントフォードが彼女の喉に鼻をこすりつける。「ある意味、もっとひどい状態だと言えるかな。ありがたいことに。愛しているよ、アストリッド・ハニーウェル。きみのせいで頭を医者に診てもらうはめになるかもしれないが」

「そのときはわたしも一緒に連れていって」

「もちろんだ」彼はそう言って、誘惑を再開した。「だがその前に、ちょっと時間をくれないか」

訳者あとがき

日本初紹介の作家、マギー・フェントンによるデビュー作『公爵のルールを破るのは（原題：「The Duke's Holiday）』の邦訳をお届けします。

物語の舞台は一九世紀前半の英国、ヨークシャー。潔癖で几帳面なモントフォード公爵は、何事においても自分なりの厳格なルールに沿っていなければ気がすまない性格で、彼の机には〝インク壺とペーパーウエイトと吸い取り紙と公爵の印章が机の端からちょうど七センチ離れた場所から等間隔に並んで〟いるというほどの徹底ぶりです。だからこそ、自分の地所の管理者が一年も前に他界しており、知らないうちに別の人間が勝手に引き継いでいると知らされると激怒し、現地に秘書を送り込みます。しかしまもなく秘書との音信も途絶え、いよいよ業を煮やした彼は極度の旅嫌いにもかかわらず、自らヨークシャーに赴きます。

対するヒロインのアストリッド・ハニーウェルは独立心が強く勝ち気な性格で、ズボンをはいて畑仕事をしたり、馬にまたがって駆けまわったりするような、いわゆる〝おてんば娘〟です。四人姉妹の長女として、その細腕で地所を切り盛りし、必死に努力して農地とエールの醸造所を発展させてきたのに、男子の相続人がいないからといって地所を公爵に返還する気にはとてもなれません。彼女は突然ロンドンからやってきたモントフォードにあれこれいやがらせをして、どうにかして城から追いだそうと画策します。

もともと敵対関係にあるうえに、正反対な性格のふたりが友好的な関係を築くというのはどだい無理な相談です。ふたりは事あるごとにぶつかり、かなり辛辣な（そしてユーモアたっぷりの）言葉をぶつけあいます。それでも、ふたりきりの書斎で帳簿を奪いあったり、愛馬が不運に見舞われて悲しむアストリッドをモントフォードが不器用に慰めたりするうちに、いつのまにか惹かれあって――。

それにしても、本書に登場する人物たちの個性豊かなこと。モントフォードにはなぜか名前が三つもあり、ある悲惨な体験によるトラウマで馬車に乗ると激しい吐き気をもよおし、血を見ると気絶してしまうという、およそヒーローらしからぬヒーローです。極度に几帳面な彼は、アストリッドの乱れ放題の赤毛や、左右で色違いの瞳を見るとひどく心を乱され、正しい状態に戻したくなります。また秘書やメイドや厩番といった使用人たちもなかなか個性的で、物語に彩りを添えています。それになんといってもマリー・アントワネットのような格好をしたおばのアナベルは、いつも気のきいたことを（あるいは余計なことを）しでかして大混乱を引き起こすのですが……まあ、この先は実際に本書を手に取って楽しんでいただければと思います。

じつは本書は三部作の第一作目に当たります。二作目の〝Virtuous Scoundrel〟ではモントフォードの親友、セバスチャン・シャーブルックが主人公を務め、本作にも登場しているマンウェアリング侯爵夫人ことキャサリンと、ロンドンを舞台に情熱を燃えあがらせます。そして三作目はビール腹のマーロウ子爵が主役を務めるそうで、著者自身は本シリーズの中で彼を一番気に入っていると、あるインタビューで答えています。そして〝アナベルおばさま〟は全作を通して登場するようで、彼女のファンである訳者としては、彼女の迷走ぶりをひそかに楽しみにしているところです。著者は、マーガレット・フォックスという別名で本作とは趣の異なるスチームパンク風のロマンスを過去に二冊上梓《じょうし》しているものの（二〇一六年一〇月現在は三冊）、マギー・フェントンという名で発表されたヒストリカルロマンスは本作がデビュー作となります。なんと本作は書きあげてから六年ものあいだ引き出しに眠っていたのを電子書籍で自費出版で発表したところ大変な評判を呼び、出版社からの刊行が決まったのだとか。本国以外では、日本語とドイツ語に翻訳されています。かなり個性的なモントフォードとアストリッドがいかにしてロマンスを成就させるのか、ドタバタなロマンスの行方をどうぞ最後までお楽しみください。

最後になりましたが、本書が形になるまでには、たくさんの方々のお力をちょうだいしました。この場を借りて厚くお礼申しあげます。

二〇一七年一月

ライムブックス

公爵《こうしゃく》のルールを破《やぶ》るのは

著　者　マギー・フェントン
訳　者　如月《きさらぎ》 有《ゆう》

2017年2月20日　初版第一刷発行

発行人　成瀬雅人
発行所　株式会社原書房
〒160-0022東京都新宿区新宿1-25-13
電話·代表03-3354-0685　http://www.harashobo.co.jp
振替·00150-6-151594
カバーデザイン　松山はるみ
印刷所　図書印刷株式会社

落丁·乱丁本はお取替えいたします。
定価は、カバーに表示してあります。
 ISBN978-4-562-04493-1 Printed in Japan